读客

读客三个圈经典文库

经典就读三个圈　导读解读样样全

Как закалялась сталь

钢铁是怎样炼成的

[苏]尼·奥斯特洛夫斯基 著
（1904—1936）
周露 译

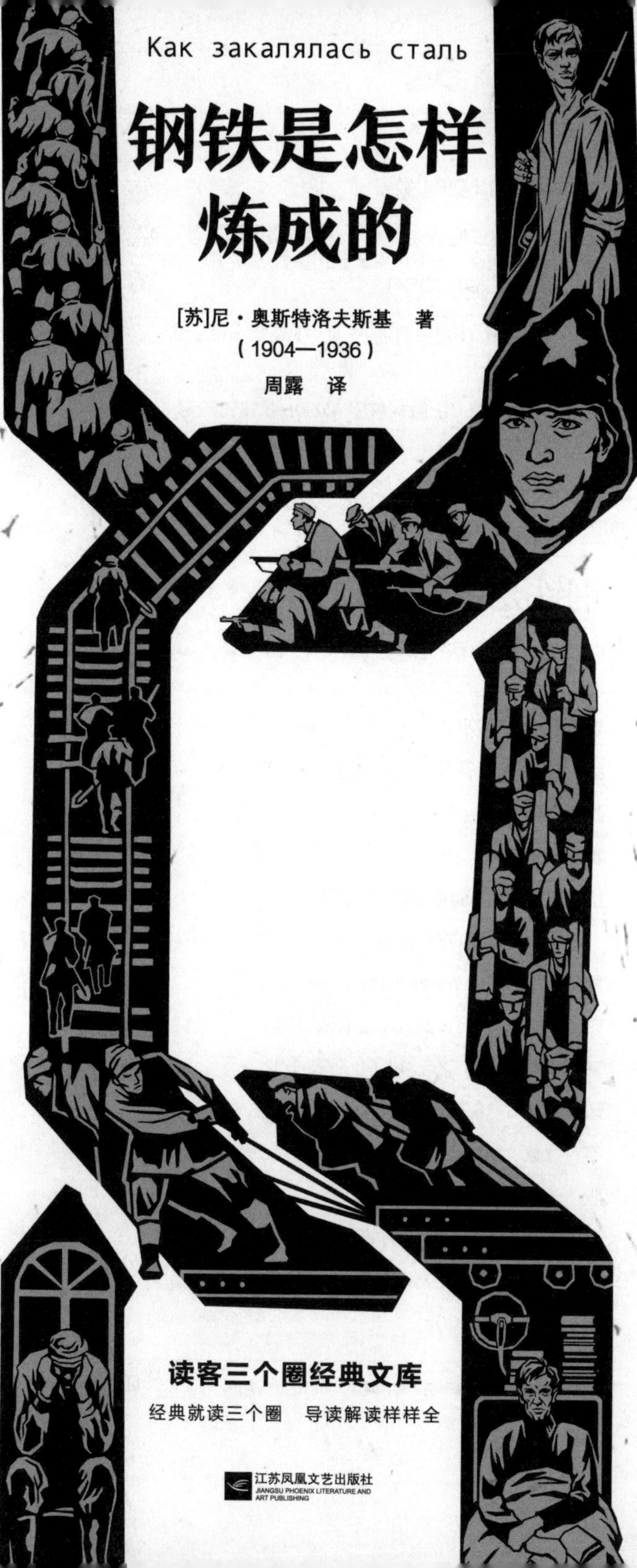

读客三个圈经典文库

经典就读三个圈 导读解读样样全

江苏凤凰文艺出版社
JIANGSU PHOENIX LITERATURE AND ART PUBLISHING

图书在版编目（CIP）数据

钢铁是怎样炼成的 /（苏）尼·奥斯特洛夫斯基著；
周露译 . -- 南京 : 江苏凤凰文艺出版社 , 2021.1（2025.11 重印）
ISBN 978-7-5594-4625-1

Ⅰ . ①钢… Ⅱ . ①尼… ②周… Ⅲ . ①长篇小说 - 苏
联 Ⅳ . ① I512.45

中国版本图书馆 CIP 数据核字 (2020) 第 189675 号

钢铁是怎样炼成的

[苏] 尼·奥斯特洛夫斯基　著　　周露　译

责任编辑　丁小卉

特约编辑　王馨玉　　李颖荷

封面设计　刘小梅

责任印制　刘　巍

出版发行　江苏凤凰文艺出版社

　　　　　南京市中央路 165 号，邮编：210009

网　　址　http://www.jswenyi.com

印　　刷　三河市龙大印装有限公司

开　　本　890 毫米 ×1270 毫米 1/32

印　　张　16.75

字　　数　420 千字

版　　次　2021 年 1 月第 1 版

印　　次　2025 年 11 月第 14 次印刷

标准书号　ISBN 978-7-5594-4625-1

定　　价　45.00 元

目录 Contents

*章节名为导读作者原创，旨在帮助学生快速掌握章节要点

第一部

目录 Contents

目录 Contents

目录 Contents

第一部

保尔·柯察金从小饱受生活的苦难，目睹了很多底层人民的辛酸，在老布尔什维克朱赫来的指引下，保尔心中点燃了革命的星火，最终成长为一名优秀的革命战士。

第一章

少年失学

“节前到我家补考的，统统站起来！”

一个身穿法衣、脖子上挂着沉重的十字架的胖子，气势汹汹地瞪着全班的学生。

他那对凶恶的小眼睛似乎要刺穿从座位上站起来的六个孩子——四个男孩、两个女孩。他们全都惶恐地注视着他。

“你们坐下。”神父朝两个女孩挥挥手。

她们赶紧坐下，松了一口气。

瓦西里神父的一对小眼睛紧盯着四个男孩。

“过来，小鬼！”

瓦西里神父站起来，推开椅子，走到挤成一块的男孩跟前。

“你们这些小捣蛋，谁抽烟？”

四个男孩小声回答：

“神父，我们不抽烟。”

神父的脸气得通红。

“小浑蛋们，你们不抽烟，那么谁往面团里撒烟末的？不抽烟吗？咱们这就来瞧瞧！把口袋翻过来！快！没听见我的话吗？翻过来！”

三个男孩自动掏出口袋里的东西放到桌子上。

神父仔细地检查口袋的线缝，想找出一点烟末儿，但什么也没找到，便转而逼视第四个男孩。他长着一对黑眼睛，穿着灰衬衣和膝盖上打着补丁的蓝裤子。

“你干吗像木头似的站着？”

黑眼睛男孩强压住心头的仇恨，瞧着神父，低声回答：

“我没有口袋。”他边说边用手摸摸缝死的袋口。

“哼，没有口袋！你以为这样一来，我就不知道谁搞的恶作剧——糟蹋面团了！你以为这次还能留在学校里吗？不，小鬼，没那么容易。上次是你母亲恳求才把你留下的，这回可饶不了你。给我滚出去！”他狠狠地揪住男孩的耳朵，把他推到走廊里，随手关上了门。

教室里寂静无声，大家都耷拉着脑袋。谁也不知道，保尔·柯察金为什么被赶出学校。只有保尔的好朋友谢廖沙·勃鲁扎克明白事情的缘由。他们六个考试不及格的学生去神父家补考，在厨房里等候神父的时候，他亲眼看见保尔掏出一撮烟末，撒在神父家准备做复活节蛋糕的面团上。

被赶出来的保尔坐在校门口最下面的一层台阶上。他想，母亲在税务官家当厨娘，每天从早忙到晚，对他又那么关心，这下回家该怎么跟母亲说呢？

泪水哽住了保尔的喉咙。

“现在我该怎么办呢？全怪这该死的神父。可为什么我要撒烟末呢？都是谢廖沙怂恿我干的。他说：‘来，咱们给这可恶的老畜生撒一把。’这不，真的撒上去了。现在谢廖沙啥事也没有，而我呢，却很可能要被开除。”

保尔和瓦西里神父早就结了仇。有一天，他和米什卡·列夫丘科夫打架，老师罚他“不准回家吃饭”。为了不让他独自在空荡荡的教室里淘气，便把他带到高年级的教室。保尔在后面的凳子上坐了下来。

那个高年级的教师瘦瘦的，穿着黑色的上衣，正在讲解地球和天体。保尔惊奇地张大嘴巴，听着他讲地球已经存在好几百万年了，星星跟地球也很相像。他觉得非常惊讶，真想站起来跟老师说："《圣经》上可不是这么说的。"可是他生怕挨罚，没敢问。

保尔是信教的。他母亲是个教徒，常给他讲《圣经》上的道理。他坚信世界是上帝创造的，而且并非几百万年以前，而是不久以前的事。

保尔的《圣经》课，神父总是给他打满分。祈祷文、《新约》和《旧约》[1]他都背得滚瓜烂熟：上帝在哪一天创造了哪种东西他都记得一清二楚。保尔决定问问瓦西里神父。到了下一次上《圣经》课的时候，神父刚坐到椅子上，保尔就举起了手。一得到允许，他便站起来问：

"神父，为什么高年级的老师说，地球已经存在了好几百万年，并不像《圣经》上说的五千年……"突然他被瓦西里神父的尖叫声打断了话头：

"混账东西，你胡说些什么？原来你是这么学《圣经》的！"

保尔还没来得及分辩，神父已经揪住他的两只耳朵，把他的头往墙上撞。一分钟后，给撞得鼻青脸肿和吓得半死的他，已经被神父推到走廊上去了。

回到家，保尔又遭到母亲的一顿痛骂。

第二天，他母亲来到学校里，恳求瓦西里神父让她的儿子回校念书。从那时起，保尔就恨透了神父。既恨他，又怕他。他从不饶

---

1 《圣经》包括《新约》和《旧约》，《旧约》主要讲律法，《新约》主要讲恩典。从时间上讲以耶稣降生来划分新旧约，从意义上看以上帝和人所立的第一个约——旧约与耶稣代表人类立的最后之约——信之约来划分。（如无特殊说明，本书注释均为译者注）

恕任何稍微侮辱过他的人，当然更不会忘记神父这顿没来由的体罚。他把仇恨埋藏在心，不露声色。

后来这男孩还受到瓦西里神父许多次小的侮辱：往往为了些鸡毛蒜皮的小事，神父就把他赶出教室，接连好几个星期罚他站墙角，而且从此不再过问他的功课。这样一来，他不得不在复活节[1]前和几个考试不及格的同学一起到神父家补考。他们在厨房等候的时候，他把一撮烟末儿撒进了做复活节蛋糕用的面团里。

谁也没看见这件事，但是神父还是一下子就猜出是谁干的。

……下课了，孩子们全都拥到院子里，围住保尔。他脸色阴沉，一言不发。谢廖沙在教室里没有出来，他觉得自己也有过错，可又想不出任何办法来帮助朋友。

校长叶弗列姆·瓦西里耶维奇从教师办公室的窗口探出头来，他那低沉的嗓音把保尔吓得打了个哆嗦。

“叫柯察金马上到我这儿来！”他喊道。

保尔的心怦怦直跳，朝教师办公室走去。

车站食堂的老板已上了年纪，面色苍白，双眼无神。他朝站在一旁的保尔瞥了一眼。

“他多大了？”

“十二岁了。”母亲回答。

“也行，让他留下吧。条件是这样：工钱每月八卢布，干活的时候管饭，当班一天一夜，回家歇一天一夜，可不许偷东西。”

“瞧您说的，他不会的！他绝不会偷东西的，我敢担保。”母

---

1 复活节是基督教纪念耶稣复活的节日，是最古老、最有意义的基督教节日之一。传说耶稣被钉死在十字架上，死后第三天复活升天。每年在教堂庆祝的复活节指的是春分月圆后的第一个星期日，大致在3月22日至4月25日之间。

亲慌忙说。

“那让他今天就上工吧。”老板命令说，随即转身关照站在柜台后面的女招待，“齐娜，带这男孩到洗碗间去，让弗茹霞给他派活，顶格里什卡。”

女招待放下正在切火腿的刀子，冲保尔点点头，就穿过大厅，朝通往洗碗间的边门走去。保尔跟在她后面。母亲一面紧随其后，一面低声叮嘱：

“保尔，亲爱的，你干活可要勤快点，别让自己丢脸啊。”

她用忧郁的目光送走了儿子，然后才朝门口走去。

洗碗间里忙得一塌糊涂：桌子上堆着一大堆碗碟和刀叉，几个女工用搭在肩膀上的毛巾不住地擦着这些餐具。

有个男孩年纪比保尔稍大一点，长着一头蓬乱的火红色头发，正在对付两个大茶炉。

洗碗碟的大锅里开水正冒着蒸汽，弄得整个屋子热气腾腾的，保尔刚进来的时候，连女工们的脸都看不清楚。他愣在那儿，不知道该干什么，也不知道该站到哪儿。

齐娜走到一个正在洗盘子的女工跟前，拍拍她的肩膀，说：

“弗茹霞，给你们派来一个新伙计，顶格里什卡。你告诉他干些什么吧。”

她转过身来指着那个名叫弗茹霞的女工，对保尔说：

“她是这里的领班。她叫你干什么，你就干什么。”说完，转身回食堂去了。

“是。”保尔轻轻地回答，然后看了一眼站在他面前的弗茹霞，等候她的吩咐。弗茹霞擦去额头上的汗水，从上到下把他打量了一番，好像在估摸他能干什么活，接着把从胳臂肘上滑下的袖子卷起来，用悦耳动听的、浑厚的声音说：

“小兄弟，你的活挺简单：每天清早把这口大水锅里的水烧开，让锅里一直有开水。当然，木材也得劈。还有这两个大茶炉，也由你照看。另外，活紧的时候，帮着擦擦刀叉、倒倒脏水。小兄弟，活儿够多的，你会累得满头大汗的。”她讲的是科斯特罗马地方的土音，重音放在字母“a”上。保尔听到这种口音，又看到她那长着翘鼻子、泛着红晕的脸，不知怎么心里高兴了些。

“看样子，这位大婶挺和气。”保尔心里这样想，于是壮起胆子问弗茹霞：

“大婶，现在我该干些什么呀？”

保尔说到这里，洗碗间的女工们一阵哈哈大笑，湮没了他的话，他愣住了。

“哈哈哈！弗茹霞认了个大侄子……”

“哈哈！”弗茹霞本人笑得比谁都厉害。

因为屋里全是蒸汽，保尔看不清弗茹霞的脸，其实她只有十八岁。

保尔感到很难为情，便转身问一个男孩：

“我现在该干什么呢？”

那男孩只是嬉皮笑脸地回答：

“还是问你的大婶去吧，她会一件件告诉你的，我在这儿只是临时帮忙。”说完，转身朝厨房跑去。

这时保尔听见一个上了年纪的洗碗女工说：“过来，帮着擦叉子吧。你们笑什么？这孩子说什么好笑的啦？……给，拿着。”她递给保尔一条毛巾，“一头用牙咬住，一头用手拉紧。再把叉齿在这上头来回蹭，要蹭得干干净净，一点脏东西也别留下。咱们这儿就讲究这个。那些老爷们对刀叉审查得可仔细了，只要看到一点脏东西，咱们就倒霉了：老板娘马上会把你赶出去。”

“什么？老板娘？”保尔不解地问，“雇我的老板可是个男的。”

那个女工笑了起来：

“孩子，咱们这儿的老板是个摆设，是个大草包。什么都由他老婆说了算。她今天不在，你干几天就会知道的。”

洗碗间的门打开了，三个堂倌每人捧着一大摞脏盘子走了进来。

其中一个宽肩膀、斜眼、四方大脸的堂倌说：

“快点干，十二点的车眼看就要到了，可你们还这么磨磨蹭蹭的。”

他看见了保尔，就问：“这是谁？”

“新来的。”弗茹霞回答。

“哦，新来的。”他说，“喂，这么着吧，”他伸出一只大手使劲按住保尔的肩膀，把他推到大茶炉跟前，说，“这两个大茶炉你得照管好，可你瞧，现在一个熄灭了，另一个也快没火星了。今天且饶了你，要是明天再这样，就叫你挨耳光，明白吗？”

保尔一句话也没有说，便动手烧茶炉。

保尔的劳动生活就这样开始了。他从未像第一天干活这样卖力气。他知道，这儿可不是家里，在家可以不听妈妈的话。那个斜眼的堂倌说得很清楚，他如果不听话，就得挨耳光。

保尔脱下一只靴子，套在炉筒上，鼓起风来，那两个能装四桶水的大肚子茶炉立刻就冒出了火星。接着他提起两桶脏水，飞快地倒进污水池，然后往大水锅底下添些木材，把湿抹布搭在烧开的茶炉上烘干。总之，叫他干什么，他就干什么。直到深夜，保尔才拖着疲惫不堪的身子，走到下面的厨房去。有个上了年纪的女工阿妮西娅，望着他刚掩上的门，说：

“嘿，这孩子不一般，干起活来像发疯似的。准是实在没法子，才打发来做工的。”

“是啊，一个不错的小伙子，”弗茹霞说，“干起活来不用催。”

“很快就会偷懒的，”鲁莎反驳说，“开头都很卖力……”

保尔手脚不停地干了一个通宵，精疲力竭。第二天早晨七点，他把两只烧开的茶炉交给了替班的——一个长着胖圆脸、两只小眼睛显得流里流气的男孩子。

这个男孩看到一切都已经弄得妥妥帖帖，茶炉也烧开了，便把两手往口袋里一插，从咬紧的牙缝里挤出一口唾沫，摆出一副不可一世的架势，斜着白眼看了看保尔，然后用一种不容争辩的腔调说：

“喂，傻瓜蛋！明天早上准六点来接班。”

“干吗六点？”保尔问，“七点才换班呀。”

“谁乐意七点换班，就让他七点换班好了，你可得六点就来。要是再啰嗦，立马叫你脑袋上起个大疙瘩。你这小子也不寻思寻思，一来就摆臭架子。”

那些刚交完班的女工们都饶有兴趣地听着两个孩子对话。那个男孩的无赖腔调和寻衅态度激怒了保尔。他朝男孩逼近一步，本想狠狠揍他一顿，但是又怕头一天上工就给开除，才强忍住了。他铁青着脸说：

“老实点，别吓唬人，要不然自讨苦吃。明天我就七点来，要说打架，我不会输给你。如果想试试，那就请吧！”

对手朝开水锅倒退了一步，吃惊地瞧着怒气冲冲的保尔。他没有料到会碰这么个硬钉子，有点不知所措了。

“那好吧，咱们走着瞧。”他嘟哝着说。

头一天平安无事地过去了。保尔走在回家的路上，觉得自己是个大人了，以诚实的劳动挣得了休息。现在他也在干活，谁也不能说他是个吃闲饭的了。

一轮朝日从锯木厂高大的厂房后面冉冉升起。保尔家的小房子很快就要到了。瞧，就在眼前了，就在列辛斯基家的庄园后面。

“妈妈大概起来了，我呢，下工回家了。”保尔想到这里，一边吹着口哨，一边加快了脚步，“学校把我赶出来，结果倒也不坏。在那儿反正那个该死的神父不会让我安生；现在我真恨不得啐他一脸唾沫。”保尔这样思量着，已经到了家门口。在推开小院门的时候，又想起来，“对，还有那个黄毛小子，非对准他的狗脸狠揍一顿不可。要不是怕给赶出来，我恨不得当场就揍他。早晚要叫他尝尝我拳头的厉害。”

母亲正在院子里生茶炊，一见儿子就不安地问他：

“怎么样？”

“挺好。”保尔回答。

母亲好像要提醒他什么，可是他已经明白了。从敞开的窗户望过去，他看见了哥哥阿尔焦姆宽阔的背影。

“怎么，阿尔焦姆回来了吗？”他惊慌地问。

“昨天回来的，往后就住在家里了。他要到机车库干活。”

保尔犹豫不决地推开房门，走进屋子。

身材魁梧的阿尔焦姆坐在桌子旁边，背对着保尔。这时他扭过头来瞧着弟弟，又黑又浓的眉毛下面射出两道严厉的目光。

“呵，撒烟末的好小子回来了？嗬，干得真不错！”

保尔预感到，哥哥回家后的这场谈话，对他准没好结果。

“阿尔焦姆已经全知道了，”保尔想，“他准会对我连打带骂。”

保尔有点怕阿尔焦姆。

但是阿尔焦姆显然没打算揍他。他两肘抵着桌子坐在凳子上，两眼盯着保尔，不知是嘲讽还是鄙视。

“这么说，你已经大学毕业，学完了所有的学科，现在却干起了倒泔水的活儿？”阿尔焦姆说。

保尔两眼盯着一块破地板，专心地琢磨着一颗冒出来的钉子头。可是阿尔焦姆却从桌旁站起来，走进了厨房。

“看样子不会挨打了。”保尔松了口气。

喝茶的时候，阿尔焦姆平心静气地询问了保尔班上发生的事情。

保尔原原本本地说出了事情的经过。

“你现在就这样胡闹，往后怎么得了啊。”母亲担忧地说，“唉，咱们可拿他怎么办呢？他这个样子究竟像谁呢？我的上帝，这孩子让我操碎了心！”母亲抱怨道。

阿尔焦姆推开空茶杯，转过身对保尔说：

“就这样吧，弟弟。过去的事情就让它过去，往后可要小心，干活别耍滑头，该干的，都要干好。要是再给赶出来，可要揍得你没处逃。这点你要记住。妈已经够操心的了。你这个小捣蛋，到哪儿都惹事，到哪儿都得闯点祸。现在该闹够了吧。等你干满一年，我一定设法让你进机车库当学徒，一辈子倒泔水是不会有出息的。应该学一门手艺。眼下你还小，一年后再求求人看，也许机车库会收下你。我已经调到这儿，往后就在这儿干活。妈妈再也不能去伺候人，再也不能见到什么样的浑蛋都弯腰了。保尔，你可要注意，要好好做人啊！”

他站起来，挺直魁梧的身躯，拿起搭在椅背上的上衣穿好，然后关照母亲说：

“我出去个把钟头，办点事。”说完，一弯腰，跨出了房门。他走到院子里，从窗前经过的时候，又说：

“我给你带来一双靴子和一把小刀，妈妈会拿给你的。”

车站食堂一天二十四小时营业。

有六条铁路线在这个枢纽站交轨。车站总是挤满了人，只有夜里，在两趟火车的间隙，才清静两三个钟头。在这个车站上，有几百列军车从各地开来，然后又驶向四面八方。这些军列或从前线开来，或开到前线去。从前线拉来的是缺胳膊断腿的伤兵，送到前线去的是一批又一批穿一色灰军大衣的新兵。

保尔在车站食堂干了两年，这两年他所能看到的只有厨房和洗碗间。厨房是个大地下室，里面有二十几个人在干活，工作异常紧张。十个堂倌从大堂到厨房来回奔忙。

这两年里，保尔的工钱已经从八卢布加到十卢布，人也长得高大结实起来。这期间，他吃了不少苦。在厨房里做下手，给煤烟熏了半年，又被赶回洗碗间，因为那个权势极大的厨子头不喜欢这个倔强的小伙计，生怕保尔为了老是挨他的打而捅他一刀。要不是干活特别卖力，比任何人都能吃苦耐劳，他早就被赶走了。

食堂最忙的时候，他像疯子一样，端着托盘，一跨四五级台阶，拼命往下面的厨房跑，然后又往上跑。

每天夜里，当两个大堂的吵闹停了下来，堂倌们就聚在下面厨房的仓库里，打纸牌“二十一点”和“九点”[1]，大赌特赌。保尔不止一次看到，赌台上摊着许多钞票。这么多钱并不使保尔吃惊，他知道他们每人当一昼夜班，就能捞进三十到四十卢布的小费。客人每次一给就是一卢布或半卢布，他们接着就大喝大赌。保尔非常憎恨他们。

“该死的浑蛋！”他想，“像阿尔焦姆，一个顶呱呱的钳工，每月才赚四十八个卢布，我呢，只挣十卢布。他们一天一夜就捞进这么多，凭什么呢？无非是端端盘子。回头就把这些钱喝掉或是赌光。”

保尔认为，他们跟老板一样，是另一种人，是他的死对头。“这帮坏蛋，别看他们在这儿伺候人，他们的老婆孩子却在城里过着像有钱人一样的阔日子。”

他们常常把身穿中学生制服的儿子带来，有时也把吃得肥头肥脑的老婆领来。“他们的钱大概比他们伺候的那些老爷还要多。”保

1　“二十一点”和“九点”分别为一种赌博游戏。

尔心里想。

他对于夜晚在厨房的角落里或食堂的仓库里所发生的事情，已经不觉得惊讶。保尔清楚地知道，任何一个洗碗女工和女招待，要是不肯以几个卢布的代价把自己的肉体出卖给食堂里有权有势的人，那么她们在食堂里就干不长。

保尔已经窥见了生活的最深处、生活的底层，那里的腐烂味和泥沼的潮气扑面而来，他渴望了解一个未知的全新的世界。

阿尔焦姆想安排弟弟进机车库当学徒，但是没有成功，因为他们不收未满十五岁的童工。保尔期待着有一天能离开这里，机车库那熏黑了的石砌大房子已经把他吸引住了。

他时常跑到阿尔焦姆那儿，跟着他检查车辆，尽量帮他干点活。

弗茹霞离开食堂以后，保尔越发感到闷闷不乐。

这个爱说爱笑、天性快乐的姑娘已经不在这里了，于是保尔更加深刻地体会到，自己和她的友谊是多么深厚。现在早晨走进洗碗间，听见从难民中招来的女工们在争吵叫骂，他便感到某种空虚和孤独。

夜间休息的时候，保尔蹲在打开的炉门前，往炉膛里添劈柴。他眯起眼睛，望着炉火。炉火烤得他暖烘烘的，真舒服。洗碗间里只剩下他一个人了。

不知不觉，他的思绪回到不久前发生的事情上，他想起了弗茹霞。当时的情景清晰地浮现在眼前。

那是一个星期六。夜间休息的时候，保尔沿着楼梯往下走，要到厨房去。在转弯处，他好奇地爬上柴堆，想看看储藏室，因为赌博的人通常聚在那里赌钱。

那儿赌得正欢。扎利瓦诺夫坐庄，他兴奋得满脸通红。

楼梯上响起脚步声。保尔回过头，看见堂倌普罗霍尔正往下走。保尔连忙钻到楼梯下面，等他走进厨房。楼梯下面黑漆漆的，普罗霍尔看不见他。

普罗霍尔拐了个弯朝下走，保尔看见了他的宽肩膀和大脑袋。

正在这时，又有人从上面跑下来，脚步轻盈而急促。保尔听到了一个熟悉的嗓音：

“普罗霍尔，等一下。”

普罗霍尔站住了，回头朝上看。

“什么事？”他咕哝着问。

那人走下楼梯，保尔认出是弗茹霞。

她拉住堂倌的袖子，压低嗓门，结结巴巴地问：

“普罗霍尔，中尉给你的钱呢？”

普罗霍尔猛然抽回手。

“什么？钱？难道我没给你吗？”他恶狠狠地说。

“可人家给了你三百卢布啊。”弗茹霞勉强抑制住自己，没有放声大哭。

“你说什么，三百卢布？”普罗霍尔嘲讽地说，“怎么，你想全拿去？好小姐，一个洗碗女工能值那么多钱吗？依我看，给你五十卢布已经够多了。请想想，你有多走运！那些年轻太太比你干净得多，又有文化，还拿不到这么多钱呢。陪着睡一夜，就挣到整整五十卢布，你该谢天谢地。上哪儿去找这样的傻瓜客人。得，我再给你一二十个卢布，这件事就算了结了。只要你放聪明点，往后挣钱机会多得是，我会替你拉客的。”普罗霍尔甩下最后这句话，便转身走进厨房。

“流氓，坏蛋！”弗茹霞追着他骂，随后靠在柴堆上呜呜地哭起来。

保尔站在楼梯下面的暗处，听到这场谈话，又看见弗茹霞浑身颤抖，把头直往柴堆上撞，他内心的感受真是无法形容。他没有露面，也没有作声，只是猛然一把紧紧抓住楼梯的铁栏杆，脑海里掠过一个清晰而明确的念头：

“连她也给出卖了，这帮该死的家伙。唉，弗茹霞，弗茹霞……”

保尔心头对普罗霍尔的仇恨变得更深更强烈了，他憎恶和仇视周围的一切。“唉，要是我身强力壮，一定揍死这个坏蛋！为什么我不像阿尔焦姆长得那么高大健壮呢？”

炉膛里的火焰减弱了，火苗抖动着，汇成一条长长的蓝色火舌。保尔觉得，仿佛有人在朝他吐舌头，在嘲弄他、讥笑他。

屋子里静悄悄的，只听见炉子里不时发出的噼啪声和水龙头均匀的滴水声。

克利姆卡把最后一只擦得锃亮的平底锅放到架子上，擦干双手。厨房里已经没有别人了。当班的厨师和打下手的女工们都在更衣室里睡着了。每天夜里，厨房里有三个小时的空余时间，克利姆卡总是跑上来跟保尔一起消磨这段时光。这个厨房小徒工跟黑眼睛的小烧水工很要好。克利姆卡一上来，就看见保尔蹲在打开的炉门前。保尔也从墙上看见了那熟悉的、头发蓬松的人影，便头也不回地招呼道：

“坐吧，克利姆卡。”

厨房的小徒工爬上劈柴堆，躺了下来。他看了看蹲着不声不响的保尔，笑着说：

“你怎么啦？对火施魔法吗？”

保尔勉强把目光从火苗上移开。他那双炯炯有神的大眼睛直盯着克利姆卡。克利姆卡从中发现一种无法言传的悲哀。他还是第一次看到同伴眼里流露出这么忧郁的神情。

“保尔，你今天有点古怪……”他沉默了一会儿，又问，“是不是出了什么事？”

保尔站起来，坐到克利姆卡身旁。

“没出什么事，”他闷声闷气地回答，“克利姆卡，在这种地方待着我感到很不痛快。”他把放在膝上的两只手攥成了拳头。

“你今天究竟怎么了？”克利姆卡用胳膊支起身来，接着问。

“你问我今天怎么了？我从到这儿干活那天起，心里就一直憋得慌。你看看这里的情形！咱们像骆驼一样干活，可得到的回报呢，是谁高兴都可以赏你几个嘴巴子，连一个帮你说话的人都没有。老板雇咱们替他干活，可随便哪一个只要有劲，都有权揍你。即使你有分身法，也不能一下子把每个人都伺候得很满意。只要有一个不满意，你就得挨揍。不管你怎么拼命干，该做的统统做好，让谁也挑不出毛病，忙得团团转，可总有伺候不到的时候，结果又得挨耳光……”

克利姆卡惊恐地打断他的话：

“你别这么嚷嚷，要不然，人家走过会听见的。”

保尔跳了起来：

“听见就听见，反正我要离开这里！到铁路上扫雪也比在这儿强，这是什么地方……简直像坟墓，流氓骗子成堆。他们有的是钱！把咱们当畜生看，对姑娘们，想怎么干就怎么干。要是哪个长得俊俏一点，又不肯顺从他们，马上就会给赶走。她们能上哪儿去？招来的都是些没地方住、没东西吃的难民。她们总得填饱肚子，在这儿好歹有口饭吃。为了不挨饿，只得任凭他们摆布。”

保尔讲这番话时，神情是那样愤愤不平，克利姆卡真担心别人会听见。他一跃而起，把通向厨房的门关好，可保尔依旧在倾吐积聚在心头的愤懑。

“就说你吧，克利姆卡，人家打你，你总是不吭声。你为什么不吭声呢？”

保尔坐到桌旁的小板凳上，疲倦地用手支着头。克利姆卡往炉子里添了些劈柴，也在桌旁坐下。

“今天咱们不读书吗？”他问保尔。

“没有书，”保尔回答，“书亭没开门。”

“怎么，难道书亭今天不营业吗？”克利姆卡惊讶地问。

“卖书的给宪兵抓走了，从他那儿搜出了些东西。”保尔回答。

“凭什么抓他？”

“听说是搞政治。”

克利姆卡迷惑不解地看了保尔一眼。

“什么叫政治呀？”

保尔耸了耸肩膀，说：

“鬼才知道！听说，谁反对沙皇，谁就是在搞政治。”

克利姆卡吓得打了个冷战。

“难道真有这样的人？”

“不知道。”保尔回答。

门开了，睡眼惺忪的格拉莎走进洗碗间。

“孩子们，你们怎么还不睡觉呢？趁火车没来，还可以睡上一个钟头。去睡吧，保尔，我替你照看水锅。”

保尔结束这份工作比他预料的要早。这样的离开，也出乎他的意料。

寒冷的一月份的一天早上，保尔干完活准备回家，但是接班的小伙子没来。保尔去找老板娘，说他要回家，然而老板娘不放他走。保尔虽然疲倦，但不得不留下再干一天一夜。入夜时，他已筋疲力尽。在大家都休息时，他还得灌满几锅水，把它们烧开，等着三点钟到站的那班火车。

保尔拧开水龙头，可是没有一滴水。显然水塔没放水。他让龙头开着，自己倒在柴堆上歇一会儿，谁知立刻睡着了。他实在是太累了。

几分钟后，水龙头咕嘟咕嘟地流出水来，水注进水槽，很快就漫溢出来。水顺着瓷砖流到洗碗间的地板上，夜里洗碗间照例是没有人的。水越流越多，漫过地板，从门底下流进了大堂。

一股股水流从正在熟睡的旅客们的包袱和手提箱下悄然流过，但是谁也没有注意到。直到水浸湿了一个睡在地板上的旅客，他猛跳起来，大喊大叫，人们才慌忙扑向各自的行李。大堂里乱作一团。

水还在不住地流。

在另一个大堂里收拾桌子的普罗霍尔听到旅客们的喊声，连忙跑过来。他跳过积水，冲到门前，用力把门打开。原先被门挡住的水哗的一下全涌了进来。

喊声更响了。几个当班的堂倌跑进了洗碗间。普罗霍尔朝酣睡的保尔扑去。

雨点般的拳头立刻落在保尔头上，他被打蒙了。

他刚给打醒，什么也不明白，眼前直冒金星，浑身火辣辣地疼。

他挨了一顿痛打，好不容易才一步一步地挪到了家。

第二天早晨，阿尔焦姆阴沉着脸，让保尔告诉他事情的经过。

保尔述说了经过的情形。

“打你的是谁？”阿尔焦姆瓮声瓮气地问。

“普罗霍尔。”

“好，你躺着吧。”

阿尔焦姆披上短皮袄，一句话也没说就走了出去。

“我能见见堂倌普罗霍尔吗？”一个陌生的工人问格拉莎。

“请等一下，他马上过来。”

这个工人将魁梧的身躯靠在门框上。

“好，我等着。”

普罗霍尔端着一大堆盘子，踢开门走进洗碗间。

“他就是普罗霍尔。”格拉莎指着他说。

阿尔焦姆上前一步，一只手重重地按住堂倌的肩膀，眼睛瞪着他，问：“你为什么打我的弟弟保尔？”

普罗霍尔想挣脱肩膀，但阿尔焦姆狠狠的一拳已把他打倒在地。他想爬起来，可第二拳比第一拳更有力，叫他趴在地上半天都起不来。

洗碗的女工们吓得躲到了一边。

阿尔焦姆转身朝外走。

被打得满脸流血的普罗霍尔在地板上翻滚。

那天晚上，阿尔焦姆没有从机车库回家。

母亲打听明白，他被关进了宪兵队。

六天之后的晚上，阿尔焦姆才回家，这时母亲已经睡了。他走到坐在床上的保尔跟前，关切地问：

“怎么样，弟弟，好点了吗？”他在旁边坐下，“这还算运气。”沉默了一会儿，他又接着说，“不要紧，你到发电厂去干活吧，我已经替你说定了。在那儿，你可以学到一点本事。”

保尔伸出双手，紧紧握住阿尔焦姆的大手。

第二章

祸起枪支

一个惊天动地的消息旋风般地刮进了小城："沙皇被推翻了！"

城里的人都不敢相信。

一列火车在暴风雪中缓缓驶入车站，两个身穿军大衣、肩扛步枪的大学生和一队戴着红袖章的革命士兵从车上跳下来。他们逮捕了车站上的宪兵、年老的上校和警备队长。城里的人这才相信消息是真的。于是，几千居民踏着积雪，穿过街道，拥向广场。

人们如饥似渴地听着一连串新名词：自由、平等、博爱。

喧闹的、充满兴奋和喜悦的日子很快过去了。城里又恢复了平静，只有孟什维克[1]和崩得分子[2]把持的市政管理局大楼顶上那面红旗才告诉人们这里发生过变动。其他一切照旧。

冬末，一个近卫骑兵团进驻小城。每天早晨，团里都派出骑兵小分队，到车站去抓那些来自西南前线的逃兵。

---

1 孟什维克是俄国工人运动中的改良主义派别，俄文音译，意为少数派。1917年二月革命胜利后，孟什维克联合社会革命党将受它们领导的苏维埃变为俄国临时政府。十月革命胜利之后，由于它坚持机会主义立场，并从事敌视苏维埃国家的活动而被取缔。

2 崩得，犹太社会民主主义总同盟的简称，成立于1897年10月，是孟什维克的一个派别。

近卫骑兵个个长得高大健壮，脸上堆满了肥肉。军官大都是伯爵和公爵，戴着金色的肩章，马裤上镶着银色的滚边，一切都跟沙皇时代一样，好像没有发生过革命。

1917年匆匆过去了。在保尔、克利姆卡和谢廖沙看来，一切都是老样子。老爷依然是原先的老爷。只是到了多雨的11月，情况才有点异常。车站上活跃着一群新人，其中绝大多数是从前线回来的士兵，都带有奇怪的称号："布尔什维克[1]。"

这个响亮有力的称号是从哪里来的，谁也不知道。

骑兵们要抓住来自前线的逃兵可不那么容易。车站上枪声不断，被打碎的玻璃窗越来越多。士兵们成群结队地从前线逃回来，遇到阻拦，便用刺刀开路。到了12月初，他们竟一列车一列车地涌来。

近卫骑兵守住车站，想拦截列车，却遭到机枪的迎头痛击。那些不怕死的人全都从车厢里往外冲。

那帮身穿灰军装、从前线逃回的士兵把骑兵赶回城里。然后他们又回到车站，于是火车便一列接着一列地开了过去。

1918年春季的一天，三个好朋友在谢廖沙家玩了一阵"六十六点"，就跑了出来，顺路拐进柯察金家的园子，躺在草地上。真是无聊，平时常玩的游戏都玩腻了。他们开始动脑筋，怎样更好地消磨这大半天。这时，背后响起了嘚嘚的马蹄声，一个骑马

---

1 布尔什维克是苏联共产党建党初期党内的一个派别，俄文音译，意为多数派。布尔什维克坚持马克思主义并把它同俄国实际相结合，创造性地发展马克思主义。因而从1903年以来，布尔什维克成为马克思主义者的称号，1912年1月起布尔什维克成为新型的无产阶级政党。1918年3月根据列宁建议改名为"俄国共产党（布尔什维克）"，1925年易名为"苏联共产党（布尔什维克）"，1952年在苏共第十九次代表大会上改名为"苏联共产党"。

的人沿着大路疾驰而来。那马一纵身，跃过了公路和园子的低矮栅栏之间的排水沟。骑马的人挥了挥马鞭，对躺在地上的保尔和克利姆卡说：

“喂，小伙伴们，来！”

保尔和克利姆卡跳起来，跑到栅栏跟前。骑马的人满身尘土，歪戴在后脑勺上的军帽和保护色的军便服上都积了厚厚的一层灰尘。结实的军用皮带上挂着一支转轮手枪和两颗德国造的手榴弹。

“小朋友，请给我打点水喝喝！”骑马的人请求道。当保尔进屋取水的时候，他转身问正瞧着他的谢廖沙：“小朋友，现在城里谁掌权？”

谢廖沙急忙把城里的各种消息告诉他：

“我们这儿已经两个星期没人管了。只有一个自卫队。夜里，老百姓轮流值班护城。您是什么人？”他也提出了问题。

“嘿，知道事情太多，转眼变成小老头。”骑马的人微笑着回答。

保尔手里端着一大杯水，从屋里跑出来。

骑马的人咕嘟咕嘟一口气喝了个精光，把杯子还给保尔。然后一抖缰绳，朝松林那边疾驰而去。

“他是干什么的？”保尔疑惑地问克利姆卡。

“我怎么知道？”克利姆卡耸耸肩膀，回答道。

“大概又要换政府了，怪不得列辛斯基一家昨天都跑了。有钱人跑了，那就是说，游击队要来了。”谢廖沙坚决果断地解决了这个政治问题。

他的结论令人十分信服，保尔和克利姆卡立马表示赞同。

三个朋友还没有好好谈完这个话题，公路上又传来嘚嘚的马蹄声。他们一齐朝栅栏跑去。

三个孩子依稀看见，从树林里、从林务官的房子后面，转出了许多人和车，而紧靠着公路，约有十五六个骑兵，步枪搁在马鞍上。走在最前面的有两人，其中一个已过中年，身穿保护色军服，腰系军官武装带，胸前挂着望远镜。另一个和他并排走的，正是孩子们刚才见过的那个骑马的人。中年人的军装上别着一个红蝴蝶结。

“瞧，我说什么来着？”谢廖沙用胳膊肘捅了一下保尔的腰，“看见了吧，红蝴蝶结。是游击队。我敢起誓，他们肯定是游击队……”说着，高兴得大喊一声，像小鸟似的越过栅栏，跑出去了。

两个朋友紧跟着也跳了出去。现在他们三个一起站在公路旁，看着开过来的队伍。

骑马的人已经来到跟前。刚才见过的那人朝他们点点头，用马鞭指着列辛斯基家的房子，问：

“谁住在这栋房子里？”

保尔紧紧跟在骑马的人后面，说：

“是律师列辛斯基。他昨天就跑了。看样子，是怕你们……”

“你怎么知道我们是什么人？”中年人微笑着问。

保尔指着红蝴蝶结，说：

“这是什么？一眼就看得出来……”

居民们纷纷拥上街头，好奇地打量着这支新开到的队伍。三个孩子也站在路边，注视着浑身尘土、满脸倦容的红军战士。

队伍里唯一的一门大炮沿着石子路隆隆驶过，架着机枪的马车也辘辘驶去。三个孩子跟在游击队的后面，直到队伍停在镇中心，战士们分散到各户去居住，他们才各自回家。

晚上，在改为游击队司令部的列辛斯基家的大客厅里，在一张四脚雕花的大桌子旁坐着四个人：一个是已上了年纪、头发斑白的游击队队长布尔加科夫同志，其他三个是指挥部成员。

布尔加科夫在桌上打开一张本省地图，一边用指甲在上面画着线路，一边向坐在对面的长着一口结实的牙齿、颧骨高高的人说：

“叶尔马钦科同志，你说我们应该在这里打一仗，我倒认为，应该天亮就撤退。最好今夜就撤，不过大家太累了。我们的任务是赶在德国人之前撤至卡扎京。凭我们目前的兵力去阻击敌人，那简直是开玩笑。一门炮、三十发炮弹、二百个步兵、六十个骑兵，根本不是敌军的对手。德国人正如同铁流，滚滚而来。我们只有和其他后撤的红军部队会合，才能作战。同志们，我们必须注意到，除了德军，沿路还有许多形形色色的反革命匪帮。我的意见是明天一早就撤退，同时把车站后面的那座小桥炸毁。德国人修桥，得花两三天的时间。这样就能暂时延缓他们沿铁路线推进。同志们，你们认为如何？让我们做决定吧。”他转向坐在桌子旁边的两个人说。

坐在布尔加科夫斜对面的斯特鲁日科夫咬着嘴唇，看看地图，又瞧瞧布尔加科夫，终于费劲地从嗓子眼里挤出一句话：

“我……赞……赞成布尔加科夫的意见。”

那个穿工装的年轻人也表示同意：

“布尔加科夫说得有道理。”

只有叶尔马钦科，就是白天跟三个小伙伴谈过话的那个人，摇头反对。

“那我们还建立这支队伍干什么？为了在德国人面前不战而退吗？照我说，咱们应当在这儿跟他们干一仗。总是往后跑，叫人憋得慌……要是由我做主，非在这儿打一仗不可。”他猛地推开椅子，站起身，在屋子里踱起步来。

布尔加科夫不以为然地看了他一眼。

“仗要打得有道理，叶尔马钦科同志。明知要吃败仗，还硬叫战士们往上冲、去送死，这种事咱们不能干。这简直是开玩笑。在咱们后面，有敌人整整一个师，而且配备着重炮和装甲车……叶尔马钦科同志，咱们可不能要小孩子脾气……”接着他转而对另外两个同志总结性地说道：“这事就这么定了，明天一早撤……接下来谈谈建立联系的问题。”布尔加科夫继续说，“既然咱们是最后撤退的，理应担负起组织敌后工作的任务。这个小城有两个车站，是重要的铁路枢纽。我们必须委派一个可靠的同志在车站上工作。现在我们决定一下，留谁在这儿开展工作。大家提名吧。”

“我认为，应当留下水兵朱赫来，”叶尔马钦科走近桌子说，“第一，他是本地人；第二，他是钳工，又是电工，容易在车站找到工作；第三，谁也没看到他跟我们的队伍在一起，他要今天深夜才能赶到。这个小伙子聪明能干，一定能胜任这里的工作。依我看，他是最合适的人选。”

布尔加科夫点点头说：

“对，叶尔马钦科，我赞成你的意见。同志们，你们有不同意见吗？”他转向其余两位，“没有？那就这么定了。我们给朱赫来留下一笔钱和工作指令……同志们，现在我们讨论第三个也是最后一个问题，”布尔加科夫说，“这就是处理本城存放的武器问题。这儿存有两万支步枪，还是沙皇打仗时留下来的。这批枪藏在一个农民的板棚里，日子久了，大家都忘了。板棚的主人告诉了我这个消息，他希望能处理掉……当然，这批枪不能留给德国人。我认为应该把棚子烧毁，而且得立刻动手，赶在天亮前办妥。只是焚烧会有危险：板棚就在城边上，周围住的都是穷人，要是真烧起来，可能会把农民的房子也烧掉。”

斯特鲁日科夫身材结实，满脸胡须，很久没有刮过了。他动了动身子说：

“为……为什么要烧掉？我认……认为应该把这些武器分……分发给老百姓。”

布尔加科夫立刻朝他转过脸去：

“你是说分发下去？”

“对。这样才对！”叶尔马钦科兴奋地喊道，“把这些枪发给工人和其他想要的老百姓。他们被逼得走投无路的时候，这些枪至少可以给德国人制造一些麻烦。要知道，德国人肯定会残酷地欺压老百姓。到了忍无可忍的时候，人们准会拿起武器来。斯特鲁日科夫说得对，把枪发下去！最好能运一些到乡下去。农民会把枪藏得更严实，一旦德国人征用老百姓的财物，把他们逼得倾家荡产，这些可爱的枪支就能发挥很大的作用了！”

布尔加科夫笑了：

“是啊，不过要是德国人命令交枪，大家都会把枪交上去的。”

叶尔马钦科反驳道：

“不，不会全都交出去的。有的人会交，而有的人会留下的。”

布尔加科夫用询问的眼光扫视了在座的人们。

“分发下去，把枪分发下去。”那年轻的工人也支持叶尔马钦科和斯特鲁日科夫。

“好，那么就把枪分发下去吧。”布尔加科夫也同意了。

“所有的问题都讨论完了，”他从桌旁站起来说，“现在我们可以休息到天亮。当朱赫来到了，就请他到我这儿来。我要和他谈谈。而你，叶尔马钦科，请去查查岗哨吧。”

大家都走了，只剩下布尔加科夫一个人。他走进客厅旁的主卧室，把军大衣铺在褥子上，睡下了。

清晨，保尔从发电厂下班回家。他当锅炉工下手已整整一年了。

小城里异乎寻常地热闹。保尔立刻发现了这种热闹，沿路越来越经常地碰到扛着一支、两支甚至三支步枪的居民。他不知道发生了什么事，赶紧回家。在列辛斯基的住宅附近，他看见昨天见过的那几个人正跨上马背。

保尔跑进家，匆忙洗了脸，听母亲说阿尔焦姆还没回来，立刻冲出去，奔向住在城市另一头的谢廖沙家。

谢廖沙是火车副司机的儿子。他父亲有一所自己的小屋和一份微薄的家产。谢廖沙不在家。他的母亲，一个脸儿白白的胖妇人，不满地看了保尔一眼，说：

“鬼知道他在哪里！天刚亮，他就着了魔似的跑出去了。说是什么地方在发枪，他可能就在那里。你们这些流鼻涕的野小子，就该用鞭子抽。实在是太胡闹了，真拿你们没办法。个儿才比瓦罐高两寸，也要去领枪。你去告诉我那个小捣蛋，哪怕带回一粒子弹，我也要揪下他的脑袋。什么乱七八糟的东西都往家里拿，往后还得受他连累。你怎么，也想到那儿去？”

可是保尔已经不愿听谢廖沙母亲的唠叨，他急忙跑到了街上。

迎面走来一个男人，双肩各背着一支枪。

“叔叔，告诉我，从哪里领的枪？”保尔飞快地跑到他跟前问。

“在维尔霍维纳大街，那里正在分发呢。”

保尔竭尽全力朝指定地点跑去。他跑过两条街，碰见一个小男孩拖着一支沉甸甸的、带着刺刀的步枪。

“你从哪儿弄来的？”保尔拦住他问。

“游击队在学校对面发枪，不过已经一支也不剩了。全都领光了。他们发了一整夜，现在只有些空箱子堆在那里了。而我，拿的已经是第二支了。”男孩骄傲地说。

听到这个消息，保尔非常伤心。

“哎，见鬼，早知这样，我就直接跑到那儿去，不回家了。”他绝望地想，“我怎么把这样一个好机会错过了呢？”

突然，他灵机一动，急速转过身来，三步并作两步追上了那个已走过去的男孩，用力从他手里夺过了步枪。

“你已经有一支，够了。这支给我。”他用一种不许反抗的口吻说。

这样在大白天里抢东西，把那男孩激怒了。他扑向保尔，但保尔后退一步，端起刺刀，大喝一声：

“走开，当心刺刀戳到你！”

男孩伤心地哭了，转身跑开，边跑边骂，可是没有办法。保尔心满意足地飞奔回家。他跳过栅栏，跑进板棚，把枪藏在棚顶下面的横梁上，然后高兴地吹着口哨，走进屋子。

乌克兰夏天的夜晚是可爱的。像谢佩托夫卡这样的小城，它的中心是市区，但四周全是乡村，一到夏天宁静的夜晚，年轻人全都跑到外面来。姑娘和小伙子们一对对、一群群，有的坐在自家的台阶旁，有的坐在花园和庭院里，有的索性来到大街上，坐在盖房子用的木堆上。欢声笑语，歌声阵阵。

空气中流动着浓郁的花香。星星像萤火虫一样，在深邃的天空闪着微光，人声传得很远很远……

保尔非常喜欢他的手风琴。他爱怜地把他那只音色悦耳动听的维也纳双键手风琴放在膝上。灵活的手指刚触着键盘，便自上而下地迅速飞舞起来。低音一声鸣响，随即奏出欢快的旋律。

手风琴拉了起来。此时此刻，你能不闻声起舞吗？你会忍不住的，双脚会不由自主地跳起来。手风琴的琴声充满着激情——生活在人世间是多么美好啊！

今天晚上特别快活。一群年轻人聚集在保尔家旁边的木料堆上，说笑弹唱，而笑得最响的是保尔的邻居嘉莉娜。这个石匠的女儿喜欢跟男孩子们唱歌跳舞。她唱的是女中音，声音嘹亮而圆润。

保尔向来有点怕她。她的口齿非常伶俐。她挨着保尔坐在木料堆上，紧紧搂住他，大声笑着说：

“哟，你这个手风琴手，真不错！可惜，你还没长大，要不，你将是我多么喜爱的小丈夫啊！我就喜欢拉手风琴的人，他们把我的心都融化了。”

保尔臊得满脸通红，幸亏是在晚上，谁也看不见。他想推开这个调皮的姑娘，可是她紧抱着他不放。

“呵，亲爱的，你往哪儿逃？哎哟，多好的小丈夫啊！”她打趣道。

保尔感到她那富有弹性的胸脯紧贴着他的肩膀，不由得局促不安起来，周围笑声一片，惊醒了往常宁静的街道。

保尔用手推开嘉莉娜的肩膀，说：

“你妨碍我拉琴了，离远点吧。”

于是又引起一阵戏谑和哄笑。

这时玛鲁霞插嘴了：

“保尔，拉一支忧郁一点的、扣人心弦的曲子吧。”

于是手风琴的风箱缓缓拉开，他的手指在键盘上轻柔地移动，响起一首大家都熟悉的本地民歌。嘉莉娜头一个随着琴声唱了起来，玛鲁霞和其他人马上附和她：

所有的纤夫
一齐回到了故乡，
这里多么亲切，
这里多么美好，
我们深情地歌唱。

青年们嘹亮的歌声传向遥远的森林。

“保尔！”

那是阿尔焦姆的声音。保尔盖上手风琴的风箱，扣好皮带。

“在叫我呢，我得走了。”

玛鲁霞央求他：

“再坐一会儿，再拉几曲吧。回家还早呢。”

但是，保尔急着要走。

“不，明天再玩吧，现在该回家了，阿尔焦姆叫我呢。”于是他跑过大街，走进小屋。

他一推开门，就看见阿尔焦姆的同事罗曼坐在桌旁，另外还有一个他不认识的人。

“你叫我吗？”保尔问。

阿尔焦姆朝保尔点点头，然后转身对陌生人说：

“这就是我弟弟。”

那人向保尔伸出一只长满老茧的手。

“保尔，是这么回事，”阿尔焦姆对他说，“你说过你们发电厂有个电工病了。明天你打听一下，他们要不要雇一个内行人来替他。要是要的话，就来告诉我。”

陌生人接过话茬：

“不，我跟他一道去吧。我自己同老板谈。”

“当然要雇人的。因为斯坦科维奇生了病，今天发电机都停了。老板跑来两趟，急着要找人替他，可就是找不到。他又不敢叫锅炉工一个人来发电。那电工害的是伤寒病。”

“这样的话，那就成了。”陌生人说。“明天我来找你，我们一道去。”他转身对保尔说。

“好的。”

保尔看到陌生人那双安详的灰色眼睛正在审视他。那坚定的、凝视的目光，使保尔有点局促不安。灰色的短上衣从上到下都扣着纽扣，紧紧地裹住他那宽大而结实的身子，显然太小了。他的脖子像牛脖子一样粗壮，整个身躯宛如一棵矮壮的老橡树，充满着力量。

分手的时候，阿尔焦姆对他说：

“再见，朱赫来，祝你好运。明天跟我弟弟一道去把事情办妥吧。”

游击队撤走以后第三天，德国兵进了城。几天来一直冷冷清清的车站上，响起了火车头的汽笛声，这是他们到来的信号。消息马上传遍了全城：

“德国人来了。”

全城立刻像捅开的蚂蚁窝一样骚动起来。虽然大家早知道德国兵一定会来，但总有点将信将疑。可是现在这些可怕的德国人已经不是远在天边，而是近在眼前，开到城里来了。

所有的居民都贴着栅栏和篱笆门朝外张望。他们不敢到街上去。

德国人不走路中间，而是排成两个单行，沿马路两侧前进。他们身穿墨绿色军服，平端着枪。枪上上着宽刺刀，头上戴着沉重的钢盔，身上背着硕大的行军袋。从车站到市区，他们的队伍连绵不断，宛如一条长带；他们小心翼翼地走着，随时准备应付抵抗，虽然并没有人想抵抗他们。

两个军官手拿毛瑟枪，走在队伍前头。一名盖特曼[1]小头目兼翻译走在马路当中，他身穿蓝色的乌克兰短上衣，戴着一顶羊皮高帽。

德国兵在市中心的广场上列成方阵。他们擂起战鼓，集合了一小群胆大的居民。身穿乌克兰短上衣的盖特曼军官，走上一家药房的台阶，高声宣读城防司令科尔夫少校的命令。

命令如下：

第一条　本城所有居民，限于二十四小时内交出所有火器及其他各种武器。违者枪决。

1 盖特曼，指1919年4月至12月奥地利–德国军队占领乌克兰时期建立的反革命军事独裁政府。

第二条　本城宣布戒严，每晚八时以后禁止通行。

城防司令科尔夫少校

那幢从前是市政管理局所在地、革命后又归工人代表苏维埃使用的大楼，现在成了德军的城防司令部。楼房的台阶旁，站着一个卫兵。他头上戴的已经不是钢盔，而是缀着一个很大的鹰形帝国徽章的大檐帽了。院子里划出一块地方，用来堆放收缴的武器。

整天都有怕被枪毙的居民来交武器。大人们不敢露面，前来交枪的都是年轻人和小孩。德军没有扣留一个人。

有些不愿当面交枪的人，干脆在夜里把枪扔到街上。第二天早上德国巡逻兵把这些枪捡起来，装到军用马车上，运回司令部。

中午十二点以后，规定的期限已过，德国兵清点战利品。总共是一万四千支步枪。也就是说，还有六千支没有交上来。德国人开始挨家挨户搜查，但是搜到的非常少。

第二天拂晓，在城外古老的犹太人墓地旁，有两个铁路工人被枪毙，因为搜出了他们藏匿的步枪。

阿尔焦姆一听到那命令，就匆忙回家。在院子里他碰到保尔，立刻抓住他的肩膀，小声地但坚决地问：

“你有没有从外面拿什么东西回家？”

保尔本想闭口不提步枪的事，可是又不愿意对哥哥撒谎，结果全说了。

他们一道走进板棚。阿尔焦姆取下藏在横梁上的步枪，卸下刺刀，抽出枪栓，抓住枪筒，竭尽全力朝栅栏的柱子砸去，把枪柄砸了个四分五裂。砸下的碎块被远远地扔到花园外的荒地里。接着阿尔焦姆又把刺刀和枪栓扔进粪坑。

做完这一切，阿尔焦姆对弟弟说：

“保尔，你已经不小了，该懂得私藏武器可不是闹着玩的。我认真地告诉你：以后什么也不许拿回家。要知道，现在为了这个会送命的。记住，以后不许瞒着我。不然的话，你带回家来，给他们查到了，头一个抓去枪毙的肯定是我。你这个小孩他们倒不会碰的。现在正是狗崽子们当道的时候，你明白吗？”

保尔答应以后不把任何东西带回家了。

当他们穿过院子正要进屋的时候，一辆四轮马车停在了列辛斯基家的大门口。律师和他的妻子以及女儿涅莉、儿子维克多从车里走出来。

“候鸟飞回来了，”阿尔焦姆愤愤地说，“瞧，好戏又要开场了，他妈的！”说完，他走进屋子。

保尔为他的枪难过了一整天。就在同一天，他的好朋友谢廖沙在一个废弃的破板棚的墙角边，挥动着铁锹，拼命挖土。他终于挖了一个大坑。谢廖沙把领来的三支步枪用破布包好，埋了进去。他不愿意把这些枪交给德国人。昨天晚上他冥思苦想了一夜，实在舍不得这些心爱的宝贝。

他用土把坑填满，使劲把它踩实，又弄来一堆垃圾破烂盖住新土。他挑剔地审视了一番自己的劳动成果，觉得很满意。这才摘下帽子，擦擦头上的汗珠。

“好，这下就让他们搜吧。就是搜到了，也查不清这是谁家的板棚。”

朱赫来在发电厂干活已经一个月了，保尔不知不觉地和这个严肃的电工成了好朋友。

朱赫来把发电机的构造教给这个锅炉工助手，并且教他如何干活。

水兵朱赫来挺喜欢这个机灵的小孩。他经常在休息天去找阿尔焦姆。这个深明事理、神情严肃的水兵，总是耐心地倾听他们讲述日常生活琐事，特别是在保尔母亲抱怨保尔如何淘气的时候。他总有办法劝慰她，让她忘却不幸，变得快活一点。

有一天，在发电厂那堆满木料的院子里，朱赫来拦住保尔，微笑着说：

“你母亲说你爱打架。她说：‘我那孩子就像小公鸡一样好斗。’”朱赫来纵声大笑，似乎挺赞赏，“打架根本不是坏事，只是要弄清楚该打谁和为什么打。”

保尔不知道朱赫来是在嘲笑他还是跟他说正经的，便回答说：

“我从不平白无故打架，总是在有理的时候才打。”

朱赫来出其不意地提议道：

“想要我教你打架的真功夫吗？”

保尔惊诧地望着他：

“什么是真功夫？”

“好，你就瞧着吧。”

保尔头一次见识了英国拳击，朱赫来简明扼要地给他讲解了一番。

保尔不是很容易就学会这门本领的，但是掌握得挺不错。朱赫来的拳头一次又一次地把他打飞，让他摔了一个又一个倒栽葱，但是他依旧勤奋耐心地学下去。

有一天，天气很热，保尔从克利姆卡家回来，在屋子里转了一圈，没找到活干，就决定到屋后园子角落里的小棚顶上去，那是他最喜欢的地方。他穿过院子，走进小园子，来到板棚跟前，登着墙壁上凸出处爬上棚顶。他拨开板棚上面茂盛的樱桃树枝，爬到顶棚正中，躺在可爱的阳光下面。

这棚顶的一面正对着列辛斯基家的花园。如果爬到棚顶的边缘，就能看到整个花园和房子的一面。保尔探头朝屋后张望，看到了院子的一角和停在那里的一辆四轮马车。还看到那个住在列辛斯基家的德国中尉正手拿刷子在刷他长官的衣物。保尔不止一次地在列辛斯基家大门口看到过这个中尉。

中尉身材粗短，脸色红润，留着一撮修剪得整整齐齐的短胡须，戴着夹鼻眼镜和漆皮帽舌的军帽。保尔知道他住在厢房里，窗子朝着花园，从棚顶上看得一清二楚。

这时，中尉正坐在桌旁写东西。过了一会儿，他拿起写好的东西走了出去。他把一封信交给勤务兵，随即沿着花园的小径朝临街的栅栏门走去。走到凉亭旁边，他站住了，显然在跟谁说话。涅莉从凉亭里走了出来。中尉挎着她的胳膊，两人一同跨出栅栏门，上街去了。

这一切保尔全看在眼里。他正打算睡一会儿，又看见勤务兵走进中尉的房间，把中尉的军装挂到衣架上，打开朝花园的窗子，收拾完房间，就走出去，随手带上了门。过了一小会，保尔看见他已经到了拴着马匹的马厩旁。

保尔朝敞开的窗户望去，清楚地看见整个房间里的东西。桌子上放着皮带和一件闪闪发亮的东西。

他耐不住好奇心的驱使，悄悄地从棚顶攀到樱桃树上，哧溜一声溜到列辛斯基家的花园里。他弯着腰，几个箭步就跑到敞开的窗户跟前，然后朝屋子里看了一眼。桌子上放着一条武装带，枪套里插着一支非常漂亮的十二响的“曼利赫尔”手枪。

保尔紧张地屏住气。有几秒钟，他心里发生了剧烈斗争，但是他素来胆大，终于不顾一切地探进身子，握住枪套，抽出那支乌黑闪亮的新手枪，匆忙退回到花园里。他向四周打量了一下，小心翼翼地把手枪插进裤袋，飞快地穿过花园，跑到樱桃树前。他像猴子一般，迅速地爬上屋顶，接着又回头看了一下，那勤务兵正安闲地跟马夫聊天。花园里一片寂静……他马上溜下板棚跑回家。

母亲正在厨房里忙着做饭，没有注意到他。

保尔捡起箱子后面的一块脏布，塞进口袋里，一声不响地溜出房子。他跑过花园，越过栅栏，跑上通向森林的大路。他一面握住那支猛烈撞击他大腿的手枪，一面朝那座倒塌了的旧砖厂飞一般地奔去。

他的两只脚快得简直不沾地，风在耳边呜呜作响。

老砖厂那里很安静。木板房顶有几处已经塌下来，碎砖堆积如山，砖窑也已遭到毁坏，呈现出一片凄凉景象。这里遍地杂草丛生。只有他们三个好朋友有时候一起到这里玩。保尔知道很多可靠的隐蔽处，可以藏他偷来的宝贝。

他从一个破洞钻进灶里去，又小心地回头望了一下，路上没有一个行人。松林发出飒飒的响声，微风扬起了路旁的灰尘。四周充溢着浓烈的松脂味。

保尔把那支用破布包好的手枪放到灶底的一个角落里，然后盖上一堆旧砖头。他钻出灶子，用砖块堵住灶门，做了一个记号，这才走上大路，慢慢走回家去。

一路上他的双腿不住地打战。

“这事会怎么结束呢？”他暗想，不安使得他的心都揪紧了。

为着不待在家里，他提早去了发电厂。他从看门人那里拿过钥匙，打开大门，走进安装着发动机的机房。他一边揩风箱、往锅炉里放水和生火，一边不停地想：

“列辛斯基家里现在不知怎么样了？”

已经很晚了，快到十一点的时候，朱赫来走到保尔身边，把他叫到院子里，低声问他：

“今天为什么有人到你们家里搜查？”

保尔吓得打了个冷战：

“什么？搜查？”

朱赫来沉默了一会儿，补充说：

“是啊，情况不妙。你不知道他们搜查什么吗？”

保尔当然知道他们搜查什么，但是他不敢把偷枪的事情告诉朱赫来。他吓得浑身哆嗦，不安地问道：

“阿尔焦姆被抓走了吗？”

“谁也没有被抓走，可是你们家已经给翻了个底儿朝天了。”

听到这句话，保尔稍微放宽了心，但是依旧忐忑不安。有几分钟，他们俩各自想着自己的心事。一个知道搜查的原因，担心以后的结果；另一个不知道搜查的原因，因此警觉起来。

“真见鬼，难道我已经露了马脚？阿尔焦姆一点也不知道我的事情，但是，为什么要到他家去搜查呢？往后应该格外小心。”朱赫来心里想。

他们默默地分开，各自干活去了。

这时在列辛斯基家里却闹翻了天。

那个德国中尉发现手枪不见了，就把勤务兵喊来问话。得知手枪确实丢了，这个平常看起来很有修养、沉稳持重的中尉扬起手臂，狠狠打了勤务兵一记耳光。勤务兵身子晃了晃，马上又笔直地站在那儿，认罪地眨着眼睛，恭顺地听候发落。

律师列辛斯基被叫来查问，他狼狈地在中尉面前直道歉，因为在他家里发生了这样不愉快的事情。

这时候恰好维克多也在场，他对父亲说，手枪很可能是邻居偷去的，尤其是小流氓保尔嫌疑最大。他父亲连忙把儿子的想法告诉了中尉，于是中尉立刻下令搜查。

搜查毫无结果。这次窃枪事件使保尔相信，即使这样冒险的举动，有时也可以平安无事地度过。

第三章

认识初恋

冬妮亚站在敞开的窗户跟前，闷闷不乐地望着那熟识的、心爱的花园，望着花园四周那些高大挺拔、在轻风下微微颤动的白杨。她真不敢相信，她离开亲爱的故居已经整整一年了。她仿佛昨天才离开这个从小就熟悉的地方，今天一早又乘着火车回来了。

这里一切照旧：依然是一排排修剪得整整齐齐的树莓，依然是一条条纵横交错的小径，两旁种着妈妈喜爱的蝴蝶花。花园里的一切都收拾得整洁利落，处处显示出一位有学问的林学家的循规蹈矩。这些干净的、图案似的小径让冬妮亚感到索然无味。

冬妮亚拿起一本没有看完的小说，推开走廊的门，下了台阶，走进花园。她又推开油漆过的篱笆门，向火车站水塔旁边的池塘缓步走去。

她穿过一座小桥，走上大路。这条路很像公园里的林荫道。右边是池塘，池塘四周布满垂柳和茂密的柳丛。左边长着一片树林。

她正想朝池塘边的旧采石厂走去，突然看见水面上有一支小钓竿在浮动，便停下了脚步。

她朝弯曲的垂柳俯下身去，伸出一只手拨开柳枝，看到一个晒得黝黑的光脚男孩，裤腿卷到膝盖以上。他身旁放着一只装着蚯蚓的锈铁罐子。那少年正全神贯注地在钓鱼，没有留意到冬妮亚的注视。

“这里还能钓到鱼吗？”

保尔生气地回头看了看。

一个陌生女孩站在那里，手扶着柳枝，身子低低地俯在水面上。她穿着领子上有蓝条纹的白色水兵服和浅灰色短裙子。一双绣花短袜紧裹着晒黑的匀称小腿。脚上穿着一双棕色皮鞋。

拿钓竿的手微微抖了一下，鹅毛浮子在平静的水面上动了动，荡起一圈圈波纹。

背后传来激动的声音：

“咬钩了，瞧，咬钩了……”

保尔惊慌失措地拉起了钓竿。钓钩上的蚯蚓打着转转，蹦出水面，飞溅起一串串水花。

“真见鬼，现在还能钓什么！怎么跑出这么一个妖精。”保尔恼怒地想。为了掩饰自己的笨拙，他把钓钩向更远的水面甩去，正好落到两支牛蒡中间，这恰恰是他不应当下钩的地方，因为鱼钩可能会挂住水下的树根。

保尔知道钩下错了地方，却头也不回，对坐在上面的姑娘小声说：

“您瞎嚷嚷什么？把鱼都吓跑了。”

立刻，他听到上面传来了讽刺、挖苦的声音：

“呵，它们一看见您，早就吓跑了。再说，大白天哪能钓到鱼呢？瞧您这个渔夫，多能干啊！”

保尔虽然竭力保持礼貌，但是对方也未免太过分了。他站起来，把帽子扯到前额，这是他历来表示生气的动作，然后挑选最客气的字眼说：

“小姐，请您走远一点好不好？”

冬妮亚的眼睛眯成一条缝，接着又笑意盈盈地说：

“难道我真的妨碍您吗？”

这回她的声音里已经没有嘲笑的味道，而是带着一种友好与和解的口吻。保尔本想对这位不知从哪儿跑出来的“小姐”说几句粗话，现在却被解除了武装。

“好吧，如果您喜欢看的话，那就看吧。我并不是舍不得地方给您坐。”说完他坐了下来，重新看着他的鱼漂。鱼漂紧贴着牛蒡不动，显然鱼钩挂在它的根上了。保尔不敢使劲往外拉。

“要是挂住了，就脱不了钩了。而这位女孩，一定会笑话我。她要是走开该多好啊！”他暗暗地想。

但是冬妮亚却在微微晃动的、弯曲的柳树干上坐得更舒服了。她把书放在膝盖上，开始审视这个晒得黝黑的、黑眼睛的野孩子，他刚才那么不礼貌地对待她，现在又故意不理她。

保尔在光滑如镜的水面上清晰地看见了坐着的女孩子的倒影。她正在看书，于是他悄悄地拉那挂住的钓丝。鱼漂直往下沉，钓丝给绷得紧紧的。

“真挂住了，该死的！”他心里想，一斜眼，便看见水中一张笑吟吟的脸。

水塔旁边的小桥上，有两个年轻人正走过来。他们都是七年级学生。其中一个是机车库主任苏哈里科工程师的儿子，今年十七岁。他淡黄头发，满脸雀斑，是个愚蠢的浪荡子，同学们给他起了个绰号叫“麻子舒拉”。他手里拿着一根精美的钓竿，嘴里神气活现地叼着一根香烟。他身旁是维克多，一个又高又瘦、娇气十足的青年。

苏哈里科弯着身子，挤眉弄眼地对维克多说：

“这个姑娘十分诱人，本地再也找不出第二个。我敢担保，她是个浪漫的人。她在基辅上学，读六年级，现在到父亲这儿来过暑假。她父亲是本地的林务官。她跟我妹妹莉莎很熟。我给她写过一封情书，你知道，用词非常华丽。我说我疯狂地爱着她，战栗地等待着她的回信。我甚至恰如其分地摘抄了纳德森[1]的一首诗。”

“结果如何？”维克多好奇地问。

苏哈里科有点发窘，说：

“你知道，无非是装模作样，摆摆臭架子。她说别糟蹋信纸了。不过，这种事情开头总是这样的。干这一行，我可是老手。你知道，我可不愿没完没了地献殷勤、瞎折腾。晚上到工棚那儿去，只要花上三个卢布，就能弄到一个让你垂涎三尺的美人儿，比这强多了。而且人家一点也不扭扭捏捏。你认得铁路上的工头瓦利卡·季洪诺夫吗？我们俩一块儿去过。”

维克多轻蔑地皱起眉头，说：

“舒拉，你还干这种下流勾当？”

舒拉·苏哈里科嚼嚼纸烟，吐了一口唾沫，讥笑他说：“还自认为是个正人君子呢……其实你干的事，我们全知道。”

维克多打断他的话，问：

“那你把她介绍给我行吗？”

“当然可以。趁她还没走，我们赶快过去。昨天早上，她自己也钓过鱼。”

他们走到冬妮亚跟前。苏哈里科扔掉嘴里的香烟，恭恭敬敬地鞠了一躬。

“您好，杜曼诺娃小姐。您在钓鱼吗？”

“不，我在看别人钓鱼。”冬妮亚回答。

“你们两位还不认识吧？”苏哈里科急忙拉着维克多的手说，“这位是我的朋友，维克多·列辛斯基。”

维克多不好意思地把手伸给冬妮亚。

---

1 纳德森（1862—1887），俄国著名的浪漫主义诗人。

“今天您为什么不钓鱼呢？”苏哈里科想引起话题来。

“我忘了带钓竿。”冬妮亚回答。

“我马上再去拿一根来，”苏哈里科连忙说，“请您先用我的吧。我这就去拿一根。”

他已经履行了对维克多许下的诺言，让他跟冬妮亚认识，现在他要设法走开，好让他们两个待在一起。

但是冬妮亚回答说：

“不，我们会打搅别人的，这儿已经有人在钓鱼了。”

“打搅谁？”苏哈里科问，“噢，是这个小子吗？”他这才看到坐在树丛旁的保尔，“瞧，我马上叫这小子滚蛋。”

冬妮亚还没来得及阻拦他，他已经往下走，来到正在钓鱼的保尔跟前。

“喂，赶快收起钓竿，马上滚蛋！”他冲保尔吆喝道。“喂，快滚，快滚！”看见保尔还在安安稳稳地继续钓鱼，他又喊道。

保尔抬起头，狠狠地瞪了苏哈里科一眼。

“你轻点声好不好？龇牙咧嘴地叫什么？”

“什——么？”苏哈里科动了肝火，“你这臭小子，竟敢顶嘴！还不给我滚！”说着他狠狠地朝装着蚯蚓的铁罐子踢了一脚。铁罐子在空中翻了几番，扑通一声掉进水里，激起的水珠溅了冬妮亚一脸。

“苏哈里科，您怎么不害臊啊！”她喊了一声。

保尔跳了起来。他知道苏哈里科是机车库主任的儿子，阿尔焦姆就在那里做工。如果他现在揍了这张虚胖的丑脸，苏哈里科一定会向他父亲告状，事情准会牵连到阿尔焦姆身上。就是为了这个缘故，他才强忍着，没有马上出击。

可是苏哈里科却以为保尔要打他，就扑了过去，用双手去推站在水边的保尔。保尔双手一扬，身子晃了晃，但是稳住了，没有跌到水里。

苏哈里科比保尔大两岁，是个出了名的打架斗殴和惹是生非的家伙。

保尔当胸挨了这么一推，便按捺不住，不顾一切了。

“啊，你真打？好吧，瞧我的！”说着，他猛地挥起手，朝苏哈里科的脸狠狠地打了一拳。接着，没等苏哈里科回过神来，就紧紧地揪住他的学生制服，使劲一拽，把他拖到了水里。

苏哈里科站在齐膝深的水中，锃亮的皮靴和裤子都湿透了，他竭力想挣脱保尔那铁钳一般的手。保尔把他拖下水以后，就跳上了岸。

气得发疯的苏哈里科向保尔猛扑过来，恨不得把他撕成碎片。

保尔跳到岸上后，迅速转过身来，面对朝他猛扑过来的苏哈里科，这时他想起了拳法要领：

“左腿支住全身，右腿微曲。不仅用手，还要用全身力气，从下往上，打对方的下巴。”

他就照样使劲打了一拳……

接着就听到上下牙对碰的声音。苏哈里科感到下巴一阵剧痛，舌头也咬破了。他尖叫一声，双手在空中乱抓，随后扑通一声，整个身子沉重地倒在水里。

冬妮亚在岸上忍不住哈哈大笑起来。

“打得好！打得好！”她拍着手喊，“太棒了！”

保尔抓起钓竿，使劲一拉，扯断了挂在牛蒡上的钓丝，跑到大路上去了。

临走的时候，他听见维克多对冬妮亚说：

“他是这儿的头号流氓，叫保尔·柯察金。”

车站上变得躁动不安。铁路沿线传来消息，说铁路工人开始罢工了。邻近的一个大站上，机车库的工人们已经干了起来。德国人抓了两个司机，怀疑他们传送宣传书。那些与农村有直接关系的工人满腔愤怒，因为德军在乡下横征暴敛，地主们也返回了庄园。

盖特曼乡警的皮鞭不停地抽打着农民的脊背。游击运动在全省蓬勃开展。游击队已经发展到十个左右，有的是布尔什维克组织的，有的是乌克兰社会革命党人组织的。

这些日子，朱赫来忙得简直不知道什么叫作休息。自从来到小城之后，他做了很多工作。他结识了许多铁路工人，经常参加青年人的晚会，在机车库钳工和锯木厂工人中间建立起一个强有力的组织。他曾试探过阿尔焦姆，问他对布尔什维克党和它的事业有什么看法，这个健壮的钳工回答说：

“哦，费奥多尔，你知道，那些党派的事，我弄不大清楚。不过以后如果需要我帮忙，我随时都会尽力。你可以相信我。”

朱赫来对他的回答很满意，他知道阿尔焦姆是自己人，他说到做到。“至于入党，显然条件还不够成熟。没关系，在现在这种时候，人很快就会觉悟的。”朱赫来这样想。

朱赫来已经从发电厂转到机车库干活。这样更便于开展工作，因为在发电厂里，他很难接触到铁路方面的情况。

这时候铁路上的运输格外繁忙。德国人把他们从乌克兰抢来的黑麦、小麦和牲口等用上千辆的车皮抢运到德国去。

有一天，盖特曼警备队突然从车站抓走了报务员波诺马连科。他们把他押到司令部，严刑拷打。看来，他供出了阿尔焦姆在机车库的同事罗曼做宣传煽动的事。

当时罗曼正在干活。两个德国兵和一个盖特曼军官就来抓他了。他们走到他干活的工作台前，一句话也没有说，那军官就举起马鞭抽他的脸。

“畜生，跟我们走！到那里再跟你说。”他说，接着又龇牙咧嘴地冷笑一下，使劲揪住罗曼的袖子，“走，到我们那儿去煽动煽动吧。”

这时阿尔焦姆恰好在旁边的钳台上干活，他把锉刀一扔，像一个巨人似的逼近那军官，强压住心头的怒火，用沙哑的声音说：

“狗东西，你敢打人？”

那军官倒退了一步，同时伸手去解枪套。一个短腿的矮个子德国兵也从肩上摘下了那支插着宽刺刀的笨重的步枪，哗啦一声把子弹推上了膛。

“不准动！”他吼叫道，只要阿尔焦姆一动他就开枪。

这个又高又大的铁路工人无助地站在这个矮小的德国兵面前，束手无策。

两个人都给抓走了。一个小时后，阿尔焦姆被放了回来。罗曼被关在堆放行李的地下室里。

过了十分钟，机车库里的工人谁也不干活了。大家聚集在车站的花园里。扳道工和材料库的工人也都纷纷赶来。大家都很气愤。有人写了要求释放罗曼和波诺马连科的请愿书。

当盖特曼军官带着一伙警备队员匆忙赶到花园的时候，群众更加激愤了。那军官挥舞着手枪，大声叫道：

“马上去干活，要不，我把你们统统抓起来！有的还得枪毙。”

但是愤怒的工人们的叫喊声，迫使他退回了车站。这时候几辆满载着德国兵的大卡车已经沿着公路从城里疾驰而来，他们是驻车站警备司令调来的。

工人们这才四下散去，分头回家。大伙儿都罢工了，连车站值班员也走了。朱赫来的工作已产生了效果。这是车站上第一次群众示威。

德国兵在月台上架起重机枪。它立在那儿，就像一条随时准备出击的猎狗。一个德军班长蹲在一边，手按着枪把。

车站上立刻空无一人。

到夜里开始大搜捕。阿尔焦姆也被抓了去。朱赫来没有在家过夜，因而他们没抓到他。

德军把所有抓去的人全关在一个大货仓里，并向他们提出最后通牒：要么复工，要么接受军事法庭审判。

几乎全线的铁路工人都罢了工。这一昼夜连一列火车也没有通过。而在一百二十公里外，却发生了一场战斗，一支强大的游击队切断了铁路线并炸毁了几座桥梁。

当天晚上有一列德国军用列车开进车站，但司机、副司机和司炉很快就逃离了机车。车站上除了这列军车之外，还有两列火车急等着发车。

货仓笨重的大门打开了，驻站司令德军中尉和他的助手以及一队德国兵走了进来。

那助手喊道：

“柯察金、波利托夫斯基、勃鲁扎克，你们三个为一组，立刻去开车。如果违抗，就地枪决。你们去不去？”

三个工人沮丧地点点头。他们被押到机车跟前。这时，助手已经在念另外一组司机、副司机和司炉的名字，派他们去开另一列火车。

机车愤怒地喷出闪亮的火星，喘着粗气，冲破黑暗，沿着铁轨驶向夜色苍茫的远方。阿尔焦姆给炉子添好煤，一脚踹上小炉门，从箱子上拿起短嘴茶壶，喝了一口水，然后转身对老司机波利托夫斯基说：

“大叔，你说，我们真的就这样送他们吗？”

老司机愤怒地眨了眨长眉毛下面的眼睛，说：

“是啊，既然刺刀就在你的背后，你就得送。”

“扔下一切，跳车逃跑吧。”勃鲁扎克提议，他偷偷看了看那个坐在煤水车上的德国兵。

“我也这么想，”阿尔焦姆低声说，“就是这个家伙在背后盯着不好办。”

“是——呵——”勃鲁扎克犹豫不决地拖长了声调说，同时把头探出车窗往外看看。

波利托夫斯基靠近阿尔焦姆，低声对他说：

“咱们绝对不能送他们，明白吗？那边正在打仗，起义者炸毁了铁路。可是咱们反倒往那里运送这帮狗杂种，他们一转眼就会把我们自己人打垮的。你知道，孩子，就是在沙皇时代，我在罢工期间也没出过车。现在我也不能开。把敌人运去打自己人，这是一辈子的耻辱。原先开这辆车的工人都逃走了。那些小伙子虽然冒着生命危险，但是还是逃走了。咱们说什么也不能把车开到那里去。你说呢？”

“你说得对，大叔，可是咱们怎么对付这个家伙呢？”他瞥了后面的那个德国兵一眼。

司机皱紧眉头，用一团棉纱擦掉额上的汗水。一双布满血丝的眼睛盯着压力计，似乎想从这里找到难题的答案。然后，他绝望地、恶狠狠地骂了一句。

阿尔焦姆又拿起茶壶喝水。他俩都在盘算着同一件事情，可是谁也不敢先开口。这时，阿尔焦姆想起了朱赫来曾问过他的话：

“老弟，你对布尔什维克党和共产主义思想有什么看法？”

他记得当时是这样回答的：

“我会随时尽力相助的，你可以相信我……”

“这下子可真是尽力了，送起讨伐队来了……”

老司机弯腰俯在工具箱上，紧挨着阿尔焦姆，费力地说：

“咱们得干掉他。明白吗？”

阿尔焦姆打了个寒战。波利托夫斯基把牙咬得咯咯响，继续说：

“没有别的法子。咱们先干掉他，然后把调节器和操纵杆扔进炉膛，等列车减速了，就趁机跳下去。”

阿尔焦姆感到好像卸下了肩上的千斤重担，说：

“好。”

阿尔焦姆弯腰凑近勃鲁扎克，把这个决定告诉了他。

勃鲁扎克没有马上答复他。他们都在冒着极大的风险。三个人都有家室，尤其是波利托夫斯基，一大家子有九口人。然而三个人都明白，他们绝不能把敌人运过去。勃鲁扎克终于说：

“好吧，我同意。不过由谁去……”他还没说完，阿尔焦姆已经明白了他的意思。

阿尔焦姆转过身去，朝正在调节器旁边忙碌的老头子点点头，表示勃鲁扎克也同意他们的意见。但是随即又碰到一个没解决的难题。他凑到波利托夫斯基跟前，问：

“但是，咱们怎么动手呢？”

老头子看了看阿尔焦姆，说：

“你先动手，你力气最大。用铁棍狠狠敲他一下就完了。”老头子非常激动。

阿尔焦姆紧皱着眉头，说：

“这我可不行。不知怎么的，我下不了手。仔细想想，那个士兵并没有罪，也是刺刀逼着他到这儿来的。”

波利托夫斯基的眼睛闪闪发亮：

“什么，你说他没有罪？可是咱们也没有罪，也是被逼来的。要知道，眼下咱们是在运送讨伐队。就是这些没有罪的家伙要去枪杀游击队员。难道游击队员有罪吗？哎，你这个糊涂虫！健壮如牛，可就是道理不大懂……”

“好吧。”阿尔焦姆声音沙哑地说，一边伸手去拿铁棍。

但是，波利托夫斯基小声说：

“算了，还是我来吧，我更有把握些。你拿着铁锹到煤车上去扒煤。需要的话，你再用铁锹砸他一下。我这就装作去砸煤块。”

勃鲁扎克点了点头：

“你说得对，大叔。”他站到了调节器旁边。

那个头戴镶红边的无檐呢帽的德国兵，坐在煤车的边上，两腿夹着步枪，正在抽香烟。他只是偶尔抬起头来看一看在机车上忙碌的工人们。

当阿尔焦姆爬到煤堆上去扒煤的时候，那个德国兵并没有特别注意他。接着波利托夫斯基假装要从煤车边上扒下一些较大的煤块，做着手势请他挪动一下，那德国兵也顺从地溜下来，让到司机室的门边。

突然，响起了铁棍打碎德国兵头盖骨的短促而沉闷的声音，阿尔焦姆和勃鲁扎克像被火烧着了一样，吃了一惊。那德国兵的身子像一条口袋似的倒在通道上。

灰色的无檐呢帽立刻渗透了血。他的步枪也哐当一声撞到铁板上。

“完了。”波利托夫斯基扔下铁棍，低声说。他的脸抽搐了一下，补充道：“这下我们没有退路了！”

他的声音突然停住了，但是他马上打破了令人窒息的沉默，高声说：

“拧下调节器，快！”

十分钟后，一切都做完了。失去控制的机车在缓缓减速。

铁路两旁，黑乎乎的树木阴森森地闪进机车的灯光里，随即又消失在一片黑暗之中。车灯竭力想穿透黑暗，但是却被厚密的夜幕挡住了，只能照亮十米以内的地方。机车好像耗尽了最后的力气，呼吸越来越弱了。

“孩子，跳下去！”阿尔焦姆听见波利托夫斯基在背后喊，他松开了紧握着扶手的手。由于惯性，他那粗壮的身子不由自主地向前飞去，两只脚踩到了急速后移的地面。阿尔焦姆跑了两步，就重重地摔倒在地，翻了个跟头。

紧接着，又有两个身影从机车两边的踏板上跃了下来。

勃鲁扎克一家人都愁容满面。谢廖沙的母亲安东尼娜·瓦西里耶夫娜四天来更是坐卧不安。丈夫没有一点消息。她只知道德国人把他和柯察金、波利托夫斯基一起抓去开火车了。昨天来过三个盖特曼警备队员，嘴里不干不净地骂着，粗暴地审问她了一顿。

从他们的问话中，她隐约地猜到出了什么事。警备队员一走，这个焦虑不安的妇女便扎起头巾，打算去找保尔的母亲玛丽亚·雅科夫列夫娜，希望能打听到丈夫的消息。

大女儿瓦莉亚正在收拾厨房，见母亲要出门，便问：

“妈，你去哪儿？远吗？”

安东尼娜·瓦西里耶夫娜含着眼泪看了看女儿，说：

“我到柯察金家去，也许从他们那儿能打听到你爸爸的消息。如果谢廖沙回来，你就叫他到车站，上波利托夫斯基家问问。”

瓦莉亚亲热地搂住母亲的肩膀，把她送到门口，安慰她说：

“妈，你别太着急。”

玛丽亚·雅科夫列夫娜像往常一样，热情地接待了安东尼娜·瓦西里耶夫娜。两个女人都想从对方口中打听到一点消息，但是刚一交谈，就都失望了。

昨天夜里，警备队也到柯察金家进行了搜查。他们要抓阿尔焦姆。临走的时候，他们还命令玛丽亚·雅科夫列夫娜，大儿子一回家，马上到警备队报告。

保尔的母亲被夜里的搜查吓坏了。当时家里只有她一个人：保尔和往常一样，在发电厂上夜班。

第二天清晨，保尔回家来了。听到母亲说警备队夜里来搜捕阿尔焦姆，他整个心都缩紧了，很为哥哥的安全担心。尽管他与哥哥性格不同，阿尔焦姆的外表似乎很严厉，但兄弟俩互相非常关爱。这是一种深沉的爱，并不流露在表面。保尔心里十分清楚，只要哥哥需要，他会毫不犹豫地做出任何牺牲。

他顾不上休息，就跑到机车库去找朱赫来，但是没找到，从他认得的那些工人口中，也打听不到开车出去的那几个人的任何消息。波利托夫斯基家里的人也什么都不知道。保尔在他们家的院子里碰到了波利托夫斯基的小儿子包里斯。从他嘴里得知，警备队昨天晚上也搜查了他们家，想抓他的父亲。

保尔回到家，没给他母亲带来任何消息。他疲乏地往床上一倒，马上沉入到不安的梦境中。

瓦莉亚听到敲门声，转过头来。

“谁呀？”她一边问，一边拉开门闩。

门一开，看见的是克利姆卡那一头乱蓬蓬的火红头发。显然，他是飞奔而来。他满脸通红，呼哧呼哧直喘气。

“你妈妈在家吗？”他问瓦莉亚。

“不在，出去了。”

“上哪儿了？”

“好像上柯察金家去了。你找我妈妈有事吗？”克利姆卡转身要跑，瓦莉亚一把抓住他的袖子。

他犹豫不决地看了她一眼，说：

“你不知道，我有要紧事找她。”

“什么事？”瓦莉亚拉住小伙子不放，“快说吧，你这个红毛熊，你倒是说呀，都快把人急死了。”姑娘用命令的口吻说。

克利姆卡立刻忘记了朱赫来的全部警告，忘记了朱赫来曾反复交代，纸条只能交给安东尼娜·瓦西里耶夫娜本人。他从衣袋里掏出一张又脏又皱的纸片，交给了瓦莉亚。他无法拒绝谢廖沙这个浅黄头发的姐姐的一再要求。因为红头发的克利姆卡同这个可爱的姑娘打交道的时候，总会感到手足无措。当然，这个老实的小厨工甚至对自己也绝不承认，他喜欢谢廖沙的姐姐。他把纸条递给瓦莉亚，瓦莉亚急忙读了起来：

> 亲爱的安东尼娜！别担心。一切都好。我们全都平安无事。你很快就会得知更加多的消息。转告另两家，一切顺利，不用挂念。阅后即把纸条烧掉。

瓦莉亚一念完纸条，便朝克利姆卡身上扑去：

“红毛熊，亲爱的，你这是从哪儿搞到的？快说呀，从哪儿搞来的？你这个小笨熊！”瓦莉亚使劲推惊慌失措的克利姆卡，弄得他稀里糊涂的，又犯了第二个错误。

“朱赫来在车站上交给我的。”他说完之后，才想起不应该说，赶忙添上一句：“他关照过，绝对不能交给别人。”

“嗯，好的，好的！”瓦莉亚笑了起来，说：“我谁也不告诉。小红毛，快到保尔家去吧，说不定还能碰到我妈呢。”

她轻轻推了一下小厨工的背。一眨眼，克利姆卡的红头发脑袋就消失在栅栏外面了。

逃走的三个人一个也没有回家。这天晚上，朱赫来来到柯察金家，向保尔的母亲讲述了机车上发生的事情。他竭力安慰这个吓坏了的老妇人，说他们三个都跑得很远，在偏僻的乡下，住在勃鲁扎克一个叔叔家里，他们在那里很安全，只是还不能马上回家。不过，德国人的处境已很困难，时局可能很快就会发生变化。

所发生的这一切，使这三家的关系更加密切了。大家都兴高采烈地读着偶尔给家里送来的字条，不过他们各家都显得更寂寞、更冷清了。

有一天，朱赫来装作顺便路过的样子，去看看波利托夫斯基的妻子，给了她一笔钱，说：

“大妈，这是大叔捎给您的，不过要小心，千万不要跟别人说。”

老太婆万分感激地握住他的手。

“呵，谢谢你，要不然可糟了，孩子们一点吃的都没了。”

这笔钱是从布尔加科夫留下的经费中提取的。

“哼，将来的事情，走着瞧吧。大罢工虽遭失败，工人们在枪杀的威胁下复工了。但是大火既然已经烧起，就休想把它扑灭。那三个人真是好样的，这才叫真正的无产阶级。”朱赫来离开波利托夫斯基家回机车库的时候，心里兴奋地想着。

一家墙壁被熏得漆黑的破旧的铁匠铺，坐落在麻雀谷村外的大路旁。波利托夫斯基站在熊熊燃烧的炉火跟前，用一把长柄钳子不停地翻动着已经烧得通红的铁块，灼热的火光刺得他微微眯起双眼。

阿尔焦姆握住吊在横梁上的杠杆，鼓动皮风箱，在给炉子鼓风。

老司机透过他那大胡子，温和地笑了笑，说：

“眼下手艺人在村里不会活不下去的，活儿有得是。瞧着吧，干上一两个礼拜，说不定就能往家里捎些腌肉和面粉了。孩子，农民向来看重铁匠。咱们在这儿吃的喝的跟资本家似的，嘿嘿。可扎哈尔就是另外一回事了。他跟农民更合得来，这不跟着他叔叔种地去了。当然喽，这也难怪。阿尔焦姆，我和你是房无一间、地无一垄，全靠两只肩膀一双手，就像大家说的，是真正的无产阶级，嘿嘿。可扎哈尔却脚踩两头，一只脚踩在火车头上，另一只脚踩在庄稼地里。”他用钳子把炽热的铁块翻动了一下，然后一边思索一边认真地说：“孩子，咱们的事有点不妙。要是不能很快赶走德国人，咱们就不得不逃到叶卡捷琳诺斯拉夫或者罗斯托夫去。要不他们准会把咱们吊到半空中，像晒鱼干一样。”

“是这么回事。”阿尔焦姆含糊地说。

“家里的人也不知道怎么样了，那帮伪警察不会放过他们吧？”

“大叔，事情闹到这个地步，家里的事只好不去想了。”

老司机从炉子里钳出那块透着蓝光的发红的铁块，迅速放到铁砧上。

“来吧，孩子，使劲锤！”

阿尔焦姆抓起铁砧旁边的大锤，用力举过头顶锤下去。耀眼的火星带着轻微的嘶嘶声，向小屋的四周飞溅，刹那间照亮了各个黑暗的角落。

随着大锤的起落，波利托夫斯基不断翻动着炽热的铁块，这时铁块像软化的蜡一样听话，渐渐给锤平了。

一阵阵温暖的夜风吹进铁匠铺敞开的大门。

下面是一个宽阔的大湖，水色幽暗，四周松树环绕，茂盛的树枝不停地点着头。

“这些树就像活人一样。”冬妮亚心里想。她躺在花岗石岸边一片凹下去的草地上。上面，在草地的后面有一片松林；下面，就在这悬崖脚下，是一个湖。环湖峭壁的阴影使湖边的水格外发暗。

这是冬妮亚最喜爱的去处。这里离车站有一公里，过去是采石场，后来从废弃的深坑里涌出泉水来，形成了三个活水湖。突然她听到下面湖边传来阵阵拍水声。她抬起头来，用手拨开树枝往下看，只见一个晒得黝黑的人身子一屈一伸，正在使劲从岸边往湖心游去。冬妮亚看见游泳者黑里透红的脊背和一头乌黑的头发。他像只海象似的打着响鼻，时而划臂打水前进，时而上下左右翻滚，时而又潜入水中。后来他终于疲倦了，张开双臂，身子微微弯曲，一动不动地仰躺在水面上。由于阳光强烈，他眯缝着双眼。

冬妮亚放开树枝。“这样可不太雅观。”她心里觉得好笑，随即开始读起书来。

她正聚精会神地读着维克多借给她的一本书，没有注意到有人正在爬上草地和松林之间一块突凸的岩石。直到那人踩落的一块小石头滚到她的书本上，她才吃惊地抬起头来，看见保尔站在她的面前。这出其不意的相遇使他感到惊讶，也有些难为情。他打算走开。

“原来刚才是他在游泳。”冬妮亚看见保尔湿漉漉的头发，心里这么猜想。

“怎么，我吓着您了吧？我不知道您在这儿，不是有意来的。”保尔说着，用手攀住岩石，他也认出了冬妮亚。

“您没有打搅我。如果您愿意，咱们还可以谈一会儿。”

保尔惊奇地看着冬妮亚。

“咱们有什么可谈的呢？”

冬妮亚微微一笑。

“哎，您为什么老站着？您可以坐到这儿来，”说着，她指指一块石头，“请问，您叫什么名字？”

“保夫卡[1]·柯察金。”

“我叫冬妮亚。瞧，我们已经互相认识了。”

保尔不好意思地揉着他的帽子。

“您叫保夫卡？”冬妮亚打破了沉默，“为什么叫保夫卡呢？这不太好听，还是叫保尔好。以后我就这样叫您。您常到这里

1 保夫卡，保尔的小名。

来……”她本想说洗澡，但是因为不愿意让保尔知道自己刚才看见了他洗澡，就改口说：“散步吗？”

“不，不常来，有空才来。”

“那么您在哪儿做工呢？”冬妮亚追问说。

“在发电厂烧锅炉。”

“请您告诉我，您这么会打架，是在什么地方学的？”冬妮亚突然提出一个出乎意料的问题。

“我打架关您什么事呢？”保尔不满地说。

“请您别生气，柯察金，”冬妮亚说，她已经觉察出保尔对她的问题不高兴，“我觉得挺有趣。您那一拳打得真棒！只是不该这么毫不留情。”说完她哈哈大笑起来。

“怎么，您可怜他吗？”保尔问。

“不，哪里，一点也不可怜他。恰恰相反，苏哈里科活该挨打。上次那个场面真让我开心极了。听说，您经常跟人打架。”

“谁说的？”保尔警觉地问。

“维克多说的。他说您是打架大王。”

保尔的脸色阴沉下来。

“呵，原来是维克多，这个浑蛋、寄生虫。那天没挨揍，算他运气好。我听到他讲我坏话，只是不想弄脏我的手，才没有跑过去揍他。”

“您为什么这样骂人呢？保尔，这可不好。”冬妮亚打断他的话。

保尔听了闷闷不乐，他心里想：

“见鬼，我跟这个妖精瞎扯些什么呀？呵，竟然对我下命令：一会儿不喜欢‘保夫卡’这个名字，一会儿又叫我别骂人。”

“您为什么这样恨维克多呢？”冬妮亚问。

“那个不男不女的少爷崽子，没有灵魂的东西！我一见到这种家伙，手就发痒。他仗着有钱，就觉得可以为所欲为。呸，我才不把他的钱放在眼里。只要他敢碰一碰我，我就好好给他点颜色瞧瞧。对于这种人，非用拳头教训不可。”保尔愤愤地说。

冬妮亚很后悔提到维克多的名字。显然，这个少年跟那个娇生惯养的中学生维克多有旧仇，于是她换了个比较温和的话题：询问他的家庭和工作情况。

保尔不知不觉地、详细地回答那女孩子的提问，把要走的念头给忘了。

“请问，您为什么不继续念书呢？”她又问。

“学校把我开除了。”

“什么原因？”

保尔的脸红了。

“我把烟末儿撒在神父的发面上，他就把我赶了出来。那个神父凶巴巴的，在他手下没有好日子过。”于是保尔把事情的经过都告诉了她。

她好奇地倾听着。保尔已不觉得局促不安了，像对老朋友似的，他甚至把哥哥阿尔焦姆没有回家的事也告诉了她。他们两个亲切而又快乐地交谈着，谁也没有注意到已经在草地上坐了好几个小时了。终于，保尔突然想起来他还要上班，立刻跳起来说：

“哎呀，我该去上班了。瞧，我只顾闲聊，得马上回去生火烧锅炉了。达尼洛准得发脾气。”他惶恐不安地说，“哦，再见，小姐，现在我必须跑步回城里。”

冬妮亚也立刻站起来，穿上外衣。

“我也该走了，咱们一块儿走吧。”

“哦，不，我得快跑，您赶不上我的。”

“为什么赶不上？我们可以一块儿跑，比比看谁跑得快。”

保尔轻视地看了她一眼。

“赛跑？您怎么能跑得过我！”

“那就等着瞧，现在先从这儿走出去再说。”

保尔先跳过石头，接着拉住冬妮亚的手，帮她也跳了过去，然后跑到树林里那条通往车站的又宽又平坦的大路上。

冬妮亚在大路中央停下来，喊道：

“好，现在起跑：一、二、三。来追我吧！”于是她就像一阵旋风似的向前跑去。只见她那双小靴子的后跟一闪一闪，蓝色的外套迎风飘舞。

保尔在她后面紧追不舍。

“三步两步就能追上。”保尔想，拼命追她那飘拂着的蓝色外衣，但是一直跑到大路的尽头，离车站不远的地方才追上她。他猛冲过去，紧紧抓住她的肩膀。

“捉住了，小鸟给捉住了！”他快活地喊叫着，累得几乎喘不过气来。

“放开，弄疼我了。”她挣扎着说。

两个人都站住了，气喘吁吁，心怦怦直跳。冬妮亚由于疯狂奔跑，累得一点力气都没有了，她仿佛不经意地稍稍靠在保尔身上，这么一来，使得他们更亲近了。虽然这只是一刹那间的事，但是却经久难忘。

“过去没人追得上我。”她说着，掰开了保尔的双手。

他们马上就分手了。保尔挥挥帽子向她告别，便朝城里跑去。

保尔刚推开锅炉房的门，已经在锅炉旁边忙碌的锅炉工达尼洛转过身来，气愤地说：

“你再晚一点来才好呢。你想叫我替你生火，是不是？”

但是保尔却笑眯眯地拍拍达尼洛的肩膀，和气地说：

“老头儿，别着急，我马上把火生起来。”说着，他立刻在柴堆旁忙活起来。

到了午夜，达尼洛躺在柴垛上，鼾声如雷地睡着了。保尔给发动机的各部件上好油，用棉纱头把手擦干净，接着从箱子里拿出第62册《朱泽培·加里波第》[1]埋头读起来。那不勒斯"红衫军"的传奇领袖加里波第的无数冒险故事很快让保尔着了迷。

"她用那对秀丽的蓝眼睛瞟了公爵一眼……"

"刚好她也有一对蓝眼睛。"保尔想起了冬妮亚。"她有点特殊，跟别的千金小姐不一样，"他想，"而且跑起来飞快。"

保尔陶醉在白天同冬妮亚相遇的回忆里，没有听到发动机的响声越来越大。机器暴躁地跳动着，巨大的飞轮在疯狂地旋转，连水泥底座也被震得剧烈颤动起来。

保尔朝压力计看了一眼：指针已经越过表示危险的红线好几度了！

"哎呀，糟了！"保尔从箱子上跳了下来，冲向排气阀，慌忙扳了两下，锅炉房外面马上响起了排气管向河里排气的咝咝声。保尔放下排气阀，把皮带套在带动水泵的轮子上。

保尔回头瞧瞧达尼洛，见他张着大嘴睡得正香，鼻子里不断发出如雷的鼾声。

半分钟后，压力计的指针回到了正常的位置。

冬妮亚同保尔分手之后，朝家里走去。她回想着刚才同那个黑眼睛少年见面的情景，连她自己也没有意识到，这次相遇让她很开心。

"他多么热情，又多么倔强啊！他一点也不像我原先想象的那么粗野。至少，完全不像那些垂涎三尺的中学生……"

他是另外一种人，来自冬妮亚还从未接近过的另一个阶层。

---

1 《朱泽培·加里波第》是记述意大利民族解放运动的领袖加里波第（1807—1882）的一部传记小说。

“可以让他听话的，”她想，“这样的友谊一定挺有趣。”

快到家的时候，冬妮亚看见莉莎、涅莉和维克多坐在花园里。维克多在看书。显然，他们都在等她。

冬妮亚跟他们打过招呼，坐到长凳上。他们漫无边际地闲聊起来。维克多凑到冬妮亚跟前坐下，悄声问：

“那本小说您看完了吗？”

“哎呀！那本小说，”冬妮亚忽然想起来了，“我把它……”她差点脱口说出，把书忘在湖边了。

“您喜欢吗？”维克多仔细地看了看冬妮亚。

冬妮亚想了想，用鞋尖在小径的沙地上慢慢地勾勒出一个神秘的图形，然后抬起头瞥了维克多一眼，说：

“不，不喜欢。我已经开始看另外一本，比您借我的那本有意思多了。”

“原来如此。”维克多委屈地拖长声音说。“作者是谁？”他问。

冬妮亚的两只眼睛闪闪发光，嘲弄地看了看维克多。

“没有作者……”

“冬妮亚，招呼客人进屋吧，茶已经准备好了。”冬妮亚的母亲站在阳台上喊。

冬妮亚挽着两个女友的手臂，朝屋里走。维克多跟在后面，琢磨着冬妮亚刚才说的话，猜不透个中的奥妙。

一种从未有过的、朦朦胧胧的感情，悄悄地进入了这个年轻锅炉工的生活。这种感情是那样新鲜，又是那样说不清道不明，激动人心。它使这个生性好斗的、具有反抗精神的少年心神不宁。

冬妮亚是林务官的女儿。在保尔看来，林务官和律师列辛斯基是同一类人。

保尔在贫穷和饥饿中长大，对于他认为是有钱的人十分敌视。

因此，他对自己萌生的这种感情既戒备又疑惧。他知道冬妮亚跟石匠的女儿嘉莉娜完全不同，嘉莉娜才是自己人，一个普通的、他能够理解的人。所以他对冬妮亚并不信任。如果这个漂亮的和受过教育的姑娘敢嘲弄和蔑视他这个锅炉工，他就准备给以断然的反击。

保尔已经整整一个星期没看到林务官的女儿了，今天他决心到湖边去一趟。他故意从她家旁边经过，希望能碰见她。他沿着花园的栅栏慢慢走着，看见花园尽头出现了熟悉的水手服。他捡起栅栏旁边的一颗松子，对准她那白衣服扔过去。冬妮亚连忙转过身来，见是保尔，她马上高兴地跑到栅栏跟前，笑着把手伸给他：

“您到底来了，”她高兴地说，“这么多天，您到哪儿去了？我去过湖边，我把书忘在那儿了。我想您一定会来的。进来吧，到我家花园里来吧。”

保尔摇摇头说：

“我不进去。”

“为什么？”她惊讶地扬起眉毛。

“您爸爸多半会骂的，您也得为我挨训。他会问，干吗把这样的笨蛋带进来？”

“保尔，您别瞎说了，”冬妮亚生气了，“快进来吧。我爸爸决不会说什么，等一会儿您自己就会看到的。进来吧！”

她跑去开了园门，保尔犹豫不决地跟在她后面。

他们在花园里的一张圆桌旁坐下。她问保尔：

“您喜欢看书吗？”

“非常喜欢。”保尔活跃起来。

“在您读过的书里，您最喜欢哪一本？”

保尔想了一下，回答说：

“《朱泽倍·加里波第》。”

“是《朱泽培·加里波第》，”冬妮亚纠正道，“您喜欢这本书吗？”

“是的，我已经看过68卷。每次领到工钱，就买五卷。呵，加里波第真了不起！”保尔称赞地说，“他真是一个英雄！我真佩服他！他同敌人战斗了不知多少次，每次都取得胜利。他乘船游历过世界各国！唉，要是他今天还活着，我一定去投奔他。他曾经把那些手艺人召集在自己周围，并且总是为穷人而奋斗。”

“想看看我家的图书室吗？”冬妮亚问他，一边挽起他的手。

“哦，不，我不进屋。”保尔坚决地回绝说。

“您为什么这样固执？是害怕吗？”

保尔看看自己的光脚板，实在是挺脏的，就挠着后脑勺说：

“您的爸爸妈妈不会把我赶出来吧？”

“您别再瞎说了，要不我真的生气了。”冬妮亚发起火来。

“一点也不瞎说，列辛斯基就不许我们这样的人走进他的屋子，只许在厨房里说话。有一次，我有事上他家，他的女儿涅莉，死活不让我进屋。大概是怕我弄脏她家的地毯。鬼知道她是怎么想的。”保尔说着，笑了一下。

“走吧，走吧！”她按住他的肩膀，友爱地推着他走上阳台。

冬妮亚带他穿过饭厅，走进一间摆着一个很大的橡木书橱的屋子。她打开橱门。保尔看到书橱里整整齐齐地排列着几百本书。他第一次看到这么多的藏书，感到很吃惊。

“咱们这就挑一本您喜欢读的书。您得答应以后经常上我家来借书，好吗？”

保尔高兴地点点头，说：

“我最爱看书了。”

他们在一起十分愉快地度过了好几个小时。她还介绍他同她的母亲见了面。看来，这也不是什么可怕的事，保尔喜欢冬妮亚的母亲。

冬妮亚又把保尔带到自己的房间，给他看一些她的书和学校的课本。

小梳妆台旁边立着一面不大的镜子。冬妮亚把他拉到镜子跟前，笑着说：

“为什么您的头发这么乱蓬蓬的？您从来不剪也不梳吗？”

“长得太长了，我就自己剪短，还能怎么办呢？”保尔难为情地说。

冬妮亚笑嘻嘻地从梳妆台上拿起一把木梳，三下两下就把他那乱蓬蓬的头发梳得整整齐齐。

“您瞧，现在完全变了个样子。”她端详着保尔说，“头发应当剪得漂漂亮亮，要不您就会像个野人似的。”

接着冬妮亚又用挑剔的目光看了看他那褪了色的、发黄的衬衫和破旧的裤子，不过什么也没有说。

保尔已注意到她的眼神，他为自己的衣着感到不自在。

临别，冬妮亚请他常来玩，并且约定过两天一起去钓鱼。

保尔不愿意再次穿过房间，跟冬妮亚的母亲碰面，所以就从窗口一下子跳进了花园。

阿尔焦姆走后，柯察金家的生活越来越艰难了，单靠保尔的工钱是不够家用的。

玛丽亚·雅科夫列夫娜决定同保尔商量一下，要不要她重新出去找点活做，正好列辛斯基家要雇个厨娘。可是保尔坚决不同意。

“不行，妈妈。我可以再找一份活干。锯木厂需要雇人搬木板。我上那儿干半天，就够咱俩花的了。你千万别出去干活，要不，阿尔焦姆该生我的气了。他准得埋怨我不想办法，反让妈妈去受累。”

母亲竭力说明一定要出去做工的道理，但是保尔执意不肯，母亲也只好依了他。

第二天，保尔就到锯木厂上工了。他的工作是把新锯出的木板铺开晾干。在那里他遇见了两个熟人，一个是老同学米什卡·列夫丘科夫，另一个是瓦尼亚·库利绍夫。保尔和米什卡一起干计件活，收入还不错。就这样，保尔白天在锯木厂做工，晚上再赶往发电厂。

十天后，保尔把领回的工钱交给母亲。他不好意思地犹豫了好一会儿，才终于请求道：

“妈妈，给我买件布衬衫吧，蓝色的。你还记得吧，就像去年穿过的那件。用一半工钱就够了。钱我会再去挣的，你别担心。你看，我身上这件太旧了。”保尔辩解道，好像在请母亲原谅他的要求。

“对啊，对啊，是该买了，保尔。我今天就去买布，明天就给你做上。可不是，你连一件新衬衫都没有。”她疼爱地瞧着儿子。

保尔在理发店门口站住，摸摸口袋里的一个卢布，走了进去。

理发师是个机灵的小伙子，看见有人进来，就习惯性地朝椅子那边点点头，说：

“请坐。”

保尔坐到一张宽大舒适的椅子上，从镜子里看见了自己尴尬不安的脸。

“要吹风吗？”理发师问。

“要的。哦，不用，我是说，就这么简单地剪一下就行。喏，你们管这个叫什么来着？”保尔说不明白，只得无奈地做了个手势。

“明白了。”理发师笑了。

一刻钟以后，保尔满身大汗、狼狈不堪地走出理发店，但是头发总算修剪得整整齐齐的了。他那一头乱蓬蓬的头发让理发师颇费了一番功夫，但是水和梳子终于把它制服，现在头发变得服服帖帖了。

走到街上，保尔轻松地舒了口气，把帽檐拉低一些。

“要是妈妈看见了，会怎么说呢？”

保尔没有按照约定去钓鱼，冬妮亚很生气。

“这个小伙夫，真有点儿粗枝大叶。”她愤愤地想，可保尔一连几天没来，她又感到寂寞。

有一天，她正想出去散步，母亲推开她的房门，说：

“冬妮亚，有客人找你，让他进来吗？”

在门前站着的正是保尔，冬妮亚第一眼没认出他来。

他身上穿着新的蓝衬衫、黑裤子，皮靴也擦得锃亮。而且冬妮亚一开头就注意到他的头发剪过了，再也不像原先那样蓬乱。这黝黑的小伙夫完全变了个样。

冬妮亚本想表示出她的惊讶，但是她不愿让这个本来就窘迫的年轻人再感到难堪，于是装作没有注意到这惊人的变化，只是责备他说：

“您不觉得不好意思吗！为什么您不来找我去钓鱼？您就是这样守信用的吗？”

“这些天我到木材厂干活去了，所以没法来。”

他不便直说，为了给自己买这身衣裤，他这几天已经累得精疲力尽。

然而冬妮亚已经猜到了这一点，她对保尔的气恼立刻烟消云散了。

“我们到池边去玩吧。”她提议说。于是两人走进花园，又从花园走到外面的大路上。

保尔已经把她当作知心朋友，连偷德国中尉手枪这样极大的秘密也告诉了她，并答应再过几天和她一起到树林深处放枪去。

“你要小心，别把我的秘密泄露了。”突然他把“您”字改作了“你”。

“我决不把你的秘密告诉任何人。”冬妮亚郑重地承诺。

第四章

战争硝烟

雨点噼噼啪啪地敲打着窗户。雨水从屋顶上唰唰地往下流。劲风阵阵，吹得花园里的樱桃树东摇西晃，树枝不时碰在窗玻璃上。冬妮亚已不止一次抬起头来，凝神谛听是否有人敲窗。当她明白是风在捣乱之后，不由得皱起了眉头。风雨声搅得她无心再写，惆怅袭上了心头。她面前的桌子上放着几张写得满满的信纸。她写完最后一页，裹紧了披巾，拿起刚写好的信，重读了一遍。

亲爱的塔妮亚：

碰巧我父亲的助手要去基辅，正好请他把这封信带给你。

请原谅很久没有给你写信。

眼下这种兵荒马乱的日子，一切都乱七八糟，叫人理不出头绪。即使想给你写信，也没有人给捎，邮路又不通。

你已经知道，父亲不同意我再去基辅。我只好在本地的中学念七年级了。

我很想念朋友们，尤其是你。我在这里一个朋友也没有。周围大多是些庸俗乏味的男孩和土里土气却又目空一切的傻女孩。

前几封信里，我跟你谈到过保夫鲁沙。塔妮亚，我原以为我对这个小伙夫的感情不过是年轻人的逢场作戏而已。生活中昙花一现的恋情随处可见。可我想错了，实际情况并非如此。是的，我们两人都很年轻，加起来只有三十三岁。但是，这里面却有一种更为严肃的东西。我不知道该叫什么，不过这决不是逢场作戏。

如今，在这阴雨连绵、遍地泥泞的深秋时节，在这个寂寞无聊的小城里，我对这个肮脏的小伙夫的突发之情竟占据了我的整个身心，装点着单调乏味的生活。

我本是个不守本分，有时甚至还很任性的小女孩，总想在生活中寻找某种不同寻常、光彩夺目的东西。我从这样一个小女孩成长起来，从一大堆读过的小说中成长起来。这些小说常常触发你对生活的奇想，促使你去追求一种更为绚丽、更为充实的生活，而不满足于周围圈子里绝大多数女性所习惯的那种令人厌恶腻烦、千篇一律的灰暗生活。正是在对这种不同寻常、光彩夺目的东西的追求中，我产生了对保尔的感情。在我熟悉的年轻人中，没有一个具有他那样坚强的意志、那样明确无误而又独特不凡的生活见解。而我们之间的友谊本身也非同一般。正是因为追求光彩夺目，也因为我异常任性地要“考验考验”他，有一次我差点让他送了命。这事至今回想起来，都令我觉得非常惭愧。

这是夏末的事。我跟保尔来到湖边的悬崖上，这是我十分喜爱的地方。真是鬼迷心窍，我竟忍不住想再考验他一下。那座悬崖十分陡峭，这你是知道的，去年夏天我领你去过，足足有十来米高。我简直疯了，竟然对他说：

“你敢从这儿跳下去吗？谅你也不敢。”

他朝下面的湖水看了看，摇摇头说：

“活见鬼！干吗？难道我不要命了？谁活得不耐烦，让他去跳就是了。”

他以为我的挑逗是开玩笑。可我呢，虽然多次亲眼看到他表现得很勇敢，有时甚至天不怕地不怕，此时此刻我却认为他不可能冒着生命危险，做出真正大无畏的举动；他敢做的，顶多也就是打个架、冒险偷支枪以及诸如此类的小事。

接下来发生的事实在糟糕，叫我今后再也不敢如此任性胡来了。我告诉他，我不大相信他那么勇敢，只是想试试他是否真有胆量跳悬崖，不过我并不强迫他这样做。当时我简直着了迷，为了进一步激他，又提出了这样的条件：如果他确实勇敢过人，又希望博得我的爱情，那就跳下去；跳过之后，他就可以得到我。

塔妮亚，我现在深刻地意识到，这太过分了。他对我的建议惊诧不已，向我凝视了片刻。我还没来得及站起来，他已经猛地甩掉脚上的鞋子，纵身从悬崖上跳了下去。

我吓得尖叫起来，可一切都晚了——他那挺直的身躯向水面飞落下去。短短的三秒钟，对我来说却长得似乎没有尽头。当水面激起的巨大浪花瞬间把他吞没的时候，我害怕极了，顾不得滑下悬崖的危险，忧心如焚地俯视着水面上一圈圈扩散开的波纹。经过了一段仿佛无尽的等待之后，水面上终于露出了那个可亲可爱的黑色的头。我禁不住放声大哭，迅速奔向通往湖边的小路。

我知道，他跳崖并不是为了得到我，我许下的愿至今没有偿还，他是为了一劳永逸地结束这类考验。

树枝不时地敲击着窗户，不让我再写下去。今天我的情绪一点也不好，塔妮亚。周围的一切都黯淡无光，这也影响了我的心情。

车站上列车一直来来往往。德国人正在撤退。他们从四面八方会合到这里，然后分批登车离去。据说，离这里二十俄里的地方，起义者和撤退的德军在交火。你知道，德国也发生了革命，他们急于想回国。火车站的工人快跑光了。我不知道以后还会出什么事，心里惶惶不安。等你的回信。

爱你的冬妮亚

1918 年 11 月 29 日

激烈而残酷的阶级斗争席卷了乌克兰。拿起武器的人越来越多，而每一场战斗都产生了新的战士。

市民们过惯的安逸日子已经成为遥远的过去。

风雪漫天飞舞，隆隆炮声震撼着那些破旧的小屋，市民们蜷缩在地窖的墙根，或是躲进自家挖的避弹壕里。

彼得留拉手下各式各样的匪帮在全省横行霸道，为非作歹：他们有大大小小的头目，有形形色色的派别，什么戈卢勃、阿尔汉格尔、安格尔、戈尔季，以及其他无数的名目。

昔日的军官、右翼和左翼的乌克兰社会革命党党徒们，也就是说任何一个不要命的冒险家，只要能纠集起一批亡命之徒，就自封为首领，有时还打起彼得留拉的蓝黄旗，用尽一切力量和手段夺取政权。

所谓“大头目彼得留拉”的师团，就是由这些乌七八糟的匪帮，加上富农的武装，加上小头目科诺瓦利茨指挥的加里西亚地方的攻城部队拼凑而成。红色游击队不断向这帮由社会革命党和富农组成的乌合之众发起攻击，于是在无数马蹄和炮车车轮的碾压之下，大地在不住地颤抖。

在那动乱的1919年4月，吓得失魂落魄的小市民早上起来，揉着惺忪的睡眼，推开小屋的窗户，焦虑不安地问比他起得早的邻居：

"阿夫托诺姆·彼得罗维奇，今天城里哪一派掌权？"

阿夫托诺姆·彼得罗维奇一边系裤带，一边东张西望，惊恐地回答：

"不知道啊，阿法纳斯·基里洛维奇。昨夜开进来一些队伍。等着瞧吧。要是抢劫犹太人，那准是彼得留拉的手下，要是口称'同志们'，那一听说话也就立刻明白了。这不，我正在看呢，到底该挂谁的像，可别弄错了，惹出是非。您知道吧，隔壁的格拉西姆·列昂季耶维奇就因为没弄清楚，糊里糊涂地把列宁[1]的肖像挂了出去。偏巧有三个人冲进他家，原来是彼得留拉的部下。他们一看见列宁像，就一把抓住屋子主人。好家伙，一口气抽了他20鞭子，一边抽一边骂：'狗崽子，一看你的嘴脸就知道是个共产党，我们扒你的皮，抽你的筋！'格拉西姆竭力分辩，大声哭喊，均无济于事。"

正说着，他俩看见一队武装人员沿着公路走来，赶紧关上窗户藏了起来。天下不太平啊……

至于工人们，一看见彼得留拉匪帮的黄蓝色旗子就充满仇恨。他们还没有力量抗击沙文主义的"乌克兰独立运动"的逆

1 列宁（1870—1924），原名为弗拉基米尔·伊里奇·乌里扬诺夫，列宁是他的化名。他是世界上第一个社会主义国家——苏联的缔造者。列宁的全部著述达55卷，是一位伟大的无产阶级革命家、理论家。

流。只有当红军部队艰苦地击退从四面八方围攻他们的彼得留拉匪帮，像木楔似的插入小城的时候，他们才活跃起来。那面亲爱的红旗在市政管理局屋顶上飘扬了一两天。可是游击队一退走，黑暗又回来了。

目前小城的主人是戈卢勃上校，他是外第聂伯师团的“荣誉和骄傲”。

昨天，他那支由二千名亡命之徒组成的队伍趾高气扬地开进了城里。上校老爷骑着黑色的高头大马走在队伍的前面。尽管4月的太阳已经暖烘烘的了，他却依旧披着高加索毡斗篷，戴着扎波罗什哥萨克的红顶羔皮帽，里边穿着切尔克斯长袍。他全副武装：佩着短剑，挎着镶银马刀。

戈卢勃上校是个美男子：眉毛乌黑，脸皮皙白，但是由于酗酒，脸色白中透着微黄。他嘴里经常叼着烟斗。革命前，上校老爷在制糖厂的种植园里当农艺师，但那种生活单调寂寞，无法同哥萨克头目的赫赫声威相比。于是，这位农艺师乘着浊流在全国泛滥的机会，摇身一变，成了戈卢勃上校老爷。

为了欢迎新来的队伍，城里唯一的剧院正在举行盛大的晚会。彼得留拉派学术界的“精英”全都到场了：几位乌克兰教师，神父的大女儿——“美人儿”阿妮亚，小女儿季娜，一些小地主，波托茨基伯爵从前的管家，一帮自称“自由哥萨克[1]”的小市民以及乌克兰社会革命党的党徒。

剧场里拥挤不堪。女教师、神父的女儿和小市民太太们穿着色

---

1 哥萨克是俄国历史上的特殊社会阶层。哥萨克一词源于突厥语，意为自由人。沙皇政府用各种办法收买哥萨克的上层分子，使之成为向外进行侵略战争、对内镇压人民革命的工具。1918—1921年，苏俄国内战争期间哥萨克富裕阶层参加了白卫军。国内战争后，作为社会阶层的哥萨克已不复存在。多数人在集体农庄劳动。分布在顿河、捷列克河和库班河流域等地。

彩艳丽、绣着花的乌克兰民族服装，戴着珠光宝气的项链，饰着五彩缤纷的飘带。围着她们跳舞的是一群马刺叮当响的军官，他们的样子活像古画上的扎波罗什哥萨克。

军乐队奏起乐曲。舞台上正在忙乱地准备演出乌克兰戏剧《纳扎尔·斯托多利亚》。

但是没有电。事情报告给了司令部里的上校老爷。他正打算亲自光临，为晚会锦上添花。他听了副官哥萨克少尉帕利亚内查（其实就是原先的沙皇陆军少尉波良采夫）的汇报以后，漫不经心但又不容置疑地命令道：

“电灯必须亮。你就是掉了脑袋，也得找到电工，让电厂发电。”

“遵命，上校大人。”

帕利亚内查少尉并没有掉脑袋，他找到了电工。

一小时之后，他的两个士兵押着保尔进了发电厂。电工和机务工也是用同样的方法找来的。

帕利亚内查指着一根铁梁，直截了当地说：

“要是七点钟电灯还不亮，我把你们三个统统吊死在这里！”

这简短的命令果然奏效。到了指定的时间，电灯亮了。

当上校老爷带着情妇到达剧场的时候，晚会进入了高潮。上校的情妇是一个胸部丰满、长着浅褐色头发的姑娘，是他的房东、酒店老板的女儿。

酒店老板很有钱，曾把女儿送到省城的中学念过书。

上校老爷在前排的贵宾席就座之后，示意节目可以开演了。于是帷幕立刻拉开，观众看到了匆匆跑进后台的导演的背影。

演出的时候，军官们带着各自的女伴在酒吧间里大吃大喝，享用着神通广大的帕利亚内查搜罗来的上等私酒和强行征收到的美味佳肴。到剧终的时候，他们已经喝得酩酊大醉了。

帕利亚内查跳上舞台，戏剧性地把手一扬，用乌克兰语宣布：

“尊敬的先生们，现在开始跳舞！”

台下掌声四起。人们走到院子里，好让那些担任晚会警卫的士兵搬出椅子，清理出舞场。

半小时以后，剧场里又喧闹起来。

彼得留拉的军官们舞兴大发，搂着热得满脸通红的当地美人疯狂地跳着果拍克舞。他们用力跺着脚，震得旧剧场的墙壁都发颤了。

正在这时，一队骑兵正从磨坊那边朝城里开来。

戈卢勃部队在城边设有机枪岗哨。哨兵发现了正在逼近的骑兵，警觉起来，急忙扑到机枪跟前，哗啦一声推上枪机。夜空里响起刺耳的喝问声：

“站住！干什么的？”

两个模糊的人影从黑暗中走上前来。其中一个走到岗哨跟前，用醉醺醺的破嗓子吼道：

“我是头目帕夫柳克，带着自己的部队。你们是戈卢勃的人吗？”

“是的。”一个军官迎上前去说。

“把我的队伍安顿到哪儿？”帕夫柳克问。

“我马上打电话问司令部。”军官回答，立刻走进了路边的小屋。一分钟后，他从小屋里跑出来，下令说：

“弟兄们，把机枪从大路上挪开，给帕夫柳克大人让路。”

帕夫柳克勒住缰绳，停在灯火通明的剧院门口。这时剧场外面人声鼎沸，热闹非凡。

“哟嗬，这儿挺快活呢。”他说着，转身招呼身边的哥萨克大尉，“古克马奇，下马吧，咱们也来乐一乐。这儿有的是娘们，挑几个中意的。喂！斯塔列日科！”他喊道，“你安排弟兄们住到各家去。我们就留在这儿了。卫队跟我来。”他笨重地翻身跳下马，坐骑也被带得晃动了一下。

两名武装卫兵在剧院门口拦住了帕夫柳克。

“票？”

帕夫柳克轻蔑地瞧瞧他们，肩膀一拱，把一个卫兵推到了一边。他身后的十二个人也这样跟着闯进了剧院。他们的马匹留在外面，拴在栅栏旁。

新来的人立刻引起人们的注意。帕夫柳克尤其引人注目。他身材高大，身穿上等呢料的军官制服和蓝色近卫军裤子，头戴毛茸茸的高加索皮帽，肩上斜挎着一支毛瑟枪，衣袋里还露出一颗手榴弹。

“这人是谁？”人们交头接耳地问。这时戈卢勃的助手正在圈子里疯狂地跳着密切里查舞。

他的舞伴是神父的大女儿。她飞速地旋转着，裙子像扇子般展开，露出丝织的紧身衬裤，使围观的军官们欣喜若狂。

帕夫柳克用肩膀挤开人群，走到圈子中间。

他用混浊的目光盯着神父女儿的大腿，舔了舔干燥的嘴唇，然后挤出圈子，径直朝乐队走去。他走到舞台脚灯前站住，挥了一下马鞭，喊道：

“奏果拍克舞曲，快点！”

乐队指挥没有搭理他。

帕夫柳克扬起马鞭，猛地朝指挥后背抽去。指挥像给蝎子蜇了似的，跳了起来。

音乐声戛然而止，全场哑然无声。

“太蛮横无理了！”酒店老板的女儿怒气冲冲地说：“你绝不能轻饶了他。”她神经质地一把抓住坐在身边的戈卢勃的胳膊。

戈卢勃慢慢站起来，一脚踢开面前的椅子，大踏步走到帕夫柳克跟前，站住了。他立刻认出这个人就是同他争夺本县地盘的对手帕夫柳克。他还有一笔账要找这家伙算呢。

一个星期前，这个帕夫柳克用最卑劣的手段暗算过上校老爷。

当时，戈卢勃的队伍正同叫他吃过多次苦头的红军队伍酣战，帕夫柳克本来应从背后突袭布尔什维克，可他趁机把部队拉到一个小镇，击溃几个红军岗哨，轻而易举地占领了小镇。接着便布置了警卫队，在镇里肆无忌惮地抢劫起来。当然，作为彼得留拉匪帮的“嫡系”部队，他们照例疯狂地蹂躏犹太人。

就在这时，红军把戈卢勃的右翼打得落花流水，随即撤走了。

现在，这个恬不知耻的骑兵大尉又闯到这里，竟敢当着他上校老爷的面，鞭打他的乐队指挥。不行，他决不能善罢甘休。戈卢勃明白，如果此刻不制住这个狂妄自大的小头目，往后他在部下心目中的威信就会荡然无存。

他俩虎视眈眈地、默默地对峙了几秒钟。

戈卢勃一只手紧握马刀柄，另一只手去摸衣袋里的手枪，大声喝道：

“你这卑鄙的家伙，竟敢打我的部下？”

帕夫柳克的一只手也慢慢靠近毛瑟枪枪套。

“冷静点，戈卢勃大人，冷静点，否则会栽个大跟头。不要专踩别人的伤疤嘛，我也会发火的。”

这让人实在忍无可忍。

“把他们抓起来，拉出去，每人狠狠打二十五鞭子！”戈卢勃咆哮道。

他手下的军官立刻像一群猎狗，从四面八方朝帕夫柳克那伙人猛扑过去。

“啪！”有人放了一枪，如同灯泡摔到地上。接着，剧场里大打出手，仿佛两群野狗撕咬到一起。混战中，双方用马刀乱砍，有揪头发的，也有直接掐脖子的。女人们吓得魂飞魄散，像猪崽一样尖叫着，四处逃散。

几分钟以后，帕夫柳克一伙被解除了武装。他们一路挨打，被拖到院子里，然后扔到了大街上。

帕夫柳克被打得鼻青脸肿，羊皮高帽丢了，武器也给夺走了。他气得暴跳如雷，带着手下跳上马，沿着大街疾驰而去。

晚会无法继续下去了。在这样一场厮打之后，谁也没有心思再寻欢作乐。女人们都坚决拒绝跳舞，要求送她们回家。可是戈卢勃执意不肯。

“谁都不许离开剧场，派卫兵把住门！”他下令说。

帕利亚内查连忙执行命令。

剧场里嘘声四起，但戈卢勃却固执地宣布：

“尊敬的先生们、女士们，让我们跳个通宵吧。现在我亲自领头跳第一圈华尔兹舞。”

乐队重新奏响乐曲，但还是没能乐上一乐。

没等上校和神父女儿跳完第一圈，哨兵就闯了进来，大声喊道：

“帕夫柳克的人把剧场包围了！”

舞台旁临街的窗户哗啦一声给打得粉碎。一挺机枪如同一头恐怖的野兽，从残破的窗框里探进来。它笨拙地转动着，搜索着逃跑的人群。人们像躲避可怕的魔鬼一样躲避着它，一齐拥向剧场的中央。

帕利亚内查朝天棚上那只一千瓦的大灯泡开了一枪。砰！灯泡如同炸弹般炸开来，雨点般的碎玻璃撒落在大家身上。

场内顿时一片漆黑。街上传来吼叫声：

“统统滚出来！”接着是一连串下流的咒骂。

女人们歇斯底里地狂叫着，戈卢勃满场奔跑，厉声吆喝，想把惊慌失措的军官们召集起来。这些声音跟院子里的枪声、喊声汇成一片极其混乱的嘈杂。谁也没有发现，帕利亚内查像条泥鳅一样，从剧院的后门溜到了空荡荡的后街上，向戈卢勃的司令部飞奔而去。

半小时后，城里开始了一场正式的战斗。爆竹般的步枪手枪声夹杂着嗒嗒的机枪声，撕破了黑夜的寂静。小市民们吓得晕头转向，从热乎乎的被窝里跳出来，紧贴着窗户向外张望。

阿夫托诺姆·彼得罗维奇抬起头，侧耳倾听。对，他没有听错，是在打枪。于是急忙跳下床，鼻子紧贴在窗玻璃上，就这样站了一会儿。毫无疑问：城里在开战。

必须赶紧把谢甫琴科[1]肖像下面的小旗扯下来。让红军看到彼得留拉的小旗，准得遭殃。挂谢甫琴科的肖像倒无妨，红军白军都尊敬他。塔拉斯·谢甫琴科真是个好人，挂他的肖像用不着提心吊胆，谁来了都不会说三道四。旗子可就是另一回事了。他阿夫托诺姆可不是傻瓜，不是像格拉西姆·列昂季耶维奇那样的糊涂虫。既然有两全其美的办法，何必冒险挂列宁的像？

他逐一扯下小旗。可钉子钉得太紧了，他猛一使劲，身子失去平衡，扑通一声摔倒在地。老婆被响声惊醒，一骨碌爬了起来……

“你怎么搞的？老东西，疯啦？”

阿夫托诺姆·彼得罗维奇骶骨撞在地板上，摔得生疼，冲着老婆大叫：

“你就知道睡觉。即使上天国也会让你睡过了头。城里出了天大的事，可你依旧睡个没完。挂旗是我的事，扯旗也是我的事，你倒好，啥也不管。”

唾沫星子喷到老婆的脸上。她拉过被子蒙住头，阿夫托诺姆·彼得罗维奇只听见她闷声闷气地嘟囔了一句：

“白痴！”

枪声逐渐稀疏，回声仍然像锤击似的敲打着窗户。城郊的蒸汽

1 谢甫琴科（1814—1861），乌克兰诗人、画家。

机磨坊附近，一挺机枪狗叫似的时断时续地响着。

东方透出了鱼肚白。

将要虐杀犹太人的消息在小城里悄悄流传。这风声也传到了位于肮脏河岸上的犹太居住区，这是一些低矮简陋、窗户歪斜的小屋。

穷苦的犹太人就像罐头里的沙丁鱼一般，挤住在这些被称为住屋的火柴盒子里。

谢廖沙已经在印刷厂干了一年多。厂里的排字工和其他一些工人是犹太人。谢廖沙跟他们相处得很好，就像一家人似的团结在一起，共同反抗那个肥头肥脑、扬扬自得的厂主勃留姆斯坦。这个印刷厂的工人和老板不断发生斗争。勃留姆斯坦想方设法多榨取利润，少支付工资，因此工人们多次闹罢工，印刷厂一停工就是两三个星期。厂里一共有十四个人，谢廖沙年纪最小，但他摇起印刷机来，一干便是十二个小时。

今天，谢廖沙看出工人们神色不安。最近几个月时局动荡，印刷厂的订单时有时无，只是临时印些大头目的告示。

患肺病的排字工人缅德尔把他拉到一个角落里，神情忧郁地注视着他，说：

“你知道吗？城里又要虐杀犹太人啦。”

谢廖沙吃惊地看了看他，说：

“不，我不知道。”

缅德尔把他那枯黄干瘦的手按在谢廖沙的肩上，像父亲一般信赖地对他说：

“虐杀犹太人的事情一定会发生的，这不可避免。他们要屠杀我们犹太人。我问问你，在这不幸的时候，你愿不愿意帮帮自己伙伴们的忙？”

“当然愿意，只要我办得到。要我干什么，缅德尔，你说吧。”

排字工人们都在仔细倾听他们俩的谈话。

“谢廖沙，你是个好小伙子，我们都信任你。毕竟你爸爸也是工人嘛。你马上跑回家去和你爸爸商量一下，看他能不能让几个老人和妇女藏到你们家里去。至于谁上你们家，咱们大家再商量。此外，你再问问家里人，还有谁家可以让我们躲一躲。这些土匪暂时还不会骚扰俄罗斯人。快去吧，谢廖沙，不能再耽搁了。”

“好吧，缅德尔，你放心。我马上去找保尔和克利姆卡，他们一定会答应收留几个人的。”

可是缅德尔放不下心，他连忙拦住要走的谢廖沙，说：

“等一下。你说的保尔和克利姆卡这两个人是谁？你很了解他们吗？”

谢廖沙自信地点点头。

“嘿，那还用说，他们都是我的好朋友。保尔的哥哥是钳工。”

“呵，阿尔焦姆，”缅德尔这才宽心地说，“我认识他，我们在一个屋子里住过。这个人靠得住。你去吧，赶快带个准信回来。”

谢廖沙飞快地朝大街跑去。

戈卢勃和帕夫柳克双方发生冲突后的第三天，虐杀犹太人的暴行开始了。

那天帕夫柳克吃了败战，被赶出了城。随后他占据了邻近的一个小镇。一场夜战使他损失了二十几个人，戈卢勃方面的损失也差不多。

死者被匆忙运到墓地，当天就草草掩埋了。没有举行葬礼，因为这种事实在没什么可炫耀的。两个头目像野狗一样互咬一通，再大办丧事，可不是什么体面的事。帕利亚内查原想大张旗鼓地办一场葬礼，并且宣布帕夫柳克也是“赤匪”，但是以瓦西里神父为首的社会革命党委员会反对这样做。

那天夜间的冲突在戈卢勃的部队里引起了不满，特别是警卫连，因为他们的损失最大。为了平息不满情绪，提高士气，帕利亚内查建议戈卢勃让大家“消遣”一下——这是他对虐杀犹太人的戏称。他言之凿凿地告诉戈卢勃，不这样做就无法平息部队中的不满情绪。上校本来不打算在他和酒店老板的女儿举行婚礼之前破坏城里的平静，但是听帕利亚内查讲得这么严重，也就同意了。

不错，上校老爷已经加入了社会革命党，再搞大屠杀这一套，的确让他有点难堪。他的敌手又会散布谣言，制造舆论，说他戈卢勃上校是个“虐犹狂”，而且一定会到大头目那儿说他许多坏话。好在他戈卢勃目前并不怎么依赖大头目。他的军饷全靠自己筹措。其实，大头目心里完全清楚，他手下的弟兄是些什么货色。他本人也曾多次要求他们上交所谓征集到的财物。至于“虐犹狂”这个称号，戈卢勃早就受之无愧了。再干上一次，他的名声也不见得会坏到哪里去。

浩劫从一大清早就开始了。

小城笼罩在拂晓前灰蒙蒙的薄雾中。犹太人居住区的街道空荡荡的，一片荒凉。这些街道像一条条湿透的麻布条，把那些零乱搭建的棚屋胡乱地捆在一起。所有的窗户都挂着窗帘，上了护窗板，不见一丝亮光。

表面上看来，这些人家好像都在做着黎明前的甜梦，其实他们并没有睡。一家老小，穿好衣服，挤坐在一间房子里面，准备应付即将到来的灾难。只有不懂事的小孩才无忧无虑地酣睡在母亲的怀抱里。

这天早上，戈卢勃的卫队长萨洛梅加，一个皮肤黝黑、长得像吉卜赛人、脸上刻有绛紫色刀疤的家伙，很长时间都没能叫醒戈卢勃的副官帕利亚内查。

帕利亚内查睡得死死的，总是无法摆脱噩梦的纠缠。他梦见一个龇牙咧嘴的驼背妖怪，一直用爪子搔他的喉咙，这个妖怪折磨了他一整夜。最后，他终于抬起疼得要炸开的脑袋，这才明白，原来是萨洛梅加在叫他。

“快起来，瘟神！”萨洛梅加摇晃着他的肩膀，“已经不早了，该动手啦！真该让老酒把你灌死！”

帕利亚内查完全清醒了，坐了起来。由于胃部灼痛歪扭着嘴，他吐了一口苦水。

“动手干什么？”他两眼茫然地瞪着萨洛梅加。

“干什么？干犹太人去呀。你忘了？”

帕利亚内查想起来了：可不是，他把这事给忘了。昨天上校老爷带着未婚妻和一群酒鬼溜到郊外庄园里，喝得酩酊大醉。

在抢劫和屠杀犹太人期间，戈卢勃离城回避一下是上策。事后他可以推卸责任，说这是一场他不在时发生的误会。而帕利亚内查尽可随心所欲地大干一场。嘿，这个帕利亚内查搞“消遣活动”可是个大行家！

帕利亚内查往头上浇了一桶冷水，这才重新恢复了思考的能力。他在司令部里东跑西窜，下达了一系列命令。

警卫连的官兵都已骑上马。考虑周详的帕利亚内查为了避免引起麻烦，又命令设置岗哨，切断工人住宅区和车站通往城区的道路。

在列辛斯基家的花园里架起了机枪，监视大路。如果工人出来干涉，就会遭到子弹的袭击。

一切安排就绪，副官和萨洛梅加才跃上马背。

已经出发了，帕利亚内查忽然想起一件事：

“站住，刚才差点忘了。准备两辆大车，咱们还得设法给戈卢勃弄点礼物。哈哈哈……第一份到手的东西照例归司令。而第一个美人，哈哈哈，可得归我这个副官。明白吗，大蠢货？”最后这句话他是冲萨洛梅加说的。

萨洛梅加朝他翻了翻黄眼珠。

“钱财和美人儿有得是，够大伙受用的。”

队伍顺着大路进发。副官和萨洛梅加走在前面，警卫连乱哄哄地跟在后面。

晨雾消散了。帕利亚内查在一幢两层楼房前勒住了马缰，生锈的招牌上写着：“福克斯百货店”。

他那匹细腿灰骒马不耐烦地跺着路面的石头。

“好吧，上帝保佑，我们就从这儿开始。”帕利亚内查说着跳下了马。

“喂，弟兄们，下马吧！”他转身对围上来的警卫连士兵们说：“好戏开场了。弟兄们，小心，可别敲碎人家的脑壳，收拾他们的机会多得很。说到搞娘们，如果熬得住，也等到晚上吧。”

一个卫兵龇着大牙，不满地说：

“少尉大人，话可不能这么说，要是两厢情愿呢？”

周围的人一阵哄笑。帕利亚内查以赞许的目光看了看那个卫兵。

“当然喽，要是两厢情愿，你就尽管干吧。谁也无权禁止这种事。”

帕利亚内查走到紧闭的商店门前，使劲踢了一脚。可是结实的橡木大门纹丝不动。

真不该从这里下手。副官手握军刀，绕过墙角，朝福克斯的住宅门口走去。萨洛梅加跟在后面。

房子里的人早就听到了街上的马蹄声。当马蹄声在店铺前面停止、墙外传来说话声时，他们吓得全身僵硬，心都快蹦出来了。这时屋里一共有三个人。

财主福克斯昨天就带着妻子和女儿逃出了城，只留下女仆丽娃看守房产。这是一个温顺胆小的女孩子，才十九岁。福克斯怕她一个人不敢住这么大的空房子，就让她把父母接来同住，直到主人回来。

起初丽娃不怎么愿意留下，这个狡猾的商人就骗她说，虐犹行动不一定发生。再说，你们穷人有什么东西怕他们抢呢？等他一回来，一定赏钱给她买衣服。

现在，三个人都在侧耳倾听外面的动静。他们忧心如焚，却又心怀侥幸：也许外边的人马只是路过？也许自己听错了，那伙人是停在别人家的门口？也许这不过是幻觉而已？但是，外面传来了低沉的砸门声，一下子把他们的希望打得粉碎。

白发苍苍的老人佩萨赫，孩子般地瞪着惊恐的蓝眼睛，站在通往店铺的门旁，喃喃地祷告着。他用一个虔诚教徒的全部热忱，祈求全能的耶和华帮助他们全家躲过灾难。站在他身旁的老太婆听他低声祷告，一开头竟没有注意到越来越逼近的脚步声。

丽娃跑到最里面的一个房间，藏在橡木大橱的后面。

猛烈而粗暴的撞门声吓得两位老人浑身发抖。

“开门！”接着是一阵更猛烈的撞击，夹杂着狂暴的咒骂声。

两位老人连抬手摘门闩的力气都没有了。

外面的枪托雨点般地打在门上，闩着的门震跳着，终于哗啦一声裂开了。

屋子里立刻挤满了武装的卫兵。他们搜寻每个角落。由住宅通往店铺的门也被枪托砸开。卫兵们拥了进去，拔掉大门的门闩。

抢劫开始了。

两辆马车已经装满了布匹、鞋子以及其他各种物品，萨洛梅加押着车，把这些东西送往戈卢勃的公馆。等他又回到福克斯房子的时候，他听到了凄厉的喊叫声。

原来是帕利亚内查让手下的士兵去抢劫店铺，他自己却走进了内室。他用野猫似的绿眼睛把屋里的三个人扫视了一遍，然后对两个老人喝道：

“你们两个滚出去！”

但是年老的父母谁也没动。

帕利亚内查逼近一步，慢慢地从刀鞘里抽出军刀。

“妈妈！”女儿令人心碎地大叫一声。

这就是萨洛梅加听到的惨叫声。

帕利亚内查转过身，对闻声赶来的士兵简短地吩咐道：

“把他们拖出去！”他指指两个老人。当两个老人被拖出去以后，帕利亚内查就向刚刚进来的萨洛梅加说：

“你在门外等一会儿，我要跟这小姑娘说几句话。”

老头子佩萨赫听到屋里又传来一声惨叫，就向房门冲过去。这时，重重的一拳打中了他的胸口，把他撞到墙上。他疼得连气都喘不上来了。但是这时候向来安静温和的老妇人托依芭却像一只母狼似的紧紧地抓住了萨洛梅加。

“噢，放了她吧，你们想干什么呀？”

她挣扎着要冲进门去，干枯的手指铁钩子一般死死揪住萨洛梅加的上衣。萨洛梅加挣脱不开。

老头子佩萨赫缓过气来，马上奔过去帮她。

“放了她吧，放了她吧！……哎哟，我的女儿！”

老两口把萨洛梅加从门口推开。萨洛梅加凶恶地从腰里拔出手枪，用铁枪柄朝老汉白发苍苍的头上猛敲了一下，老头子一声不响地倒了下去。

里屋依旧传出丽娃的哀叫声。

他们把发疯一般的托依芭拖到街上去。满街震荡着她那撕人心肺的呼号声和求救声。

房里的惨叫声突然停止了。

帕利亚内查从房里走出来。他看也没看萨洛梅加一眼。这时萨洛梅加已抓住门把手，预备推门进去。帕利亚内查拦住他说：

“别进去了，她已经完了。我用枕头把她闷得太紧了点。”说着，他跨过老头子佩萨赫的尸首，一脚踩在一摊浓稠的黑血里。

“一开头就不怎么顺利。”他咬牙切齿地说，朝街上走去。

其余的人默默地跟着他。他们的脚在地板和楼梯上留下了一个个血印。

这时城里已经大乱。匪帮之间为分赃不均而发生短促的、野兽般的厮杀。到处可见军刀在挥舞，到处都在扭打。匪徒们从酒厂里滚出一桶桶十维德罗[1]装的啤酒。

随后他们又挨家挨户去抢劫。

没有人起来反抗。匪兵们冲进那些矮小的房子，找遍角角落落，然后满载而去，留下的只是一堆堆破烂衣物和枕头、靠垫被撕裂后散落的绒毛。第一天白天只有两个牺牲者——丽娃和她的父亲，但是随后到来的黑夜却带来了难以逃避的死亡。

傍晚，这群豺狼已经喝得酩酊大醉。彼得留拉匪徒们一个个晕乎乎的，只等着黑夜降临。

黑夜使他们可以放开手脚，黑暗更便于他们杀人。就是豺狼也喜欢黑夜，因为豺狼也专门袭击不能逃脱的人。

许多人永远不能忘记这可怕的三天两夜。在这血腥的日子里，无数生灵遭涂炭、被毁灭，无数青年白了头，无数人流干了泪！谁又能说，那些幸存的人比死者幸福些呢？他们忍受着难以洗刷的羞耻与侮辱，忍受着无法言喻的心痛和永远失去亲人的哀伤。一些受尽折磨、遍体鳞伤的少女的尸体，双手痉挛地向后伸着，毫无知觉地蜷缩着躺在小巷里。

---

1 维德罗，俄国液量名，一维德罗等于12.23公升。

只有在小河旁边的小屋里，当这些豺狼扑向铁匠纳乌姆年轻的妻子萨拉的时候，才遭遇了强烈的抵抗。这位二十四岁的大力士铁匠，抡铁锤练就了一身的肌肉，充溢着旺盛的精力，他绝不愿让自己的妻子受辱。

小屋子里的格斗凶猛而短促，两个匪徒的脑袋被砸得像烂西瓜一样。怒火燃烧的纳乌姆是可怕的，他狂怒地捍卫着自己和妻子两个人的生命。那些感到危险的戈卢勃匪徒蜂拥而来，于是河边响起密集而长久的扫射声。在纳乌姆的子弹快要用完的时候，他用最后一颗子弹打死了妻子，然后拿着刺刀冲出去拼命。但是刚刚走下屋外的第一级石阶，就被雨点儿一样的枪弹射中，他那沉重的身躯轰然倒地。

在城里出现了一些由附近乡下来的健壮的农民，他们骑着高头大马，拉着选中的东西，由他们在戈卢勃部队当兵的儿子或亲戚们护送着，三番五次地把赃物运回村去。

谢廖沙和他的父亲已经把印刷厂一半的工友藏在他们的地窖里和阁楼上。他经过菜园回家的时候，看见一个人沿着公路奔跑。

这是一个犹太老人，穿着一件打满补丁的长外套，没戴帽子，吓得面无人色，一边跑，一边喘着粗气，绝望地挥舞着双手。他后面是一个彼得留拉匪兵，骑着灰马快速追赶，弯着身子随时准备砍那个犹太老人。那老人听到马蹄声已经迫近，不由得举起双手，仿佛这样就可以保卫自己似的。谢廖沙冲到路上，扑到马前，用自己的身子护住那个老人：

“住手，强盗，狗杂种！”

骑在马上的彼得留拉匪徒并不想收回军刀，顺势在这少年人的长着淡黄色头发的头上削了一刀。

第五章

初次被捕

红军步步紧逼哥萨克大头目彼得留拉的部队，戈卢勃团也被调上了前线。城里只留下少量后方警备队和司令部。

人们开始活动了。犹太居民利用这暂时的平静，掩埋遇害者。而犹太居民区的那些矮小的棚屋里，又现出了生机。

每天一到寂静的夜晚，远处传来隐隐约约的轰隆声。战斗正在不远的地方进行。

铁路工人纷纷离开车站，到各乡去找活干。

中学已经关门。

城里宣布了戒严。

这是一个漆黑的、阴森森的夜。

乌云犹如远方大火腾起的滚滚浓烟，在蓝黑色的天空中缓缓浮动，渐渐靠近一座佛塔，便用浓重的烟雾把它遮挡起来。佛塔变得模糊不清，仿佛给抹上了一层污泥，而不断逼近的乌云仍在不停给它上色，越来越浓。昏黄的月亮发出微微颤动的光，随即也沉没在乌云之中，如同掉进了黑色的染缸。

在这样的时刻，即使你把眼睛睁得大大的，也难以穿越这重重夜幕。于是人们只好像瞎子走路，伸手去摸，用脚去探，随时都有掉进壕沟、摔断脖子的危险。

在这样的时刻，如果有人鬼迷心窍地迈出家门，到大街上乱跑，那跌得头破血流的还会少吗？更何况又是在1919年4月这样的岁月，头上或者身上让飞来的子弹钻个窟窿，嘴里让枪托敲掉几颗牙齿，本来就是司空见惯的事。

小市民都知道，在这样的夜晚，最好待在家里，千万别开灯，灯光可能会招来麻烦。说不定会招来不速之客，那就免不了灾祸临头。屋子里最好是黑漆漆的，这样才安全。要是有人非要在这种时候出去，那就让他去好了。总有一些人不安分。好吧，那么就让他们到处逛吧，这与小市民不相干。小市民可不往外跑。放心吧，决不会往外跑的。

可就是在这样一个夜晚，有个人影在大街中间急匆匆地走着。他双脚不时陷进泥里，遇到特别难走的地方，嘴里骂骂咧咧地吐出几句脏话。

他走到柯察金家的小屋前，小心翼翼地敲了敲窗框，没有人答应，他又敲了一遍，比头一次更响、更坚决。

这时保尔正在做梦，他梦见一个似人非人的怪物正用一挺机枪对着他。他很想逃跑，却无路可逃，而机枪发出了可怕的响声。

不停地敲击把窗玻璃震得叮当作响。

保尔跳下床，走到窗边，竭力想看清楚敲窗的人是谁。但是只见到一个模糊不清的人影，其余的什么也看不见。

家里只有他一个人。母亲到姐姐家去了。姐夫是一家糖厂的机务员。阿尔焦姆在邻近的一个村子里当铁匠，靠抡铁锤过活。

敲窗的可能是阿尔焦姆。

保尔决定打开窗子。

“谁呀？”他向着黑暗问。

窗外的人影晃动了一下，用低沉的声音回答：

“是我，朱赫来。”

朱赫来的双手往窗台上一撑，他的头就升得和保尔的脸一般高了。

“我到你家借宿来了，小弟弟，你让我进来吗？”他低声问。

“当然，这还用得着问吗？”保尔十分友好地回答，“你就从窗口爬进来吧。”

朱赫来笨重的身子从窗口挤了进来。

他掩上窗户，但并未马上离开窗边。

他站在窗户旁边，倾听着外面的动静。这时月亮正好从云层里钻出来照亮了大路。他仔细地察看了路上的情形，这才转过身来问保尔：

“我们会不会吵醒你的母亲？她大概睡了吧？”

保尔告诉朱赫来，家里只有他一个人。这样，朱赫来更放心了。他稍稍提高点声音说：

“小弟弟，那帮吃人的野兽正在追我。为了车站最近发生的事件，他们要找我算账。如果大家能团结得更紧些，我们准可以在虐杀犹太人的时候好好教训一下那些‘灰狗子’。但是你知道，人们还没有上刀山下火海的决心，所以干不起来。现在我被盯上了，他们已经围捕我两次。今天险些儿遭了毒手。是这样的，我正回家，当然是从后门走的。我站在板棚旁边一瞧：院子里站着一个人，身子紧贴着树干，可露出了刺刀。不用说，我拔腿就跑。这就跑到了你家。我想在你这里抛锚，住上几天。你不反对吧？哦，那好极了。”

朱赫来喘着粗气，扒下那双沾满污泥的长筒靴。

朱赫来的到来使保尔十分高兴。最近发电厂已经停工，保尔一个人待在空荡荡的家里觉得很无聊。

两个人都上了床。保尔马上睡着了，可是朱赫来却抽了好久的烟。然后他从床上起来，光着脚轻轻地走到窗边，朝街上看了很久才上床。他十分疲劳，立刻睡熟了。他的一只手伸到枕头下面，按住那支沉甸甸的手枪，把枪焐得暖暖的。

朱赫来深夜意外来访及两个人共同生活的八天，给予保尔极大的影响。他头一次从水兵朱赫来嘴里听到那么多重要而新鲜的、激动人心的话。这几天对于这个年轻锅炉工的一生具有决定性的意义。

水兵已经两次遇险。他像受困的猛兽一样，暂时待在这儿。他利用这迫不得已的休息时间，把他对蹂躏着乌克兰的“黄蓝旗军队”的满腔怒火和刻骨仇恨，完全传给了如饥似渴地倾听着他每一句话的保尔。

朱赫来话语简明朴实、生动易懂。一切他都清清楚楚。他对自己所走的道路坚信不疑，于是保尔开始明白，那一大堆名字很好听的党派：社会革命党、社会民主党、波兰社会党，都是工人阶级的死敌；只有布尔什维克党才是不屈不挠地跟所有财主进行顽强斗争的唯一的革命政党。

以前保尔总是给这些名字弄得稀里糊涂。

费奥多尔·朱赫来，这位高大健壮、久经海洋风暴的波罗的海舰队的水兵，这位1915年就加入俄罗斯社会民主工党（布）的坚定的老布尔什维克，对年轻的锅炉工讲述着残酷的生活的真理。保尔目不转睛地望着他，听得入了迷。

“哦，小弟弟，我小时候也和你差不多。”朱赫来说：“我生来就有一股反抗的劲头，可是不知道浑身的力气往哪儿使。我家里很穷。有时候，看到那些吃得好、穿得好的小少爷，我就气不打一处来。我时常狠狠地揍他们，可是除了换来父亲一顿痛打以外没有别的好处。单枪匹马地干，改变不了现状。保尔，你完全可以成为一名为工人阶级事业而战的优秀战士。你具备了一切条件，只是年纪还轻，而且对阶级斗争的认识少了点。小弟弟，我告诉你一条正确的道路，因为我知道你会有出息。我讨厌那些苟且偷生的家伙。现在全世界都燃起了熊熊烈火。奴隶们起来造反了，他们要推翻旧世界。但是，干这种事，需要的是勇敢的阶级弟兄，而不是娇生惯养的公子哥儿；需要的是能够坚决斗争的钢铁战士，而不是那种遇到打仗就像蟑螂见到阳光马上往墙缝里钻的软骨头。”

他使劲地往桌子上捶了一拳。

朱赫来站起来，双手插进口袋里，皱着眉头在屋子里来回地走。

他闲得太难受了。他非常后悔留在这个小城里。他认为再待下去已经毫无意义，因此毅然决定穿过战线去找红军部队。

城里还有一个九名党员组成的党小组，可以继续进行工作。

“没有我，他们照样可以干。我再也不能无所事事地闲待着。已经浪费了十个月，够了。”他恼怒地想。

“费奥多尔，你究竟是干什么的？”有一天，保尔突然问他。

朱赫来站起来，双手插进口袋。他一时没明白这句话的意思。

“难道你还不知道我是干什么的吗？”

“我想你是一个布尔什维克，或者是一个共产党员。”保尔低声回答说。

朱赫来哈哈大笑起来，逗乐似的拍了一下被蓝白条水手衫紧裹着的宽胸脯，对他说：

“小弟弟，这是明摆着的。这就像布尔什维克跟共产党员是一回事一样明显。”接着，他马上非常认真地说：

“既然你知道了，就要记住：如果你不想让他们杀死我，那么无论在什么地方，无论对任何人，都不能提起这件事。明白吗？”

“明白。”保尔坚定地回答。

院子里传来说话声，还没有听见敲门，门就打开了。朱赫来急忙把手伸到衣袋里，但是立刻又抽了出来。进来的是谢廖沙，他头上缠着绷带，脸色苍白，略微消瘦了点。跟在他后面的是瓦莉亚和克利姆卡。

“你好，小鬼。”谢廖沙微笑着握住保尔的手，“我们三个一块儿来看你。瓦莉亚不让我一个人来，她不放心；克利姆卡又不让瓦莉亚一个人来，因为他也不放心。他虽然满头红发，倒还懂得让一个人独自出门有危险。”

瓦莉亚笑着伸手掩住他的嘴。

“胡说什么呀。他今天一直捉弄克利姆卡。”

克利姆卡温厚地笑了，露出一口白牙。

“对病人有什么办法呢？他虽然脑袋上挨了一刀，可还是这么爱唠叨。”

大家都笑了。

谢廖沙因为还没有完全康复，就倚靠在保尔的床上。很快朋友们就热烈地谈论起来。向来有说有笑的谢廖沙今天却显得沉静、忧郁。他把彼得留拉匪兵砍他的经过告诉了朱赫来。

朱赫来熟悉这三个来找保尔的人。他经常到谢廖沙家里去。他很喜欢这些年轻人，虽然他们还没有在斗争的旋涡中找准该走的路，但是已经鲜明地表现出自己的阶级意志。他仔细地倾听着这几个青年人讲述他们每个人怎样帮助犹太人，把他们藏在自己家里，使他们幸免于难。这天晚上，他给他们讲了许多关于布尔什维克和列宁的话，帮助他们每一个人理解所发生的事情。

保尔送走这些小客人的时候，天已经很晚了。

朱赫来每天黄昏出去，深夜才回来。在出发之前他忙着和留下的同志商谈工作。

有一天晚上他一夜未归。第二天早上保尔醒来看到床铺空着。

他有一种模糊的预感，赶紧穿好衣服，走出屋子。他锁好房门，把钥匙放在约定的地方，马上去找克利姆卡，希望从他那里打听到一点关于朱赫来的消息。克利姆卡的母亲矮矮胖胖，宽脸盘上布满麻子，正在洗衣服。当保尔问她知不知道朱赫来在哪里的时候，她生硬地回答：

“怎么，我是专管看着你们的朱赫来的吗？为了他这家伙，佐祖利哈的家被人翻了个底朝天。你找他干什么？你们凑在一起干些什么？真是些好伙伴，克利姆卡、你……”她一面说，一面狠狠地搓洗衣服。

克利姆卡的母亲向来喜欢唠唠叨叨。

保尔离开克利姆卡家，又去找谢廖沙，把他担心的事情告诉他。瓦莉亚插嘴说：

“你何必担心呢？也许他在朋友那儿住下了。”但她的语气并不怎么自信。

保尔打算走了。瓦莉亚知道，保尔最近几天一直在饿肚子，家里能卖的东西都已卖掉，换了吃的，再也没有什么可卖了。她强迫保尔留下吃饭，否则便不再和他好。保尔也确实感到饿得慌，于是留下来美美地吃了一顿。

快到家的时候，他满心希望能够看见朱赫来。

但是门依旧锁着。他站住了，心情十分沉重。他不想走进这空荡荡的屋子。

他在院子里站了好几分钟，左思右想，接着在一种模糊不清的愿望驱使之下，他走向板棚。他来到板棚底下，拨开蜘蛛网，从秘密的角落里取出那支用破布包着的沉甸甸的手枪。

他离开板棚，朝车站走去，感到口袋里那支手枪沉甸甸的。

他还是没有打听到朱赫来的消息。他往回走，经过林务官家那熟悉的花园的时候，不由得放慢了脚步。他怀着连自己也不清楚的希望，瞧瞧那屋子的窗户，可是花园和屋子里都没有人。走过庭院之后，他还回头望一望，只见花园的小径上铺满了去年的枯叶，现出荒凉凄清的景象。显然，关心花草的主人已经好久没有侍弄过它们了。由于这高大老屋的冷清无人，保尔越发感到郁闷。

他和冬妮亚最后一次吵嘴比以往任何一次都厉害。这是大约一个月前突然发生的。

保尔两手深深地插进口袋里，慢慢地朝城里走去，一面回忆着他们争吵的经过。

那一天，他们在街上偶然相遇，冬妮亚请他到她家去玩。

“我爸爸和妈妈都到鲍利尚斯基家参加命名礼去了，家里就我一个人。保尔，亲爱的，你来吧。我们一起读列奥尼德·安德列耶夫那本非常有趣的小说《萨士卡·日古廖夫》。我已经看过，但是很想和你一块儿再读一遍。我们会度过一个非常愉快的夜晚。你来吗？”

她那浓密的栗色头发上戴着一顶小白帽，帽子下面一双大眼睛望着保尔，流露出期待的神情。

“我一定来。”

他们分手了。

他匆忙回到机器房，想到可以跟冬妮亚一起度过整整一个晚上，他觉得炉火燃烧得格外旺，木头的爆裂声也更加欢快。

当天晚上，他敲响宽大的正门，来开门的正是冬妮亚。她略显局促地说：

“我还有几个客人。我没料到他们会来。不过，保尔，亲爱的，你不必走。”

他转身想走，但是冬妮亚拉住他的袖子，说：

“来吧，保尔，让他们跟你认识认识也有好处。”说着她就用一只手挽住他的胳膊，领着他穿过饭厅，走到她的房里去。

一进屋，她就微笑着对几个在座的青年人说：

“你们还不认识吧？这位是我的朋友保尔·柯察金。”

屋子中央的小桌子旁坐着三个人：一个是莉莎·苏哈尔科，她是个肤色黝黑的漂亮的女中学生，长着一张调皮的小嘴，头发梳成很风骚的式样；另一个是保尔没见过的又瘦又高的小伙子，穿着整齐的黑上衣，油光光的头发梳得服服帖帖，一双灰色的眼睛流露出一副倦怠的神情；坐在两个人中间的是穿着非常时髦的学生装的维克多·列辛斯基。冬妮亚推开门的时候，保尔头一眼就看见了他。

列辛斯基也马上认出了保尔，他惊奇地扬起他那尖细的眉毛。

保尔一声不响地在门口站了几秒钟，用充满敌意的目光瞪着列辛斯基。冬妮亚急于打破这令人难堪的沉默，一面请保尔进来，一面转身对莉莎说：

“我来介绍一下。”

莉莎正在好奇地打量着保尔，她欠了欠身。

保尔猛一转身，大步穿过半明半暗的饭厅，朝门口走去。他走到台阶的时候，冬妮亚才追上他。她抓住保尔的肩膀，激动地说：

“你为什么要走？我是有意让他们跟你见见面的呀。”

但他把她的手从肩膀上推开，尖刻地说：

“用不着拿我在这些笨蛋面前展览。我和他们坐不到一块儿。也许你喜欢他们，可是我恨他们。我不知道你跟他们是朋友，否则我决不会上你这儿来。”

冬妮亚压住火气，打断他的话头：

“谁给你权利这样跟我说话？我就从来不过问你跟谁交朋友，谁经常上你家去。”

保尔走下台阶，进了花园。他一边走一边毫不客气地说：

“那就叫他们来好了，反正我再也不来了。”说着他就朝栅栏门跑去。

从那以后，他们再没见过面。在屠杀犹太人期间，他和电工一起忙着把几家避难的犹太人藏在发电厂里，把跟冬妮亚的口角完全忘掉了。今天他很想同她见见面。

朱赫来失踪了，他今后独自在家肯定要感到孤独，一想到这儿，他的心情就特别沉重。春天化冻以后，路上的泥泞还没有干，车辙里积满褐色的泥浆。公路宛如一条灰色的带子朝右边拐了过去。

紧靠路边有一座东倒西歪的房子，墙面已经剥落，像长满疥癣似的。大路拐过这所房子，分成了两条岔道。

在岔路口有一座废弃的售货亭，门已经毁坏，一块“出售矿泉水”的招牌倒挂着。就在这售货亭旁边，维克多·列辛斯基正在和莉莎告别。

他紧握住她的手，情意绵绵地盯着她的眼睛说：

“您一定要来啊，您不会骗我吧？”

莉莎轻佻地回答：

“我来，一定来。请您等我好了。”

临走的时候，她那对脉脉含情的褐色眼睛又冲着他微微一笑。

莉莎刚走了十来步，看见有两个人从路的拐角处走出来。走在前面的是一个工人，他身体健壮，胸脯宽阔，上衣敞开，露出里面一件白底蓝条的水手衫，黑色的帽子低低地压住前额，一只眼睛又青又肿。

这个工人穿着一双短筒黄皮靴，双腿略微有点弯曲，脚步沉稳有力。

离他后面三步远的光景，走着一个彼得留拉匪兵，身穿灰军服，腰边挂着两盒子弹，刺刀尖儿几乎抵着那工人的后背。

匪兵头戴羊皮帽，一双眯缝着的眼睛警惕地盯着被捕者的后脑勺。他那被香烟熏黄的小胡子朝两边翘着。

莉莎稍稍放慢脚步，走到公路的另一边去。这时在她后面的保尔也走上了公路。

当他向右拐往家走的时候，他也看到了那两个人。

他的两只脚像在地上生了根似的再也挪不动了——他立刻认出了走在前面的那个人正是朱赫来。

“原来这就是他没有回来的原因啊！”

朱赫来越走越近。保尔的心狂跳起来。各种想法一起涌上心头，茫然无绪。时间过于仓促，一时打不定主意。可是有一点是确定无疑的：朱赫来这下子完了。

保尔注视着渐渐走近的朱赫来和那个匪兵，心乱如麻，想不出办法。

“怎么办？”

在最后一分钟，他猛然想起了口袋里的手枪。等他们从身旁走过，朝这端枪的匪兵后背放一枪，这样朱赫来就能得救了。这瞬间的决定立刻止住了他纷乱的思绪。他紧紧地咬着牙，咬得生疼。就在昨天朱赫来还对他说过：“干这种事，需要的是勇敢的阶级弟兄……”

保尔回头匆匆看了看。通往城区的大路上空荡荡的，一个行人也没有。前面有个穿着春季短外套的女人匆匆赶路，她不会碍事。十字路口侧面那条岔道，他看不见，只有远处通向火车站的那条路上，才有几个人影。

保尔走到公路边。当他们相距只有几步远的时候，朱赫来才看见他。

他悄悄地看了看保尔。两道浓眉颤动了一下。他认出了保尔，感到很意外，不由得放慢了脚步，于是刺刀尖儿触到了他的脊背。

“喂，快走，要不我用枪托子揍你！”那个押送兵尖着嗓子刺耳地吆喝道。

朱赫来加快了脚步。他本来打算跟保尔说几句话，但是克制住了，只是挥了挥手，做了个打招呼的姿势。

保尔生怕引起黄胡子押送兵的注意，转身走向一旁，让朱赫来走过去，好像对周围发生的事情毫不在意似的。

但是，他脑子里闪过了一个令人不安的念头："如果我朝他射击，万一射偏了，子弹可能会打中朱赫来……"

彼得留拉匪兵已经到了身旁，难道还能够多想吗？

于是发生了这样的事情：留着棕黄色小胡子的押送兵走到了保尔跟前，保尔出其不意地向他扑过去，抓住他的枪，狠命地往下一按。

刺刀当啷一声撞在石头路面上。

彼得留拉匪兵没有想到会遭到突袭，不禁吓呆了，但是立刻用尽全力往回夺枪。保尔用整个身子压住枪，死也不松手。枪啪的一声响了。子弹打在石头上，蹦起来，掉进路边沟里。

朱赫来听见枪声，朝旁边一闪，回过头来，看见押送兵正在狂暴地从保尔手里夺枪。他转动着枪，扭绞着少年的双手。但是保尔依旧抓住不放。那个彼得留拉匪兵简直气疯了，猛一使劲，把保尔摔倒在地。可是即使这样，他还是没能夺回步枪。保尔摔倒的时候，他顺势把押送兵也拖倒了。此时此刻，没有任何力量可以迫使保尔放开手里的枪。

朱赫来两个箭步就冲到他们旁边。他抡起铁拳，朝押送兵的头上打去。一瞬间，那家伙脸上挨了两下铅一般沉重的打击，放开了躺在地上的保尔，像一只沉重的布袋，滚下壕沟。

也就是这双强劲有力的手，把保尔从地上扶起来，让他站稳。

维克多·列辛斯基离开岔路口，已经走出一百多步。他用口哨低声吹着《美人的心，朝三暮四》的曲调。他依然陶醉在这次跟莉莎的会面和她答应明天到废弃的工厂跟他相会的承诺中。

在那些热衷于追逐女性的男学生中间流传着一种说法，认为莉莎是个在恋爱问题上大胆开放的女孩子。

厚颜无耻而又骄傲自负的谢苗·扎利瓦诺夫有一次告诉维克多，说他已经占有了莉莎。维克多虽然半信半疑，但莉莎毕竟是一个颇有魅力的尤物，所以他决意明天证实一下，谢苗讲的话是否真实。

“只要她一来，我就果断行动。据说她是不在乎别人吻她的呀。要是谢苗没有说谎……”他的思路被打断了。他闪到路旁，让两个彼得留拉匪兵走过去。其中一个骑着短尾巴马，手里晃荡着一只帆布水桶，显然是去饮马的。另一个身穿紧腰外套和肥大的蓝裤子，一只手放在骑马人的膝盖上，喜笑颜开地讲述着什么有趣的事情。

维克多让他们过去之后，自己正要往前走，公路上传来一声枪响，他停住了脚步。回头一看，只见骑马的匪兵抖了抖缰绳，朝枪响的地方驰去。另一个挥舞着军刀，跟在后面跑。

维克多也跟着他们跑过去，当他快跑到公路的时候，又听到一声枪响。骑马的匪兵从拐角那边直冲过来，他一边用脚踢，一边用帆布水桶打，催马快跑。一冲进兵营的第一道门，就对院子里的人高声喊道：

“弟兄们，快拿枪去，他们打死了咱们一个人！”

当即就有几个人咔嚓咔嚓扳弄着枪机冲出院子。

维克多被抓了起来。

好几个人被驱赶到公路上集中。其中有维克多，还有被作为证人扣留的莉莎。

刚才，当朱赫来和保尔从莉莎身旁跑过的时候，她吓呆了，一动不动地站在原地。她看出那个袭击彼得留拉匪兵的少年不是别人，正是冬妮亚打算介绍给她认识的那个人，不由得大吃一惊。

他们先后翻过一户人家的栅栏。这时，那个骑马的匪兵已经冲到公路上，恰好看见拿着步枪逃跑的朱赫来和那个正竭力从地上爬起来的押送兵，便策马向栅栏那边追去。

朱赫来转过身来端起步枪，朝他开了一枪。骑马的匪兵吓得掉头就跑。

押送兵抖动着被打破的嘴唇，叙述了刚才所发生的事。

“你这个笨蛋，竟让犯人从眼皮底下跑了！这回你的屁股准得挨上25通条。”

押送兵恶狠狠地顶了他一句：

“就你聪明！我让犯人从眼皮底下跑了？谁料到会突然蹦出来那么一个狗崽种，像疯了一样扑到我身上？”

莉莎也受到了盘问。她说的跟那个押送兵一样，只是隐瞒了她认识袭击押送兵的少年。

被抓来的人都被押往警备司令部。直到晚上警备司令才下令释放他们。

那司令甚至要亲自送莉莎回家，但是她谢绝了。他满嘴喷着酒气，这般献殷勤显然不怀好意。后来维克多陪她回了家。

从司令部到车站这段路很长，维克多挽起莉莎的胳膊走着。发生了这样的意外，他心里暗暗高兴。

“您可知道放走犯人的是谁？”快到家的时候，莉莎这样问他。

“不知道，我怎么会知道呢？”

“您记得那天晚上冬妮亚准备介绍给我们的那个少年吗？”

维克多站住了。

“保尔·柯察金？”他惊诧地问。

“对，他仿佛是姓柯察金。您还记得吗？那天他走的时候是多么古怪啊。没错，就是他。”

维克多惊呆了。

“您没有认错吧？”他追问莉莎。

“没有，他的长相我记得很清楚。”

“那您为什么不告诉司令呢？”

莉莎气愤地说：

“您以为我会干出这种卑鄙的勾当吗？”

“您说‘卑鄙’是什么意思？您认为说出谁袭击押送兵是卑鄙的吗？”

“哦，那么在您看来，这是高尚的了？您忘了他们的所作所为。难道您不知道学校里有多少犹太孤儿，所以要我向他们告发保尔·柯察金？谢谢您，真没想到您是这种人。”

维克多没料到她会这样回答。然而他不想跟莉莎吵嘴，所以尽量把话题岔开。

“别生气，莉莎，我只是在跟您开玩笑。我不知道，您是这样一个讲究原则的人。”

“您这个玩笑开得可不高明。”她冷冷地回答。

他们走到她家门口，临分手的时候，维克多问她：

“莉莎，您一定来吗？”

他听到的是个模棱两可的回答：

“说不定。”

在回城区的路上，维克多心里暗自琢磨：“哼，要是您小姐认为这是卑鄙的，我可不这么想。当然，谁救了谁，我都无所谓。”

在他这个波兰世袭小贵族看来，两方面都是令人讨厌的。反正波兰军队很快就会开来，到那时才会出现一个真正的政府，一个波兰贵族的政府。不过现在他可以趁机干掉保尔·柯察金这个小流氓。他们准保会把他的脑袋揪下来。

维克多一家只有他一个人留在小城里。他寄居在姨母家，姨父是制糖厂副厂长。维克多的父母和妹妹涅莉早已在华沙定居，他的父亲西吉兹蒙德·列辛斯基在那里身居要职。

维克多来到警备司令部，走进敞开的大门。

过了一会儿，他带着四个彼得留拉匪兵朝保尔家走去。

他指着透出亮光的窗户轻轻地说：

“就是这里。”然后问站在他身旁的骑兵少尉，“我可以走了吗？”

“您请便。我们自己来对付。谢谢您帮忙。”

维克多沿着人行道迅速离开了。

保尔背上又挨了一拳，被推进黑洞洞的牢房，往前伸的两只胳膊撞在墙上。他摸到一张像是木板床的东西就坐下了。他受尽了折磨，被打得浑身是伤，心情十分沮丧。

他完全没有料到他会被捕。“他们怎么会知道是我呢？当时压根儿就没有人看到我呀！现在怎么办呢？朱赫来在哪儿？”

他是在克利姆卡家里和朱赫来分手的。保尔去找谢廖沙，而朱赫来要在那里等到天黑再混出城去。

“幸亏我把手枪藏在乌鸦窝里了，”他暗想，“要是被他们找出来，我肯定完蛋。可是他们究竟怎么会知道是我呢？”这问题使他万分苦恼，但就是找不到答案。

彼得留拉匪兵从他家里没有找到什么东西。哥哥把衣服和手风琴带到乡下去了，母亲也带走了她的小箱子。因此虽然彼得留拉匪兵搜遍了角角落落，结果还是捞不到什么东西。

可是保尔怎么也忘不了从家里到司令部这一路上吃的苦头。夜漆黑黑一片，伸手不见五指。天空乌云密布。匪兵们从左右两侧和背后对他不住地拳打脚踢，他茫然地、昏昏沉沉地走着。

门外有人在谈话：隔壁就是警卫室。屋门下边透进一道亮光。

保尔站起身来，扶着墙壁，摸索着走了一圈。在板床对面，他摸到了一扇窗户，上面装着结实的齿状铁栏杆。保尔用手摇了摇——纹丝不动。看样子这里以前是个小仓库。

他又摸到门口，留心听外面的动静。然后轻轻地推了推门把手。门刺耳地吱呀了一声。

“妈的，真活见鬼！”保尔骂了一句。

透过窄窄的门缝，他看见床沿上有两只脚，十只脚指头叉开着，皮肤很粗糙。他又轻轻推一下门把手，门又毫不留情地尖叫起来。一个睡眼惺忪、头发蓬乱的匪兵从床上坐起来。他用五个手指头恶狠狠地挠着长满虱子的脑袋，絮絮叨叨地骂了起来。骂声懒洋洋的，单调而乏味。骂了一通之后，他伸手摸了一下放在床头的步枪，慢腾腾地吆喝道：

“把门关上！再敢往外瞧，就打死你……”

保尔掩上门，隔壁的房间里响起一阵狂笑。

这一夜，保尔翻来覆去地想了许多事情。他柯察金头一回参加斗争，结果很糟糕。刚迈出第一步就被抓住关起来，像只笼子里的老鼠。

他坐在那里，心神不宁地打起盹来。这时，脑海中浮现出母亲那瘦削的、布满皱纹的脸和那双熟悉的、慈爱的眼睛。他心里想：“幸亏她不在家，可以少点伤心。”

从窗口透进来的光线照在地上，映出一个灰色的方块。

黑暗渐渐退却。天就要亮了。

第六章

机智逃脱

在那座古老的大房子里，只有一个挂着窗帘的窗子透出灯光。院子里，用铁链拴着的狗特列左尔突然汪汪叫起来。

睡意蒙眬中冬妮亚听到母亲轻轻的说话声：

“不，她还没有睡。莉莎，请进来吧。”

女友轻盈的脚步声和那亲切而热烈的拥抱完全驱散了她的睡意。

冬妮亚面带倦容，微笑着说：

“莉莎，你来得正好。我家有件高兴事——爸爸昨天刚刚脱离了危险期，今天安安静静地睡了一整天。妈妈和我度过了好几个不眠之夜，今天总算是歇了会儿。莉莎，讲讲吧，有什么新闻？”冬妮亚把女友拉到身边，在长沙发上坐下。

“呵，新闻倒有许多！不过有一些我只能对你一个人讲。”莉莎笑着，调皮地看一眼冬妮亚的母亲叶卡捷林娜·米哈伊洛夫娜。

冬妮亚的母亲也笑了。她是一个大方得体的妇人，虽然已经三十六岁了，举止还像年轻姑娘一样轻盈活泼。她有一双聪明的灰眼睛，容貌虽不出众，却精神饱满，惹人喜爱。

“好吧，过一会儿我就走开，让你们单独谈。现在请你先说说可以公开的新闻吧。”她一面开着玩笑，一面把椅子挪近沙发。

“第一件新闻是：我们再也不用上学了。校务会议已经决定发给七年级学生毕业证书。我开心死了。”莉莎眉飞色舞地说，“什么代数呀、几何呀，简直把我烦死了！学这些东西有什么用呢？男生也许还能继续上学，不过到哪儿去上，他们自己也不知道。到处是战场，各地都在打仗。真可怕！……我们总是要出嫁的，而对妻子是没有代数要求的。”莉莎说到这里，哈哈大笑起来。

冬妮亚的母亲陪她们坐了一会儿就回自己的房间去了。

莉莎靠近冬妮亚，搂着她，悄声跟她讲述了在岔路口发生的事情。

“呵，亲爱的冬妮亚，你想想看，当我认出那个逃跑的人时，我是多么惊讶……你猜猜，那人是谁？”

冬妮亚正听得出神，她莫名其妙地耸了耸肩。

“是保尔·柯察金！”莉莎脱口而出。

冬妮亚战栗了一下，痛苦地把身体缩作一团。

“是保尔·柯察金？”

莉莎对自己的话产生的效果感到很满意，接着描述了她和维克多吵嘴的情形。

她只顾说话，没有注意到冬妮亚的脸色已经变得煞白，纤细的手指神经质地拉扯着蓝上衣。莉莎完全不知道冬妮亚是多么揪心，也不知道她那美丽的浓密的睫毛为什么不住地抖动。

莉莎后来讲了那个喝得醉醺醺的警备司令的故事，冬妮亚已经完全听不进了。她心里只有一个念头：“维克多·列辛斯基已经知道是谁袭击了押送兵。莉莎为什么要告诉他呢？”她不知不觉地把这句话说出了口。

“我告诉什么？”莉莎不明白她的意思。

“你为什么把保夫鲁沙[1]，我是说，把柯察金的事情告诉列辛斯

---

1 保夫鲁沙，保尔的爱称。

基呢？他会出卖他的……”

莉莎不以为然，反驳说：

“哦，不，我想他不至于吧！说到底，他为什么要这么做呢？”

冬妮亚突然挺直身子，双手使劲抓住膝盖，连疼痛也感觉不到。

“莉莎，你一点儿也不明白！他和柯察金是死对头，再加上另外一种情况——你把保夫鲁沙的事告诉维克多，已经铸成大错了。”

莉莎这时才发觉冬妮亚焦急万分，又听到冬妮亚脱口说出“保夫鲁沙”这个昵称，她才恍然大悟，她一向模糊猜测的事竟是真的。

她不由得意识到自己办错了事，不好意思地沉默不语了。

“这么说，真有这回事，”她想，“多么奇怪，冬妮亚竟会突然爱上一个——什么人？一个普通工人……”她很想谈谈这件事，但是怕失礼，终于忍住了。她力图弥补一下自己的过错，便拉住冬妮亚的双手说：

“冬妮亚，亲爱的，你非常担心吗？””

冬妮亚神情恍惚地回答：

“不，也许维克多比我想象的要正直些。”

不一会儿，她们的同班同学杰米亚者夫来了，这是个憨厚老实的小伙子。在他到来之前，她们的谈话一直不投机。

冬妮亚送走两个同学，独自在门口站了很久。她倚着门，眺望着那条通往城区的、灰蒙蒙的大路。永不停息的风带着冷丝丝的潮气和春天的霉味朝她扑来。远处，城里居民的小窗户闪动着令人不快的暗红色的灯光。这就是那座使她感到厌恶的小城。城中的某一个屋顶之下，住着她那个不安分的朋友，他还不知道大祸就要临头。也许他已经把她给忘了。自从上次见面之后，一转眼已经过去了多少天？那一次是他不对，但是她早已忘记了那件事。只要她明天见到他，那旧日的友谊，那激动人心的美好的友谊，就会恢复。冬妮亚对此深信不疑。但愿今夜平安无事。然而，这不祥的黑夜，仿佛隐藏在一旁，随时等待着……好冷啊。

冬妮亚朝大路最后看了一眼，回到屋子里。她躺在床上，裹着被子，临睡前还在祈祷——但愿这一夜平安无事！……

第二天大清早，家里人还在睡梦中，冬妮亚已经醒来，匆匆穿好衣服。为了不惊动家人，她悄悄走到院子里，放开长毛大狗特列左尔，带着它朝市区走去。到了柯察金家对面，她犹豫不决地站了一会儿。接着她推开栅栏门，走进院子。特列左尔摇着尾巴，跑在前面……

这天早晨阿尔焦姆也从乡下回来了。他是和铁匠一起坐大车来的，这些天他一直在他家干活。他把挣来的一袋面粉扛在肩上，走进院子。铁匠拿着其他东西跟在后面。阿尔焦姆走到敞开着的大门口，从肩上卸下面粉，喊道：

“保尔！”

但是没有人应声。

“搬到屋里去吧，待在这儿干吗？”铁匠走到跟前说。

阿尔焦姆把东西放进厨房，回头进屋一看，不由得愣住了。屋子里被翻得乱七八糟，破破烂烂的东西扔得满地都是。

“真见鬼！”阿尔焦姆莫名其妙，转身对铁匠嘟囔道。

“可不是吗，太乱了。”铁匠附和着。

“这小家伙跑到哪儿去了？”阿尔焦姆开始发火了。

屋里空荡荡的，要打听也找不到人问。

铁匠告别后，赶着大车走了。

阿尔焦姆走到院子里，仔细察看周围的情况。

“究竟是怎么回事呢——大门敞开，保尔却不在。”

背后响起脚步声。他转过身，看见一只毛茸茸的大狗，竖着耳朵站在他面前，还有一个陌生的姑娘正从栅栏门朝屋子走来。

那姑娘上下打量着阿尔焦姆，轻轻地对他说：

“我想见见保尔·柯察金。”

“我也在找他。鬼知道他跑到哪里去了。我刚到，门开着，却不见他的人影。您找他有什么事吗？”他问姑娘。

姑娘没有回答，反而问他：

“您是他哥哥阿尔焦姆吗？”

“是的，有什么事吗？”

姑娘还是没有回答，只是惊惧地望着敞开的房门。“为什么我昨天晚上不来呢？难道，难道真会那样吗？……”她心头的负担更重了。

“您回来就看到房门敞开着，保尔却不在吗？”她问一直在注视着她的阿尔焦姆。

“请问您找保尔究竟有什么事？”

冬妮亚更走近一些，朝四周看了看，急促地说：

“我知道得也不十分准确，不过，要是保尔不在家，那他肯定是被捕了。”

“为什么呢？”阿尔焦姆大吃一惊。

“咱们到屋里谈吧。”冬妮亚说。

阿尔焦姆一言不发地听她讲。等她说完自己所知道的一切，他陷入了绝望。

“唉，真糟糕，真是雪上加霜！”他沮丧地念叨着，“现在我明白家里怎么会这样乱七八糟的了。这孩子是鬼迷心窍了，才会干出这种事。现在，叫我到哪儿去找他呢？不过，请问，您到底是哪家的小姐？”

“我是林务官杜曼诺夫的女儿。我认识保尔。”

“啊——啊——”阿尔焦姆拖长声音说，含义非常模糊。

“您瞧，我还带了袋面粉来给他吃呢，想不到竟发生了这种事……”

冬妮亚和阿尔焦姆默默地互相注视着。

"我走了，说不定您会找到他。"分手时，冬妮亚轻轻地说，"晚上我再来，听您的消息。"

阿尔焦姆默默地点了点头。

一只从冬眠中醒来的瘦苍蝇在窗角嗡嗡地叫着。一个农村姑娘双手支着膝盖，坐在破旧沙发的边上，呆呆地注视着肮脏的地板。

警备司令嘴角叼着一支香烟，龙飞凤舞地写完最后几行字，然后在"谢佩托夫卡警备司令哥萨克少尉"的头衔后面得意地签了名，字体很花哨，词尾一笔还甩了个钩。这时门口传来马刺的响声。警备司令抬起头来。

站在他面前的是胳膊上缠着绷带的萨洛梅加。

"哪阵风把你吹来了？"警备司令欢迎他说。

"风倒是好风，就是胳膊他妈的给博贡团[1]打伤了。"

萨洛梅加不顾有妇女在场，粗野地破口大骂起来。

"这么说，你是到这儿养伤来了？"

"养伤的事等到下辈子再说吧！现在前线吃紧，我们都快给压扁了。"

警备司令朝姑娘那边扬了扬头，示意他不要再说下去。

"我们以后再谈吧！"

萨洛梅加一屁股坐在凳子上，摘下嵌着三叉戟珐琅帽徽的军帽。三叉戟是乌克兰人民共和国的国徽。

"是戈卢勃派我来的。"他轻声说，"谢乔夫狙击师就要来驻防。你这儿免不了要热闹一场，所以我先来整顿一下秩序。大头目

1 博贡团，1918年在乌克兰建立的一支屡立战功的红军团队。博贡是十二世纪乌克兰民族解放斗争的英雄。

可能会来，同行的还有一位洋大人。因此这儿谁也不许提起那次‘消遣’的事。哎，你在写什么呢？”

警备司令把香烟叼到另一边的嘴角上。

“我这儿关着一个小坏蛋。你知道吧，我们在车站逮住了朱赫来，记得吗？就是那个煽动铁路工人反对咱们的家伙。”

“记得，怎么啦？”萨洛梅加颇感兴趣地往前凑了凑。

“咳，车站警备队长奥梅利琴科这个大笨蛋，只派了一个哥萨克押送他到这儿。就是在我这儿关着的这个小坏蛋，竟然在光天化日之下把朱赫来劫走了。他俩缴了哥萨克的枪，打掉他好几颗牙，然后一溜烟跑了。朱赫来至今无影无踪，那个小坏蛋却叫我们抓住了。这就是材料，你看看吧。”他把一份写好的文件推到萨洛梅加面前。

萨洛梅加用没有受伤的左手翻着材料，草草浏览了一遍，然后盯着警备司令问：

“你从他嘴里什么口供都没搞到吗？”

警备司令不耐烦地扯了扯帽檐。

“我已经审了他五天，可他就是不开口。老是一句话：‘我什么都不知道，人不是我放的。’简直是个天生的小土匪。你知道，那个押送的哥萨克认出了这个小坏蛋，差点没把他掐死。我费了好大劲才把他拉开。他因为跑了犯人，挨了奥梅利琴科 25 通条，所以恨透了这个小坏蛋。现在没必要把他再关下去了，我正呈请司令部批准我把他毙了。”

萨洛梅加轻蔑地吐了一口唾沫。

“他要是落在我手里，肯定早就招了。搞逼供这种事，你这个小神父根本干不了。神学院的学生怎么能当司令？你没给他尝过通条的滋味吗？”

警备司令勃然大怒：

“你太放肆了。还是嘲笑嘲笑你自己吧！我是这儿的警备司令，不用你多管闲事！”

萨洛梅加看着怒气冲冲的警备司令，哈哈大笑起来。

“哈哈……小神父，别生气，当心气炸了肚皮。我才不管你那些破事呢！你最好还是告诉我，哪儿能搞到两瓶好酒喝喝吧！”

警备司令冷笑道：

“这倒好办。”

“至于这家伙，”萨洛梅加用手指指公文说，“如果你想要他的命，就得把16岁改成18岁。喏，‘6’字上面拐个弯就行了，要不，上头可能不批。”

仓库里一共关着三个人。一个是长胡子老头，他穿着破长袍和肥大的麻布裤子，蜷着两条瘦腿，侧着身子躺在板床上。他被捕是因为住在他家的一个彼得留拉匪兵拴在板棚里的一匹马不见了。另一个坐在地板上的是上了年纪的妇人，贼眉鼠眼尖下巴，是个酿私酒的。她是因为有人告她偷了表和其他贵重东西给抓来的。在窗子底下的角落里，头枕着帽子，昏昏沉沉地躺着的是保尔·柯察金。

仓库里又带进来一个姑娘。她睁着一双惊恐的大眼睛，头上扎着花头巾，一副村姑打扮。她站了一会儿，然后走到酿私酒的老妇人身旁坐下。

酿私酒的妇人好奇地把她打量了一番，连珠炮似的问：

“姑娘，你怎么也坐牢？”

因为没有得到回答，她接着又问：

“你为了啥事给抓进来？也许是为了酿私酒吧？”

农村姑娘站起来，看了看这缠人的老太婆，低声回答：

“不，我是因为我哥哥被捕的。”

“你哥哥怎么啦？”老太婆又追问。

这时，睡在床上的老头子插嘴了：

“你干吗惹她伤心呢？也许人家心里已经够难受的了，你还问个没完。”

老太婆立刻转过来，朝木板床那边说：

“用得着你来教训我吗？我是跟你说话吗？”

老头子当着她的面啐了一口。

“我告诉你别缠着人家。”

仓库里安静下来。姑娘把大头巾铺在地上，头枕着一只胳膊躺了下去。

酿私酒的女人开始吃东西。老头把脚垂到地上，不慌不忙地卷了一支烟，抽起来。仓库里弥漫着一股难闻的烟味。

老妇人嘴里塞得满满的，一面吧嗒吧嗒地嚼着，一面抱怨道：

“也不让人吃顿安生饭。臭烘烘的，抽起来没个完。”

老头嘿嘿一笑，挖苦她说：

“你怕饿瘦吗？马上连门都挤不出去喽。该给那个小伙子吃点，别总往自己嘴里塞。”

老太婆委屈地把手一摆，说：

“我一直劝他：吃吧，吃吧。可他不想吃。我吃多少用不着你多嘴，又不是吃你的。”

姑娘转向酿私酒的老太婆，朝保尔·柯察金那边扬扬头，问道：

“您可知道他为什么坐牢？”

老太婆听见有人跟她说话，心里很高兴，乐呵呵地回答：

“这小伙子是本地人，厨娘柯察金娜的小儿子。”

她弯下身子，凑到姑娘耳边悄悄说：

“他救走了一个布尔什维克。那人是个水兵，住在我的邻居佐祖利哈家里。”

姑娘想起了警备司令的话："我正呈请司令部批准我把他毙了……"

军车一列接着一列开进车站。谢乔夫狙击师所属各个分队（营）乱哄哄地从车上挤下来。由四节包着钢板的车厢组成的"扎波罗什哥萨克号"装甲车沿着铁路线缓慢地爬行。大炮从平板车上卸下来。马匹从货车里牵出来。骑兵们就地整鞍上马，挤开尚未列队的步兵，到车站广场整队待发。

军官们跑前跑后，喊着各自部队的番号。

车站上一片嘈杂，犹如一窝蜂在嗡嗡地叫。纷乱的人群逐渐组成一个个以排为单位的方队。随后，这股武装的人流便向城里涌去。直到傍晚，谢乔夫师的辎重马车和后勤人员还在络绎不绝地沿着公路开进城区。走在最后面的是司令部警卫连，这一百二十个人扯着嗓子大喊：

为什么喧哗？
为什么叫喊？
因为彼得留拉
来到了乌克兰……

保尔站起来，走到小窗前。透过黄昏的薄幕，他听到街上辘辘的车轮声、纷沓的脚步声以及嘈杂的歌唱声。

背后有人轻轻地说：

"哦，看来军队已经进城了。"

保尔转过身来。

说话的正是昨天被关进来的那个姑娘。

他已经听她讲过自身的遭遇。酿私酒的老太婆终于如愿以偿了。姑娘住在离城七公里的一个村子里。她的哥哥格里茨科是一名红色游击队员，村里建立苏维埃政权的时候他当过贫农委员会的主席。

红军撤退时，格里茨科腰缠机枪子弹带跟着一块儿走了。现在家里的日子没法过。仅有的一匹马也给抢走了。父亲被抓到城里，关进大牢，受尽了残酷的折磨。村长过去受过格里茨科的教训，现在趁机报复，故意把各式各样的坏人安排到她家去住，弄得她家一贫如洗。昨天，谢佩托夫卡的警备司令到村里抓人，村长把他领到了她家。警备司令看中了她，第二天一早就把她带回城，说是“要审问”。

保尔睡不着，心神不宁。他脑子里总有个念头挥之不去：“以后会怎么样呢？”

他被打得遍体鳞伤，浑身钻心地疼。哥萨克押送兵兽性大发，狠狠地毒打了他。

为了不再去想那些恼人的问题，他开始倾听旁边两个女人的轻声交谈。

那姑娘非常小声地讲述着司令官想占有她，对她威逼利诱，遭到拒绝后又暴跳如雷。他说：“我把你关进地牢，你永生永世也甭想出来。”

黑暗渐渐笼罩了牢房的各个角落。令人窒息的、骚动不安的黑夜又要来临。思绪又转向吉凶难测的明天。这是保尔入狱的第七夜，却仿佛过了好几个月。他躺在硬邦邦的地上，疼痛始终不停。现在牢里只有三个人。老头子在木板床上打着呼噜，就像睡在自家的热炕头上似的。老头子能够随遇而安，所以每夜都睡得很香。酿私酒的老太婆被哥萨克少尉放出去替他找伏特加去了。赫里斯季娜和保尔躺在地上，离得很近。昨天保尔从窗子里看见谢廖沙在街上站了很久，忧郁地眺望着这座房子的窗户。

“看来，他已经知道我被关在这里了。”

一连三天都有人送来带酸味的黑面包。没说是什么人送的。两天以来，警备司令不断地提审他，使他不得安生。这预示着什么呢？

审问的时候他什么也不说，一问三不知。为什么拒不开口，连他自己也不知道。他想做个勇敢的人，做个坚强的人，像他在书里看到的那些人一样。可是有天夜里，他被押着走过高大的机器磨房时，听见一个押送兵说：“少尉老爷，干吗把他押回去？从背后赏他一颗子弹不就完了。”听了这话他真有点害怕。是啊，十六岁就死是可怕的！人死不能复生呀！

赫里斯季娜也在想心事。她比身旁的这个少年多知道些情况。也许他还不知道……可她已经听到了。

他每夜总是翻来覆去地睡不着。赫里斯季娜很同情他，哦，太同情了，但是她又有自己的苦难。她忘不了警备司令的威胁：“我明天再找你算账。要是再不依从，就把你交给卫兵们，那些哥萨克兵决不会说不要的。你自己看着办吧。”

“哦，多么痛苦，哪儿也得不到怜悯！格里茨科跟红军走了，我有什么过错呢？呵，这年头活在世上多么艰难啊！”

难言的痛苦哽住了喉咙，无可奈何的绝望和恐惧充溢在心头，赫里斯季娜失声痛哭起来。

由于悲愤和绝望，她那年轻的身子在颤抖。

墙角边的一个身影微微动了一下。

“你这是怎么了？”

赫里斯季娜激动地低声讲起来，她把满腹苦水倾诉给这位沉默的难友。他默不作声地听着，只是把一只手放在赫里斯季娜的手上。

“这些该死的畜生，他们一定会糟蹋我的！”她强咽下泪水，怀着一种下意识的恐惧低声说，“我完了，他们有权有势。”

保尔能对这个少女说些什么呢？他找不到合适的话语。没有什么可说的。生活的铁环把人箍得紧紧的。

“明天不让他们带走她，跟他们拼一场吗？他们准会把我打得死去活来，甚至用军刀砍脑袋，那么我也就完了。”为了给这个悲苦的少女一点点安慰，他温柔地抚摸着她的手。她停止了哭泣。门口的哨兵不时向路人喝问：“什么人？”随后又是一片寂静。老头子睡得正香。时间不知不觉地慢慢流逝。当她的一双手紧紧搂住他，把他往身边拉的时候，他还不明白是怎么回事。

“你听着，亲爱的，”她那热烈的嘴唇发出低语，“我反正是完了，不是那个当官的，就是那些当兵的，他们一定会糟蹋我的。我把我这姑娘家的身子给你吧，亲爱的，我不能让那帮畜生来破我的处女身。”

“赫里斯季娜，你说的都是些什么呀？”

但是那双紧搂着他的手并没有松开。她的嘴唇炽热而丰满，令人难以逃避。姑娘的话既单纯又温柔，他完全明白这番话的含意。

眼前的痛苦顿时消失了。他忘记了牢门上的锁、红头发的哥萨克兵、凶残的警备司令、兽性的拷打和七个令人窒息的不眠之夜，一瞬间只剩下炽热的嘴唇和泪湿的脸庞。

突然他想起了冬妮亚。

“怎么竟把她忘了呢？……那双美丽的、可爱的眼睛！”

他找到了挣脱的力量。他像喝醉了酒似的站起来，抓住了窗户上的铁栏杆。赫里斯季娜的两只手摸到了他。

“你怎么不来呢？”

这句问话包含着多少深情厚谊啊！他俯下身子，紧紧握住她的双手说：

“赫里斯季娜，我不能这样。你是多么好啊……”他还说了一些连他自己也不懂的话。

他挺直了身子。为了打破这难堪的寂静，他走到木板床旁边，坐到床沿上，推醒老头子：

“老大爷，请给我口烟抽吧！”

姑娘裹着头巾，坐在角落里痛哭起来。

第二天，警备司令来了，让几个哥萨克兵带走了赫里斯季娜。她用眼睛向保尔告别，眼神中流露出责备的神情。牢门在她身后哐的一声关上了，保尔的心情变得更加沉重和郁闷。

一直到天黑，老头子也没能从他嘴里套出一句话来。岗哨和司令部的值班人员都换了班。晚上，又押进来一个人。保尔认出他是制糖厂的木匠多林尼克。他矮壮结实，破旧的上衣里面露出褪了色的黄衬衫。他用审慎的目光把牢房扫视了一遍。

保尔曾在 1917 年 2 月见过他，当时革命的浪潮也席卷了这座小城。在许多次喧闹的示威游行中，他只听到一个布尔什维克的演说。这个人就是多林尼克。他爬到路边的围墙上，向士兵们发表演说。保尔还记得他最后说的几句话：

“士兵们，请支持布尔什维克吧，他们决不会出卖你们！”

从那以后，保尔再也没有见过他。

老头子看见新来了人很高兴。显然，他觉得整天坐着不说话是很难过的。多林尼克坐到他那木板床的边沿上，跟他一块儿抽烟，询问各种情况。

随后他又坐到保尔身旁。

“你有什么好消息吗？”他问道，“你是为什么给抓进来的？”

多林尼克得到的回答非常简短，他感觉到保尔不信任他，所以才这样不愿开口。但是当他得知保尔的罪名之后，他用他那双机敏的眼睛诧异地盯着保尔，然后坐到他身边：

“这么说，是你搭救了朱赫来？原来是这样，我还不知道你已经被捕了。”

保尔感到很意外，他用胳膊肘支起身子，说：

“哪个朱赫来呀？我什么也不知道。不能什么罪名都往我头上加呀。”

多林尼克笑了，又凑近他一些，说：

“得了吧，小朋友，你用不着瞒我。我知道得比你多。”

接着为了不让老头听见，他轻轻地说：

“是我亲自把朱赫来送走的。现在他多半已经到了目的地。他把这件事的经过都告诉我了。”

他若有所思地沉默片刻，然后补充道：

“孩子，你干得真不错。但是既然你被关在这里，他们又都知道事情的经过，这事就不妙，甚至可以说是糟糕透顶。”

他脱下外套，铺在地上，靠着墙根坐下，开始卷烟。

多林尼克最后说的这些话，等于向保尔挑明了一切。毫无疑问，多林尼克是自己人。既然他送走了朱赫来，那么……

黄昏时分，他知道了多林尼克是在彼得留拉士兵中间进行煽动的时候被捕的。当时他正在散发省革命委员会号召他们弃暗投明、参加红军的传单，被当场抓获。

多林尼克很谨慎，他向保尔透露得不多。

“谁知道呢？”他暗想，“他们会用通条抽他的。他还太年轻。”

深夜，当他们躺下睡觉的时候，他用简短的几句话表示了自己的不安。他说：

“柯察金，咱俩的处境可以说是糟透了。结果会怎样，我们等着瞧吧。”

第二天，仓库里又来了一个新犯人。这是全城闻名的理发匠什廖马·泽利采尔，长着大耳朵、细脖子。他激动得指手画脚地对多林尼克说：

“瞧，是这么回事，福克斯、勃卢夫斯坦、特拉赫坦贝格他们准备捧着面包和盐去欢迎他。我说，你们愿意欢迎，那就欢迎好了。但是想叫谁跟他们一道签名，以全体犹太居民的名义，那对不起，没人愿意干。他们有他们的打算。福克斯有一家商店，特拉赫坦贝格有一座磨坊，可我有什么呢？别的穷光蛋又有什么呢？我们这些穷人一无所有。喏，我这人就是好嚼舌头，爱多嘴。今天我给一个哥萨克军官刮胡子，他刚到此地不久。我问他：‘大头目彼得留拉是否知道这儿的虐犹事件？他会接见犹太人请愿团吗？’唉，我这个爱嚼舌头的毛病，给我惹过多少是非！等我给他刮完胡子，扑上香粉，一切都弄得妥妥帖帖之后，你猜怎么着？他站起来，不但不给钱，反而说我进行煽动，反对政府，把我抓了起来。”

泽利采尔用拳头捶打着胸脯，继续说：

“这算什么煽动？我说什么啦？我只不过是随便问问……就为这个把我抓了进来……”

泽利采尔非常激动，边说边扭动多林尼克衬衣上的扣子，一会儿又拉他的胳膊。

听着他激愤的讲述，多林尼克不由得笑了。等泽利采尔讲完，他严肃地说：

“我说，什廖马，你是个聪明人，却干出这样的蠢事，偏偏在这种时候多嘴多舌。我可真不愿意你到这种地方来。”

泽利采尔若有所悟地看看他，绝望地挥了挥手。

牢门再次打开，保尔认得的那个酿私酒的老太婆又给推了进来。她恶狠狠地咒骂那个押送她的哥萨克兵：

“你和你们的司令官该遭天打五雷轰！他喝了我的酒就不得好死！”

哥萨克兵在她身后把门砰的一声关上，接着传来了上锁的声音。

她坐在木板床上，老头儿开玩笑地说：

“怎么，又回来了，长舌头的老太婆？对了，这次你是客人，请坐请坐。”

她不客气地瞪了他一眼，提起小包袱，坐到多林尼克旁边的地上。

原来那些兵从她手里拿到几瓶私酒之后，又把她关了进来。

突然，他们听见从门外守卫室里传来一阵吆喝声和脚步声。有个人在高声地发布命令。牢房里所有的犯人都朝牢门转过头来。

在广场上，在那顶上有一座古老钟楼的残破的教堂旁边，正发生一桩本城少见的新奇事。全副武装的谢乔夫狙击师的部队列成一个个方阵，从三面把广场围了起来。

前面，从教堂门口起，三个步兵团排成棋盘式的四方队形，一直站到学校的围墙跟前。

彼得留拉“政府”的最精锐师团的士兵们站在那里。他们穿着肮脏的灰军服，头上戴着怪模怪样的、像是切成半个南瓜似的俄罗斯钢盔，步枪靠着大腿，身上挂满子弹带。

这个师团的着装算是好的，穿的是前沙皇军队留下的制服和靴子。该师一大半人是顽固地反对苏维埃的富农分子，这次调到小城来，是为了保护这个有着重大战略意义的铁路枢纽站。

五条闪亮的铁轨由这个小城伸向四面八方。如果彼得留拉失去这个地方，就等于失去了一切。现在他那“政府”只剩下巴掌大的一块地盘了。他只好把温尼察那样的小城当作首都。

大头目决定亲自来检阅部队。一切都已准备就绪，就等着他的到来。

新编的一个团被安排在广场后边最不引人注目的一个角落里。他们全都光着脚，穿着各种颜色的服装。这些年轻的庄稼汉，不是夜里搜捕时从炕上被拉来的，就是在街上被抓的。他们没有一个人愿意打仗，全都说：

“傻瓜才愿意打仗。”

彼得留拉军官们最大的成绩，就是把这些人押解到城里，编成连队或独立分队，然后发给他们武器。

但是，第二天就有三分之一的新兵消失得无影无踪，后来，人数一天比一天减少。

要是给他们发靴子，那简直是太愚蠢了，再说也没有那么多的靴子可发。于是，上面下了一道命令：应征入伍者鞋袜自备。这道命令产生了惊人的效果。不知道新兵们从哪儿弄来这么多破鞋子，只有用铁丝或者麻绳才能绑在脚上。

于是，只好让他们光着脚参加检阅。

步兵后面排列着戈卢勃的骑兵团。

骑兵挡住那密密麻麻的人群。他们都怀着好奇，想看看阅兵式。

大头目本人要来！这样的事情在小城难得遇上，谁也不愿意错过免费参观的机会。

教堂的台阶上站着一群校官和尉官、神父的两个女儿、几个乌克兰教师、一帮“自由”哥萨克和背有点驼的市长——总之，是一群经过挑选的“各界人士”的代表。步兵总监身穿契尔克斯长袍，也站在他们中间。他是阅兵式的指挥。

教堂里，瓦西里神父穿起了复活节才穿的法衣。

欢迎彼得留拉的仪式准备得十分隆重。蓝黄色的旗帜也升起来了，新兵要向它举行效忠宣誓。

师长乘坐一辆破旧的福特牌汽车，前往车站迎接彼得留拉。

步兵总监把身材匀称、蓄着两撇漂亮小胡子的切尔尼亚克上校叫到身边，对他说：

“你带人去检查一下警备司令部和后勤机关，让他们把所有的地方打扫干净、收拾整齐。如果有犯人，就查问一下，把无关紧要的废物统统赶走。”

切尔尼亚克把皮靴后跟一碰，敬了个礼，拉上站在身边的一个哥萨克骑兵上尉，一起骑马走了。

步兵总监彬彬有礼地问神父的大女儿：

“宴会你们准备得怎么样了？一切都安排就绪了吧？”

“是啊，警备司令正在张罗呢。”

她一边回答，一边目不转睛地凝视着漂亮的步兵总监。

突然，人群骚动起来：一个骑兵伏在马背上，沿着公路飞驰而来。他挥着手高喊：

“他们来了！”

“各——就——各——位！”总监大声喊着。

军官们纷纷跑向各自的队列。

当福特牌汽车喘息着停在教堂门口的时候，军乐队开始奏响了《乌克兰仍活在人间》。

大头目彼得留拉本人在师长之后笨拙地钻出车子。他中等个儿，一个有棱角的脑袋牢牢地栽在紫红的脖子上。他身上穿着上等蓝色近卫军呢料做的乌克兰上衣，扎着黄皮带，皮带上的麂皮枪套里插着一支小巧的勃朗宁手枪，头上戴着克伦斯基军帽，上面缀着一颗三叉戟的珐琅帽徽。

西蒙·彼得留拉毫无军人气派，看上去完全不像个军人。

他听完步兵总监简短的报告，一副不满意的神情。接着市长向他致欢迎词。

彼得留拉一边心不在焉地听着，一边目光越过市长的头顶望着排列好的队伍。

“开始检阅吧。”他对总监点点头。

他登上旁边竖着军旗的小检阅台，向士兵发表了十分钟的演说。

演说词平淡乏味。彼得留拉讲得有气无力，显然一路上累坏了。演说结束的时候，士兵们按常规呼喊："万岁，万岁！"接着他走下检阅台，用手帕揩去额头的汗珠，在总监和师长陪同之下开始检阅部队。

走过新兵队列的时候，他轻蔑地眯起双眼，神经质地咬着嘴唇。

检阅快结束了。新兵排着参差不齐的队伍走到旗子跟前，先吻一下站在旗杆旁的瓦西里神父手里捧着的《圣经》，再吻一下旗子的一角。正在这时，发生了一件意外的事情。

谁也不知道怎么会有一个请愿团挤进广场，走到彼得留拉跟前。经营木材的富商勃卢夫斯坦手捧面包和食盐走在前面，跟在他后面的是杂货店老板福克斯和其他三个有名望的商人。

勃卢夫斯坦像奴才一样弯下腰，把面包和食盐献给彼得留拉。站在彼得留拉旁边的一个军官接过了这些献物。于是勃卢夫斯坦说：

"本城的犹太居民向您，国家元首陛下，表示衷心的感激和敬意。请陛下接受这份犹太人签名的祝贺书。"

"好的。"彼得留拉草草地看了看祝贺书，嘟哝了一声。

这时候福克斯说话了。

"我们极其恭顺地恳请陛下，准许我们开门营业，保护我们免遭屠杀。"福克斯吃力地挤出这些话。

彼得留拉恼怒地皱着眉头回答：

"我的部下从不屠杀犹太人。这一点你们应该好好记住。"

福克斯束手无策地双手一摊。

彼得留拉生气地耸了耸肩膀。请愿团来得真不是时候，使他十分震怒。他转过身来，戈卢勃正站在他的后面咬着黑胡子。

"上校先生，这些人正在控告你的哥萨克兵。请你调查清楚，做出处理。"彼得留拉说。接着他转过身来命令总监："阅兵式开始。"

倒霉的请愿团万万没有料到会碰上戈卢勃，所以急着要溜。

所有观众的注意力都集中到检阅的部署上面了。刺耳的口令声此起彼伏。

戈卢勃赶上勃卢夫斯坦，脸上装得很平静，压低嗓门，咬牙切齿地说：

“赶快给我滚开，你们这些该死的异教徒，否则我把你们剁成肉酱。”

军乐响了，第一批部队开始通过广场。士兵们经过彼得留拉身旁的时候，就一齐机械地高呼“万岁”，然后沿着公路转到侧面的街道上。走在队伍前头的是身穿崭新的草绿色军装的军官们，他们像在散步时一样潇洒地挥舞着手杖。这种军官甩手杖、士兵举通条的行军式是由谢乔夫师首创的。

走在最后面的是新兵，他们步伐混乱，相互碰撞，乱七八糟地挤作一团。

一双双光脚踏出柔软的沙沙声。军官们竭力维持秩序，但是白费心机。当第二中队走近的时候，右侧排头有个穿麻布衬衫的小伙子，只顾惊讶地张大嘴巴看大头目，不料一脚踩进坑里，扑通一声摔倒在公路上。步枪摔在石头上，发出哐啷哐啷的响声。他挣扎着想爬起来，但是立刻又被后面过来的人撞倒了。

观众哈哈大笑起来。队伍乱作一团。士兵们乱糟糟地通过了广场。那个倒霉的小伙子捡起步枪，去追赶自己的队伍。

彼得留拉转过身去，不愿看到这种令人不快的场面。没等队伍走完，他就朝汽车走去。总监跟在他后头，小心翼翼地问：

“长官阁下，不留在这儿用餐吗？”

“不了。”彼得留拉没好气地回答。

谢廖沙、瓦莉亚和克利姆卡也挤在人群里，站在高高的教堂围墙后面观看阅兵式。

谢廖沙两手紧紧地抓住铁栏杆，用充满仇恨的目光盯着下边的士兵们。

“走吧，瓦莉亚，小铺子快关门了！”当他离开栏杆时，故意挑衅性似的扯开嗓门喊，让大家都能听到。别的人都惊奇地转过脸来看他。

但是他毫不理会，径自朝围墙门走去。瓦莉亚和克利姆卡跟在他后面。

切尔尼亚克上校和一名哥萨克大尉飞马来到警备司令部门前，跳下马，把马交给一个勤务兵，大步走进了警卫室。切尔尼亚克厉声问一个勤务兵：

“司令在哪儿？”

“不知道，他出去了。”那个小兵懒洋洋地回答。

切尔尼亚克看了看又肮又乱的警卫室。所有的床上都凌乱不堪，那些守卫的哥萨克兵横七竖八地躺在上面，甚至见到长官进来也不想站起来。

“这儿怎么成了个猪圈？”切尔尼亚克咆哮着说，“你们为什么像一群猪崽子一样躺着？”他说着就朝那些躺在床铺上的人走去。

有一个卫兵坐起来，打了个饱嗝，然后恶声恶气地吼道：

“你到这儿来瞎嚷嚷什么？我们自有嚷嚷的人！”

“你说什么？”切尔尼亚克冲到他跟前，“你知道你在跟谁说话吗，畜生？我是切尔尼亚克上校！狗崽子，听到过没有？马上给我爬起来，要不，我就给你们一顿棍子尝尝。”怒不可遏的上校在警卫室里走来走去，“立刻把垃圾给我清扫出去，整理好床铺，把你们那些狗脸也收拾出个人样来。你们说，你们像什么样子？根本不像哥萨克兵，简直是一群拦路抢劫的土匪。”

他暴跳如雷，发疯似的一脚踢翻了摆在过道上的一大桶脏水。

那哥萨克大尉也不比他落后。他不住嘴地臭骂着，同时又挺有威力地挥动着他那条由三根带子编成的马鞭，把那些懒虫赶下床。

“大头目正在检阅，也许会到这儿来。你们动作快点！”

那些哥萨克兵看出事态严重，弄不好真要挨鞭子，他们全都知道切尔尼亚克的威名，于是都发疯似的拼命打扫起来。

他们干得很卖力。

“我们还得去查看一下囚犯，”副官提议说，“谁知道他们在这儿关了些什么人。要是大头目看见，那可就糟了。”

切尔尼亚克问卫兵：“钥匙在谁那里？马上把门打开。”

班长急忙跑过来开了门。

“你们司令究竟在哪儿？难道要我老等着他吗？马上去把他找来，”切尔尼亚克命令说，“警卫班到院子里站好队……步枪为什么不上刺刀？”

“我们是昨天才换班的。”班长辩解着。

他赶紧跑出门去找警备司令。

大尉一脚踢开牢房的门。里面有几个人从地上坐了起来，其余的仍然躺着不动。

“把门全打开，”切尔尼亚克命令说，“这儿太暗了。”

他仔细看着犯人们的脸。

“你是为什么给抓进来的？”他厉声喝问坐在木板床上的老头儿。

老头儿站起来，提了提裤子。他给这严厉的喊声吓得有点结巴，含糊不清地说：

“我自己也不晓得。他们把我抓来，我就给关在这里了。有一匹马在我的院子里丢了，可那又不是我的过错。”

“谁的马？”大尉打断他。

“是公家的呀。住在我家的那些兵把马卖了换了酒喝，却赖到我的头上。”

切尔尼亚克迅速地把老头子从头到脚打量了一番，不耐烦地耸了耸肩。

“收拾起你的破烂，赶快滚蛋。”他吼道，然后转向那个酿私酒的老太婆。

老头子一下子还不敢相信真的把他放了，所以眨着那对半瞎的眼睛问大尉：

“那么，真放我走了？”

大尉点了点头：“是的，滚吧，越快越好。”

老头子急忙从木板床上拿起他的袋子，侧着身子跑出门去。

“你又是为什么被关进来的呢？”切尔尼亚克盘问那个老太婆。

老太婆连忙咽下嘴里的馅饼，连珠炮似的说：

“长官老爷，我被关进来可真是冤枉的。我是个寡妇，他们喝了我的酒，又把我关起来。”

“这么说，你是专门卖私酒的？”

“哎哟，这哪叫卖呀，”老太婆委屈地说，“他，就是那个警备司令，拿了我四瓶酒，一文钱也不给。他们全都这样，喝了酒不给钱。这叫什么买卖呀。”

“别烦了，赶快从这儿滚出去吧！”

她不等对方说第二遍，就抓起小筐，一面鞠躬表示感谢，一面倒退着朝门口走去。

“长官老爷，上帝保佑你健康长寿。”

多林尼克瞪大眼睛看着这场闹剧。囚犯们谁也弄不清是怎么一回事。但是有一点是明摆着的：新来的人都是大官，有处置犯人的权力。

“你是怎么回事？”切尔尼亚克接着便问多林尼克。

“上校老爷在对你说话，站起来！”大尉吆喝着。

多林尼克慢腾腾地、费力地从地上爬起来。

“我问你为什么坐牢？”上校又重复问了一遍。

多林尼克有好几秒钟呆呆地看着上校拈得很考究的小胡子和刮得光溜溜的脸，然后又看看他那顶克伦斯基式的新帽子的帽檐和珐琅质帽徽，突然，脑海中闪过一个令人兴奋的念头——“说不定能放出去呢？”

“我是因为夜里八点钟以后在街上走路被捕的。”他把先想到的话说了出来。

他极度紧张地等待着反应。

“你为什么要在深更半夜上街呢？”

“并不是深更半夜呀，也就十一点左右。”

他说这话的时候根本不敢相信会有那样的好运。

“出去！”当他听到这简短的命令，两条腿禁不住哆嗦了一下。

他连上衣都忘了去拿，就大步跨到门口。这时候大尉已经在审问下一个了。

保尔是最后一个。他坐在地上，眼前发生的事情把他搞得稀里糊涂。他一时弄不清楚，为什么多林尼克也被放掉了。他无法明白是怎么回事。他们都被释放了。但是多林尼克，多林尼克……他说是在戒严以后上街被捕的……终于，保尔也明白了。

上校开始问干瘦的泽利采尔，依旧是那句老话：

“你为什么被捕？”

脸色苍白、心神不定的理发匠急促地回答：

“他们说我进行煽动，可是我闹不明白，我煽动了什么呀。”

切尔尼亚克马上警觉起来：

“什么？煽动？煽动什么？”

泽利采尔不解地把双手一摊，说：

“我也不知道。我只是说有人在征集签名，要以犹太居民的名义向大头目递交请愿书。”

“什么请愿书？”哥萨克大尉和切尔尼亚克都向他逼近了一步。

“请求禁止迫害犹太人。你们知道，这儿发生过一次极其可怕的虐犹事件。老百姓都很害怕。”

“我明白了，”切尔尼亚克打断了他的话，“我们会替你们这些犹太佬起草请愿书的。”他转身对大尉说：“这家伙应该继续关押。把他带到总部去。我要亲自审问他，弄清楚到底是什么人打算递交请愿书。”

泽利采尔还想分辩，但是大尉把手猛地一挥，朝他背上狠狠地抽了一马鞭。

“住口，你这畜生！”

泽利采尔疼得脸都变了形，应声倒在角落里。他嘴唇颤抖着，拼命忍住，才没有失声痛哭。

就在这时候，保尔站了起来。牢房里只剩下他和泽利采尔了。

切尔尼亚克站在保尔面前，一双黑眼睛上下打量着他。

“喂，你是怎么给关进来的？”

上校的问话得到了迅速的回答：

“我把马鞍子的一边割下来做鞋底。”

“谁的马鞍子呢？”上校不明白。

“有两个哥萨克兵住在我家里，我从一只旧马鞍上割了一块皮子做鞋底。为了这点小事，哥萨克兵就把我带到这儿来了。”满怀着对自由的强烈渴望，他又补充说：

“要是我知道不准许……”

上校轻蔑地看了看保尔。

“鬼知道这个警备司令搞什么名堂，抓来这么一些犯人！”于是他转身朝门口示意，喊道，“你可以回家了。告诉你父亲，叫他好好收拾你一顿。好了，快滚吧！”

保尔简直不敢相信自己的好运，心都要从胸膛里蹦出来了，他抓起多林尼克放在地板上的上衣，朝门口冲去。他穿过警卫室，从刚出门的切尔尼亚克身后溜进院子，然后从栅栏门出去，跑到大街上。

牢房里只剩下倒霉的泽利采尔一个人。他痛苦万分地看看四周，本能地朝门口走了几步。然而这时一个卫兵走进警卫室，关上门，上了锁，在门边的板凳上坐了下来。

在台阶上，切尔尼亚克得意扬扬地转过脸来对大尉说：

“幸亏我们到这里看了一下。你瞧，这里关了这么多废物，我们真该把这个警备司令也关上两个星期。哎，怎么样，咱们走吧？”

在院子里，警卫班长已经集合好了队伍。他一见上校出来，马上跑过来报告：

“上校大人，一切照你的吩咐准备完毕。”

切尔尼亚克把一只脚伸进马镫，飞身跃上马。可是大尉费了很大劲才跨上他那匹调皮的马。切尔尼亚克勒住缰绳，对班长说：

“告诉你们司令，我已经把他关在这儿的一群废物统统放走了。再转告他，就凭他在这儿的胡作非为，我也要关他两个礼拜禁闭。牢里关着的那个家伙，马上给我押到指挥部来。加强警卫。”

“是，上校大人。”警卫班长举手敬礼。

上校和大尉用马刺催着马，朝广场疾驰而去，那里的阅兵式就要结束了。

保尔一口气翻过七道栅栏才停下来。他已经没有力气再往前跑了。

在憋闷的牢房里饿了这么多天，他一点劲儿也没有了。他不能回家，到谢廖沙家也不行，万一被谁发现，他们全家都得遭殃。到什么地方去好呢?

他不知道怎么办才好，只得继续往前跑，跑过一个个菜园和庄园的后院。直到胸脯撞到一道栅栏上，他才清醒过来。抬眼一看，他愣住了：在这高高的木栅栏后面是林务官家的花园。两条疲乏无力的腿竟把他拖到这里来了！难道是他打算跑到这里来的吗？不是的。

那么，他为什么偏偏跑到这里来了呢?

这个问题连他自己也回答不了。

必须找个地方好好休息一下，然后再考虑下一步怎么办。他知道花园里有一座凉亭，在那里谁也发现不了他。

他纵身一跳，一只手已攀住栅栏的上端，跳进了花园。他看了看那座隐现在树林后的房子，然后便朝凉亭走去。凉亭的四周几乎都没有遮拦。夏天还有野葡萄掩住它，现在却是光秃秃的。

他正想转回栅栏那边去，可是已经晚了：他听见背后响起狗的狂吠声。一只大狗从屋子里跑出来，沿着铺满枯叶的小径朝他猛扑过来。

保尔准备进行防御。

大狗的第一次进攻被他一脚踢开。但那只狗准备再度进攻。谁知道这场搏斗会怎么结束呢？幸亏这时传来了保尔熟悉的吆喝声：

“回来，特列左尔，回来！”

冬妮亚沿着小径跑过来。她抓住特列左尔脖子上的皮圈，对站在栅栏旁边的保尔说：

“您怎么到这里来呢？这条狗会把您咬伤的。好在我……”

她突然愣住了。她的眼睛睁得大大的。这个不知怎么闯到这儿来的少年，多么像保尔·柯察金啊！

站在栅栏旁的少年动了一下，低声说：

“你……您认得出我吗？”

冬妮亚惊叫了一声，急速地朝保尔跟前跨了一步。

“保尔，亲爱的，是你？”

特列左尔把她的惊叫当成进攻的信号，猛地一跃，扑了过来。

“回去！”

特列左尔被冬妮亚踢了几脚，委屈地夹起尾巴，慢吞吞地朝屋子走去。

冬妮亚紧紧地握住保尔的双手，问道：

“你自由了吗？”

“难道你已经知道了吗？”

冬妮亚抑制不住内心的激动，急促地回答：

“我全都知道。莉莎跟我讲的。可你怎么会在这儿呢？他们把你放了？”

保尔有气无力地回答：

“他们错放了我，我才跑了出来。现在多半又在搜捕我了。我无意中跑到了这里。本来打算在凉亭里歇一歇。”接着又抱歉似的补充说，“我实在是太累了。”

冬妮亚目不转睛地看了他好一会儿。她又惊又喜，内心交织着无限的怜悯和炽烈的柔情。她紧紧地握住他的双手，说：

“保夫鲁沙，我亲爱的保尔，我的亲人，我的心上人……我爱你……你听见了吗？你这倔强的孩子，那天你为什么要走掉呢？现在你就和我们，和我住在一起吧。我无论如何不放你走。我们家很清静，你愿意住多久就住多久。”

可是保尔摇了摇头。

“要是他们在你家里搜出了我，那可怎么办？我不能进你家。”

她把保尔的手握得更紧了，她的睫毛在颤抖，眼睛闪着泪光。

“要是你不进去，那就永远别再见我。你不知道吧，阿尔焦姆已经不在这儿，他被抓去开火车了。所有的铁路工人都被征调走了。你说你能上哪儿去呢？”

保尔理解她的焦虑，可是又怕心爱的姑娘受到牵连，所以不敢答应。但连日来他备受折磨，心力交瘁，很想休息一下，肚子又饿得难受。他终于让步了。

保尔坐在冬妮亚房间的沙发上，厨房里母女俩正在谈话：

“妈妈，你听我说，现在保尔正坐在我的房间里。你还记得他吗？他是我的同学。我一点也不瞒你。他因为搭救一个布尔什维克水兵给抓了起来，现在他逃出来了，可是没有藏身的地方。”她的声音在颤抖，“妈妈，我求你让他暂时住在咱们家里。也许只住几天。他又饿又累。好妈妈，要是你爱我，就不要反对。我求求你啦。”

女儿以祈求的目光望着母亲。母亲也以试探的眼光端详着女儿。

“好吧，我不反对。可你把他安排在哪儿住呢？”

冬妮亚涨红了脸，十分难为情地、激动地答道：

“我把他安排在我屋里的长沙发上。这事可以暂时不告诉爸爸。”

母亲直视着冬妮亚的眼睛，问：

“这就是你流泪的原因吗？”

“是的。”

“可他还完全是个孩子啊！”

冬妮亚激动地扯着衣袖，说：

“是的。可是如果他不逃出来，他也会像大人一样被枪毙的。”

她们彼此没有再多说什么。叶卡捷林娜·米哈伊洛夫娜自己这一生已经吃够了她母亲的苦头。她母亲是个思想守旧、严厉冷漠的妇人，对她管教很严，成天向她灌输虚伪的礼仪和修养。叶卡捷林娜·米哈伊洛夫娜一直记得，那些旧礼教如何摧毁了她的青春年华。因此在教育女儿的问题上，她采取了一种开明的态度，尽量摒弃市侩阶层的偏见和陋习。尽管如此，她依然密切关注女儿的成长，有时还为她忧心忡忡，并不动声色地帮助她摆脱各种困境。

现在，保尔要住到她们家来，她为此感到惴惴不安。

可冬妮亚却热心地张罗起来了。

“妈妈，他得洗个澡。我这就去准备。他实在脏得像个真正的伙夫了。他已经好多天没有洗过脸了……”

她来回奔忙着，又是烧洗澡水，又是找衣服。然后一句话也不说，一把抓住保尔的手，把他拉进洗澡间。

“把衣服全脱掉。换的衣服在这儿。你的衣服都得洗。你就穿这一套吧！”她指了指椅子上叠得整整齐齐的带白色条纹领子的蓝色水兵服和肥腿裤子。

保尔吃惊地朝四周望望，冬妮亚笑了：

“这衣服是我的，化装舞会上女扮男装用的。你穿起来一定合适。喏，快洗吧，我走啦。趁你洗澡，我去准备点吃的。”

她随手关上了门。保尔只好迅速脱掉衣服，跳进澡盆。

一个小时后，母亲、女儿和保尔三个人一起坐在厨房里吃饭。

保尔饿坏了，不知不觉地一连吃了三盘。起初他在叶卡捷林娜·米哈伊洛夫娜面前很不自然，后来看到她态度热情，也就不再拘束了。

午饭后，他们一齐来到冬妮亚的房间。保尔答应冬妮亚母亲的要求，把他所遭受的磨难从头到尾叙述了一遍。

“那么，以后您打算怎么办呢？”冬妮亚的母亲问。

保尔想了一会儿，说：

“我想见见我哥哥阿尔焦姆，然后离开这儿。”

“去哪儿呢？”

“我想到乌曼或基辅去。我自己也说不准，不过一定得离开这儿。”

保尔简直无法相信，一切变化得如此迅速。早晨他还是个囚犯，现在却坐在冬妮亚身旁，穿着干净的衣服，更重要的是他获得了自由。

生活有时候就是这样变幻莫测，一会儿乌云密布，一会儿又阳光灿烂。要是没有再度被捕的危险，他现在真可以算得上是最幸福的小伙子了。

但是，正是现在，在这宽大而安宁的屋子里，他随时都有被抓走的可能。

他必须离开，到哪儿都行，就是不能留在这儿。

可是他实在不想离开这儿，真见鬼！以前读英雄加里波第传记是多么激动人心啊！他是那么羡慕他，加里波第的生活何等艰苦，敌人在世界各地追捕他。而他，保尔，仅仅才遭受了七天痛苦的磨难，却像过了一年似的。

看起来，他不可能成为一个了不起的英雄。

“你在想什么呀？”冬妮亚俯下身子问他。他觉得她那双碧蓝的眼睛深邃无底。

“冬妮亚，想让我给你讲讲赫里斯季娜的事情吗？”

“你说吧。”冬妮亚兴致勃勃地说。

“……就这样，她再也没回来。”他心情沉重地说出了最后一句话。

屋子里的时钟有节奏地嘀嗒嘀嗒地响着。冬妮亚低着头，牙齿咬得嘴唇生疼，差点哭了起来。

保尔看了看她，然后坚决地说：

“我今天就得离开这儿。”

“不，不，今天你哪儿都不能去！”

她那纤细而温柔的手指轻轻地伸到他那蓬乱的头发里，轻柔地抚摸着……

“冬妮亚，你应该帮助我。请你到机车库去打听一下阿尔焦姆在哪里，再送一张纸条给谢廖沙。我有一支手枪藏在乌鸦窝里。我不能去，让谢廖沙去拿下来吧。你能替我办这些事吗？”

冬妮亚立刻站起来说：

“我马上去找莉莎，跟她一块儿到机车库去。你这就写纸条吧，我给谢廖沙送去。他住在哪儿？要是他想见你，能告诉他你在哪儿吗？”

保尔思考片刻，回答说：

“让他今天晚上把枪送到花园里来吧。”

冬妮亚回来时，天已很晚了。保尔睡得正香。冬妮亚的手一碰，他就醒了。她兴高采烈地微笑着说：

“阿尔焦姆马上就来。他刚好出车回来。由莉莎的父亲担保，才准他出来一个钟头。火车头正停在机车库里。我不能告诉他你在这儿。我只是说，有件非常重要的东西要转交给他。你瞧，他来了！”

冬妮亚跑向门口。阿尔焦姆惊讶地愣在那里，简直不相信自己的眼睛。他进来以后，冬妮亚随手把门关上，以免患伤寒病刚好、正躺在书房里休养的父亲听见。

阿尔焦姆的双臂紧紧抱住保尔，弄得他的骨节咯咯发响。

“亲爱的弟弟！保尔！”

最后，他们做出决定：保尔明天就走。阿尔焦姆把他安排到谢廖沙爸爸开的机车上。勃鲁扎克正要到卡扎京去。

阿尔焦姆素来刚强，这些天来担心弟弟的命运，十分痛苦。此刻，他高兴到了极点。

“就这样，明天早上五点钟你到材料库来。机车在那里装木材，你坐上去好了。真想跟你多谈一会儿，可我得回去了。明天早上我去送你。我们已经被编成一个铁路员工大队，就跟德国人在这儿的时候一样，在武装卫兵监视下干活。”

阿尔焦姆告别后就走了。

黄昏很快来临，谢廖沙该到花园里来了。保尔一面等他，一面在黑乎乎的房间里走来走去。冬妮亚和她母亲一块儿待在她爸爸的房间里。

在黑暗中，他同谢廖沙见了面。两人互相紧紧地握着手。跟他一起来的还有瓦莉亚。他们低声交谈着。

"我没有把手枪带来。你们院子里尽是彼得留拉匪兵，他们把马车停在那儿，还生起了火。根本没办法爬到树上去。哎，真不顺利。"谢廖沙解释道。

"算了吧。"保尔安慰他说，"也许这样反而好些。要是路上给搜出来，那会掉脑袋的。不过，以后你一定要把枪取走。"

瓦莉亚凑到保尔跟前，问：

"你什么时候走？"

"明天，瓦莉亚，天一亮就动身。"

"你是怎样逃出来的，说说好吗？"

保尔匆匆把经过情形诉说了一遍。

他们互相亲切地告别。谢廖沙心里很难过，没开一句玩笑。

"保尔，一路平安。别忘了我们。"瓦莉亚痛苦地说。

他们走了，转眼消失在黑暗中。

房间里静悄悄的。只有时钟发出清晰的嘀嗒声。保尔和冬妮亚谁也没有心思睡觉。再过六个钟头，他们就要分离，也许从此永远不能相见。在这短短的时间里，怎能倾诉得尽两人心头的万千思绪、千言万语？

青春啊，无限美好的青春！当情欲还没有萌发，只是在急速的心跳中朦胧有所感的时候；当无意间触及爱人胸脯的手惊慌地颤抖和迅速移开的时候；当青春的纯洁友情挡住最后一步的时候，还有什么能比心上人搂着你脖子，比如同电击一样炽热的亲吻更甜蜜的呢！

在他们建立友情以来，这是第二次接吻。除了自己的母亲，保尔没有受到过任何人的爱抚，挨打倒是习以为常的。冬妮亚的爱抚使他感到分外激动。

他没有想到在屈辱的、残酷的生活中还有这样的欢愉。在人生的道路上遇到这样一位姑娘，真是莫大的幸福！

最后的几个小时他们是紧挨在一起度过的。

“你还记得跳崖之前我向你许的愿吗？”她的声音轻得几乎听不到。

他闻到了她的发香，似乎也看见了她的眼神。他当然记得。

“难道我能够允许自己让你还愿吗？我是多么尊重你，冬妮亚。我不知道该怎么跟你说才好，我不善于表达。但是我明白，你是不经意才说了那句话的。”

他无法再说下去了。是的，熟悉的、火一般的热吻封住了他的嘴。她那如弹簧般柔软的身体是多么乖顺啊……但是，青春的友情高于一切，比火更炽烈、更明亮。要抵挡住诱惑真难哪，比登天还难。但只要性格坚强，友谊真诚，那就可以做到。

“冬妮亚，等战乱结束以后，我一定要当一个电工。如果你不拒绝我，如果你还真心爱我，而不是闹着玩，那时我愿意做你的好丈夫。我永远不欺负你，要是我得罪你，就让我不得好死。”

他们不敢拥抱着睡觉，怕她的母亲看见了会有想法，因此他们分开了。

他们睡着的时候天已蒙蒙亮了，临睡时他们郑重地发誓谁也不许忘记谁。

一大清早，冬妮亚母亲就把保尔叫醒了。

他急忙起身。

当他在浴室里换上自己的衣服、鞋子和多林尼克的上衣的时候，冬妮亚的母亲又唤醒了冬妮亚。

他们冒着潮湿的朝雾匆匆走向车站，又绕过车站来到堆木材的仓库旁。在一辆装满了木柴的机车附近，阿尔焦姆正十分焦急地等着他们。

巨大的机车在吱吱响着的蒸汽中缓缓驶近。

老勃鲁扎克从驾驶室的窗口朝外张望着。

他们慌忙告别。保尔一把抓住机车的扶梯，爬了上去。他回过头来，看见岔道口上并排站着的两个熟悉的身影：高大的阿尔焦姆和苗条娇小的冬妮亚。

晨风猛卷着冬妮亚上装的衣领和栗色的鬈发。她在向他挥手。

阿尔焦姆瞟了好容易才没有失声痛哭的冬妮亚一眼，心里暗暗叹息：

“要不我是个大傻瓜，要不就是这两个年轻人犯了傻。保尔啊保尔，你还是个毛孩子呢！”

列车转弯不见了，他转过身来对冬妮亚说：

“喏，怎么样，咱们可以做朋友了吧？”于是冬妮亚的小手就躲进他那巨大的手掌里了。

远处传来了火车加速的轰鸣声。

第七章

开启革命

小城周围遍地是战壕，到处是带刺的铁丝网。整整一个星期，这座小城总是在隆隆的炮声和清脆的枪声中醒来或睡去，只有在深夜才安静下来。但是偶尔还有一阵枪声冲破夜的寂静，那是双方的潜伏哨在互相试探。每天天刚亮，士兵们就聚在大炮周围忙碌起来。乌黑的炮口发出凶猛而可怖的吼叫声。人们连忙给大炮装上新的炮弹。炮手把绳子一拉，大地便颤抖起来。炮弹嘶嘶地呼啸着，飞向离小城三俄里外红军占领的村庄，发出震耳欲聋的爆炸声，把无数的泥块抛向空中。

红军的炮兵连驻扎在一座古老的波兰修道院的院子里，修道院坐落在村中心高高的土丘上。

炮兵连政委扎莫斯京同志惊跳起来。他刚才枕着炮架睡了一觉。他紧一紧挂着沉甸甸的毛瑟枪的腰带，留神倾听炮弹的呼啸，等待它爆炸。接着，院子里响起了他那洪亮的喊声：

"同志们，明天再接着睡吧！现在起——床——"

炮手们就睡在大炮旁。他们像政委一样迅速地跳起来。只有西多尔丘克一个人磨磨蹭蹭，睡眼惺忪，懒洋洋地抬起脑袋，说：

"这帮畜生，天刚亮就汪汪乱叫，真是群坏蛋！"

扎莫斯京哈哈大笑：

“嘿，西多尔丘克，敌人真不自觉，也不考虑考虑，你还没睡够呢。”

西多尔丘克爬起来，嘴里还在不满地嘟哝着。

几分钟之后，修道院里的大炮开始怒吼。炮弹在城区爆炸。制糖厂高耸的烟囱上搭着一个瞭望台，一名彼得留拉军官和一名电话兵挤坐在上面。

他们是顺着烟囱里的铁梯攀爬上去的。

整座小城一览无余。他们从这里指挥炮兵射击。围城红军的一举一动，他们都看得清清楚楚。今天布尔什维克军队特别活跃。从望远镜中可以监视到红军各个部队的运动情况。一列装甲车一边不停地扫射，一边沿着铁路线缓缓地驶向波多尔斯克车站。后面是步兵散兵线。红军多次发起进攻，意欲夺取这座小城，但谢乔夫师的部队隐蔽在战壕里负隅顽抗。各个战壕都喷射出凶猛的火焰，四周一片疯狂的射击。在冲锋的时候，枪炮声异常密集，汇成一片怒吼。布尔什维克部队冒着弹雨进攻，后来支持不住，又撤退下来，战场上只留下僵硬的尸体。

今天对小城的轰击越来越猛烈，越来越频繁。炮声隆隆，空气也因而震颤不已。从制糖厂的烟囱上面，可以看见布尔什维克的战士们时而匍匐在地，时而跌倒爬起，在不可阻挡地向前进攻。他们差不多要拿下车站了。谢乔夫师团把所有的预备队全都调了上来，但也无法堵住车站上已经被打开的缺口。英勇无畏的布尔什维克战士冲进车站附近的街巷。在一阵短促而猛烈的攻击之后，守卫车站的谢乔夫狙击师的第三团终于被迫退出他们最后的阵地——近郊的各个花园与果园，狼狈地、三五成群地向市区逃窜。红军的先头部队不让他们有喘息的机会，继续挺进，用刺刀开路，逐一扫除敌军的阻击哨，占据了一条条街道。

谢廖沙全家及近邻们一齐躲在地窖里，但是现在，他无论如何也待不下去了。他要到上面去。他不顾母亲的反对，独自跑出了阴冷的地窖。一辆“萨盖达奇内号”装甲车正轰隆隆地从他家门口驶过，一面退却一面朝四周胡乱地扫射。彼得留拉的残兵败将们慌乱地跟在它后面逃跑。有个匪兵闯进了谢廖沙家的院子。他慌慌张张地扔掉钢盔、步枪和子弹袋，然后爬过栅栏，消失在菜园里。谢廖沙决心到街上去看看。彼得留拉的败兵正沿着通往西南车站的大路逃窜。一辆装甲车在掩护他们退却。通往市区的公路上一个人也没有。突然，一个红军战士跃上了公路。他迅速卧倒，顺着路面朝前开了一枪。接着又出现了第二个、第三个……谢廖沙看见他们弯着身子，边跑边射击。一个晒得黝黑、两眼通红的中国人，上身只穿一件贴身衬衣，腰里缠着机枪子弹带，两只手都握着手榴弹，毫不掩蔽地在追赶。跑在最前面的是个非常年轻的红军战士，手上端着一挺轻机枪。这是攻进市区的第一支红军部队。谢廖沙欣喜若狂。他奔到大路上，使劲地高声呼喊：

“万岁！同志们，万岁！”

他出乎意料地跑出来，那个中国人差点把他撞倒。中国人正打算朝谢廖沙猛扑，但是这年轻人欢天喜地的表情阻止了他。

“彼得留拉的兵，往哪里逃了？”中国人喘着粗气，朝他喊道。

但是谢廖沙顾不上听他的话。他迅速跑进院子，抓起那逃兵扔下的步枪和子弹带，飞一样地跑出去追赶队伍去了。直到这支队伍冲进了西南车站，红军战士们方才发现了他。他们截住了好几列满载弹药和军需品的白军火车，把残敌逼进树林里，然后才停下来休息，整顿队伍。一个年轻的机枪手跑到谢廖沙面前，惊奇地问：

“同志，你是从哪儿来的？”

“我是本地人，就住在小城里。我早就盼着你们来啦。”

红军战士们围住了谢廖沙。

“我认得他，”那个中国人高兴地笑着说，“他喊的‘同志们，万岁！’他是布尔什维克——是我们年轻的好朋友！”中国人拍着谢廖沙的肩膀赞不绝口。

谢廖沙的心欢快地跳着。他们立刻接受了他，把他当作自己人。他和他们一块儿参加了攻打车站的刺刀战。

小城又活跃起来了。受尽苦难的居民从地下室和地窖里走出来，拥到大门口观看开进城区的红军队伍。安东尼娜·瓦西里耶夫娜和瓦莉亚在队伍里看到了谢廖沙。他连帽子也没有戴，腰里束着子弹带，肩上扛着步枪。

安东尼娜·瓦西里耶夫娜生气了，举起双手拍了一下。

谢廖沙，她亲爱的儿子谢廖沙，也去打仗啦！唉，这还了得！想想看，他竟扛着枪，在全城人面前大摇大摆地走着。以后会怎么样呢？

想到这里，她实在忍不住了，高声喊道：

“谢廖沙，快回家去，马上就给我回去！我饶不了你，小浑蛋。你要打仗，给我回家打去！”说着她朝儿子跑去，想拦住他。

但是，她的谢廖沙，她不止一次揪过耳朵的小谢廖沙，却冷冷地瞪了她一眼。他又羞又恼，满脸通红，斩钉截铁地说：

“别叫！我是怎么也不离开这个队伍了。”他连停也不停，就从她面前走过去了。

这下可把安东尼娜·瓦西里耶夫娜惹火了：

“哦，你就这样对你妈说话！以后看你还敢回家来！”

谢廖沙头也不回地答道：

“我就是不回来了。”

安东尼娜·瓦西里耶夫娜不知所措地站在路上。一队队晒得黝黑、满身尘土的战士正从她身旁走过。

“大娘，别哭了！我们还要选你儿子当政委呢！”一个响亮的声音在跟她开玩笑。

队伍里发出一阵愉快的笑声。连队前面传来嘹亮和谐的歌声：

同志们，勇敢向前，
在战斗中百炼成钢，
为开辟那自由之路，
昂首挺胸走上战场！

整个队伍跟着唱了起来。在这雄壮有力的合唱中，可以听到谢廖沙高亢的声音。他找到了新家。他，谢廖沙，成了这个战斗大家庭里的一员。

在列辛斯基庄园的大门上，钉了一块白牌。上面简单地写着：“革委会”。

旁边贴着一张红彤彤的宣传画。画上的红军战士两道目光逼视着看画的人，食指直指他的胸膛。下面写着：

“你参加红军了吗？”

夜间，师政治部的工作人员把这些无声的“宣传员”贴遍了大街小巷。同时还贴出了革委会第一号告谢佩托夫卡全体劳动人民书：

同志们！

无产阶级的军队已经占领了本市。苏维埃政权业已恢复。我们号召全体居民保持安定。血腥虐杀犹太居民的匪徒已经溃逃。为了不让他们卷土重来，为了彻底消灭他们，希望你们踊跃参加红军！希望你们全力支持劳动人民的政权！本市军权属于警备司令员，政权属于革命委员会。

革委会主席　多林尼克

在列辛斯基家的宅院里，进进出出的全是新人了。“同志”这个称呼，昨天还要为它付出生命，今天已经到处可以听到。“同志”——这是一个多么激动人心的字眼啊！

多林尼克忙得忘记了睡眠，忘记了休息。

这木匠正忙于筹建本市的革命政权。

在这住宅的一间小房子门上贴着一张小纸条，上面用铅笔写着：“党委会”。这里的负责人是伊格纳季耶娃同志，她是一个沉着坚强的女人。政治部委派她和多林尼克两个人筹建苏维埃政府的各个机构。

仅仅过了一天，工作人员已经坐到桌旁办公。打字机嗒嗒地响着，粮食委员会也成立了。粮食委员蒂日茨基同志是个说话办事风风火火的人。蒂日茨基以前是制糖厂的助理技师。在本市苏维埃政权建立之初，他就以罕见的顽强精神，开始揭露工厂高层管理人员中那些内心仇视布尔什维克的贵族分子。

在全厂工人大会上，蒂日茨基愤怒地用拳头敲击着讲台的栏杆，用波兰话向他周围的工人们发表了情绪激昂、言辞尖锐的演说。

“当然，旧时代别想再回来了。咱们的父辈和咱们自己，一生一世给波托茨基伯爵当牛做马已经做够了。咱们给他们建造宫殿，可显贵的伯爵大人给了咱们什么呢？不多不少，刚够咱们饿不死，好替他们卖命。

“波托茨基伯爵和桑古什卡公爵们骑在咱们脖子上作威作福多少年了？难道我们波兰人不是跟俄罗斯人、乌克兰人一样，有许多人给波托茨基当牲口使吗？可是现在贵族老爷的走狗们却在波兰工人中间散布谣言，说什么苏维埃政权要用铁拳来对付波兰人。

“同志们！这是无耻的诽谤。咱们各族工人还从未获得过像今天这样的自由。

“所有的无产者都是兄弟，可是对那些贵族老爷，请你们相信，我们就是要狠狠地收拾他们。”

他用手在空中画了一个弧形，又使劲敲了一下讲台的栏杆。

“是谁挑拨我们的民族关系？是谁迫使我们弟兄自相残杀、血流成河？是国王，是贵族。自古以来，他们一再唆使波兰农民打土耳其人，一个民族进攻、屠杀另一个民族的惨剧不断发生。造成多少冤死的灵魂！造成多少苦难！谁愿意这么做？难道是我们吗？不过，这一切很快就要结束了。这些坏蛋的末日已经来临。布尔什维克向全世界喊出了令资产阶级心惊胆战的口号：‘全世界无产者，联合起来！’只有全世界的工人都成为亲兄弟，我们才能得救，才有希望过上幸福的生活。同志们，加入共产党吧！

“波兰也会成立共和国，不过必须是苏维埃共和国，而不是波托茨基之流的共和国。咱们一定要彻底消灭这些家伙。苏维埃的波兰将由咱们自己当家做主人。你们谁不认识布罗尼克·普塔申斯基？革委会已经任命他为咱们厂的委员了。‘不要说我们一无所有，我们要做天下的主人。’同志们，千万别听信那些暗藏的毒蛇的鬼话，咱们一定会拥有自己的庆祝胜利的节日！只要咱们工人互相信任，就一定能把全世界各族人民团结在一起！”

蒂日茨基从一个普通工人的内心深处发出了这清新纯朴的呼声。

当他走下讲台的时候，青年人由衷地高声欢呼。可是老年人都不敢表态。谁说得准呢？也许明天布尔什维克就撤走，那时候就得为自己讲的每一句话付出代价。即使不绞死，也难免被赶出工厂。

教育委员由又瘦又高的中学教员切尔诺佩斯基担任。他是目前本地教育界中唯一忠于布尔什维克的人。革命委员会对面驻着一个特务连。革委会的警卫就是由他们担任的。一到晚上，院子里，面对着大门，架起一挺上好子弹带的马克沁机枪，旁边站着两个手持步枪的战士。

伊格纳季耶娃同志正要到革委会去。一名特别年轻的红军战士引起了她的注意，她问他：

“同志，您今年多大了？”

“快十七了。”

“是本地人吗？”

他笑嘻嘻地回答：

“是的，我是在前天的战斗中才加入部队的。”

伊格纳季耶娃端详着他。

“你爸爸是干什么的？”

“火车副司机。”

这时多林尼克和一个军人一块儿走进栅栏门。伊格纳季耶娃转身对他说：

“你瞧，我给共青团区委会物色到了一个领导人，他是本地人。”

多林尼克迅速把谢廖沙打量了一番。

“你是谁家的孩子？”

“勃鲁扎克家……”

“哦，是扎哈尔的儿子！那好哇，你去干吧，把小伙伴们组织起来！”

谢廖沙惊讶地看看他们，说：

“那么我连里的事呢？”

多林尼克已经走上台阶，丢下一句话：

“这个我们会安排的。”

第二天傍晚，本市的乌克兰共产主义青年团委员会就建立起来了。

新的生活来得如此意外而迅速，它占据了谢廖沙的整个身心，把他卷到生活的旋涡里。谢廖沙把家也给忘了，虽然这个家离得是那么近。

他，谢廖沙·勃鲁扎克，现在已经是一个布尔什维克了。他无数次地从口袋里掏出盖有乌克兰共产党（布）印章的白纸片，上面写着：谢廖沙是共产主义青年团团员、团区委书记。谁要是怀疑这一点，那就请看挂在他紧身制服皮带上的一支带帆布枪套的“曼利赫尔”手枪，这是他的好朋友保尔送的礼物。这是最具说服力的证件。唉，可惜保尔不在这儿！

谢廖沙整天忙着执行革委会的各项指示。这会儿伊格纳季耶娃又在等候他。他们要一道上火车站，到政治部领取发给革委会的宣传品和报纸。他急忙往外跑。政治部的一个工作人员已经准备好汽车，在大门口等候他们。

到车站的路很远。苏维埃乌克兰第一师的参谋部和政治部就设在车站的列车上。伊格纳季耶娃利用乘车的时间跟谢廖沙谈工作。

“你这一部门工作开展得怎么样了？组织建立起来了吗？你应当把你的朋友，那些工人子弟发动起来。要尽快组织一个共产主义青年小组。明天我们就起草一份共青团宣言，把它打印出来。然后把青年召集到戏院里，开一个大会。同时我再给你介绍一下政治部的乌斯季诺维奇。她似乎正在做青年工作。”

丽达·乌斯季诺维奇原来是一个十八岁的姑娘，一头乌黑的短发，身穿茶色的新制服，腰里束一条窄窄的皮带。谢廖沙从她那里学到许多新东西。她还答应帮助他开展工作。分手的时候，丽达交给他一大捆书籍，另外又特意送给他一本印有共青团纲领和章程的小册子。

他们很晚才回到革委会来。瓦莉亚一直在花园里等他。一见面，她就劈头盖脸地数落了他一番：

“你真不害臊！怎么，你完全脱离家庭了吗？为了你，妈妈天天哭，爸爸也老发脾气。这样下去，准会闹出事来！”

“瓦莉亚，放心吧，出不了事的。我忙得没工夫回家。说实在的，真没工夫。今天我也不能回去。我正想跟你谈谈。到我屋里去吧。”

瓦莉亚简直认不出她的弟弟了。他完全变了样。仿佛有人给他充了电似的。他让姐姐坐到一张椅子上，接着就直截了当地说：

“是这么一回事。你也加入共青团吧。你不明白吗？就是共产主义青年团。我就是团的书记。不相信吗？喏，你看看这个！”

瓦莉亚看过证件，不知所措地看着弟弟，说：

“我在共青团里能干什么呢？”

谢廖沙把两手一摊，说：

“什么？怕没事干？我的好姐姐，我忙得连睡觉的工夫都没有呢。必须把群众发动起来。伊格纳季耶娃说了，得把所有的青年召集到戏院里开个大会，给他们详细讲讲什么叫作苏维埃政权。她说我必须发表演说。我想了想，觉得不成，因为我实在不知道该说什么，准会出洋相。好吧，你说说，入团的事怎么样？”

“我不知道。要是我这样做，妈妈会气疯的。”

“你别管妈妈吧，瓦莉亚，”谢廖沙不以为然，“她不懂这些事情。她只想让她的孩子们守在身边。她根本不会反对苏维埃政权。恰恰相反，她是拥护的。但是她只希望别人上前线打仗，却不愿意叫她自己的孩子们参加。可这公平吗？你还记得朱赫来跟我们讲的话吗？你看保尔，他就不管他母亲怎么想，自己走了。现在咱们获得了好好生活的权利。那么，瓦莉亚姐姐，难道你会拒绝吗？呵，你入了团那才好呢！你发动女孩子，我做男孩子们的工作。我今天就叫红头发的克利姆卡参加进来。瓦莉亚，你到底参加不参加我们的组织？我这儿有关于这件事的小册子。”

他从口袋里掏出一本小册子，递给她。瓦莉亚的眼睛盯着弟弟，低声问他：

“要是彼得留拉匪兵再打回来，那怎么办？”

谢廖沙第一次认真地考虑到这个问题。

“我当然跟大家一道走。但是你怎么办呢？妈妈到时一定会伤心得不得了。”他默不作声了。

“谢廖沙，你替我写上名字吧。别让妈妈知道，除了你我之外，也别告诉任何人。我一定尽力帮你，这是比较好的办法。”

“对的，瓦莉亚。”

这时伊格纳季耶娃走了进来。谢廖沙对她说：

“伊格纳季耶娃同志，这是我的姐姐瓦莉亚。我正和她谈入团的事。她是完全合适的，但是，你知道，我们母亲那一关很难通过。我们可以秘密吸收她入团吗？万一我们不得不撤退的话，我当然扛起枪就走，可是她舍不得扔下母亲。”

伊格纳季耶娃坐在桌子边上，仔细地听着他的话。

“行，这个办法比较稳妥。”

戏院里挤满了叽叽喳喳的青年人，他们都是看到市里到处张贴的群众大会海报以后来的。制糖厂的工人管乐队在演奏。到会的大部分是学生——男女中学生和小学生。

他们到这里来，与其说是为了开会，倒不如说是为了看演出。

幕布终于拉开了。刚从县里赶来的县委书记拉津同志出现在舞台上。

他身材瘦小，长着尖尖的鼻子。他的出现吸引了全场的注意，大家都饶有兴趣地听他演讲。他谈到全国的斗争形势，号召青年人团结在共产党的周围。他像一个真正的演说家，用了很多诸如“正统的马克思主义者”“社会沙文主义者”这样的字眼，听众显然还弄不明白这些概念。等他讲完，全场报以热烈的掌声。他让谢廖沙接着讲，自己先走了。

谢廖沙担心的事情果然发生了。他上了台说不出话来。“说什么呢？怎么说呢？”他想寻找合适的话，却找不到，不由得窘在那里。

伊格纳季耶娃救了他，从讲台后边小声提醒他：

“你就说说组织支部的事情。”

谢廖沙立刻谈起实际问题来。

“同志们，你们已经都听到了，现在我们应该组织一个支部。你们谁赞成这个提议？”

全场静寂无声。

丽达跑过来帮忙。她告诉大家莫斯科青年怎样组织支部。谢廖沙尴尬地站在一旁。

他看到大家对组织支部的态度这么冷淡，心里非常气愤，禁不住向会场投去愤怒的目光。听众并没有认真地听丽达演讲。扎利瓦诺夫一边轻蔑地斜眼瞟着丽达，一边悄悄地跟莉莎说话。坐在前排的几个鼻梁上扑着粉的女中学生，一边交头接耳，一边眼珠滴溜溜地转，朝四处张望。靠近舞台入口处的角落里坐着一群年轻的红军战士。谢廖沙看见他认识的那个少年机枪手也在那儿。他坐在舞台脚灯的旁边，脸上现出气愤的神情，用仇恨的眼光看着打扮入时的莉莎和安娜。她们正毫无顾忌地跟她们的追求者说笑。

丽达感到大家没有听她的演讲，就赶快结束，让伊格纳季耶娃说话。伊格纳季耶娃讲得非常从容安详，人们终于安静下来。

“青年同志们，”她说，“现在，你们每一个人都可以认真想一想在这里听到的话。我相信，你们当中有些同志一定会成为革命的积极参加者，而不只是旁观者。只要你们愿意来，革命的大门是敞开着的。希望你们自己也来谈谈。有谁要发言，请上台来。”

会场里又是一阵沉默。突然，后排有人喊了一声：

“我想说两句！”

眼睛微斜、样子像只小熊的米什卡·列夫丘科夫，挤过人群走上台来：

“既然是这么回事，是要帮布尔什维克的忙，我决不会说个不字。谢廖沙了解我。我报名参加共青团。”

谢廖沙高兴得笑了。他立刻冲到舞台中央，喊着说：

“同志们，这下看到了吧！我已经说过，米什卡是我们自己人，他爸爸是个扳道工，被火车轧死了，米什卡因此失了学。他虽然没有读完中学，但是很快就理解了我们的事业。”

会场里响起一阵喧闹声和怪叫声。中学生奥库舍夫要求发言。这个药铺老板的儿子，头发很考究地梳成高耸的飞机头。他扯了扯他的学生制服，然后说：

“抱歉得很，同志们，我不明白究竟要我们干什么。要我们搞政治吗？那我们什么时候读书呢？我们总得念完中学吧。要是组织一个体育协会或是俱乐部，让我们碰碰头或读点书什么的，那倒是另一回事。但是搞政治，搞到后来会给绞死的。同志们，对不起，我想没人乐意干这种事。”

会场里响起了哄笑声。奥库舍夫走下台来，回到座位上。在他后面发言的是那个年轻的机枪手。他狠狠地把帽子拉到前额上，用愤怒的眼睛扫射着下面座位上的人们，使劲地喝问道：

“你们这些坏蛋，笑什么？”

他的眼睛像两颗烧红的煤球。他深深地吸了一口气，气得浑身发抖，接着说：

“我叫伊凡·扎尔基。我没有爸爸，也没有妈妈，我是一个孤儿；白天要饭，晚上就躺在围墙旁边睡觉。忍饥挨饿，无家可归。我过着猪狗不如的生活，全不像你们这些娇生惯养的少爷。可是苏维埃政权建立了，红军收留了我。全排都把我当成亲儿子，给我饭吃，给我衣服穿，教我读书写字，最重要的是让我懂得了人生的意义。由于他们的教育，我成了一名布尔什维克，而且至死也不会变心。我十分明白为什么而斗争：是为我们，为穷人，为工人阶级的政权！你们像一群公马一样在这儿叫个不停，根本不会知道在这座城市的外面已经有二百个同志牺牲了……”他的声音就像绷紧的琴弦那样铿锵有力，“为了我们的幸福，为了我们的事业，他们毫不犹豫地献出了自己的生命……而且在全俄罗斯，在全国各个战场上，都有人在牺牲，可你们却在这里寻开心。而你们呢，同志们，”他突然转过身来冲着主席台说，“却把这些人找来，”他又用手指指台下，“难道他们能懂吗？不可能！‘饱汉不知饿汉饥。’刚才只有一个人跑上来，因为他是穷人，是孤儿。没有你们，我们照样干，”他愤怒地对着台下喊，“我们不再请求了，我们不需要你们这些浑蛋！只好用机枪来收拾你们！”

他气呼呼地喊出最后这句话，就跳下台，对谁也不看一眼，径自朝门口走去。

主席台上的人谁也没有留下来参加晚会。在返回革委会的路上谢廖沙沮丧地说：

“真糟糕！扎尔基说得对。找这帮中学生来开会，一点用处也没有，只会惹你生气。”

“这也没有什么奇怪的，”伊格纳季耶娃打断他的话，“他们当中几乎没有无产阶级的青年。大多数都是些小资产阶级或是城市知识分子、小市民的子女。必须在工人中间做工作。你把工作重点放到木材厂和制糖厂去吧。不过今天这个群众大会还是有收获的。学生中间也有优秀的同志。”

丽达也赞成伊格纳季耶娃的意见，她说：

“谢廖沙，我们的任务就是不断地把我们的思想和我们的口号灌输到每个人的头脑中去。党要所有的劳动者都关心每一件新发生的事情。我们将召开一系列群众大会、讨论会和代表大会。政治部要在车站开办一个夏天剧场。再过几天，一辆宣传列车就要开来。那时候，我们就能把工作全面铺开了。不要忘记列宁说过的话：如果我们不能吸引千百万劳苦大众参加斗争，我们就不能取得胜利。”

当天晚上，谢廖沙送丽达回车站。分手的时候，他紧紧地握住她的手，过了好一会儿才放开，丽达微微地笑了。

回城的时候，谢廖沙顺路去家里看看。

面对母亲的责骂，他默不作声，没有还口。但是，当父亲开口骂他时，他立刻反守为攻，把父亲驳得哑口无言。

“爸爸，你听我说，当初德国人在这儿的时候，你们搞罢工，还在机车上打死了押车的德国兵。当时你想到过家没有？想到过的。但是你还是干了，因为工人的良心让你这样干。我也想过咱们的家。我明白，要是我们不得不撤退，你们会因为我的缘故受到迫害。但是要是我们胜利了呢？我们就彻底翻身了。家里我是待不住的。爸爸，这个不用说你也明白。那还有什么好闹的呢？我做的是正事，你应该支持我，帮助我，可你却扯后腿。爸爸，咱们讲和吧，这样，妈也不会再骂我了。”他温和地笑着，一双纯洁的、碧蓝的眼睛注视着父亲。他相信自己是对的。

扎哈尔·勃鲁扎克局促不安地坐在凳子上。他微笑着，在好久没有刮的、又硬又密的胡须间露出了发黄的牙齿。

“你这个小滑头，反倒来启发我的觉悟？你以为挎上了手枪，我就不能用鞭子抽你？”

不过，他的话语里并没有威胁的口气。他不好意思地犹豫了一下，然后毅然把他那双粗糙的大手伸给儿子，说：

“谢廖沙，开足马力干吧。既然你正在爬大坡，我绝不会让你刹车。只是别撇下我们不管，常回家看看。”

夜晚，一道亮光从门缝透出来，落在台阶上。在一间摆着柔软的长毛绒沙发的大房间里，革委会正在开会。五个人围坐在律师用的宽大写字台旁。他们是：多林尼克，伊格纳季耶娃，戴着哥萨克皮帽子、像个吉尔吉兹人的肃反委员会主席季莫申科，还有两个革委会委员——身材高大的铁路工人舒季克和扁鼻子的机车库工人奥斯塔普丘克。

多林尼克的身子俯在桌子上，固执的眼光盯着伊格纳季耶娃，用嘶哑的声音一字一句地说：

“前线需要给养。工人需要吃饭。咱们一到这儿，投机商人和小贩就哄抬物价。他们不收苏维埃纸币。买卖东西，要么用沙皇尼古拉的旧币，要么用临时政府发的克仑斯基票子。今天咱们就要规定物价。咱们十分明白，没有一个投机商会按定价出售。他们会把货物藏起来。那时候，咱们就进行搜查，征收这些吸血鬼所有的物品。对这帮奸商一点也不能手软。咱们决不能让工人们再饿肚子。伊格纳季耶娃同志警告我们干得别太过火。我说呢，这是因为她还带着知识分子的软弱性。你别生气，伊格纳季耶娃同志，我是有什么就说什么。而且，问题不出在小商贩身上。今天我就得到一个消息，说饭馆老板鲍里斯·佐恩家就有一个秘密地窖。早在彼得留拉匪帮占领本市之前，好多大商人就把大批物品囤积到这个秘密地窖里。”他带着讥讽的冷笑，意味深长地看了季莫申科。

“你怎么知道的？”季莫申科惊慌地问。他感到又羞又恼，因为侦查这类事本是他季莫申科的任务，但是每次多林尼克总是比他先得到这类消息。

多林尼克笑着说：

“嘿嘿！老弟，什么都逃不过我的眼睛。我不光知道地窖的事，”他继续说，“我还知道昨天你跟师长的司机一起喝了半瓶私酒。”

季莫申科在椅子上坐不住了，他那张发黄的脸一下子涨红了。

“你这瘟神好厉害呀！”他不得不佩服地说。他把目光转向伊格纳季耶娃，看见她皱起了眉头，便不再作声了。“这个鬼木匠！他竟有自己的肃反班子。”季莫申科看着革委会主席，心里这样想。

“这是谢廖沙跟我说的，”多林尼克接着说，“他有一个朋友在车站食堂里当过伙计。他的朋友听厨师们说过，以前食堂里所需要的一切东西，全都由佐恩大批供应。昨天谢廖沙又搞到了可靠的情报：佐恩家的确有一个地窖，不过不知道具体的位置。季莫申科，你带上几个小伙子，和谢廖沙一块儿去吧。就在今天，务必把它找到！要是能够找着，咱们就有物资供应工人和支援部队了。”

半个小时后，八个武装士兵走进了饭馆老板的家，两个人留在外面守住大门。

老板矮矮胖胖，活像一只大酒桶。他点头哈腰地走到来人跟前，用嘶哑的声音问道：

“同志们，有何贵干？为什么这么晚才来呢？”

佐恩的背后站着他的几个女儿。她们披着睡衣，给季莫申科的手电筒亮光照射得眯缝着眼睛。隔壁房间里，那个一身横肉的老板娘一边穿衣服，一边唉声叹气。

季莫申科只做了两个字的解释：

“搜查。”

每一块地板都检查过了。堆满木材的大板棚，几个储藏室和厨房，还有一个很大的地窖，都仔细地搜遍了，但是连一点秘密地窖的痕迹都没有发现。

在厨房旁边的一个小房间里睡着一个女仆。她睡得那么熟，连有人进屋她都没听见。谢廖沙小心地把她唤醒。

“你是什么人？是在这儿做工的吗？”他问这个睡眼惺忪的

姑娘。

她拉起被头盖住肩膀，又用手遮住手电筒的亮光，不明白发生了什么事情。她惊疑地回答：

“是的，我是这儿的用人。你们是谁呀？”

谢廖沙向她说明了身份就走开了，让她穿好衣服。

季莫申科正在宽敞的饭厅里审问老板。老板喘着粗气，溅着唾沫星子激动地说：

“你们打算怎样呢？我没有别的地窖。你们再搜查也是白费时间。我保证你们是白费时间。不错，从前我开过饭馆，可如今是个穷人了。彼得留拉匪兵抢光了我的财产，还差点把我打死。我是非常喜欢苏维埃政权的，但是我家只有这些东西，你们都看到了。”他说话的时候老是摊开他那两只又短又肥的胳膊。布满血丝的眼睛不住地从肃反委员会主席的脸上溜到谢廖沙的脸上，再从谢廖沙的脸上溜到墙角或天花板上。

季莫申科急得直咬嘴唇。

“看样子，你是打算继续隐瞒下去啦？我最后一次奉劝你，赶紧交代出地窖的位置。”

“哎哟，军官同志，瞧你说的，”老板娘插嘴了，“我们自己都还在饿肚子呢！我们家的东西全给抢光了。”她很想假哭一场，却挤不出一滴眼泪。

“饿肚子，家里却雇着用人。”谢廖沙插了一句。

“哎哟，她哪能算得上用人呀！不过是个寄居在我们家的穷孩子。她没地方投靠。不信，您让赫里斯季娜自己说吧。”

“算了，”季莫申科不耐烦地大喊一声，“再搜！”

天已经大亮，对饭馆老板家的搜查仍在顽强地进行。十三个小时过去了，搜查竟然一无所获，季莫申科十分恼火，已经决定停止搜查。可是就在这时，正要走出女仆小房间的谢廖沙，听见她压低声音说：

“多半是在厨房的壁炉里面。”

十分钟后，那个巨大的俄式壁炉被拆开了，里面露出了地窖的铁盖板。一小时后，一辆载重两吨的卡车载着一桶桶、一袋袋物品，绕过看热闹的人群，从饭馆老板的家门口开走了。

一个炎热的中午，柯察金的母亲挎着一个小包袱从车站走回家里。她听着阿尔焦姆讲述保尔吃官司的事，哭得十分伤心。她的日子过得十分艰难，无以为生，只好给红军洗衣服，战士们设法替她弄到一份口粮。

有一天黄昏，阿尔焦姆迈着比平常更快的脚步从窗前走过。没等推门进屋，他就喊了起来：

“保尔来信了。”

保尔信上这样写着：

亲爱的哥哥阿尔焦姆：

告诉你，亲爱的哥哥，我还活着，不过不很健康。一颗子弹击中了我的大腿，可是现在已经快治好了。医生说没伤到骨头。你不必为我担心，很快就会康复的。我出院之后，也许可以得到假期，到时我一定回家看你。母亲那儿我没去成，现在已经成为红军科托夫斯基骑兵旅的一名战士。也许，你们已经听到过英勇善战的科托夫斯基的名字。我从未见过像他这样的人，我非常敬佩我们这位旅长。母亲回家了吗？要是她在家，就说小儿子在这里向她亲热问候。请原谅让你们担惊受怕的我。

你的弟弟保尔

又及：阿尔焦姆哥哥，请你到林务官家去一趟，转告这封信的内容。

母亲又流了许多泪。这个粗心的小儿子连医院的地址都没写。

谢廖沙经常到车站上那节挂着“师政治部宣传鼓动科”牌子的绿色客车车厢去。丽达和梅德韦杰娃在车上的一个包厢里办公。梅德韦杰娃老是叼着一支香烟，嘴角上不时露出调皮的微笑。

共青团区委书记谢廖沙不知不觉中和丽达亲近起来。他每次离开车站，除了一捆捆书报，还带着一份朦胧的欣喜，那是由短暂的会面激起的。

师政治部的露天剧场每天都挤满了工人和红军战士。铁轨上停着第十二集团军的宣传列车，车身上贴满了色彩鲜艳的宣传画。宣传车上热火朝天，人们夜以继日地工作。车上设有印刷室，各种报纸、传单、布告就从这里印制出来。一天晚上，谢廖沙偶然来到剧场，他在红军战士中间看见了丽达。

深夜，他送丽达回车站，师政治部工作人员都住在车站上。突然，谢廖沙自己也感到十分意外地对她说：

“丽达同志，为什么我老想看见你呢？”接着他又补充说，“跟你在一起真愉快！每次和你见面之后，我就觉得有使不完的劲，愿意不停地工作下去。”

丽达停住了脚步，说：

“你听着，勃鲁扎克同志，让我们来个约定吧，今后你不要再作这种抒情诗啦。我不喜欢这样。”

谢廖沙就像一个受到训斥的小学生似的，脸涨得通红，回答说：

“我跟你说这话，是把你当作知心朋友，而你却这样对我……难道我说的是反革命言论吗？丽达同志，今后我当然决不会再说了！”

他匆匆地握了握她的手，逃也似的跑回市区去了。

此后一连几天谢廖沙都没有到车站上去。每当伊格纳季耶娃叫他去的时候，他就推托，说工作太忙。事实上，他也的确很忙。

一天深夜，革委会委员舒季克回家，路过制糖厂波兰高级职员聚居的街道时，有人朝他打黑枪。于是进行了搜查，搜出了毕苏斯基[1]分子的组织“狙击手”的武器和文件。

丽达到革委会参加会议。她把谢廖沙拉到一边，心平气和地问：

“你怎么了，伤了你那小市民的自尊心了？你想让私人的事情影响工作吗？同志，这可绝对不行。”

于是，一有机会谢廖沙又到绿色车厢里去了。

接着，市里召开代表大会，谢廖沙也参加了。会上进行了两天热烈的争论。第三天，他跟全体代表一起带上武器，到河对岸的森林里追剿扎鲁德内所率领的彼得留拉残余匪帮，整整追了一天一夜。回来后，他在伊格纳季耶娃那里碰到了丽达。他送她回车站，临别的时候，他紧紧地、紧紧地握住她的手。

丽达很生气地把手抽回。此后，谢廖沙又有很长时间没有到宣传列车上去。他故意避开丽达，甚至在有事需要面谈时也是如此。后来，她坚持要他解释这种行为，他愤愤地说：

“我跟你有什么可说的呢？你又要给人家扣帽子，什么小市民习气啦，什么背叛工人阶级啦。”

高加索红旗师的军车抵达车站。三个肤色黝黑的指挥员来到革委会。其中一个身上紧束着一条镶银的武装带的瘦高个子，进门就冲多林尼克喊：

1 毕苏斯基（1867—1935），波兰社会党右翼活动家，1906年起为波兰社会党革命派的领导人。1919—1922年为波兰国家元首。1920年领导反对苏联的军事行动。

“闲话少说。拿一百车草料来。马都快饿死了。还怎么跟白匪打仗？要是不给，我把你们全砍了。”

多林尼克气呼呼地将两手一摊，说：

“同志，半天时间，我上哪儿去给你弄一百车草料？这得到村子里去拉，两天时间也不够。”

瘦高个子眼露凶光，吼道：

“你给我听着，要是到了晚上还不见干草，把你们的脑袋统统砍掉。你这是反革命行为。”他砰的一声在桌子上捶了一拳。

多林尼克被激怒了：

“你吓唬谁？我也会使马刀。明天以前不会有干草，懂吗？”

“今天晚上就要。”高加索人扔下这句话，走了。

谢廖沙和两个红军战士奉命去征集干草。不料，在村子里遭到富农匪帮的袭击。红军战士被解除了武装，给打得半死。谢廖沙比另外两人受伤轻一些，因为他年纪小，他们才稍稍留点情。贫农委员会的会员把他们三个送回城里。

当天晚上，来了一队高加索士兵，因为没有拿到干草，便包围了革命委员会，逮捕了所有的人，包括一名清洁女工和一名饲养员。他们把抓到的人押往波多尔斯克火车站，一路上还偶尔赏他们几马鞭，然后把他们关进一节货车车厢里。革委会的院子里还进驻了一支高加索巡逻队。要不是师政委拉脱维亚人克罗赫马利进行了有力的干预，革委会那些人员的处境将更糟。克罗赫马利下了死命令，他们才获得释放。

又有一队战士被派到村里去。第二天干草总算征集上来了。

谢廖沙不愿意惊动家里人，所以就在伊格纳季耶娃的房间里养伤。当天晚上，丽达来看他。她握住他的手。他头一次感到她握得那样亲切、那样紧。这样的握手他是从来都不敢的。

一个酷热的中午，谢廖沙跑到宣传列车上去，把保尔的来信念给丽达听，还讲述了这个好朋友的经历。临走时，他无意中对她说：

“我要到树林里去，下湖洗个澡。”

丽达放下手头的工作，叫住他说：

“等一等，咱们一块儿去。”

他们来到水平如镜的湖边，停下脚步。温暖而透明的湖水清爽诱人。

“你到路口去等一会儿。我要洗个澡。”丽达命令似的说。

谢廖沙坐在小桥旁边的石头上，脸朝着太阳。

他听到背后传来溅水声。

透过丛林，谢廖沙看见冬妮亚和宣传列车的政委丘扎宁正沿着大路走过来。丘扎宁很英俊，身穿考究的弗伦奇军服，系着军官武装带，脚蹬吱吱响的软皮马靴。他挽着冬妮亚的胳膊，边走边谈。

谢廖沙认出了冬妮亚。她就是上次替保尔把纸条送给他的姑娘。冬妮亚也紧盯着谢廖沙，显然也认出了他。当他们走到他身旁的时候，他从口袋里掏出信来拦住了她：

“请稍等，同志。我这里有一封信，其中有一部分与您有关。”

他把一张写得满满的信纸递给她。冬妮亚从那个男人手里抽出手来，读着保尔的信。信纸在她手里微微发颤。接着，她把信还给谢廖沙，问：

“您还知道他的其他情况吗？”

“不知道。”谢廖沙回答。

丽达从后面走来，脚下有块碎石响了一下。丘扎宁一看到她，就低声对冬妮亚说：

“我们走吧。”

但是，丽达轻蔑而嘲讽的声音拦住了他：

“丘扎宁同志，他们在列车上找你一整天了。”

丘扎宁不满地斜了她一眼。

“没关系，我不在，工作照样进行。”

丽达看着他们两人的背影，说：

“什么时候才能把这个骗子赶走啊！”

树林在低语，高大的橡树在频频点头。湖中碧波粼粼，湖水清澈诱人。谢廖沙想洗澡了。

洗完澡以后，他在离小道不远的地方找到了丽达，她正坐在一棵被伐倒的橡树上。

他俩一边谈着话，一边向树林的深处走去。走到一块青草茂密的空地上，他们决定在那里休息一会儿。树林里很静。只有橡树在窃窃私语。丽达在柔软的草地上躺了下来，头枕着她那弯曲的胳膊。她那健美的双腿和补丁打补丁的皮鞋，隐没在高高的草丛里。谢廖沙无意间瞧了瞧她的脚，看见那双补得很整齐的鞋子，又看看自己的靴子，脚趾正从那个大洞里露出来。他笑了。

“你笑什么？”丽达问。

谢廖沙指着靴子说：

“咱们穿着这样的靴子，以后怎么打仗？”

丽达没有回答。她轻轻咬着草叶，正想着别的事情。

“丘扎宁是一个很坏的共产党员，”她终于开口说，“我们所有别的政治工作人员都穿得破破烂烂，他却只知道打扮自己。他是个混进我党的投机分子……现在，前线的局势确实很严峻。我们国家得经受坚持长期残酷斗争的考验。”她沉默了一会儿，接着说，“照我看来，谢廖沙，我们不仅要用语言，而且要用枪来战斗。你可知道中央委员会已经做出决议，动员四分之一的共青团员上前线吗？我想，谢廖沙，我们在这儿不会待太久了。”

谢廖沙听着她说的每一个字，惊讶地从她的声音里捕捉到一种不同寻常的语调。她那对又黑又亮的水汪汪的眼睛一直凝视着他。

他几乎要忘情地告诉她说：她的眼睛宛如一面镜子，从中能看到一切，但是他及时地控制了自己。

丽达用胳膊肘支着，欠起身子。

“你的手枪在哪儿？”

谢廖沙沮丧地摸摸皮带。

“在村子里被那帮富农抢去了。”

丽达把手伸进制服口袋，掏出一支亮闪闪的勃朗宁手枪。

“谢廖沙，你看见那棵橡树没有？”她用枪口指着二十五步开外的一棵布满裂纹的树干，然后举起右手，让它和眼睛成一直线，几乎没有瞄准就开了一枪。被打碎的树皮撒落在地上。

“看见了吗？”她扬扬得意地说，接着又放了一枪。又是一阵树皮纷纷落地。

“给，”她把手枪递给谢廖沙，笑嘻嘻地说，“看看你的枪法。”

谢廖沙打了三枪，只有一枪没有中。丽达微笑着说：

“我还以为你不会打得这么好呢。”

她放下手枪，又在草地上躺下来。制服下面显出她那富有弹性的胸脯的轮廓。她轻轻地说：

“谢廖沙，你到这儿来。”

他的身子向她那里移了一下。

“看到天空了吗？它是碧蓝的，你的眼睛也是碧蓝的。这不好。你的眼睛应该是灰色的，像钢铁一般的颜色。碧蓝的颜色未免太温柔了。”

突然，她一下紧紧搂住他那长着淡黄色头发的脑袋，纵情地在他的双唇上吻起来。

这个举动对谢廖沙来说太突如其来了。即使他面对枪口，也未必会如此惊慌失措。他只知道丽达在吻他，除此之外，他脑子里一片空白。在这之前，这个丽达，他连握她的手超过一秒钟都不敢。

“谢廖沙，”她稍稍推开他那晕乎乎的头说，“我现在把自己交给你，是因为你充满青春活力，你的感情跟你的眼睛一样纯洁，还因为在未来的日子里，我们可能会牺牲生命。所以，我们要抓紧这些可自由支配的时辰，相亲相爱。在我的生活里，你是我爱的第二个人……”

谢廖沙打断她的话，向她探过身去。他如痴如醉，克制住内心的羞涩，抓住了她的手……

丽达，曾是何等难以捉摸的丽达，如今成了他谢廖沙心爱的妻子。对丽达深沉而又热烈的同志般的爱恋之情突然闯进了他的生活，占据了他那颗充满斗争激情的心。开头几天，他的生活常规完全给打乱了。可是紧张繁忙的工作刻不容缓。于是他又全身心地投入到工作中去。

直到夏去秋来，生活只赐给他们三四次相聚的机会。每次相聚都令人心醉，难以忘怀。

两个月过去了。秋天到了。

夜幕悄悄降临，给树林罩上一层黑纱。师司令部的报务员俯身在电报机上，收取着纸带。机上溜出来窄长的纸条，他迅速地把那些点和短线所表示的字句写到电文纸上：

师部参谋长并抄送谢佩托夫卡革委会主席：

收到电报后十小时内，该市所有机关一律撤退。留一个营，归本战区指挥官N团团长指挥。师参谋部、政治部，以及所有军事机关，一律撤至巴兰切捷夫车站。执行结果立即向师长报告。

师长（签名）

十分钟后，一辆摩托车亮着车灯，飞速穿过城市寂静的街道。它在革委会的门口突突地停下来，通信员把电报交给了主席多林尼克。人们马上行动起来。特务连在集合整队。一小时过后，几辆满载着革委会物件的马车驶过市区。波多尔斯克车站上，人们忙着把物品装上火车。

谢廖沙看完电报就跟着通信员跑到外边

“同志，我可以搭你的车子到车站去吗？”

“坐在后面吧，不过，要抓牢。”

宣传鼓动科的绿色车厢已经挂到列车上。在离那车厢十步左右的地方，谢廖沙抱住丽达的肩膀，感到就要失去一件无比珍爱的东西。他喃喃地说：

“再见了，丽达，我亲爱的同志！我们还会见面的，你千万别忘了我。”他真怕自己会马上放声大哭。他不得不走了。他再也说不出话来，只是紧紧地握住她的手，甚至把她的手都握疼了。

第二天早晨，被遗弃的小城和车站显得空空荡荡。最后一列火车拉了几声汽笛，像是在做告别。留守城里的那个营，在车站后面的铁轨两侧布下了警戒线。

树枝光秃秃的，地上铺满了黄叶。风卷着落叶，在路上轻轻地打着转。

谢廖沙身穿军大衣，束着帆布子弹带，同十个红军战士一起，守候在制糖厂附近的十字路口，等待波兰军队的到来。

阿夫托诺姆·彼得罗维奇敲了敲邻居格拉西姆·列昂季耶维奇的门。这位邻居还没有穿好衣服，他从敞开的房门里探出身子，问道：

“出什么事了？”

阿夫托诺姆·彼得罗维奇指指扛着枪行进的红军战士，向他的朋友使了个眼色。

“开走了。”

格拉西姆·列昂季耶维奇满怀忧愁地看了他一眼，问：

“您可知道，波兰人的旗子是什么样的？”

“好像有只独头鹰。”

“哪儿能弄到呢？”

阿夫托诺姆·彼得罗维奇烦躁地挠了挠后脑勺。

“他们当然无所谓，”他想了一会儿说，“说走就走了，可是苦了咱们，要绞尽脑汁去合新政府的意。”

突然，一挺机枪嗒嗒地响了起来，打破了四周的宁静。车站附近有个火车头鸣响了汽笛，同时从那里传来了沉重的炮击声。一颗重型炮弹呼啸着划破长空，飞落在工厂后边的大道上。道旁的灌木丛即刻隐没在蓝灰色的硝烟里。一排排紧皱双眉的红军战士沿着街道默默地撤退，不时回头张望。

一颗冰凉的泪珠顺着谢廖沙的脸颊滚落下来。他赶紧擦掉泪珠，回头看了看同志们，幸好谁都没有看见。

和谢廖沙并肩走着的是又高又瘦的锯木厂工人安捷克·克洛波托夫斯基。他的手指一直扣在步枪扳机上。安捷克脸色阴沉，心事重重。当他的眼睛碰到谢廖沙的目光时，便把自己的心事抖了出来：

“这回咱们的家人可要遭殃了，特别是我的家人。他们肯定会说：‘一个波兰人，竟然同波兰大军作对。’他们准会把我的老父亲赶出锯木厂，用鞭子抽他。我劝老人家跟咱们一起走，可是他舍不得丢下这个家。唉，这帮该死的家伙，恨不得赶紧碰上他们干上一仗！”安捷克烦躁地把滑落到眼睛上的红军军帽往上推了推。

“再见了，亲爱的故乡！再见了，肮脏而难看的小城、简陋的小屋、坎坷不平的街道！再见了，亲人们！再见了，瓦莉亚！再见了，转入地下工作的同志们……异族的、凶狠残酷的波兰白军已经逼近了。”

铁路工厂的工人们穿着布满油垢的衬衫，用悲愁的目光送别红军战士。

“我们还会回来的，同志们！”谢廖沙激动地向他们喊道。

第八章

横刀立马

在黎明前的薄雾里，第聂伯河隐隐约约地闪着光，河水冲击着岸边的鹅卵石，发出哗啦哗啦的响声。靠近两岸的河水仿佛凝滞不动似的，泛出一片银白色的微光。河中央，黑沉沉的水流波浪起伏，凭肉眼就可以看见，滚滚流水正朝下游奔腾而去。这是一条美丽的、雄伟庄严的大河。“第聂伯河美得惊人……”果戈理关于它的描写是不朽的。河右岸，高耸的峭壁俯视着水面，宛如一座行进中的高山骤然被宽阔的河水挡住了去路。河左岸地势较低的下方，是一片光秃秃的沙土，这是第聂伯河在春汛退走以后淤积而成的。

河边，一条狭窄的战壕里隐蔽着五个人。他们紧紧地挨着，趴在一挺圆鼻子的马克沁机枪旁边。这是第七步兵师的前沿潜伏哨。谢廖沙脸朝大河，侧身卧在机枪旁边。

昨天，由于波兰人凶猛的炮击，由于给连续的战斗弄得疲惫不堪，这支队伍终于被迫放弃了基辅，撤到第聂伯河左岸，构筑工事防守。

但是这次的退却、惨重的伤亡以及最终弃守基辅，严重地影响了战士们的情绪。本来第七师曾经英勇地突破重围，穿过森林，插到马林车站附近的铁道线上，经过猛烈的攻击，赶走了占据车站的波兰军队，把他们赶进森林，打开了通往基辅的道路。

现在，这座美丽的城市失陷了，战士们个个闷闷不乐。

波兰白军把红军赶出达尔尼察之后，在第聂伯河左岸铁路桥附近占领了一个不大的立足点。

然而不管波军怎样努力，再想推进一步已不可能了，他们每次都遭到红军的猛烈反击。

谢廖沙凝视着奔流的河水，不禁回想起昨天的情景。

昨天中午时分，他们怀着对敌人的深仇大恨，向波兰白军发起反冲锋。他第一次和一个没长胡子的波兰兵拼了刺刀。那家伙端着步枪，枪尖插着长如马刀的法国刺刀，哇哇乱叫，像野兔似的蹦着朝他扑过来。刹那间，谢廖沙看见了他那双睁得溜圆、杀气腾腾的眼睛。说时迟那时快，他用刺刀尖猛击波兰兵的刺刀，于是那闪闪发亮的法国刺刀被拨向一边。

波兰兵倒下去了……

谢廖沙的手并没有发抖。他知道他以后还要杀人。他，谢廖沙，是能够那样温柔地恋爱，也能够那样珍惜友情的小伙子。他并非生性凶狠残忍，但是他知道那些被世界上的寄生虫所驱使的士兵，受了欺骗和唆使，都是怀着野兽般的仇恨来进攻他亲爱的共和国的。

因此，他，谢廖沙，为了使人类不再互相残杀的日子尽快到来而杀人了。

谢廖沙正想得出神，帕拉其罗夫拍着他的肩膀说：

“我们走吧，谢廖沙，敌人马上就会发现我们的。”

保尔·柯察金转战祖国各地已有一年。他乘着机枪车，乘着炮车，或是骑着一匹被砍掉一只耳朵的灰马驰骋疆场。他已经长大成人，也更加强壮了。他在艰难困苦中锻炼成长。

被沉甸甸的子弹带磨出血的皮肤已经长好，被步枪皮带磨出来的硬茧却再也退不掉了。

这一年来，他经历了许多可怕的事情。他和成千上万个战士一样，虽然衣不蔽体，但是为建立本阶级的政权而斗争的意志却像烈火一样永不熄灭。他们南征北战，走遍了乌克兰。他只有两次不得不离开革命的风暴。

第一次是因为大腿受了伤。第二次是在严寒的 1920 年 2 月得了伤寒，高烧不退。

斑疹伤寒给第十二集团军各师团造成的死亡比波兰军的机枪还要厉害。这个军当时部署在非常广阔的地带，几乎横跨乌克兰整个北部地区，阻挡波兰白军向前推进。保尔没等完全痊愈，就回到了自己的部队。

现在，他这一团正占据着卡扎京 – 乌曼支线上的弗隆托夫卡车站附近的阵地。

车站位于树林之中。站房不大，旁边是一些被遗弃、被破坏的小房子。这一带根本不能居住。三年以来，这个小站是个拉锯战的地方。弗隆托夫卡车站在这一时期真是什么样的部队都见识过了！

一场新的风暴即将酝酿成熟。正当第十二集团军遭受重大损失，有一部分业已瓦解，在波兰白军猛烈攻击下被迫向基辅退却的时候，无产阶级共和国已经在调兵遣将，准备给那些被胜利冲昏头脑的波兰白军一个毁灭性的打击。

身经百战的第一骑兵军的各师正迅速地从遥远的北高加索向乌克兰调动，这是军事史上前所未有的行军。第四、第六、第十一、第十四各骑兵师，陆续向乌曼推进，在离我军前线不远的后方集结。在奔赴决战的途中，他们还顺便清除了马赫诺匪帮。

这是一万六千五百把战刀，这是一万六千五百个在草原酷暑中经过风吹日晒的勇士！

红军最高统帅部和西南战线指挥部竭尽全力，不让毕苏斯基分子事先察觉这项尚处于准备阶段的具有决定性意义的战斗部署。共和国和各战线的司令部都小心翼翼地严守这支庞大的骑兵部队正在集结的秘密。

乌曼前线停止了一切积极的军事行动。从莫斯科直达前线司令部的专线联络一直不断，所有命令经由哈尔科夫再传到第十四和第十二集团军司令部。狭长的纸条上打出了用密码下达的各种命令，其基本内容都是："万勿引起波军对骑兵第一集团军集结的注意。"只有在波兰白军的推进可能把布琼尼的骑兵部队卷入战斗的情况下，才采取一些积极的军事行动。司令部的整体部署反映在下面这道简要的命令中：

第358号令（密件第89号）

革命军事委员会委员拉科夫斯基，革命军事委员会主席托洛茨基，第十二、十四和骑兵各集团军总指挥兼集群司令亚基尔同志：

乌克兰境内的波兰军队分两个集群行动：基辅集群和敖德萨集群。其部分兵力部署在第聂伯河左岸，主要兵力，其中包括科尔尼茨基将军（原外阿穆尔骑兵团团长）的由十个骑兵团组成的突击混成骑兵师和陆续开到的波兹南师的部队，则集结在白采尔科维、沃罗达尔卡、塔拉夏、拉基特诺一带。敖德萨集群的主力在日美林卡－敖德萨铁路和布格河之间，我第十四集团军防线附近活动。上述两集群之间，大体在拉沙、捷季耶夫、布拉茨拉夫一线，分散部署着第一波兹南师的部队。罗马尼亚人继续持消极观望态度。我西线军团突破敌方防线后，继续顺利地朝着莫洛杰奇诺、明斯克方向推进。西南战线各集团军的主要任务是击溃并歼灭乌克兰境内的波兰军队。

为了利用敌上述集群兵力分散，同时考虑到其主力已经移向基辅地区，且在政治上造成极重大影响，兹决定向敌基辅集群发起总攻。

兹命令：

1. 第十二集团军的主要任务是攻占铁路枢纽站科罗斯坚，主力在基辅以北地段强渡第聂伯河，其近期目标是切断博罗江卡站、捷捷列夫站一带的铁路线，阻止敌军向北撤退。

在战线的其余地段要坚决牵制住敌人，紧紧咬住撤退的敌军并伺机一举攻占基辅。战斗定于5月26日开始。

2. 亚基尔同志的集群应于5月26日凌晨向白采尔科维、法斯托夫方向全线发起强有力的进攻，目的在于尽可能吸引更多的敌基辅集群兵力投入战斗，以配合左翼骑兵集团军的行动。

3. 骑兵集团军的主要任务是击溃并消灭敌基辅集群的有生力量，夺取其技术装备，于5月27日凌晨向卡扎京方向发起猛烈进攻，切断敌基辅集群和敖德萨集群之间的联系。要以果断猛烈的攻势消灭沿途遇到的一切敌人，至迟于6月1日占领卡扎京、别尔季切夫地区，并依靠旧康斯坦丁诺夫卡和谢佩托夫卡方面的屏障，向敌人后方挺进。

4. 第十四集团军要确保主力突击部队战斗的胜利，为此应将本集团军主力集结在右翼，发动猛攻，至迟于6月1日占领温尼察—日美林卡地区。战斗定于5月26日开始。

5. 各部队活动分界线见第348号令（绝密）。

6. 收到此命令后，立即回电。

西南战线司令叶戈洛夫

革命军事委员会委员别尔津

西南战线参谋长佩京

1920年5月20日于克列缅丘格

篝火暗红色的火舌抖动着，黄褐色的烟柱在不住地盘旋上升。蠓虫躲避着浓烟，成群结队地飞来飞去。战士们稍稍离开火堆，围成半圆形坐着。在篝火的映照下，他们的脸现出古铜色。

篝火旁边有几个饭盒埋在浅蓝色的炭灰里。

盒里的水开始冒泡了。突然，狡猾的火舌从燃烧着的木柴下面往上一蹿，舐了一下正低着头的人那乱蓬蓬的头发。那人慌忙把头一闪，嘟哝着说：

“呸，真见鬼！”

周围的人都笑了。

一个身穿呢上衣、留着短胡子的中年人，对着火光检查完他步枪的枪筒，瓮声瓮气地说：

“瞧这小伙子，看书入了迷，连火烧着了都不知道。”

“柯察金，把你看过的给我们讲讲吧。”另一个人说。

那年轻的红军战士摸了摸那绺被烧焦的头发，微笑着说：

“安得罗休克同志，这的确是本好书。一拿到手，我就怎么也放不下了。”

一个鼻子微翘的小伙子坐在保尔旁边，他正忙着修理弹药盒上的皮带，他一面用牙咬断一根粗线，一面好奇地问：

“喂，书里写的什么呀？”说着，他把针插在军帽上，又把剩下的线缠在针上，然后补充说，“要是谈情说爱的，我倒愿意听听。”

周围响起一阵笑声。马特韦丘克抬起剪成平头的脑袋，狡黠地眯缝起一只眼睛，扮了个鬼脸，对他说：

“谢列达，当然喽，谈情说爱，可真是件美事。你长得挺帅的，简直跟画上的人一模一样！无论你走到哪里，都会有成群的姑娘围着你转。你只有一个地方美中不足，就是鼻子太翘了，像个猪拱嘴。不过还是有办法补救的，只要在鼻尖上挂一个十磅重的诺维茨基手榴弹[1]，保管只消一夜工夫，鼻子就翘不起来了。”

又是一阵哄堂大笑，吓得拴在机枪车上的马匹打起了响鼻。

谢列达慢腾腾地转过身来，说：

“长得帅不帅倒没关系，关键是脑袋瓜要好使。”他极富表情地拍了一下自己的前额，接着说：“就说你吧，别看你的舌头能说会道，挺能挖苦人，你本人却是个地地道道的大傻瓜。你这个木头人连两只耳朵都是凉冰冰的！”

两个人你一言我一语，眼看就要干上了，班长塔塔里诺夫赶忙把他们劝开。

“得了，得了，同志们！吵什么呀？还是让保尔挑几段精彩的给我们念念吧。”

“念吧，保夫鲁沙，念吧！”周围的人一起喊起来。

保尔把马鞍搬到火堆跟前，坐了上去，然后打开一本厚厚的小书，放在膝盖上。

“同志们，这本书叫《牛虻》[2]。我是从营政委那儿借来的。这本书深深打动了我。只要大伙静静地坐着，我就念。”

“念吧，保尔，快念吧！没人会打岔的。”

---

1 诺维茨基手榴弹，大约四公斤重，主要用来爆破铁丝网。——原注

2 《牛虻》，爱尔兰女作家艾捷尔·丽莲·伏尼契（1864—1960）创作的长篇小说，该书描写了意大利革命党人牛虻的一生。

当团长普兹列夫斯基陪同政委一起悄悄走近时，他看见十一双眼睛正一动不动地盯着念书的人。

普兹列夫斯基回过头来，指着这群战士，对政委说：

“团里的侦察兵有一半在这儿，里面有四个共青团员，年纪还很轻，个个都是好样的。你看那个在念书的，叫柯察金。还有那边那个，看见没有？眼睛长得像小狼一样，他叫扎尔基。他俩是好朋友，不过相互之间一直在暗暗较劲。以前柯察金是团里的头号侦察兵，现在可碰上了厉害的对手。你瞧，他们现在正在做政治思想工作，做得十分自然，影响却很大。有人送给他们一个恰如其分的称号，叫‘青年近卫军’。”

“念书的那人是侦察队的政治指导员吗？”政委问。

“不是，政治指导员是克拉麦尔。”

普兹列夫斯基催马来到战士们跟前。

“同志们，你们好！”他大声喊道。

所有的人都转过头来。团长从马背上一跃而下，走到坐着的战士们跟前。

“烤火吗？朋友们。”他笑嘻嘻地问。他那张刚毅的脸和那双有点像蒙古人似的小眼睛此刻不再显得那么严肃了。

大家热烈地欢迎他，就像欢迎一位好朋友、好同志。政委还骑在马上，他要到别处去。

普兹列夫斯基把带套的毛瑟枪往背后一推，蹲在保尔坐的马鞍旁边，向大家提议道：

“大伙儿抽口烟好不好？我弄到了一些上等烟叶。”

他卷起一支烟卷儿点着，转脸对政委说：

“多洛宁，你先走吧，我留在这儿。如果司令部有什么事，来叫我一下。”

多洛宁走了，普兹列夫斯基对保尔说：

“继续念吧，我也听听。”

保尔念完了最后几页，把书放在膝盖上，沉思地盯着火焰。

有好几分钟谁也没说一句话。所有的人都被牛虻的死感动了。

普兹列夫斯基抽着烟，等大伙儿开口交流思想。

“这个故事真悲壮，”谢列达打破了周围的沉默，“可见世界上真有这样的人。本来这是一个人无法忍受的，但是当他为理想而奋斗的时候，他真的就能忍受了。”

他说这些话的时候显得分外激动，这故事给他的印象太强烈了。

安德留沙·福米乔夫原是白教堂城一个鞋匠的助手，他气呼呼地高喊：

“这个硬把十字架往牛虻嘴里送的该死的神父，要是让我碰到，我非立刻结果他性命不可。”

安得罗休克用一根小木棍把一个饭盒往火中间推了推，坚信不疑地说：

“一个人如果知道为什么而死，情况就大不相同。这样的人会有一股力量。要是你感到真理是在你这一边，就会死得从容不迫。英雄的行为就是这样产生的。我认识一个小伙子，他名叫坡莱卡。事情是这样的：当他在敖德萨被白匪包围的时候，他一冒火，就独自一人向整整一个排的匪兵直扑过去。没等白军的刺刀碰到他，他就拉响了手榴弹。手榴弹在他脚底下爆炸了。他自己固然被炸得粉身碎骨，可他周围的白军也成堆地陪着他倒下了。从外表看，这个人一点儿也不出众，也没有人把他的事写成书，但这是值得写一写的。在我们的伙伴当中，了不起的人可多着呢。”

他用汤匙在饭盒里搅动几下，舀了一点茶水，用嘴尝了尝，又接着说：

“可也有人死得像条癞皮狗。死得不明不白，很不光彩。我们在伊贾斯拉夫尔打仗的时候，曾经发生过这样一件事情。伊贾斯拉夫尔是一座位于戈伦河畔的古城，早在基辅大公统治时期就建立了。那儿有座波兰天主教堂，像座堡垒，很难攻破。那天我们朝那边冲去。大家列成散兵线，顺着小胡同往前摸。我们的右翼是拉脱维亚人。我们跑到大路上，一眼就看见三匹马拴在一家院子的围墙上，全都备着鞍子。

“好哇，我们想，明摆着的事，这回准能当场抓住几个波兰俘虏。于是我们十来个人冲进了院子。跑在最前面的是手持毛瑟枪的拉脱维亚连长。

“我们冲到房子跟前，一看门敞开着，就闯了进去。原以为里面一定是波兰兵，哪知道根本不是那么回事。屋里是我们自己的三个侦察兵，他们比我们早来了一步，正在干着丢人的事。事实就摆在面前：他们正在欺负一个妇女。这儿是一个波兰军官的家。他们已经把那个军官的老婆按倒在地。拉脱维亚连长一见这情景，马上用拉脱维亚语大喝了一声，立刻有人上前把这三个家伙揪住，拖到了院子里。在场的只有两个俄罗斯人，其余的全是拉脱维亚人。连长姓布列季斯。虽然我听不懂他们的话，但看得出来，他们是要把那三个家伙毙掉。那些拉脱维亚人全是铁骨铮铮的硬汉子，性格刚强。他们把那三个家伙拖到石头马厩跟前。我想，这下完了，肯定会把他们崩掉！三个人当中有一个身材粗壮的小伙子，长相极其丑陋，他拳打脚踢，拼命挣扎着不让绑，还破口大骂，说怎么能为了一个臭娘们就枪毙他。另外两个家伙则不停地求饶。

“我看到这情景，浑身发凉，赶紧跑到布列季斯跟前，对他说：‘连长同志，把他们送军事法庭算了，何必让他们的血弄脏你的手呢？城里的战斗还没有结束，哪有工夫跟这帮家伙算账。’他立马朝我转过身来，我当时就后悔不该多嘴了。他的两只眼睛简直像老虎那样凶狠，毛瑟枪对着我的鼻子。说实话，我打了七年仗，这回却真有点害怕了。看来他会不容分说地把我打死。他用俄语向

我喊，我勉勉强强听懂了意思：‘军旗是用烈士的鲜血染红的，而这帮家伙却给全军丢脸。干土匪勾当的就得枪毙。’

“我不忍心再看下去，赶紧跑了出去。背后传来了枪声。我知道，那三个家伙完蛋了。等我们再向前冲的时候，城市已经到了我们的手中。事情就是这样。那三个人死得像条瘟狗。他们是在梅利托波利附近加入我们侦察分队的，原先在马赫诺匪帮干过，都是些败类。”

安德罗休克把饭盒放到脚边，然后打开装面包的背囊，接着说：

“咱们队伍里是混进了这样一些败类，你不可能把所有的人都看透。从表面上看，他们似乎也在干革命，可实际上是些害群之马。当时看到这种事，心里真是很难受，直到现在都忘不了。”他说完后，开始喝起茶来。

骑兵侦察员们睡觉的时候．已经是深夜了。谢列达的呼噜打得好响。普兹列夫斯基头枕着马鞍，也睡着了。只有政治指导员克拉麦尔还在笔记本上记着什么。

第二天，保尔侦察回来，把马拴在树上，用手招呼刚刚喝完茶的克拉麦尔到他的身边，对他说：

“指导员，你听我说，我想换个地方，转到骑兵第一军去，你看怎么样？他们肯定就要大干一场。我看他们这么多人聚在一起，决不会是闹着玩的。而我们呢，好像要永远待在这儿似的。”

克拉麦尔惊异地看了看他，然后说：

“什么叫换个地方？你把红军看成什么了——是电影院吗？这像什么话？要是我们大伙儿都自作主张，从一个部队跑到另一个部队，那可就热闹了。”

“在哪儿打仗不都一样吗？”保尔打断他的话，“可以在这儿，也可以上那儿嘛。我又不是临阵脱逃。”

可是克拉麦尔断然反对：

“不行，你把纪律看成了什么？保尔，你什么都好，就是有点儿无政府主义。你要怎样就非得怎样不可。但是我们的党和共青团是建立在铁的纪律上面的。党高于一切。因此，每个同志不是想到哪儿去就到哪儿去，而是什么地方需要他，就到什么地方去。普兹列夫斯基不是也拒绝了你的要求吗？那这件事就不用再提了。”

面色发黄、又高又瘦的克拉麦尔因为十分激动而咳嗽起来。印刷厂的铅尘早已牢固地侵入他的肺部，他的双颊时常现出病态的红晕。

当克拉麦尔的呼吸平静下来时，保尔轻声而坚决地说：

“你说得都对，不过我还是要转到布琼尼的骑兵队去。我去定了。”

第二天晚上，在篝火旁边已经看不到保尔的影子。

在邻近的一个小村子里，在学校附近的一个土丘上，许多骑兵聚在一起，围成一个大圆圈。布琼尼骑兵队一个健壮的战士正坐在炮车的车尾。他把军帽往后脑勺一推，拉起了手风琴。另一个穿着红色宽裤子的骑兵绕着圈子跳起狂热的戈帕克舞，可是手风琴不合拍地发出断断续续的轰响声，跳舞者的脚步也乱了。

村里的小伙子和姑娘们都来看热闹，他们有的爬上机枪车，有的攀着篱笆墙，看这些刚开到的骑兵战士兴高采烈地跳劲舞。

“托普塔洛，使劲跳哇！把地蹬平吧！哎，加油啊，老兄！拉手风琴的，加把劲啊！”

但是，这位手风琴手的粗壮手指扳弯马蹄铁倒不难，按起琴键来却十分笨拙。

“唉！真可惜，阿法纳西·库利亚勃科被马赫诺匪帮砍死了。”一个晒得黝黑的士兵惋惜地说，“他的手风琴拉得真好，他是骑兵连的排头兵。可惜他死了。他是一个好战士，也是一个好手风琴手。”

保尔也站在那儿。他听到最后这句话，就挤到炮车跟前，把手放在手风琴的风箱上。手风琴马上不响了。

“你干什么？”拉手风琴的青年人瞟了他一眼。

跳舞的人也立刻停住了。周围传来不满的喊声：

“怎么了？为什么不让拉？”

保尔伸手握住手风琴的皮带说：

“给我，让我试一试。”

那个拉手风琴的布琼尼骑兵半信半疑地看了看这位陌生的红军战士，犹豫不决地把皮带从肩上卸下来。

保尔按老习惯把手风琴放到膝盖上。然后，他使劲地一拉，波浪式的风箱像扇子一样展开了，手指在琴键上灵活地一滑，立刻奏出了欢快动听的舞曲。

喂，小苹果，
你往什么地方滚哪？
落到省肃反委员会手里，
你就别想回来啦。

托普塔洛马上随着熟悉的节拍跳了起来。如同飞鸟展翅，他扬起双手，飞快地绕着圈子，做着各种令人眼花缭乱的动作，两手一上一下地拍打着皮靴筒、膝盖、后脑勺、前额，接着又用手掌把靴底拍得震天响，最后是拍打大张着的嘴巴。

手风琴不断地用琴声鞭策他，以热情奔放的旋律驱赶他。于是，托普塔洛轮番地伸出双腿，像陀螺似的飞速旋转起来，同时气喘吁吁地喊着：

“嘿哈！嘿哈！”

1920年6月5日，经过几次短促而激烈的接触之后，布琼尼骑兵第一军突破了波兰第三军和第四军交接处的防线，把企图堵截它的萨维茨基将军的骑兵旅杀了个落花流水，然后朝着鲁任方向挺进。

波军司令部为了堵住这个缺口，慌忙拼凑起一支突击部队。五辆刚从波格列比谢车站的货车上卸下来的坦克立即开赴作战地点。

但是骑兵第一集团军已经绕过敌军准备反攻的据点扎鲁德尼齐，出其不意地出现在波军后方。

于是，将军的骑兵师仓促出动，跟踪追击布琼尼骑兵第一集团军。波军司令部判断，骑兵第一集团军突进的目标是具有极其重要战略意义的波军后方卡扎京镇，因此命令科尔尼茨基骑兵师从背后包抄骑兵第一集团军。但是这一战略举措并未改善波兰白军的处境。虽然他们第二天就堵住了战线上的缺口，在骑兵第一集团军的后面重新把战线连接起来，但是强大的骑兵第一集团军已经插入敌人的后方，捣毁了他们多个后方基地，正准备向波军的基辅集群发起猛攻。各骑兵师在行进过程中，沿途还破坏了许多铁路和桥梁，用以截断波兰军队的退路。

骑兵第一集团军司令从俘虏的口供中了解到，在日托米尔驻扎着波军一个集团军司令部——事实上，甚至连战线司令部也驻扎在这里——于是决定攻克日托米尔和别尔季切夫这两个重要的铁路枢纽和行政中心。6月7日拂晓，骑兵第四师开始向日托米尔进发。

保尔在一个骑兵连顶替已牺牲的库利亚勃科，成为排头兵。因为战士们舍不得放走这么出色的手风琴手，集体要求把他编进这一连。

队伍打到日托米尔附近的时候，骑兵们摆开扇面似的阵形，快马加鞭，向城门冲去。银色的军刀在阳光下闪闪发光。

大地在呻吟，战马喘着粗气，战士们立在马镫上飞驰。

马蹄下的大地急速地向后闪去，一座到处是花园的大城市向他们迎面扑来。红军骑兵飞也似的驰过郊区的一些花园，冲入市中心。“杀呀！杀呀！”像死神一样令人恐怖和胆寒的喊杀声在空中震荡。

惊慌失措的波军几乎没有进行丝毫的抵抗。该市的警备部队立刻土崩瓦解。

保尔伏在马背上飞速前进。托普塔洛骑着细腿黑马，与他并肩疾驰。

保尔亲眼看见这个英勇的红骑兵毫不手软地挥起军刀，劈倒了一个来不及举枪瞄准的波兰兵。

马蹄猛踩着石子路面，嘚嘚的响声连成一片。突然，在前方十字路口的正中央冒出一挺机枪，三个身穿蓝色军服、头戴四方军帽的波兰士兵正弯腰守着它。另外还有一个军官，衣领上镶着蛇形的金线条，看见红军骑马冲过来，就举起了毛瑟枪。

无论是保尔还是托普塔洛都勒不住马了，只好一直向死神的爪子——机枪冲过去。那军官先朝保尔开了一枪，但是打偏了，子弹像麻雀似的嗖的一声从他的脸旁擦过。战马的胸脯把这个中尉撞飞了，他仰面朝天倒下去，脑袋撞在路面的石头上。

就在这一刹那间，机枪颤动着发出慌乱而野蛮的狞笑声。托普塔洛就像被数十只大黄蜂蜇着似的，连人带马一起倒下了。

保尔的马猛地扬起前蹄，吃惊地嘶鸣起来。但是它立刻又带着保尔，跃过死者的尸体，一直冲到机枪旁边的波兰兵跟前。于是，军刀在空中划了个闪着寒光的弧形，向一个蓝色四方帽劈下去。

保尔的军刀又高高举起，刚要砍另一个人的脑袋，但是疯狂的马却蹦到路旁去了。

这时骑兵连的人马像一股奔腾的山洪，向十字路口直冲过来，几十把军刀在空中闪烁。

监狱的几条窄长的走廊上，喊叫声连成一片。

在挤得水泄不通的牢房里，受尽折磨、面容憔悴的犯人们骚动起来了。城里正在进行巷战——莫非自己的军队突然又打回来了？莫非他们马上就可以恢复自由了？

枪声已经在监狱的院子里响起。走廊上传来奔跑声。突然，一个亲切的、无比亲切的声音喊道：

“快出来吧，同志们！”

保尔跑到紧锁着的牢门跟前，牢门的小窗上出现了几十双眼睛。他狂怒地用枪托猛砸牢门的铁锁，砸了一下又一下。

米罗诺夫拦住他，从衣袋里掏出一颗手榴弹，说：

“等一等，我来炸开它。”

排长齐加尔钦科一把夺过手榴弹，说：

“快住手，你这傻瓜！你怎么搞的，发疯了吗？钥匙马上就拿来。砸不开，我们就用钥匙开。”

看守在手枪的威逼下，已经被押进了走廊。顿时，走廊上挤满了衣衫褴褛、手脸肮脏、欣喜若狂的人。保尔推开宽大的牢门，走进牢里，喊道：

“同志们，你们自由了！我们是布琼尼的骑兵，我们师已经把这个城市占领了。”

一个妇女眼泪汪汪地扑到保尔面前，抱住他大哭起来，仿佛他就是她的亲儿子似的。

波兰白军在这个石洞里关押着五千零七十一名布尔什维克，他们随时会被拉出去枪毙或绞死。同时还关押着二千名红军的政治工作人员。对于骑兵师的战士们来说，这批人的得救比任何战利品、比任何胜利都可贵。对于这七千多名革命者来说，沉沉的黑夜骤然变成了明媚的、阳光灿烂的六月天。

有一个脸黄得像柠檬的被释放的囚犯，喜出望外地跑到保尔面前。他是谢佩托夫卡的排字工人萨穆伊尔·列赫尔。

保尔听着萨穆伊尔的叙述，他的脸蒙上了一层灰色的阴影。萨穆伊尔是在讲他们的故乡谢佩托夫卡发生的悲壮的流血事件。他的每一个字，都像熔化了的铁水，点点滴滴落在保尔的心坎上。

“一天深夜，我们一下子全给逮捕了，是一个无耻的叛徒出卖了我们。我们大伙落入了宪兵队的魔爪。保尔，你知道他们打得有多厉害啊。我受的苦比别人少些，因为只挨了几下打，我就昏倒在地板上了，但是别的同志身体比较结实。我们没有什么可隐瞒的。宪兵队知道得比我们还多。我们干的每一件事，他们都一清二楚。

“显然，我们中间出了叛徒，他们还有什么不知道的！那些日子的事我真没法说。保尔，有好多人你是认识的：瓦莉亚，县城里的罗莎，她还是个孩子呢，才十七岁，一个多么好的女孩子，一双眼睛总是那么信任地瞧着别人。还有萨沙·邦沙弗特，你记得吧，他是我们厂的排字工人，一个快乐的小伙子，总是爱画讥讽老板的漫画。另外，还有两个中学生：诺沃谢利斯基和屠日茨。这些人，你都认识。其余的人都是从县城和镇上抓来的，一共二十九个，其中六名女的。他们残酷地折磨我们。瓦莉亚和罗莎第一天就被强奸了。那帮畜生，想怎么干就怎么干。她们被拖回牢房的时候，都已经半死不活了。罗莎回来以后就不住地说胡话，几天后就完全疯了。

“那些禽兽还不相信她真的疯了，说她装疯卖傻，每次提审都毒打她一顿。她被枪毙的时候，模样真吓人。脸给打成了紫黑色，两眼发直，样子完全像个老太婆。

“瓦莉亚直到最后一刻都表现得很好。他们死得都像真正的战士。我不知道他们从哪儿来的那股力量，但是，保尔，我能够把他们惨死的情形全都告诉你吗？不，我不能。他们死得那么悲壮，简直无法用言语形容。……瓦莉亚参加的是最危险的工作——她负责跟波军司令部的报务员保持联系，还经常到县里做联络工作。他们搜查她家的时候，又在她的房间里找到了两颗手榴弹和一支毛瑟枪。手榴弹就是那个叛徒给她的。整件事情都是事先策划好的——好给她安上企图炸毁波军司令部的罪名。

“呵，保尔，我实在不忍心讲出最后那几天的情形，不过，既然你一定要知道，我也只好说了。军事法庭判决瓦莉亚和另外两个同志绞刑，其余的全部枪毙。

“我们做过策反工作的波兰兵比我们早两天受到审判。一个年轻的班长，叫斯涅古尔科，是个报务员，战前在洛济当过电工。他被判处枪决，罪名是背叛祖国和在士兵中进行共产主义宣传。他没有要求赦免，判决后二十四小时，就给他们杀害了。

“他们传瓦莉亚到法庭上去做证。她回来跟我们说，斯涅古尔科承认他进行过共产主义宣传，但是断然否认他背叛祖国。他说：‘我的祖国是波兰苏维埃社会主义共和国。是的，我是波兰共产党党员。我当兵是被迫的。我一向所做的工作，不过是帮助那些跟我一样被你们赶到前线的士兵睁开眼睛。你们可以为了这个绞死我，但是我从来没有背叛自己的祖国，而且永远都不会背叛。只是我的祖国跟你们的不同。你们的祖国是地主贵族的，我的祖国是工人农民的！我深信，我的祖国一定会成为一个工农大众的国家，而在我的这个祖国里，决不会有人说我是叛徒。’

“判决之后，我们都被关在一起。行刑之前又被转到另一个监狱。夜间，他们在监狱对面的医院旁边，竖起了绞架。又在靠近树林不远处，就在大路旁边的陡坡上，选定一个地方作为执行枪决的刑场，还在那里给我们挖了一个大坑。

“判决的告示贴遍全城，人人都知道了这件事。他们决定在白天当众行刑，好让每个人看了都害怕。第二天一早，他们就把城里的老百姓赶到绞架跟前。有些人出于好奇，虽然害怕还是来了。绞架周围挤满了人。人头攒动，一望无际。你知道，监狱四周围着木栅栏，绞架就竖在离监狱不远的地方，我们都能听到外面嘈杂的人声。在后面的街道上架起了几挺机枪，整个地区的宪兵队，包括骑兵和步兵，都被调来了。以整整一个营的兵力封锁了大街小巷。他们还为判处绞刑的人单独挖了一个坑，就在绞架旁边。大伙儿默默地等待着最后一刻的到来，只偶尔有人说一两句话。该说的前一天都说了，并且也互相进行了诀别。只有罗莎蜷缩在牢房的墙角，自言自语地说些听不明白的话。瓦莉亚被强奸后又遭毒打，已经被折磨得走不动了，一直躺在那儿。两个由乡下抓来的女共产党员，是一对亲姐妹，互相紧紧地拥抱着，忍不住放声大哭起来。斯捷潘诺夫是从县里给抓来的，他年轻力壮，像个大力士，被捕时曾打伤了两个宪兵。这时他坚决地对姐妹俩说：‘同志们，别流泪！要哭就在这儿哭，到外面可别哭了。咱们决不能让那些吸血的恶鬼得意。他们反正是不会放过咱们的。咱们终究一死，那就应该死得从从容容。咱们谁也不能跪下。同志们，请记住，死也要死得英勇！’

“接着，他们来提我们了。领头的是侦缉处长什瓦尔科夫斯基，这家伙是个残暴的色情狂，简直像只疯狗。他若是自己不强奸，就叫其他宪兵动手，他在旁边看着取乐。在从监狱到绞架的路上，宪兵排成两道人墙，个个刺刀出鞘。他们肩上挂着黄穗带，大家都管他们叫‘黄脖子狗’。

“敌人用枪托把我们赶到监狱的院子里，每四人一排，然后打开大门，把我们押到大街上。他们叫我们一齐站在绞架跟前，让我们先目睹自己的同志被绞死，然后再枪毙我们。绞架很高，是用粗壮的原木搭成的。绞架上吊着三个用粗绳子结成的圈套。下面是带小梯子的平台，仅用一根活动的木桩子支撑着。人群不停地蠕动着，发出轻微的嘈杂声。所有的眼睛都盯着我们。我们也能辨认出自己的亲友。

“在离我们不远的台阶上，聚集着一帮波兰小贵族。他们手里拿着望远镜，另外还有几个军官跟他们站在一起。他们都是来欣赏布尔什维克怎样被送上绞架的。

“地上的雪是松软的，树林里白茫茫一片。树木都像披上了一层棉絮。雪花在空中飞舞，飘落到我们灼热的脸上，立刻融化了。绞架的平台上也积了一层雪。我们的衣服几乎都被剥光了，但是谁也不感到冷，斯捷潘诺夫甚至没有注意到他连靴子也没穿。

“军事检察官和高级军官们都站在绞架旁边。最后，终于把瓦莉亚和其他两个被判处绞刑的同志押出了监狱。他们三个人互相挽着胳膊，瓦莉亚站在中间。她实在衰弱得走不动了，那两个同志搀扶着她。不过，她还是竭力想自己走。她记住了斯捷潘诺夫的话：‘死也要死得英勇。’她没穿外套，只穿一件绒线衫。

“侦缉处长什瓦尔科夫斯基显然不愿意看到他们挽着胳膊走，用力推了他们一下。瓦莉亚说了一句什么话，一个骑马的宪兵立刻扬起鞭子，朝她脸上狠狠地抽了一下。

“这时候，人群中有一个妇人发出了凄厉的惨叫声。她呼天抢地，不顾一切地挣扎着，竭力要挤过警戒线，冲到三个人跟前。但是她被抓住，并且被拖走了。那老妇人准是瓦莉亚的母亲。他们走近绞架的时候，瓦莉亚唱了起来。我从未听到过这样的歌声——只有视死如归的人才能如此慷慨激昂地歌唱。她唱的是《华沙革命之歌》，那两个同志也和着她唱。宪兵用马鞭疯狂地抽打他们，但是他们似乎感觉不到疼痛。于是宪兵把他们打倒在地，像拖口袋一样拖到绞架跟前，匆匆忙忙念完判决书，就把绞索套在他们的脖子上。这时，我们一起唱起了国际歌：

起来，饥寒交迫的奴隶……

“他们从四面八方向我们扑过来，我只看见一个匪兵用枪托把支着平台的木桩子推倒，我们的三个同志就全让绞索给吊了起来……

“就在我们九个人站在墙根等着挨枪子儿的时候，他们宣读了判决书，说将军大人开恩，把我们的死刑改为二十年苦役。其余的十七位同志还是给枪毙了。”

说到这里，萨穆伊尔猛地扯开衬衫领子，好像领子勒得他喘不过气来似的。

“他们的尸体整整吊了三天，匪兵站在绞架旁边日夜看守着。后来我们牢房里又关进来几个犯人。他们说：‘第四天，三个人中最重的托鲍利金同志的绞索断了。他们才把另外两个人也解下来，就地掩埋了。’

“但是绞架一直竖在那儿。我们被押到这儿来的时候，看见绞索还在绞架上悬着，还在等待着新的牺牲者。”

萨穆伊尔停止了述说，呆滞的目光凝视着远方。保尔没有觉察到他的话已经讲完了。

那三具尸体的样子清晰地呈现在他的眼前。他们面容扭曲，脑袋歪向一边，在风中无声地摆动着。

骤然，街上吹起了震耳的集结号，号声惊醒了保尔。他用低得几乎听不见的声音说：

“萨穆伊尔，我们到外面去吧。”

在大街上，骑兵正押着波兰俘虏走过。团政委站在监狱门口，在阵地记事册上写了一道命令。他把纸条交给矮壮的骑兵连长，说：

“安季波夫同志，你拿着这命令，派一个班，把俘虏全部押解到诺沃格勒－沃伦斯基。受伤的要给包扎好，抬到车上，也往那个方向运。送到离城二十俄里的地方，就让他们回去吧。我们没有工夫再管他们了。注意，不许粗暴地对待俘虏。”

保尔跨上战马，回过头来对萨穆伊尔说：

“你听见没有？他们绞死我们的同志，而我们却要把他们送回自己人那儿去，还不许粗暴地对待！这怎么办得到呢？”

团长回过头来盯了他一眼。保尔听到他好像在自言自语似的说出这坚决而严肃的话来：

“虐待解除了武装的俘虏是要枪毙的。我们不是白军。”

当保尔策马离开监狱大门的时候，他想起了在全团宣读过的苏维埃革命军事委员会的命令，其中最后几句是这样说的：

……故此命令：

1. 以口头的和书面印发的形式不断地、不厌其烦地向红军部队，特别是向新组建的部队宣传解释：波兰士兵是波兰和英法资产阶级的牺牲品，他们本人也是身不由己。因此，我们有义务善待被俘的波兰士兵，把他们当作误入歧途的、受蒙骗的兄弟一样来对待，促使他们幡然醒悟，然后把他们遣返回解放了的祖国波兰。

2. 凡出现有关虐待波兰战俘及欺凌当地居民的传闻、消息、报告，不论其来自何种渠道，均应一查到底，严查严办。

3. 各部队指挥人员和政工人员必须充分认识到，他们对严格执行本命令负有责任。工农国家热爱自己的红军，以拥有红军而自豪，并要求不要在它的旗帜上染上一个污点。

“不要染上一个污点！”保尔的嘴唇微微嚅动着说。

正当骑兵第四师攻占日托米尔的时候，由戈利科夫同志率领的突击部队的一部——第七步兵师第二十旅也在奥库尼诺沃村附近强行渡过了第聂伯河。

由第二十五步兵师和巴什基尔骑兵旅组成的一支部队奉命渡过第聂伯河，并在伊尔沙车站附近切断基辅至科罗斯坚的铁路线。这次军事行动的目的是截断波军逃离基辅的唯一退路。谢佩托夫卡共青团组织的团员米什卡·列夫丘科夫在这次渡河时牺牲了。

当部队沿着摇晃不定的浮桥上跑步前进时，从山背后飞来一颗炮弹。它呼啸着掠过战士们的头顶，落到水里爆炸了。就在这一瞬间，米什卡一头栽到搭浮桥的小船底下，河水立刻吞没了他。只有长着淡黄色头发的亚基缅科看见了这一幕，这个戴着一顶掉了帽檐的破军帽的战士立刻惊叫起来：

“哎哟，不好了，米什卡掉到水里去了！连影子都看不到了，这下完了！”他停住脚步，惊慌失措地盯着黑沉沉的流水。后面的人撞到他身上，推着他说：

“傻瓜，张着嘴巴看什么？还不快走！”

当时根本没有工夫去顾及一个同志的死活，他们这个旅已经落在后面了，兄弟部队早已占领了对岸。

谢廖沙四天以后才得知米什卡的死讯。他们旅经过激战攻下布恰车站后，随即掉头向基辅方面展开攻势，当时他们正在阻击试图以猛烈的攻击冲出基辅、然后再向科罗斯坚突围的波军。

亚基缅科在谢廖沙身边趴下。他停止了猛烈的射击，费劲地拉开灼热的枪机，然后把脑袋贴在地面上，转身对谢廖沙说：

“步枪得缓口气，像火一样烫。”

在枪炮的轰鸣声中，谢廖沙几乎听不见他说的话。后来枪炮声稍微平息了点，亚基缅科好像顺便提起似的说：

“你的那位老乡在第聂伯河里淹死了。我都没看清楚他是怎么掉下去的。”说完，他用手摸了摸枪机，从子弹带里拿出一排子弹，熟练地压进了弹仓。

攻打的第十一师，在城里遇到了波军的顽强抵抗。

大街小巷上都在浴血苦战。敌军的机枪疯狂地扫射，企图阻挡红骑兵的前进。但是别尔季切夫城还是被红军占领了。波军已经溃不成军，纷纷狼狈逃窜。车站上，敌人的多列火车被截获。但是对波军来说，最可怕的打击莫过于军火库爆炸，供全军用的一百万发炮弹一下子全给炸毁了。军火库爆炸的时候，全城的玻璃震得粉碎，房屋好像是纸糊似的摇晃个不停。

红军攻克日托米尔和别尔季切夫以后，波军处于腹背受敌的境地。于是他们只好分作两股，撤出基辅，仓皇逃窜。他们拼命冲杀，想冲出钢铁般的包围圈，为自己杀出一条生路。

保尔已经完全忘记了他个人。这些日子，每天都在激烈地战斗。保尔·柯察金已经溶化在集体里面了。他和所有的战士一样，仿佛已经忘记了"我"字，只知道"我们"：我们团，我们骑兵连，我们旅。

战事的发展如飓风般迅猛，每天都有新的消息传来。

布琼尼的骑兵以排山倒海之势连续进攻，接连不断地重创敌军，摧毁了波军整个的后方。各骑兵师满怀胜利的喜悦，接连不断地向波兰白军后方的心脏诺沃格勒－沃伦斯基发起猛攻。

他们像冲击峭壁的巨浪一样冲上去，退回来，稍微休息片刻，又发出可怕的"杀呀"的喊声，再次冲上去。

不论是密布的铁丝网还是防守部队的拼命抵抗，都挽救不了波兰白军的失败。6月27日早晨，布琼尼的骑兵渡过斯卢奇河，冲进诺沃格勒－沃伦斯基，并继续追击朝科列次镇退却的波兰白军。与此同时，亚基尔的第四十五师在新米罗波利附近渡过了斯卢奇河，科托夫斯基骑兵旅也扑向了柳巴尔镇。

不久，骑兵第一集团军的无线电台接到战线司令的命令，命令他们全力以赴夺取罗夫诺。红军各师的强大攻势锐不可当，直打得波军落花流水，他们只能分散成小股部队，四散逃命。

有一天，旅长派保尔到停着装甲列车的车站去送公文，在那里他竟意想不到地遇见了一个人。他的马跑上了路基。到了第一节灰色车厢跟前，他用力勒住了马。铁甲列车威风凛凛地停在那里，藏在车内的大炮露出黑洞洞的炮口。几个满身油污的人正在忙着揭起一块保护车轮的沉重的钢甲。

"请问装甲列车的指挥员在哪里？"保尔问一个穿着皮上衣、提着水桶的红军战士。

"就在那儿。"他用手指着火车头说。

保尔走到火车头旁边，又问：

"哪一位是指挥员？"

一个脸上长着麻子、从头到脚裹着皮革的人，转过身来说：

"我就是。"

保尔从口袋里摸出一封公文，交给了他。

"这是旅长的命令。请在公文袋上签个字。"

指挥员把公文袋放在膝盖上，开始签名。在火车头中间的那个轮子旁边，有一个人正在加油。保尔只能看到他宽阔的后背和从那人皮裤口袋里露出来的手枪柄。

"签好了，拿去吧。"指挥员把公文袋还给保尔。

保尔抖抖马缰绳，正准备回去，那个加油的人忽然挺直身子，转过脸来。就在这一瞬间，保尔像被一阵风刮倒似的一下子跳下了马，喊道：

"阿尔焦姆，哥哥！"

那满身油垢的司机立刻放下油罐，像大熊一样抱住年轻的红军战士：

"保尔！你这小坏蛋！原来是你呀！"阿尔焦姆喊道，简直不敢相信自己的眼睛。

装甲列车的指挥员惊讶地看着这一场面，炮兵战士们都高兴地大笑起来，说：

“瞧，兄弟俩喜相逢了。”

8 月 19 日，在利沃夫地区的一次激战中，保尔被打飞了军帽。他勒住马，但是前面的战友们已经冲进了波兰白军的散兵线。杰米多夫从洼地的灌木丛中冲出来。他冲向河岸，一路上高喊：

“师长牺牲了！”

保尔浑身一震。列图诺夫，他英勇的师长，大胆无畏的同志，就这样牺牲了！一阵狂怒袭上保尔的心头。他用刀背猛拍了一下已经十分疲乏、马笼头上沾着点点鲜血的坐骑格涅多克，向厮杀着的人群直冲过去。

“砍死这些野兽！砍死他们！砍死这些波兰小贵族！他们杀死了列图诺夫！”他狂怒地扬起马刀，不顾一切地劈向一个穿绿制服的波兰兵。由于师长的死，全连燃起了复仇的怒火，把波军的一个排杀了个精光。

他们追逐溃逃的敌军，进入一片开阔地。这时，波军的大炮向他们开火了。榴霰弹在空中爆炸，向四周散布着死亡。

一团绿火像镁光似的在保尔眼前一闪，耳边响起了一声巨雷，烧红的铁片灼伤了他的脑袋。大地可怕地、不可思议地旋转起来，开始缓缓地向一旁倒下去。

保尔像一根稻草似的被甩离了马鞍，越过马头，重重地摔倒在地。

刹那间，黑夜降临了。

第九章

尼娜日记

章鱼鼓着一只猫头大小的眼睛，眼睛周围呈暗红色，中间发绿，不时地闪着亮光。章鱼的几十条长长的腕足蠕动着，像一团小蛇似的盘成一团，上面的鳞发出讨厌的沙沙声。章鱼在游动。他看见章鱼差不多就贴在自己的眼皮底下。那些腕足在他身上慢慢爬动起来，冰凉冰凉的，像荨麻一样刺人。章鱼伸出的刺如同蚂蟥一样，死叮在他的头上，一张一缩，吮吸着他的血液。他感到他的血液正从自己的身体流进不断膨胀起来的章鱼体内。刺还在不停地吸呀、吸呀。而他头上被叮的地方，疼痛难忍。

从一个非常遥远的地方，传来了说话的声音：

“现在他的脉搏是多少？”

有个女人声音更轻地回答：

“脉搏一百三十八，体温三十九点五摄氏度。一直昏迷，说胡话。”

章鱼消失了，但是被它叮过的地方依旧很疼。保尔感到有人把手指按在他的手腕上。他想睁开眼睛，但是眼皮沉甸甸的，怎么也抬不起来。为什么会这么热呢？大概妈妈把炉子烧得太旺了。又有人在什么地方说话了：

“现在的脉搏是一百二十二。”

他竭力想抬起眼皮。可是，心里火烧火燎的，热得喘不过气来。

想喝水，多么想喝水呀！他真想马上爬起来，喝它个够。但不知为什么，他却站不起来：刚想挪动一下身子，立刻觉得身体是别人的，不是自己的，根本不听使唤。妈妈马上就会拿水来的。他要告诉她："我要喝水。"在他旁边，有个什么东西在晃动。是不是章鱼又游来了？就是它，瞧它那只红眼睛……

远处又传来了轻轻的说话声："弗茹霞，拿点水来！"

"这是谁的名字呢？"保尔竭力回想着，但是一动脑子，便又跌入了黑暗的深渊。当他从那黑暗的深渊里漂浮上来，又想起："我要喝水。"

他又听到了说话的声音：

"他好像慢慢苏醒过来了。"

接着，那温和的声音变得更清晰、更近了：

"伤员同志，您想喝水吗？"

"我怎么成了伤员了？大概不是跟我说话吧？对了，我患上伤寒啦！怪不得叫我伤员呢！"于是，他第三次试图睁开眼睛，这次他终于成功了。眼睛睁开了一条小缝，他首先看到在他头部上方有一个红色的球，但这个球被一个黑乎乎的东西挡住了。这个黑乎乎的东西向他弯下来，于是，他的嘴唇碰到了玻璃杯口，沾到了甘露般的液体。心头的那团火逐渐熄灭了。

他心满意足地低声说："现在可真舒服。"

"伤员同志，您能看见我吗？"

这问话就是向他弯下来的那个黑乎乎的东西发出来的。这时，他又渐渐昏睡过去，但还来得及答上一句：

"看不见，但是能听见……"

"谁能想到他竟然还能活过来？可是，您瞧，他到底挣扎着活过来了。多么顽强的生命力啊。尼娜·弗拉基米罗夫娜，您真可以感到自豪。这完全是您精心护理的结果。”

一个女人异常激动地回答：

“哦，我太高兴了！”

昏迷了整整十三天之后，保尔终于苏醒了。

他那年轻的身体不肯死，体力在慢慢地恢复。这是他的新生，一切都显得新鲜、不平常。只是他的头固定在石膏箱里，沉甸甸的，丝毫动弹不得。不过身体的感觉已经恢复，甚至连手指也都能屈能伸了。

正方形的小房间里，陆军医院的青年医生尼娜·弗拉基米罗夫娜正坐在小桌子旁边，翻看她那本厚厚的淡紫色的日记本，里面是她用秀丽的斜体字所做的简短记录：

1920年8月26日

今天救护列车送来一批重伤员。一个头部受伤的红军战士被安置在病房角落靠窗的床位上。他只有17岁。人们把一个纸口袋交给我，里面放着从他衣袋里找出的证件和医生诊断书。他的名字叫作保尔·安德列耶维奇·柯察金。证件有：一本磨破的乌克兰共产主义青年团第九六七一号团证，上面记载着入团时间是1919年；一本残破的红军战士证明书；还有一张红军团长给他的嘉奖令的摘录，上面写着：“对英勇完成侦察任务的红军战士柯察金予以嘉奖。”此外还有一张显然是他亲笔写的纸条：

拜托诸位同志，如果我牺牲了，请通知我的家属：谢佩托夫卡城，机车库钳工阿尔焦姆·柯察金。

这个伤员从8月19日被炮弹片打伤以后，一直处于昏迷状态。明天阿纳托利·斯捷潘诺维奇将给他做检查。

8月27日

今天检查了柯察金的伤势。伤口很深，颅骨穿透了，造成整个头部右侧麻痹。右眼出血，眼球发肿。

阿纳托利·斯捷潘诺维奇想取出他的右眼，以免发炎。但是我劝他，只要还有希望消肿，暂时先别做这个手术。他同意了。

我这样提议，完全出于爱美的想法。要是小伙子能活过来，为什么要摘除右眼，让他破相呢?

他不停地说胡话，折腾个没完。必须经常有人守护在他身旁。我在他身上花了很多时间。他太年轻了，我很怜惜他。因此，我愿意尽一切努力把他从死神手中夺回来。

昨天换班之后，我又在病房里待了几小时，他的伤是最重的。我仔细听着他在昏迷中说的胡话。有时候他就像在讲故事一样。我从中知道了他生活里的许多事情，可是他有时会说出不堪入耳的骂人的话。我听着他那些可怕的咒骂，不知为什么心里很难过。阿纳托利·斯捷潘诺堆奇说他不会活了。老头子生气地嘟哝着说:“我真不懂，几乎还是个娃娃呢，部队怎么就把他收下了？这真叫人气愤。”

8月30日

柯察金仍然没有恢复知觉。现在已经把他移到专门病房去了，那里都是些危重病人。一个叫弗茹霞的女护士守在他身旁，几乎寸步不离。原来她认识他。他们从前在一起做过工。她对待这个伤员多么体贴入微啊！不过，现在连我也觉得他没有希望了。

9月2日晚11时

今天是我的好日子！我的病人柯察金恢复知觉了。他活过来了。危险期已经过去了。最近两天我一直没有回家。

现在我的快乐真是难以形容，因为我又救活了一个人。我们的病房里又可以少死一个人了。在我繁忙的工作中，最令人高兴的就是看见病人恢复健康。他们都像小孩似的依恋着我。

他们的友谊真挚而纯朴，所以在分别的时候，有时我甚至会哭出来。这未免有点可笑，但这是真的。

9月10日

今天我替柯察金写了第一封家信。他只说他受了轻伤，很快就会痊愈，一定会回家看望他们。实际上他流了很多血，脸跟纸一样白，身体还非常虚弱。

9月14日

今天柯察金第一次微笑了。他的笑容很动人。平时他很严肃，一副少年老成的样子。他的健康在恢复，速度快得惊人。他和弗茹霞是老朋友。我常常看见她坐在他的床边。显然，她已经把我的事告诉了他，当然，是过分地夸奖了我。因此每次我进去的时候，病人总是对我微微一笑。昨天，他问我：

“医生，您手上为什么会有黑紫的伤痕？”

我没有说，这是他昏迷的时候狠命抓我的手留下的印记。

9月17日

柯察金额上的伤口看样子好多了。换药的时候，他那惊人的忍耐力使我们这些医生都感到吃惊。

在类似情况下，一般人常常不断地呻吟或是发脾气。他却一声不吭。每次给他伤口涂碘酒的时候，他都把身体挺得像绷紧了的弦。他时常疼得晕过去，但是从来也不哼一声。

我们已经全都知道：要是他也呻吟了，那一定是他昏迷了。他怎么会如此顽强呢？我真不明白。

9月21日

今天柯察金第一次坐着轮椅，被推到医院的阳台上。他非常兴奋地望着花园，贪婪地呼吸着户外清新的空气！从他那缠着纱布的脸上只露出一只眼睛。这只眼睛是活泼的、明亮的，它看着这个世界，仿佛是头一次看到它。

9月26日

今天有人叫我到楼下的接待室去，我看见两个姑娘在那儿等着我。其中一个很漂亮。她们要见柯察金。她们是冬妮亚·杜曼诺娃和塔季亚娜·布拉诺夫斯卡亚。冬妮亚这名字我很熟悉——柯察金说胡话时常常喊着她。我允许她们进去见他。

10月8日

今天柯察金第一次不用搀扶在花园里散步。他不止一次地问我，他什么时候可以出院。我说快了。那两个姑娘一到探视日就来看他。现在我才明白，他疼痛的时候为什么不呻吟，而且决不肯呻吟。对我的问题，他是这样回答的：

“您读一读《牛虻》，就知道了。”

10月14日

柯察金今天出院了。我们互相亲热地道别。他眼睛上的绷带已经解掉，只有额头还包扎着。他的右眼瞎了，不过表面上看来还是正常的。跟这么好的一位同志分手，我感到十分难过。

情况总是这样，病人痊愈了，就离开我们走了，而且希望不再回到我们这里来。

临别的时候，柯察金说：

“要是左眼瞎了，反倒好点。现在我可怎么打枪呢？”

他还在想着前线。

保尔出院之后，一开头住在冬妮亚寄居的布拉诺夫斯基家里。

他立刻想吸引冬妮亚参加他们的工作。他邀请她参加全市的共青团大会。她答应了，等她换好衣服从房里走出来时，保尔却紧咬着嘴唇。她打扮得那么漂亮，那么别出心裁，他简直不敢带她到自己的同志们那里去了。

于是他们之间发生了第一次冲突。他问她为什么要穿得那样漂亮，她委屈地说：

“我从来就不喜欢跟别人穿得一样。要是你不方便带我去，我就不去好了。”

那天在俱乐部里，她的漂亮衣服在那些褪了色的制服或短上衣里显得那样格格不入，保尔感到十分难堪。同志们都把她看作外人。她也觉察到了，所以故意用挑衅的、轻蔑的目光看着大伙儿。

货运码头的共青团书记潘克拉托夫，一个宽肩膀、穿粗帆布衬衫的码头装卸工，把保尔叫到一边。他不客气地看了看保尔，又瞟了冬妮亚一眼，说：

“那位漂亮的小姐是你带来的吧？”

“是我。”保尔生硬地回答。

“哦——”潘克拉托夫拉长声音说，“她的样子可不像咱们的人，倒像资产阶级。怎么能带她到这里来？”

保尔的太阳穴不住地跳动。他说：

“她是我的朋友，所以我把她带来了，懂吗？她对咱们并无敌意，至于在穿戴上，确实有点问题，但是你总不能光凭穿戴来判断一个人吧。我也懂得什么人才可以带到这儿来。你用不着故意挑刺儿，潘克拉托夫同志。”

他本来还想说几句难听的话，但是克制住了，因为他知道潘克拉托夫的话代表了大家的意见。于是，他把一肚子的怒气都撒到冬妮亚身上了。

“我早就跟她说了！她为什么要这样出风头呢？”

那天晚上，他俩的友谊开始出现裂缝。保尔怀着痛苦和惊讶的心情看着那一向似乎是很牢固的友谊在渐渐破裂。

又过了几天，其间每一次的会面、每一次的交谈，都使他们的关系更加疏远，更加不愉快。冬妮亚庸俗的个人主义越来越让保尔觉得难以容忍。

他们两个都清楚，感情的最后破裂已不可避免。

这一天，他们一起来到秋叶满地的库佩切斯基公园，准备做最后一次交谈。他们斜倚在陡坡上的栏杆旁边，第聂伯河灰暗的水流在栏杆下面闪烁。一艘拖轮慢腾腾地从巨大的桥孔里钻出来，逆流而上。它的轮翼无力地拍打着水面，后面还拽着两艘大肚子驳船。

落日给特鲁哈诺夫岛涂上一层金黄色，将各家的窗玻璃照得像火一样红。

冬妮亚看着金黄色的夕阳，满腹忧伤地说：

“难道我们的友情真的会像这落日的余晖一样暗淡消失吗？”

他目不转睛地看着她，紧紧地皱着眉头，低声回答说：

“冬妮亚，这件事我们已经谈过了。当然，你知道我曾经深爱过你，而且即便是现在，我对你的爱还可以恢复，不过你必须跟我们在一起。我已经不是从前的那个保夫鲁沙了。那时候我可以为了你的眼睛从悬崖上跳下去，现在回想起来，感到十分惭愧。如果是现在，那我说什么也不会去跳。可以拿生命冒险，但不应该是为了姑娘的眼睛，而应该是为了别的事情，为了伟大的事业。如果你认为我首先应该属于你，然后才属于党，那么，我不会成为你的好丈夫。我首先是属于党的，其次才是属于你和其他亲人的。”

冬妮亚悲伤地注视着碧蓝的河水，两眼噙满泪水。

保尔望着她那熟悉的侧影和她那浓密的栗色头发，不禁对他曾经那么疼爱又那么亲近过的姑娘产生了一股怜悯之情。

他温柔地把手放在她的肩上，对她说：

“摆脱一切束缚，到我们的队伍中来吧。让我们一起为消灭统治阶级而奋斗。我们这儿有许多优秀的姑娘，她们和我们一起肩负着残酷斗争的千斤重担，和我们一道忍受着种种艰难困苦。她们的文化水平也许没你那么高，但是为什么，为什么你不愿意和我们在一起呢？你说，丘扎宁曾经想用暴力占有你，但是丘扎宁是红军中的堕落分子，不是一个战士。你又说，我的朋友们对你不友好，但是你为什么要打扮得像去参加资产阶级的舞会呢？是虚荣心害了你，你说你不愿意穿上肮脏的军便服。你既然有勇气爱一个工人，却不能爱工人阶级的理想。跟你分手，我感到遗憾，但愿你能给我留下美好的记忆。”

他不再说了。

第二天，保尔在街上看到一张布告，签名的人正是省肃反委员会主席费奥多尔·朱赫来。他不由得心头一震。他好不容易才找到他办公的地方，但是卫兵不放他进去。他软磨硬缠，卫兵几乎要把他抓起来。不过他终于达到了目的。

他们见了面，彼此都很惊喜。朱赫来已经被炮弹炸去了一只胳膊。他们当时就把工作问题谈妥了。朱赫来说：

“你暂时还不适宜上前线。你就在这儿跟我一起搞肃清反革命的工作吧。你明天就来上班。”

同波兰白军的战争结束了。已经打到华沙城下的红军，因为消耗了过多的人力和物力，同时又远离自己的大后方，没能攻破波军的最后防线，就撤了回来。波兰人把这次红军的撤退称作“维斯瓦河上的奇迹”。这样一来，地主老爷的白色波兰又得以苟延残喘，而成立波兰苏维埃社会主义共和国的理想暂时未能实现。

流血过多的国家需要休养生息。

保尔没能回家看望亲人，因为谢佩托夫卡又被波兰白军占领了，而且成了双方战线的临时分界线。和平谈判已经开始。保尔没日没夜地在肃反委员会工作，完成各项任务。他就住朱赫来的房间里。得知波兰白军占领了谢佩托夫卡，保尔非常担忧。他对朱赫来说：

“怎么办呢，费奥多尔，要是就这样停战的话，我母亲不是要留在国外了吗？”

但是朱赫来安慰他说：

“也许，边界会沿哥伦河划分，这样一来，谢佩托夫卡还在我们这边。很快就可以知道结果的。”

许多师团由波兰前线调往南方。因为当共和国把所有力量集中在波兰前线的时候，弗兰格尔匪帮趁机从克里米亚的老巢爬了出来，沿着第聂伯河北上，逼近了叶加特林诺斯拉夫省。

现在和波兰的战争已经结束，国家就把军队调到克里木半岛，以摧毁这个反革命的最后巢穴。

列车满载着士兵、车辆、锅灶和大炮，经过基辅驶向南方。保尔所参加的铁路肃反委员会的工作忙得不可开交。列车像水流一样不断地涌来，造成堵塞。各个车站都挤得水泄不通，常常由于腾不出一条线路而使整个交通中断。收报机不断收到最后通牒式的电文，命令给某某师让道。印满密码的小纸带不停地从收报机里吐出来，电文的内容一律都是“十万火急……”“军事命令……”“立即让道……”，而且，差不多每封电报都提出警告，说违令者将送交革命军事法庭，依法制裁。

铁路肃反委员会就是负责处理这种“堵塞”。

各个部队的指挥员都闯进来，一面挥动着手枪，一面要求根据某某集团军司令员所发的某某号电令，首先发走他们的列车。

他们谁也不愿意听：“这是办不到的。”他们都说，“不管怎么样，你们也得让我们先开。”然后就开始一场可怕的争吵。遇到特别复杂的情况，就赶紧把朱赫来找来。于是，气势汹汹、眼看就要开枪动武的双方立刻安静下来了。

这个钢铁一般的人的形象，他那沉着冷静的态度，坚决的不容反驳的语气，总能迫使他们把挥舞着的手枪重新插回枪套里去。

肃反委员会繁重的工作损害了保尔的神经。他经常头疼得像针扎一样，可是还得站到月台上去。

有一天，他突然看见谢廖沙坐在一列满载着弹药箱的敞车上。谢廖沙一下子就跳下车来扑向他，差点儿把他撞倒。谢廖沙紧紧地抱住他说：

“保尔，你这鬼家伙！我一眼就认出你了。”

两个朋友都不知道，互相该问些什么、说些什么才好。自从他们分手以来，经历过多少事情啊！他们相互提出一大串问题，可不等对方回答，自己又说开了。他们甚至连汽笛声都没有听见。直到列车缓缓地启动了，他们才松开紧搂着的胳膊。

有什么办法呢？刚刚相见，又得分别。火车的速度在渐渐加快，谢廖沙怕误了车，最后向他朋友喊了句什么，就沿着站台跑去。他一把抓住车厢的门把手，车上许多只手立刻把他拽了上去。保尔呆呆地站在那儿目送着，直到这时他才想起，谢廖沙还不知道姐姐瓦莉亚牺牲的消息。谢廖沙一直没有回过家乡谢佩托夫卡，而保尔在意外见面的惊喜中，竟完全忘记了把这件事告诉他。他暗暗想：

“他不知道也好，免得一路上心里难过。”他万万没有想到，这就是他和谢廖沙最后一次的见面。此时站在车顶上、挺起胸膛迎着秋风的谢廖沙也没有料到，死神正在向他逼近。

“谢廖沙，坐下吧。”军大衣背上给火烧了一个窟窿的战友多罗申科劝他。

“没关系，风跟我是老朋友了，让它吹个痛快吧。”谢廖沙笑了笑，回答道。

一个星期后，第一次投入战斗，谢廖沙就倒在了乌克兰秋天的原野上。

远处飞来一颗流弹。

中弹后他哆嗦了一下。他向前迈了一步，胸口火辣辣地疼，仿佛被撕裂了一般。他没有喊叫，身子晃动了一下，双臂张开又合抱起来，紧紧捂住胸口，随后弯下腰，仿佛要一跃而起似的，他那僵硬的身体一下子就摔倒在地上了，那对蓝色的眼睛定定地凝视着无边无际的原野。

肃反委员会的紧张工作严重地影响了保尔尚未恢复的健康。他的头痛病经常发作。终于，在连熬了两个通宵之后，他晕倒了。

于是，他去找朱赫来。

“费奥多尔，你看我是否应该换一下工作？我很想去铁路工厂干我的老本行，我总觉得这儿的工作我干不了。医务委员会的人说我不适合在军队里服务，可是这儿的事情比前线还要紧张。这两天搜捕苏蒂里匪帮的工作完全把我累垮了。我想我得暂时摆脱这不断的突击工作。费奥多尔，你看我站都站不稳，我是干不好紧张的肃反工作的。”

朱赫来关切地看了看他说：

“是啊，你的脸色的确很不好。我早就该调换你的工作了，这都是我的错，我关心得不够。”

谈话的结果，保尔拿了一封介绍信来到共青团省委会。

介绍信上说，请团省委另外安排他的工作。

一个故意把鸭嘴帽拉到鼻梁上的调皮小伙子看了看介绍信，快乐地对保尔眨眨眼睛，说：

“从肃反委员会出来的吗？那可是个好机关。好吧，我们马上就给你安排个工作。我们正需要人呢。把你分配到什么地方去呢？到省粮食委员会去怎么样？不愿意？那就算了。到码头上的宣传鼓动站去怎么样？也不愿意？哦，那你可就错了。那是个好地方，可以领到头等口粮。”

保尔打断了这个小伙子的话：

“我想到铁路上去，进铁路工厂。”

那青年人惊疑地看了看他：

“进铁路工厂？嗬……那儿可不需要人。这么着吧，你去找丽达·乌斯季诺维奇同志。让她给你安排一下。”

他和那个肤色黝黑的姑娘简短地谈了一会儿，就决定了，保尔到铁路总厂担任不脱产的共青团书记。

就在这时候，在克里米亚的大门口，在这个半岛通往大陆的狭小的咽喉上，也就是在很久以前曾经是克里米亚的鞑靼人和扎波罗什的哥萨克部落分界的地方，白匪军重建了一座戒备森严的要塞——彼列科普。

那些注定要灭亡的旧世界的残渣余孽，从全国各地逃到克里米亚半岛。他们自以为躲在彼列科普身后是绝对安全的，所以整天沉湎在花天酒地之中。

一个阴雨连绵的秋夜，千万名劳动人民的儿子跳进了冰冷的海水，预备连夜渡过锡瓦什湖，从背后袭击躲在坚固工事里的敌人。带领他们的是英名永存的卡托夫斯基和布柳赫尔同志。数万大军跟随着这两位将领奋勇前进，他们要去砸烂盘踞在克里米亚半岛的最后一条毒蛇的头，它的毒舌已经伸到了琼加尔附近。伊凡·扎尔基就是这些子弟兵中的一个。他小心翼翼地把机枪顶在头上，涉水前进。

天刚亮，红军的先头部队就渡过了锡瓦什湖，在敌军后方的利托夫斯基半岛登陆。数千名红军越过层层障碍，从正面猛攻。彼列科普要塞里立刻一片惊慌，乱作一团。伊凡·扎尔基是最先爬上石头岸的战士中的一个。

一场空前残酷的血战开始了。白军的骑兵像狂暴的野兽一般扑向正在登陆的红军战士。扎尔基的机枪不停地向四周喷射着死亡。人马成堆地倒在密集的弹雨中。扎尔基用狂热的速度，一次又一次地装着子弹盘。

几百尊大炮在彼列科普要塞上空怒吼。大地似乎正在崩坍，沉入无底的深渊。千百颗炮弹刺耳地呼啸着划过长空，爆裂成无数的碎片，散布着死亡。大地被炸得开了花，泥土飞上半空，黑烟遮天蔽日。

毒蛇的头终于被敲碎了。红色的怒涛涌进了克里米亚。红军第一骑兵军各师团在这最后一次的进攻中大显神威。白卫军失魂落魄，慌慌张张地挤上离港的轮船，逃往海外。

共和国颁发了金质的红旗勋章。勋章佩戴在战士们褴褛的制服上，佩戴在那心脏跳动的地方。机枪手、共青团员伊凡·扎尔基的胸前也挂上了这样一枚勋章。

跟波兰的和约签订了，正像朱赫来所希望的那样，谢佩托夫卡依旧属于苏维埃乌克兰。离那小城约三十五公里的哥伦河成了界河。在1920年12月一个值得纪念的早晨，列车载着保尔回到他熟悉的故乡。

他踏上布满积雪的月台，看了看“谢佩托夫卡站”的路牌，立刻向左拐，朝机车库走去。他寻找哥哥阿尔焦姆，不料他不在那儿。他裹紧军大衣，快步穿过森林，朝城里走去。

他的母亲玛丽亚·雅科夫列夫娜听见敲门声，转过身来，说了声“请进”。一个满身披着雪花的人出现在门口。她认出了亲爱的小儿子的脸，当即双手捂住胸口，欢喜得连话都说不出来了。

她把她那瘦小的身子紧贴在儿子胸前，不停地吻着他的脸，幸福的热泪滚滚流淌。

保尔拥抱着母亲，看着她那由于担忧与期待而消瘦了的、布满皱纹的脸。他什么话也没说，等着她平静下来。

这位历经磨难的老妇人的眼睛里又闪现出幸福的光芒。她没有想到还能看到保尔。这些天里，她看他多久也看不够，和他说多久也说不完。三天之后，半夜里，阿尔焦姆也背着行军包走进了这间小屋。这时候，她的喜悦真是难以言表了。

这样，柯察金的一家人又团聚了。兄弟俩经历了千辛万苦、九死一生，现在又都平安归来了……

“往后，你们两个打算怎么办呢？”母亲问他们。

“妈妈，我还是干我的老本行。”阿尔焦姆回答。

保尔在家里住了两个星期后，又回到了基辅。因为那里的工作正等着他。

共青团铁路区委员会新调来一位书记，他就是伊万·扎尔基。保尔在书记办公室见到他时，首先映入眼帘的是他的勋章。对这次见面，保尔一时说不出心头是什么滋味，思想深处多少还是有些妒忌吧。扎尔基是红军的英雄。正是他，乌曼战斗一打响就立下了头功。他英勇善战、屡建奇功，在部队里是响当当的人物。如今扎尔基当上了区委书记，成了保尔的顶头上司。

扎尔基把保尔当作老朋友，友好地接待了他。保尔对内心一闪而过的妒意感到羞愧，也热情地同他握手问好。

他们在一起工作很协调，成了大家都知道的好朋友。在共青团省代表会议上，铁路工人区团委有两个人当选为省委委员——保尔和扎尔基。保尔向厂里要了一小间住房，保尔、扎尔基、厂团支部宣传鼓动员斯塔罗沃伊和团支部委员兹瓦宁四个人搬了进来，组成了一个公社。他们白天忙于工作，总要到深夜才回到家里。

党要推出新政策的消息传到了共青团省委，不过，起初只是一些零碎的说法，还没有形成完整的概念。几天以后，在第一次学习研讨政策提纲的会上出现了分歧。保尔不完全理解提纲的精神实质，带着怀疑、难以言说的沉重心情离开了会场。他在铸造车间遇到了矮墩墩的杜达尔科夫，他是一个工长，也是一位共产党员。杜达尔科夫脸朝着亮光，眨巴着暗淡无神的眼睛，叫住保尔说：

“这到底是怎么回事？难道要让资本家东山再起吗？听说还要开商店，大张旗鼓地做买卖。这倒好，打呀打呀，打到最后，还是老方一帖。”

保尔没有搭理他，可心头的疑虑却越积越重了。

不知不觉中他站到了党的对立面，而且一旦卷入反党活动，他便表现得十分激烈。他在共青团省委全会上的第一次发言就引起了激烈的争论。会场上马上形成了少数派和多数派。接下来是令人心烦意乱、痛苦的日日夜夜。各级党、团组织都参与到辩论中来，争吵到了白热化的程度。保尔和他的同伙们强硬地坚守自己的立场，在团省委内造成了一种令人窒息的气氛。

共青团省委书记阿基姆身材结实，额头高高，浑身充满活力，政治上也很成熟，他同丽达·乌斯季诺维奇一起找保尔和观点同他相同的人个别谈心，做他们的工作，但是毫无效果。保尔粗鲁而又直言不讳地说：

“你回答我，阿基姆，资产阶级是否又获得了生存的权利？我弄不懂那些高深的理论，但有一点我明白：新经济政策[1]是对我们事业的背叛。我们过去扛枪打战，可不是为了这个目的，我们工人不同意这么做，所以要竭尽全力来反对这种做法。你们大概心甘情愿地给资产阶级当奴才吧？那就悉听尊便。”

阿基姆火冒三丈。

“保尔，你可要明白你都讲了些什么？你是在侮辱我们的党，诽谤党。你狂热地固执己见，不想弄明白最简单的道理。如果继续执行战时共产主义政策，我们就会葬送革命，就会给反革命分子以

1 列宁在1921年3月俄共（布）十大决定立即废止“战时共产主义”实行“新经济政策”。“新经济政策”的主要内容：允许多种经济成分存在，通过商品交换、货币流通和自由贸易来活跃经济，培植国家资本主义；利用外资和技术加快经济发展，利用资本主义来建设社会主义。这是列宁对小农占优势的俄国如何建设社会主义的问题进行进一步探索的结果。列宁找到了一条向社会主义过渡的正确途径，是对马克思主义理论的重大贡献。

可乘之机，煽动农民来反对我们。你不愿意理解这一点。既然你不打算用布尔什维克的方式来探讨解决问题，反而以斗争相威胁，那我们只好奉陪。看来，我们在你们身上白白浪费了许多时间。”

两个人分别的时候，已经反目成仇。

在全区党员大会上，来自中央的工人反对派代表发表演说，遭到了大多数与会者的痛斥。接着，保尔上台作了言辞激烈、尖刻得让人难以容忍的发言，指责党背叛了革命事业。

第二天，团省委召开紧急全会，决定免去保尔和另外四名同志的团省委委员职务。保尔同扎尔基不说话了，他们分属两个不同的阵营。在团支部里，保尔得到大多数人的支持，他们在支部会上还狠狠整了扎尔基一顿。斗争深入发展，结果保尔又被开除出区委会，还撤销了他团支部书记职务。此举引起轩然大波，有二十来个人交出团证，宣布退团。最后，保尔和他的追随者一起被开除出团。

保尔苦恼的日子从此开始了，这是他有生以来最惨淡的时光。

扎尔基离开公社，搬走了。保尔脱离了生活常规，心情异常压抑。他站在车站的天桥上，失神的目光望着下面来往奔驰的机车和车辆，却什么也没看见。

有人拍了拍他的肩膀。这是一个叫奥列什尼科夫的共青团员，砖瓦厂的团支部书记。此人满脸雀斑和疙瘩，既善于钻营，又自命不凡、目空一切。保尔一向很讨厌他。

“怎么搞的，他们把你也给开除了？”他问，一双白森森的小眼睛在保尔脸上扫来扫去。

“是的。”保尔简单地回答道。

“我说过多次，”奥列什尼科夫迫不及待地表白，“你图个什么呀？遍地都是犹太佬，他们无孔不入，到处发号施令。他们巴不得开店赚大钱呢。当初你上前线打仗，他们却安安稳稳地坐在家里。如今反倒把你给开除了。”他不屑地哼了一声。

保尔用充满仇恨的目光盯着他，预感到要出点事。他控制不住自己，用手一把抓住奥列什尼科夫的胸脯，怒不可遏地将他晃来晃去。

“你这个地地道道的白卫分子、卑鄙的娼妓，你胡说些什么？你在对谁说这些话，你这个彻头彻尾的富农？浑蛋，你知不知道，我们城里被白匪枪毙的布尔什维克中，有一半以上是犹太工人？你呀，哼！你在跟谁说话？连你也钻进了反对派？这帮浑蛋都该枪毙。”

奥列什尼科夫挣脱开身子，没命似的沿着阶梯往下跑。保尔愤怒地望着他远去的背影：“瞧瞧吧，都是些什么人赞成我们的观点！”

歌剧院里挤满了人。人流如同一条条小溪涌进各个入口处，坐满了大厅和上面的楼层。全市党团组织的联席会议将在这里召开，要对党内斗争进行总结。

剧院的休息室里，大厅的过道上，人们纷纷议论着，今天将有一批工人反对派的成员返回到党的队伍里来。前排坐着朱赫来、丽达和扎尔基，他们也在谈论着这个话题。丽达回答扎尔基说：

“他们会回来的。朱赫来说，已经出现转机。省委决定，只要他们检讨自己的错误，愿意回来，我们欢迎所有的人归队，要营造一种同志式的氛围。同时为了表示党对归队同志的真诚态度的信任，打算在即将召开的省代表大会上重新吸收柯察金同志参加团省委。我非常激动地等待着这一刻的到来。”

会议主席摇了好一会儿铃，全场才安静下来。

“刚才省党委作了报告，现在由共青团内反对派的代表发言。首先请柯察金同志上台讲话。”

从后排站起一个人，身穿保护色军便服，沿着台阶快步跑上讲台。他仰起头，走到台口栏杆前，用手摸了一下前额，仿佛在回忆什么事情，随后倔强地摇了摇他那长满鬈发的脑袋，两手紧紧扶住栏杆。

保尔看见剧场里人坐得满满的，他觉得几千双眼睛都在注视着他，宽敞的大厅和五个楼层都鸦雀无声。人们在企盼着。

他默默地站了几秒钟，努力控制住自己的情绪。他实在是太激动了，一时不知从何说起。

离讲台不远的前排，在丽达旁边的椅子上，坐着省肃反委员会主席朱赫来。他正用殷切的目光望着保尔，突然朝他微微一笑，这笑容既严峻又饱含鼓励。看到这么一个身材魁梧的汉子，上衣的一只袖子却是空荡荡的，因为毫无用处而塞进了口袋，真让人心里沉甸甸的。朱赫来上衣的左口袋上方，佩戴着一枚四周呈深红色的闪闪发亮的椭圆形红旗勋章。

保尔把目光从前排移开。应该开始发言了，大家都在等他。他仿佛处于临战状态，鼓足全身的力气，用发自内心的响亮声音对全场的人们说：

“同志们！”刚一开口，他的心头便涌起了波涛，感到浑身热血沸腾，又似乎大厅里亮起了千百盏吊灯，光芒烧灼着他的身体。他那激昂的话语犹如战场上的呐喊声，在大厅里震荡。话语传到数千听众的耳朵里，人人为之动容。这年轻的、激越的、热情澎湃的声音迸发出阵阵火花，一直飞溅到圆形屋顶下面最高的楼层、最远的座位上。

“我今天想讲一讲过去。你们都期待着我，我得讲一讲。我知道，我的话会使某些人感到不安，但这大概不能叫作政治宣传，这是发自肺腑的声音，是我及我现在代表的所有人的心里话。我想讲讲我们的生活，讲讲那一把革命的烈火。这烈火如同在巨大炉膛里燃烧的煤炭，把我们点燃，使我们燃烧。我们的国家靠这烈火生存，我们的共和国靠这烈火取得了胜利。我们靠这烈火，用我们的热血粉碎并歼灭了敌人的乌合之众。我们年青一代和你们这些阅历丰富的老同志一起，被这烈火席卷着，开辟了新天地。我们在我们伟大的、举世无双的、钢铁般坚强的党的旗帜指引下进行过艰苦卓绝的战斗。我们两代人，父辈和子辈，曾一同在疆场浴血奋战。今天，我们两代人又一起聚集在这里。你们把希望寄托在我们身上，而我们作为你们的战友，却制造动乱来反对自己的阶级，反对自己的党，破坏党的钢铁纪律，犯下了不可饶恕的罪行。你们想知道答案吗？正是为此党把我们赶出了战斗队伍，赶到了远离火热生活的后方，赶到了无人理睬的偏远荒漠。

“同志们，怎么会发生这种事？我们经受住革命烈火的考验，却险些背叛了革命。这究竟是怎么发生的呢？你们都清楚我们同你们——党内多数派斗争的经过。我们这些人，在共和国最艰难的岁月里，都没有掉过队，如今却发动了这场动乱。这到底是怎么一回事呢？

“我们过去所受的教育，使我们对资产阶级怀有刻骨的仇恨，所以把新经济政策视为反革命。其实党向新经济政策的过渡，是无产阶级同资产阶级进行斗争的一种新形式，仅仅是用另一种形式，从另一种角度来进行斗争，可我们却把这种过渡看作是对无产阶级利益的背叛。而在老一辈布尔什维克近卫军中，有那么一些人也起来反对党的决定，因而我们就更加有恃无恐，执迷不悟。因为我们青年人知道他们从事革命工作多年，我们曾跟随他们前进，认为他们是真正的布尔什维克革命家。显然，单有热情，单有对革命的忠心耿耿是不够的，还要善于理解大规模斗争中极其复杂的策略和战略。应该懂得，并非任何时候发起正面进攻都是正确的，有时这样的进攻恰恰是对革命的背叛，可惜我们刚刚才弄明白这一点。

连领袖的名字，引导我们国家走上一条新道路的列宁同志的名字，都未能使我们有所收敛，可见我们的头脑发昏到了什么程度。我们为花言巧语所蒙蔽，追随工人反对派，自以为是在为真正的革命进行正义的斗争，在共青团内部大肆活动，纠集人马来反对党的路线。大家知道，经过激烈的较量之后，我们几个团省委委员被清除出省委。于是我们又转移到各个区继续活动。团区委的斗争更为艰苦，但是也把我们击败了。接着我们又回到各支部巩固阵地，并且把许多青年拉过来支持我们，特别是在我当书记的那个支部里更是拼命顽抗。在我们最后的几个据点注定要被粉碎的前夕，我们的对抗也达到了登峰造极的地步。

“是的，同志们，这些日子对我们来说是沉痛的。一方面，我们被自己心中的疑团弄得晕头转向，脑海里经常浮现出这样的想法：你这是在跟谁斗？另一方面，又把矛头指向自己的党。这的确非常痛苦。搞这种腹背受敌的党内斗争会有什么结果？我十分羞愧地回忆起一次谈话，朱赫来同志想必也还记得这次谈话。有一次，他在街上遇见我，叫我上他的车，到他家去。当时我正被斗争冲昏头脑，对他说：‘既然有人出卖革命，我们就要进行斗争，必要的时候，甚至不惜使用武力。’朱赫来回答得很干脆：‘那我们就把你们当作反革命抓起来枪毙。当心点，保尔，你已经站在最后一级台阶上了。再跨出一步，你就到街垒那边去了。’说这话的，是我最亲爱的人，是我的启蒙老师，是以自己的英勇无畏和坚定不移赢得我深深敬重的人，是我在肃反委员会工作时的老首长。我没有忘记他说的这番话。当我们这些强硬分子被开除出组织的时候，我们每个人才开始懂得，什么叫政治上的死亡，是的，是死亡。因为离开了党，我们无法生存。于是，我们重新回到了党的怀抱。我们以工人的朴实态度，公开并且直截了当地对党说：‘请还给我们生命吧。’这几个月里，我们明白了自己所犯的错误。离开了党，我们就没有了生命。这一点，我们每个人都体会到了。没有比做一名战士更大的幸福，没有比意识到你是革命军队中的一员更值得骄傲的。我们永远不会再离开无产阶级起义者的列伍。没有什么宝贵的东西不可以献给党的。一切的一切——生命、家庭、个人幸福，我们都要献给我们伟大的党。党也对我们敞开大门，我们又回到了你们中间，回到了我们这个坚强有力的大家庭里。我们将和你们一起重建这个满目疮痍、遍地血迹、贫穷饥饿的国家，重建用我们的朋友和同志的鲜血换来的国家。而已经发生的这件事将成为对我们坚定性的最后一次考验。

“让生命长存，我们的双手将和千万双手一起，从明天起就开始修复我们被毁坏的家园。让生命长存，同志们！我们将重建一个新世界！心中有强大动力的人永远不会被打败。我们一定胜利！”

保尔激动得说不下去了，他浑身颤抖着，走下了讲台。大厅被震撼了，爆发出震耳欲聋的掌声，仿佛房基塌陷，四周的墙壁也随之向大厅倾倒一般。欢呼的声浪在圆形屋顶回荡，千百只手在挥舞，整个大厅沸腾了。

保尔向侧门走去，但他双眼模糊，看不清台阶。一股热血涌向头部。他急忙一把抓住侧面沉重的天鹅绒帷幕，才没有摔倒。一双手扶住了他，他感觉到被一个人紧紧搂住了。一个熟悉的声音在他耳边轻轻响起：

“保夫鲁沙，朋友，把手伸给我，同志！我们牢固的友谊今后再也不会破裂了。”

一阵剧烈的头痛使保尔差点失去了知觉，但是他仍然聚集起力量，回答扎尔基说：

“伊万，我们还要一道生活，一道大踏步并肩向前。”

他们的手紧紧握在一起，再也没有什么力量能把它们掰开。使他们团结在一起的已不仅仅是友谊……

第二部

随着战争的结束，国家进入战后恢复和发展的阶段，但新政权依然面临着许多困难。此时的保尔已经成长为一名革命战士，在全身瘫痪、双目失明后，他拿起新的武器——文学创作，开始了新的充满英雄主义的事业。

第一章

最佳搭档

午夜，最后一辆电车早已拖着它那破旧的车身回车库了。柔和的月光照在窗台上，也照到床上，宛如铺了一条淡蓝色的被单。房间里照不到月光的地方变得半明半暗。在墙角边的一张小桌子上，台灯射出一片亮光。

丽达低着头，在一本厚厚的笔记本上写着日记。细细的铅笔尖迅速地滑动着：

5月24日

今天又想把一些印象记下来。前头又是一大段空白。已经一个半月没写一个字了，只好让它空着。

哪里找得出时间写日记呢？此刻夜已深了，我才拿起笔来。一点睡意也没有。谢加尔同志马上要到中央委员会去工作，这个消息使我们大家都很难过。他是非常好的同志。现在我才明白，他同我们的友谊是多么可贵。谢加尔这一走，我们的辩证唯物主义学习小组就要散伙了。昨天我们大家在他那里一直待到深夜，检查了我们那些辅导对象的学习成绩。共青团省委书记阿基姆也来了，还有那个令人讨厌的登记分配部部长屠弗塔。我很厌恶这位自以为是的“万能博士”！谢加尔非常高兴，因为他的学生保尔在党史方面出色地驳倒了屠弗塔。这两个月的时间的确没有白费。既然有了这样好的成绩，你就不会可惜耗去的精力。听说朱赫来要调到军区特勤部工作。不知道为什么要这样调动。

谢加尔把他的学生交给了我。

“您把开了头的事情继续下去吧，”他说，“不要半途而废。丽达，无论是您还是他，都有值得互相学习的地方。这个青年人还没有完全摆脱自发性，他只知道用他奔放的情感去生活。而这种旋风似的感情，往往会使他多走弯路。丽达，根据我对您的了解，您能成为他最适合的指导员。我祝您成功。我到了莫斯科以后，别忘了给我来信。”临别时他这样对我说。

团中央委员会新委派的索洛缅卡区委书记扎尔基今天来了。我在部队里就认识他。

明天杜巴瓦就要带柯察金来。现在我把杜巴瓦描写一下：他是一个中等身材、肌肉发达、身强力壮的人。1918年入团，1920年入党。他是因为参加“工人反对派”而被清除出团省委的三名委员之一。给他辅导可不是一件轻松的事。每天他都打乱计划，向我提出一些不着边际的问题。他同我的另一个女学生奥莉加·尤列涅娃经常发生小小的争执。就在第一次学习的那天晚上，他把奥莉加从头到脚打量一番，说：

“我说老太婆，你的军装配置不全。还需要皮裆马裤、马刺、布琼尼帽和马刀，要不然不文不武，像什么样！”

奥莉加也不示弱，我只好从中劝解。杜巴瓦似乎是柯察金的朋友。今天就写到这里吧。该睡了。

如火的太阳炙烤着大地。车站天桥的铁栏杆被晒得滚烫。热得无精打采的人们慢腾腾地爬上天桥。这些人并不是旅客，多半是由铁路员工住宅区到城里去的。

保尔站在天桥的最高一层台阶上，看见了丽达。她比他先到，正仰望着从天桥上往下走的人们。

保尔在离她三步远的地方停住了脚步，她没有看见他。保尔怀着一种平素少有的好奇心仔细观察她。她穿着条纹衬衫，下面是蓝色的粗布短裙，肩上搭着一件柔软的皮夹克。蓬松的头发映衬着晒得黑黝黝的脸。她站在那里，微仰着头，强烈的阳光照得她眯缝着眼睛。保尔第一次用这样的目光审视着他这位同志兼老师。同时，他也第一次意识到，丽达不仅是共青团省委会的委员，而且也是……不过他一发觉自己竟出现这种“荒唐”的念头，马上责备起自己，并且立刻招呼她说：

“喂，我站在这儿，已经看了你一个钟头，你却没有看到我。走吧，火车已经进站了。”

两人走到了检票口。

昨天，省委决定委派丽达代表省委出席一个县的团代表大会，还派保尔当她的助手。今天他们必须乘车出发，可这相当不容易。车次太少，车站由一个掌握全权的交通管制五人小组控制。没有该小组的通行证，任何人别想进站。这个小组派出执勤人员，把守住所有的进出口。列车上挤得水泄不通，最多只能带走十分之一急于乘车的旅客。可是谁也不愿意等下一趟车，因为说不准一等又是好几天。数千名旅客冲到进出口，企图冲向那难以挤上的绿色车厢。这些日子，车站被里三层外三层的人群包围着，有时还闹到扭打的地步。

保尔和丽达拼命地挤着，可怎么也进不了月台。

保尔熟悉这里的每一个进出口，他领着丽达穿过行李房，走进月台。他们好不容易才挤到第四号车厢跟前，只见一大堆人拥堵在车门口，一个满头大汗的肃反委员会的工作人员无数次地重复着同样的话：

“告诉你们，车厢里早已挤得满满的了。车厢之间的连接处和车顶上是不准站人的，这是命令。”

人们怒气冲冲地朝他冲去，把交通管制五人小组所发的四号车厢乘车证举到他的鼻子跟前。每一节车厢的前面都是一片争吵声、谩骂声。保尔看出想用通常的办法乘上这趟车是不可能了，但是又非上不可。要不然，他们就赶不上团代会了。

保尔把丽达叫到一旁，把自己的行动计划告诉她：他先挤上车，然后打开窗子，从她从窗口拉进去。这是目前唯一可行的办法。

“把你的皮夹克给我，它比任何特别乘车证都管用。”

他接过丽达的皮夹克穿上，把手枪往兜里一插，故意把枪柄露在外面。接着他把装食品的旅行袋放在丽达脚边，独自朝四号车厢走去。他毫不客气地把旅客推开，一把抓住了车门把手。

“喂，同志，你到哪里去？”

保尔回头看了这矮壮的肃反工作人员一眼，然后用一种不容置疑的语调说：

“我是军区特勤处的。现在要检查一下车上的人是否都持有五人管制小组发的乘车证。”

那个肃反委员会的工作人员朝他外露的手枪柄瞥了一眼，用袖口擦擦额头上的汗水，冷冷地说：

“好吧，只要你挤得上去，你就检查好了。”

他用胳膊、肩膀，甚至拳头给自己开路，竭尽全力往里面挤。有时还得伸手抓住上层的铺位，身子悬空，从别人的肩膀上荡过去。他挨了数不清的责骂，不过总算挤到了车厢中间。

“你这个挨千刀的，究竟打算往哪儿闯？”当他从上面下来，一脚踏到一个胖女人的膝盖上的时候，她朝他破口大骂道。这个胖女人足有二百多斤重，勉强挤在下铺的边沿，两腿中间还夹着一只油桶。所有的铺位上，都塞满了铁桶、箱子、布袋、竹筐子。车厢里闷得人喘不过气来。

保尔没有理会这个胖女人的咒骂，只是问她：

“公民，您的乘车证呢？”

“什么乘车证？”胖女人对这位突然冒出来的检票员恶声恶气地反问了一句。

另一个贼眉鼠眼的女人从上铺探出头来，用喇叭似的粗嗓门喊道：

“瓦西卡，从哪里钻出来这么个臭小子？你给我揍他一顿。”

一个小伙子应声出现在保尔的头顶上方，这显然就是瓦西卡了。他身高体壮，胸脯前长满了毛。这家伙瞪起一对牛眼睛问保尔：

“为什么找人家妇女麻烦？查什么票？”

从旁边的铺位上伸下来八条腿。这些腿的主人们勾肩搭背地坐在上面，非常神气地嗑着瓜子。这显然是一帮见过世面、经常在铁路上来往倒腾的投机商人。保尔暂时没有工夫追查他们。先把丽达接上车来要紧。

“这是谁的？”他指指窗户旁边的小箱子，问一个上了年纪的铁路工人。

“喏，就是那个女人的。”老工人指着两条穿着褐色长袜的粗大腿说。

必须打开车窗。小箱子碍事，可又没有地方挪。于是保尔把箱子举起来，交给坐在上铺的女主人。

“公民，请您暂时拿一下，我要开窗。”

“你为什么乱动别人的东西？”那个塌鼻子女人见保尔把箱子放在她腿上，立刻尖叫着说。

“莫季卡，你看什么人在这儿胡闹？”接着，她转身向她的邻座求救。那个坐在上铺的人并不下来，直接从上面用穿着凉鞋的脚朝保尔的后背踹了一下，说：

“喂，你这个浑蛋，赶快走开！要不，我揍扁你！”

保尔默默地忍受了背上这一脚。他咬紧嘴唇，打开了窗子。

“同志，请你稍微让开一点。”他请求那位铁路工人。

他又把一只铁桶挪开一点，腾出地方，站到车窗跟前。丽达早就在车窗外面等着了，她赶紧把旅行袋递给他。保尔把旅行袋往那个夹着铁桶的胖女人膝盖上一放，马上探出身子，抓住丽达的手，把她拉了上来。一个维持秩序的红军战士发现了这一违章行为，还没来得及阻止，丽达已经跳进了车厢。那个红军战士慢了一步，没有办法，只好骂了一声走开了。丽达一进车厢，那帮投机商人就怪叫起来，弄得她很尴尬，不知如何是好。她连站的地方都没有，只得抓住上铺的把手，站在下铺的边沿上。周围响起一片谩骂声。上铺的那个粗嗓门咆哮起来：

“瞧这个浑蛋，他自己爬上来还不算，还拉进来一个婊子！”

上面又有一个没露出脸来的人尖叫道：

“莫季卡，照鼻梁上揍一拳！”

那个塌鼻子女人也老想瞅准机会，把木箱压在保尔的头上。周围全是这一帮流氓坏蛋。保尔很后悔把丽达拉到这节车厢里来，但是总得设法给她找个站的地方吧。于是他对那个叫作莫季卡的人说：

“公民，请你把东西从过道上挪开，让这位同志站一站。”可是那家伙却骂了一句不堪入耳的下流话，气得保尔火冒三丈，右眉的上边像针扎一样疼起来。

“下流坯，等着瞧，回头找你算账！”他勉强抑制住自己，对那个流氓说。可是他头上立刻又挨了一脚。

“瓦西卡，再给他点厉害瞧瞧！”周围的人都一齐恶毒地起哄道。

这样一来，保尔强压了好一阵的怒火终于遏制不住了。这种时候，他的出手照例迅猛有力。

“怎么，你们这些坏蛋、投机商，想欺负人？”他好像蹬着弹簧似的，双手用力一撑就蹿上了中铺，抡起拳头猛揍莫季卡那张蛮横的嘴脸。他打得那么有力，那家伙一下子倒栽下来，掉在过道里几个人的头上。

接着他又用手枪指着上铺那四个人的鼻子，厉声喝道：

“你们这些坏蛋，统统给我滚下来！要不然，我就要了你们的狗命！”

这样一来，局面完全不同了。丽达密切地注视着周围的情况，要是有谁敢抓住保尔，她就准备朝他开枪。上铺立刻腾空了。那个贼眉鼠眼的女人连忙躲到隔壁的车厢去了。

保尔让丽达坐在腾出来的空位子上，低声对她说：

“你在这里坐着，我去跟这些家伙算账。”

丽达连忙拦住他说：

“难道你还要去打架？”

“不打架，我去去就来。”他安慰她说。

保尔再次把车窗打开，跳到月台上。几分钟之后，他已经走进铁路肃反委员会，站到他的老上级布尔麦斯捷尔的办公桌前了。拉脱维亚人布尔麦斯捷尔听保尔谈完情况，马上下令叫四号车厢的旅客都下来，检查所有人的证件。

“我早就说过，每次列车还没有进站，车厢里就挤满了投机商人。”布尔麦斯捷尔抱怨说。

由十名肃反委员会工作人员组成的检查组，对车厢做了一次彻底大检查。保尔按照老习惯，帮助检查了整部列车。保尔虽然离开了肃反委员会，但是还跟那里的朋友们保持着联系。而且他担任共青团书记以后，也派了不少优秀共青团员到铁路肃反委员会协助工作。检查结束后，保尔又回到丽达这儿。现在车厢里坐满了新的乘客——出差的干部和红军战士。

他只能在上铺的一角给丽达找了个座位，座位旁边堆满了一捆捆的报纸。

“行了，咱们凑合着坐吧。”丽达说。

列车开动了。车窗外面，那个胖女人正高高地坐在一大堆口袋上，喊着：

“曼卡，我的油桶呢？”

丽达和保尔坐在跟邻铺隔着一捆捆报纸的窄小的角落里，一边高兴地回忆着刚才那场不太愉快的插曲，一边狼吞虎咽地啃着面包和苹果。

列车缓缓地爬行着。车辆年久失修，又超载过多，不断发出吱吱嘎嘎的声音。每到接轨处，都会震跳一下。傍晚，车厢里渐渐暗下来，接着，夜幕便掩住了敞开的窗子，车厢里一片漆黑。

丽达非常疲倦，头枕着旅行袋打起盹来。保尔坐在铺位的边上，垂下两条腿，抽着烟。他也十分疲倦，但是没有地方可以躺下。凉爽的夜风从窗口吹进来。车身猛地一震，丽达惊醒了。她看见了保尔烟头的火光。“他会这样一直坐到天亮的。显然，他不愿意太挨近我，怕我不好意思。”丽达暗暗想。

“柯察金同志，请您把资产阶级那一套虚伪礼节抛掉吧，来，您也躺下休息一会儿。”她开玩笑地对保尔说。

保尔在她身旁躺了下来，非常舒适地伸直了发麻的双腿。

“明天还有很多工作要做呢。睡吧，你这爱打架的家伙。”她坦然地用一只胳膊搂住他，保尔感到她的头发触到了他的脸。

在保尔的心目中，丽达是神圣不可侵犯的。她是他志同道合的朋友和同志，他的政治指导员。但是她终究还是个女人。这一点，是他今天在天桥上才第一次意识到的，正因为如此，丽达的拥抱使他很激动。他感觉到她那均匀的呼吸，她的嘴唇已经离他很近。这使他产生了一种要找到那嘴唇的强烈愿望。不过他终于用顽强的意志克制住了这种渴望。

丽达似乎猜到了保尔的感情，她在黑暗中微微地笑了。她早已经历过爱情的欢乐和失去爱人的痛苦。她曾经先后把她的爱情献给两个布尔什维克，可是白卫军的子弹却把那两个人从她手中夺走了。一个是身材魁梧、英勇无畏的旅长；一个是长着一双明亮的蓝眼睛的青年。

车轮有节奏的响声很快使保尔入睡了。直到第二天早晨，他才被汽笛的吼叫声唤醒。

近来，丽达很晚才回到自己的房间。在她那不常打开的笔记本上又写了如下几行：

8月11日

省代表大会结束了。阿基姆、米哈伊拉和另外几个同志都到哈尔科夫出席全乌克兰代表大会去了。日常工作全都压到我的身上。杜巴瓦和保尔都收到了到团省委任职的证件。自从杜巴瓦被派到佩切尔斯基区担任共青团书记之后，晚上就不再来学习。他的工作太忙了。保尔倒还打算继续学习，不过有时候我没有时间，有时候他又到外地出差。由于铁路线上情况日益严重，他们经常被动员出去。昨天，扎尔基来找我，他很不满意我们调走他那儿的人。他说，这些人他也非常需要。

8月23日

今天我从走廊里走过时，远远看见潘克拉托夫、保尔和另外一个我不认识的人站在管理处门口。我又往前走，听见保尔正在讲一件什么事情："那边几个家伙，统统枪毙了也不可惜。他们竟然说：'你们无权干涉我们的事情。这儿的事，自有铁路林业委员会说了算，不用什么共青团来管。'瞧他们那副嘴脸……这帮寄生虫可找到了藏身的地方……"

接着就是一句极其难听的骂人的话。潘克拉托夫一看见我，就用胳膊肘捅了保尔一下。保尔回头一瞧是我，脸都吓白了。他甚至没敢再看我一眼，就赶紧溜走了。这一下，他大概会很长一段时间不到我这里来。因为他知道，无论谁骂人，我都不会原谅。

8月29日

今天党委会召开了一次内部会议。情势越来越复杂了。现在我还不能记下全部情况，因为那是不许可的。阿基姆从县里回来了，心情很郁闷。昨天在捷捷列夫附近，又有一辆运粮专车被人破坏出了轨。看来，我得索性丢开不记了，反正总是写得这么零零碎碎的。我等着柯察金来学习。今天我见过他，知道他和扎尔基等五个人在组织一个公社。

一天中午，保尔在铁路工厂接到了丽达打来的电话。她说她晚上有空，让他到她那儿继续研究上次没结束的专题——巴黎公社失败的原因。

晚上，他来到大学环路那幢房子的门口，抬头看了看，丽达的窗户里亮着灯。他像往常一样奔上楼梯，用拳头敲了一下房门，没等里面应声，就推门走了进去。

在丽达那张小伙子们谁也没有权利在上面坐一会儿的床上，此刻正躺着一个穿军装的男人。他的手枪、行军背包和红五星军帽放在桌子上。丽达坐在他身旁，紧紧地拥抱着他。他们正兴高采烈地谈着话……丽达喜气洋洋地朝保尔转过身来。

那军官推开拥抱着他的丽达，站了起来。

“让我来介绍一下，”丽达对保尔说，“这位是……”

“达维德·乌斯季诺维奇。”那位军人一面紧握保尔的手，一面不拘礼节地说。

“他突然来了，就像从天上掉下来似的。”丽达笑着说。

保尔握手时很冷淡。一种莫名的嫉妒在他眼里一闪而过。他看见达维德的衣袖上缀着四颗星组成的军衔标志。

丽达正想说什么，但是保尔拦住她的话头：

“我只是跑来跟你说一声，今天晚上我要赶到码头上卸木材，你用不着等我……正巧你又来了客人。就这样吧，我走了，伙伴们还在楼下等着呢。”

保尔突然闯进门来，又突然消失了。楼梯上传来他急促的下楼声。下面的大门砰的一声关上了。再没有任何声响。

“他一定发生了什么事情。”丽达迎着达维德那惊疑的目光，猜测着说。

……天桥下面，一辆机车长长地吐了一口气，从它那强劲的胸腔中喷出一阵阵金色的火星。这团奇异的火星向上飘舞着，接着就消隐在烟雾中。

保尔倚靠着天桥的栏杆，望着道岔上各色信号灯的闪光，他眯缝起双眼。

“柯察金同志，我真不明白，为什么一发现丽达有丈夫，您就那么痛苦呢？难道她曾经说过没有丈夫吗？即使说过又怎么样呢？

为什么这件事突然叫您这么难过呢？何况，我亲爱的同志，您不是一向认为，除了高尚的友谊，和她没有别的任何关系吗？……您怎么会把这点给忘了呢？呵？”他讥讽地反问着自己，“再说，如果他不是她的丈夫呢？达维德·乌斯季诺维奇可能是她的兄弟或叔叔呢？……要是那样，你无缘无故地让一个人难堪，也太可笑了。显然，你跟其他庄稼汉一样，是个地道的粗人。是不是她的兄弟，一问便知道。假如他真是她的兄弟或叔叔，那你还有什么脸面跟她解释呢？得了，以后你再也别去见她啦。”

汽笛声打断了他的思绪。

“天已经晚了，该回家了。别再胡思乱想啦。”

在索洛缅卡（这是铁路工人区的名称）由五个人组成了一个小小的公社。他们是扎尔基、保尔、快活的金发捷克人克拉维切克、机车库共青团书记尼古拉·奥库涅夫和斯焦帕·阿尔丘欣，他是铁路肃反委员会委员，不久前还是修理厂的锅炉工。

他们搞到了一间房子，一连三天下工后就去擦洗、粉刷、油漆。他们提着大水桶跑来跑去，邻居们差点以为是失了火。他们用木板搭了床，从公园里拾来好多枫叶，塞进麻袋里做成床垫。到了第四天，房间就布置整齐了。雪白的墙壁上还挂上了彼得罗夫斯基[1]的肖像和一幅大地图，整个房间的面貌焕然一新。

两扇窗户之间钉着一个搁架，上面摆着一堆书。两只钉上硬纸板的木箱做凳子，另一只大一点的木箱就成了柜子。房子中间摆着一张巨大的呢面已经脱落的台球桌，这是他们从公用事业管理局扛来的。白天当桌子，夜里做克拉维切克的床。大伙搬来了各自的东西。克拉维切克善于管家理财，他列了一份公社全部财产的

1 彼得罗夫斯基（1878—1958），时任乌克兰中央执行委员会主席。

清单，并且想把清单钉在墙上，但是遭到大伙的一致反对，这才作罢。现在房间里的一切都归集体所有了。工资、口粮和偶尔收到的包裹，一律平均分配。只有武器仍归各人所有。全体社员一致决定：公社成员如果违反取消私有财产的规定并欺瞒同社社员，一律开除出社。奥库涅夫和克拉维切克还坚持在这个决定上加上一条：并立即驱逐出室。

区共青团所有的积极分子都参加了公社的成立典礼。他们从邻居那里借来了一个大茶炊，又拿出所有的糖精沏茶。喝过茶之后，大家齐声高唱：

泪水洒遍茫茫大地，
我们受尽劳役的煎熬，
可是总会有这样一天……

合唱由烟厂的塔莉亚·拉古京娜指挥。她的红布头巾稍稍歪向一边，眼睛活像个淘气的男孩子。这对眼睛还从来没有人能够凑到跟前仔细端详一番呢。塔莉亚的笑声富有感染力。这个十八岁的糊烟盒女工用她那充满青春热忱的目光注视着世界。她的手往上一扬，领唱的歌声就像号角一样响起来：

我们的歌声传遍四方，
我们的旗帜在全球飘扬，
它飘扬，辉煌而明亮，
那是我们的鲜血在闪光。

直到深夜，大家才散去。他们年轻的说笑声惊醒了沉睡的街道。

扎尔基伸手去接电话。

“静一静，同志们，我一句也听不清！”他朝挤满团区委书记办公室的共青团员们喊，他们都在叽里呱啦地说话。

说话声稍微小了一些。

“喂，哪一位？哦，是你啊！对，对，马上开。会议内容？还是那件事，就是从码头上往外运木柴。什么？没有，没有派他出去。他在这儿。叫他接电话吗？好的。”

扎尔基向保尔招招手：

“乌斯季诺维奇同志找你。”说着，他把听筒递给保尔。

“我还以为你不在呢。今天晚上我正巧有空，你来吧。我兄弟从这儿路过，顺便来看看我，我们已经两年没见面了。”

果真是兄弟！

保尔没有听到她后面说的话。他回想起那天晚上的情景及随后在天桥上所做的决定。对，今天晚上应该去见她，把联系着双方的桥梁烧断。爱情给人带来多少烦恼和痛苦。难道现在是谈情说爱的时候吗？

听筒里又传来丽达的声音：

“你怎么了，没听见我的话吗？”

“嗯，不，我在听。好的，开完常委会我就来。”

他放下了听筒。

他直视着她的眼睛，紧紧地抓住橡木桌子的边沿说：

“恐怕我以后不能再到你这儿来了。”

他说完，只见她那浓密的睫毛向上颤动了一下。她手里那支正在纸上画着的铅笔突然停住了，一动不动地搁在打开的笔记本上面。

“为什么呢？”

“时间越来越不够用了。你也知道，我们现在每天有多紧张。

很可惜，但也只好把学习的事推到以后再说了……”

他倾听着自己说的最后几句话，觉得口气还不够坚决。

“何必又吞吞吐吐呢？这就是说，你还是缺乏斩钉截铁的勇气。”

于是，他又坚决地说下去：

“此外，我早就想告诉你，你讲的内容，我不大明白。从前我跟谢加尔同志学习的时候，脑子里什么都记得住，但是跟你在一起，就怎么也不行。每次在你这里学完之后，我都得去找托卡列夫同志再补习一下。我的脑瓜不好使。你最好还是另外找一个聪明点的学生吧。”

他避开她凝视的目光。

为了不给自己留一点退路，他又固执地补充说：

“所以，用不着再浪费你我的时间了。”

保尔站起来，小心翼翼地用脚稍稍挪开椅子，然后从上往下看了看她那低垂的头和在灯光下显得更加苍白的脸。他戴上帽子，说道：

“好吧，丽达同志，再见了！十分抱歉，打扰了你这么多天。这些话，我早就该对你说的。这是我的过错。”

丽达机械地把手伸给他。保尔突然变得这样冷淡，使她大为震惊。她只能勉强地说：

“保尔，我不怪你。既然我过去做的不能合你的意，没能使你了解我，那么，今天得到这样的结果，只能怪我自己。”

保尔的脚步像灌了铅似的沉重。他悄无声息地掩上房门。走到大门口，他站住了——现在还可以回去，跟她解释清楚……可是，为了什么呢？为了当面得到轻蔑的回答，再离开这儿吗？不！

铁路支线上堆积的破烂车厢和熄了火的机车越来越多。风卷着木屑在空旷的木材场上四处飞舞。

奥尔利克匪帮像凶猛的山猫，在城市周围的林间小路上和幽深的峡谷里频繁出没。白天，他们藏匿在附近的村庄或森林中的大养蜂场里。夜里他们爬到铁路线上，伸出锐利的爪子破坏路轨，然后爬回自己的老窝去。

这样一来，铁马般的列车时常出轨。车辆摔得粉碎，把睡梦中的旅客压成了肉饼，宝贵的粮食和泥土、鲜血掺和在一起。

奥尔利克匪帮时常突袭宁静的小镇。鸡给吓得咯咯地叫着满街乱跑。时时是零乱的几声枪响，接着在乡苏维埃的白房子附近便是一阵对射，啪啪的枪声就像踩断干树枝般清脆。随后匪徒们便骑着高头大马在村子里横冲直撞，抓住人就砍。他们把马刀挥得呼呼直响，砍起人来就像劈柴似的。为了节省子弹，他们很少开枪。

这群土匪神出鬼没地窜来窜去，到处都有他们的耳目。奸细们从神父的房子里和富农考究的宅院里监视着镇苏维埃白色小房子里的动静。一条条无形的线索一直通到密林深处。子弹、鲜肉和颜色微蓝的上等美酒，都被循着同一条路线送往那里。还有各种情报，先是咬着耳朵悄悄告诉小头目，再由他们经过极其复杂的通讯网，送给奥尔利克本人。

这个匪帮一共只有两三百名杀人不眨眼的强盗，可是一直没能剿灭。他们分成许多小股，在两三个县里同时活动。要把他们一网打尽是不可能的。他们夜里是匪徒，白天却装成本分的庄稼汉，在自家的院子里转来转去，给马喂喂草料，或是带着得意的微笑站在大门口，一边吸着烟袋，一边用阴沉的目光打量着从他们面前经过的红军骑兵侦察队。

亚历山大·普兹列夫斯基团长率领自己的队伍，废寝忘食地在这三个县里清剿土匪。他们不知疲倦，顽强追击，有时候也能踩住匪帮的尾巴。

一个月之后，奥尔利克从两个县里撤走了匪徒。他们只能在一个狭小的圈子里流窜。

城里的生活一如既往。嘈杂的人群在五个小集市上来来往往。在这里起支配作用的只有两种愿望：一是漫天要价，二是就地还钱。形形色色的骗子在这里大显身手。几百个眼疾手快的人像跳蚤一样在市场上钻来钻去。他们的眼神里什么玩意儿都有，唯独没有良知。这里就像一个大粪坑，全城的蛆虫都麇集在这里，他们的目的就是坑蒙拐骗那些没有见过世面的新手。班次极少的火车从自己的肚子里释放出成群结队的背着口袋的人。这些人全都拥向小集市。

晚上，集市上空荡荡的，白天生意兴隆的小胡同、一排排黑洞洞的空货架和摊位此刻变得阴森可怖。

到了夜里，在这死气沉沉的街区，每座小亭子后面都隐藏着危险，即使胆子大的人也都不敢冒险潜入这里。经常发生这样的事：突然响起枪声，仿佛用锤子敲了一下铁板，于是立刻有人倒在血泊中。等到附近站岗的民警结伴赶来时（他们从来不敢单独行动），除了一具蜷缩着的尸体之外，已经什么人也找不到了。凶手早已逃离作案现场，溜得无影无踪。而市场附近的居民却从睡梦中惊醒，被搅得一夜不得安宁。小集市对面有座“俄里翁”电影院，那里的马路和人行道上灯火通明，行人熙熙攘攘。

电影院里，放映机咝咝地响着。银幕上争风吃醋的情敌在互相厮杀，片子一断，观众就尖声怪叫。看来，城里城外的生活似乎都没有脱离常轨，就连革命政权的中枢——党的省委会里也都一切照常。然而，这只是表面上的平静。

在这座城市里，一场风暴正在酝酿之中。

倒是有不少人知道这场风暴即将来临。他们把步枪笨拙地藏在庄稼人常穿的长袍下面，从四面八方潜入这座城市。有些人装扮成小商贩的样子，坐在火车顶上溜进城里。下车之后，他们不去集市，却凭着记忆，把东西带往预先约定的街道和住宅。

这些人都是知情人，可是城里的工人群众，甚至那些布尔什维克却并没有察觉到风暴正在逼近。

全城只有五个布尔什维克掌握敌人准备活动的全部内情。

被红军赶到白色波兰境内的彼得留拉残匪，同驻华沙的一些外国使团狼狈为奸，密谋在这里组织一次暴动。

一支由彼得留拉残部秘密拼凑起来的突击队已经组成。

匪帮中央暴动委员会也在谢佩托夫卡建立了自己的组织。参加这个组织的有四十七个人，其中大多数过去就是顽固的反革命分子，只是因为地方肃反委员会轻信了他们，才使他们暂时逍遥法外。

这个组织的头子是瓦西里神父、温尼克准尉和一个姓库济缅科的彼得留拉军官。神父的两个女儿、温尼克的弟弟和父亲以及混进市执行委员会当办事员的萨莫特亚负责为他们刺探情报。

他们计划在夜里发动暴乱，用手榴弹炸毁边防特勤处，放出犯人，如果一切顺利，还将占领火车站。

在作为这次暴动中心的一座大城市里，白匪军官们正在非常秘密地进行集合，其他各路匪帮也都到了城郊的树林里集结。又从这里派出经过严格审查的“铁杆分子”，分别到罗马尼亚和彼得留拉本人那里去，随时保持联络。

在军区特勤部里，水兵朱赫来已经连续六夜没有合眼了。他是掌握全部情况的五个布尔什维克之一。费奥多尔·朱赫来觉得自己现在就像一个猎人，正死死盯住即将扑来的猛兽。

在这种时候，不能喊叫，也不能打草惊蛇。只有把这头嗜血成性的野兽击毙，才能消除后顾之忧，安心从事劳动。千万不能把野兽惊跑。在这场你死我活的搏斗中，只有保持冷静的头脑、运用铁的手腕才能获得最后的胜利。

决定性的时刻越来越迫近了。

就在这座城市的某个地方，在曲曲弯弯迷宫般的秘密接头地点里，敌人决定：明天夜里采取行动。

不！就在今天夜里。五个对敌情了如指掌的布尔什维克决定抢先一步。

晚上，一列装甲车没有鸣汽笛，悄悄地开出了车库，随后车库又悄悄地关上了大门。

密码电报由直达线路急速发往各地。电报所到之处，共和国的保卫者们都顾不上睡觉，立即行动起来，连夜直捣匪巢。

扎尔基接到了阿基姆的电话：

“各支部的会议都布置好了吗？是吗？好。你马上跟区党委书记来开会。木柴问题比原来想的还要糟糕。等你们来了，我们再谈吧。”扎尔基听见阿基姆果断而急促地说。

“唉，这个木柴问题都快把我们搞疯了。”他嘟哝着，放下了听筒。

古戈·利特克开着汽车，飞快地把两位书记送达目的地。他们下了车，一蹬上二楼，立刻就明白了——叫他们来绝不是为了研究木柴问题。

办公室主任的桌子上架着一挺马克沁机枪，特勤部队的几个机枪手在它旁边忙碌着。走廊上有本市的党团员积极分子在站岗，他们都默不作声。省委书记办公室的房门紧闭着，里面正在举行的省党委常委紧急会议已经接近尾声。

两部军用电话机的电线已经通过气窗接进室内。

人们都压低了声音说话。扎尔基在房间里见到了阿基姆、丽达和米海拉。米海拉穿着军大衣，扎着武装带，腰间别着手枪，扎尔基一下子都没能认出他来。丽达还穿着当连队政治指导员时的装束：头戴红军的盔形帽，身穿草绿色的短裙和皮夹克，腰挎一支沉甸甸的毛瑟枪。

“这是怎么回事？”扎尔基惊疑地问丽达。

“这是紧急演习，伊万。我们马上到你们区去，集合地点设在第五步兵学校。各支部开完会就直接到那儿去。最重要的是这个行动不能让别人有所察觉。”丽达对扎尔基说。

步兵学校周围的树林里静悄悄的。

参天的百年橡树默默地伫立着。池塘在牛蒡和水草的覆盖下睡得正香，宽阔的林荫道上渺无人迹。

在树林中间，在白色的高围墙里面，从前的士官武备学堂现在已经改为红军第五步兵军官学校。夜深了，楼上没有灯光。从表面上看，这里的一切都很平静。路过的人一定以为里面的人全都睡下了。但是，那扇大铁门为什么敞开着？门旁边那两个像大蛤蟆似的东西又是什么呢？从铁路工人区的各个角落到这里来集合的人都知道，既然下了紧急集合令，军校里的人不可能在睡觉。参加支部会的人听到简短的通知后，就直奔这里。路上没有人说话。有单独来的，有两个一起来的，最多三个人。每个人的口袋里都藏有印着“共产党（布尔什维克）”或“乌克兰共产主义青年团”字样的小本子。只有出示了这样的证件，才能走进那扇大铁门。

大厅里已经聚集了很多人。这里灯光通明，四周的窗户都用帆布帐幕遮挡着。集合在这里的党团员轻松地抽着自己卷的烟，笑谈这次紧急集合的种种规定。谁也没有感到紧张，不过是集合一次，让大家体会一下特勤部队的纪律，以防万一罢了。但是，一些具有丰富战斗经验的人，一跨进校门，就感到气氛有点异样，不太像演习。这里的一切都悄然进行。军校学员静悄悄地整队，口令轻声得如同耳语一般。机枪是用双手抱出来的，而且从外面看不见大楼里透出一丝亮光。

“德米特里，别是真的出了什么大事吧？”保尔走到杜巴瓦跟前，低声问。

杜巴瓦正跟一个保尔不认识的姑娘并肩坐在窗台上。前天保尔在扎尔基那里匆匆见过她一面。

杜巴瓦开玩笑地拍拍保尔的肩膀，说：

“怎么，魂都吓跑了吧？没关系，我们会教会你们打仗的。你跟她还不认识吧？”杜巴瓦指了指姑娘，“她的名字叫安娜，姓什么我也不清楚。官衔嘛，是宣传站站长。”

那姑娘一面听着杜巴瓦诙谐的介绍，一面打量着保尔。她用手整理了一下从淡紫色头巾下滑出来的一绺头发。

她和保尔的目光碰到了一起，双方互不相让地对视了好几秒钟。她的一双眼睛乌黑发亮，饱含挑战性，睫毛又密又长。保尔把目光转向了杜巴瓦。他觉得脸上发热，不高兴地皱起眉头，然后勉强挤出一丝笑容，问：

“你们俩到底是谁宣传谁呀？”

大厅里一阵喧哗。米海拉·什科连科跳上椅子，喊道：

“第一中队在这儿集合！快一点，同志们，快一点！”

朱赫来、省委书记和阿基姆一起走进大厅。他们刚刚赶到。

大厅里站满了排好队的人。

省委书记登上教练机枪的平台，举起一只手，说：

“同志们，我们把你们召集到这里来，是为了完成一项重大而艰巨的任务。现在我要告诉你们的事，直到昨天还不能说，因为这涉及重大的军事机密。明天夜里，在这座城市，以及在全乌克兰的其他城市，将要发生一场反革命暴乱。许多反动军官已经潜伏进本市。城市周围也集结了好几股土匪。一些阴谋分子甚至混进了我们的装甲车营，当上了驾驶员。但是，肃反委员会察觉到了他们的阴谋，所以现在我们要把整个党团组织都武装起来。第一和第二共产主义大队要配合肃反工作人员和军校学员，和这两支富有战斗经验的队伍一起行动。军校的队伍已经出发。同志们，现在该你们出发了。给你们十五分钟的时间，领取武器，整理好队伍。这次行动由朱赫来同志指挥。他会给指挥员们下达具体指令。我认为当前局势的严重性已经十分明了，没有必要再向共产主义大队的同志们做解释了。我们必须先发制人，今天就制止明天将要发生的暴乱。”

一刻钟后，全副武装的队伍已经在校园里集合完毕。

朱赫来用眼睛扫视了一遍肃立的队列。

在队列前面三步远的地方，并肩站着两个扎着皮带的人：一个是大队长梅尼亚伊洛，这个彪形大汉原先是乌拉尔的铸工；另一个是政委阿基姆。左面是第一中队的队伍。队伍前两步处，也站着两个人——中队长米海拉·什科连科和指导员丽达·乌斯季诺维奇。他们的身后挺立着肃静无声的共产主义大队。一共三百名战士。

朱赫来下达了命令：

“出发！”

三百名战士在空寂无人的街道上行进。

城市在酣睡。

队伍在荒凉街对面的利沃夫大街上停了下来。行动将从这里开始。

他们悄悄包围了整个街区。指挥部就设在一家商店门前的台阶上。

一辆汽车亮着车灯，从市中心沿利沃夫大街疾驰而来，开到指挥部旁刹住了车。

这一次，古戈·利特克送来了自己的父亲——本市的警备司令扬·利特克。老利特克跳下车，用拉脱维亚语急匆匆地对儿子说了几句话。汽车猛然向前一冲，一眨眼就消失在德米特里大街拐角处。古戈·利特克目不转睛地望着前方，两只手像粘在方向盘上似的——忽而向左，忽而向右，不停地转动着。

哈哈，这回他利特克开飞车的本领可派上大用场了！谁也不会因为他疯狂的急转弯而关他两天禁闭了。

小利特克的汽车如流星般在街上疾驰。

一转眼的工夫，他就把朱赫来从城市的这一头送到了另一头。朱赫来不禁夸奖他说：

“古戈，像你今天这种开法，要是不撞人，明天就奖给你一块金表。”

古戈·利特克喜出望外地回答：

“我还以为这么开车要关我十天禁闭呢……”

最先遭到打击的是阴谋分子的司令部。第一批俘虏和缴获的文件马上送到了特勤部。

荒凉街上有一条小巷，也叫这个古怪的名字，巷内十一号住着一个姓秋贝特的家伙。根据肃反委员会截获的情报，他在这次反革命阴谋中扮演着一个不小的角色。他的住处藏有预定在波多拉区行动的军官团的名单。

警备司令扬·利特克亲自到荒凉街来逮捕这个家伙。秋贝特住的房子有几个窗户朝着花园，花园的高墙外面是从前的修道院。在这所房子里没有找到秋贝特。据邻居说，他这天一直没有回来过。经过搜查，找到一箱手榴弹，还有几份名单和地址。老利特克下令埋下伏兵，自己就在桌子旁边翻看刚搜到的材料。

在花园里放哨的士兵是一个年轻的军校学员。他可以看到亮着灯光的窗户。一个人站在角落里真难受。他有点害怕。他的任务是监视那堵高墙。可站岗的地方离那扇能壮胆的明亮窗户很远。月亮也见鬼了，很少露一下脸。周围黑洞洞的，灌木丛好像在抖动。他用刺刀向四周探了一圈，什么也没发现。

“干吗派我到这儿来站岗？墙那么高，反正谁也爬不上去。到窗子跟前瞧瞧怎么样？”年轻学员这样想。他再一次看看墙头，就离开了散发着霉味的墙角。他在窗前停住了脚步。老利特克正匆匆收拾文件，准备离开房间。就在这当口，一个人影在墙头上出现了。他从墙头上看见了窗外的哨兵和屋子里的老利特克。人影像猫一样敏捷，从墙头攀到树上，然后溜下了地，又像猫一样蹑手蹑脚地接近哨兵，一扬手，哨兵倒了下去。一把海军短剑刺穿了哨兵的脖子，只剩剑柄露在外面。

花园里一声枪响，包围这个地段的人们顿时像被电击了一般。

一阵皮靴声，六个人飞快地向这所房子跑来。

扬·利特克已经死了。他坐在靠椅上，头倒在桌子上，满脸鲜血。窗户的玻璃已被打得粉碎，但是敌人没来得及抢走文件。

修道院旁边响起了密集的枪声。凶手跳到街上，一面拼命朝卢基扬诺夫广场跑，一面不停地开枪还击。但是他未能逃脱：一颗子弹追上了他。

连夜进行了挨家挨户的搜查。几百个没报户口、证件可疑、藏有武器的人被押解到肃反委员会，由新成立的审查委员会专门进行甄别审查。

在有些地方，阴谋分子进行了武力反抗。在日良大街搜查一座房子时，安托沙·列别杰夫被人一枪打死了。

这天夜里，索洛缅卡大队损失了五个人。而在肃反委员会里，已再也看不见那位共和国的忠实保卫者、老布尔什维克扬·利特克了。

暴动被制止了。

同一天夜里，瓦西里神父、他的两个女儿以及他们的所有同伙在谢佩托夫卡统统落网。

一场风暴平息了。

但是，新的敌人又在威胁着城市——铁路运输即将瘫痪，饥饿和寒冷将接踵而来。

粮食与木材供应成了关键问题。

第二章

共筑铁路

朱赫来一边思索着，一边从嘴边取下短短的烟斗，小心地用指头按了按隆起的烟灰。烟斗已经灭了。

屋子里有十几个人在吸烟，灰色的烟雾如浮云一般在毛玻璃的吊灯罩下面盘旋，在省执行委员会主席的座椅上方缭绕。围在桌子四周的人，宛如笼罩在轻烟薄雾中。

托卡列夫老头胸口贴着桌子，坐在省执行委员会主席的身旁。他气愤地揪着胡子，不时斜眼瞅一下那个秃顶的矮个子。这家伙的嗓门又尖又细，一直在东拉西扯地说些像空蛋壳一样的废话。

阿基姆看到老钳工斜视的目光，不禁回想起童年往事。那时他们家里有一只好斗的公鸡，叫“啄眼王”。每当它准备进攻的时候，也是这样斜眼打量着对手。

省党委的会议已经开了一个多小时。那个秃顶的家伙是铁路林业委员会的主席。

他一边用灵活的手指翻着文件，一边连珠炮似的说个不停：“……正是有这种种客观原因，才使省委和铁路管理局的决议无法得到贯彻。我再重复一次，就是再过一个月，我们能够提供的木柴也不会超过四百立方米。至于完成十八万立方米的任务，那简直是……”秃头在挑选字眼，“乌托邦！”说完，他合上小嘴巴，紧闭双唇，流露出一副受冤枉的神情。

接着是一阵沉默，仿佛持续了很长时间。

朱赫来用指甲敲敲烟斗，想把烟灰倒出来。托卡列夫打破了沉默，用低沉浑厚的嗓音说道：

“得了，用不着多磨嘴皮子。你的意思就是说，铁路林业委员会过去没有木材，现在没有木材，将来也不会有木材……是这样吧？”

秃头的矮子耸耸肩膀：

“同志，对不起，木材我们准备好了，可惜没有马车往外运……”他哽住了，掏出一块方格手巾擦擦光秃秃的脑袋，擦完之后，怎么也找不到衣服上的口袋，就急躁地把手巾塞到公文包底下。

“可您究竟采取了哪些措施来运送木柴呢？原先负责这项工作的那伙专家确实搞了鬼，可是他们给抓起来已经有好些天了。”坐在角落里的杰涅科说。

秃头朝他转过身来：

“我已经向铁路管理局报告了三次，说没有运输工具，就没有办法……”

托卡列夫打断了他的话：

“这个我们早就听说过了，”老钳工挖苦地哼了一声，狠狠地瞪了这个秃头的家伙一眼，“怎么，您当我们都是傻瓜吗？”

这一问，吓得秃头脊背发凉。

“对反革命分子的活动，我可不能负责。”他回答的声音已经低了下来。

“但是难道您不知道他们是在远离铁路的地方砍伐树木吗？”阿基姆问。

“我听说过。但是我不能把别人辖区里不正常的现象汇报给领导。”

“您手下有多少工作人员？”工会主席问。

“大约二百人。”

“这些饭桶每人一年只砍一立方米！”托卡列夫气愤地啐了一口。

“铁路林业委员会全体人员领的可都是头等口粮，那是工人们从嘴边省下来的。可你们究竟干了些什么呢？我们拨给工人的那两车皮面粉，你们弄到哪里去了？”工会主席继续追问。

人们纷纷向秃头提出各种尖锐的问题，但是他只是一味地支吾搪塞，就像对付纠缠不休的债主似的。

这家伙狡猾得像一条泥鳅，故意不正面回答问题，两只眼睛不住地东张西望。他本能地感觉到危险越来越近。他既胆怯又紧张，此刻只有一个愿望——赶快离开这里回家去，他那个还不算太老的妻子已经给他预备好一顿丰盛的晚餐，她正在读着法国作家保罗·德·科克的小说消磨时间，等他回去呢。

朱赫来一面注意地听着秃头的回答，一面在笔记本上写道：“我认为应该进一步审查这家伙：这绝不是单纯的工作能力低下的问题。我已经掌握了一些关于他的材料……不必再和他啰唆下去，让他滚蛋，咱们好谈正事。”

省执行委员会主席读完了递给他的纸条，向朱赫来点点头。

朱赫来站起来，走到外屋去打电话。当他回来的时候，省执行委员会主席已经念到决议的结尾：

“……鉴于铁路林业委员会领导人明显的怠工行为，故撤销其职务，并把此事交侦查机关进一步审理。”

秃头本来预料结果会比这更糟。不错，指责他消极怠工并撤了他的职，显然对他的可靠性起了怀疑，但是这没什么大不了的。至于博雅尔卡伐木的事情，他用不着担心，因为这不在他的管辖范围以内。“呸，活见鬼，我还以为他们真的已经追查到什么了呢……”

这时，他差不多完全放心了，一边把文件放进公文包里，一边说：

“好吧，我是一个党外专家，你们有权怀疑我。但是我问心无愧。要是我有什么工作没有做好，那只能说是心有余而力不足。”

谁也没有搭理他。秃头走出房间，匆匆跑下楼，轻松地舒了一大口气，推开临街的大门。

就在门口，一个穿军大衣的人问他：

“公民，您贵姓？”

他的心沉了下去，结结巴巴地说：

“切尔……文斯基……”

这个“外人”走了以后，省执行委员会办公室里那十三个人全都紧紧地围到那张大桌子旁。

“你们看，”朱赫来用手指着打开的地图，“这是博雅尔卡站。离车站七公里的地方是伐木场。这里堆积着二十一万立方米的木材。一支伐木大军在这儿做了八个月，付出了巨大的劳动，结果我们被出卖了，铁路和城市还是得不到燃料。木材要从六公里外的地方运到博雅尔卡站。即使用五千辆马车搬运，并且按一天运两趟计算，至少也需要一个月。最近的一个村庄远在十五公里以外。而且，奥尔利克匪帮又经常在这一带出没……这意味着什么，你们明白吗？……瞧，按照原计划，伐木应该从这儿开始，然后向车站方向推进。但是这些浑蛋却向森林深处伐过去。他们算得很准，知道咱们无法把伐倒的木材运到铁路沿线。事实上，我们连一百辆马车也弄不到。他们就是这样来打击咱们的！……这手段跟暴动一样厉害。”

朱赫来紧握的拳头沉重地落在地图上。

虽然朱赫来没有明说，但是十三个人都能想象得到日益逼近的恐怖。冬天就要到了，医院、学校、机关以及成千上万的居民都将遭受严寒的侵袭。车站上挤满了人，像一窝蚂蚁，火车每星期却只能开一次。

每个人都陷入了沉思。朱赫来松开拳头说：

“同志们，办法只有一个：这就是在三个月之内，从博雅尔卡站到伐木场修筑一条轻便铁路，全长七公里，要在一个半月以内就修到伐木场的边缘。这件事情我已经琢磨了一个星期。要想完成这项工程，”朱赫来干燥的嗓子变得沙哑了，“就需要三百五十个工人和两个工程师。在普夏—沃季查有现成的铁轨和七个火车头，是那里的共青团员们从仓库里清理出来的。因为战前曾经计划从那儿铺一条轻便铁路到城里来。不过，工人们在博雅尔卡没有地方住，当地只有一座破房子，是以前的林区小学。工人们只能分批派去，每两星期轮换一次，时间再长会挺不住。阿基姆，咱们把共青团员派上去，你看怎么样？”

朱赫来没等回答，又继续说：

“共青团应当把能派的人都派过去。第一批先派索洛缅卡区的团员及城里的一部分团员。任务异常艰巨，但是只要向同志们说明白，只有这样才能拯救全城和铁路，他们一定会干好的。”

铁路管理局局长怀疑地摇了摇头，有气无力地说：

“这种办法不见得会有什么结果。在这么荒凉的地方铺一条七公里的铁路，现在又是秋天，经常下雨，不久就要上冻。”

朱赫来看也没看他一眼，毫不客气地说：

“安德列·瓦西里耶维奇，你本应该多关心一下伐木工作。这条铁路支线一定要修成。咱们总不能什么也不做，干等着冻死。”

在丽达的日记本里新写了满满两页纸：

组织人力去修轻便铁路的动员工作已经进行了快三天

了。索洛缅卡区的团员青年几乎全部派去。团省委去三位委员——杜巴瓦、潘克拉托夫和柯察金，由此可见这项工程多么重要。这三个人是朱赫来同志亲自挑选的。我和阿基姆曾两次去他那里，一起商量了很长时间。他说，这项工程极其艰苦，万一失败，后果不堪设想。后天将有一列专车运送工人到工地去。昨天召开了即将奔赴工地的党团员会议，托卡列夫发表了精彩演说。省党委把领导这项工程的重任托付给这位老人，真是一个明智的选择。总共去四百人，其中共青团员一百名，党员二十名，工程师和技术员各一名。今天扎尔基和柯察金到交通专科学校去动员学生。是的，是柯察金。若不是屠弗塔无理取闹，挑起事端，我还真不知道他就是谢廖沙经常谈起的那个保尔。屠弗塔因为公报私仇，在常委会上受到申斥。但即使在常委会上，他也没有完全放弃指责保尔。事情发生在积极分子会议上。

当时正在挑选去工地的人员。突然，屠弗塔对保尔的任命提出异议。他的理由让我们大家都吃了一惊。屠弗塔声称，保尔同资产阶级分子有联系，而且过去曾参加过反对派，因此不能让他担任小队的领导。

我看着保尔。当屠弗塔应大家的要求提出证据、进行说明的时候，保尔眼睛里的表情先是惊讶，最后逐步转成了愤怒。屠弗塔说的是：在粉碎反革命阴谋的那次行动中，屠弗塔和保尔编在同一个分队里，他们去搜查一个教授的住宅。这个教授的女儿原来是保尔的熟人。屠弗塔偷听到他们两人的谈话，她问保尔："莫非真的是您派他们来搜查我们家的吗？柯察金同志。若果真如此，那对我便是莫大的侮辱。您对我们家好像是相当了解的。"保尔回答她说，要是在她家没有搜到什么可疑的人，小分队会离开的。屠弗塔要求保尔说清楚，他怎么会跟资产阶级小姐这么熟悉、这么亲近。

保尔表现得不错。他控制住了满腔怒火，对他来说这是相当不容易的。他是这样回敬屠弗塔的："同志们，如果换成你们当中任何一个别的人说我这种闲话，我会很恼火。但是屠弗塔这样说，那就另当别论了。眼下大家都忙得不可开交，而这位同志偏偏与众不同，专门在这里乱咬人，这是为什么呢？只有天晓得。朋友们，我当然要把这件事情解释清楚，不过不是向他，而是向你们大家。事情很简单，我曾经在这个教授家中寄住过一阵子，那是在1920年，我们就这样相互认识了。这家人没有做过什么坏事。至于我过去犯的政治错误，我一直牢记在心。没有哪位同志再提起这件事。屠弗塔现在的做法是不对的。等到了工地，我们会有机会来证明这一点的。"

保尔的话给打断了，大家不让他再说下去。屠弗塔受到了严厉的申斥。我想在保尔去博雅尔卡之前和他见一次面。

交通专科学校两层楼的大楼房里人声鼎沸，各年级的头头都在召集学生开会。有人拉了一下保尔的袖子。

"你好，保尔，哪阵风把你给吹来啦？"跟他打招呼的是一个目光严肃的小伙子，他戴着学校的制帽，帽子底下露出一绺微鬈的短发。

小伙子名叫阿廖沙·科汉斯基，与保尔同龄又同乡。阿廖沙的哥哥也在机车库当钳工，与阿尔焦姆在一起。科汉斯基一家竭尽全力供他读书。小伙子倒也不错，一边劳动一边学习，读完了技工学校高级班，又来到基辅上学。阿廖沙把他求学的经过和波折大致向保尔讲了讲：

“咱们小城一共来了六个人。这些人你大概都认识，有舒拉·苏哈里科、扎利瓦诺夫、沙拉蓬，就是那个一只眼的小滑头，还记得吧？还有萨什卡·切博塔里、万卡·尤林。他们几个，家里把一路上吃的东西准备得可齐全了，又是果酱，又是香肠，又是烙饼。而我呢，只带了一盒子黑面包干，再也没有什么别的可带的。一路上，这几个中学生一个劲地嘲笑我。我气极了，真想狠狠揍这几个坏蛋一顿。别看他们有五个狗崽子，我可能要吃亏，可无论揍扁哪一个，都能出口气吧。实在叫人受不了。你听听他们说的：‘龟孙子，你往哪儿钻？土傻帽，还是待在家里挖土豆吧。’唉，算了，我强忍着没跟他们较劲。总算到了基辅。他们全都带着介绍信，找头头脑脑去了。我直奔军区参谋部。我想当飞行员。我连做梦都能梦见自己在空中打转转。”

保尔微微一笑，向阿廖沙打趣道：

“难道地上就容不下你了吗？”

阿廖沙笑了，露出一口洁白的牙齿，说：

“参谋部的人也说：你干吗非要穿云破雾不可呢？还是在地上保险。他们都跟我开玩笑呢。我随身还带着县团委的介绍信，信上请他们帮助我进空军。我们家住过一位负责军需供应的政委，叫安德列耶夫。他也在介绍信背面写了一段话。我可以一字不差地背给你听：本人认为科汉斯基同志有觉悟，是个百里挑一的棒小伙子，而且脑袋瓜也好使。出身工人家庭。他想学飞行，那就让他学吧，将来可以去支援世界革命。下面的签名是：第一三〇博贡师军需队政委安德列耶夫。”

保尔听得打心眼里乐开了花。阿廖沙也哈哈大笑，引得一帮学生围住了他们。阿廖沙边笑边继续说：

“是啊，这不，飞行员没当成。参谋部的人向我解释说，眼下没有飞机让我开。还是先学点技术为好，至于飞行嘛，啥时候学都不晚。我就跑到这里来了，交了申请书。结果呢，入学要考试。那五个家伙也在这里。考试两个礼拜之后进行。我一看就知道事情不妙。一个名额八个人争，来的还大多是城里人。有的找到教授先来一遍模拟考，有的像跟我同来的这几位，都已经念完了七年制中学。我赶紧翻旧课本，恢复一下记忆。还得去打工。卸一车皮木柴，可以挣两天的伙食钱。后来木柴卸完了，只好勒紧裤腰带。而我们那五位活宝呢，每天都往剧院跑，深更半夜才回宿舍。宿舍里房间都空着，学生们差不多都去度暑假了。可只要这帮家伙一回来，你就别想再看书了：不是吵就是笑。扎利瓦诺夫带他们去轻歌剧院认识了几个女演员。不到三天工夫，她们就把他们口袋里的钱掏得一个不剩。等到没东西吃了，这帮浑蛋就去偷别人的东西，捞走了一个外地考生的四十只鸡蛋，又趁我不在，把我剩下的一点面包干吃个精光。

“考试的那一天终于到了。第一门考的是几何。给我们发的试卷上都盖了图章，要求在三十五分钟内解完习题。我看看黑板上的试题，全会做。再瞧瞧那几个中学生，全都傻了眼：一个个愁眉苦脸，坐立不安，好像有人在他们椅子上钉了几只尖木桩。沙拉蓬脸上豆大的汗珠噼里啪啦直往下掉。他那张傻里傻气的脸上，一只独眼滴溜溜地直转。我心想，狗娘养的，这可不像你拧姑娘的大腿那么容易了吧。”

阿廖沙笑得喘不过气来，又接着说：

“我做完了题目，站起来，准备把考卷交给教授。苏哈里科和扎利瓦诺夫压低嗓门，像鹅叫似的嘟哝道：‘递张小抄过来。’

“我径直朝讲台走去。经过切博塔里身旁时，听到他在小声骂我，骂得可难听了。两天下来，他们各得了四个两分，只好退出了考试。我沉住气继续考。他们在干什么呢？苏哈里科曾经来找过我，说：‘别在这里浪费时间啦。我们私下向老师打听过，你得了两个两分。反正你也考不上了，还不如跟我们一起报建筑专科学校，那里容易录取。现在还来得及。’我差点听信了他的话，不过并没有放弃考试。反正只剩下两门了，到时就知道结果了。哪知道他们是在蒙骗我。我考上了，他们几个为了糊弄家里人，进了专科学校附设的二年制技校。那里没有要求他们参加入学考试，因为技校只要求中学二年级的文化水平。他们领到了学生证、免票卡，就在各条铁路线上来来往往跑单帮，搞投机倒把，腰包塞得鼓鼓的。整天大吃大喝。在城里已经搬过三次家。到哪儿都酗酒闹事，让人家给赶了出来。尤林离开了他们，进了建筑专科学校。”

走廊上越来越挤。学生们不断地往大教室走去。保尔和阿廖沙也朝那边走。正走着，阿廖沙又想起了什么，再次笑得喘不过气来，说：

“不久前尤林顺路去看他们。他们正在赌牌。尤林也凑了个热闹，没想到竟赢了他们。你猜怎么着？他们夺下他到手的钱，狠狠揍了他一顿，又把他赶出了门。这真叫自作自受。”

为了争取多数人的支持，在宽敞的大教室里，会议一直开到半夜。扎尔基发了三次言。关于去建筑工地的事，大多数学生连听都不想听。一帮身穿校服、戴着锤子图案领章的学生叫喊起哄，两次中断了投票的进行。扎尔基在这里没有可以依靠的对象。两个团员对付五百个学生，其中还有三分之二是父母的宝贝疙瘩。民主空气最浓的是阿廖沙所在系的一年级，他在那里当头头。机械系一年级的班长达尼洛夫也支持去工地。这个青年人长着一双充满幻想的眼睛。这两个年级多数人投了赞成票。到了第二天早晨，学校团支部才答应派四十名学生去工地修铁路。

最后几只工具箱已经搬上了火车。乘务员们也各就各位了。天下着毛毛细雨。丽达的皮夹克湿得发亮，雨珠像小玻璃球一样从衣服上滚下来。

丽达前来送行，她紧紧握住托卡列夫的手，轻声说：

“祝你们成功。”

老人的两眼从灰白色的眉毛下面亲切地看了看她。

“是呵，他们存心给咱们找麻烦。”老人嘟哝了一句，同时把心里想到的话说了出来，“不过，你们在这里可得多留点儿神！要是有什么麻烦事，你们可要马上督促一下。要知道，此地这些无赖的家伙，都是离开了官样文章就办不了事的！好啦，姑娘，我该上车啦。”

托卡列夫裹紧了短外衣。就在他临上车前，丽达仿佛不经意地问了一句：

“怎么，难道柯察金不跟你们一道去吗？我怎么没有看见他。”

“他昨天就和技术指导员坐轧道车为我们打前站去了。”

扎尔基和杜巴瓦沿着月台匆匆地朝这边走来，跟在他们后面的是安娜·鲍哈特。她很随便地披着件短外套，尖尖的指头夹着一支灭了的香烟。

丽达注视着他们三个渐渐走近，又向托卡列夫提出最后一个问题：

“保尔在你那里学得怎么样？”

托卡列夫莫名其妙地看了她一眼：

“什么学习？那小伙子不是你在辅导吗？他常跟我提到你，夸起来没个完。”

丽达听着，有点不大相信他的话。

“托卡列夫同志，你说的是真的吗？他说跟我学了之后，总得找你补课的。”

老头子笑了起来。

“找我补课？……我连他的人影也没有见过。”

汽笛响了。克拉维切克在车厢里喊道：

“喂，乌斯季诺维奇同志，你放我们的老伯伯上车吧。这样不行啊！没有他，我们还能干什么呢？”

这个捷克人本来还想说什么，可是看见那走近的三个人，就不作声了。他的视线和安娜不安的眼神对碰了一下。接着，他又看见她对杜巴瓦露出惜别的微笑，觉得心里挺不是滋味，便迅速地离开了窗口。

秋雨打着人的脸。一团团深灰色的雨云，在低空缓缓移动。秋深了，森林里一望无际的林木已经光秃秃的，老榆树闷闷不乐地站着，满身的皱纹都藏在褐色的苔藓下面。无情的秋天剥去了它们的盛装，它们只好光着枯瘦的身子站在那里。

小车站孤零零地隐在树林里。一条新修的路基从装卸货物的石砌月台一直通到森林里。人们像蚂蚁一样在新修的路基周围忙碌着。

讨厌的黏泥在靴子底下吧唧吧唧直响。路基两旁的人们疯狂地挖着土。铁器发出沉闷的撞击声，铁锹碰着石头，砰砰直响。

细雨像筛子筛过一般不停地洒下来，寒冷的雨水浸透了衣服。雨水冲坏了人们的劳动成果，泥浆像稠粥一样从路基上流淌下来。

衣服都淋透了，变得冰冷沉重。但是，人们每天一直干到很晚才收工。

新筑的路基一天天向密林深处延伸。

在离车站不远的地方，立着一座石头房子的空架子。里面凡是可以搬动或拆卸的东西，都被土匪抢走了。门窗变成了大洞小洞，炉灶的铁门变成了黑窟窿。从屋顶的破洞里看得见桁架和椽子。

唯一未遭劫难的东西就是四间宽敞房子里的水泥地面。每天夜里，四百个人穿着沾满泥浆的湿衣服，躺在这块地上睡觉。大家都在门口拧衣服，泥水从衣服上流下来。他们使劲地咒骂着恶劣的天气和遍地的泥泞。水泥地上薄薄地铺着一层麦秸，大伙儿紧紧地挤着睡，竭力想用体温来相互取暖。衣服冒热气了，但是它从来也没焐干过。雨水渗过遮挡窗洞的麻袋，流淌到地上。雨点像敲鼓似的击打着屋顶上残存的铁皮，冷风不停地从破门外面灌进来。

厨房在一间东倒西歪的板棚里。早上大家在这里喝了茶，就到路基上去干活。午饭每天都是单调得要命的素扁豆汤和一磅半像煤一样黑的面包。

但是城里能供应的只有这么些东西。

技术指导员瓦列里安·尼科季莫维奇·帕托什金是个高个子的干瘪老头，脸上刻着两道深深的皱纹。技术员瓦库连科虽说个子不高，但是很结实，粗犷的脸上长着一个肉墩墩的大鼻子。他们俩住在火车站站长家里。

托卡列夫住在一个名叫霍利亚瓦的车站肃反工作人员的家里。霍利亚瓦长着两条短腿，却像水银那样好动。

工程队以无比的顽强忍受着各种艰难困苦。

路基一天天向森林深处伸展。

工程队已经有九个人开了小差，几天之后，又跑了五个。

筑路工程受到的第一次打击发生在第二个星期。有一天晚上，从城里开来的火车没有运来面包。

杜巴瓦叫醒托卡列夫，把这件事告诉了他。

工程队的党委书记托卡列夫坐起来，两条长毛腿垂到地板上，狠狠地搔着胳肢窝。

“简直跟我们开起玩笑来啦。”他一边嘟哝着，一边急忙穿起衣服。

霍利亚瓦像只球一样跑进屋子来。

“快，打电话到特勤部去，”托卡列夫对他说，“没有面包的事情，不许告诉任何人。”老头子接着又警告杜巴瓦。

顽强的霍利亚瓦跟电话接线员吵了半个钟头之后，终于接通了特勤部副部长朱赫来的电话。托卡列夫听着他和电话接线员争吵，急得直跺脚。

听筒里传来朱赫来震怒的声音：

“什么？面包没有送到？我马上调查这是谁干的好事。”

“你说吧，明天我们拿什么东西给大伙吃？”托卡列夫生气地朝话筒里喊。

朱赫来显然在考虑怎么办。过了好一会儿，托卡列夫听到朱赫来说：

“面包我们连夜送去。我派小利特克开车来，他认识路。天亮之前一定送到。”

果然，天刚亮，一辆沾满泥浆的汽车开到了车站，车上装着一袋袋面包。小利特克满脸倦容地从汽车里爬下来，因为一夜没合眼而脸色苍白。

为完成筑路工程而进行的斗争越来越尖锐了。铁路管理局送来通知，说枕木用完了。城里也找不到把铁轨和小火车头运到工地上来的车辆，而且发现那些小火车头还需要进行大修。第一批筑路工人的工作时间眼看就要到期，可接班的人员还没有着落。让这些已经精疲力竭的人留下来再干是不可能的。

在一间旧板棚里，积极分子们围着一盏煤油灯一直商量到深夜。

第二天早上，托卡列夫、杜巴瓦、克拉维切克动身到城里去了。他们带了六个人去修理车头和运送铁轨。克拉维切克因为是面包工人出身，被派到供应部门去做监督员，其余的人前往普夏—沃季察。

雨还在不停地下着。

保尔费了好大劲才把他的一只脚从黏糊糊的泥里拔出来。他觉得脚底下刺骨的冷，这才明白，他那只破靴底已经整个掉下来了。自从来到这里的第一天起，他就吃够了这双烂皮靴的苦头。靴子总是湿漉漉的，一直往里灌泥浆。现在倒好，一只靴底完全掉了，他只得赤脚踩在冰冷刺骨的泥浆里，这就让他干不成活了。他从泥里捡起破靴底，失望地看着它，忍不住违反了不再骂人的誓言。他拎着破靴子跑到厨房里，坐在行军灶旁边，解开沾满泥浆的包脚布，把那只冻得发麻的脚伸到炉子旁边。

养路工的妻子奥达尔卡在这儿给厨师打下手。她正在案板上忙着切甜菜。造物主对这个一点也不老的妇女可真是特别照顾，她的肩膀像男人一样宽，胸脯高高隆起，大腿又粗又壮。她的刀功也挺不错，不一会儿切好的甜菜便在案板上堆成了一座小山。

她轻蔑地瞥了保尔一眼，挖苦道：

“怎么？等饭吃了？还早了点吧？小伙子，谁都可以看出你是偷懒溜过来的。你把脚丫子伸到哪里去了？这儿是厨房，不是澡堂子！”她教训着柯察金。

一个上了年纪的厨师走了进来。

“我的一只靴子完全烂掉了。”保尔解释了他到厨房来的原因。

厨师看了看那只破得不成样子的靴子，对奥达尔卡点点头，然后对保尔说：

“她的丈夫是半个鞋匠，他会帮你缝起来的。没有靴子穿，弄得不好，会丢命的。”

奥达尔卡听到这话，再仔细看一看保尔，感到有点不好意思。

“我还把您当成一条懒虫啦。”她抱歉地说。

保尔宽容地笑了笑。她用内行的神气看了看他那只靴子，接着说：

“我丈夫才不会补它呢——根本不能补了。为了不冻坏你的脚，我给你拿一只旧套鞋吧。像那样的旧套鞋，我家阁楼上有一只。哎，遭这样的罪，有谁见过呀！明后天就要上冻，再这样，你可就完了。”奥达尔卡现在已经非常同情他。她放下菜刀走了出去。

不一会儿，她拿着一只长筒套鞋和一块亚麻布回来了。保尔用布包好脚，烤得热烘烘的，穿上暖和的套鞋。他默默地用感激的目光看了看养路工的妻子。

托卡列夫气冲冲地从城里回来了，他把积极分子召集到霍利亚瓦的房间里，向他们讲了那些令人不愉快的消息。

“到处都在怠工。无论你到哪里，都可以看到轮子在原地打转。看来，对那些兴风作浪的反动家伙，咱们抓得还是太少，所以总是碰上这种人。同志们，我跟你们直说吧，情况糟糕透顶。第二批人还没召集起来，能派多少人来也还不知道。但是眼看就要上冻了。咱们豁出命来也要抢在上冻之前把路铺过那个泥塘，要不，地冻了之后，你就是用牙啃也啃不动。同志们，情况就是这样。那些在城里捣鬼的家伙，自然会有人收拾他们。咱们这里必须加油干、加速干。只要还有一口气，也要把这条支线修成。要不，咱们还叫什么布尔什维克呢？那不成了草包了。”托卡列夫说这些话的时候，声音铿锵有力，全没了平常那种沙哑的低音。紧皱着的眉毛下面两只眼睛炯炯有神，透露出他的坚毅和顽强。

“今天咱们召开一次全体党团员大会，把目前的情况向同志们讲清楚，明天大家照常上工。非党、非团人员明天早晨就可以回去，党团员都留下，这是团省委的决议。”说着他把一张叠成四折的纸递给了潘克拉托夫。

保尔从这个码头工人的肩膀上看过去，只见决议上写着：

团省委认为，全体共青团员应当继续留在工地，等第一批木材运出之后再换班。

共产主义青年团省委书记

丽达·乌斯季诺维奇（签字）

狭小的厨房里挤得水泄不通。一百二十个人全挤在里头。他们有的靠墙站着，有的爬上桌子，有的甚至站到了灶头上。

潘克拉托夫宣布开会。托卡列夫的话不多，但是他说的最后一句话却让所有人心里凉了半截。

“明天所有的共产党员和共青团员都不能回城。”

老头子的手在空中挥了一下，强调这个决定是不可更改的。这个手势完全抹灭了大家摆脱污泥、回城同家人团聚的希望。一时间喊叫声四起，什么也听不清楚。人们晃动着，暗淡的灯光也随之摇曳不定。由于昏暗，看不清大家脸上的表情。吵闹声越来越大。一些人表示渴望“家庭的舒适”，另一些人气愤地大喊“太累了”，更多的人则沉默不语。只有一个人声明他决心离队。从角落里传出他那愤怒的谩骂声：

“真他妈的见鬼！这儿我一天也待不下去了。罚人做苦工，也得是犯了罪呀。可我们犯了什么罪？逼着我们在这儿干了两个星期，该够了吧。再没有人愿意做傻瓜了。谁做的决议，就让谁自己来干好了。谁愿意在泥坑里打滚，就让他打滚去吧。我可只有一条命。我明天就走。”

这个大喊大叫的人就站在奥库涅夫背后。奥库涅夫划着一根火柴，想看看这个要开小差的人是谁。火柴点燃的一瞬间，照亮了一张气得变形的脸和张开的大嘴。奥库涅夫认出他是省粮食委员会会计的儿子。

“你照什么照！我不怕，我又不是贼。”

火柴灭了。潘克拉托夫站起来，挺直了身子。

“谁在这儿胡说八道？谁说党交给的任务是做苦工？”他声音低沉地说，目光严厉地扫视着站在周围的人群，“同志们，咱们说什么也不能逃回城里去。咱们的岗位就在这儿。要是咱们从这儿逃走，许多人就会冻死。同志们，咱们早点干完，就可以早点回家。但是当逃兵溜走，像刚才这个可怜虫想的那样，是咱们的思想和咱们的纪律所不容许的。”

这个码头工人不喜欢发表长篇大论，但是就这么简短的几句话，也被那个人的声音打断了：

“那么，非党的可以走吗？”

“可以。”潘克拉托夫斩钉截铁地回答。

一个穿城里流行的短大衣的年轻人，挤到桌子跟前。他扔出一张小卡片，那卡片像蝙蝠似的从桌子上方翻下来，撞到潘克拉托夫的胸口，弹回来，落在桌沿上。

“这是我的团证，请收回吧，我可不愿为了这么一小张硬纸片牺牲我的健康！”

他最后那句话被全场爆发出来的痛斥声淹没了。

“你为什么随便乱扔团证？”

“呸，你这个出卖灵魂的家伙！”

“他加入共青团，图的是升官发财！”

“把他轰出去！”

“看我们不揍你一顿，你这传染伤寒病的虱子！”

扔掉团证的家伙低着头朝门口挤去。大家像回避鼠疫病患者一样避开他，放他出去。他一走出去，门就砰的一声关上了。

潘克拉托夫捡起扔下的团证，把它放在小油灯的火苗上。卡片烧着了，变成一个黑色的小卷筒。

树林里响了一枪。一个骑马的匪兵迅速逃离板棚，钻进了黑幽幽的树林。人们从破校舍和板棚里一齐往外跑。有人无意中碰到一块插在门缝里的小木板。他们划着火柴，用大衣的下摆挡住风，借着火光，看见小木板上写着：

你们统统给我滚出这车站！从哪里来的，滚回哪里去。谁敢留下，就叫他吃枪子。我们要把你们斩尽杀绝，一个不留。限明晚之前滚蛋。

下面的签名是“大头目切斯诺克”。

切斯诺克是奥尔利克匪帮的人。

丽达的桌子上放着她打开的日记本：

12月2日

早晨下了第一场雪。天真冷。下楼梯的时候，遇见了维亚切斯拉夫·奥利申斯基，我们便一起走走。

“我一向喜欢初雪。多么壮观的寒冬景象！多么迷人！对不对？”奥利申斯基说。

我想起了在博雅尔卡的人们，就回答他说，我对寒冬和这场初雪没有一点好感，相反，只觉得心情十分沉重。我向他解释了原因。

“这种想法很主观。如果把您的想法引申下去，那么就该认为，比方说在战时，笑声和一切乐观的表现都是不被允许的。但是在生活中却并非如此。悲剧只发生在前线，在那里，生命常常受到死神的威胁。然而即便在前线，也依然有笑声。至于远离前线的地方，生活当然还是一切照旧：有笑声也有泪水，有痛苦也有欢乐，有对美的追求和享受，还有感情的风波、爱情……”

从奥利申斯基的话中，很难辨别出哪些只是说着玩的。他是外交人民委员部的特派员，1917年入党。他的衣着是西欧式的，胡子总是刮得光光的，身上还稍微洒点香水。他就住在我们这幢楼里，住在谢加尔的房间里。晚上常常来看我。跟他聊天挺有意思，他在巴黎住过很长时间，对西方很了解。但是我并不认为，我们会成为好朋友。因为他首先把我看作一个女人，然后才是党内同志。诚然，他并不掩饰他的意图和想法——他在说实话上，倒是有足够的勇气——而且他献殷勤的方式也并不粗野。他善于表现得情意绵绵，但是我并不喜欢他。

对我来说，朱赫来那略带粗犷的朴实比奥利申斯基的西欧式风雅要亲切得多。

经常收到一些来自博雅尔卡的简短报告。筑路工程每天进展一百俄丈。他们先在冻土上刨出凹槽，然后把枕木直接铺到冻土上。那边总共只有二百四十个人。第二批调去的人已经逃走了一半。条件确实艰苦。在那样的冰天雪地里，往后叫他们怎么干活呢？……

杜巴瓦去普夏—沃季察已经一个星期了。那里有七个火车头，他们只修好了五个。其余的没有零件修配了。

电车公司控告杜巴瓦，说他带着一帮人，强行扣留从普夏—沃季察开往城区的全部电车。他动员乘客下车，把铺支线用的铁轨装到车上，然后沿着城里的电车线路把十九辆车统统开到火车站。他们得到了电车工人的全力支援。

在火车站，索洛缅卡区的一群共青团员连夜把铁轨装上火车，杜巴瓦带着他那一帮人把铁轨运到了博雅尔卡工地。

阿基姆拒绝把杜巴瓦的问题拿到常委会上讨论。杜巴瓦向我们反映，电车公司的官僚主义和拖拉作风极其严重。他们顶多只肯拨给两辆车，连商量的余地也没有。可是屠弗塔却教训起杜巴瓦来：

"该改掉游击习气了。现在再这么干，是要坐牢的。难道不能跟他们好好协商，非动用武力不可吗？"

我还从未见过杜巴瓦发那么大的火。

"你这个死啃公文的家伙，你自己为什么不去跟他们好好协商？你这个喝饱了墨水的寄生虫，只会坐在这儿耍嘴皮子、唱高调。我要是不把铁轨送到博雅尔卡，就得挨骂。我看真该把你派到工地上去，请托卡列夫好好管教管教，免得在这儿碍手碍脚！"杜巴瓦大发雷霆，整座省委大楼里都能听到他的吼声。

屠弗塔写了一份报告，要求处分杜巴瓦。但是阿基姆让我暂时离开一下，单独跟他谈了十来分钟。屠弗塔从阿基姆房间出来的时候，怒容满面，脸色通红。

12月3日

省委又从铁路肃反委员会那里接到了新的案件。潘克拉托夫、奥库涅夫和其他几个同志，一齐到莫托维洛夫卡车站拆走了那里空房子的门窗。当他们把拆下的东西往工程车上搬的时候，车站上的一个肃反工作人员试图扣留他们，他们反倒缴了他的枪。直到火车开动了，才把退空了子弹的手枪还给他。门窗都运走了。另外，铁路局物资处控告托卡列夫擅自没收了博雅尔卡车站仓库里的二十普特[1]钉子。他把这些钉子作为报酬发给农民，让他们从伐木场运出长木头来代替枕木。

我把这两件事都和朱赫来谈了。他笑着说："这些控告我们都给顶回去了。"

筑路工地上的情况万分紧张。每一天都很宝贵。有时为了一点鸡毛蒜皮的小事也不得不施加压力。我们常常把一些捣乱分子送交省委。筑路队的小伙子们不按常规办事的情况一天比一天多了。

奥利申斯基给我送来一只小电炉。我和奥莉加·尤列涅娃一块儿用它来烘手。房间里并不因为有了它而暖和多少。可是，那些在森林里的人又是怎样挨过夜的呢？奥莉嘉说医院里非常冷，病人都不敢钻出被窝。那里每隔两天才生一次火。

呵，奥利申斯基同志，你说得不对，前线的悲剧原来也是后方的悲剧啊！

12月4日

大雪下了整整一夜。据说，博雅尔卡整个给大雪封住了。筑路工作停了下来。大伙在清扫铁路上的积雪。今天省委已经决定：第一期筑路工程一定要在1922年1月1日之前完成，把路筑到伐木场边缘。据说，当这个决定传到博雅尔卡的时候，托卡列夫的答复是："只要我们这口气还在，就一定按期完成任务。"

关于保尔，一点消息也没有。我很奇怪，他居然没有像潘克拉托夫那样受到控告。我直到现在还不明白，他到

1 一普特等于16.38千克。

底为什么不愿意和我见面。

12月5日

昨天，匪徒们袭击了筑路工地。

马匹在松软的雪地上谨慎地迈着步子。有时候，马蹄踩到积雪下面的树枝，发出噼噼啪啪的脆响，于是马就惊惧地打一个响鼻，闪到一旁。但是低垂的耳朵挨了一枪托，就又加大步伐追上前面的马。

十来个骑马的人已经翻过一片高低起伏的丘陵地，前面便是一长条没有被雪覆盖的黑色地面。

他们在这里勒住了马。马镫碰在一起，发出当的一声。领头的那匹公马使劲抖了一下身子，长途跋涉之后它浑身冒着汗。

领头的人指着那破屋子，对他们说：

“他们的人，还真他妈的不少。我们主要是吓唬吓唬他们。大头目说了，无论如何要叫他们明天统统滚蛋，否则，他妈的这帮臭工人真要弄到木材了……”

他们一个跟着一个，沿轻便铁路两侧朝车站走去，慢慢地靠近了林业学校旁边的一片空地。他们躲藏在树背后，并不敢走到空地上来。

一阵枪声打破了黑夜的寂静。雪团如同松鼠，从被月光照成银白色的桦树枝上滚落下来。短筒枪在树林里喷出火光，子弹飞出树林，打得破墙上的泥灰四溅。潘克拉托夫他们运来的窗玻璃也被击得粉碎，发出悲戚的叮当声。

枪声惊醒了睡在水泥地上的人们，他们猛地跳起来，但是房间里子弹嗡嗡乱飞，迫使他们重新趴下了。有的人还压到了别人身上。

“你到哪里去？”杜巴瓦一把抓住保尔的军大衣问。

“出去。”

“快趴下，你这傻瓜！你一露头，他们就会打死你。”杜巴瓦急切地压低声音说。

他俩紧挨着躲在房门旁。杜巴瓦紧紧地贴着地面，紧握着手枪的那只手伸向门边。保尔蹲着，紧张地用手指摸了摸左轮手枪的弹槽。里面还有五颗子弹。他摸到空槽，便把转轮拨了过去。

枪声骤然停止了，静得令人感到诧异。

杜巴瓦低声命令那些卧倒的人：

“同志们，有枪的过来。”

柯察金小心地推开了门。空地上没有一个人影。只有雪花缓缓地飞舞着，飘向地面。

那十来个骑马的人抽打着马匹，正向密林深处逃去。

吃午饭的时候，有一辆轧道车飞也似的从城里开来。朱赫来和阿基姆走下车来。托卡列夫和霍利亚瓦在站台上迎接他们。一挺马克沁机枪、几箱机枪子弹和二十支步枪被从轧道车上搬了下来，放在月台上。

他们匆匆地向工地走去。朱赫来的大衣下摆不断擦在路面的积雪上，留下了一道道锯齿形的划痕。他走起路来像熊一样，左右摇摆。老习惯依旧未改：两条腿像圆规似的岔开着，仿佛脚下仍然是驱逐舰颠簸不停的甲板。高个子的阿基姆跨步大，跟朱赫来并排走着，托卡列夫则不时地跑上几步，才能跟得上他们。

“匪徒的偷袭——这还在其次。眼下有个山包横在路上，实在叫人头疼。这意外的麻烦事让我们碰上了，真他妈的晦气！工程量很大，得挖很多土方才行。”

托卡列夫站住了。他转身背着风，两手合拢成小船的样子，点上烟，猛抽两口，又去追赶前面的两个人。阿基姆停下来等他。朱赫来没有放慢脚步，继续朝前走。

阿基姆问托卡列夫：

“这条支线你们能够按期完成吗？”

托卡列夫没有马上回答。过了一会儿他才说：

“你知道，老弟，一般说来是根本无法按期完成的，但是又非完成不可。问题就在这里。”

他们赶上朱赫来，并排走着。托卡列夫很激动地接着说：

“瞧，问题的中心就在这儿了。要知道，这里只有我和工程师帕托什金两个人知道在这样恶劣的条件下，在人力和装备都极其缺乏的情况下，按期完工是办不到的。但是，好在全体人员也都知道这条路非筑成不可！所以上次我才敢说：‘只要我们这口气还在，一定按期完成任务。’你们自己看看吧！我们在这儿挖土已经快两个月了。第四班眼看又要到期了，可是基本人员却始终没换过，没喘过一口气，全凭青春的活力支撑着。要知道，他们有一半人已经冻坏了。只要看看这些年轻小伙子，就会心如刀割。他们都是些无价之宝啊……只怕不止一个人的命会断送在这块可恨的荒地上。”

从车站起，已经有一公里轻轨铁路铺好了。

往前，大约有一公里半的路基已经平整好。路基上面挖了座槽，座槽里铺着一排长木头，看上去很像被大风刮倒的栅栏。这就是枕木。再往前，一直到小山包跟前，是一条刚平整出来的路面。

在这里干活的是潘克拉托夫的第一筑路队。他们四十个人正在铺枕木。一个留着棕红色胡子的农民，穿着一双新编的树皮鞋，不慌不忙地把木头从雪橇上卸下来，扔到路基上。稍远一点的地方，也有几架这样的雪橇在卸木头。地上摆着两根长铁棍，这是代替路轨的，以便给枕木找出水平位。为了把路基夯实，斧子、铁棍、铁锹全都派上了用场。

铺枕木是一项很费功夫的细致活。枕木必须铺得既牢固又平稳，让每根枕木均匀地承受铁轨的压力。

工地上只有筑路工长拉古京一人懂得铺路技术。这位老同志已经五十四岁了，却没有一根白头发，乌黑发亮的胡子从中间向两边分开。他每次都自愿留下，现在已经是与第四批人一起干了。他跟年轻人一样忍受艰难困苦，因此在筑路队里受到普遍的尊敬。每当全体党员开会，都邀请这位非党同志（他是塔莉亚的父亲）参加，并请他就座荣誉席。老头子为此感到很自豪，发誓决不离开工地。

“你们说说看，我怎么能扔下你们不管呢？我一走，铺枕木的工作会搞乱的，这儿需要我的一双眼睛，需要实践经验。我在俄罗斯各地跟枕木打了一辈子交道……”每到换班的时候，他都这样推心置腹地说，于是就一次又一次地留了下来。

帕托什金很信任潘克拉托夫，很少来检查他这个工段的工作。当朱赫来他们三个人走到正在干活的人群跟前时，潘克拉托夫正挥动斧头在挖一个安放枕木用的凹槽。他累得满脸通红，头上直冒汗。

阿基姆好不容易才认出这个码头工人。他瘦多了，两块本来就很高的颧骨现在显得更加凸出了，脸也没好好洗过，显得又黑又憔悴。

“啊，省里的领导来了！”说着，他把热乎乎、湿漉漉的手伸给阿基姆。

铁锹声暂时停了下来。阿基姆看见了周围那些苍白的脸。他们脱下来的大衣和皮袄都放在旁边的雪地上。

托卡列夫跟拉古京交代了几句，就拉上潘克拉托夫陪同刚来的三个人到掘土的地方去。潘克拉托夫和朱赫来并排走着。

“潘克拉托夫，你说说，你们在莫托维洛夫卡车站到底跟肃反工作人员发生了什么事？你们把他的枪都缴了，你不觉得干得太过火了一点吗？”朱赫来严肃地问这个不爱多说话的码头装卸工。

潘克拉托夫不好意思地笑了笑，说：

“我们经过协商才缴了他的枪，是他主动要求我们这么做的。这小伙子是个好同志。我们把所有的情况跟他一摆，他就说：‘同志们，我没有权利让你们搬走门窗。捷尔任斯基同志命令严禁一切盗窃铁路财产的行为。这儿的站长跟我结了仇，这个坏蛋老偷东西，我总是阻拦他。要是我让你们把门窗拿走，他准会上告，那我就得到革命法庭受审。最好你们先缴了我的枪，再把东西赶快运走。要是站长不上告，这件事就算过去了。’于是我们就这么办了。我们又不是把门窗往自己家里搬。”

潘克拉托夫看到朱赫来的眼神里掠过一丝笑意，就补充说：

“朱赫来同志，要处分就请处分我们吧。千万别为难那个小伙子。”

“这件事情到此为止。往后可不许再发生这样的事，这是破坏纪律。我们有足够的力量通过组织程序打倒官僚主义。好了，现在谈谈更重要的事情吧。”于是朱赫来详细地询问了匪徒袭击的情况。

在离博雅尔卡站四公里半的地方，筑路的人们正愤怒地挥动铁锹，猛砍坚硬的冻土。他们要劈开挡道的小山包。

工地四周，站着七个人担任警卫。他们随身带着霍利亚瓦的马枪，以及保尔、潘克拉托夫、杜巴瓦和霍穆托夫几个人的手枪。这就是筑路队所有的武器了。

帕托什金坐在斜坡上，把数字记在笔记本上。现在只剩下他一个工程师了。瓦库林科怕被土匪的子弹打死，宁愿让法庭以临阵脱逃罪判处死刑也不干了，今天一早就溜回了城里。

“挖开这个山包，需要半个月的时间。因为地已经冻住了。”帕托什金对站在面前的霍穆托夫低声说。霍穆托夫是个动作迟缓、老皱着眉头、不太喜欢说话的人。

“全部工程只给我们二十五天时间，光挖山包您就用十五天，这不成！”霍穆托夫一边回答，一边气呼呼地用嘴咬着胡子梢。

“当然，这只是估算。我一生从未在这样的情况下筑过路，也从未跟这样一群人一起筑过路。也许我估计错了，我已经有两次都估计错了。”

就在这时，朱赫来、阿基姆和潘克拉托夫走近了小山包。斜坡上的人们看见了他们。

“瞧，谁来了？”在铁路工厂当过镟工的彼得卡·特罗菲莫夫是个斜眼小伙子，穿着露出胳膊肘的破绒线衫。他用胳膊肘捅了保尔一下，指着坡下的人喊道。

保尔连铁锹也没扔，马上朝斜坡下跑。他的两只眼睛在军帽帽檐下面热情地微笑着。朱赫来紧紧握住他的手，握的时间比握谁的手都长。

“你好哇，保尔。瞧你穿了这么一身胡拼乱凑的衣服，差点认不出你来了。”

潘克拉托夫苦笑了一下，愁眉不展地对阿基姆说：

“他那五个脚指头倒是步调一致，总是整齐地露在外面。而且，开小差的家伙还偷走了他的大衣。幸亏跟他一个公社的奥库涅夫把自己的短上衣送给了他。不过没关系，保尔是一个热血青年。他还可以在水泥地上躺上一两个星期，铺不铺麦秸都一个样，然后，他还可以躺到棺材里去。”

眉毛漆黑、鼻子微翘的奥库涅夫调皮地眯缝起双眼，反驳说：

“我们才不让保尔完蛋呢。我们可以推选他去当厨子，做奥达尔卡的一名后备军。只要他不是傻瓜，在那里他不但可以吃得饱，还可以睡得暖——愿意挨着火炉也行，愿意挨着奥达尔卡也行。”

一阵开心的哄笑淹没了奥库涅夫的话。

这是他们今天第一次大笑。

朱赫来察看了小山包，然后和托卡列夫、帕托什金坐上雪橇到伐木场去了一趟，接着又转了回来。大伙仍旧在小土坡上顽强地挖着土。朱赫来看着闪光的铁锹，看着弯着腰紧张劳动的人群，低声对阿基姆说：

“用不着开群众大会了。这里谁也用不着鼓动。托卡列夫，你说得对，他们真是无价之宝。钢铁就是这样炼成的！”

朱赫来看着这些挖土的人，眼睛里流露出钦佩、爱护和自豪的神情。就在不久之前，在反革命叛乱的前夜，他们中间有一部分人曾经背起钢枪战斗；而现在，他们又都怀抱着共同的志向，要把钢铁动脉通到堆放大量宝贵木材的森林里去。木材可是温暖与生命的源泉啊。

工程师帕托什金终于既彬彬有礼又言之有据地向朱赫来证明：没有两个星期的时间，要挖开这个小山包是不可能的。朱赫来仔细地听着帕托什金的计算，心里打定了主意。他说：

“把人从斜坡上撤下来，调到前面去修路。咱们另想办法来对付这个小山包。”

朱赫来在车站上花了好长时间才接通了电话。霍利亚瓦站在门外警卫，他听见里面朱赫来粗声粗气地说：

“立即以我的名义给军区参谋长挂电话，请他马上把普兹列夫斯基团调到筑路工地来。一定要把这一带的匪帮肃清。此外，再派一辆装甲车和几个工兵爆破手来。其他事情由我自己来安排。我连夜赶回去。叫小利特克在十二点以前把汽车开到车站。”

板棚里，阿基姆做了简短讲话之后，朱赫来接着发言。在亲切的交谈中，不知不觉地过去了一个小时。朱赫来告诉大家，原定的工程期限不能改变，必须在1月1日之前完工。他说：

“从现在开始，我们要按战时状态进行工作。全体党员编成一个特勤中队，杜巴瓦同志担任中队长。六个筑路队，都要担负一定的任务。尚未完成的工程平均分成六段，每队承包一段。全部工程必须在1月1日以前完工。提前完成任务的小队，可以回城里休息。此外，省执行委员会主席团还要向乌克兰中央执行委员会呈报，给这个小队的优秀工人颁发红旗勋章。”

各小队的队长已经派定：第一小队是潘克拉托夫同志，第二小队是杜巴瓦同志，第三小队是霍穆托夫同志，第四小队是拉古京同志，第五小队是柯察金同志，第六小队是奥库涅夫同志。

“至于筑路工程的总负责人，”朱赫来在发言结束时宣布，“也就是整个思想工作和组织工作的总负责人，当然继续由不换班的安东·尼基福罗维齐·托卡列夫同志担任。”

仿佛群鸟振翅起飞，响起一阵噼啪噼啪的掌声。一张张严肃的面孔都露出了笑容。朱赫来一向很严肃，最后说的这句话却既亲切又诙谐，使一直在注意听他讲话的人全都轻松地笑了起来。

二十来个人一齐去送阿基姆和朱赫来上轧道车。

在和保尔话别的时候，朱赫来看见他那只灌满雪的套鞋，低声说：

“我给你捎双靴子来。你的脚还没有冻坏吧？”

“好像已经冻坏了，两只脚都肿起来了。”保尔回答。接着他想起一个心中老早就有的要求，便拉住朱赫来的袖子，说：“你能不能给我几发子弹？我只剩下三发能用的了。”

朱赫来抱歉地摇了摇头，但是他看到保尔失望的眼神，就立刻毫不犹豫地解下了自己的毛瑟枪。

“这是我给你的礼物。”

保尔开头简直不相信他已经得到了盼望已久的礼物，但是朱赫来已经把枪带挂在他的肩膀上。

“拿去吧，拿去吧！我知道你早就盯上它了。不过要多加小心，别伤了自己人。这里还有满满的三夹子弹，也给你啦。”

许多双羡慕的眼睛齐刷刷地盯向保尔。有人喊：

“保尔，咱俩交换，我给你一双靴子，外加一件短皮袄。”

潘克拉托夫朝他后背推了一下，开玩笑似的说：

“小鬼，你拿它换一双毡靴吧。再穿着那只套鞋，你休想活到今年圣诞节。”

这时候，朱赫来已经一只脚踏在轧道车的踏板上，正在给保尔开持枪许可证。

清晨，一列装甲列车轰隆隆地驶过道岔，开进车站。一团团乳白色的蒸汽，犹如天鹅绒般喷发出来，又立即消散在清新而寒冷的空气中。从装甲车厢里走出来几个穿皮衣的人。几小时以后，装甲车送来的三名爆破手已经在山坡上深深地埋下了两个深蓝色的大南瓜，从上面引出两根长长的导火线，然后放了信号枪。人们纷纷离开现在已经变成险地的小山包，四散隐蔽起来。火柴点燃导火线，顿时冒出荧荧的磷光。

几百个人的心一下子提了起来。一分钟，两分钟，多么难熬的等待——终于……大地颤抖了一下，一股可怕的力量将小山包炸得粉碎，把巨大的土块抛向空中。接着，第二次爆炸又开始了，比第一次更猛烈。震耳欲聋的轰鸣声响彻密林，山崩地裂的隆隆声在林间回荡。

刚才还是小山包的那个地方，现在变成了一个深坑，周围几十米内，在像砂糖一样洁白的雪地上，撒满了四散飞溅的碎土。

筑路工人立刻提起镐头和铁锹，喊叫着朝炸出来的土坑跑去。

自从朱赫来走后，各筑路队展开了一场争取首先完成任务的顽强竞赛，离天亮还很早，保尔就悄悄地起了床，谁也不惊动，艰难地挪动着在冰凉的地面上冻僵的双脚，走到厨房。他烧开了一桶沏茶用的水之后，才回去叫醒同小队的伙伴。

等到其他各队的人都醒来时，天已经亮了。

在板棚里吃早点的时候，潘克拉托夫挤到杜巴瓦和他兵工厂的伙伴们的桌子跟前，激动地说：

“米佳伊，看见没有？保尔那家伙，天还没亮就把他那伙人叫起来了。现在他们也许已经筑好二十来米了。伙伴们都说，他把他队里由铁路工厂来的人鼓动得雄心勃勃，夸口说要在12月25日以前就铺完他们那一段。他想把咱们大伙都给比下去。但是，对不起，谁胜谁负还得走着瞧！”

杜巴瓦苦笑了一下。他十分清楚为什么铁路工厂那一队的行动会使这个货运码头的共青团书记如此坐卧不安。就连他杜巴瓦，也受到好朋友保尔的一记闷棍——这个保尔竟一声不响，就向各队挑战了。

“这真是朋友归朋友，各自显身手。这是关系到‘谁战胜谁’的问题。”潘克拉托夫说。

中午时分，柯察金小队正干得热火朝天，突然一声枪响，打断了他们的工作。原来是站在步枪垛旁边的哨兵，发现树林里出现了一队骑兵，便鸣枪示警。

“同志们，快拿枪，土匪来了！”保尔喊了一声，扔下铁锹，朝一棵大树跑去。他的毛瑟枪就挂在树枝上。

全队马上拿起武器，直接卧倒在路基旁的雪地上。走在前面的几个骑兵挥动着帽子，其中有个人高声喊道：

“别开枪，同志们！自己人！”

五十多个骑兵沿着大路跑了过来，他们都戴着缀有红星的布琼尼军帽。

原来这是普兹列夫斯基团的一个排，前来探望筑路人员。保尔看到排长的坐骑少了一只耳朵，这引起了他的注意。那是一匹漂亮的灰骒马，额上有一块白斑。它不肯老实站着，一直在骑者胯下玩花样。保尔跑到它跟前，一把抓住笼头绳，马吓得直往后退。

“小白斑，你这个调皮鬼，想不到在这儿又见到你了！你没让子弹打死呀，我的独耳美人。”

他亲热地搂住马的细长脖子，抚摸着它那翕动的鼻子。排长仔细地端详着保尔，终于认出来了，他惊喜地喊道：

“啊，这不是保尔吗！……马你倒认出来了，老朋友谢列达反而看不出来啦。你好，老弟！”

城里各部门都积极行动起来，全力以赴支援筑路工程。这立刻取得了明显的效果。扎尔基把留在城里的人都派往博雅尔卡，团区委成了个空架子。整个索洛缅卡区只剩下清一色的女团员。扎尔基又到铁路专科学校动员了一批学生去支援工地。

当他向阿基姆汇报这些情况的时候，半开玩笑地说：

“现在只剩下我和那些女无产阶级革命者了。我打算让拉古京娜代替我，门口换上‘妇女部’的牌子，这样我就可以马上到博雅尔卡去了。你想，我一个男子汉成天在女人堆里转悠，实在不像话。那帮女孩子都怀疑地看着我。她们私下里准像喜鹊似的在叽叽喳喳地议论我：‘他把别人都打发走了，自己却赖在城里，真是个大滑头。’没准还有比这更难听的话呢。求求你，让我也去吧。”

阿基姆笑着拒绝了。

到博雅尔卡工地的人数在不断增加。铁路专科学校的六十个学生也到了。

朱赫来设法让铁路管理局调出四节客车车厢，开到博雅尔卡，给新到的工人们住宿。

杜巴瓦的那一队人撤出了工地，被派往普夏—沃季察，负责把窄轨车头和六十五节窄轨的敞车运回工地。这项工作顶替他们原先所执行的任务。

临走之前，杜巴瓦向托卡列夫建议，把克拉维切克调回筑路队，由他领导新组织的一个小队。托卡列夫下达了这个命令，丝毫没有怀疑杜巴瓦提出这一建议的真实动机。杜巴瓦之所以想起这个捷克人，是因为收到了安娜写给他的便条。这便条是刚从索洛缅卡来的人捎来的，上面写着：

德米特里：

我和克拉维切克为你们选择了一大批书报。我们向你，向博雅尔卡全体突击队员致以热烈的敬礼。你们都是些了不起的人！祝愿你们身体强壮、精力充沛。昨天，木柴仓库里的最后一批木柴都配售完了。克拉维切克要我向你们转达问候。他真是一个好同志！他亲自动手为你们烤面包。对面包房里的人他不太信得过，因此筛面粉、用机器和面全都由他亲手做。不知道他从哪儿搞到的好面粉，烘出的面包可口极了，一点也不像我领到的那样。晚上大家总是到我这儿来，有拉古京娜、阿尔丘欣、克拉维切克，有时还有扎尔基。我们也进行一些学习，但大部分时间是谈论所见所闻，特别时常谈到你们。姑娘们由于托卡列夫拒绝她们去筑路工地而非常生气。她们都再三保证，能够像你们一样经受磨炼。拉古京娜说：“我要穿上老爸的衣服去找老爸，看他能不能把我赶走！”

她很有可能会这么做。代我问候那个黑眼睛的人[1]。

安娜

暴风雪突然袭来。灰色的阴云布满天空，低低地压着地面缓缓移动。大雪纷纷飘落下来。晚上刮起了狂风，烟囱里发出呜呜的怒吼。狂风追逐着在树林中飞速盘旋、飘忽不定的雪花，凄厉的呼啸声搅得整个森林惊恐不安。

暴风雪咆哮不止，肆虐了一整夜。车站上那所破房子存不住热气，虽然通宵生着火炉，大家依然觉得寒气刺骨。

第二天清早上工，双脚陷入深深的积雪里，树梢上却挂着一轮红彤彤的太阳，天空没有一丝云彩。

保尔的小队在自己的地段上清扫积雪。直到这时保尔才体会到，寒冷给人造成的痛苦是多么难以忍受。奥库涅夫给他的那件旧上衣一点也不暖和，脚上那只旧套鞋老往里灌雪，并且好几次掉在了雪堆里。另一只脚上的靴子也时刻面临着掉底的危险。而且，因为睡在水泥地上，他脖子上长了两个大毒疮。托卡列夫把自己的毛巾送给他当围巾。

保尔两眼通红，骨瘦如柴。他疯狂地用一把大木锹铲着雪。

这时，一列客车慢慢地爬进了车站。火车头喘着气，好不容易才把它拖到这里。它的煤水车上一块木材也没有，炉膛里的火苗也很微弱。

司机冲着站长喊道：

“给我们木柴，我们就开走。要是不给的话，趁着它还能动弹，让我停到侧线上去。”

1 黑眼睛的人，这里指保尔。

列车开到侧线上去了。他们把停车的原因通知了沮丧的旅客。挤得满满的车厢里顿时响起一片叹息声和咒骂声。

“你们去跟那个老头商量商量，就是在站台上走着的那个，他是工地的负责人。工地上有当枕木用的木头，他可以下令用雪橇运些木头来给火车头用。”站长给乘务员们出主意。他们立刻迎着托卡列夫走去。

“我可以给你们木柴，但是不能白给。要知道，这是我们的筑路材料。现在工地被雪封住了。你们车厢里有六七百名乘客。妇女和小孩可以留在车里，其他人都得拿起铁锹来铲雪，一直做到晚上。如果他们答应这样做，就可以得到木柴。要是不愿意干，就让他们在这儿坐等到过年吧。”托卡列夫对乘务员们说。

“瞧，弟兄们，来了这么多人！哦，还有女的呢！”保尔听到背后有人惊奇地喊。

保尔回过头去。

“这里有一百人交给你，分配他们干活吧。看着点，别让他们偷懒。”托卡列夫走到保尔跟前说。

保尔给这些新来的人派了活。有个身材高大的男人，身穿皮领子的铁路制服大衣，头戴一顶暖和的羔皮帽，非常愤怒地转动着手上的铁锹。他旁边站着一个青年女子，头戴海狗皮帽子，帽顶上还带着一个小绒球。他抗议般地对这女子说：

“我才不铲雪呢，谁也没有权利强迫我干这个。我是一个铁路工程师，要是请我领导工作，我倒可以答应。但是铲雪绝不是你我分内的事，没这条规定。这老头子违法行事，我要控告他。谁是这里的工长？”他问身边的一个工人。

保尔走上前去：

“公民，您为什么不干活？”

那男子用轻蔑的眼光，把保尔从头到脚打量了一番。

“您是什么人？”

“我是工人。”

“那么，我跟您没什么可谈的。把工长给我叫来，或者别的负责人……”

保尔怒视着他说：

“不想干活可不行。车票上没有我们的签字，您就别想上车。这是工地主任的命令。”说完保尔又问那女子：“您呢，女公民，您也拒绝干活吗？”但是，霎时间他愣住了，因为站在他面前的竟是冬妮亚·杜曼诺娃。

她好不容易才认出这个衣衫褴褛的人就是保尔。保尔身上穿着又破又旧的短褂，脚上穿着两只稀奇古怪的鞋子，脖子上围着一条脏毛巾，脸好久没洗了。只有他那双眼睛，还跟从前一样炯炯有神。这正是他的眼睛。就是这个像叫花子一样的衣衫褴褛的人，不久以前还是她所爱的！世事变化得多么快啊！

冬妮亚不久之前结了婚，现在随同她丈夫到一个大城市去。她丈夫在那里的铁路管理局担任要职。她想不到竟会在这样的情境下遇到她少年时代的恋人。她甚至觉得不便和他握手。她的瓦西里会怎么想呢？保尔竟潦倒到如此地步，真叫人心痛啊。显然，这个青年伙夫除了挖土之外不会有更大的长进了。

她犹豫不决地站在那里，窘得满脸通红。那个铁路工程师气疯了，这个衣衫褴褛的臭小子竟敢目不转睛地盯着他的妻子，在他看来，这实在是太无理了。他把铁锹往地上一扔，走到冬妮亚跟前，说：

“冬妮亚，咱们走吧。这个拉查隆尼，我瞧着就气不打一处来。”

保尔读过《朱泽培·加里波第》这部小说，知道拉查隆尼是什么人。

“假如我是拉查隆尼，那你就是未被消灭的资产阶级。”他粗声粗气地回敬道。接着，他把目光转向冬妮亚，冷冷地对她说：“杜曼诺娃同志，拿起铁锹，站到队伍里去吧。别学这个胖水牛的样。请原谅我这么说，我不知道他是您的什么人。”

保尔看着冬妮亚那双长筒皮套靴，冷笑了一下，随口补充道：

“我劝你们最好别留在这儿。前几天，匪徒刚刚光顾过。”

他转身向自己的工作队走去，他那套鞋在走路的时候啪嗒啪嗒直响。

他最后这几句话显然对那个工程师产生了影响。

冬妮亚终于说服了他一起去铲雪。

傍晚收工后，人们都向车站走去。冬妮亚的丈夫匆忙走在前头，打算在车厢里占个好位子。冬妮亚停住脚步，让其他人先过去。走在最后面的是保尔，他已经疲惫不堪，一边走一边拄着铁锹。

“保夫鲁沙，你好！”冬妮亚跟他并排走着，说，“老实说，看到你这种样子，我真感到很意外。难道你不能在现政府里弄一个比挖土好一点的差事吗？我还以为你早就当了委员或是相当于委员的首长呢。你的生活怎么搞得这么狼狈啊……”

保尔站住脚，惊奇地看了她一眼，说：

“我也没想到你会变得这么……这么酸臭。”

冬妮亚的脸一直红到耳根。

“你还是这么粗鲁！”

保尔把铁锹扛到肩上，迈开大步向前走。走出几步之后，他才回答说：

“不，杜曼诺娃同志，坦率地说，我的粗鲁比你所谓的礼貌要好得多。你用不着担心我的生活，我的生活过得挺好。但是你的生活却变得比我想象的还要糟糕。两年以前，你还好些，那时候你还敢和一个工人握手。可是现在呢，你浑身都发出樟脑丸的味道。说句心里话，现在我跟你已经没什么可谈的了。”

保尔收到他哥哥阿尔焦姆的来信。信上说他就要结婚，让保尔无论如何回去一趟。

一阵风吹走了保尔手上的白色信纸，它像鸽子一样飞上天空。他不能去参加哥哥的婚礼。现在怎么能离开工地呢？昨天，潘克拉托夫这头大熊已经赶上他这一队了，他们突进的速度简直叫大家目瞪口呆。这个码头工人正在拼命地争第一名，他已经完全失去了惯有的沉着，不断地鼓动他队里的“码头工人”用一种疯狂的速度去干活。

帕托什金观察着这些一声不响、埋头苦干的筑路工人。他惊异地挠着头皮问自己：“这究竟是些什么人？他们这种不可思议的力量是从哪里来的？只要天气再晴上七八天，我们就可以铺到伐木场了！俗话说得好：活到老，学到老，到老懂得的还太少。这些人的工作打破了一切计算和标准。”

克拉维切克带着他亲手烤的最后一批面包从城里来了。他见过托卡列夫后，就到工地找保尔。他们亲热地互相问了好。接着，克拉维切克笑眯眯地从麻袋里拿出一件瑞典制的漂亮的黄面皮里短大衣，用手拍拍那富有弹性的皮面，对保尔说：

“这是给你的。猜不出是谁送的吧？……呵，你这傻瓜，好好想一想吧！这是丽达·乌斯季诺维奇同志送的，为的是不让你这蠢驴子活活冻死。这本来是奥利申斯基同志送给她的礼物，她接到手时立刻就交给我，说给柯察金捎去吧。阿基姆曾经对她说过，你在冰天雪地中只穿一件单衣干活。这倒叫奥利申斯基的鼻子有点皱起来了。他说：‘我可以另外送一件军大衣给那位同志嘛。’但是丽达笑着说：‘不必了，他穿短的干活更方便。’这就是那件皮大衣，拿去吧。”

保尔惊讶地捧着这件珍贵的礼物，过了一会儿，才犹犹豫豫地把它穿到冻得冰凉的身上。那柔软的皮毛立刻使他的后背和前胸都感到暖烘烘的。

丽达在日记里写道：

12 月 20 日

暴风雪刮个不停。今天又是风雪交加。博雅尔卡的人们眼看就要把路铺到目的地了，不料严寒和暴风雪拦住了他们。他们陷在深雪里了。要挖开冻土是非常困难的，只剩下四分之三公里了，但这是最艰难的一段。

托卡列夫报告说，筑路队里发现了伤寒，已经有三个人病倒了。

12 月 22 日

共青团省委召开全体会议，博雅尔卡没有人来参加。在离博雅尔卡十七公里处，匪徒把一列运粮火车弄出轨了。根据粮食人民委员会全权代表的命令，工程队全体人员已奔赴出事地点。

12 月 23 日

又有七个伤寒病人从博雅尔卡送回城里。其中有奥库涅夫。我去了一趟车站，看见从哈尔科夫开来的列车的连接板上抬下来几具僵硬的尸体。连医院里都没有暖气供应。可恶的暴风雪！它要刮到什么时候才会停呢？

12 月 24 日

刚从朱赫来那里回来。消息证实了：昨夜奥尔利克匪帮倾巢出动，袭击了博雅尔卡工地。双方交战了两小时。匪帮切断了电话线，所以今天早晨朱赫来才得到确切消息。匪徒被击退了。托卡列夫受了伤，子弹击穿了他的胸膛。今天将把他送回来。昨夜担任警卫组长的克拉维切克被刀砍死了。是他最先发现匪徒并鸣枪报警的。他一边往回跑，一边射击进攻的敌人，但是还没来得及跑到学校，就被砍死了。筑路队里有十一个人受伤。现在工地上驻有一列装甲列车和两个骑兵中队。

潘克拉托夫升任筑路队队长。白天普兹列夫斯基团在格卢鲍基村追上了一部分匪徒，把他们一个不剩地砍死了。筑路工地一些非党团人员，来不及等火车，就沿着铁路线步行回城里来了。

12 月 25 日

托卡列夫和其他受伤人员都已运到，被安置在医院里。医生答应救活托卡列夫。他依旧昏迷不醒。其他人已没有生命危险。

省党委和我们都收到了博雅尔卡的来电："为了回答匪帮的袭击，我们，轻便铁路的建设者，同'保卫苏维埃政权号'装甲列车和骑兵团的全体指战员，在这里召开大会，向你们保证，我们将排除一切困难，在 1 月 1 日以前把木材运到城里。我们将全力以赴完成任务。派遣我们的共产党万岁！大会主席：柯察金，记录：别尔津。"

我们以军礼在索洛缅卡安葬了克拉维切克。

盼望已久的木材已经近在咫尺。但是筑路进度特别缓慢，因为伤寒病每天都要夺去几十双有用的手。

有一天，保尔像喝醉酒似的，两腿发软，身子摇摇晃晃地走回车站。他发烧已经好几天了，但是今天的热度比以往哪天都高得多。

那吮吸着筑路队血液的肠伤寒也在悄悄地向保尔本人进攻，但是他健壮的身体仍在抵抗它。一连五天他都强打精神，挣扎着从铺着麦秸的水泥地上爬起来，跟别人一道去上工。但是无论是那件暖和的皮短大衣，还是朱赫来送给他的那双已经套在冻坏的双脚上的毡靴，都帮不上他的忙了。

他每走一步，都像有什么东西猛刺一下他的胸口。他浑身发冷，上下牙直打架，两眼发黑，只觉得树木像旋转着的木马似的围着他直打转。

他好不容易才走到车站。异常的喧哗声使他吃了一惊。他仔细一看，只见站台旁边停着一列跟站台一样长的平板列车，上面装着小火车头、铁轨和枕木，许多随车同来的人正在忙着卸车。他又向前走了几步，身子便失去了平衡。他只觉得头一晕，就栽倒在地上。积雪贴着他那灼热的脸颊，他觉得很舒服。

几个小时以后才有人偶然发现他，把他抬进板棚里。柯察金呼吸困难，已经认不出周围的人了。从列车上请来的医生说："大叶性肺炎兼肠伤寒。体温四十一点五摄氏度。至于关节炎和脖子上的两个毒疮，那倒不值得一提了。光是上面那两种主要病症，就足以把他送到另一个世界去了。"

潘克拉托夫和刚回来的杜巴瓦都尽全力抢救保尔。

他们托保尔的同乡阿廖沙·科汉斯基护送保尔回家乡。

幸亏柯察金那一队的队员全体出动，更主要的是霍利亚瓦施加了压力，潘克拉托夫和杜巴瓦才把科汉斯基和昏迷不醒的保尔硬塞进挤得满满的车厢里。车上的乘客怕他得的是具有传染性的斑疹伤寒，死也不肯让他们上车。有人甚至威胁说，只要车一开动，他们就把病人扔下去。

霍利亚瓦挥动着他的手枪，指着那些人的鼻子怒吼：

“这个病人不传染！哪怕把你们统统赶下车，也得让他走！你们这些自私自利的家伙，记住，我马上通知沿线各站，要是谁敢动他一下，就把你们全赶下车扣押起来。给你，阿廖沙，这是保尔的盒子枪。要是谁敢碰他，你就对准谁开枪。”霍利亚瓦为了吓唬那些人，又加上这么一句。

列车开动了。在空空的月台上，潘克拉托夫走到杜巴瓦跟前说：

“你说，他能活吗？”

没有回答。

“走吧，德米特里，这件事只能听其自然了。现在一切都得咱们负责了。必须连夜卸下机车，明天早晨就试车。”

霍利亚瓦给沿线各站每个肃反工作同志打电话，反复请求他们不许乘客把生病的柯察金抬下车。直到每个朋友都答应绝对办到之后，他才去睡觉。

在一个铁路枢纽站上，一个不知姓名的亚麻色头发的年轻人的尸体被大家从客车里抬到了月台上。他是谁，怎么死的——谁也不知道。车站上的肃反工作人员想起霍利亚瓦的请求，慌忙跑到车厢跟前阻止，但是看到这个年轻人确实已经死亡，只好叫人把他抬到车站的停尸房里。

他们立刻打电话给博雅尔卡的霍利亚瓦，把他那么关切的那个青年同志的死讯告诉了他。

博雅尔卡发了一个简短的电报给省委，报告保尔的死讯。

阿廖沙·科汉斯基把重病的保尔送到家里，接着，他自己也得了伤寒病躺倒了。

以下是丽达的又一篇日记。

1月9日

我为什么这样难过？在坐下动笔之前就大哭了一场。谁会想到丽达竟会失声痛哭，而且哭得这么伤心！难道眼泪一定是意志薄弱的象征吗？今天流泪是因为有一种难以忍受的悲痛。为什么我会感到悲痛呢？今天本是喜庆的日子。可怕的严寒已经被战胜，铁路的各个车站堆满了宝贵的木材，我也刚开完庆祝胜利的大会回来。那是市苏维埃为表彰筑路英雄们而举行的扩大会议。为什么恰恰在这个时候我会感到悲痛呢？我们胜利了，但是有两个人为此献出了生命——克拉维切克和保尔·柯察金。

保尔的死使我发现了真情——他对于我，比我原先所想的更加珍贵。

日记就写到这里吧，不知道什么时候才会提笔写下一篇。明天我要写信到哈尔科夫，告诉他们我同意去乌克兰共青团中央委员会工作。

第三章

思索人生

青春获得了胜利。伤寒没能夺走保尔的生命。这已是他第四次死里逃生。卧床一个月之后，苍白消瘦的保尔已能够勉强站起来，颤巍巍地扶着墙壁，试着在房间里走动了。他让母亲搀扶着走到窗口，向街上望了很久。雪已开始融化，雪水汇成的小水洼在阳光下闪闪发亮。外面已经是冰雪消融的早春天气了。

紧靠窗户的樱桃树枝上，神气活现地站着一只灰胸脯的麻雀，它不时用机敏的小眼睛偷看保尔一眼。

"怎么样，冬天咱们总算是熬过来了吧？"保尔用手指敲敲窗户，低声说。

母亲吃惊地看了他一眼。

"你在那儿跟谁说话？"

"跟麻雀……它飞走了，这个小机灵鬼。"他无力地笑了笑。

到了盛春时节，保尔开始考虑回到城里去。现在他已经恢复到可以走路的程度，不过体内总还潜伏着别的弄不清的毛病。有一天，他正在花园里散步，突然脊椎上一阵剧痛，他不禁摔倒在地。他艰难地爬起来，好不容易才挨到房间里。第二天医生给他做了详细检查，在他的脊柱上摸到一个深窝。医生惊讶地问他：

"这是怎么得来的？"

“医生，这是让公路上的石头给崩的。在罗夫纳城下，一颗三英寸口径的炮弹在我身后的公路上炸开了花……”

“那么，后来你怎么走路呢？一向没有妨碍吗？”

“没有。当时我躺了两个钟头左右，然后又继续骑马。直到现在才第一次发作。”

医生皱着眉头，仔细检查那个深窝。

“嘿，亲爱的，这东西很麻烦的。脊柱可不喜欢这样的震动。但愿它以后不要再发作。穿上衣服吧，柯察金同志。”

医生带着难以掩饰的担心，同情地看着他的病人。

阿尔焦姆住在他老婆斯捷莎家里。他老婆是个相貌丑陋的年轻女人。这是一个贫苦的农民家庭。有一天，保尔顺便去看阿尔焦姆。肮脏的小院子里，一个满身污泥的斜眼小男孩正在跑着玩。他一看见保尔，就毫不客气地用小眼睛瞪着他，一面专心致志地掏鼻孔，一面问：

“你要干什么？是来偷东西的吧？最好快点走开，我妈妈可凶啦！”

这时，破旧的矮木房的小窗子打开了，阿尔焦姆在叫他：

“进来吧，保夫鲁沙！”

一个脸黄得像羊皮纸的老太婆拿着火叉在炉子旁边忙来忙去。她冷冷地瞧了保尔一眼，让他走过去，接着把锅勺敲得叮当乱响。

两个梳着短辫的大女孩急忙爬到炉炕上，像没有见过世面的野蛮人，好奇地探头探脑地打量着客人。

阿尔焦姆靠桌子坐着，似乎有点难为情。他母亲和保尔两人都不赞成他这门亲事。他本来是个血统工人，但不知道为什么竟和石匠的女儿、谈了三年朋友的美丽的服装厂女工嘉莉娜断绝了关系，反而跟难看的斯捷莎结了婚，入赘到这个没有男劳动力的五口之家。从机车库下班回来以后，为了重振衰败的家业，他把所有的精力都花费在侍弄田地上了。

阿尔焦姆知道保尔不赞成他，曾说他这是退入了“小资产阶级自发势力”，所以这会儿他担心地观察着保尔对他周围事物的反应。

他们两个坐着，说些通常见面时说的没什么意思的寒暄话。稍坐片刻，保尔就要起身告辞。阿尔焦姆挽留他：

“等一下，跟我们一块吃点东西吧，斯捷莎这就拿牛奶来。这么说你明天就要走？保尔，你身体还很虚弱呢。”

斯捷莎走进房里，同保尔打了声招呼，就叫阿尔焦姆到打谷场帮她搬东西。屋子里只剩下保尔和那个不爱搭理人的老太婆。窗外传来了教堂的钟声。老太婆放下火叉子，不满地嘟哝着：

“啊！我主耶稣，我成天忙这忙那，连祷告也没工夫！”说着，她取下脖子上的围巾，斜眼瞧瞧客人，走到屋子的一角，那里挂着年久发黑、面带愁容的圣像。她捏起三根瘦骨嶙峋的手指，在胸前画了个十字。

“我们在天上的父，愿你获得圣者尊号……”她嚅动着干瘪的嘴唇，轻声念着。

院子里，小男孩突然骑到一只耷拉着大耳朵的黑猪身上。他双手紧紧抓住猪鬃，两只赤脚拼命踢它，高声吆喝着，弄得那只猪一面打转，一面哼哼乱叫。

“驾！驾！走啊，开步走！吁！别胡闹！”

猪驮着孩子满院乱跑，想把他甩下来。但是那斜眼的调皮鬼却骑得很稳。

老太婆停止祈祷，把头探出窗外，喊道：

“我叫你骑，摔死你这个顽皮鬼！快下来，你这该死的！给我滚下来，你这个小疯子！”

那只猪最终还是把骑手甩下来了。于是老太婆满意地回到圣像跟前，做出满脸虔诚的样子，继续祷告：

“愿你的天国降临……”

小男孩哭哭啼啼地走到门口，用袖子擦着摔伤的鼻子，疼得哼哼唧唧地喊：

“妈——妈，我要吃奶渣饺子！”

老太婆转过身来，恶狠狠地骂道：

“你这个斜眼鬼，让我祷告都做不成。狗崽子，我这就让你吃个够！”说着，她从凳子上抓起一根鞭子。男孩立刻跑得没了踪影。炉灶后面的两个女孩扑哧一声笑了起来。

老太婆第三次重新开始祈祷。

保尔没有等哥哥回来，就站起身走了。他关栅栏门的时候，看见老太婆在靠边的小窗户里探头探脑。她在监视他。

“究竟是什么鬼迷住了阿尔焦姆的心窍，把他勾引到这里来？这下他到死也摆脱不掉了。斯捷莎每年都会给他生一个孩子。他像甲虫掉进粪坑里，越陷越深。弄不好连机车库那份工作也会丢掉。可我原本还想吸引他参加政治活动呢。”保尔走在空荡荡的街道上，闷闷不乐地想。

但是，他想到明天就要离开这里回到大城市去，那里有他的朋友和志趣相投的人们，不禁感到由衷的高兴。那座城市的雄伟景象、蓬勃的生气、川流不息的人群、电车的轰鸣声、汽车的喇叭声都让他心驰神往。然而最具吸引力的还是那些巨大的石头厂房、煤烟熏黑的车间、机器以及滑轮发出的轻微的沙沙声。他向往那巨轮飞速旋转、空气中散发着机油气味的地方，向往那早已习惯的一切。可是在这里，在这个僻静的小城里，保尔漫步街头，心里却感到莫名的惆怅。难怪小城在保尔眼里显得陌生和无聊。连白天出去散散步，也会惹得人心里不痛快。比如，当他从那些坐在台阶上闲扯的饶舌妇跟前走过的时候，常常听到她们急促的议论声：

“瞧，姐妹们，从哪儿跑出来这么个丑八怪？”

“看样子，是个痨病鬼。”

“可你看他那件皮上衣倒挺阔气，准是偷来的……”

还有许多诸如此类令人厌恶的事情。

他与小城的联系早已一刀两断，对他来说，大城市变得更亲切、更可爱。那里有朝气蓬勃、意志坚强的阶级弟兄，那里有他的事业。

保尔不知不觉地走到了松林跟前，在岔路口停下脚步。在他的右面是阴森森的旧监狱，有一道高高的尖头木栅栏把它和松林隔开。监狱后面是医院的白色楼房。

正是在这里，在这空旷的广场上，瓦莉亚和她的同志们被绞死了。他在原来竖绞架的地方默默地站了一会儿，随后走下陡坡，来到了烈士公墓。

不知道是哪位好心人，在坟墓四周摆上了用枞树枝编成的花环，仿佛给这小小的墓地修了一道绿色的篱笆。陡坡上笔直的松树高高耸立，峡谷的斜坡上绿草如茵。

这儿是小城的近郊，静谧而又冷清，只有松林在轻轻地低语。大地回春，空气中散发出春天泥土清新的气味。就是在这里，他的同志们英勇就义，为了使那些出身贫贱、一出生就当奴隶的人们过上美好的生活而献出了自己的生命。

保尔缓缓地摘下了帽子。悲愤，极度的悲愤充溢在他的心中。

人最宝贵的是生命。生命每个人只有一次。人的一生应当这样度过：

当回首往事的时候，他不会因为虚度年华而悔恨，也不会因为碌碌无为而羞愧。在临终的时候，他能够说：“我把整个生命和全部精力都献给了世界上最壮丽的事业——为人类的解放而斗争。”必须抓紧时间充分生活，因为一场莫名其妙的疾病或一次意外的悲惨事故都可能使生命突然终止。

保尔怀着这样的思想离开了烈士公墓。

悲哀的母亲在家里给儿子收拾行装。保尔看着母亲，发现她在偷偷流泪。

“保夫鲁沙，你留下来好吗？我岁数大了，孤零零地一个人过日子多难受啊。不管养多少儿女，一长大就都飞走了。你恋着城市干什么？这里也一样可以过日子呀。莫非你在那里看中了一只剪头发的短尾巴雌鹌鹑？你瞧，你们全是那样，什么话也不肯对我这老太婆说。阿尔焦姆一声不吭就成了亲。你呢，更不会说了。只有在你们生病或者受伤的时候，我才有机会看到你们。”她一面低声诉说着，一面把简单的衣物放进一个干净的布袋里。

保尔抱住母亲的肩膀，把她拉到自己跟前，说：

“好妈妈，根本没有什么雌鹌鹑。你老人家不知道吗？只有鹌鹑才找鹌鹑做伴。照你这么说，我不成了公鹌鹑了？”

他的话把母亲逗笑了。

“妈妈，我发过誓，在把全世界的资产阶级消灭以前，我是不找姑娘的。你说什么，还要等好久吗？不，妈妈，他们支撑不了多久啦……一个属于人民大众的共和国很快就会建立起来。将来把你们这些干了一辈子活的老头老太太们，都送到意大利去养老。那地方靠着海边，气候温暖，从来没有冬天。我们要把你们安顿在从前资本家的宫殿里，让你们在那里，在温暖的太阳底下舒舒服服地晒着老骨头。我们呢，再到美洲去消灭资产阶级。”

“孩子，我活不到你讲的那种神话般的日子了……你爷爷也是这样满脑子怪念头。他是个水兵，可是真像个土匪，愿上帝饶恕我这么说！当年他在塞瓦斯托波尔打仗，回到家里只剩下一只胳膊和一条腿。胸前倒是戴上了两枚十字奖章，丝带上挂着两个五十戈比银币[1]。可是到头来还是穷死了。他脾气可倔了。有一回他用拐棍打了一个官老爷的脑袋，为这事蹲了差不多一年大牢。十字奖章也没帮上忙，人家照样把他关起来。我看你呀，跟你爷爷是一模一样……”

“妈妈，我们为什么要这么不愉快地分手呢？把手风琴拿给我吧，我已经好久没拉了。”

他把头斜靠着那排珠母做成的琴键，奏出来的新鲜音调使母亲感到惊讶。

现在他的演奏跟以前不同了。没有浮躁而飘忽的曲调，没有狂放不羁的音调，也没有曾经使他闻名全城的那种令人如醉如狂的奔放旋律。如今，他的琴声沉稳流畅，它依然有力量，但是比过去深沉多了。

保尔独自到了车站。

他劝母亲不要去送行，因为不愿意看到她在分别时流泪。

人们争先恐后地挤进车厢。保尔占了一个上铺，居高临下地看着下面过道上激动的人群在大叫大嚷。

还是和从前一样，人们拖上来很多布袋，使劲将布袋往座位底下塞。

列车开动之后，大家才安静下来，这时人们照例狼吞虎咽地吃起东西来。

保尔很快就进入了梦乡。

保尔要去的第一所房子坐落在市中心的克列夏季克大街上。他慢慢地沿着台阶走上天桥。周围的一切都很熟悉，没有丝毫改变。他在天桥上走着，一只手轻轻地抚摸着光滑的栏杆。快要往下走

---

1 五十戈比银币，系指有沙皇头像的、如同五十戈比银币大小的奖章。

的时候，他停住了脚步——这时天桥上一个人影也没有。在那深邃的高空中，展现出恢宏壮观的夜景，令人看得入迷。夜色给地平线遮上了黑色的天鹅绒，无数星星眨巴着眼，恰似磷火点点，闪闪发光。下面，在天地隐约相交的地方，亮起万家灯火，夜色中隐现出一座城市……

有几个人迎着保尔走上桥来。他们激烈的争论声打破了夜的寂静。保尔不再凝视城市的灯火，向桥下走去。

他来到克列夏季克大街，走进军区特勤部的警卫室。值班的警卫长告诉他朱赫来早就调走了。

警卫长问了很多问题，以此盘问保尔，直到他确信这年轻人的确跟朱赫来很熟，才对他说，朱赫来已在两个月之前调往塔什干，在土耳其斯坦前线工作。保尔大失所望，他甚至没有再询问详情，就默默地转身退出来。他突然感到非常疲乏，不得不在大门外的台阶上坐一会儿。

一辆电车驶过，街上充满了轰隆轰隆的响声。人行道上尽是涌动的人潮。真是一座热闹的城市：一会儿是妇女们幸福的欢声笑语，一会儿是男人们低沉的窃窃私语，一会儿是年轻人的高谈阔论，一会儿是老年人沙哑的咳嗽。人来人往，川流不息，脚步都是那样匆忙。电车里灯火通明，汽车前灯射出耀眼的光芒，附近电影院的海报周围，电灯亮得如同一片火光。到处是人，整条街上都是不绝于耳的嘈杂的人声。这就是大都市的夜晚。

街上的喧闹和繁忙景象，多少减轻了他因为朱赫来不在而引起的强烈的失望情绪。他上哪里去呢？回到索洛缅卡去，那里他有许多朋友，只是太远了。他自然而然地想到了离这儿不远的大学环路上的那座房子。他现在当然应该到那儿去。本来嘛，除了朱赫来之外，他最想看望的同志不就是丽达吗？到了那儿，他还可以在阿基姆或米海洛的房间里过夜。

还在远处，他就看见了楼角上那间房子里的灯光。他竭力使自己平静下来，拉开了那扇橡木大门。他在楼梯上站了几秒钟。隔着房门，他听见丽达房间里的说话声，有人正在那儿弹吉他。

“啊哈！看来连吉他也让弹了，规矩松些了。”他自言自语地说，用拳头轻轻地敲了敲门。他感到十分激动，便紧紧地咬住嘴唇。

开门的是个陌生的青年女子，两鬓垂着鬈发。她疑惑地看着保尔。

“您找谁？”

她没有关上门。保尔瞥见房间里不熟悉的摆设和家具，心里就明白了几分，但他还是问道：

“我能见一见乌斯季诺维奇同志吗？”

“她不住这里了。早在1月份她就去了哈尔科夫，听说又从哈尔科夫去了莫斯科。”

“那么，阿基姆同志还住在这栋楼房里吗？他也走了吗？”

“他也走了。现在他是敖德萨省团委书记。”

保尔只得转身离开。回到这座城市的喜悦心情也随之烟消云散了。

现在他不得不好好考虑在哪儿过夜的问题。

“照这样挨个儿找下去，就是走断了腿也找不到一个人。”保尔克制着内心的苦恼，闷闷不乐地嘟哝着。不过，他还是决定再碰碰运气——找潘克拉托夫去。他就住在码头附近，去他那儿总比去索洛缅卡近得多。

他终于来到潘克拉托夫家门口，这时他已筋疲力尽了。他敲着那扇曾经油成红褐色的门，暗暗下了决心：“要是他也不在，那我就不再跑了，干脆爬到小船上过一夜。”

一个老太太开了门。她披着一条素色的头巾，在下巴底下打了个结。这是潘克拉托夫的母亲。

“大娘，伊格纳特在家吗？”

“他刚回来。您找他吗？”

她没有认出保尔，回过头去，喊道：

“伊格纳特，有人找你！”

保尔跟着她走到房间里，把布袋放在地上。潘克拉托夫咬了一口面包，从桌子旁转过身来，对客人说：

“既然是找我，你就坐下谈吧。让我先把这碗汤灌下去。从早上到现在我只喝了点白开水。”潘克拉托夫说着拿起一柄大木勺。

保尔在他旁边的一张破椅子上坐下来。他脱下帽子，照例拿它擦擦额头。

“难道我真变得这么厉害，连伊格纳特也认不出我了吗？”

潘克拉托夫喝了两勺汤，没有听见客人答话，便又转过身来，说：

“喂，说吧，你究竟有什么事？”

他手里拿着一块面包，正想往嘴里送，突然在半空停住了。他惊讶地眨巴着眼睛：

“哎……怎么回事，等等……呸，你真会胡闹！”

看见潘克拉托夫紧张得满脸通红，保尔忍不住哈哈大笑起来。

“是保尔！怎么回事，我们都以为你完了呢！慢着！你到底是谁？”

听见他又喊又叫，他的姐姐和母亲都从隔壁房间跑了过来。他们三个人终于一起认出了站在他们面前的确实是保尔·柯察金。

家里人早就睡了，潘克拉托夫还在向保尔诉说着四个月以来发生的各种事情：

“扎尔基、杜巴瓦和米海洛去年冬天就到哈尔科夫去了。这些家伙不是去干别的，而是上了共产主义大学！扎尔基和杜巴瓦进的是预备班。米海洛上一年级。我们一共十五个人参加考试。我是心血来潮才填了申请表。我想我也应当把脑袋充实充实，不然实在太空虚了。可是谁知道，考试委员会却把我晾在沙滩上，搁浅了。”

潘克拉托夫气呼呼地哼了一声，接着又说：

“起初我的事情还挺顺利。一切条件都具备：有党证，团龄也够了，经历和出身更是过得硬。可是政治考试的时候，我弄砸了。

“我让考试委员会的一个同志给卡住了。他问了我一个小问题：‘潘克拉托夫同志，请您谈谈对哲学的认识？’你知道，我对哲学是一窍不通。可是我马上想起来，我们那儿有过一个装卸工，上过中学，是个流浪汉。他当装卸工是做做样子的。有一次，他对我们说：从前，天晓得是什么时候，在希腊有那么一些自以为了不起的学者，大家都管他们叫哲学家。其中有那么一个怪物，名字我记不得了，好像叫伊杰奥根[1]，他一辈子都住在木桶里，还有其他许多怪毛病……他们当中最厉害的一个学者，能够用四十种方法证明黑的就是白的，白的也就是黑的。一句话，他们全是些喜欢胡说八道的家伙。这不，我一下子想起了那个中学生讲的故事，心想：‘这位考试大员打算从右翼包抄我。’他正狡猾地看着我。于是我就猛地放了一炮。我说：‘哲学就是空口说白话，故弄玄虚。同志们，我才不愿意去学这种乱七八糟的玩意儿。党史才是我满心喜欢学的。’他们一听，就刨根问底，硬要我说说这些新见解是从哪儿来的。我把中学生的话添油加醋地说了一遍，考试委员们听了，全都哈哈大笑起来。我气坏了。

“‘怎么着，你们把我当傻瓜吗？’说完，我抓起帽子就回家了。

“后来，我在省委碰到了那位向我提问的考试委员，他跟我谈了大约三个钟头。原来，那个中学生胡说八道。哲学其实是一门很了不起的大学问呢。

---

1 这里是指第奥根（约公元前404—前323），古希腊哲学家，安提西尼的门徒。

“但是杜巴瓦和扎尔基却考取了。不错，杜巴瓦是念过不少书，可扎尔基并不比我强多少。不用说，准是勋章帮了他的忙。一句话，只有我空欢喜了一场。他们派我在这里码头上做管理工作。我当了代理货运主任。以前我总是为了青年的事跟码头上的头头们发生冲突。现在我自己也管起生产来了。有时候，要是有人偷懒、磨磨蹭蹭或者马虎大意，我就以主任和团委书记的双重身份对付他。对不起，什么也逃不过我的眼睛。好了，我的事情就谈到这里吧。那么，还有什么消息没告诉你呢？阿基姆的情况你已经知道了。团省委的老熟人中，只有屠弗塔还蹲在原地方。托卡列夫做了索洛缅卡区的党委书记。你们公社的社员奥库涅夫在共青团区委会工作。塔莉娅担任政治教育部部长。一个叫茨维塔耶夫的代替了你原先在铁路工厂里的职务。我不大了解这个人的情况，只在省委会里碰到过，看样子挺聪明，不过有点自负。此外，你也许还记得安娜·鲍哈特吧，她也在索洛缅卡，是区党委的妇女部部长。其他人的情况我早已告诉你了。是的，保夫鲁沙，现在党把很多人送去学习了。原先的骨干全都在省党政干部学校进修。他们答应明年也把我送去。”

他们两个一直谈到后半夜才上床睡觉。第二天早晨，保尔醒来时，潘克拉托夫已经不在家，上码头去了。他的姐姐杜霞身体健壮，长得很像弟弟，一面招待保尔喝早茶，一面兴致勃勃地向他讲述各类琐事。潘克拉托夫的父亲是轮船上的轮机长，随船出航了。

保尔收拾好东西准备出去，杜霞嘱咐他：

“别忘了，我们等您回来吃午饭。”

团省委里还跟从前一样热闹。门总是不停地又开又关。走廊上，房间里，到处是人。办公室里，不断传出打字机的咔嗒声。

保尔在走廊上站了一会儿，看看能不能碰到熟人，结果一个也没看到，便走进书记办公室。

团省委书记穿着蓝色的斜领衬衫，坐在大写字台后面。他匆匆瞥了保尔一眼，又埋头继续写他的东西了。

保尔在他的对面坐下，仔细地观察着这位阿基姆的继任者。

“有什么事？”穿蓝衬衫的书记写完一页纸，打上句号，然后问保尔。

保尔把自己的经过讲述了一遍。

“同志，需要给我恢复组织关系，再把我派回铁路工厂。请吩咐下面安排一下。”

书记把身子靠在椅背上，犹豫地回答：

“恢复你的团籍，这当然不会有问题。只是派你回铁路工厂，有点不太好办。茨维塔耶夫同志已经在那儿负责了，他是本届团省委委员。我们派你到别处工作吧。”

保尔皱了皱眉头。

“我回铁路工厂，不是去妨碍茨维塔耶夫工作的。我只是到车间去干我的老本行，而不是去当共青团书记。而且我眼下身体还很虚弱，请不要派我担任别的职务。”

书记同意了。他在一张纸上草草地写了几个字。

“把这个交给屠弗塔同志，他会把这件事情办妥的。”

人事处里，屠弗塔正在痛骂一个负责登记的助手。保尔听他们两个吵了一会儿，发觉这争吵一时半会儿还完不了，就打断了这位争得面红耳赤的人事处负责人：

“屠弗塔，待会儿你再同他争吵吧。这是书记给你的条子，先把我的证件办好吧。”

屠弗塔一会儿看看条子，一会儿看看保尔，过了好长时间才总算把事情弄明白了。他说：

“哎哟，原来你没死？现在怎么办呢？你的名字早已从团员名单上勾掉了，是我亲自把你的卡片寄到团中央委员会去的。再说，你又错过了全俄罗斯团员登记的机会。根据团中央的文件规定，凡是没有进行登记的人一律取消团籍。因此你现在只有一个办法——按照一般的规定重新入团。”屠弗塔用一种不容辩驳的腔调说。

保尔皱紧了眉头：

“呵，你还是那个老样子，年纪轻轻，却比档案库里的老耗子还要糊涂。屠弗塔，你什么时候才能有点长进呢？”

屠弗塔一下子跳起来，好像被跳蚤咬了一口。

“我对我的工作负责，用不着你来教训我。上级指示是要我执行，不是要我违抗的。至于你骂我‘耗子’，我可要控告你。”

屠弗塔一面用恐吓的口气说出最后这句话，一面示威似的拿过一堆没有拆封的信件，表示这件事情已经没有商量的余地了。

保尔不慌不忙地朝门口走去，但是他想了一想，又转身回到桌旁，取回了放在屠弗塔面前的那张书记写的便条。登记分配部部长注视着保尔的一举一动。这个长着两只大招风耳朵的年轻小老头，怒气冲冲地坐着，摆出一副警觉戒备的模样，真叫人又可气又可笑。

“好吧，”保尔用一种讥讽而又冷静的口吻说，“你当然可以给我扣上一顶‘破坏统计工作’的大帽子。不过我倒要请教你，如果有人事先没有向你报告就突然死了，那么你有什么妙法去处罚他们呢？要知道，这种事任何人都可能遇到：说不定什么时候就病了，说不定什么时候就死了。而关于这种情况的上级指示，肯定还没有下达吧。”

屠弗塔的助手听了这话，再也无法保持中立，忍不住哈哈大笑起来。

屠弗塔手里的铅笔尖一下子折断了。他把铅笔往地上一摔，但是还没来得及回击保尔，就有一群人大声说笑着拥进了房间。奥库涅夫也在其中。他们一见保尔，又惊又喜，问长问短，说个没完。

几分钟后，又有一群年轻人走了进来，其中有一个是奥莉嘉·尤列涅娃。她惊喜得不知怎么办才好，久久地握住保尔的手不肯松开。

保尔不得不把他的经过从头到尾重新叙述了一遍。同志们由衷的喜悦、诚挚的友谊和同情，以及热烈的握手和亲切而有力的拍肩搭背，使保尔暂时忘记了屠弗塔。

最后，他终于把他和屠弗塔的谈话告诉了同志们。大伙立刻气愤地嚷成一片。奥莉嘉狠狠地瞪了屠弗塔一眼，便朝书记办公室走去。

“咱们去找涅日达诺夫！他会叫他开窍的。”奥库涅夫说着，搂住保尔的肩膀，和大伙儿一齐跟着奥莉嘉到书记办公室去。

“应当撤屠弗塔的职，送到码头上，在潘克拉托夫管教下当一年装卸工。这家伙是个死抠条文的官僚！”奥莉嘉气愤地说。

团省委书记宽厚地微笑着，倾听着奥库涅夫、奥莉嘉和其他人所提出的撤换屠弗塔的要求。他安慰他们说：

“恢复柯察金团籍的事是用不着讨论的，马上就可以发给他团证。我也同意你们的看法，屠弗塔是个形式主义者。这是他的主要缺点。不过我们也不能不承认，他的工作搞得相当有条理。在我工作过的许多团委机关里，统计工作搞得一塌糊涂，没有一个数字靠得住。可是咱们这个登记分配部门，统计的数字一清二楚。你们也知道，屠弗塔有时在办公室一直干到半夜。我想，撤换他随时都可以。不过，要是换上一个小伙子，办事也许挺干脆，可是对统计工作一窍不通，那么，官僚主义是没有了，然而统计工作也没有了。还是让屠弗塔做下去吧。我来好好地和他谈一谈。一段时间内会有效的，以后看情况再说。”

“好的，去他的吧。”奥库涅夫同意了，“走，保尔，到索洛缅卡去。今天，我们在俱乐部召开积极分子大会。他们谁也不知道你还没死，因此我一宣布：‘现在，请柯察金同志讲话！’大家一定会大吃一惊。好小伙子，亲爱的保尔，你没有死真是太棒啦。要是你真的死了，还怎么为无产阶级做贡献呢？”奥库涅夫开玩笑地结束了这番话，然后就搂住保尔，推着他来到走廊上。

“你来吗，奥莉嘉？”

“一定来。”

潘克拉托夫一家等保尔吃午饭，但没有等到，他直到晚上也没回去。奥库涅夫把保尔带回了家。他在“苏维埃之家”有一间房子。他把能吃的东西都拿出来款待保尔，然后取出一堆报纸和两大本共青团区委会会议记录，放到保尔面前的桌子上，对他说：

“你最好把这些都翻一遍吧。自从你得了伤寒倒在床上，已经过去了不少时间。你看一看，了解一下我们做了些什么事，现在的情况又是什么样子。我傍晚才能回来，那时我们再一同到俱乐部去。要是你累了，就躺下睡一会儿。”

团区委书记奥库涅夫把一叠文件、笔记和公函分别塞进他的几只口袋里。他讨厌公文包，一向都把它扔在床底下。他在房里告别似的兜了一圈，这才走了出去。

傍晚，他回来的时候，房里地板上满是打开的报纸，床底下的一大堆书也给拖了出来，其中一部分就堆在桌子上。保尔坐在床上，读着中央委员会最近的几封指示信，这些信是他从奥库涅夫的枕头底下找到的。

“你这个强盗，把我房间搞成什么样子了！”奥库涅夫装作生气的样子喊道，“哎，同志，等一下。你在看的可是机密文件啊。唉，我真是引狼入室呀！”

保尔微笑着把信放在一边。

“这一份恰好不是什么机密文件，你当灯罩用的那张才是地地道道的密件呢。它的边都给烤焦了，看见没有？”

奥库涅夫拿下那张烤焦的纸，看了看标题，用手拍了一下前额，惊叫道：

“哎呀，这个鬼玩意儿！我找了它三天，连个影子也没有，犹如石沉大海。现在我想起来了，是沃伦采夫前天拿它做了灯罩，后来他自己也找得满头大汗。”奥库涅夫小心翼翼地把文件叠起来，塞到床垫下面。“过些天会收拾得整整齐齐的。”他自我安慰地说，“现在先吃点东西，再到俱乐部去。保夫鲁沙，坐到桌子这边来吧。”

奥库涅夫从口袋里掏出一条用报纸包着的长长的干鳟鱼，又从另一个口袋里摸出两块面包。他把文件往桌子边上推了推，在空出来的地方铺上一张报纸，然后抓住鱼头，在桌子上使劲摔打起来。

生性乐观的奥库涅夫坐在桌子旁边，一边嘴巴用力地嚼着咬着，一边半正经半开玩笑地把最近的各项新闻告诉保尔。

奥库涅夫领着保尔经过工作人员的入口，走到俱乐部的后台。在宽敞大厅的一角，在舞台右侧靠近钢琴的地方，塔莉亚和安娜挤坐在一群铁路工厂共青团员中间。在安娜对面椅子上摇着身子的是机车库的团支部书记沃伦采夫。他那红润的脸蛋好像一只八月的苹果，头发和眉毛都是麦秸色的，身上穿着一件已经破旧的黑色皮夹克。

在他旁边坐着的是茨维塔耶夫。这是个漂亮的小伙子，长着褐色头发，嘴唇轮廓分明。他敞着衬衫领子，很随意地用胳膊肘支着钢琴。

奥库涅夫走近他们的时候，正好听见安娜说的最后几句话：

“有些人总是设法把吸收新团员的工作复杂化。茨维塔耶夫就是这样的人。”

“共青团不是可以随意进出的大杂院。”茨维塔耶夫用一种粗鲁而蔑视的口气，执拗地回答。

“你们瞧，你们瞧，尼古拉今天容光焕发，活像一把擦得雪亮的铜茶壶。”塔莉亚一看见尼古拉·奥库涅夫，就喊了起来。

大家把奥库涅夫推进人群，七嘴八舌地问他：

“你到什么地方去了？”

“快开会吧。”

奥库涅夫伸出一只手，上下摆了摆，让大家安静下来。

“伙伴们，别嚷嚷。托卡列夫马上就到，他一到我们就开会。”

“瞧，他来了。”安娜说。

果然，区委书记托卡列夫正朝他们走来。奥库涅夫跑过去迎接他：

“大叔，跟我到后台去吧，我让你看一个老熟人。你准会大吃一惊。”

“又搞什么花样？”老头嘟哝了一句，使劲抽了口烟。奥库涅夫抓住他的手，把他拖到后台去了。

奥库涅夫把手里的铃摇得震天响，连那些最爱说话的人也赶紧住了嘴。

托卡列夫背后悬挂着《共产党宣言》的天才作者浓发密须如狮子一般的头像，周围镶着一个绿色松枝做成的框子。当奥库涅夫宣布开会的时候，托卡列夫凝神注视着站在后台过道上的保尔·柯察金。

“同志们，在我们开始讨论团的当前任务之前，有一位同志要求先发个言。托卡列夫和我都认为应该让他说一说。”

会场里响起赞成的喊声，于是奥库涅夫高声宣布：

“现在请保尔·柯察金讲话！”

会场里一百人中，至少有八十人是认得柯察金的。所以当大家熟悉的这个脸色苍白的高个子青年出现在舞台上并开始讲话的时候，会场上立刻爆发出热烈的掌声和喜悦的欢呼声。

“亲爱的同志们！”

他的声音是平和的，但是却掩盖不住他内心的激动。

“朋友们，现在我又回到你们中间，回到自己的战斗岗位上了。回到这里，我感到非常幸福。在这里我看见了许多老朋友。在奥库涅夫那里我看了不少材料，知道咱们索洛缅卡区增加了三分之一的新团员，铁路工厂和机车库的工人也不再偷偷做私人打火机这类私活，而且从废车堆里拖出一些已经报废的火车头并进行彻底修理。所有这些都表明我们国家正在复兴，正在强大起来。活在这个世界上是大有作为的。朋友们，难道我能在这样的时候死去吗？”说到这里，他两眼闪闪发光，脸上洋溢着幸福的笑容。

保尔在一片欢呼声中走下舞台，朝安娜和塔莉亚坐的地方走去。他很快地和几个人握了手。朋友们往一起挤了挤，让保尔坐下。塔莉亚把手放到保尔的手上，用力紧紧地握住它。

安娜两眼睁得大大的，睫毛微微颤动，眼光里流露出惊喜和欢迎的神情。

日子飞一样地过去了。每一天都不同寻常，每一天都带来新鲜事物。每当保尔早晨拟定他当天的工作计划时，他总是为时间不够用而苦恼。预定要做的事总有一部分做不完。

保尔跟奥库涅夫住在一起。他在铁路工厂干活，当电工的助手。

奥库涅夫同保尔争论了很久，最后才同意保尔暂时不参与领导工作。

“咱们现在人手不够，你却想躲到车间里享清闲。在我面前你别老拿生病当借口。我也得过伤寒，病好以后，有一个月的时间是拄着棍子到区委会上班的。保尔，我太了解你了，这绝不是原因。你对我打开天窗说亮话，到底是什么原因？”奥库涅夫追问保尔。

“尼古拉，真正的原因就是我想学习。”

奥库涅夫得意扬扬地大喊起来：

“啊，原来是这样！你想学习，难道我就不想学习吗？老兄，你这可是个人主义。这就是说，让我们大家忙得不亦乐乎，你却坐着读书。这可不行啊，亲爱的，明天就到组织部上班去吧。”

经过好一番争论，奥库涅夫终于让步了。

“好吧，两个月内我不来干扰你，这个你得感谢我。不过你和茨维塔耶夫一定合不来，他非常自高自大。”

保尔回到厂里，的确让茨维塔耶夫很担心。他认为保尔一回来，就会跟他争当领导。因此，这个自私自利的家伙就准备进行反击。但是没过几天，他就认识到他估计错了。保尔一听说厂团委打算吸收他参加团委工作，立刻跑去找茨维塔耶夫，以他和奥库涅夫事先的约定为理由，劝茨维塔耶夫从议事日程上取消这个议题。在车间团支部里，保尔也只负责一个政治学习小组，并不想在团支部里担任什么职务。尽管保尔正式表示不参加领导工作，可是他对整个支部工作的影响还是显而易见的。有好几次，他都以同志的态度，不动声色地帮助茨维塔耶夫摆脱困境。

有一天，茨维塔耶夫走进车间一看，不禁大吃一惊。全体共青团员和三十几个非团员正在擦洗窗户和机器，刮掉多年积留下来的油垢，清除废物和垃圾。保尔正手握大拖把使劲地擦洗水泥地面上的油垢。

“为什么要这样兴师动众呢？”茨维塔耶夫一时摸不着头脑，这样问保尔。

“我们不愿意在肮脏的地方干活。这儿已经二十年没人打扫过了，我们打算在一周之内把它变成一个新车间。”保尔简短地回答。

茨维塔耶夫耸耸肩膀走了出去。

这些电气工人并不满足于打扫车间，又动手清理院子。这个大院子早就变成了堆垃圾的地方，什么东西都有。几百个轮轴、堆积如山的废铁、钢轨、连接板、轴箱，等等——成千上万吨钢铁放在露天里生锈、腐烂。但是，他们的行动后来被厂领导制止了，理由是："我们有比这更重要的工作，清理院子的事不必着急。"

于是电气工人们在车间门口用砖铺了一小块平地，上面安了一个刮鞋泥用的铁丝网垫，这才住手。但是车间内部的清扫工作并没有停，每天下班后继续进行。一星期后，当总工程师斯特里日来到这里的时候，整个车间的面貌已经焕然一新了。由于擦掉了多年积累的油垢和灰尘，阳光透过带铁栏的大玻璃窗射进宽敞的机器房，照得柴油机上那些擦干净的铜质部件闪闪发亮。机器的大部件都刷上了绿油漆，有人还在轮辐上精心地画上黄箭头。

"嗯……好……"斯特里日惊讶地说。

在车间远处的角落里，有几个人正在做扫尾工作。斯特里日朝他们走去。保尔恰好提了满满一桶调好的油漆迎面走来。

"等一等，亲爱的。"总工程师叫住了他，"我很赞赏你们这么做。不过，是谁给你们的油漆？要知道，不经我批准，不许动用油漆。这是紧缺物资。油漆机车的部件，比你们现在干的事情要重要得多。"

"油漆是我们从扔掉的空油漆筒里刮下来的。我们刮了两天，攒了二十五六磅。总工程师同志，这并不违反规章制度。"

总工程师又嗯了一声，他已经有些难为情了。

"既然这样，你们就干吧。嗯……不过这倒挺有意思……你们这种……怎么说好呢？这种主动搞好车间卫生的积极性该怎么解释呢？这些活你们都是在业余时间干的，对不对？"

保尔从总工程师的语气里觉察到他确实不太理解，便回答说：

“当然。那您是怎么想的呢？”

“是呀，我也是这么想的，不过……”

“您的问题就在这个‘不过’上，斯特里日同志。谁跟您说过，布尔什维克会放着垃圾不管呢？您等着瞧吧，我们干的范围还要扩大。到时候会有更多的事情让您吃惊呢。”

保尔小心翼翼地绕过总工程师，不让油漆蹭到他身上，然后朝门口走去。

每天晚上，保尔都到公共图书馆去，一直待到深夜才走。他和三位女图书管理员都混熟了，便向她们展开宣传攻势，终于得到她们的同意，可以随意翻阅各种书籍。他把扶梯靠在那巨大的书橱前面，一连几小时地坐在上面，一本接一本地翻阅和寻找着感兴趣的和有用的书。图书馆的书大部分是旧的。只有一个小书橱里放着为数不多的几本新书。其中有一些是偶然收集来的国内战争时期的小册子，还有马克思的《资本论》、杰克·伦敦[1]的《铁蹄》以及其他一些书。在旧书堆里，保尔找到了长篇小说《斯巴达克斯》。他花两个晚上读完了这本书，又把它放到另一个书橱里，跟高尔基的那些作品摆在一起。他总是把那些最有意思的和性质相近的书摆在一起。他这样做，图书馆的女管理员从不干涉他，她们觉得无所谓。

一件乍看起来似乎无关紧要的事情骤然打破了厂里共青团组织的单调和平静。中修车间团支部委员科斯季卡·菲金，一个翘鼻子、满脸麻子、动作迟钝的青年，在铁板上钻孔的时候弄坏了一只贵重的美国钻头。弄坏钻头的原因完全是他那可恨的疏忽大意。

1 杰克·伦敦（1876—1916），美国作家，其作品《铁蹄》反映了资本家对工人阶级的迫害，1907年出版。

甚至比这更严重，几乎是故意弄坏的。事故发生在一天早上。中修车间工长霍多罗夫要菲金在铁板上钻几个孔。菲金开头一口拒绝，但是霍多罗夫坚持叫他钻，他才拿起铁板开始钻。由于霍多罗夫要求过严，车间里有些人不喜欢他。他过去是孟什维克，现在从不参加任何社会活动。他对有些共青团员总是斜眼相看，但是他精通本行，工作认真负责。他看见菲金没有往钻头上注油，只是在那儿“干钻”，就连忙跑过来，关了钻床。

“怎么搞的，你是瞎子，还是昨天刚来？”他斥责菲金，因为他知道，如果这么干下去，钻头非坏了不可。

但是菲金反而破口大骂，而且重新开动了钻床。霍多罗夫跑去找车间主任告状。菲金一边让钻孔机继续钻，一边跑去找注油器，为的是赶在领导到来之前，把一切都弄妥帖。可是等他找到注油器跑回来，钻头已经断了。车间主任打了报告，要求开除菲金。团支部却公开袒护菲金，指责霍多罗夫压制青年积极分子。但行政方面坚持开除，因此把这件事提到工厂的团委会上来讨论。团委内部的争执也就此开始了。

五个团委委员里，有三个认为应该给菲金警告处分，并调他去做别的工作。茨维塔耶夫就是这三人中的一个。其余两个干脆认为菲金没有过错。团委会是在茨维塔耶夫的办公室里举行的。房间里摆着一张铺了红布的大桌子。几把长凳和小方凳是木工车间工人自己做的。墙上挂着领袖像。一面大团旗挂在桌子后面，占了整整一面墙。

茨维塔耶夫是个“脱产干部”。他原本是锻工，由于最近四个月表现出来的才干，被提拔担任全厂共青团的领导工作。他还当上了团区委常委和团省委委员。以前他在机械厂工作，新近才调到铁路工厂来。他一上任，就把领导权紧紧抓在自己手里。他独断专行，一下子就扼杀了大伙的积极性。他什么事都想一手包办，但是又包办不过来，于是就对其他委员横加指责，说他们游手好闲、袖手旁观。

就连这个房间也是在他的亲自监督下布置的。

此刻，茨维塔耶夫正在主持会议。他仰靠在那把由共青团俱乐部搬来的唯一的软靠椅上。这是个内部会议。当党小组长霍穆托夫正要发言的时候，外面有人敲门。茨维塔耶夫不满地皱起眉头。外面又敲了一下。卡秋莎·泽列诺娃站起来，开了门。门外是保尔，卡秋莎就让他进来了。

保尔已经向一只空凳子走去，这时茨维塔耶夫叫住他说：

“柯察金，我们现在开的是内部会议。”

保尔的脸一红，他缓缓地转向桌子，说：

“我知道这是内部会议。不过我很想知道你们对菲金事件的意见。我还想提一个有关的新问题。怎么，你反对我参加会议吗？”

“我并不反对，不过你总该知道，只有团委委员才能参加内部会议。人一多，就不便讨论问题。不过你既然来了，就坐下吧！”

保尔头一次受到这样的侮辱。他紧皱眉头，额上出现了一道深深的皱纹。

“何必这样注重形式呢？”霍穆托夫不满地说，但是保尔摆手拦住他，自己坐到了一张方凳上。

“我想说说我的意见，”霍穆托夫说，“关于霍多罗夫，不错，他是一个特殊分子，不过，我们的劳动纪律也确实不像话。如果所有的共青团员都这样随意毁坏钻头，我们马上就会没有干活的工具。这给团外青年做出了一个非常恶劣的榜样。我认为应该给小伙子一个警告处分。”

茨维塔耶夫没有让他说完，就开始反驳。保尔听了大约十分钟，明白了团委委员所持的态度。当他们将要表决的时候，他要求允许他说几句。茨维塔耶夫勉强克制住自己，让他发言。

“同志们，我想就菲金事件谈谈自己的看法。”保尔想不到自己的语气是这样的严厉。

“菲金事件只是一个信号，主要的问题还不在他身上。昨天，我收集了几个数字。”他从口袋里拿出一个笔记本，“这些数字是考勤员提供的。请大家注意听一下：百分之二十三的团员每天上班要迟到五至十五分钟。这已经是习以为常的了。百分之十七的团员每月旷工一到两天。但是团外青年旷工的却只占百分之十四。这些数字比鞭子还厉害。我顺便还记了其他一些数字：党员每月旷工一天的占百分之四，迟到的也是百分之四。非党的成年工人每月旷工一天的占百分之十一，迟到的占百分之十三。损坏工具的人当中有百分之九十是青年工人，其中刚参加工作的新手占百分之七。从这里可以看出，咱们团员干活远远不如党员和成年工人。不过情况也不是到处都一样。锻工车间就很好，电工车间也不错，其他车间的情况就大同小异了。依我看，关于纪律问题，霍穆托夫同志只讲了四分之一。我们现在的任务就是要纠正这些不正常现象，赶上先进。我不想在这里高谈阔论。但是我们必须毫不留情地向不负责任和不守纪律的现象发起进攻。老工人一针见血地说：从前替老板干活，替资本家干活，干得倒要好些、认真些，现在我们自己当家做主了，却不像个主人的样子。这主要不是菲金和其他个别工人的过错，这是我们自己、我们所有人的过错，因为我们不但没有同这股不正之风进行坚决的斗争，反而常常找借口来袒护菲金那样的人。

“刚才萨莫欣和布特利亚克发言说，菲金是自己人，就像通常所说的，是个‘地地道道的自己人’，因为他是积极分子，又担负着社会工作。至于他弄坏了钻头嘛，那有什么大不了的？谁还不弄坏点东西。况且，小伙子是自己人，而霍多罗夫工长却是外人……虽然，从来也没人对他进行过工作……是的，这位工长爱挑剔，可他已经有三十年工龄！我们暂且不说他的政治立场，在这件事上，他做得对。他这个外人爱护国家财产，而我们却随意糟蹋昂贵的进口工具。这种怪现象，该如何解释呢？我认为，我们现在应该立刻打响第一炮，并且从这里开始，发起进攻。

“我建议把菲金当作一个懒惰成性、不负责任和破坏生产的人从共青团开除出去。我们应该把他的事情登在壁报上，同时把上面那些数字写在评论里，公开贴出去，不要怕任何议论。我们是有力量的，我们也有强大的后盾。共青团的基本群众都是优秀的工人。他们中间有六十个人参加过博雅尔卡的筑路工作，那是一所最可靠的学校。在他们的协助与参与之下，我们一定能消灭这种混乱现象。不过我们必须永远抛弃对这种现象所采取的妥协态度。”

保尔一向沉静，不爱讲话，但这一席话却说得激烈而尖锐。茨维塔耶夫这才初次看到保尔的本色。他意识到保尔是对的，但是由于戒备心理作怪，他不肯赞同保尔的意见。他觉得保尔尖锐批评的矛头是指向整个团的工作，是破坏他茨维塔耶夫的威信，所以他决定反击。在反驳时，他首先斥责保尔袒护孟什维克霍多罗夫。

激烈的争论持续了三个小时，直到天很晚了才得出结果。最后茨维塔耶夫终于被大量不可推翻的事实所击败，失去了大多数人的支持。这时候，他又迈出错误的一步——违反了民主，坚持保尔应当在最后表决之前离开会场。

“好吧，我走。不过，茨维塔耶夫同志，这并不能给你增添什么光彩。我得提醒你，如果你仍然固执己见，明天我就把这件事向全体大会提出，我相信那时候你决不可能得到多数人的支持。茨维塔耶夫，你显然是错了。霍穆托夫同志，我认为你有责任在全体大会召开之前，把这个问题提到党的会议上去讨论。”

茨维塔耶夫气势汹汹地喊道：

“你凭什么吓唬我？不用你说，我也知道该怎么办，我们还要讨论讨论你的问题呢。要是你自己不工作，就别妨碍别人。”

保尔带上门，用手揩揩热得发烫的额头，穿过空无一人的办公室，向门口走去。一走到外面，他深深地吸了一口气。接着他点着了一支烟，朝巴蒂耶夫山上托卡列夫家的小屋走去。

托卡列夫正在吃晚饭。他一边叫保尔坐下吃饭，一边说：

"你讲讲吧。你们那儿有什么新情况。达丽亚，给他盛碗饭来。"

托卡列夫的妻子达丽亚·福米尼什娜长得跟她丈夫正相反，又高又胖。她把一盘黄米饭放到保尔面前，然后用白围裙揩揩湿润的嘴唇，和蔼可亲地说：

"吃吧，亲爱的。"

以前，托卡列夫在铁路工厂工作的时候，保尔经常到他家串门，而且坐到很晚才走。但是这次回城以后，他还是第一次来看老人。

老钳工专心地听着保尔讲的情况。他自己什么也不说，只是一边听，一边忙着用勺子吃饭，偶尔轻轻地哼一声。吃完了饭，他用手帕擦擦胡子，又清了清嗓子，对保尔说：

"自然，你是对的。这类事情，我们早就应该好好地抓一抓了。铁路工厂是本区的重点单位，理应从这儿开始。这么说，你跟茨维塔耶夫闹翻了？这不好。那个小伙子是自高自大，不过你不是挺会做青年人的工作吗？哦，我正打算问你，你在铁路工厂干什么工作？"

"我在车间。没什么特别的工作，什么都干点。在团支部里领导一个政治学习小组。"

"在团委担任什么工作呢？"

保尔有点不好意思，不知如何开口了。

"我身体不太好，还想多学习点东西，这一段时间没正式参加领导班子。”

“你看，问题就出在这儿！”托卡列夫带点责备的口气大声说：“孩子，只有身体不好这一条，还算个理由，要不然真要好好训你一顿。现在身体怎么样，好点了吗？”

“好点了。”

“那么，你马上把工作好好抓起来吧。别再拖了。谁见过站在一边，不伸手就能把事情办好的？再说，谁都会批评你是逃避责任，你根本就没办法辩解。明天你就去把这种情况纠正过来。至于奥库涅夫，我也要狠狠训他一顿。”托卡列夫的语气显得有点不满意，结束了这番话。

“大叔，你可别训他，是我自己求他别让我担任领导职务的。”保尔替奥库涅夫开脱道。

托卡列夫嘲笑般地哼了一声，说：

“你求他，他就答应你，是这样吗？好吧，好吧，真拿你们这帮共青团员没办法……来吧，孩子，照老规矩给我念段报纸吧……我这两只眼睛是越来越不顶用了。”

党委赞同团委多数人的意见，向全体党团员提出了一项重要而艰巨的任务——以身作则，做遵守劳动纪律的模范。茨维塔耶夫在团委会上受到了很严厉的批评。开头他还像好斗的公鸡似的梗着脖子不承认，但是那个有肺病的面色苍白的党委书记洛帕欣把他驳得哑口无言，后来他只好承认了一半错误。

第二天，铁路工厂的墙报上刊登的一些文章吸引了工人们的注意。大家大声地朗读着，热烈地讨论着。当天晚上，参加团员大会的人特别多。这些文章成为大家谈论的唯一话题。

菲金被开除出团，一个新同志被吸收到团委会里来，负责政治教育工作。这个人就是保尔·柯察金。

团省委书记涅日达诺夫在会上讲了话，大家听得特别认真、仔细。他谈到铁路工厂目前面临的新任务，谈到工厂现在进入了新阶段。

散会后，保尔在外面等着茨维塔耶夫。

“咱们一块儿走吧，我有些事要跟你谈谈。”他走到茨维塔耶夫跟前说。

“谈什么？”茨维塔耶夫闷声闷气地问。

保尔挽起他的胳膊，跟他并肩走了几步，然后在一条长凳子跟前停了下来。

“一起坐一会儿吧。”保尔首先坐了下来。

茨维塔耶夫手中的香烟忽明忽暗。

“茨维塔耶夫，你说说，为什么老是把我看作眼中钉呢？”

他们沉默了好几分钟。

“原来你要谈的是这个呀，我还以为是谈工作呢！”茨维塔耶夫故作惊讶，不自然地说。

保尔把手重重地放在茨维塔耶夫的膝盖上。

“得了吧，季姆卡，别装糊涂了。只有外交家才搞这一套呢。你干脆回答我，为什么我总不合你的意？”

茨维塔耶夫不耐烦地晃了一下身子。

“干吗缠着我？哪有什么眼中钉！我曾亲自建议你担任领导工作，可你拒绝了，现在倒成了我在排挤你。”

保尔听出他的话里没有丝毫诚意，但他依旧把手放在他的膝盖上，激动地说：

“既然你不愿意说，那就由我说。你认为我在挡你的道，认为我想抢你的团委书记的位置，是不是？如果你不是这么想的，就不会因为菲金的事吵起来。这种不正常的态度会损害咱们的整个工作。如果只对你我两人有影响，那就没什么关系，管他呢！你爱怎么想就怎么想好了。可是明天咱们还要在一起工作，这将产生什么样的后果呢？你听我说，咱们之间没有什么根本的利害冲突。你我都是工人。如果你认为咱们的事业高于一切，那就请你把手伸给我，从明天开始咱们好好合作。要是你不把那些乌七八糟的念头扔掉，还是一味地闹无谓的纠纷，给事业造成损失，那么，今后我就要为每一次损失向你展开无情的斗争。这儿是我的手，握住它吧，现在这还是你的同志的手。"

保尔非常满意地看到，茨维塔耶夫那只骨节粗大的手放到了他的手掌上。

一个星期过去了。已经过了下班时间，区党委各个办公室都安静下来了。但是托卡列夫还没走。他坐在一张靠椅上，聚精会神地看着一些新材料。这时，响起了敲门声。

"进来！"托卡列夫说。

保尔走了进来，把两张填好的表格放在书记面前。

"这是什么？"

"大叔，这是我要负起责任来的保证。我觉得是时候了。要是你同意的话，请给予支持。"

托卡列夫看看表格的标题，又凝视了这个年轻人几秒钟，然后默默地拿起钢笔。在介绍保尔·安德列耶维奇·柯察金同志加入俄国共产党（布尔什维克）的介绍人党龄一栏里，用刚劲的笔迹填上了"1903年"几个字，又在旁边一丝不苟地签了名。

"填好了，孩子。我相信你永远不会叫我这个满头白发的老头子丢脸。"

屋子里又闷又热，大家只有一个念头：赶快离开这里，到火车站附近的索洛缅卡区的林荫道上去，到栗子树底下乘凉。

"快点结束吧，保尔，我再也受不了啦。"茨维塔耶夫热得汗流浃背，央求道。卡秋莎和其他人也齐声附和他。

保尔合上书，小组学习结束了。

正当大家起身要走的时候，墙上那架老式的埃里克松电话机急躁地响起来。茨维塔耶夫提高嗓门，竭力压过屋子里的说笑声，同对方交谈着。

他挂上听筒，转身对保尔说：

“车站上停了两节专车，是波兰领事馆外交人员乘坐的。他们的电灯坏了。列车过一小时开，得把电灯修理好。保尔，你带上工具箱走一趟吧。任务挺紧急。”

两节漆得亮光光的国际客车停在车站的一号站台。一节用作客厅车厢窗户很大，里面灯火通明，旁边的一节车厢里却是黑漆漆的。

保尔走到豪华的客车跟前，抓住扶手，打算走进车厢。

突然，有一个人从站房那边快步跑了过来，一把抓住他的肩膀，问：

“公民，您上哪儿？”

这声音挺熟悉。保尔回头一看，来人穿着皮夹克，戴一顶大檐制帽，细长的鹰钩鼻子，流露出戒备的神情。

他是阿尔秋欣，直到这时他才认出了保尔。于是，他放下了搭在保尔肩膀上的手，严厉的表情也随之消失了，但是目光仍然疑惑地盯着工具箱。

“你上哪儿去？”

保尔简短地说明了情况。这时，从车厢后面又走出一个人来，说：

“我这就去叫他们的列车员。”

保尔跟随列车员走进了做客厅用的车厢，里面坐着几个人，穿着非常考究的旅行服装。一个女人背朝门口坐在桌子旁，桌上铺着绣有玫瑰花图案的绸台布。保尔进来的时候，她正和站在对面的一个高个子军官谈话。保尔一进来，谈话就停止了。

保尔迅速检查了车厢里通往走廊的电线，没有发现毛病。于是他走出车厢，继续检查。那个列车员寸步不离地紧跟着保尔。他又肥又壮，脖子粗得像拳击手，制服上钉着许多刻有独头鹰的大铜纽扣。

“这儿没毛病，电池也没坏，咱们到那节车厢去看看吧。问题大概出在那儿。”

列车员转动一下钥匙，打开了门，他们便走到了黑暗的走廊上。保尔用手电筒照着电线，不一会儿就找到了短路的地方。几分钟后，走廊上的第一盏灯亮了，暗淡的灯光照着走廊。

“这间包厢得打开，里面的灯泡烧坏了，要换一换。”保尔对跟着他的人说。

“那得请夫人来，钥匙在她那儿。”列车员不愿意让保尔单独留下，就带他一起去了。

那女人第一个走进包厢，保尔跟在她后面。列车员站在门口，用他那肥胖的身子堵住了门。保尔首先看到的是放在壁网里的两只精致的手提皮箱、一件随意扔在沙发上的绸袍、窗旁小桌子上的一瓶香水和一个翡翠色的小粉盒。女人在沙发的一角坐下来，一面整理她那淡黄色的头发，一面留心地看着保尔干活。

“请夫人准许我出去一会儿，少校老爷要喝冰镇啤酒。”列车员费劲地弯下他那牛脖子，鞠着躬，讨好地说。

女人像唱歌似的拖着长腔，娇滴滴地说：

“您去吧。”

他们说的是波兰话。

从走廊里射进来一道狭长的灯光，落在那女人的肩膀上。她穿着一件由巴黎的第一流裁缝用最薄的里昂绸料子做的连衣裙，裸露着肩膀和双臂。耳垂上一颗圆润的钻石耳钉微微晃动，闪闪发光。她的脸在暗处，保尔只能看见她的仿佛是象牙做成的肩膀和胳膊。保尔快捷地用螺丝刀换好了天花板上的灯泡，包厢里立刻亮了起来。接着，他还得修理另一盏灯，那盏灯恰好在女人坐着的沙发上方。

“我还得检查这一盏。”保尔走到她跟前说。

“哦，是的，我妨碍您了。”她操着一口地道的俄语回答，随即轻盈地从沙发上站起来，几乎和保尔并肩站着。现在，保尔可以完全看清楚她了。那熟悉的又尖又细的眉毛，那傲慢的紧闭着的双唇，毫无疑问，站在他面前的正是涅莉·列辛斯基。这律师的女儿不可能不注意到保尔那惊愕的眼光。但是保尔虽然认出了她，她却没有看出这个电工就是她那个不安分的邻居，四年来他已经长大了。

她轻蔑地皱一皱眉毛，作为对他那惊讶表情的回答，然后走到门口，站在那儿不耐烦地用漆皮拖鞋的鞋尖叩着地板。保尔动手修理第二盏电灯。他把灯泡取下来，对着亮光看了一下。突然，出乎他本人的意料，更出乎涅莉·列辛斯基的意料，脱口用波兰语问道：

“维克多也在这儿吗？”

他问的时候并未转过身来，所以他看不见她的脸，但是长时间的沉默表明了她的困惑不安。

“难道您认识他吗？”

“甚至可以说非常熟。我们从前还是邻居呢。”保尔转过身来对着她说。

“您是保尔，是那个……”她结结巴巴不说话了。

“是的，”保尔提醒她说，“那个厨娘的儿子。”

“您长得真快啊！记得您那时候还是一个野孩子。”

她放肆地把他从头到脚打量了一遍。

“您打听维克多干什么？据我所知，您和他并没有什么交情。”她用她那歌唱般的女高音说，希望这一不期而遇能给她解解闷。

保尔一边用螺丝刀迅速地把螺丝钉拧进墙壁，一边说：

“维克多欠我一笔债还没还。您看见他的时候，请转告他，我并没有忘掉要讨回这笔债。”

她知道这是一笔什么“债”。彼得留拉兵抓保尔的全过程她一清二楚，但是她想拿这个“下等人”开玩笑，就逗弄他说：

“请告诉我，他欠您多少钱，我来替他还。”

保尔故意不搭理她。

“请告诉我，我家的房子是不是真的已经被洗劫一空，而且全都毁了？凉亭和花圃大概也被弄得一塌糊涂了吧？”她忧郁地问道。

“那房子现在是我们的，不是你们的，所以我们不会毁坏它。”

涅莉尖刻地冷笑一声，说：

“哎哟，看样子你们也学乖了！不过，我得提醒您，这是波兰代表团的专列，我是这个包厢的主妇。您呢，仍跟从前一样，是个奴仆。您现在到这里来干活，也恰恰是为了让我这儿有灯光，可以舒舒服服地坐在沙发上看看书、翻翻报。从前你母亲替我们洗衣服，你也时常替我们挑水。现在我们再次见面，彼此的地位依然没有改变。”

她说这番话的口气既扬扬自得又充满恶意。保尔用小刀削着电线头，以毫不掩饰的轻蔑目光看着她。

“女公民，要是为了您，我是连一颗锈钉子也不会动手敲的。不过，既然资产阶级发明了所谓的外交官，我们也能保持应有的礼节。我们不会砍下他们的头颅，也不会像您一样，说出那些粗鲁失礼的话。”

涅莉的脸顿时红了。她说：

“要是你们成功地夺取了华沙，你们会怎么处置我呢？是把我剁成肉饼呢，还是把我抓去做老婆？”

她站在门口，娇媚地向前弯着身子。她那闻惯可卡因的敏感的鼻孔不停地抽动着。接着沙发上方的电灯亮了。保尔挺直了身子，说：

“谁会要你们呢？用不着我们的军刀，可卡因就会叫你们送命。你这样的女人，就是白给我做小老婆，我也不要！什么货色！”

他拿起工具箱，只用两步就走到门口。她赶紧闪到一旁。当他走到走廊的尽头时，才听见她恶狠狠地骂他：

“该死的布尔什维克！”

第二天晚上，保尔在去图书馆的路上遇见了卡秋莎·泽列诺娃。她紧紧抓住保尔上衣的袖口，挡住他的路，开玩笑地说：

“你往哪儿跑，大政治家兼教育部长？”

“到图书馆去，老大娘，给让条路吧。”保尔学着她的腔调回答。他轻轻地抓住她的肩膀，小心地把她推到一旁。卡秋莎推开他的手，和他一起并肩走着。

“听着，保夫鲁沙！你也不能老是学习呀！哦，对了，咱们今天去参加晚会吧，你看好吗？大伙今天在济娜·格拉德什家里聚会。姑娘们早就要我带你去了，可你光顾搞政治。难道你就不想玩一玩，高兴高兴？要是今天晚上你不看书，脑袋准会轻松点。”卡秋莎一个劲地劝他。

“什么晚会？大伙都在那里干些什么？”

卡秋莎模仿着他的口吻，嘲笑他说：

“干些什么？反正不是祷告上帝，不过是快快乐乐地消磨时光，如此而已。你不是会拉手风琴吗？我还从未听你拉过呢。今天就拉给我听听，让我高兴一回吧。济娜的叔叔有架手风琴，但是他拉得不好。姑娘们都愿意亲近你，可你光知道啃书本，人都瘦了。我问你，哪本书上写着，说共青团员不应该有一丁点娱乐？走吧，别让我老是劝你，把人都劝腻了。要不我真生气了，一个月不跟你说话。”

这个长着一双大眼睛的油漆工卡秋莎是位好同志，也是一位挺不错的共青团员。保尔不愿意让她扫兴，于是就答应了她的请求，虽然感到有点别扭和不习惯。

火车司机格拉德什家里挤满了人，热闹非凡。大人们为了不妨碍青年人，都躲到另一个房间里去了。在这个大房间里和通往小花园的走廊上，聚集了十五六个姑娘和小伙子。当卡秋莎领着保尔穿过花园踏上走廊的时候，他们已经在玩一种叫作“喂鸽子”的游戏了。走廊正中间背靠背地放着两把椅子。由一个女孩做主持人，她喊出两个名字，被点到名的小伙子和姑娘就坐到椅子上。接着她又喊：“喂鸽子！”背靠背坐着的两个年轻人便向后扭过头，嘴唇碰在一起，当众接吻。后来又玩“抛戒指”和“邮差送信”，每一种游戏都少不了接吻。尤其是“邮差送信”，为了避开大家的目光，接吻的地点从明亮的走廊转移到暂时熄了灯的房间里。如果有谁对这些游戏感到不满足，他们还可以玩另外一种名为“花弄情”的纸牌游戏，在角落里的一张小圆桌上恰好给他们准备了这样一套纸牌。保尔旁边坐着一个名叫穆拉的女孩子，十六七岁，一双蓝眼睛含情脉脉地注视着他，递给他一张纸牌，轻声说：

“紫罗兰。”

几年以前，保尔见识过这样的晚会。尽管当时他自己没有直接参与，可是他并不认为这是一种不正当的娱乐。但是现在，当他同小城市里的小市民生活永远断绝了关系之后，这样的晚会在他看来就未免有点荒唐可笑了。

不管怎么说，一张“花弄情”的纸牌已经到了他的手里。

他看见在“紫罗兰”牌的背面写着：“我很喜欢您。”

保尔看了看姑娘。她迎着他的目光，并不感到害羞。

“为什么？”

这个问题有点不好回答，不过穆拉早已想好了答案。

“蔷薇。”她递给他第二张纸牌。

“蔷薇”的背面写着：“您是我的意中人。”保尔面对着姑娘，尽量把语气放温和些，问道：

“你为什么要玩这种无聊的把戏呢？”

穆拉窘住了，不知道说什么好。

“难道您不喜欢我的坦率吗？”她撒娇地噘起了嘴唇。

保尔没有回答她的问题。不过他很想知道与他谈话的女孩究竟是什么人。于是他提了几个姑娘乐意回答的问题。几分钟后，他已经了解到穆拉在七年制中学上学，父亲是车辆检查员。她早就认得保尔，并且有意和他做朋友。

“你姓什么？”保尔问。

“姓沃伦采夫，名字叫穆拉。”

“你哥哥是不是机车库的团支部书记？”

“是的。”

这下保尔弄清楚了他在跟谁打交道。沃伦采夫是区里最积极的共青团员之一，显然他不太关心妹妹的成长，因此她渐渐变成了一个平庸的小市民。最近一年来，她像着了迷似的参加女友们举办的这类接吻晚会。她曾在哥哥那里见到过保尔几次。

现在，穆拉已经感到她身旁的这个人不赞成她的行为，所以当别人招呼她去“喂鸽子”时，她察觉到保尔嘲笑的表情，便坚决拒绝了。

他们又坐了几分钟。穆拉把自己的事情讲给他听。这时，卡秋莎走到他俩面前，问：

“手风琴拿来了，你拉吗？”她调皮地眯起眼睛，看看穆拉，“怎么，你们已经认识了？”

保尔让卡秋莎在身旁坐下，在周围的一片谈笑声中对她说：

“我不拉了，我和穆拉马上就走。”

“哎哟！这么说是玩腻了吧？”卡秋莎意味深长地拖长了声调。

“对，腻了。你说说，这儿除了你和我，还有别的共青团员吗？也许只有咱们两个加入了这‘养鸽者’的行列吧？”

卡秋莎以一种和解的口吻说：

“这些无聊的游戏已经结束了。马上就开始跳舞。”

保尔站了起来。

“好吧，老大娘，你跳吧，我和沃伦采夫还是要走的。”

有一天傍晚，安娜来找奥库涅夫。只有保尔一个人坐在房间里。她说：

“保尔，你挺忙吧？你愿不愿意跟我一块儿去参加市苏维埃全体会议？两个人做伴走会开心点，而且要很晚才能回来呢。”

保尔很快就收拾好了。床头上挂着他的毛瑟枪，可它太重了。所以他从抽屉里取出奥库涅夫的勃朗宁手枪，把它放进口袋里。他给奥库涅夫留了张字条，把钥匙放在约定的地方。

他们在会场里遇见了潘克拉托夫和奥莉嘉。大家坐在一起，会间休息的时候又一块儿到广场上散了一会儿步。正如安娜所预料的，大会直到深夜才散。

“到我那儿睡一夜吧？天已经很晚了，路又远。”奥莉嘉向安娜提议道。

“不，我和保尔已经约好了一起回去。”安娜婉拒道。

于是，潘克拉托夫和奥莉嘉沿着马路向下面走，保尔和安娜走的是上坡路，回索洛缅卡。

夜黑沉沉的，而且又闷又热。城市已经入睡。参加会议的人沿着寂静的街道四散走开。他们的脚步声和谈话声渐渐远去。保尔和安娜快步穿过了市中心的街道。在空无一人的集市上，曾有一个巡警拦住他们，查看了证件才放行。他们穿过林荫大道，走出了通向广场的黑暗无人的小街。再往左一拐，就到了和铁路中心仓库平行的公路。这个仓库是一长排水泥建筑物，阴森森得让人害怕。安娜不由得有点不安起来。她仔细地盯着暗处，断断续续地、答非所问地和保尔谈着话。直到看清楚那可怕的阴影不过是一根电线杆的时候，安娜才笑了起来，并把她刚才的心情告诉了保尔。她挽住他的胳膊，肩膀紧靠着他的肩膀，这才感到踏实。

“我还不到二十三岁，可是神经衰弱得像个老太婆。你可能会把我当成胆小鬼，那可就错了。不过今天晚上我精神特别紧张。现在有你在身边，我就不觉得害怕了。我竟然这么提心吊胆的，真是有点不好意思。”

漆黑的夜、荒凉的旷地、会上听到的昨天在波多拉区发生的凶杀案，都让她觉得恐慌；但是保尔的镇定、他的烟卷闪现的火光、被火光照亮的脸庞和他眉宇间刚毅的神情——这一切又逐渐消除了她的恐怖感。

仓库已经落在身后了。他们过了河上的小桥，沿着车站旁的公路朝隧道走去。这条隧道在铁路的下面，是市区和铁路工厂区的交界处。

车站已远远地落在右后方。这条隧道一直通到机车库后面的封闭岔道线。到了这里，已经算是铁路工厂区了。隧道上面，在铁路线上，各种颜色的指示灯和信号灯闪闪发亮。机车库旁边，一辆调度机车疲倦地喘着粗气开回车库，夜间它也要去休息了。

隧道入口的上方，一盏路灯挂在生锈的铁钩子上。风吹得它轻轻地来回摇晃，昏暗的灯光不时在隧道两边的墙上来回滑动。

离隧道入口大约十步的地方，紧靠公路，有一座孤零零的小房子。两年以前，一颗炸弹击中了它，里面全被炸毁了，正面的墙也坍了。现在，这房子敞露着巨大的窟窿，恰似乞丐站在路旁，向行人展示他的穷困。这时可以看到隧道上面有一列火车正沿着路基飞驰而过。

“哦，咱们差不多算是到家了。”安娜松了一口气说。

保尔想悄悄地把手抽回。他一边朝隧道走，一边不由得想把被女伴抓着的那只手腾出来。

可是，安娜没松手。

他们走过那座小破房子。

突然，背后像有什么东西冲了过来，传来一阵急促的脚步声。

保尔猛地将手往回抽，但是安娜吓坏了，仍使劲抓着它不放。等到他终于用力抽出手的时候，为时已晚。他的脖子被铁钳似的手指头掐住了，紧接着，又被使劲一拧，他的脸就转了过来，对着袭击他的那个人。匪徒用一只手狠命扭住他的衣领，勒住他的咽喉，另一只手拿着手枪慢慢地画了个弧形，把枪口对准了他的脸。

保尔的两只眼睛仿佛中了魔法，万分紧张地随着枪口转了半个圈。死神从枪口里逼视着他。他没有力量，也没有勇气把眼睛从枪口移开哪怕百分之一秒。他等着挨枪子儿，但是枪没有响，于是他那睁得溜圆的两眼看清了匪徒的脸：大脑袋，方下巴，很久没刮的络腮胡子黑乎乎的。匪徒的眼睛藏在宽帽檐下面，看不清楚。

保尔用眼角的余光，看见了安娜那张惨白的脸。就在这一刹那，三个匪徒中的一个把她拉向了破屋子。歹徒扭住她的双手，把她摔倒在地上。保尔看见在隧道的墙壁上又有一条黑影朝这边奔来。一场搏斗正在身后的破房子里进行。安娜拼命反抗着，她的嘴被帽子堵住，喊叫声中止了。掐住保尔的大脑袋匪徒显然不愿意只做兽行的旁观者，他也急于扑向猎物。他多半是个头儿，对于眼下这种角色分配很不满意。他又觉得在他手里的这个年轻人实在太嫩了，看样子不过是机车库的学徒工而已。这么个毛孩子不会对他构成任何危险。“只要用枪敲两下他的脑门，叫他滚到空地那边去，他准会头也不回地拼命跑，一直跑到市区去。”想到这里，大脑袋松开了手。

“赶快滚蛋……从哪儿来，滚回哪儿去。你胆敢吱一声，就一枪毙了你。”大脑袋用枪筒戳了一下保尔的前额。“快滚！”他嘶哑地低吼了一声，把枪口朝下，免得保尔担心他从背后开枪。

保尔赶紧往后退，头两步是侧着身子走的，同时眼睛盯着大脑袋。

匪徒明白了，这个少年还在怕挨枪子儿，就转身朝破房子走去。

保尔的手迅速伸进口袋。“千万要快！千万要快！”他一个急转身，左臂向前平举，枪口对准大脑袋，砰地就是一枪。

匪徒懊悔已经晚了。他还没来得及举起手，一颗子弹就击中了他的腰部。

他中了这一枪，身子滑向隧道的墙壁，闷声闷气地哼了一声。他用手抓着墙，慢慢地倒在了地上。这时，一个黑影从破房子的豁口里钻出来，溜下了深沟。保尔朝着他开了第二枪。又是一个黑影，猫着腰，连蹦带跳地朝隧道的黑暗处跑去。保尔再放一枪，子弹击中水泥墙面，细碎的灰土撒了匪徒一身。这个黑影往旁边一窜，便在黑暗中消失了。保尔又朝影子身后连打三枪，枪声惊醒了沉睡的黑夜。那个大脑袋匪徒倒在墙根底下，像一条蛆虫似的扭动着，做着垂死挣扎。

安娜被刚才发生的事情吓得惊慌失措。保尔将她从地上搀扶起来，她看着那不断抽搐的匪徒，还不太敢相信自己已经得救了。

保尔用力搀着她，把她拉到灯光照不到的暗处。然后他们转身往城里跑，直奔车站。这时，隧道旁边的路基上已有灯光闪烁，铁路线上响起一声沉闷的报警枪声。

当他们终于回到安娜住所的时候，巴蒂耶瓦山上已有雄鸡报晓。安娜斜靠在床上。保尔坐在桌子旁。他抽着烟，聚精会神地看着灰色的烟圈袅袅上升。刚才那个匪徒是他一生中杀死的第四个人。

到底是否存在总是表现得完美无缺的勇敢呢？他回想自己刚才的经历和感受，不得不承认，在最初几秒钟，当歹徒用黑洞洞的枪口对准他时，他的心的确是凉了。再说，还让两个歹徒逃走了，没有受到应有的惩罚。难道仅仅是因为他一只眼睛失明和不得不用左手射击吗？不，当时双方之间只有几步远的距离，完全可以射得更准些，只是由于紧张和匆忙才没有命中，而这种紧张和匆忙无疑是惊慌失措的表现。

台灯的光照着他的头部。安娜注视着他，不放过他脸上肌肉的每一次活动。不过，他的眼神是镇定的，只有额头上那条皱纹表明他正在紧张地思考。

“保尔，你在想什么？”

这一问，使他的思绪如同一缕烟，从半圆的灯影里飘散开来，接不下去了。他把刚出现在脑子里的一个念头说了出来：

“我必须去警备司令部。应当马上向他们报告这件事情。”

于是，他不顾疲劳，勉强站了起来。

安娜真不愿意独自待着，她拉住保尔的手，好一会儿才放开。她把他送到门口，直到这个如今在她眼里是如此宝贵和亲近的人在夜色中走出很远，她才把门关上。

保尔·柯察金来到警备司令部，大家才弄清铁路警卫队刚才报来的无头案。死者的身份立即查清了：这是刑事侦查处里早就挂了号的大脑袋菲姆卡——一名强盗和杀人惯犯。

第二天，大家都知道了发生在隧道附近的事件。这件事还引起了保尔同茨维塔耶夫之间意外的冲突。

在工作最紧张的时候，茨维塔耶夫走进车间，先把保尔叫到跟前，接着又把他带到走廊上一个僻静的角落里。他很激动，一时不知道从何谈起，最后，才说了这么一句：

“你说说昨天的事。”

“你不是都知道了吗？”

茨维塔耶夫心神不宁地耸了耸肩膀。保尔不知道，昨天夜里的事对茨维塔耶夫的震动比对他人更为强烈。他也不知道，这个锻工虽然表面上对安娜·鲍哈特很冷漠，实际上对她却是情有独钟。对安娜怀有好感的不止茨维塔耶夫一人，但是他的感情要复杂得多。他刚从拉古京娜那里听说了隧道附近发生的事，思想上产生了一个苦恼的、无法解决的问题。他不能把这个问题直截了当地向保尔提出来，可是又很想知道答案。他多少也意识到，他的担心是一种自私心理的体现，但是，这一次两种矛盾心理斗争的结果，还是一种原始的、兽性的东西占了上风。

“保尔，你听我说，”他压低嗓门说，“咱们两人之间的谈话内容绝对保密。我明白，为了不使安娜痛苦，你不会说出真相的，不过你可以相信我。告诉我吧，当你被匪徒掐住的时候，另外两个歹徒是不是强奸了安娜？”说到最后，茨维塔耶夫再也不敢正视保尔，赶忙把目光避开了。

保尔这才开始模糊地明白他的意思。“如果茨维塔耶夫对安娜只是一般的感情，他就不会这么激动。可是，如果他真心爱着安娜，那么……”保尔替安娜感到受了侮辱。

“你为什么这样问？”

茨维塔耶夫答非所问地说了些什么。后来他觉得自己的心思已经被对方看透，便恼羞成怒了。

“你耍什么花招？我要你回答我，你反倒盘问起我来了。”

“你爱安娜吗？”

一阵沉默。过了好一会儿，茨维塔耶夫才挺费劲地说：

“是的。”

保尔竭力压住怒火，一转身，头也不回地顺着走廊走了。

一天晚上，奥库涅夫难为情地在保尔床前转来转去，最后坐到床沿上，用手捂住保尔正在看的一本书，说：

“保尔，有件事得告诉你。一方面，这好像是小事一桩，但从另一方面说呢，又完全相反。我跟塔莉亚·拉古京娜之间不知怎么就好上了。你看，一开头是我挺喜欢她，”奥库涅夫抱歉地挠了挠头，但是看到保尔并没有笑他的意思，就鼓起勇气，说，“后来塔莉亚对我……也有点那种感觉了。总而言之，我用不着一五一十地都告诉你，一切都明摆着，不说也清楚。昨天我俩决定共同生活，品尝一下它的甜蜜和幸福。我二十二岁，我们俩都已成年。我想在平等的基础上跟塔莉亚建立共同生活，你看怎么样？”

保尔沉思了一会儿，说：

“尼古拉，我能说什么呢？你们俩都是我的好朋友，都是一样的出身。其他方面也很般配，塔莉亚又是一位再好不过的姑娘……你们这样做是理所当然的。”

第二天，保尔就把自己的东西搬到机车库的集体宿舍去了。几天后，同志们在安娜那儿举行了一个不备食物和饮料的、共产主义式的晚会，庆贺塔莉亚和奥库涅夫的结合。晚会上，他们追忆往事，朗诵读过的最感人作品的片断。他们合唱了许多歌曲，而且唱得非常好。战斗的歌声传向远方。后来，卡秋莎·泽列诺娃和穆拉·沃伦采夫拿来了手风琴。于是，房间里响起深沉浑厚的男低音和手风琴银铃般清亮的旋律。这天晚上，保尔演奏得分外精彩。等到瘦高个的潘克拉托夫出人意料地跳起舞来，保尔更是忘却一切，他舍弃了时新的格调，如同烈火冲天一般，激昂奔放地演奏起来：

哎哩，父老乡亲，
坏蛋邓尼金好不伤心，
因为西伯利亚的肃反人员，
让高尔察克送了命……

手风琴声描述着往事，描述着战火纷飞的岁月以及今日的友谊、斗争和欢乐。当手风琴转到沃伦采夫手里，奏起紧张热烈的《小苹果》舞曲时，有一个人随着乐曲，旋风般地跳起狂热的切乔特卡舞。这个人并非别人，正是保尔·柯察金。他跺着脚，跳得如痴如醉。这是他一生中第三次，也是最后一次狂舞。

第四章

光荣入党

国境线——就是两根柱子。这两根柱子面对面地竖立着，默默地互相敌视，代表着两个世界。其中一根柱子刨得很光滑，像警察岗亭那样漆上了黑白相间的线条。柱顶上面牢牢地钉着一只独头老鹰。这只嗜食兽尸的猛禽舒展双翼，似乎要用利爪去攫取那根漆有黑白线条的界桩；同时，它又伸出贪婪的钩形嘴，恶狠狠地瞪着对面的铁牌。对面六步开外处，竖着另一根柱子。这是一根削去了皮的粗大圆形橡木柱，一头深埋在地里。柱顶上是一块铸有锤子和镰刀的铁牌。虽然这两根界桩都竖在一块平整的地面上，但是这两个世界之间却隔着一道难以逾越的万丈深渊，谁也休想不冒生命危险就跨越这六步的距离。

这里就是国境线。

苏维埃社会主义共和国的这些无声的哨兵，顶着铸有伟大的劳动标志的铁牌，排列成屹立不动的散兵线，从黑海起绵延数千公里，一直伸展到极北地区，直趋北冰洋。苏维埃乌克兰和贵族波兰的国界，便从这根钉着一只老鹰的柱子开始。密林深处有一座孤零零的小镇，名叫别列兹多夫。小镇离国境线十公里，国界那边便是波兰的科列茨镇。从斯拉武塔镇到阿纳波利镇是边防军某营的防区。

这些排成一长条的界桩跨过冰雪覆盖的田野，越过林间小道，跌落进幽深的峡谷，又缓缓爬上山冈，然后伸向河边，站在高高的河岸上注视着白雪茫茫的异国平原。

天寒地冻。冰雪在毡靴下面咯吱咯吱作响。一个身材高大的红军战士，戴着英武的盔形帽，从那个铸有锤子和镰刀的界桩开始，迈着有力的步伐，在他负责的地段内来回巡逻。这个魁梧的红军战士穿着灰色的军大衣，戴着绿色的领章，脚上穿着长筒毡靴。大衣外面还披着一件宽大的高领羊皮外套，脑袋包在呢子做的军帽里，非常暖和。手上戴着羊皮手套。羊皮外套很长，一直拖到脚跟，即使在冰天雪地中，披着它也不会感到寒冷。这个红军战士肩上背着一支步枪，在巡逻线上来回走动，皮外套下摆不时刮擦着地上的积雪。他津津有味地抽着自己卷的马合烟。在这辽阔的平原上，苏维埃边境线上两个哨兵之间相距一公里，彼此可以望见对方。而在波兰那一侧，哨兵之间相隔一到两公里。

一个波兰哨兵正沿着他自己的巡逻线朝红军战士迎面走来。他穿着粗劣的高筒军靴、灰绿色的军服，外面罩着一件缀有两排亮纽扣的黑色军大衣，头上戴着四角军帽，军帽上缀着一只白鹰。呢子肩章上也镶着鹰，领章上还镶着鹰，可惜这么多鹰并没有使他感到暖和一些。凛冽的寒气一直刺到他的骨头里。他搓着冻得麻木的耳朵，一边走，一边用一只脚后跟踢着另一只脚后跟。他的手上只戴着一双薄薄的手套，手早就冻僵了。这个波兰哨兵一分钟也不敢停下来，因为一停下，全身的关节马上就会冻僵。所以他一刻不停地来回走动，有时还小跑几步。现在，这两个哨兵隔着边界线相遇了。波兰兵转过身来，沿着他那边的巡逻线跟红军战士并排走着。

边界上是禁止交谈的。然而，四周荒野一片，前面一公里以外才见人影，谁知道这两个人是默默无言地走着，还是违背了国际法呢？

波兰兵想抽烟，可是他把火柴忘在兵营里了。微风似乎故意把马合烟的诱人香味从苏维埃那边吹过来。波兰兵不再搓他那冻坏了的耳朵，他回头张望了一下——说不定班长或者中尉老爷会和骑兵巡逻队一起到边境线上来，冷不丁地从山冈后面钻出来查岗。但是现在四周空无一人，只有积雪在阳光下闪着耀眼的白光。天空中不见一片雪花。

“同志，火柴借我用一下。”波兰兵首先开了口，违反了神圣的公法。他说的是波兰语。他把上了刺刀的法国连射步枪往背后一甩，用冻僵的手指费力地从大衣口袋里掏出一包廉价烟卷来。

红军战士听见了波兰人的请求，但是边防军条令禁止战士跟境外的任何人交谈，而且他又没有完全听懂那个波兰兵说的话，因此，他继续迈着稳健的步伐，走自己的路。他脚下那双既暖和又柔软的毡靴踩着积雪，发出咯吱咯吱的响声。

“布尔什维克同志，借个火点支烟，请扔盒火柴过来吧。”波兰哨兵这一次改说俄语了。

红军战士仔细看了看和自己并排走着的波兰兵，心想：“看样子，这位‘老爷’连五脏六腑都冻透了。虽说是给资产阶级当兵，他活得也真够惨的。这么个大冷天，只穿件又薄又破的军大衣就给赶出来放哨，瞧他冻得像兔子似的蹦蹦跳跳，要是再不抽口烟，可真受不了啦。”于是，红军战士连头也没有回，就把一盒火柴扔了过去。波兰兵接住飞过来的火柴，划断了好几根，最后总算把烟点着了。那盒火柴又以同样的方式越过了边界，这时红军战士无意中也破坏了公法：

“你留着用吧，我还有。”

但是从边界那边传来了这样的回话：

“不，谢谢。如果留下这一小盒火柴，我得蹲两年大牢。”

红军战士看看火柴盒：上面印着一架飞机，飞机头上画着的不是螺旋桨，而是一只有力的铁拳，上面还写着：“最后通牒”。

“是啊，的确如此，把这个东西给他不合适。”

波兰士兵依旧和红军战士并排走着。在这片荒无人烟的原野上，他感到特别的孤单寂寞。

马鞍有节奏地吱吱作响，马匹的脚步既轻快又平稳。黑公马的鼻孔周围已经结起了一层白霜，它呼出的白色水雾逐渐消融在空气中。营长胯下的那匹花骒马优雅地迈着步子，不时弯下细长的脖子，玩弄着辔头。两个骑马的人都穿着灰色军大衣，扎着武装带，袖口上都有三个方形的红色军衔标志。不过营长加夫里洛夫的领章是绿色的，而他的同伴的领章是红色的。加夫里洛夫是边防军人。他是这里的“当家人”，他指挥的一营人就分布在这长达七十公里的防区的各个岗哨上。和他同行的是从别列兹多夫来的客人——普及军训营政委柯察金。

昨夜下过雪。松软的雪地上，既没有马蹄印，也不见人的足迹。这两个骑马人走出一片小树林，开始在原野上策马小跑。侧面四十步开外的地方又竖着一对界桩。

“吁！——”

加夫里洛夫紧紧勒住了马缰绳。保尔也拨转马头，想知道营长为什么停马不前。加夫里洛夫从马鞍上俯下身子，仔细察看雪地上一排古怪的印迹，好像有人用带齿的轮子在上面碾过似的。这是一只狡猾的小野兽留下的，它走的时候后脚踩在前脚的脚印上，还故意绕了许多圈子来弄乱它的踪迹。很难弄明白这只小兽是从哪儿来的，但是营长停下来察看的并不是这些野兽的脚印。离这些兽迹两步远的地方，另有一些脚印，已经盖上了薄薄的一层雪。有人从这里走过。这个人并没有故布疑阵，他径直走向树林里。脚印清楚地表明，他是从波兰那边过来的。营长策马前进，循着脚印来到了哨兵巡逻线。在波兰境内十步远的地方，也看得见这些脚印。

“夜里有人越境了。”营长嘴里咕哝着，“这回又是三排防区出的问题，可是他们早晨汇报的时候只字未提。他妈的！”加夫里洛夫的小胡子本来就有些花白，再加上呼出的热气凝成的白霜，像镀了银一样威严地挂在嘴唇上。

有两个人正迎面朝他们走来。一个身材矮小，穿着黑色衣服，那把法国刺刀在阳光下闪闪发光；另一个身材高大，披着黄色的羊皮外套。花骒马感到主人用两腿使劲夹了它一下，就跑了起来。两个骑马的人很快到了巡逻兵跟前。红军战士整了整肩上的枪带，把烟蒂吐到雪地上。

“同志，您好！您这地段上有什么情况吗？”

营长一边问，一边把手伸给哨兵。因为这个战士个头很高，营长在马上几乎不用弯腰。哨兵急忙从手上扯下手套。营长和他互相握手问好。

波兰哨兵在不远处注视着他们。两个红军军官（在布尔什维克的军队里，袖章上三个小方块表明是少校军衔）同一个普通士兵握手，彼此间如同亲密的朋友。刹那间，他仿佛觉得是他自己在同他的扎克尔热夫斯基少校握手。出于这种荒唐的想法，他不由自主地回头张望了一下。

“我刚刚接班，营长同志。”红军战士报告说。

“那边的脚印您看见了吗？”

“没有，还没有看见。”

“夜里两点到六点是谁在站岗？”

“是苏罗坚科，营长同志。”

“好吧，要提高警惕。”

临走时，他又严肃地提醒战士：

“尽量少跟这些波兰兵并排走。”

当两匹马沿着边界和别列兹多夫镇之间的大路小跑的时候，营长说：

“在边境上必须随时瞪大眼睛。稍一疏忽，就会后悔莫及。干我们这一行睡觉都得睁只眼。白天越境不那么容易，一到夜里，就要竖起耳朵，万分警惕。柯察金同志，您想想看，我负责的这段边界有四个村子是跨界的。这儿的工作特别困难。无论你布上多少哨兵，一有婚嫁喜事或者逢年过节，所有的亲朋好友就会越过边界聚在一起。这很容易办到——两边的房子相隔才二十步远，那条小河沟连母鸡也能飞过去。走私的事也是难免的。当然，都是些小事情，比如一个老太婆偷偷带过来两瓶波兰产的四十度香露酒之类的东西，但是也有不少大走私犯，他们的资金雄厚。你知道波兰人都干些什么吗？他们在靠近边界的所有村子里都开设了百货商店：里面的商品琳琅满目，应有尽有。当然，这些商店决不是为他们那些贫苦农民开的。”

保尔饶有兴趣地听着营长讲这些情况。边防线上的生活很像从不间断的侦察工作。

“加夫里洛夫同志，您说说，边防工作仅限于抓走私吗？”

营长脸色阴沉地回答：“你这可问到点子上了！”

别列兹多夫是一座小镇。这个偏僻的角落以前曾经被划为犹太人居住区。二三百座小破房子乱七八糟地挤在一起。有一个挺大的集市广场，中心地带开了二十来家小店铺。广场上到处是污泥和马粪。小镇周围是农民的住宅。在犹太人居住区中央，有一座古老的犹太教堂，坐落在通往屠宰场的路旁。这座建筑物年久失修，已呈现出一片破败凄凉的景象。每到礼拜六，虽然还不至于冷落到门可罗雀的地步，但是光景已今非昔比。教堂里祭司的生活也完全不是他所希望的样子。看起来 1917 年发生的事情确实非常糟糕，因为即使在这穷乡僻壤，青年人对祭司也缺乏起码的尊敬了。不错，那些老年人还没有“破戒”，然而有那么多小孩在吃亵渎神明的猪肉香肠！呸，连想一想都叫人恶心！一头猪正起劲地拱着粪堆找吃的，气得祭司博鲁赫怒从心头起，走上去踢了它一脚。还有，别列兹多夫成了区中心，这也让祭司不痛快。鬼知道从哪儿跑来这么多共产党员，他们一天一个新花样，折腾个没完。昨天他看见神父家的大门上又挂出了一块新牌子："乌克兰共产主义青年团别列兹多夫区委员会"。

挂上这块牌子，绝不会是什么好兆头。祭司边走边思忖，不知不觉走到了教堂门口，意外地发现教堂门上竟贴出了一张小小的布告，上面写着：

> 今天在俱乐部召开劳动青年群众大会。苏维埃执委会主席利西岑和区团委代理书记柯察金同志将在会上作报告。会后由九年制学校的学生演出歌舞。

祭司发疯似的把布告从门上撕下来。

"这不，真的干起来啦！"

神父家的大花园从两边围绕着镇上的正教小教堂，花园里有一座宽敞的旧式房子。空荡荡的房间里散发出阵阵霉味，显得了无生气。从前神父和他的妻子就住在这里，他们像这房子一样老朽而且空虚无聊，彼此早已嫌恶对方。新主人一搬进来，空虚寂寞的气氛就一扫而光。那间大客厅，过去虔诚的主人只有遇到宗教节日才在那里接待客人，现在却天天挤满了人。神父的宅院如今成了别列兹多夫党委会的办公地。从正门进去往右拐，有个小房间，门上用粉笔写着：共青团区委会。保尔每天就在这里度过一部分时间。他身兼两职，既担任第二军训营政委，又兼任新成立的共青团区委会的代理书记。

自从他们在安娜那里举行那场亲切的晚会以来，已经八个月过去了。但回想起来好像只是不久以前的事。保尔把一大堆文件推到旁边，靠在椅背上，陷入了沉思。

房间里静悄悄的。夜深了，党委会的人全走了。最后留下的区党委书记特罗菲莫夫刚刚也走了。现在这幢房子里只剩下保尔一个人。窗户上布满了奇异的霜花。桌上放着一盏煤油灯，火炉烧得很旺。保尔回想起不久前发生的事情。那是在8月份，铁路工厂团委派他作为团组织的负责人，乘上抢修列车，赶往叶卡捷琳诺斯拉夫。他们这一百五十人组成的抢修队，从一个车站到另一个车站，整顿战争所造成的混乱局面，清理残破不堪的车厢，一直忙到深秋。他们还曾经过西涅利尼科沃到波洛吉的那段路线。这里在前沙皇时代是马赫诺匪帮盘踞的地方，到处可见毁坏和劫掠的痕迹。在古利亚伊波列地区，他们曾花了一星期时间去修复石头筑成的水塔，用铁皮修补好被炸药炸坏的水箱。保尔本身是个电工，他不懂钳工技术，也没干过这种活，但他手拿扳手，拧紧了几千个螺丝帽。

直到秋末，列车才把他们送回工厂。各车间都欢迎这一百五十名工人归来。

在安娜那里，又经常可以看到保尔了。他额上的那条皱纹舒展开了，也常常可以听见他那富有感染力的大笑声。

满身油污的弟兄们又可以在小组会上听他讲往日的战斗故事。他讲衣衫褴褛、受尽奴役而又敢于造反的俄罗斯农民怎样试图推翻沙皇的宝座，讲斯捷潘·拉辛[1]和普加乔夫[2]起义的故事。

一天晚上，当许多年轻人聚集在安娜那儿的时候，保尔出人意料地戒掉了一种多年养成的不良嗜好。他几乎从小就抽烟，那天却毅然决然地宣布："从今以后，我再也不抽烟了。"

1 斯捷潘·拉辛（约1630—1671），1670—1671年俄国农民起义领袖。

2 普加乔夫（1742—1775），1773—1775年俄国一次规模最大的农民起义领袖。

这件事发生得很突然。当时有人提出看法，说习惯比人的意志厉害，并举出抽烟这个例子。接着大家争论个不停。保尔始终没有参加争辩，但是塔莉亚点名要他发表意见。于是他直率地说：

“当然是人支配习惯，而不是习惯支配人。难道我们还能得出别的结论吗？”

茨维塔耶夫在角落里喊了起来：

“说得比唱得还好听。保尔就喜欢来这一套。要是当场戳穿他的把戏，结果会怎样呢？问他自己抽烟吗？抽的。他知不知道抽烟没有好处？知道的。那就戒了呗——可惜戒不掉。不久前他还在小组会上‘传播文明’呢。”说到这里，茨维塔耶夫改用嘲讽的口吻冷冷地问道：“让他回答我们，他那骂人的习惯有没有改掉？凡是认识保尔的人都会说：骂是骂得少了，可是一骂起来就很凶。传教容易，做圣徒难哪！”

一阵沉默。茨维塔耶夫的尖刻腔调，大家听了都觉得不舒服。保尔没有立即答复。他慢慢地从嘴上拿下烟卷，揉成一团，然后轻轻地说：

“从今以后，我再也不抽烟了。”

过了片刻，他又补充说：

“我这样决定，是为了自己，多多少少也是为了茨维塔耶夫同志。要是一个人不能改掉坏习惯，那他就一钱不值。我还有个骂人的恶习。同志们，我还没有彻底摆脱这个可耻的习惯。不过，就连茨维塔耶夫同志也承认，不常听到我骂人了。脏话是容易脱口而出的，比不得抽烟，所以我这会儿还不敢夸口立刻和这种恶习一刀两断。但是骂人的习惯我总归是要彻底改掉的。”

入冬以前，很多顺着河水放下来的木排堵住了河道。秋水泛滥，这些木排被冲散了，顺着水流往下游漂去，眼看大批木料要损失了。索洛缅卡又派出本区的共青团员去打捞这些珍贵的木头。

保尔·柯察金不愿意落在同志们后面，虽然正患着重感冒，也瞒过大家，照样参加劳动。但是一个星期以后，当码头两岸木头已经堆积如山的时候，他却发高烧了，冰冷的河水和秋季的潮湿唤醒了沉睡在他血液中的敌人。他得了急性风湿病，住院两个星期；出院以后，他也只能“趴”在工作台上勉强干活。工长见了直摇头。过了几天，一个毫无偏见的委员会确认他已经丧失劳动能力，让他退职，并且给他领取抚恤金的权利，但是他愤怒地拒绝了。

保尔怀着沉重的心情离开了心爱的工厂。他拄着拐杖，忍着剧痛，慢慢地挪动脚步。母亲曾几次来信，要他回去看她。此刻他想起了亲爱的老太太，想起了她在临别时所说的话：“只有在你们生病或受伤的时候，我才有机会看到你们。”

在省委会里，他领到两份卷在一起的党团组织关系证明。为了不引起更大的伤感，他几乎没有同任何人告别，就乘车到他母亲那里去了。接连两个星期，老人家不断地用药熏和按摩医治他那两条肿胀的大腿。才过了一个月，他已经可以丢开拐杖走路了。胸中荡漾着喜悦，黄昏又变成了黎明。列车把他送到省城。三天后，组织部开了一份介绍信，派他到省军事委员会去，担任地方武装的政治工作。

又过了一个星期，他来到这个冰天雪地的小镇，担任第二军训营的政委。共青团区委会又交给他一项任务，要求他把分散在新区各地的团员召集起来，建立一个团组织。瞧，生活变化得多快啊。

外面赤日炎炎。一根樱桃树枝在敞开的窗户外窥视着执委会主席的办公室。执委会对面是一座哥特式的波兰天主教教堂，太阳把钟楼上的镀金十字架照得熠熠生辉。窗前小花园里，执委会看门人的妻子饲养的一群小鹅正在活泼地寻觅食物，它们像周围的小草一样绿莹莹、毛茸茸，惹人喜爱。

执委会主席读完了刚收到的紧急电报。他的脸上掠过一道阴影。他把骨节粗大的手指插进蓬松的鬈发里，好久没有动弹。

别列兹多夫执委会主席尼古拉·尼古拉耶维奇·利西岑今年才二十四岁，但是与他共事的党内外同志都不知道这一点。他身材魁梧，强壮有力，为人严肃，有时甚至十分严厉，看上去足有三十五岁。他的身体结实，粗壮的脖子上长着一个大脑袋，一双深棕色的眼睛锐利而冷峻，下巴棱角分明，显得非常有力量。他穿着一条蓝马裤和一件“见过世面”的灰色军装，左胸袋上佩着一枚红旗勋章。

十月革命前，利西岑在图拉兵工厂“指挥”车床。他的祖父、父亲和他自己，几乎都是从童年时代起就在这个工厂里切铁、削铁。

可是一个秋天的夜里，他这个一直只管制造武器的工人第一次拿起了武器，从此就投身到革命的大风暴中来了。为了革命和党的需要，他不断地投入一场又一场火热的战斗。这个图拉兵工厂的工人走过了光荣的战斗历程，从一名普通的红军战士成长为团长、团政委。

战火纷飞的年代已经成为过去。现在，利西岑被调到边防区工作，生活过得安静平和。他常常工作到深夜，研究有关农作物收获情况的综合报告，可是眼前这份急电使他一瞬间仿佛又回到了战场。电文十分简略，上面写着：

绝密

别列兹多夫执委会主席利西岑：

近发现波兰多次派遣大批匪徒越境，似拟骚扰边境地区。希采取防范措施。财务科现金及贵重物品宜转移至专区。勿滞留税款。

从办公室的窗户里，利西岑可以看见每一个走进区执委会的人。他看见保尔走上了台阶。不一会儿，响起了敲门声。

“请坐，咱们谈一谈。”利西岑握着保尔的手说。

整整一小时，执委会主席没有再接见其他人。

保尔走出办公室的时候，已是正午时分。利西岑的小妹妹妞拉正从花园里跑出来。保尔一向管她叫阿妞特卡。这个小姑娘羞答答的，庄重得跟她的年龄完全不相称。每次见到保尔，她总是很有礼貌地微笑着。这一回，她也是一面用小孩子的方式笨拙地跟保尔握了握手，一面把前额上的一绺短发往后一甩。

“我哥哥那儿没人了吧？我嫂子等他回去吃午饭，已经等了好久了。”妞拉说。

“阿妞特卡，去找他吧，屋里就他一个人。”

第二天，离天亮还早，三辆套着壮马的大车已经赶到了执委会门前。车上的人低声地交谈着。几只密封的麻袋从财务科里被搬出来，装上了车。几分钟后，公路上响起了车轮滚动的声音。保尔率领一队武装人员在大车周围保护。他们安全地到达了离小镇四十公里（其中有二十五公里全是森林）的专区中心，把贵重物品转移到了专区财务处的保险柜里。

几天以后，有一个骑兵从边境向别列兹多夫疾驰而来。小镇上那些好看热闹的人都惊讶地盯着这个骑兵和他那匹累得浑身冒汗的战马。

到了执委会门口，骑兵扑通一声跳下马，手持军刀，踏着笨重的马靴，咚咚地跑上了台阶。利西岑皱着眉头，从他手中接过公文，拆开来，随即在封袋上签了名。那个边防军人根本没让马歇口气，又跃上马鞍，立即沿原路跑回去了。

除了刚读过公文的执委会主席，谁也不知道公文的内容。但是镇上小市民的嗅觉却像狗一般灵敏。当地的小商贩，三个人中必定有两个搞点走私活动，常干这种行当，使他们单凭本能就能预测到危险的迫近。

人行道上有两个人急匆匆地朝军训营营部走去。其中一个是保尔。当地居民都认识他：他总是随身带着枪。另外一个是区党委书记特罗菲莫夫，今天连他也束上了武装带，别上了左轮手枪——事情可就不妙了。

过了几分钟，从营部里跑出来十五个人，手里端着上好刺刀的步枪，奔向十字路口的磨坊。其余的党团员也在党委会里武装起来。执委会主席戴着哥萨克羊皮帽，腰间照例挂着他那支毛瑟枪，骑马飞驰而过。显然是出了非同寻常的事情。无论是广场，还是偏僻的小巷，一下子都变得死一般的寂静，连个人影也看不见了。转眼间，小铺的门都挂上了中世纪式的大锁，护窗板也关上了。只有那些不知道害怕的母鸡和热得懒洋洋的猪，还在垃圾堆上起劲地寻找吃的东西。

在镇边的几个园子里设置了瞭望哨。再往前就是田野，公路笔直，可以看出去很远很远。

利西岑刚才收到的情报内容很简短：

昨夜骑匪一股百余人，携轻机枪两挺于波杜布齐地区强行窜入苏维埃国境。希即采取措施。匪徒潜入斯拉武塔林区后消失。本日将有百名哥萨克红骑兵经别列兹多夫追击匪徒，切勿误会。特告。

边防军独立营营长加夫里洛夫

一小时以后，在通往别列兹多夫镇的大路上出现了一个骑马的人，在他身后约一公里，跟着一队骑兵。保尔聚精会神地注视着前方。骑马的人行动十分小心，但是并没有发现园子里有埋伏。

这是红军哥萨克第七团的一名年轻战士，做侦察工作还是个新手。突然，园子里的人一下子冲到路上，把他包围起来。当他看见他们军便服上都佩戴着青年共产国际的徽章时，不好意思地笑了。简短交谈几句之后，他拨转马头，迎着快速行进的骑兵队伍奔去。岗哨把红军哥萨克骑兵队放过去，马上又重新在园子里埋伏起来。

紧张不安的日子过去了。利西岑接到通报说，匪徒大规模进行破坏活动的企图未能得逞，在红军骑兵的追击下，已被迫仓皇退到国境线那边去了。

这里的布尔什维克组织人数很少，全区一共只有十九个布尔什维克。他们紧张地进行着苏维埃的建设工作。在这个刚刚建立起来的新区里，一切都得从头做起。由于靠近边界线，他们随时随地都得提高警惕。

改选苏维埃、剿匪、开展文化活动、缉私和加强军队中的党团工作，所有这些，使利西岑、特罗菲莫夫、柯察金以及团结在他们周围的少数积极分子，常常从清晨一直忙到深夜。

保尔每天一跳下马，就坐到办公桌旁边；一离开办公桌，就赶往训练新兵的操场；然后去俱乐部、学校，还要参加两三个会议；一到夜里，又骑上马、挎上枪，厉声喝问："站住！什么人？"还得细听走私马车辘辘的车轮声，这一切就是第二军训营政委日日夜夜所忙碌的工作。

别列兹多夫共青团区委会由三个人组成：保尔、莉达·波列维赫和任卡·拉兹瓦利欣。莉达是妇女部长，出生在伏尔加河流域，长着一双小眼睛。拉兹瓦利欣是个长得挺漂亮的高个子青年，不久前还是中学生，但他"少年老成"，喜欢惊心动魄的探险故事，熟悉夏洛克·福尔摩斯[1]的侦探故事和路易·布斯纳[2]的作品。他原先在一个区党委做行政干事，四个月之前才加入共青团，可是他在其他团员面前却俨然以“老布尔什维克”自居。因为无人可派，专区党委经过长时间的考虑之后，才把他派到别列兹多夫来负责政治教育工作。

太阳当空照。暑热渗透到最隐蔽的角落里，所有的动物都躲到阴凉的地方，连狗也爬到粮仓的墙根底下，热得有气无力，懒洋洋地直打瞌睡。所有的动物似乎都离开了这个村庄，只有一头猪钻到井边的水洼中，怡然自得地躺在污泥里哼哼叫。

保尔解开缰绳，忍住膝盖的疼痛，咬着嘴唇跨上了马。女教师拉基京娜站在学校的台阶上，用手遮住耀眼的阳光，微笑着对保尔说：

“再见，政委同志。”

马不耐烦地跺了一下蹄子，伸直脖子，绷紧了缰绳。

“再见，拉基京娜同志。就这么决定了，明天您开始上第一课。”

马感觉到缰绳松了，立刻小跑起来。就在这个时候，保尔听到了一阵凄厉的喊叫声。只有在村子里失火时，妇女们才会这样惨叫。保尔使劲一拉缰绳，急速回过马来。这时他看见一个年轻的农妇气急败坏地从村外跑来。拉基京娜走到路当中，把她拦住。附近各家也都有人跑到门口来，大多是老头和老太。年轻力壮的全在地里。

---

1 夏洛克·福尔摩斯，英国作家柯南·道尔（1859—1930）的侦探小说中所塑造的主人公。

2 路易·布斯纳（1847—1910），法国作家，写过多部探险小说和历史小说。

“哎呀！乡亲们哪，那边出大事啦！哎呀，真不得了啊，真不得了啊！”

保尔策马跑到她跟前，这时又有一些人从四面八方跑来。大家围住农妇，扯着她那白衬衫的袖子，惊慌地提出一大堆问题。可她前言不搭后语，没人能听懂她在说什么。她只顾不住声地喊：“打死人啦！把人往死里砍啦！”一个胡子乱蓬蓬的老头，一只手提着粗布裤子，笨拙地跳着跑过来，冲着那年轻女人喊道：

“别乱叫了！像个疯婆子！哪儿打起来了？为什么打？别哇哇乱叫！呸，真是活见鬼！”

“咱们村跟波杜布齐的人打起来了……为了地界呀！他们把咱们的人往死里打呀！”

大家这才明白发生了什么样的灾难。街上立即响起了妇女们的尖叫声，老头子们也都愤怒地吼叫起来。这消息像警报似的一下子传遍了全村，传到了家家户户：“波杜布齐村的人强占地界，拿镰刀砍咱们的人！”凡是能走动的村民都从家里冲出来，抄起叉子、斧头，或者干脆从栅栏上拔根木桩，冲向村外正在血战的田野。两村为了争地界，年年都在那里发生械斗。

保尔狠狠地踢了一下坐骑，马立刻飞跑起来。保尔厉声催促着黑马，赶过狂奔的人群，利箭一般向前冲去。黑公马两耳紧贴在头上，四脚腾空而起，越跑越快。高冈上有一架风车，向四面张开它的翅膀，似乎要挡住他的去路。风车右侧的小河旁是一片低洼的草地。左面则是一望无际、随着山坡绵延起伏的黑麦田。风从成熟的黑麦上面掠过，宛如用手抚摸它一般。路旁的罂粟绽放着鲜艳的红花。这里静悄悄的，可是热得叫人受不了。只是从远处，从高冈下面，从那条如同在阳光下取暖的银蛇似的小河那里，传来了众人的喊叫声。

马疯狂地飞下斜坡，向高冈下面的草地飞奔而去。“只要马蹄被绊一下，我和它都得完蛋。”保尔脑海里闪过这样一个念头。但是马已经勒不住了，他只好紧紧贴住马的脖子，听凭风在耳边呼呼直响。

马发疯似的奔到了草地上。一群愤怒得失去理智的人正在这里像野兽一样凶猛地厮杀。好几个人已经倒在地上，满身是血。

马的前胸撞倒了一个大胡子。他正举着一截镰刀柄在追赶一个满脸是血的小伙子。旁边一个皮肤黝黑的、结实的农民把对手打倒在地，正用沉重的靴子使劲踹他，想把他置于死地。

保尔飞马冲进正在厮杀的人群，把他们驱散开来。没等他们弄清是怎么回事，他又疯狂地催着马，再次朝着野兽般的人群横冲直撞。他觉得只有用同样野蛮而可怕的办法才能驱散这伙打红了眼的人。他狂怒地大喊：

“散开，你们这些该死的家伙！我把你们统统枪毙，你们这些强盗！”

接着，他从皮套子里拔出毛瑟枪，在一个满脸杀气的人的头顶上挥了一下，纵马向前，开了一枪。有些人扔下镰刀，转身就逃。保尔就这样怒吼着，一面策马在草地上来回奔跑，一面不断地开枪。他终于达到了目的。人们离开草地四散逃跑了，一来是为了逃避责任，二来也是为了躲开这个不知从哪里冒出来的凶神恶煞和他手中那支连连射击的“瘟枪”。

不久，区法院的人来到波杜布齐。人民审判员调查了好长时间，传讯了证人，但是始终没能查出罪魁祸首来。幸好这场械斗没有出人命，受伤者也都复原了。审判员以布尔什维克的耐心，苦口婆心地向愁眉苦脸地站在他面前的农民说明，他们聚众械斗是野蛮的、违法的。

“审判员同志，问题全出在地界上，我们的地界给搞乱了！所以每年都为这个打架。”

但是有几个人还是受到了惩罚。

一星期以后，专门成立的丈量队走遍了草场，在双方有争议的地方钉上了木桩。一个上了年纪的丈量员由于天热，又走了许多路，累得汗流浃背，他一边卷着软尺，一边对保尔说：

“丈量土地，我干了三十年了，到处都在为地界闹纠纷。您看看这些草地的分界线，乱成什么样了！拐来拐去的，就是醉鬼走路也比它直。再说那些耕地，一块地不过三步宽，全是插花地，要分清楚，简直会把你累疯了。就是这么小块的地，还得一年一年分下去，越分越小。儿子跟父亲分开过了——一小块地又得分成两半。我向您担保，再过二十年，土地上肯定全是密密麻麻的地界，再也没地方下种了。即使现在，也已经有十分之一的耕地变成了地界。”

保尔笑着说：

“再过二十年，咱们就连一条地界也没有了，丈量员同志。”

老头宽厚地看看对方。

“您说的是共产主义社会吧？不过，您知道，这还是遥遥无期的事呢。”

“您听说过布达诺夫卡集体农庄吗？”

“啊，您指的是这个呀！”

“是啊。”

“布达诺夫卡我去过……那只是个例外，柯察金同志。”

丈量队继续丈量土地。两个小伙子在钉木桩。草地上，原先的地界还勉强看得出来，不过只剩下稀稀拉拉的几根烂木头了。许多农民站在草场两边，他们瞪眼监视着，一定要把木桩钉在原先的地界上。

马车夫是个爱闲聊的人，他用鞭杆子抽了一下瘦弱的辕马，转身对坐在车上的两个人说：

“谁知道是怎么回事，我们这儿也闹起共青团来了。早先可不兴这玩意儿。这些事看样子都是那个老师搞出来的，她姓拉基京娜，说不定，你们认识她吧？年纪还挺轻，可兴风作浪的本事还真不小。她把村里的娘们全都鼓动起来了，把她们召集到一块，搞了不少名堂，弄得大家都不得安生。先前，一发火给老婆一个耳刮子，那是常有的事，老婆不揍哪行啊！她们那会儿只好揉揉脸，不敢吱一声。现在你还没碰着她，已经吵翻了天。竟然说要上人民法院告你，年轻一点的还会跟你闹离婚，背法律条文给你听。就拿我那口子甘卡来说吧，她原本是个不爱说话的女人，现在也当上什么代表了。大概就是管娘们的头吧。全村的人都来找她。开头我真想拿马缰绳好好抽她一顿，可后来一想，不管她啦。让她们见鬼去吧！随她们瞎闹去！不过要说管家务什么的，我那口子倒是挺不错的。”

马车夫挠了挠从敞开的麻布衬衫里露出来的毛茸茸的胸脯，又习惯性地朝辕马的肚子上抽了一鞭。车上坐的是拉兹瓦利欣和莉达。他们一起到波杜布齐去，各有各的事：莉达要召开妇女代表会，拉兹瓦利欣是去安排团支部的工作。

“怎么，难道您讨厌共青团员吗？”莉达开玩笑地问马车夫。

马车夫摸摸胡子，不慌不忙地回答：

“不，哪儿的话呢……年轻的时候玩玩是可以的，演个戏呀什么的。我自己就很喜欢看滑稽戏，当然要演得好。起先我们以为小青年们只会瞎胡闹，但是情况正好相反。听人说，他们对酗酒、耍流氓这类事管得挺严。他们多半是学习。可就是老跟上帝过不去，老想把教堂改成俱乐部。这就不好了，老年人为了这事都斜着眼睛瞧这些共青团员，对他们挺不满意。别的还有什么呢？对了，还有一件事他们办得不咋样：他们只收那些穷得叮当响的穷棒子，要不就是那些当长工的、一点家业也没有的人。有钱人家的孩子一个也不收。”

马车下了山坡，驶到了学校跟前。

看门的女工把两个客人安顿在她屋里，为他们铺好床铺，自己到干草棚里去睡了。莉达和拉兹瓦利欣开会开得很晚才回来。屋子里黑乎乎的。莉达脱下皮靴，爬到床上，不一会儿就睡着了。但是拉兹瓦利欣那双手粗鲁而又不怀好意地触到她身上，把她惊醒了。

“你想干什么？”

“小点声，莉达，你喊什么？你明白，我一个人躺着挺无聊的，真受不了！你难道就想不出比打呼噜更有意思的事了吗？”

“放开手，马上给我滚下床去！”莉达推了他一下。她本来就十分厌恶拉兹瓦利欣那猥亵的笑脸。现在她真想痛骂他一顿，挖苦他一顿，但是一阵睡意袭来，她又闭上了眼睛。

“你干吗假正经？你以为这样才合乎知识分子的身份吗？你该不会是贵族女子学校毕业的吧？你以为这样一来，我就会相信你吗？别装傻了。要是你真懂事，就先满足我的要求，然后要睡多久都随你的便。”

他认为不必再多费口舌，就从长凳上站起来，又坐到莉达的床沿上，不由分说地伸手去扳她的肩膀。

“滚蛋！”她立刻惊醒了，“明天我非把这件事告诉柯察金不可，说到做到。”

拉兹瓦利欣抓住她的胳膊，恼怒地压低嗓门说：

“我才不在乎你那个什么柯察金呢。别固执了，反正你得依我。”

他们之间进行了短促的搏斗，静静的屋子里响起了清脆的耳光声——一下，又是一下……拉兹瓦利欣闪向一旁，莉达摸黑冲到门口，用力推开门跑了出去。她站在皎洁的月光下，简直气疯了。

“进屋来，傻瓜！”拉兹瓦利欣恨恨地喊了一声。

他只好把他的铺盖搬到屋檐下，在院子里过夜。莉达关上门，上了闩，蜷缩成一团躺在床上。

第二天早晨，在回镇的路上，拉兹瓦利欣和赶车的老头并排坐着，一支接一支地抽着烟，心里直嘀咕：

“看来，这个碰不得的女人十有八九会到柯察金面前告我一状。真是个傻乎乎的洋娃娃！长得倒挺漂亮，可就是一点都不开窍。我得跟她来软的，不然准会捅娄子。柯察金本来就瞧不起我。”

拉兹瓦利欣凑到莉达跟前坐下，装出一副羞愧的样子，甚至连眼神也变得有点忧郁。他编了一大堆不能自圆其说的理由为自己辩解，表示他非常后悔。

拉兹瓦利欣终于达到了目的：快到小镇的时候，莉达答应不把昨天夜里发生的事告诉任何人。

共青团支部在边境各村一个接一个地建立起来。团区委的干部为这些共产主义运动的幼芽付出了很多心血。保尔和莉达整日整夜在这些村子里活动。

拉兹瓦利欣不愿意到村子里去。他跟那些农村小伙子合不来，得不到他们的信任，经常把事情搞砸。可是莉达和保尔干这些工作却得心应手，很自然地就和那些青年打成了一片。莉达把姑娘们团结在自己的周围，交了好多知心朋友，并且一直同她们保持联系，使她们不知不觉地对共青团生活和工作产生兴趣。全区的青年都认识保尔。第二军训营负责对一千六百名即将应征入伍的青年进行军事训练。在各村的晚会上，在街头巷尾，手风琴对宣传工作的开展起到了前所未有的作用。手风琴使保尔成了大伙的“自家人”。手风琴时而奏起欢快的进行曲，热烈而扣人心弦；时而奏起忧郁的乌克兰民歌，温柔而情深意切。许多乌克兰农村青年就是在这美妙琴声的引导下，走上了加入共青团的道路。大家倾听着手风琴奏出的乐曲，也倾听着它的演奏者——工人出身的军训营政委兼共青团书记的讲话。琴声和年轻政委的话语在他们的心中和谐地融合为一个整体。村子里已经可以听到新的歌曲，各家除了祷告用的赞美诗集和圆梦的书籍以外，也出现了别的新书。

走私者的处境越来越困难了。他们要提防的已经不仅是边防人员，因为苏维埃政府现在有了许多年轻的朋友和热心的助手。边境各村团支部的同志由于渴望亲手抓住敌人，有时甚至把事情做过了头。碰到这种情况，保尔就不得不亲自出面解救他们。波杜布齐村团支部书记格里沙·霍罗沃季科是一个性子急、爱辩论的蓝眼睛小伙子，积极反对宗教活动。有一次他通过自己的特有途径得知夜里将有一批走私货运交村里的磨坊老板，于是就把全支部的同志都动员起来，带上一支教学步枪和两把刺刀，在他的带领下当夜就小心翼翼地包围了磨坊，等待猎物自动送上门。同时，国家政治保安部的边境哨所也掌握了有关这次走私的情况，并且设下了埋伏。于是双方在夜间发生了误会，多亏保安人员沉着镇静，共青团员在格斗中才没有伤亡。他们只是被解除了武装，押送到四公里外的邻村关了起来。

保尔当时正在加夫里洛夫营长那里。第二天早上，营长一接到报告就把情况告诉他，于是他赶紧骑上马去搭救那群小伙子。

当地政治保安部门的负责人萨哈罗夫笑着把昨天夜里发生的事告诉了他。

“咱们这么办吧，柯察金同志。他们都是好小伙子，我们不会上告他们。不过，为了叫他们往后不再越权代办我们的事，你不妨吓唬吓唬他们。”

卫兵打开板棚的门，十一个小伙子从地上站了起来。他们显得很难为情，两只脚不安地替换着站在那里。保安部负责人两手一摊，做出一副痛心疾首的样子，说：

“你瞧瞧他们吧。闯了这么大的祸，我只好把他们押送到专区去。”

格里沙一听就激动地说了起来：

“萨哈罗夫同志，我们干什么坏事啦？我们只是想为苏维埃政权多做点事。我们早就盯住这帮富农了，可是您却把我们当作土匪关起来。”说着他委屈地转过身去。

保尔和萨哈罗夫好不容易才板起面孔，进行了严肃的交涉，随即结束了这场“吓唬”。

“要是你为他们做担保，保证今后不再到边界线旁走动，而采取其他方式协助我们，那么我就客客气气地放了他们。”萨哈罗夫对保尔说。

“好吧，我为他们担保。我相信他们不会再让我难堪。”

这个支部的全体团员唱着歌回到了波杜布齐。发生的事情没有张扬出去。没过多久那个磨坊老板就落网了。这一次是依法逮捕的。

德国移民们在迈丹维拉一带的森林庄园里过着优裕的生活。这些富农的庄园彼此相距半公里，坚固的房子加上各种附属建筑物，活像一座座小城堡。安托纽克匪帮就隐藏在迈丹维拉地区的树林里。安托纽克过去在沙皇军队里当司务长，后来召集了一些亲友，拼凑成一个“七人帮”，在附近的各条大路上持枪抢劫。他们杀人不眨眼，既不轻饶投机商人，也不放过苏维埃政府的工作人员。安托纽克行踪诡秘。今天在这里干掉两个农村合作社的工作人员，明天又在二十公里外解除一个邮递员的武装，把钱款抢个精光。安托纽克和另一个土匪头子戈尔季搞比赛，所干的坏事一个赛过一个。专区警察局和国家政治保安部在他们身上花费了不少时间。安托纽克就在别列兹多夫镇附近活动，因此进城的道路很不安全。要捕获这个匪首确实不容易：风声一紧，他就窜出国境线去躲避，风头一过又出其不意地回来作案。每当听到这个出没无常的魔头又出来行凶杀人，利西岑就焦躁得直咬嘴唇。

“这条毒蛇还要咬我们多久呢？畜生，等着吧，我一定会亲手逮住他！”他咬牙切齿地说。有两次利西岑获得了土匪行踪的最新消息，立即带着保尔和另外三个共产党员跟踪追捕，可是安托纽克已经溜走了。

专区给别列兹多夫镇派来一支剿匪队，领头的是个讲究穿戴的小伙子，名叫菲拉托夫。按照边防条令的规定，他本来应当首先向区执行委员会主席报到，可是这个傲慢得像只小公鸡的家伙却认为没必要这样做，自说自话地把自己的队伍开到了附近的谢马基村。进村时已是深夜，他就让队伍在村头的一间农舍里住下了。这一伙陌生人全副武装，行动又如此诡秘，顿时引起了隔壁一个共青团员的注意，他立刻跑去报告村苏维埃主席。村苏维埃主席也丝毫不了解剿匪队的情况，把他们当成了土匪，急忙派这个团员骑马到区里报告。菲拉托夫的愚蠢行为差一点葬送了许多人的性命。利西岑刚一得到关于“土匪”的情报，就连夜集合起民警，带了十几个人飞马驰向谢马基村。他们箭一般地冲到村头，翻身下马，越过篱笆，直向屋里扑去。房门口的哨兵头部挨了一枪托，便像只布袋似的瘫倒在地。利西岑跑过来，使劲用肩膀一拱撞开了门，大伙一拥而入。房间里天花板下挂着一盏灯，光线暗淡。利西岑一只手举起手榴弹，随时准备投掷，另一只手紧握毛瑟枪，高声怒吼，把玻璃震得直响：

“赶快投降！要不然把你们炸个稀巴烂！”

要是稍慢一点，冲进来的人们也许就要朝睡得迷迷糊糊的剿匪队员开枪了。幸亏这些从地板上跳起来的人一看到利西岑拿着手榴弹杀气腾腾的模样，马上把手举了起来。过了一会儿，当这一小队只穿着内衣的俘虏被赶到院子里时，菲拉托夫看见了利西岑胸前的勋章，这才敢开口说话。

利西岑气坏了，狠狠啐了一口，十分轻蔑地骂了一句：

“脓包！”

德国革命的消息传到了区里。汉堡巷战的枪声也传到了这里。边境上的人都激动起来。人们怀着紧张的心情一遍又一遍地阅读报上的消息。十月革命的风暴也在西方刮起来了。要求参加红军的志愿书雪片似的不断送到团区委会来。保尔花了不少时间说服各团支部派来的代表，向他们解释苏维埃国家执行的是和平政策，目前并不想跟任何邻国交仗。但是这种说服工作收效甚微。每逢星期天，各支部的团员都到镇上来，在从前神父家的大花园里集合举行全区团员大会。一天中午，波杜布齐村共青团支部全体团员列着队，迈着整齐的步伐来到区委大院。保尔从窗户里看到了，立即到台阶上去迎接他们。以格里沙为首的十一个小伙子，穿着长靴子，背着大口袋，在门口站住了。

“这是怎么回事，格里沙？”保尔吃惊地问。

格里沙却给他使了个眼色，和保尔一起进了屋。莉达、拉兹瓦利欣和另外两个共青团员马上围过来。格里沙关上门，严肃地皱起他那淡淡的眉毛，说：

“同志们，我这是在考验我们的战斗力。今天早上，我对我们支部的团员宣布，区里发来一份电报，当然是绝密的。电报上说，我国马上要向德国资本家开战，不久还要跟波兰地主打战。莫斯科已经下了命令，全体共青团员都要上前线。如果有人害怕，只要写个申请书，就可以留在家里。我命令他们不准把打仗的事告诉任何人，不过每人必须带一个大面包和一块腌肉，没有腌肉的就带点大蒜或者洋葱，一个钟头以后在村外秘密集合。先开到区里，然后再从区里开到专区，在那儿领武器。我这一宣布，可真管用。他们马上向我问这问那，但是我说：别多问，就这么办！谁不去，就写个申请书，因为这次去打仗是自愿的。大伙四散回家了，我心里直犯嘀咕：万一谁也不来，那可怎么办呢？我只好解散支部，自己一走了事。我坐在村外等着。不久，他们果真一个个都来了。有的人脸上还挂着泪痕，但是竭力装作没事的样子。十个人全来了，没有一个临阵脱逃。你们看，我们波杜布齐村的团支部怎么样！”格里沙用一种赞赏的语气把话说完，还得意地用拳头捶了一下胸脯。

莉达非常生气，狠狠训了他一顿。他却莫名其妙地瞪大眼睛看着她，说：

“你说什么呀？这可是一种最好的考验啊！这样才能真正看透每一个人。为了把事情做得更像样一点，我本来是打算把他们拉到专区去的。但是小伙子们都累了，就让他们回家吧。不过，保尔，你一定得给他们讲讲话，要不这算怎么回事呢？不能不讲话……你就说动员令已经撤销，大家表现得很勇敢，应该受到表扬。”

保尔很少到专区中心去，因为一来一去要好几天时间，而区里的工作又一天也离不开他。拉兹瓦利欣却一有机会就往城里跑。每进一次城，他都从头到脚武装起来，暗自把自己比作库柏[1]笔下的主人公。他非常喜欢这样的旅行。进了森林，就向乌鸦或者机灵的小松鼠开枪，或者拦住单身的行人盘问一番，摆出一副侦察员的架势，煞有介事地问人家是干什么的、从哪里来、到哪里去。到了离城不远的地方，他就收起武器，把步枪塞进干草堆，手枪藏到衣袋里，恢复平常的装束，走进专区团委会。

---

1 库柏（1789—1851），美国作家。他的《皮袜子故事集》的主人公猎人纳蒂·班波喜欢探险。

“说说吧，你们别列兹多夫最近有什么新闻？”费多托夫问他。

专区团委书记费多托夫的办公室里总是挤满了人。大家都抢着说话。在这样的环境里工作，必须能同时听四个人说话，回答第五个人的问题，手里还写着东西。费多托夫非常年轻，可早在1919年就入党了。只有在那动荡的岁月里，才有可能发展一个十五岁的少年入党。

拉兹瓦利欣漫不经心地回答费多托夫的问题：

“新闻有得是，一下子说不完。我从早到晚忙得团团转。任何地方出了漏洞都得我去堵，那是个空白区嘛，什么都得从头干。我又新建成了两个团支部。叫我来有什么事吗？”他大模大样地在圈椅上坐了下来。

经济部部长克雷姆斯基放下正在忙着处理的一大堆公文，回过头来看了一下，说：

“我们叫的是柯察金，并没有叫你来。”

拉兹瓦利欣喷了一口浓烟，说：

“柯察金不愿意到这儿来，连这种差事也只好由我替他干……有些书记当得可真舒服，一点活也不干，光拿像我这样的人当驴使唤。柯察金一去边境，两三个星期也见不到他的人影。他不在，我只得把所有的工作都承担下来。”

拉兹瓦利欣分明是要别人明白，只有他当团委书记才最合适。

“我不大喜欢这个傲慢的家伙。”拉兹瓦利欣走后，费多托夫直率地对团委会的其他同志说。

拉兹瓦利欣的鬼把戏是无意中被拆穿的。有一天，利西岑顺便上费多托夫那儿去取信件。不论谁到区里，都要替大家把信捎回来。费多托夫和利西岑谈了很长时间，这样拉兹瓦利欣就原形毕露了。

“不过，你还是让柯察金来一趟吧，我们这儿的人几乎还不认识他呢。”利西岑临走的时候，费多托夫对他说。

“好吧，不过我有言在先，你们可不能把他调走。对此我们是绝对不会同意的。”

这一年，边境地区庆祝十月革命节的活动搞得空前热烈。保尔当选为边境各村庆祝十月革命节委员会主任。在波杜布齐村开完庆祝大会之后，三个村子的男女农民五千多人就开始游行。长达半公里的游行队伍以军训营和乐队为前导，高举鲜艳的红旗，浩浩荡荡地走出村子向边境行进。他们秩序井然，纪律严明，沿着界桩在苏维埃国土上游行，到那些横跨苏波国界的村庄去。边境上的波兰人从来没有见过这样的场面。边防军营长加夫里洛夫和保尔骑着马走在最前头。在他们身后，铜号奏出的乐曲声、红旗迎风招展的哗啦声和此起彼伏的歌声汇成了一片。青年农民都穿着节日的盛装。少女们银铃般的笑声传向远方。成年人表情严肃，而老年人则神态庄重。这股人流像条大河一样奔向目力所及的远方，而国境线就像这条河的堤岸，他们寸步不离苏维埃的国土，没有一只脚跨越这条严禁逾越的边界。保尔停下来，让人流从他身旁涌过。队伍中正在高唱《共青团之歌》：

……

从西伯利亚的森林，
到不列颠的海滨，
最强大的力量
是我们的红军。

紧接着，响起了女声合唱：

嗨，那边山上收割忙……

苏维埃哨兵用愉快的微笑欢迎这支游行队伍，波兰哨兵看见游行队伍却感到惊慌和窘迫。这次游行虽然早已通报过波兰指挥机关，却依然在边界那一侧引起了恐慌。一队队战地宪兵骑着马四处巡逻。岗哨比平时增加了四倍，谷地里还隐蔽着后备队，以应付可能出现的意外事件。但是游行队伍始终行走在自己的国土上，欢声笑语阵阵，嘹亮的歌声直冲云霄。

小土冈上站着一个波兰哨兵。游行队伍迈着整齐的步伐过来了。乐队奏起了进行曲。波兰哨兵立刻从肩上卸下枪，紧贴脚边竖着，朝队伍行注目礼。这时保尔清清楚楚地听到一句波兰话：

“公社万岁！”

从哨兵的眼神里可以看出，这句话是他说的。保尔一直目不转睛地看着他呢。

是朋友！他那士兵大衣里面跳动着的是一颗同情游行群众的心。于是，保尔用波兰语轻声回答：

“同志，向你致敬！”

哨兵落在后面了。游行队伍从他面前经过的时候，他一直保持着持枪立正的姿势。保尔几次回过头去看这个小小的黑色身影。前面又是一个波兰哨兵，他胡子花白，镶着镍边的四角帽帽檐下露出一双呆滞的、无精打采的眼睛。保尔依旧沉浸在刚才听到那句话后产生的激动心情中。这回他先开口，仿佛自言自语般地用波兰话说：

“你好，同志！”

但是没有得到回答。

加夫里洛夫笑了。原来，两次谈话他全听到了。

“你要求太高了。”他说，“在边界上除了普通步兵，还有宪兵。你看见他袖子上的标志没有？他是个宪兵。”

游行队伍的排头已经开始下坡，朝一个被国界分成两半的村庄走去。苏维埃这半边已经做好隆重欢迎客人的准备。村民们都集合在界河上的小桥旁边。小伙子和姑娘们排成队，站在道路两旁。在波兰那半边，房顶和板棚顶上都站满了人，全神贯注地观看河对岸发生的事情。还有一群群村民站在农舍门口和篱笆旁边。当游行队伍走进夹道欢迎的人群的时候，乐队奏起《国际歌》。接着许多人在一个临时搭成的、装饰着绿色枝叶的台子上发表了动人的演说，发言的既有风华正茂的年轻人，也有白发苍苍的老人。保尔也用他的本族语——乌克兰语讲了话，他的话飞过国界线，传到了河对岸。波兰方面唯恐这个讲话打动某些人的心，于是决定采取措施。宪兵的马队开始在村子里横冲直撞，他们用马鞭把村民赶回屋里，还朝屋顶上开枪。

街上变得空无一人。屋顶上的青年人也被枪弹赶了下来。苏维埃这边的人对此看得清清楚楚，不禁皱起了眉头。这时，一位老羊倌在几个小伙子的搀扶下走上了讲台。他抑制不住心中的愤怒，激动地说：

“好好瞧瞧吧，孩子们！从前他们也是这样打我们的。现如今在咱们村子里，再也看不到当官的拿皮鞭子抽庄稼人这种事了。地主老爷完蛋了，我们背上就再也不会挨鞭子了。孩子们，你们可要牢牢地掌住这个权哪。我老了，不会说话，可是心里想说的话很多。沙皇在的时候，我们像老牛拉车一样，受了一辈子苦！看看那边的老百姓，我真为他们难过……”他用他那干瘦的手指指着对岸，放声大哭起来，只有小孩子和老年人才会这样哭。

接着，格里沙上台发言。加夫里洛夫一边听着他那愤怒的讲话，一边掉转马头，仔细观看对岸是否有人在记录。但是，对岸空荡荡的，连桥头的岗哨都撤离了。

“看样子，这次大概不会向外交人民委员部发抗议照会了。”他开玩笑地说。

11月底，一个秋天的雨夜，安托纽克和他的“七人帮”总算是走到了尽头。这帮豺狼到迈丹维拉一个富裕的外来地主家里参加婚礼，被赫罗林的党团员跟踪追击，落入了法网。

妇女们在闲谈时，把这些客人要来参加婚礼的消息泄露了出去。赫罗林的十二个党团员立刻集合，带上现有的武器，坐上马车直奔迈丹维拉庄园。同时，又派一名通信员骑马到别列兹多夫报告。报信人在谢马基村遇上了菲拉托夫的剿匪队，于是菲拉托夫立刻带领人马朝迈丹维拉飞奔而去。赫罗林的党团员已经把那个庄园包围起来，并且同安托纽克匪帮交上了火。安托纽克和他的几个匪徒躲在小厢房里，一看见有人露面，就开枪射击。他们曾经突然冲出厢房，妄想突围，但是赫罗林的党团员打中了其中一个匪徒，把他们压了回去。安托纽克陷入这样的困境已经不止一次，但是每次都靠手榴弹和黑夜帮忙，安全地逃脱了。也许，这次差一点又让他逃走，因为赫罗林支部已经牺牲了两个人，幸好菲拉托夫及时赶到。安托纽克明白，这回他陷入了绝境，再也跑不掉了。但他们仍然负隅顽抗，从厢房的各个窗口向外射击，直到天亮才被抓住。“七人帮”中没有一个人投降。为了消灭这伙豺狼，有四位同志献出了生命，其中三位是最近刚成立的赫罗林共青团支部的团员。

一天，保尔·柯察金所在的军训营接到命令，要参加地方部队的秋季大演习。民兵师的宿营地在四十公里以外。全营清晨出发，冒着瓢泼大雨，一直走到深夜才到达目的地。这次行军，营长古谢夫和政委柯察金是骑马的。那八百名即将应征人伍的青年好不容易才走到军营，一进营房倒头便睡。师部给这个营的调集令下迟了。他们第二天早晨就得接受检阅，并立即开始演习。

全营在场地上集合完毕。不一会儿，师部来了几个骑马的人。这个军训营已经领到服装和步枪，面貌焕然一新。营长古谢夫和政委柯察金为训练这支队伍倾注了大量心血，花费了不少时间，因此信心十足。正式检阅完毕后，全营进行了操练和队形变化的表演，显得训练有素。这时，一个脸蛋漂亮但皮肉松弛的军官厉声责问保尔：

“您为什么骑马？我们普及军训部队的营长和政委不应该骑马。我命令您，把马送回马棚去，徒步参加演习。”

保尔知道，自己这两条腿连一公里路也走不了，不骑马就无法参加演习。可是这种情况该怎么对这位身上装饰着十来条各种肩带、绶带、大喊大叫的花花公子解释呢？

“我不骑马就不能参加演习。”

“为什么？”

保尔明白，如果不说出实情，便无法解释清楚，所以低声回答：

“我的两条腿全肿了，连走带跑一个星期我实在做不到。此外，同志，我还不知道您是谁。”

“我是你们团的参谋长，这是一。第二，我再次命令您下马。如果您是个残废，那么我可没叫您在部队里工作，这不能怪我。”

保尔觉得像被鞭子猛抽了一下。他使劲一抖缰绳，但是古谢夫那只粗壮有力的手阻止了他。受到这样的侮辱还要强制忍耐，保尔内心斗争了好几分钟。不过如今的保尔已经不是从前那个任性地从一个部队跑到另一个部队的普通战士了。他是营政委，全营战士就站在他身后。他的举动将给全营树立什么样的遵守军纪的榜样呢！况且，他又不是为了这个花花公子才训练全营战士的。这么一想，他忍着关节上的剧痛下了马，朝队伍的右翼走去。

接连数日都是难得的晴朗天气。演习接近了尾声。第五天，他们在本次行动的终点谢佩托夫卡一带进行演习。别列兹多夫营奉命从克里缅托维奇村方向攻占车站。

保尔对这一带的地形了如指掌。他把所有的路径都告诉了营长古谢夫。全营兵分两路，深入迂回，神不知鬼不觉地绕到“敌军”后方，然后高喊着“乌拉”冲进车站。演习仲裁员认为，这一仗打得非常漂亮。车站已被别列兹多夫营拿下，防守车站的那个营被判定丧失一半兵员，退进了树林。

保尔负责指挥半个营。他正站在街心，和三连的连长、指导员一起布置散兵线。一名战士气喘吁吁地跑到他跟前说：“政委同志，营长问，各个道口是不是都已经架设了机枪。考察团马上就到。”

保尔和几位连长朝一个路口走去。

团部的军官已经聚集在那里。他们祝贺古谢夫作战成功。战败的那个营的代表们羞愧不安地站着，甚至一点也不打算为自己辩护。

“这不是我的功劳。柯察金是本地人，是他给我们领的路。”

参谋长骑着马来到保尔跟前，冷嘲热讽地说：

“同志，您的两条腿跑得挺不错嘛。看来，您显然是为了出风头才骑马的吧？”

他还想再说几句，但是保尔的目光镇住了他，吓得他赶紧把话咽了回去。等团部人员走了之后，保尔轻轻地问古谢夫：

“你知不知道他姓什么？”

古谢夫在他肩头拍了一下：

“算了，别理这个滑头。他叫丘扎宁，革命前好像是个准尉。”

这一天，保尔几次竭力回想，似乎在哪儿听到过这个名字，可是怎么也想不起来了。

演习结束。军训营以优异的成绩获得好评，返回了别列兹多夫。但是，保尔的身体几乎彻底累垮了。他到母亲那里住了两天。

马就拴在阿尔焦姆家里。头两天，保尔每天都睡十二个小时。第三天，他到机车库去找阿尔焦姆。这座被煤烟熏黑的厂房使保尔倍感亲切。他贪婪地闻着煤烟的气味。这气味对他有着极强的吸引力，因为从童年时代起就熟悉这种气味，在这种气味的包围中长大，与它结了缘。保尔已经有好几个月没有听见火车头的吼叫声了，他感到仿佛失落了什么宝贵的东西似的。就像一个水手与茫茫无际的碧蓝大海久别重逢会止不住心潮澎湃一样，保尔现在的心情也是异常激动。机车库亲切熟悉的气氛吸引着他，召唤着这个昔日的小伙夫和电工，以致他久久不能平静。他跟阿尔焦姆没说上几句话。他看见哥哥的前额上又新添了一道皱纹。阿尔焦姆正在一座移动式锻工炉前干活。他已经有了第二个孩子，看样子生活很艰难。虽然阿尔焦姆没说，但情况是明摆着的。

兄弟俩一起干了两个多小时活，便分手了。保尔在路口勒住马，久久地望着车站，然后朝黑马抽了一鞭，沿着林间小路飞跑起来。

现在走在林间小道上已经没有什么危险了。布尔什维克肃清了大大小小的匪帮，捣毁了他们的巢穴，各个乡镇的生活也太平多了。

中午时分，保尔回到了别列兹多夫。莉达高兴地站在区委会门口的台阶上迎接他。

“你可回来了！你不在，我们都闷得慌。”莉达把手搭在他肩膀上，同他一起走进屋里。

“拉兹瓦利欣呢？”保尔一边脱大衣，一边问她。

莉达似乎有点不乐意地回答：

“不知道他在哪里。哦，想起来了！他早上说要到学校去代你上政治课。他说这是他分内的事，不关柯察金的事。”

这消息使保尔感到既惊讶又不痛快。他一向不喜欢拉兹瓦利欣。“这家伙到学校里去，不知又搞什么花样？”保尔不高兴地想。

“好，随他去吧。你说说，我们这儿有什么好消息。你到格鲁舍夫卡去过了吗？他们那儿的情况怎么样？”

保尔坐在沙发上休息，一面搓揉着他那疲倦的双腿。莉达把最近所有的情况都告诉了他。

“前天已经批准拉基京娜成为预备党员了。这将加强我们波杜布齐党支部的力量。拉基京娜是个好姑娘，我很喜欢她。你瞧，教师中间已经发生变化，他们有些人完全站到咱们这边来了。”

利西岑、保尔和新到任的区党委书记雷奇科夫三个人，晚上常常在利西岑家的大桌子旁坐到深夜。

通往卧室的门关着。阿妞特卡和利西岑的妻子早已睡着了，他们三个人却还坐在桌子旁埋头研读一本不太厚的书——波克罗夫斯基的《俄国历史概要》。利西岑只有夜里才有时间看书。保尔下乡回来，晚上就到利西岑家里来学习。当他得知他们两个人已经学到前面去了，心里挺懊恼。

有一天，从波杜布齐传来噩耗：格里沙夜里被人暗杀了。保尔一听到这个消息，忘记了腿疼，一下子就冲到执委会的马厩里。他用疯狂的速度备好马，用鞭子左右抽打着马肚，朝边界飞驰而去。

在村苏维埃那间宽敞的屋子里，格里沙的遗体停放在一张饰有绿色枝叶的桌子上，身上覆盖着红旗。屋门口有一名边防军战士和一名共青团员站岗，在上级负责人到来之前，任何人都不准进屋。保尔走进屋子，走到桌子跟前，掀开了红旗。

格里沙躺在那里，头歪向一旁，脸色像蜡一样苍白，眼睛睁得大大的，依旧保持着临死前的痛苦表情。他的后脑勺被利器击破，现在用枞树枝遮掩着。

是谁对这个青年人下了毒手？他是独生子，母亲是个寡妇。父亲从前给磨坊主做长工，后来成了村贫民委员会委员，在革命斗争中牺牲了。

老母亲一听到儿子的死讯，立刻昏倒在地。邻居们正在救护这位不省人事的老人，可她的儿子却默默地躺在这里，保守着自己的死亡之谜。

格里沙的死震动了全村。这位年轻的团支部书记、贫苦农民的保护者，在村子里他的朋友远远多于敌人。

拉基京娜对格里沙的死感到非常伤心。她躺在自己的房间里痛哭，保尔走进来的时候，她甚至连头都没有抬。

“拉基京娜，你看是谁杀害了他？”保尔沉重地坐在椅子上，低声问她。

“准是磨坊老板那伙人，除了他们还会有谁？因为格里沙卡着那帮走私贩的脖子，成了他们的眼中钉。”

两个村子的人都来参加格里沙的葬礼。保尔带领他的军训营和全体共青团员来给自己的同志送葬。二百五十名边防军战士在加夫里洛夫的指挥下，列队站在村苏维埃门前的广场上。在悲壮的哀乐声中，人们抬出覆盖着红旗的灵柩，把它安放在广场上。这里埋葬着国内战争中牺牲的布尔什维克游击队员，如今在烈士墓旁又新挖好一个墓穴。

格里沙流的血使他生前努力保护的人们更加紧密地团结在一起。贫苦的青年和村民都表示坚决支持团支部的工作。在葬礼上致悼词的人个个满腔悲愤，强烈要求抓住凶手，严惩不贷，并且就在这个广场上，在烈士墓前当众审判他们，让大家都看清敌人的真面目。

接着，放了三次排枪。常青树枝铺在了新的烈士墓上。当天晚上，团支部选出了新的支部书记——拉基京娜。国家政治保安部的边防哨所通知保尔，说他们那儿已经发现凶手的踪影。

一星期后，区苏维埃第二次代表大会在别列兹多夫剧院开幕了。利西岑神情庄严地向大会作报告：

“同志们，我非常高兴地向大会报告，一年来经过我们共同努力，取得了很大成就。我们大大地巩固了本区的苏维埃政权，彻底肃清了土匪，并且狠狠地打击了走私活动。各村都建立了坚强可靠的贫农组织，共青团组织壮大了十倍，党的组织也在发展。前不久，在波杜布齐村，富农暗杀了我们的同志格里沙。现已查明，凶手就是磨坊主和他的女婿。他们已被逮捕，不久，省法院巡回法庭就要审判他们。大会主席团接到许多村代表团的提议，他们都要求大会做出决议，请求法院对这帮暴徒处以极刑……”

大厅里响起震天动地的呼喊声：

“赞成！处死苏维埃政权的敌人！”

莉达出现在大厅侧门门口。她向保尔招招手。

在走廊上，莉达交给他一封公函，外面写着“急件”两字。他立刻拆开来看：

共青团别列兹多夫区委会：

接省委通知，从你区调回柯察金同志，另行委派重要的共青团工作。

区党委会

保尔不得不向工作了一年的区委告别。在他参加的最后一次区党委会上，讨论了两个问题：第一，批准柯察金同志转为正式党员；第二，解除他的团区委书记职务，通过对他的品格和工作能力的鉴定。

利西岑和莉达紧紧握住保尔的手，亲切地拥抱了他。当他骑着马从大院出来转向大路的时候，十几名战友为他鸣枪送行。

第五章

步入正轨

电车吃力地沿着丰杜克列耶夫大街向上爬行，马达呜呜地叫个不停。它开到歌剧院门口，停了下来，一群青年下了车。接着，它又继续往上爬行。

潘克拉托夫一个劲地催促落在后面的人：

“快走吧，同志们。咱们肯定要迟到了。”

到了歌剧院门口，奥库涅夫才赶上他，说：

“你记得吧，伊格纳特，三年前咱们也是这样来开会的。那时候，柯察金、杜巴瓦和一群‘工人反对派’回到了我们中间。那天晚上的会开得真好。可是今天我们又要跟杜巴瓦斗一斗了。”

他们向站在入口处的检查人员出示了证件，走进了会场。这时潘克拉托夫才回答说：

“是呀，杜巴瓦的这出戏又要在这个老地方重演了。”

会场上有人嘘了一声，要他们保持肃静。他们只好就近找位子坐下。大会晚上的议程已经开始。站在台上发言的是一位女同志。

“来得正是时候。快坐下，听听你老婆说些什么。”潘克拉托夫用胳膊肘捅捅奥库涅夫，悄声说。

“……不错，这场辩论耗费了我们不少时间和精力，但是，参加辩论的青年们从中也学到了很多东西。我们可以很高兴地指出这样一个事实，那就是在我们的组织里，托洛茨基[1]信徒们的失败已经成为定局。而且他们也没有理由抱怨，说我们没有给他们发言的机会，没有让他们充分说明他们的观点。事实上恰恰相反，他们甚至滥用了我们给他们的行动自由，做出了一连串严重破坏党纪的事情。”

塔莉亚非常激动，一绺头发垂到脸上，妨碍她说话。她使劲把头往后一甩，继续说：

“我们在这儿听到了来自各区的许多同志的发言，他们都谈到了托洛茨基分子采用的种种手段。出席这次大会的托洛茨基分子的数量相当多。各区有意识地把代表证发给他们，让大家在这次市党代表大会上再听听他们的意见。他们在这里发言不多，这不能怪我们。他们在各区和各支部都遭到了彻底的失败，多少让他们学乖了一点。现在他们很难再跑上这个讲台，把昨天还在说的那些话再重说一遍。”

突然，会场右边角落里有人刺耳地喊了一声，打断了塔莉亚的话：

“我们还是要说的。”

塔莉亚转过身去，对那个人说：

“好吧，杜巴瓦，那就请上来说，我们倒要听听。”

杜巴瓦恼怒地盯着她，神经质地撇了撇嘴。

“时机一到，我们自然会说！”他大喊了一句，同时想起昨天

---

1 列夫·托洛茨基（1879—1940），苏联时期著名政治家，列宁的亲密战友，红军的缔造者，第四国际领导人，联共（布）党内反对派，“托派分子”首领。在1927年被开除出党，1929年被驱逐出国，1932年被剥夺苏联国籍。1938年在巴黎组织第四国际（社会主义革命党），反对第三国际。1940年被暗杀于墨西哥城。托洛茨基主义的主要内容是所谓“不断革命”论，混淆资产阶级民主革命和无产阶级社会主义革命的界限，否定农民的革命作用，否定无产阶级具有领导农民、进行革命的能力，否定了无产阶级的领导权。实际上他只是盗用了“不断革命”的名义，来反对马克思列宁主义。

他在索洛缅卡区遭遇的惨败，那个区里大家都认识他。

会场上响起一片不满的嗡嗡声。潘克拉托夫忍不住喊了起来：

“怎么着，你们还想动摇我们的党吗？”

杜巴瓦听出了他的声音，但是他连头也没有回，只是用力咬紧嘴唇，低下了头。

塔莉亚继续说：

“就拿杜巴瓦来说吧，他正是托洛茨基分子破坏党纪的一个典型例子。他当了多年团干部，许多人都认识他，兵工厂的人更了解他。杜巴瓦现在是哈尔科夫共产主义大学的学生，但是，我们大家知道，他跟米海拉·什科连科在这儿已经待了三个星期。现在大学里功课正紧张，他们跑到这儿来干什么呢？全市没有一个区他们没有去发表过演说。不错，最近什科连科开始醒悟了。谁派他们到这儿来的？除了他们两个，我们这儿还有不少外地来的托洛茨基分子。他们以前都在这儿工作过，现在回来是为了在党内煽风点火。他们所在的党组织知道他们现在在什么地方吗？当然不知道。”

台下传来舒姆斯基的喊声：

“我们没办法，跑东跑西打小工，我们没有地方办公。”

会场上响起一阵哄笑声，舒姆斯基自己也笑了。

舒姆斯基的玩笑话暂时缓和了场内的紧张气氛。大家都在等待托洛茨基分子上台发言，承认自己的错误。尽管这些同志凶恶地反对多数派，但他们同出席市党代会的四百名代表过去毕竟共患过难。只不过反对派顽固地坚持错误立场，猛烈攻击党和共青团的领导，才使这种共同性日渐消失。到前来参加会议的时候，占绝对优势的多数派和分裂出来的少数派已经形同陌路、势不两立了。然而，只要杜巴瓦、舒姆斯基和他们那伙人真心诚意地悔过自新，那么言归于好的可能性仍然存在。可惜，这样的局面没有出现。

塔莉亚还在动脑筋，促使他们承认错误。她说：

“同志们，大家总还记得，三年前，也是在这个剧场里，杜巴瓦同志和当时的一批工人反对派回到了咱们的队伍里。柯察金发了言，这个发言同时也是受杜巴瓦同志委托做的，发言中说：‘党的旗帜永远不会从我们手中掉下去。’大家还记得吧？但是，不到三年，杜巴瓦同志已经把党的旗帜抛弃了。他刚才扬言：‘我们还是要说的。’这表明，他和他的同伙还打算走得更远。

“我还是回过头来讲一讲杜巴瓦在佩乔拉区代表会议上的发言。听听他都说了些什么。我念一段会议速记记录：

“年轻人不能担任党的领导职务。各处党委会成员都由上级指派，党的机关已经僵化，变成了官僚机构。种种迹象表明，老干部已经蜕化变质。党的领导工作只能由一群职业管理人员来担任，这已成为一种合法的特权。这种特权必须打破。我们必须把新鲜的血液、年轻的血液注入党的机关正在日益衰老的机体。但是，党的机关在疯狂地维护自己掌控的一切权力。为什么党的机关要拼命攻击托洛茨基同志呢？恰恰是因为他勇敢地说出了这样一句话：青年是党的晴雨表。”

会场上的喧闹声更大了。后排有人喊道：

“让屠弗塔谈谈晴雨表吧，他是他们的气象学家。”

会场上响起激动的喊声：

“别开玩笑！”

“让他们回答：他们还要不要搞反党活动了？”

“让他们交代，那篇反党宣言是谁写的？”

大伙的情绪越来越激愤，执行主席不住地摇铃。

塔莉亚的声音淹没在会场上嘈杂的人声中。不过，这场风暴很快就平息了，又可以听见她的讲话了：“托洛茨基分子总在抱怨，说他们遭到了无情的斥责。那他们还能指望得到什么礼遇呢？最近几年，党和共青团在思想上已经成熟起来，坚强起来。我们可以感到自豪的是，面对托洛茨基分子的挑战，党的绝大多数青年积极分子都能开展针锋相对的斗争。当辩论扩展到广大党团员群众中间去之后，托洛茨基分子就输得更惨了。他们到处煽风点火，蛊惑人心，但是基层干部并没有上他们的当。杜巴瓦和舒姆斯基同志有很多朋友，可在众多的朋友中他们竟找不到支持者，这总不是我们的过错。

“1921 年舒姆斯基曾和我们站在一起同杜巴瓦进行过斗争，如今他们同流合污了。茨维塔耶夫过去就参加过‘工人反对派’，现在他继续反对我们。斯塔罗韦罗夫在两派之间摇摆不定，一会儿朝东，一会儿朝西。斗争使我们受到了锻炼。青年们正从思想上成长起来。

“我还想说一件事。我们经常收到来自各地基层组织同志们的信，表示和我们并肩作战，这使我们深受鼓舞。我们是一个家庭的成员，无论损失哪一位同志，我们都感到痛心。现在，请允许我念一段来信给大家听听。信是奥莉加·尤列涅娃写来的。在座的很多人都认识她。她现在是共青团专区委员会的组织部长。”

塔莉亚从一叠信纸中抽出一张，匆匆看了一下，开始读道：

“日常工作停顿了。四天来，常委会的人都下到各区去了。托洛茨基分子挑起了一场空前激烈的斗争。昨天发生的事激起了专区全体党员的极大愤慨。反对派在本市的任何一个支部都没有得到多数人的支持，于是决定集中力量，在专区兵役局的党支部里发起进攻。这个支部包括专区计划部和工人教育部的党员，总共有四十二人。托洛茨基分子全部集中到了这里，并且在会上发表了前所未闻的反党言论。兵役局有个党员竟跳出来公然宣称：‘过去我们追随托洛茨基进行过国内战争。现在如果需要，我们还准备跟他走。为了健全机体，有时就得动点外科手术。如果党的机关不投降，我们就用武力把它砸个稀巴烂。’

“反对派对这样的叫嚣竟然鼓掌欢迎。这时，保尔站起来发表了义正词严的讲话。在这里我无法把他的讲话全部复述出来，但记得他有力地揭露了那些胆敢对工人阶级政党挥舞军刀的反对派的真实嘴脸。

"'你们身为布尔什维克党党员，怎么能为这样一个法西斯分子鼓掌喝彩呢？'他斥责反对派道。

"这帮家伙不让保尔说下去，把椅子敲得乒乓乱响，还拼命叫骂：'机关老爷！官僚！共青团贵族！'

"党支部的一些成员看到会场上拥进来这么多'外人'，感到非常气愤，一致要求让保尔把话讲完。可是保尔刚一开口，这帮人又是一阵起哄。

"保尔冲他们喊道：

"'瞧瞧你们的民主，真是妙极了。不管你们怎么闹，我还是要讲下去，即使是为了那些中托洛茨基的毒还不太深的人，我也得说。'

"这时，冲上来好几个人，他们抓住保尔，想把他从台上拽下来。他们竟野蛮地动起武来了。保尔一边挣扎，一边继续往下讲。但那些人硬把他拖到后台，打开边门，扔到了外面的楼梯上。有一个坏蛋还把他的脸打出血来。那个支部的党员几乎全体退出了会场。这件事擦亮了不少人的眼睛，促使他们退出了反对派……"

塔莉亚放下拿着信纸的手，又激动地说：

"我们这些谢加尔的学生，听到保尔站在我们这一边，感到非常高兴。"

会场上顿时响起呼喊声，混杂成一片，只能听清楚几句话：

"他们竟然用拳头来争取民主。"

"让他们说说，他们到底想干什么。"

塔莉亚的发言时间已到，她走下了讲台。

接下去还有人要发言。主席团由十五个成员组成，其中包括托卡列夫和谢加尔。

谢加尔担任省党委宣传鼓动部部长已经两个月了。他聚精会神地听着市党代会各位代表的发言，到目前为止，发言的还全是年轻代表。

“三年前还都是些‘共青娃娃’呢，像细嫩的柳枝条。这三年他们成长得多快呀。”谢加尔对身旁的几位老同志轻声说。

“反对派费尽心机地破坏新老近卫军的团结，却遇到如此有力的反击，而我们的重炮还没有投入战斗呢。看到这一切，真令人心里舒坦。”托卡列夫听到谢加尔继续诙谐地说。

这时屠弗塔连蹦带跳地跑上了主席台。会场里的人对他发出一阵不满的喧嚷和短暂的哄笑。屠弗塔转向主席团，想就此提出抗议，但是会场上已经安静下来了。

“刚才有人称我为气象学家。哼，多数派同志们，你们就是这样嘲笑我的政治观点的吗？”他一口气说了出来。

一阵哄堂大笑盖住了他的声音。屠弗塔气愤地用手指指会场，要主席团好好看看台下的情况。

“无论你们怎么嘲笑，我还是要再说一遍，青年是晴雨表。列宁在他的文章中不止一次地提到过这一点。”

会场上立刻安静了下来。

“列宁是怎么写的？”有人问。

屠弗塔立马来了劲。

“准备十月武装起义的时候，列宁下令把最坚定的青年工人召集起来，发给他们武器，把他们和水兵一起派往最重要的地方。要不要我把这段话念给你们听听？列宁的原话我都抄在卡片上呢。”说着，他把手伸进了公文包。

“这个我们知道！”

“那么关于团结的问题，列宁是怎么写的？”

“关于党的纪律呢？”

“列宁在什么地方把青年人和老一代近卫军对立起来过？”

屠弗塔难以回答，赶紧换个话题：

“刚才塔莉亚·拉古京娜读了尤列涅娃的信。我们可不能对辩论中出现的某些反常现象负责。至于柯察金被撵出门去这件事，我表示赞赏。1921年的时候，他也是反对派，他并没有阻止他们的人把党委的几个代表撵到门外去，被撵的人当中也包括我。工厂里的两个小伙子挟着我的胳膊，无视我的反对，硬把我推出门外。舒姆斯基可以作证，当时他也在场。是该让柯察金尝尝，这种滋味是否好受。”

茨维塔耶夫气得半死，对坐在身旁的什科连科低声说：

“真是，硬让一个傻瓜去向上帝祈祷，那么他会连头都磕破的，太过火了！”

什科连科也小声回答说：

“是啊！这个笨蛋会把事情彻底搞糟的。”

屠弗塔那又尖又细的声音仍在刺激着听众的耳膜：

“你们在这里斥责我们瓦解党、分裂党。我们有什么办法呢？既然党的多数派手里掌握着党的机关，把它作为武器，那么我们也必须掌握与之相抗衡的武器。既然你们组织了多数派，我们就有权组织少数派。”

会场上又掀起一阵风暴。

愤怒的吼声几乎把屠弗塔的耳朵震聋。

“你说什么？又想分裂成布尔什维克和孟什维克吗？”

“俄国共产党不是议会！”

“他们这是在为所有的孟什维克卖力气，从米亚斯尼科夫到马尔托夫！”

屠弗塔仿佛游泳似的挥动着两只手，激动得越说越快：“对，就应该有组织党派的自由。否则的话，我们这些持不同政见者，如何能捍卫自己的观点，同这么有组织、有纪律、团结一致的多数派进行斗争呢？”

会场上的喧嚷声越来越大。潘克拉托夫站起来高声喊道：

“让他把话说完，听听大有好处！屠弗塔说出了有些人憋在肚子里的心里话。”

会场再次安静下来。屠弗塔这才发觉他的话说过了头。恐怕现在还真不能这么说。他脑子一转，语无伦次地说了下面一番话，想赶紧收场：

“托洛茨基迫使中央全会承认了党内生活不正常。是他促使中央做出了关于党内民主的决定。当然，你们可以开除我们，把我们逼得走投无路。这不已经开始这样做了嘛。安东诺夫－奥夫谢延科已经被撤掉共和国革命军事委员会政治部主任的职务。可正是安东诺夫－奥夫谢延科和托洛茨基一起领导了十月革命。再说我吧，也给排挤出了省团委。到底谁对谁错，很快就会见分晓。我们不怕你们一再指责我们破坏党内团结。列宁也受到过孟什维克同样的指责。在莫斯科，有百分之三十的党组织支持我们。我们还要继续战斗。”说完，他快步跑下了主席台。

杜巴瓦接过茨维塔耶夫递过来的纸条：

“德米特里，你马上去发言。当然，这已无法挽回局面，咱们的败局已定。不过必须把屠弗塔的话纠正过来，他是个信口开河的蠢货。”

杜巴瓦要求发言，立刻得到允许。

他走上主席台的时候，全场一片寂静，大家都在等待。这种讲话前的沉默本来是会场上最常见的现象，此刻却让杜巴瓦感到大家对他的疏远和冷淡。他已经失去了在各支部发言时那股慷慨激昂的劲头，情绪一天比一天低落。眼下他如同一堆被水浇灭的篝火，在冒出一股呛人的浓烟——这浓烟就是他那病态的自尊和坚持错误的顽固态度，而他的自尊早已被明显的失败和老朋友们无情的反击刺伤。他决心硬着头皮干到底，虽然他明知这种做法只会使他跟大多数同志离得更远。他发言时声音不高，但是非常清晰：

“我请求大家不要打断我，也不要中途插话。我想完整地阐述我们的观点，虽然我早就料到，这是白费口舌，因为你们是多数。

“我尽量说得简短点。这十天来已经说得不少。

“你们都知道‘四十六人声明’。在这个文件里，托洛茨基同志和党内许多著名领导干部尖锐地批评了中央的工业政策。我们要求工业高度集中——这是第一。我们还认为，财政改革和垄断性纸币切尔沃涅茨[1]的发行会把我们引向危机。我们本应该对于农民的小资产阶级自发势力加以压制，运用无产阶级专政的全部威力逼迫农民交出他们的全部财产，可是中央非但没有这样做，反而否决了提高工业品价格的建议。确实，也要看到国内农民对此有一定的抵抗情绪——他们拒绝购买工业品。

“反对派提议，采用日用消费品‘入侵’的办法，也就是全部日用消费品都从国外进口的办法来抵制农民的罢买行为。但是中央拒绝向农民施加压力，并且吓唬我们说，这样会破坏同这个所谓的非可靠同盟军的联盟。我们则认为，应该把这股自发势力手中的一切钱财都挤压出来，直至最后一戈比。然后把这笔资金全部投入到社会主义工业建设中去。历史将证明我们是正确的。

“其次，我们的分歧表现在党内问题上。刚才塔莉亚·拉古京娜念了我发言的部分速记记录。但是我还想再重复说一说。为什么党的机关猛烈攻击托洛茨基呢？因为托洛茨基同党内的官僚主义

1 切尔沃涅茨，苏俄1922—1924年币制改革时发行的纸币，有多种面额。一切尔沃涅茨相当于十卢布。

做斗争。高等学校里的年轻人全都支持托洛茨基，他说的‘青年是党最重要的晴雨表’是真理。

“是的，同志们，托洛茨基是一个值得我们信赖的人。他是十月革命的领袖。他不同于季诺维也夫和加米涅夫，没有在武装起义面前做缩头乌龟。他也不同于布哈林同志，没有在1918年布列斯特和谈期间破坏党的统一，而布哈林，据说为了缔结对德和约，甚至打算逮捕列宁和其他同志。托洛茨基在1903年是第一个布尔什维克。他领导红军走向胜利。他同列宁一样，是世界上最有名望的革命家。当然，如果不是中央压制托洛茨基，我们早就向国际上的反革命势力发动进攻了。为了实现真正的党内民主，必须让所有的集团、派别都拥有发表意见的权利，而不能仅仅由多数派说了算。

“党的机关成为我们的不幸之所在，而担任领导职务的清一色都是老近卫军，则使党面临蜕化变质的危险。托洛茨基曾正确地举出考茨基[1]和保罗·勒维[2]这两个活生生的例子。”

会场上的喧闹声和愤怒的呼喊声反倒使杜巴瓦更加亢奋。到目前为止，大家都在耐心地静听他的发言，只有一排排人头焦躁不安地晃动才表露出与会代表紧张激动的心情。

“这么说吧，同志们，权力会毁掉一个人。因此我们奉劝各位把党的机关干部，特别是那些当头头脑脑的，重新拉回到工厂去开机器，这个劝告也是正确的。”

茨维塔耶夫在座位上幸灾乐祸地叫喊：

“对！让他们去闻闻汽油味，否则，办公室成了他们的避风港啦。”

---

1 考茨基（1854—1938），德国社会民主党和第二国际领袖及理论家之一。

2 保罗·勒维（1883—1930），德国工人运动活动家，德国社会民主党早期领导人之一，后因右倾机会主义被开除出党。

没有人搭理他。大家都在等着，看杜巴瓦还会说些什么。

“我们再次声明，中央的政策将使国家走上毁灭的道路。如果继续实施这项政策，那么过不了多久，我们的财政和工业就会崩溃，农民就会给予我们致命性的打击。除此之外，中央和你们这些支持中央的人正在把我们党引向分裂……”

大厅里如同爆炸了一颗手榴弹。怒吼声犹如暴风雨般向杜巴瓦猛扑过来。愤怒的斥责叫喊声像鞭子一样抽打在杜巴瓦的脸上：

“可耻！”

“打倒分裂派！”

“够了，不许血口喷人！”

等喧闹声平息下来后，杜巴瓦结束了他的发言：

“是的，必须是有足够勇气的人，才能讲出这番话。我无非是谈谈真实情况。当然，你们肯定会找我算账，但是我无所畏惧，大不了再去当钳工。我上过前线打过仗，没做过孬种，现在你们也休想吓倒我。”

他当胸捶了自己一拳，摆出一副“扬长而去”的架势，高声喊道：“十月革命的领袖托洛茨基万岁！打倒机关老爷和官僚！”

杜巴瓦在一片嘲笑声中走下了讲台，这笑声使他感到绝望。如果大家气得暴跳如雷、大呼小叫，他倒会产生满足感。可是，现在人们却在讥笑他，就像讥笑一个唱歌走调、表演砸了锅的演员一样。

“现在请什科连科发言。”执行主席说。

什科连科站起来说：

“我不发言了。”

后排传来了潘克拉托夫低沉的声音：

“我要求发言！”

杜巴瓦一听潘克拉托夫说话的口气，就猜出了他此刻的心情。这个码头工人只有在受到严重侮辱的时候，才用这种声调说话。杜巴瓦神情忧郁地看着这个身材高大、略微驼背的人快步走上讲台，心中感到沉重和不安。他知道潘克拉托夫要说什么。他想起昨天在索洛缅卡区和老朋友们聚会，大家都诚挚地与他谈心，苦口婆心地劝他脱离反对派。当时同他一起去的还有茨维塔耶夫和什科连科。大伙聚集在托卡列夫家里。在场的还有潘克拉托夫、奥库涅夫、塔莉亚、沃伦采夫、泽列诺娃、斯塔罗韦罗夫、阿尔秋欣。同志们说了很多希望恢复团结的话，杜巴瓦却装聋作哑，始终一言不发。当大家相谈正欢的时候，他和茨维塔耶夫却拂袖而去，以此来表示不愿意承认他们的观点是错误的。什科连科当时留了下来，现在他又拒绝发言。“真是个软弱无能的知识分子！一定是给他们拉了过去。”杜巴瓦愤愤不平地想。在这场狂热的斗争中，他已经失去了所有的朋友。在共产主义大学里，他同扎尔基多年的友谊也破裂了，因为扎尔基在常委会上激烈反对“四十六人声明”。后来他们的分歧日益严重，杜巴瓦就不再跟扎尔基说话。他有好几回在自己家里看见扎尔基上门来找他的妻子安娜。他和安娜结婚已经一年了，两人各有各的房间。安娜不赞同杜巴瓦的观点，夫妻关系变得紧张起来，并且正在逐步恶化。杜巴瓦认为，扎尔基最近成了安娜那里的常客，也是他们夫妻关系恶化的另一个原因。这倒与嫉妒无关，而是因为他已经同扎尔基断交，安娜却依然同扎尔基保持着友谊，这使杜巴瓦十分恼火。后来他把这话告诉了安娜，引起两个人大吵一场，彼此的关系就越发紧张了。这次杜巴瓦连招呼都没有跟安娜打一个，就上这里来了。

他的如潮思绪被潘克拉托夫的声音所打断，潘克拉托夫开始讲话了。

“同志们！”潘克拉托夫把这三个字说得特别清楚而有力。他走上主席台，站在舞台的最前面。

“同志们！我们进行激烈的辩论，今天已经是第九天了。各个支部通宵达旦地开会，我们看到了许多东西，也听到了许多东西。现在，市里的辩论已接近尾声。我们这里的会议，再召开一次也就该结束了。一些枝节问题我就不谈了，因为它们无关大局。我想谈谈主要的东西。昨天我们讨论了中央关于经济问题的决议。四十六名反对派成员于去年9月向中央递交了他们臭名昭著的声明。这份声明已经成为从工人反对派残余到民主集中派的一切敌对集团和派别的反党旗帜。这些形形色色的集团和派别都是由托洛茨基和他的信徒们领导的。显然，杜巴瓦深入钻研过这份文件。那么，托洛茨基分子对我们说了些什么呢？他们说，党中央和多数派把国家引向毁灭，而他们则是临危受命的救世主。我必须直言不讳地指出：他们的言论不像是我们的战友，不像是革命战士，不像是和我们并肩作战的阶级弟兄。他们的言论充满敌意，极其嚣张、恶毒，并且带有诽谤性。是的，同志们，是诽谤性的言论！他们指责我们布尔什维克是党内专横制度的维护者，是出卖本阶级利益和革命利益的人。他们污蔑我们党内那些真正优秀的、久经考验的、光荣的老布尔什维克战士，也就是说，污蔑那些培育和教育了俄国共产党的人、那些在沙皇专制的监牢里受尽折磨的人、那些在列宁同志领导下跟国际上的孟什维主义及托洛茨基进行无情斗争的人。他们污蔑这些人，把他们描绘成党的官僚主义的化身，一个独揽大权的类似于'党内贵族'的特殊阶层。除了敌人，谁还能说出这样的话？那么，在目前这种情况下，托洛茨基分子还能做些什么事呢？只能做一件事——揪出来，砸烂，砍掉。他们中有些人说漏了嘴，泄露了天机。尤列涅娃信里提到过这一点。这场斗争表明，在我们的队伍中确实有些人随时准备破坏党的统一，践踏党的纪律，每当党遇到困难，他们就兴风作浪，瓦解党的队伍。让我们来揭开这些反对派的真面目。

"难道党中央在决议里没有指出某些党组织中存在着官僚主

义和过度的集中？难道12月5日没有做出关于工人民主权利的决定？都有过，而且托洛茨基也投了赞成票。党内每一个布尔什维克都可以对我们工作中的缺点发表自己的意见，提出改进的建议。剩下要做的是在统一的党的大家庭内部对这些问题进行讨论，齐心协力地克服困难，把事业推向前进。

“可是托洛茨基都干了些什么呢？就在他投票表示完全同意通过这个决议的第二天，他越过中央，把自己那份臭名昭著的声明直接抛售给了广大党员群众。接着，党内所有的反对派便疯狂地向党中央发动进攻。不去扎扎实实地讨论我们经济工作和党内生活中的问题，却挑起一场党内战争。托洛茨基企图把青年武装起来反对老一辈革命家，破坏新老两代人之间牢不可破的团结。他和他的追随者竭力诽谤中央和革命老战士。党内多数同志对这种前所未有的、搞突然袭击的反党行径十分愤慨，向反对派发起了无情的全面反击。于是他们便污蔑我们压制他们。可谁会相信这些鬼话呢？

“现在，在我们基辅的托派宣传鼓动家不下四十名。有从莫斯科来的，有从哈尔科夫来的一大帮子，还有两个来自彼得格勒。我们全都给了他们讲话的机会。我敢肯定，无论出席哪个支部会，他们都会干些造谣中伤的勾当。杜巴瓦、舒姆斯基以及另外几个过去的干部已经属于外地党组织，按党章规定他们无权参加本市各区及市的党代会，但是我们还是给他们发了代表证，给了他们充分发表自己意见的机会。如果他们遭到党内多数同志尖锐的、毫不留情的谴责，那责任不在我们身上。

“请听听他们给别人起的‘机关老爷’这个侮辱性的绰号吧。这里面包含了多少深仇大恨！难道党和党的机关不是一个整体吗？他们对青年人说：‘瞧这些机关，它们是你们的敌人，炮轰它们吧。’

“这叫什么话？只有那些颓废的无政府主义者才讲得出这种

话，而不是布尔什维克。

“请大家说说看，假如有人在部队陷入敌人包围的时候，跳出来唆使年轻的红军战士去反对他们的指挥员、政委，反对他们的司令部，我们管这种人叫什么呢？

“再比方说，今天我当钳工，那么按照托洛茨基的观点，我还算得上是个‘好人’，但是如果我明天当上了党委书记，那我就成了‘官僚’，成了‘机关老爷’。这是什么逻辑？

“托洛茨基分子如此大肆诽谤，结果会落个什么下场，大家心里是否清楚？他们将不可避免地沦落为无产阶级革命的敌人。

“我们的各级党委，过去是、将来也仍然是我们的司令部。我们把最优秀的布尔什维克选派到那里工作，并且决不允许任何人损害他们的威望。”

潘克拉托夫喘了一口气，伸手擦去额头上的汗珠。

“反对派要求得到建立小团体的自由，其实质是想在党内不受拘束地拉帮结派，这意味着什么呢？这意味着要把我们的党变成争论不休的俱乐部。这意味着今天党做出一项决议，明天就有某个团伙要求废除这项决议。接着再进行一场争论。这样一来，我们的脑子都给搅乱了，全都变成了一群糊涂虫。

“我们的党是一个行动的党，一旦做出决议，全体党员都应该贯彻执行，不能各行其是。否则的话，我们不可能成为一支不可动摇的力量。布尔什维克决不允许有拉帮结派的自由。

“还有一点必须指出。反对派在自己的周围笼络了一批什么人呢？绝大多数是高校的青年学生。托洛茨基称他们为晴雨表，是党的基石。可是在我们这儿，连小孩子都知道，党的基石是老一辈革命家，是机床旁边的工人。

“反对派里有屠弗塔、茨维塔耶夫和阿法纳西耶夫这样一些人。屠弗塔不久前因为严重的官僚主义被撤职，茨维塔耶夫的那套

‘民主’在索洛缅卡区是出了名的，阿法纳西耶夫则因为在波多拉区唯我独尊和压制民主被省委三次撤职。同志们，反对派一面起劲地叫喊争取民主，一面又收罗了这样一批人，这岂非咄咄怪事？

“固然，反对派里也有来自生产第一线的工人。可是，那些因为工作方法问题受过党的批评处分的人全都纠合在一起向党发起进攻，这也是明摆着的事实。于是，出现了一番什么样的场景呢？杜巴瓦和舒姆斯基带领一帮受他们蒙骗的工人打头阵，他们的两侧则是昨天还是官僚主义者和形式主义者，今天却在猛烈攻击官僚主义的屠弗塔之流。谁会相信他们呢？

“托洛茨基成了反对派的旗帜。我们听到他们千万次地高喊：‘托洛茨基是十月革命的领袖’‘他是打败了反革命势力的胜利者’‘他是我党最早的领袖’，等等。

“他们迫使我们不得不谈谈这个问题，那我们就借此机会一劳永逸地彻底弄清楚托洛茨基在我国革命中的作用。反对派在谈到十月武装起义的时候，很少提到列宁同志的名字，这并非偶然。他们也不提中央委员会。既不提彼得格勒的布尔什维克，也不提彼得格勒的革命工人、水兵和士兵们。他们只提一个人的名字——托洛茨基。

“反对派企图以托洛茨基偷偷取代全世界无产阶级最伟大的领袖列宁，取代我们的党，可托洛茨基是1917年才加入到布尔什维克队伍中来的。他们为什么要这么干？目的依然只有一个：为了派别斗争的利益，为了蒙骗那些不了解我党历史的人，把他们拉过去。为了能达到自己的目的，他们不择手段。

“反对派认为，在国内战争中，列宁不存在，党不存在，为苏维埃政权英勇战斗的千百万战士也不存在。只存在一个人——托洛茨基。这也绝非偶然。但是，我们亲身参加过斗争，是活生生的见证人，我们知道谁是胜利的领袖。是党和党的领袖列宁，是光荣的布尔什维克中央委员会率领无产阶级战胜了敌人，是我们的红军战士和指挥员战胜了敌人。是劳动人民的儿女流血牺牲，才取得了这场伟大的胜利。而不是某个人的功劳。”潘克拉托夫的声音洪亮激昂，语调铿锵有力。他讲到这里，停顿了一下。

全场对他的发言报以暴风雨般的掌声。这掌声犹如惊涛拍岸，汹涌澎湃，一泻千里，那威力和气势仿佛正在吞没整个堤岸。

杜巴瓦不止一次听到过这惊涛的咆哮。这些日子他参加支部会和区代表会议，总是受到这惊涛的冲击。他领教过它的威力。昔日，当他和大家并肩前进的时候，他的心、他的身子也曾经是这汹涌洪流中的一滴。如今他和他的一小撮同伙逆潮流而动，过去引起他内心共鸣的东西，如今正向他猛扑过来，把他抛到了浅滩。潘克拉托夫说的话，字字句句都在他心里引起病态的反响。他真恨不得慷慨陈词的是他杜巴瓦，而不是这个来自第聂伯河畔的码头工人。这个潘克拉托夫结实健壮、表里如一，不像他杜巴瓦已分裂成两半、正在失去立足之地。

“至于十月革命前托洛茨基的布尔什维主义是怎么回事，还是让老布尔什维克们来介绍吧。年轻人对此了解得不多。现在既然有人抬出他的名字来与党抗衡，那么就有必要让年轻人了解托洛茨基反对布尔什维克的全部历史，了解他是如何摇摆不定，经常从一个阵营跳到另一个阵营的。党应该了解，是谁把所有的孟什维克纠集在一起，拼凑成8月联盟来反对列宁和布尔什维克的。应该把这些事写成书印出来。既然托洛茨基成为分裂的组织者，我们就应该剥下他华丽的外衣，还他以历史的和现在的本来面目。

“托洛茨基在十月革命中的斗争表现不错，因此党对他委以重任。党为他树立了威望，对他表现出高度信任。如果说此人曾是英雄，那也是在他同我们步调一致的时候。托洛茨基在十月革命前不是布尔什维克，十月革命之后他忽左忽右，无论是在《布列斯特和约》谈判期间，还是在有关工会问题的争论之时，莫不如此。直到这次终于发展到向党发动一场规模空前的进攻。

“同反对派的斗争，使我们的队伍更加团结，也使年轻人在思想上更加坚定。布尔什维克党和共青团在反对各种小资产阶级思潮的斗争中得到了锻炼。反对派中那些患有歇斯底里恐慌症的先生预言，明天我们在政治上和经济上将彻底崩溃。未来会向我们证明这种预言究竟有多少价值。

“他们要求把我们的老同志，比如托卡列夫和谢加尔同志，派去开机床，而让杜巴瓦这类把反党活动视为英雄行为的失灵的晴雨表来接替老同志的岗位。不，同志们，我们决不能这么做。老布尔什维克是需要接班人的，但是，绝不能让那些一遇到风吹草动就向党发动猖狂进攻的人来接替他们。我们决不允许任何人来破坏我们伟大的党的团结。新老两代近卫军永远不会分裂。他们如同人的肌体，是一个不可分割的整体。我们的力量、我们的坚定性，正是体现在我们的团结一致中。前进，同志们，迎着困难上，奔向我们的目标！在列宁旗帜的指引下，在同各种小资产阶级思潮进行不可调和的斗争中，我们必定会取得胜利！”

潘克拉托夫走下讲台，全场报以热烈的掌声。会场上许多人站了起来，随即自发地唱起无产阶级的战歌——庄严的《国际歌》。

第二天，十来个人聚集在屠弗塔那里。杜巴瓦说：

“我跟什科连科今天就动身回哈尔科夫。我们在这儿已经搞不出什么花样了。你们千万不要散伙。我们只能等待时局发生变化了。很明显，全俄党代表会议一定会批判我们，但是我认为，暂时还不会采取迫害行动。多数派决定还要在工作中再考验考验我们。现在，特别是在这次大会之后，如果继续进行公开的斗争，就会被开除出党，这不符合我们的行动计划。将来会怎么样，现在还很难预料。就这样吧，好像也没什么可说的了。”杜巴瓦站了起来，打算走。

嘴唇薄薄的瘦子斯塔罗韦罗夫也站了起来。他卷着舌头，结结巴巴地说：

“德米特里，我不太明白你的意思。是不是说大会的决议咱们不一定要服从？”

茨维塔耶夫粗暴地打断了他的话：

“形式上必须服从，否则你就别想要党证了。咱们先看看风向再说。现在散会吧。”

屠弗塔不安地在椅子上动了一下。什科连科愁眉不展，脸色苍白，由于老是失眠，眼圈发黑。他一直坐在窗户旁边啃指甲。听到茨维塔耶夫最后这几句话，他突然把手放下，朝在场的人转过身来。

“我反对这套阳奉阴违的做法。”他突然生起气来，粗声粗气地说：“我个人认为，我们必须服从大会的决议。我们已经申述了自己的观点，但大会的决议我们应该服从。”

斯塔罗韦罗夫用赞同的目光看了看他。

“我也是这个想法。”他含糊不清地说。

杜巴瓦两眼盯住什科连科，非常露骨地讥讽他说：

“悉听尊便，谁也不会来管你。你还有机会到省党代表大会上去‘低头认罪’呢。”

什科连科气得跳了起来。

“德米特里，你这是什么话？老实告诉你，你这话让人很反感，我不得不重新考虑我过去的立场。”

杜巴瓦朝他挥挥手，说：

“你也只能走这条路了。快去认罪吧，现在还不晚。”

杜巴瓦同屠弗塔等人一一握手告别。

他走后，什科连科和斯塔罗韦罗夫也马上离开了。

1924年在一片冰天雪地中到来。从1月初起，严寒就在积雪的大地上肆虐。进入中旬后，更是刮着暴风，下着连绵不断的大雪。

西南的铁路线全被大雪封埋。人们和这严酷的自然灾害展开了艰苦的斗争。除雪车的铁犁头钻进小山般的雪堆，为火车开路。由于狂风暴雪，天寒地冻，表层结了冰的电报线断了不少，十二条线路只有印欧线和另外两条直通线还畅通无阻。

在谢佩托夫卡火车站的报房里，三架莫尔斯电报机啪嗒啪嗒地响着，只有内行人才听得懂这没完没了的谈话。

两个女报务员都很年轻。从开始工作到现在，经她们手收发的电报纸条不会超过两万米长，可是她们的同事，那个年老的男报务员却已收发了超过二十万米长的电报纸条。收报的时候，他不用像她们那样，皱着眉头去拼读那些难认的字母和句子。他听着电报机的嗒嗒声，就能把电文直接译出来，逐字逐句地写在电报纸上。现在他正在收听并记录电文："同文发往各站，同文发往各站，同文发往各站！"

老报务员一边记录，一边想："大概又是一份要求和风雪做斗争的通知。"外面狂风呼啸，卷起一团团白雪，扑打到玻璃窗上。老报务员觉得似乎有人在敲窗户。他转过头去，不由自主地欣赏起窗玻璃上美丽的霜花来。霜花的图案精巧别致，世界上任何能工巧匠都雕刻不出如此别出心裁的枝叶花纹、如此精美绝伦的版画。

他看得着了迷，没有细听机器的响声。等他的目光从窗户上收回的时候，已经漏过了一段电文。他急忙托起纸条念道：

"1月21日晚六时五十分……"

他迅速抄下这段电文，然后放下纸条，用手托着头，继续往下听：

"在高尔克村逝世……"

他慢慢地记下来。一生中他不知收听过多少喜讯和噩耗，他总是最先得知别人的痛苦和幸福。他早已不再留意那些简略而又不完整的句子的具体含义。他只是耳朵听着，双手机械地记着，根本不理会它的内容。

不过是某某人死了，必须把这消息通知某某人而已。老报务员已经忘了这封电文的开头几个字是：“同文发往各站，同文发往各站，同文发往各站！”机器继续嗒嗒地响着，他边听边译：“弗……拉……基……米……尔……伊……里……奇……”他平静地坐着，已经有点累了。一个叫做弗拉基米尔·伊里奇的人在某个地方死了。他现在把这个噩耗抄下来，有人收到后会悲伤地痛哭。不过这跟他毫不相干，他只是个旁观者而已。机器嗒嗒地打出几点，之后是一划，又是几点，又是一划。老报务员从那熟悉的嗒嗒声中已经知道这个词的第一个字母是“Л”，于是把它写在电报纸上。接着又写上第二个字母“Е”，然后又工整地写上“Н”，那两竖之间的短横还特意多描了一次。随后接上个“И”，最后一个字母一听就知道是“Н”。

收报机接着打出一个停顿符号，他用十分之一秒的时间瞥了一眼刚刚抄录下来的五个字母，拼在一起是：

“ЛЕНИН（列宁）。”

机器还在啪嗒啪嗒地响着。老报务员刚才不经意间瞥见的那个名字十分熟悉，他不禁回想了一下。他又看了一遍最后那个单词：“列宁”。什么？列宁？他把电报纸拿远一些，看了一遍电报的全文。他盯着电报纸，愣了好一会儿，工作了三十二年的老报务员头一次不相信自己亲手抄录的电文。

他把电文连看三遍，看来看去还是那句话——

弗拉基米尔·伊里奇·列宁逝世。

老报务员从座位上跳起来，抓住卷曲的纸带，呆呆地看着它。他无论如何也不能相信的消息还是被这两米长的电报纸带证实了！他脸色变得煞白，转过身来，冲着两个女同事惊恐地喊道：

“列宁逝世了！”

这个惊人的噩耗溜出报务室敞开的房门，宛如迅疾的狂风传遍车站，又冲进暴风雪中，沿着铁路线和道岔口盘旋飞舞，然后随着刺骨的寒风，钻进机车库那扇半开的大铁门。

机车库里，有一辆机车停在一号修车地沟上，小修队的工人们正在修理它。老司机波利托夫斯基亲自下到地沟里，钻到这辆机车底下，把损坏的部位指给钳工们看。勃鲁扎克和阿尔焦姆在锤平压弯了的炉条。勃鲁扎克钳住炉条，把它放到砧子上，让阿尔焦姆一下一下地锤打。

近几年，勃鲁扎克老了许多。种种经历，在他的额头上刻下了一道深深的皱纹。他的两鬓已经斑白，背也驼了，一双眼睛深凹下去，显得浑浊无神。

机车库的门半掩着，忽然从狭窄的门缝里挤进来一个人。在傍晚的昏暗中，看不清他是谁。这人的第一声叫喊淹没在铁锤敲击声中。于是，他跑到修理机车的人们跟前喊道：

“同志们！列宁去世了！”

阿尔焦姆的铁锤突然在半空中停住了。举着锤子的手缓缓地从肩膀上落下来，铁锤无声地跌落到水泥地上。

“你说什么？”阿尔焦姆伸出手，像钳子似的抓住了这个人的皮外套。这个满身是雪的人急促地喘着气，嗓音低沉而嘶哑，重复说了一遍：

“是的，同志们，列宁去世了……”

因为那个人这次没有喊叫，阿尔焦姆这才听明白这个震撼人心的消息是真的，也看清了来人的脸——这是党组织的书记。

工人们从地沟里爬出来，默默无言地听着这个全球闻名的伟人逝世的噩耗。

大门旁边，有一台机车吼叫起来，使大家都打了个冷战。紧接着，车站尽头的机车也呼应着叫起来，一台接一台……发电厂的汽笛也应和着这片强劲而又不安的吼声响起，仿佛炮弹在空中呼啸般尖厉而又震人心肺。一列特快客车正要开往基辅，它那美观的C型机车敲响了铜钟。钟声洪亮激昂，淹没了汽笛声。

在谢佩托夫卡至华沙的直达快车的波兰机车上，司机弄明白这些汽笛声的缘由之后，又侧耳细听了一会儿，然后慢慢举起手来，抓住小链子，拉开了汽笛的阀门。这突如其来的汽笛声倒把国家政治保安部的一个工作人员吓了一跳。波兰司机知道，这是他最后一次拉汽笛，以后他再也不能开这辆机车了，但是他的手一直没有松开链子。机车的怒吼声，吓得包厢里的波兰信使和外交官们惊慌失措，从柔软的沙发上跳了起来。

机车库里的人越来越多。人们从四座大门拥入车库。当宽敞的建筑物里挤满人的时候，有人在悲恸肃穆的气氛中开始讲话。

讲话的是谢佩托夫卡地区党委书记、老布尔什维克沙拉勒林。

“同志们！全世界无产阶级的领袖列宁逝世了。我们党遭受到了无法弥补的损失，因为缔造了布尔什维克党，并且教导全党对敌人进行毫不妥协的斗争的人与世长辞了。党和阶级的领袖之死是对无产阶级优秀儿女的响亮号召，号召他们加入到我们的队伍中来……”

哀乐奏了起来，几百个人脱下帽子。连十五年来没有掉过眼泪的阿尔焦姆也感到喉头哽塞，他那宽阔的肩膀在颤抖。

铁路工人俱乐部的四壁似乎要被参加会议的群众挤塌了。外面严寒刺骨，门口的两棵云杉被雪覆盖着，上面还挂着长长的冰柱。

可是大厅里却又闷又热，荷兰式壁炉烧得正旺，六百个人聚集在这里，参加党组织召开的追悼大会。

大厅里听不到往常的喧闹声。巨大的悲痛使人们嗓音嘶哑了，他们说话的声音都很轻。几百双眼睛里流露出哀痛和不安。仿佛这是一群失去了领航员的水手一样，他们久经考验的领航员已被滔天的巨浪卷走。

党委会的委员们默默地在主席台上坐下来。矮壮的西罗坚科小心翼翼地拿起铃，只轻轻摇了一下，就放回桌上。这已经够了。大厅逐渐被一种令人感到压抑的沉寂所笼罩。

党委书记西罗坚科致过悼词后，立刻从桌后站起来。他宣布了一件事，这种事在通常的追悼会上是没有的，但此刻人们并不感到惊讶。他说：

“一群工人要求大会审查他们的申请书。在这份申请书上，有三十七位同志签名。”接着，他宣读了申请书：

> 致西南铁路谢佩托夫卡站布尔什维克共产党组织：
>
> 领袖的逝世就是要求我们加入布尔什维克队伍的号召。因此我们请求在今天的大会上审查我们，并接受我们参加列宁的党。

在简洁的文字下面是两排签名。

西罗坚科念着名字，每念完一个就停顿几秒钟，以便听众记住那熟悉的名字。

“波利托夫斯基·斯塔尼斯拉夫·齐格蒙多维齐，火车司机，工龄三十六年。”

大厅里响起一片赞成声。

“阿尔焦姆·安德列耶维奇·柯察金，钳工，工龄十七年。”

“勃鲁扎克·扎哈尔·瓦西里耶维奇，火车司机，工龄二十一年。”

大厅里的声音越来越大，讲坛上那个人还在继续念着名字。大家听到的都是那些一直跟钢铁和机油打交道的产业工人的名字。

当第一个签名的人走上讲坛的时候，会场里顿时鸦雀无声。

老头子波利托夫斯基在向大家讲述自己经历的时候，怎么也抑制不住内心的激动。

“……同志们，我还能说什么呢？在旧时代，一个工人过着怎样的生活，大家都清楚。过的是奴隶的生活，年老的时候，像叫花子一样穷死饿死。哦，说句老实话，革命刚闹起来的时候，我以为我已经老了，肩膀上又压着养家糊口的重担，所以犹犹豫豫地没提入党的事。虽然我从来不曾帮助过敌人，但也很少参加战斗。1905年我在华沙工厂做工的时候，做过罢工委员会的委员，跟布尔什维克一块儿干过。那时候我还年轻，有一股冲劲。老掉牙的事还提它干什么！列宁的死，好比一把刀扎在我的心口。我们永远失去了我们的朋友和保护人，我决不能再说自己老了！……我不会讲话，让那些讲得好的人来讲吧。我只想强调一点：我跟定了布尔什维克，永远不变心！”

白发苍苍的老司机倔强地点了一下头，灰白眉毛下面坚定的目光凝视着会场里的人，似乎在等待着他们的裁决。

没有人举手反对这位身材矮小、头发苍白的老人入党。当党委要求非党群众发表意见时，也没有一个人提出异议。

波利托夫斯基离开讲坛时，已经是一名共产党员了。

会场里的每个人都明白，一桩非同寻常的事情正在进行。方才老司机站过的地方，这时出现了阿尔焦姆健壮的身影。这个钳工不知道该把他的大手往哪里放，因此老是摆弄手里那顶带有大耳罩的帽子。他那件衣襟被磨光了的羊皮短大衣敞开着，露出里面灰色的军便服，领口上整齐地扣着两颗铜纽扣，这使他显得像过重大节日一样整洁。他把脸转向大厅，突然看到了一张熟悉的面孔。那是石匠的女儿嘉莉娜，她正坐在被服厂的一群女工中间。她对阿尔焦姆宽恕地微微一笑，那微笑中包含着对他的鼓励，嘴角上还隐约流露出一种无法言传的表情。

“阿尔焦姆，谈谈自己的经历吧！”党委书记西罗坚科对他说。

阿尔焦姆不习惯在大会上发言，不知从何说起才好。这会儿他才感觉到，不可能把一生的经历和体会全讲出来。他找不准词，而且心情太激动，更开不了口。他还从未有过类似的感受。他清楚地意识到，他的生活正处在重大的转折点上，他阿尔焦姆正在迈出关键的一步。他那萎靡不振的生活从此将变得火热而有意义。

“我母亲生了我们四个。”阿尔焦姆开始说。

大厅里静悄悄的，六百个人全神贯注地听着这个个子高大、鹰钩鼻、浓眉大眼的工人讲话。

“母亲在大户人家做用人。父亲的模样，我不大记得了。他跟母亲合不来，经常喝醉酒。我们是跟母亲过的。她没法养活我们那么多人。母亲天天起早摸黑地干，累弯了腰，除了吃东家的饭，每月只挣四个卢布。我好歹上过两年学，学会了读和写。但是到了九岁，母亲实在没法子，只得送我进一家铁工厂当学徒。三年当中，没有工钱，只管饭……老板是个德国人，姓费斯特。他原本嫌我小，不肯收，不过见我长得结实，母亲又替我多报了两岁，这才收下。我在他那里干了三年。他不教手艺，光叫我干家务活，差我去买伏特加酒。他常常喝得烂醉……叫我买煤，叫我搬铁。老板娘也把我当用人使唤，叫我倒尿盆、削土豆皮。他们动不动就踢我一脚，常常是无缘无故的，这已经成了他们的习惯。因为老板经常喝得醉醺醺，老板娘对谁都看不顺眼，稍不如意就抽我两三个耳光。有时我不得不从她那儿逃走，跑到街上，可是能到哪儿去呢？能向谁去诉苦呢？母亲远在四十公里以外，何况她那里也没有我的容身之地……在厂里的处境也差不多。那里管事的是老板的弟弟。这个浑蛋专爱拿我开心。有一回，他指着墙角放铁匠炉的地方，对我说：‘去，把那个铁垫圈给我拿来。’我跑过去，伸手就拿，哪知道这个垫圈是刚打的，刚从炉子里夹出来，放在地上看着是黑色的，手一碰上，皮都烫掉了。我疼得大哭大叫，他却在一旁哈哈大笑。我实在受不了这种折磨，就逃回去找母亲。可她也没地方安顿我，只得再把我送回德国人那儿。她一路走，一路哭。一直到第三年，他们才让我学一点钳工活，但还是照样打我。所以我又逃走了。这回跑到了旧康斯坦丁诺夫，进了一家香肠作坊做工。我在那里整天洗肠子，过了差不多两年猪狗不如的生活。后来，老板赌钱，把作坊也输掉了。欠我们整整四个月的工钱没发，他就溜走了。这样，我离开了那个鬼地方。我爬上火车到日梅林卡找工作。多亏那里的一个机车库工人同情我的遭遇。他听说我多少会干一些钳工活，就假装是我的叔叔，竭力把我推荐到厂里去。他见我个子高，替我报了十七岁。于是，我就给钳工打下手了。后来，我转到这儿来干活，已经做了九年工。这就是我过去的经历。至于在这儿的情况，你们全都知道。”

阿尔焦姆用帽子擦擦额头，长长地舒了口气。现在还有一件最重要，也是最难解释的事情，应当自己说，不能等着别人来发问。他紧皱浓眉，接着说：

“也许人们都会问我，为什么革命烈火刚刚燃烧起来的时候，我没有成为布尔什维克？我该怎么回答这个问题呢？应当说，我离年老还远得很。我是因为直到今天才找到自己的路。我何必隐瞒呢？以前就是没有认清道路。其实早在1918年，举行反德大罢工那会儿，我就该走上这条路的。有个叫朱赫来的水兵跟我谈过多次。直到1920年，我才拿起枪来战斗。后来战争结束了，白匪被赶进了黑海，我们就转回家来了。于是结婚，生孩子……一头扎进家庭的小圈子里。现在，我们的列宁同志逝世了，党发出了号召。我回顾自己的生活，看清楚了这当中缺少的是什么。仅仅保卫过自己的政权是不够的，我们应该共同奋起，接替列宁，要让苏维埃政权像铁打的江山那样永远屹立着。我们应该成为布尔什维克——党是我们自己的党哪。”

阿尔焦姆就这样简洁而又极其诚恳地结束了发言，似乎还为自己跟平时不同的言辞感到不好意思。他觉得仿佛卸下了肩头的千斤重担，便挺直全身，等候大家提问。

“也许有人要问些什么吧？”党委书记打破了沉默。

一排排坐着的工人开始稍稍动弹起来，不过还没有人应声提问。有个司炉工一下机车就直接赶来开会。他浑身黑得像甲虫，爽快地喊道：

“问什么？难道咱们还不了解他吗？把党证发给他就行啦！”

矮墩墩的锻工吉利亚卡，因为闷热和激动，脸涨得通红。他用似乎感冒般的嘶哑嗓音说：

“这样的人是不会出岔子的。他会成为一个刚强的同志的。西罗坚科，表决吧！”

后面共青团员坐席上站起一个人来，由于光线半明半暗，看不清是谁，他说：

“让柯察金同志说说，他为什么让庄稼地缠住了，种地会不会削弱他的无产阶级意识呢？”

会场上发出一阵轻轻的、不以为然的议论声。有人出来指责那个小伙子说：

“说得简单明白点，这里不是卖弄口才的地方……”

不过阿尔焦姆已经在回答了，他说：

“没关系，同志。这小伙子说得对，我是叫庄稼地缠住了，这是事实，不过我并没有因此而丧失工人阶级的良心。从今天起，不会再有这样的事了。我一定把家搬到工厂附近来，住在这儿更踏实些。否则，那块地会把我压得喘不过气来。”

阿尔焦姆看见台下的手臂密密麻麻地举起，他的心不由得又颤抖了一下。他不再有沉重感，挺胸阔步回到自己的座位上。身后传来西罗坚科的声音：

“一致通过。”

第三个走到桌边的是扎哈尔·勃鲁扎克。他寡言少语，过去是波利托夫斯基的助手，如今自己早已当上了司机。他讲述了自己艰难的一生以后，又谈了近几天的感受。他的声音很轻，但是大家都听得很清楚。

“我的两个孩子都牺牲了。我应该完成他们没有完成的事业。我不能只躲在角落里伤心。我还没有拿出行动，弥补上他们的牺牲所造成的损失。领袖的逝世打开了我的眼界。大家就不要问我过去的事情了，真正的生活从现在重新开始。”

头发斑白的扎哈尔回想起往事，心烦意乱，愁眉不展。可是大家没提什么问题就一致举手通过他入党。这时他抬起头来，双眼也炯炯有神了。

大会继续审查申请者，一直持续到深夜才结束。被接受入党的全是大家熟悉的、经过生活考验的、最优秀的工人分子。

列宁的逝世促使数十万工人成为布尔什维克。领袖的去世没有造成党的队伍涣散。宛如一棵大树，强劲有力的根深探地扎在土壤中，如果只被削去树梢，它是不会枯死的。

第六章

再见丽达

饭店的音乐厅门口站着两个人。其中一个戴着夹鼻眼镜，高高的个子，胳膊上佩着印有“警卫长”字样的红袖章。

“乌克兰代表团是在这里开会吗？”丽达问。

高个子打着官腔回答：

“是的！有什么事？”

“请让我进去。”

高个子堵住了半边门，把丽达从头到脚打量了一番，问：

“您有证件吗？只有正式代表和列席代表才能进去。”

丽达从手提包里取出烫金的代表证，高个子念出几个字：“中央委员会委员。”他马上收起官腔，变得很热情，跟“老熟人”似的。

“请，请进，左边有空座位。”

丽达从一排排椅子中间走过去，看到一个空座位，就坐了下来。看样子，会议快要结束了。丽达仔细地听会议主席讲话。她觉得那声音似乎很熟悉。

“同志们，出席全俄代表大会各代表团首席代表会议的代表，以及出席代表团会议的代表，已经选举完毕。现在离大会开始还有两个小时，请允许我再一次核对已经报到的代表名单。”

丽达方才认出这人是阿基姆。他正匆忙地念着名字。

他叫到谁，那人就举下手，手里拿着红色或白色的代表证。

丽达聚精会神地听着。

忽然，她听见一个熟悉的名字：

“潘克拉托夫。”

丽达回头朝举手的人望去，但是那边人头攒动，看不清码头装卸工那熟悉的脸庞。名字念得很快，又听到一个熟人——“奥库涅夫”，紧接着又是一个——“扎尔基”。

丽塔看到了扎尔基。他就坐在侧面不远处。他的侧影引起了她的回忆。是的，他是扎尔基。丽达已经有好几年没看见他了。

名单在继续往下念着。突然，一个名字使丽达打了个冷战。

“柯察金。”

在她前面很远的地方，有一只手举起又放下了。多么奇怪。丽达·乌斯季诺维奇迫切地想见见这个和自己的亡友同姓的陌生人。她目不转睛地盯着刚才举手的地方，偏偏所有的后脑勺看上去完全是一个样。丽达站起来，沿着靠墙的通道朝前排走去。这时候阿基姆已经念完了名单。会场上响起一片挪动椅子的嘈杂声。代表们大声说起话来，不时传来年轻人爽朗的笑声。阿基姆在喧闹声中大声叮嘱：

“大家别迟到……大剧院……七点钟！”

大厅出口处非常拥挤。

丽达明白，她不可能在这股人流中找出刚才名单上念到的老朋友。只有盯住阿基姆，通过他再找到其他人。她一面让最后一群代表从身边走过，一面朝阿基姆走去。突然，她听见后面有人说：

“怎么样，柯察金，老朋友，咱们也走吧！”

接着，她听见一个那么熟悉而又那么难忘的声音在回答：

“好的，走吧。”

她赶紧回过头去。只见面前站着一个身材瘦长、肤色微黑的年轻人。他穿着草绿色的军便服，腰间系着窄皮带，下面是条蓝色马裤。

她睁大眼睛望着他，直到一双手热情地抱住她，颤抖的声音轻轻唤了一声“丽达”，她才恍然大悟，这的确是保尔·柯察金。

“你还活着？”

这句问话等于告诉了保尔一切：她一直不知道他死去的消息是误传。

大厅里早已走空了。主干道特维尔大街上的喧闹声从敞开的窗户涌入。时钟洪亮地敲了六下，可他俩都觉得才见面几分钟。钟声催促他们到大剧院去。两个人沿着宽阔的台阶走到门口。她再一次仔细地看看保尔。如今保尔已比她高出半个头，依旧是从前的模样，只是更加英武、更加沉着了。

“瞧，我还没问你在哪儿工作呢。”

“我现在是地区团委书记，或者像杜巴瓦说的，成了‘机关老爷’了。”保尔说着，微微一笑。

“你见过他吗？”

“是的，见过，不过那次见面留下的印象不太愉快。”

他们来到大街上。这儿车水马龙，喇叭轰鸣，喧嚷的人群来来往往。一路上两人几乎没说什么话，心里都在想着同一件事，就这样走到了大剧院。剧院周围人山人海，狂热而执拗的人群竭力拥向剧院石砌的大厦，企图挤进由红军战士把守的大门。然而卫兵们铁面无私，只放代表通过。于是代表们自豪地高举着证件，穿过警戒线。剧院周围的人海里全是共青团员。他们没有拿到列席证，但还是千方百计想挤进去参加代表大会的开幕式。有些机灵的小伙子混在代表群里朝前挤，手里拿着一张红纸片充当证件，有时也能混到会场门口，个别人甚至还钻进了大门。但是他们一碰到值班的中央委员或纠察队长——他们负责引导来宾和代表进入会场——马上就被赶了出来，这使得门外那些混不进去的“无证代表”特别开心。

希望参加开幕式的人如此之多，剧院里甚至连二十分之一也容纳不下。

丽达和保尔好不容易才挤到大门口。乘坐电车、汽车来的代表全部抵达会场。大门口挤得水泄不通。同为共青团员的红军战士们渐渐抵挡不住了。他们被挤得紧靠着墙壁。大门口喊声震天。

“挤呀！鲍曼学院的小伙子们，快挤呀！”

“挤呀，老弟，咱们就要胜利了！”

“把恰普林和萨沙·科萨列夫叫来，他们会放我们进去的！”

“加——油！加——油！”

一个戴着青年共产国际徽章的机灵的小伙子，像泥鳅那样灵活，随着保尔和丽达挤进大门。他躲过警卫长，一溜烟跑进休息室，钻到一群代表中间，一转眼就在人流中消失了。

他俩走进正厅，丽达指着后排的座位说：

“就坐这儿吧。”

两个人在角落里坐下。丽达看了看手表，说：

“离开会还有四十分钟呢，给我讲讲杜巴瓦和安娜的情况吧。”丽达发现保尔目不转睛地注视着她，感到有点不好意思。

“不久前，我趁参加全乌克兰代表会议之便，去看望过他们。跟安娜见了几次面，跟杜巴瓦只见了一次，而这一次还不如不见。”

“为什么？”

保尔不作声。他右眼的眉梢微微颤动了一下。丽达知道，这通常是他内心激动的表露。

“跟我讲讲吧，我一点都不了解。”

“丽达，我原本不想现在说这件事，可你一再要我说，我只好服从了。他们是当着我的面彻底决裂的，而且依我看，安娜是别无选择。他们积累了那么多矛盾，一刀两断是唯一的出路。在党内问题上的分歧是他们感情破裂的根源。杜巴瓦始终是个反对派。我在哈尔科夫听人说起过他在基辅的发言，他和舒姆斯基一起到基辅四处活动。”

“啊？难道舒姆斯基也是托洛茨基分子？”

“是，他以前是的，不过已经离开了他们。我跟扎尔基找他谈了很长时间。现在他已经站到我们这边来了。而杜巴瓦的情况决非如此。杜巴瓦是越陷越深。咱们还是先说说安娜吧。她把所有的情况都告诉了我。杜巴瓦一头扎进了反党活动的泥潭里，无法自拔。安娜没少受他的气，比方说，他这样奚落她：‘你是党的一匹小灰马，主人指向哪里，你就奔向哪里。’还有比这更难听的。几次冲突之后，他们的关系就疏远了，成了陌路人。安娜提出分手，杜巴瓦显然不愿意失去她，就向她保证，说他们之间不会再有摩擦了，请求她不要扔下他不管，帮助他渡过难关。安娜同意了，并且一度觉得一切都会好起来。她没有再听到他恶语伤人，她给他讲道理，他也默不作声，不再反驳。于是安娜相信，他在认真检讨自己过去的立场。

“她从扎尔基那里得知，杜巴瓦在共产主义大学里也不再兴风作浪，跟扎尔基的个人关系也有所改善。安娜已怀孕。不久前她在单位感到不太舒服，便回家休息。关上门后，躺到了床上。她和杜巴瓦住的是套间，两个房间有门相通，不过两人有协议，把门钉死了。

“不一会儿，杜巴瓦带了一大帮人到家里来，结果安娜无意中成了一个有组织的托派小组秘密聚会的见证人。她听到了一大堆连做梦都想不到的事情。而且，为了迎接那次全乌克兰共青团代表会议，他们还印刷过一份宣言之类的材料，准备藏在衣襟下，偷偷散发给与会代表。安娜这才恍然大悟：杜巴瓦原来一直在耍手腕。

“等大家走后，安娜把杜巴瓦叫到自己房间里，要他把刚才发生的事解释清楚。

“恰好在那一天，我到达哈尔科夫参加代表大会，在团中央委员会遇见了基辅代表团的朋友们。

“塔莉亚给了我安娜的地址，她就住在附近，我决定午饭前去看看她，因为在她任指导员的党中央妇女部里我们没能找到她。

“塔莉亚和其他几位同志也答应去看她。你瞧，不早不晚，我到的时候，正好赶上了这档子事。”

保尔苦笑了一下。

丽达听着，微微皱起眉头，胳膊肘支在座位的天鹅绒把手上。保尔不再吱声。他注视着丽达，回想起当年她在基辅时的模样，又同眼前的她做比较，再次意识到她已长成为一个体态健美、优雅迷人的青年女性。一条朴素但缝制得很精致的蓝色连衣裙取代了她身上那件终年不变的军便服。她的手指抓住他的手，轻轻碰了一下，示意他继续说下去。

“我听着呢，保尔。”

保尔握住了她的手指，不再松开，然后继续说：

“安娜见到我，流露出由衷的喜悦。杜巴瓦则是一副冷冰冰的样子。原来他已经知道我同反对派做斗争的情况。

“这次见面的场景有点离奇。我不得不充当类似法官的角色。安娜不停地讲，杜巴瓦则在房间里踱来踱去，一支接一支地抽烟。显然，他既烦躁不安，又万分恼火。

“‘你瞧，保夫鲁沙，他不但欺骗我，还欺骗党。他组织地下小团伙，继续进行煽风点火的活动，当着我的面却说洗手不干了。他在共产主义大学里也公开表示，承认代表大会的决议是正确的。他自称是个正直的人，可同时却又在恬不知耻地欺骗别人。当然，我同他之间已没有任何共同之处。今天的事，我要向省监察委员会进行书面汇报。’安娜气愤地说。

“杜巴瓦从牙缝中挤出几句阴阳怪气的话：

“‘去呀，去汇报吧。有什么了不起？这种党，连老婆都当特务，偷听丈夫的谈话，你以为我就那么乐意当这个党的党员！’

“这种话对安娜来说当然太过分了。她禁不住冲着杜巴瓦大喊一声，叫他走开。他出去以后，我对安娜说，让我跟他谈一谈。安娜说这是白费力气。不过我还是去了。我和他毕竟曾经是好朋友，我认为他还没有到不可救药的地步。

“我到了他房间。他躺在床上，马上警告我说：

“‘对不起，千万别来说服教育，我对这一套早腻烦透了。’

“可我还是得讲。

“我想起了过去的事，说：

“‘我们以前就犯过错误，难道你没有从中吸取任何教训？杜巴瓦，你还记不记得，小资产阶级意识是怎么把我们推上反党道路的？’

“你猜他怎么回答我？他说：

“‘保尔，当时我和你都是工人，没有什么顾虑，想到什么说什么，而我们想的东西并没有错。实行新经济政策前的革命才是真正的革命，如今成了一种半资产阶级革命。靠新经济政策发财的人，个个脑满肠肥，绫罗绸缎披满身，而国内的失业者多得数不胜数。我们政府和党的高级官员也在靠新经济政策致富，还跟那些女资本家勾搭上了。整个政策的目标就是发展资本主义。一谈到无产阶级专政，就羞羞答答、欲言又止；对农民则采取放任自由的态度，纵容富农发家，用不了多久他们就会在农村作威作福。你等着瞧吧，不出五六年，苏维埃政权就会在不知不觉中被人葬送掉，跟法国热月政变之后的情形一样。新经济政策的暴发户们会当上新的资产阶级共和国的部长，而你与我这样的人，要是还敢多嘴多舌，那么就会脑袋搬家。一句话，用不了多久，咱

们就要陷入绝境。'

“你瞧，丽达，杜巴瓦搞不出什么新名堂，全是托洛茨基的陈词滥调。我跟他谈了很久。

“最后我明白了，跟他争辩毫无用处。依我看，杜巴瓦是拽不回来了。为了跟他谈话，代表团开会我都迟到了。临别的时候，他也许想‘抬举’我一下，说：

“‘保尔，我知道你还没有僵化，也没有变成因为怕丢官而唯唯诺诺的官僚。不过，你是那种除了红旗之外什么也看不见的人。'

“晚上，基辅的代表都到安娜家来聚会，扎尔基和舒姆斯基也来了。安娜已经去过省监察委员会，我们都认为她做得对。我在哈尔科夫待了八天，同安娜在中央委员会见过几次面。她搬了家。我听塔莉亚说，安娜打算做人流手术。看来，她跟杜巴瓦分手的事已成定局。塔莉亚在哈尔科夫又留了几天，帮她解决这件事。

“我们动身去莫斯科那天，扎尔基得悉，党的三人小组给了杜巴瓦严厉申斥加警告的处分。共产主义大学的党委也支持这个决定。离最高处分只差一步，这样，杜巴瓦总算没被清除出党。”

会场里越来越拥挤，人群还在不断拥入，周围是一片谈话声、欢笑声。这座巨大的剧场正在迎接这前所未见、充满活力的人流，这些年轻的布尔什维克热情奔放、乐观向上、勇往直前，犹如从高山上奔腾而下的激流。

嘈杂声越来越大。保尔觉得，丽达好像没有在听他说话。但他刚一沉默，丽达就说：“我想，杜巴瓦的事咱们今天就说到这里吧。干吗把余下的时间都浪费在这上面呢！这儿这么明亮，生活气息这么浓……”

丽达朝他身边挪了挪。现在他们挨得很近，但四周的喧闹声越来越大。为了可以压低嗓门说话，她朝他探过身去。

“我想请你回答一个问题，”丽达说，“虽然这已经成为过去的事，但我想你会回答我的：当初你为什么突然中断了咱们的学习和友谊呢？”

虽然保尔和丽达一见面，就预感到对方会提出这个问题，但此刻他还是感到尴尬。他们的目光相遇了，保尔看出她是知道原因的。

“丽达，我想你完全清楚。这件事发生在三年前，现在我只能责备当时的保尔了。总的来说，柯察金一生中犯过大大小小的错误，你问的就是其中的一个。”

丽达微微一笑。

“这是一个很好的开场白，”她说，“但是我想听到的是答案。”

保尔轻轻地说：

“在这件事情上，有错的不仅仅是我，《牛虻》和他的革命浪漫主义也要负一部分责任。有些书生动地描写了革命者的形象。他们英勇无畏、坚毅刚强，彻底献身于我们的事业，给我留下了不可磨灭的印象，使我产生了要做他们那样的人的愿望。所以，我正是照‘牛虻’的方式，处理了我对你的感情。现在我觉得这挺可笑，不过更多的是遗憾。”

“这么说，你对‘牛虻’的评价已经改变了？”

“不，丽达，基本上没有改变！我只是抛弃了那种以自我折磨来考验意志的不必要的悲剧成分。然而我赞同他的主要方面，赞同他的勇敢精神、无穷地接受各种考验的非凡毅力。我钦佩这种类型的人，他们能忍受巨大的痛苦，而不在任何人面前流露出来。我喜欢这种革命者的典型。在他们的心目中，个人的一切跟集体的利益相比较，是微不足道的。”

“保尔，这番话在该谈的时候没谈，过了三年才说出来，现在只能留下遗憾了。”丽达若有所思地笑了笑，说道。

“丽达，你说遗憾，是不是因为我始终只能是你的同志，而不可能更进一步呢？”

“不，保尔，你原本是可以更进一步的。”

“那么，这还能补救。”

“已经晚了一点，牛虻同志。”

丽达这样戏称保尔，同时微微一笑，解释说：

“我已经有了一个小女孩。她有个父亲，是我的好朋友。我们三个生活得很和睦，如今是三位一体，密不可分。”

她用手指碰了碰保尔的手。不过她立刻明白，这个表示关切的动作是多余的。是的，这三年来，他不仅仅是在体格方面成熟了。丽达从保尔的眼睛里看出，他此刻很痛苦，但是他毫不做作地真诚地说：

“无论如何，我得到的，还是比方才失去的要多得多。”

保尔和丽达站起来。应该坐到离主席台近一些的地方去了。他们朝乌克兰代表团的席位走去。

乐队奏响乐曲。一条条巨大的横幅标语鲜红似火，闪光的大字仿佛在呼喊：“未来是属于我们的。”包厢里、楼座上和正厅里，数千个位子已经坐满。数千人汇集在这里，形成一个能量永不枯竭的强大的变压器。在宽敞的剧院里，伟大工人阶级的青年近卫军中的精英分子欢聚一堂。几千双眼睛反映出厚重帷幕上方闪闪发亮的标语——“未来是属于我们的”。

人们仍在不断地拥入会场。再过几分钟，厚重的天鹅绒帷幕就将徐徐拉开。在这极为庄严的时刻，全俄共青团中央委员会书记将暂时失去往日的镇定，激动地宣布：“全俄共产主义青年团第六次代表大会现在开幕。”

保尔空前强烈、空前深刻地感受到革命的伟大和威力，感受到这种无以言表的自豪和前所未有的欢乐。这种自豪和欢乐是生活给予他的，是生活把他这个保卫者和建设者送到这里来，参加布尔什维主义青年近卫军的胜利庆祝会。

大会占去了与会者从清早到深夜的全部时间。直到最后一次会议，保尔才再次见到丽达。他看见丽达和一群乌克兰代表在一起。

“明天代表大会一结束，我马上就赶回去，”丽达说，“不知道我们是否还有机会在临别时再谈一次。所以，今天我准备交给你两本旧日记和一封短信。你看完后，把日记寄还给我。这些东西会把我没机会向你说的事情全告诉你。”

保尔握握她的手，又目不转睛地看了她好一会儿，似乎要把她的容貌铭刻在心中。

第二天，他俩按照约定在大门口见面。丽达把一个小包和一封封好的信交给他。周围人很多，因此他俩告别时都很拘谨。但是保尔从她那湿润的眼睛里看到了浓浓的情意和淡淡的伤感。

一天以后，列车载着他们各奔东西。

乌克兰代表们分坐几节车厢。柯察金与基辅组坐在一起。晚上，大家都已躺下，奥库涅夫在旁边的铺位上发出鼾声。保尔凑近灯光，拆开了那封信。

亲爱的保夫鲁沙：

我本来可以当面告诉你这些话，不过还是写下来更好些。我只有一点希望：别让我们在大会前谈的那件事在你的生活中留下沉重的阴影。我知道你很坚强，所以相信你所说的话。我对于生活的看法并不太拘泥于形式。有时候，当然是在非常少见的情况下，在私人关系方面是可以有例外的，只要这种关系是真正出于强烈而深沉的感情。你是可以获得这种例外的。起初我曾想偿还我们青春的宿债，不过很快就打消了这个念头。我感到这不会给我们带来巨大的欢乐。不过，保尔，你对自己不应该太苛刻了。在我们的生活里不单单只有斗争，还有美好感情带来的欢愉。

关于你的生活的其他方面，也就是说关于它的基本内容，我是一点也不为你担心的。紧握你的手。

丽达

保尔沉思着把信撕碎，然后两手伸出窗外，任凭风吹散他手中的碎纸片。

第二天早晨，保尔读完两本日记，把它们卷起包好。到了哈尔科夫，一部分乌克兰代表下了车，其中包括奥库涅夫、潘克拉托夫和保尔。奥库涅夫要去基辅接住在安娜家的塔莉亚。潘克拉托夫已当选为乌克兰共青团中央委员，到基辅有事要办。保尔决定和他们一起乘车到基辅去，顺便看看扎尔基和安娜。他到车站邮局给丽达寄日记本，耽搁了一会儿，出来的时候朋友们已经全走了。

他坐电车来到安娜和杜巴瓦的住所。保尔走上二楼，敲了敲左面的门——安娜就住在那里。但是没有人应声。时间还很早，安娜不可能这么早就去上班。保尔想："她也许还在睡觉。"这时隔壁的门打开了，睡眼惺忪的杜巴瓦走了出来，站在门口。他脸色灰白，眼圈发青，身上散发出刺鼻的洋葱味，保尔那灵敏的嗅觉还闻到了他嘴里喷出来的一股熏人的酒气。透过半开的房门，保尔看见床上躺着一个胖女人，更确切地说，是看到这女人的肩膀和一条裸露的肥腿。

杜巴瓦注意到了他的目光，用脚一踹，把门踢上了。

"你怎么，来找安娜·鲍哈特同志吧？"他眼睛看着墙角，声音沙哑地问，"她已经不住这儿了。你难道不知道吗？"

保尔皱着眉，以审视的目光打量着他。

"我不知道。她搬到哪儿去了？"

杜巴瓦突然发起火来。

“这我可懒得管。”他打了一个嗝，又不怀好意地恶狠狠地说，“你是来安慰她的吧？好哇，来得正是时候。位子已经腾出来了，快行动吧。况且她不会拒绝你。她在我面前提过好几次，说她挺喜欢你，或者像娘们的另一种说法。抓住机会吧，这样你们的灵与肉就都统一起来了。”

保尔感到两颊发烧。他竭力克制自己，低声说：

“德米特里，你怎么堕落到这种地步！没想到你会是这么一副无赖嘴脸。你以前可是个挺不错的小伙子。为什么要自甘堕落呢？”

杜巴瓦把身子靠在墙上。看来，他赤脚站在水泥地上有点冷，所以把身子蜷缩起来。房门打开了。一个睡眼惺忪、面颊浮肿的女人探出头来，说：

“小猫咪，快进来吧，站在那儿干吗呀？”

杜巴瓦没让她说完就砰地把门关上，用身体顶住。

“可真是个好的开端……”保尔说，“你把什么人领到家里来了？这样下去怎么得了啊？”

杜巴瓦显然已对谈话感到厌烦，他大声喊道：

“连我该跟什么人上床也要你们下指示吗！这些说教我早就听够了！你从哪儿来，就滚回哪儿去吧！去告诉大家，就说我杜巴瓦现在又喝酒又嫖女人！”

保尔走到他跟前，激动地说：

“德米特里，把这个女人赶走，我想最后再跟你谈一次……”

杜巴瓦把脸一沉，转身走进了房间。

“呸，这个恶棍！”保尔压低嗓门骂了一句，慢慢走下楼去。

两年过去了。时光不紧不慢地流淌着，一天又一天，一月又一月。飞速前进而又丰富多彩的生活，总是给这些表面似乎单调的日子带来崭新的内容，每天都在变化，日新月异。一点六亿伟大的人民，首次在世界上成为自己辽阔疆土和丰富宝藏的主人。他们为了恢复被战争破坏的国民经济而紧张地、英勇地劳动。国家在日益壮大，国力在不断增强。不久前，那些废置的工厂还是毫无生气的，一片凄凉，可是现在已经看得见烟囱都在冒烟。

保尔觉得，这两年过得飞快，简直是一晃而过。他不会慢腾腾地过日子，不会懒洋洋地打着哈欠迎接清晨，也不会在晚上十点钟准时上床睡觉。他不仅自己抓紧分分秒秒，同时也催促别人。

他舍不得多花时间睡觉，常常可以看见他的窗户在深夜还亮着灯光。屋子里有几个人围着桌子坐着。他们是在学习。在这两年时间里，他们读完了《资本论》第三卷，弄清了资本主义剥削制度的精妙结构。

有一天，拉兹瓦利欣突然出现在保尔工作的那个专区。省委派他来，建议让他担任一个区的团委书记。当时保尔正出差在外。常委会在他缺席的情况下，把拉兹瓦利欣派到一个区里任职。保尔回来后知道了这件事，但是什么也没说。

一个月之后，保尔来到拉兹瓦利欣所在的区视察工作。他发现的问题不算太多，但其中已有这样一些情况：拉兹瓦利欣酗酒，拉拢一帮阿谀奉承的人，排挤正派的同志。保尔把这些问题在常委会上提了出来。当大家一致主张给拉兹瓦利欣严重警告处分时，保尔出人意料地说：

"应该开除，并且永远不准重新入团。"

大家对此感到吃惊，觉得处分过重，但是保尔重复道：

"一定要把这个坏蛋开除出团。我们已经给过这个少爷学生重新做人的机会，他纯粹是混进团里的异己分子。"保尔把在别列兹多夫发生的事讲了一遍。

"我对柯察金的指责提出强烈抗议。他这是公报私仇，谁都可以编造些罪名来整我。让柯察金拿出真凭实据来。我也可以无中生有，说他搞过走私活动，那么是否就应该把他开除呢？不行，得让他拿出证据来！”拉兹瓦利欣大叫大嚷。

“等着吧，会给你证据的。”保尔回答他说。

拉兹瓦利欣从房里走了出去。半小时后保尔得到了大家的支持，常委会一致通过决议：“将异己分子拉兹瓦利欣开除出团。”

夏天到了，朋友们一个接一个地去度假。身体不好的都想去海滨。这个季节，谁不盼着轮到自己休假。保尔竭力替伙伴们张罗疗养证，申请补助费，让他们去休养。同志们出门的时候，脸色苍白、神态疲惫，但心情都很愉快。他们留下的工作就压在了保尔的肩膀上。于是他犹如一匹驯顺的拉着大车爬坡的马，担负起全部工作。一批同志回来了，晒得黑黑的，神采飞扬，精力充沛。接着，又走了另一批。整个夏天一直人手不够，工作却不能停顿。保尔也就没有一天不在岗位上。

夏天就这样过去了。

保尔不喜欢秋天和冬天，这两个季节会给他带来许多肉体上的痛苦。

今年他特别焦躁地盼望着夏季的到来。他的身体一年比一年衰弱，即使只向自己承认这一点，他也感到异常痛苦。出路只有两条：要么承认自己是个残废，无法胜任繁重紧张的工作；要么坚守岗位，直到完全不能工作。他选择了后者。

地区卫生处处长巴尔捷利克医生是位做过地下工作的老党员。有一天，在地区党委常委会上，老医生坐到保尔旁边，说：

“柯察金，你的气色很不好。你到医务委员会检查过吗？健康情况怎么样？大概没去过吧？我有点记不清了。朋友，你应当好好检查一下。星期四下午来吧。”

保尔太忙，没去。可是巴尔捷利克没有忘记他，硬把他拉了去。那儿的医生为保尔做了认真全面的检查（巴尔捷利克以神经病理学家的身份亲自参与了检查）。检查的结论如下：

> 医务委员会认为保尔·柯察金同志必须立即停止工作，去克里木长期疗养，并进一步认真治疗，否则必将产生严重后果。

在这个结论前面，还用拉丁文写了一长串病名。保尔从中只了解一点：他的主要问题不在腿上，而在于中枢神经系统受到了严重损伤。

巴尔捷利克把医务委员会的决定提交党委会讨论，没有一个人反对立刻解除保尔的工作。但是保尔自己提议，等共青团地区委员会组织部长斯比特涅夫回来之后他再离开。他担心团委的工作没人负责。这个要求虽然遭到巴尔捷利克的反对，大家还是同意了。

再过三个星期，保尔就要得到他一生中第一次休假。去耶夫帕托利亚疗养的疗养证已经放在他办公桌的抽屉里。

这些日子保尔更加努力地工作。他召开了地区团委会的全体会议。为了能够安心地离开，他竭力在临走之前把一切安排妥当。

可是就在他即将去休养，去看他平生从未见过的大海的前夕，他意外地遇到了一件十分荒唐而又可憎的事。

下班以后，保尔来到党委宣传鼓动部办公室，坐在书架后面敞开窗户的窗台上，等着参加宣传工作会议。他进来的时候，办公室里一个人也没有。过了一会儿，走进来几个人。保尔坐在书架后面，看不见他们，但是从说话的声音里听出有专区国民经济处处长法伊洛。法伊洛个子高高的，一副军人派头，长得挺帅。保尔不止一次听说他爱喝酒，喜欢纠缠漂亮姑娘。

法伊洛曾经打过游击，一逮住机会就眉飞色舞地吹嘘，说他每天都砍下十个马赫诺匪帮的脑袋。保尔非常讨厌他。有一回，一个女团员向保尔哭诉，说法伊洛答应同她结婚，可是同居了一个星期之后就抛弃了她，现在见面时甚至连招呼都不打一个。法伊洛逃过了专区党委监察委员会的追查，因为那个姑娘拿不出证据。可是保尔相信她说的是真的。此刻，保尔留心听着进屋的人说话，他们不知道他就在旁边，其中一个人说：

“喂，法伊洛，你那件事情怎么样？有没有搞出点新名堂？”

问话的是格里博夫，法伊洛的朋友，跟他是一路货色。格里博夫浅薄无知，是个实足的大草包，可是不知怎么的竟当上了宣传员。而且他还老爱摆出一副宣传家的架势，不管在什么场合总要炫耀自己一番。

“你可以向我道喜了，昨天我把科罗塔耶娃搞到手了。你还说这美事成不了呢。不，老弟，只要我盯上了哪个娘们，你就放心吧，我准能……”法伊洛接着说了一句不堪入耳的下流话。

保尔感到神经一阵震颤，这是他极端愤怒的征兆。科罗塔耶娃是专区党委的妇女部长，是和保尔同时调到这里来的。共事期间他们成了好朋友。她是个讨人喜欢的女共产党员，对每一个妇女，对每一个到她这里来寻求保护或征求意见的人，她都热情接待，体贴关怀。科罗塔耶娃受到专区委员会工作人员的普遍尊敬。她还没有结婚。法伊洛说的无疑就是她。

“法伊洛，你不是在撒谎吧？她可不像那种……”

“我撒谎？你把我看成什么人了？比她强的我也搞到过。只要有本事嘛。对付不同的娘们得用不同的手段。有的第二天就投怀送抱，不过说实话，这是不值钱的货。有的得追上一个月。关键是必须学会打攻心战。干什么都得有一套特殊的办法。老弟，这可是一门高深的学问！我在这方面可称得上是个专家啦。哈——哈——

哈——”

法伊洛自鸣得意，笑得连气都喘不过来了。那群听众怂恿他继续往下讲，他们迫不及待地想知道细节。

保尔站起身来，攥紧拳头，只觉得心在狂乱不安地剧烈跳动。

“像科罗塔耶娃这样的女人，你想靠上帝保佑，不费吹灰之力就搞到手，那是白日做梦；可是把她放过去，我又不甘心，何况我还跟格里博夫打了一箱葡萄酒的赌呢。于是我就开始运用计谋。假装顺便走进她屋里，去了一趟又一趟。可她尽给我白眼。外面对我有不少闲言碎语，说不定已经传到她耳朵里去了……一句话，从侧面进攻失败了。于是我就采取迂回战术，来个迂回包抄。哈——哈——你懂吗？我跟她说，我打过仗，杀过不少人，到处流浪，吃足了苦头，可是连个贴心的女人都没给自己找到。现在我像一条狗似的过着孤苦伶仃的生活，没人关心我，没人体贴我……我就这么胡诌瞎编，如此这般地一个劲诉苦。一句话，向她的弱点发起进攻。我在她身上可下了不少功夫。有一阵子我想，见他妈的鬼去吧，干脆结束这场滑稽表演。但是事关原则呀，为了原则，我不能放弃她……最后总算把她弄到手了。老天不负苦心人——真没想到，我碰上的不是个婆娘，竟是个黄花闺女。哈哈……嘿，太有意思了！”

法伊洛还在继续讲他那令人作呕的下流故事。

保尔记不得他是怎么一下子冲到法伊洛跟前的。他愤怒地大喝一声：

“畜生！”

“你骂谁？偷听别人的谈话，你才是畜生！”

保尔大概又说了句什么，法伊洛一把抓住他的前襟，说：

“你竟敢这样侮辱我？！”

说着，他就给了保尔一拳。当时，他喝得醉醺醺的。

保尔操起一张橡木凳子，一下就把法伊洛打倒在地。幸亏保尔衣袋里没有手枪，法伊洛才算捡了一条命。

于是，竟然发生了这样荒唐的事——在预定动身去克里米亚的那天，保尔不得不站在党的法庭上。

党组织的全体成员都到市剧院来了。宣传鼓动部里发生的事件激起了与会者的愤慨，法庭审判发展成为一场关于生活道德问题的激烈辩论。党员日常生活准则、人与人之间的关系、党的伦理道德等问题成了辩论的中心，审理的案件反而退居次要地位。案件只不过是个信号。法伊洛在法庭上气焰嚣张，他厚颜无耻地微笑着说，他的案子人民法院自然会审理清楚，柯察金打破了他的头，理应判处强制劳动。向他提出的问题，他一概拒绝回答。

“怎么，你们想借题发挥攻击我吗？对不起，办不到。你们愿意给我加什么罪名就加吧。至于一帮娘们在这儿对我发那么大的火，那是因为我平时从不搭理她们。那件事不过是桩鸡毛蒜皮的小事，不值一提。要是在 1918 年，我会按自己的办法找柯察金这个疯子算账。现在，没我在这儿，你们也可以处理。”法伊洛说罢，扬长而去。

法庭主席要保尔谈谈冲突的经过。他讲得很平静，但是大家都能感觉到，他是在竭力克制自己。

“这里议论的这件事之所以会发生，是因为当时我没能沉住气。以前我做工作，曾经拳头用得多，脑子动得少，但这样的时期早就过去了。这次又出了岔子，直到法伊洛的脑袋上挨了一下子，我才清醒过来。最近几年来，这是我唯一一次暴露出游击作风。虽然他挨打实质上是罪有应得，但我仍然谴责自己的这种行为。法伊洛的所作所为是我们共产党员生活中的一个丑恶现象。我无法理解，一个革命者，一个共产党员，怎么可以同时又是一个下流的畜生和恶棍，我永远也不会与这种现象妥协。这次事件迫使我们开始讨论生活道德问题，这是整个事件中唯一具有积极意义的方面。”

参加会议的党员以压倒多数通过决议，把法伊洛开除出党。格里博夫由于提供假证词，受到严重警告处分。参加那次谈话的另外几个人都承认了错误，接受了批评。

卫生处长巴尔捷利克把保尔的神经系统状况向法庭做了介绍。当党的检察员建议给保尔警告处分时，与会者提出强烈反对。于是他撤回了提议。保尔被宣布无罪。

几天以后，列车载着保尔向哈尔科夫飞驰。经他再三请求，专区党委同意把他的组织关系转到乌克兰共青团中央委员会，由那里另行分配工作。他得到了一份相当不错的鉴定，然后就动身了。阿基姆现在是乌克兰团中央书记之一。保尔去见他，向他汇报了全部情况。

阿基姆看了鉴定，见到在“对党无限忠诚”这句话之后还写着：“具有党员应有的沉着、镇静，只是在极少数情况下容易暴怒，甚至失去自制，其原因是神经系统受过严重损伤。”

“保夫鲁沙，这是份很好的鉴定，但到底还是给你写上了这么一条。你别放在心上，即使神经很健全的人，有时也难免会出这种岔子。到南方去吧，恢复恢复精力。等你回来以后，咱们再商量派你到什么地方去工作。”

阿基姆紧紧握住了保尔的手。

保尔来到中央委员会的“公社战士”疗养院。花园里有玫瑰花坛、波光潋滟的喷水池、爬满葡萄藤的楼房。疗养员穿着白色疗养服或者游泳衣。一个年轻的女医生登记了他的姓名，把他领到拐角处的一栋楼房里。房间很宽敞，床单洁白耀眼，到处一尘不染，寂静异常。保尔洗了澡，换了衣服，感到神清气爽，径直朝海滨跑去。

极目远眺，深蓝色的大海宛如光滑的大理石一般，庄严、宁静而又烟波浩渺，远远消失在一片淡蓝色的轻烟之中；熔化的朝阳照在海面上，反射出一片火焰似的金光。透过晨雾，隐约可见远处群山连绵，重峦叠嶂。保尔深深地吸着沁人心脾的清新的海风，双眼久久凝视着这辽阔而静谧的碧蓝色世界。

懒洋洋的波浪亲昵地爬到脚下，舐着岸边金色的沙滩。

第七章

结缘达雅

在中央委员会疗养院的旁边有一座属于中央医院的大花园。疗养员从海滨回来，总要经过这座花园。在这花园的一堵高高的灰色石墙附近，长着一株茂盛的法国梧桐，保尔非常喜欢在它的树荫下休息。这个地方不太有人来。从这儿可以看见在花园林荫道上来回走动的人群，晚上在这儿可以静听音乐，避开大疗养区那恼人的喧闹。

这一天，保尔又躲到了这个角落里。经过海水浴和日光浴之后，他感到疲乏，于是惬意地躺在藤摇椅上打起了盹。旁边的摇椅上，放着他的一条厚毛巾和一本没看完的富尔曼诺夫的小说《叛乱》。来疗养院的头几天，他依然神经紧张，头疼不已。教授们一直在研究他那罕见的复杂病情。一次又一次的扣诊、听诊使保尔感到厌倦和疲劳。住院医生是个讨人喜欢的女党员，姓耶路撒冷奇克，一个非常奇异的姓。她常常要费很大的劲才能找到这个病人，耐心地劝说他随自己去见这位或那位专家。

“说实话，这一套真叫我烦透了。”保尔说，“同样的内容，一天得叙述五遍。您的祖母是不是疯子？您的曾祖父有没有得过风湿病？鬼才知道他得过什么病，我压根就没见过他。而且每个大夫都想叫我承认得过淋病，或者别的什么更糟的病。老实说，就凭这一点，我真想敲敲他们的秃脑袋。请你们让我休息一会儿吧！要是这一个半月你们老这样把我研究来研究去，我可能真会变成一个有害社会的危险分子。”

耶路撒冷奇克总是笑着以玩笑应答，过不了几分钟，她已经挽起他的胳膊，一边走，一边说着有趣的事，把他领到外科医生那里去了。

今天看样子不会做检查了。离吃午饭还有一个小时。保尔在蒙眬的睡意中听到了脚步声。他没有睁开眼睛，心想：“来人以为我睡着了，会走开的。”但是希望落空了，摇椅嘎吱一响，那人坐了下来。飘过来一股淡淡的香水味，说明坐在身旁的是个女的。保尔睁开眼睛，首先映入眼帘的是耀眼的白色连衣裙，两条晒得黝黑的腿和一双穿着羊皮便鞋的脚，然后是像男孩子似的剪着短发的头、一双大眼睛和一排细密的牙齿。她难为情地笑了笑，说：

“对不起，也许我打搅您了吧？”

保尔沉默不语。这不太礼貌，不过他还是希望身旁的这个女人会走开。

“这是您的书吗？”

她翻了翻《叛乱》。

“哦，是我的……”

又是一阵沉默。

“同志，请问您是中央疗养院的吗？”

保尔忍无可忍地动了一下身子。“打哪儿冒出来这么个人？这还叫休息吗？说不定马上又该问我得什么病啦。唉，我还是走吧。”于是他没好气地回答：

“不是。”

“可我好像在哪儿见过您。”

保尔已经站起身子要走，背后忽然传来一个女人低沉洪亮的声音：

“朵拉，你怎么钻到这儿来了？”

摇椅边坐下一位晒得黝黑、体态丰满的金发女人，穿着疗养院的浴衣。她瞥了保尔一眼。

“同志，我好像在哪儿见过您。您是不是在哈尔科夫工作？”

“是的，是在哈尔科夫。”

“做什么工作？”

保尔决定结束这场没完没了的谈话，便回答说：

“环卫所的！”

她们听了哈哈大笑，保尔不由得打了个哆嗦。

“同志，恐怕不能说您很有礼貌吧。”

他们的友谊就这样开始了。哈尔科夫市党委常委朵拉·罗德金娜后来不止一次地回忆起他们初次相识时的可笑情景。有一天午饭后，保尔去“泰拉萨”疗养院的花园观看歌舞演出，没想到在那里遇见了扎尔基。说来也怪，促使他们相逢的竟是一场狐步舞。

一个肥胖的女歌手，轻狂地打着手势，唱了一支《一夜销魂曲》。随后，一对男女跳上了舞台。男的头上戴一顶红色圆筒高帽，半裸着身子，胯骨周围挂着五颜六色的扣环，上身却穿着白得刺眼的胸衣，还扎着领带。一句话，装扮成野蛮人，实际上却不伦不类。那女的长相倒不错，可全身却飘着许多布条。在疗养员的安乐椅和躺椅后面站着一群新经济政策的暴发户。他们伸出牛一样的粗脖子，乐得直喊。这对男女在他们的喝彩声中扭动屁股，跳起了狐步舞。真是难以想象还有比这更丑恶的场景了。戴着滑稽的圆筒高帽的胖子和那个女人紧贴在一起，左摇右摆，做出种种猥琐的动作。保尔后面一个肥头肥脑的大胖子看得呼哧呼哧地喘粗气。保尔正要转身离开，突然，有一个人在靠近舞台的最前排站起来，愤怒地喊道：

“这样的卖淫，卖够了吧！滚你们的蛋吧！”

保尔认出这人是扎尔基。

钢琴伴奏中断了，小提琴吱呀了一声就不再响了。台上的一对男女停止了扭摆。椅子后面的暴发户们发出一片嘘声，气势汹汹地责骂刚才喊叫的人：

“混账透顶，把一出好戏给搅黄了！”

“整个欧洲都在跳呀！”

“简直岂有此理！”

这时，在“公社战士”疗养院休养的共青团切列波韦茨县委书记谢廖沙·日巴诺夫把四个手指放进嘴里，打了一个绿林好汉式的呼哨，其他的人齐声响应。于是，台上那一对宝贝就像被风刮走似的，消失不见了。报幕的小丑像一个善于察言观色的堂倌，跑出来向观众宣布，他们这个歌舞班子马上就走。

“一条大路朝天，夹起尾巴滚蛋，要是爷爷问你，就说到莫斯科转转！”在一片哄笑声中，一个穿疗养衣的小伙子用一段顺口溜把报幕人送下了舞台。

柯察金跑到前排找到了扎尔基。他俩到保尔的房间里谈了很久。扎尔基目前在党的一个州委会里任宣传鼓动部部长。

“你知不知道我已经结婚了？我们马上就要有个女孩，或者是一个男孩。”扎尔基说。

“呵，那你妻子是谁呀？”保尔惊异地问他。

扎尔基从口袋里掏出一张小照片给保尔看。

“认得她吗？”

保尔一看，原来是他和安娜·鲍哈特的合影。

“那杜巴瓦现在在哪儿？”保尔更加惊奇了，又问。

“在莫斯科。被开除出党以后，他就离开了共产主义大学，现在在莫斯科高等技术学校学习。听说给他恢复了党籍。白搭！这个人已经无药可救了……你知道潘克拉托夫在什么地方吗？他现在当上了造船厂的副厂长。其他人的情况，我知道得很少。大家分散在全国各地工作，能够碰到一块儿叙叙旧，是多么令人高兴的事情啊。”扎尔基说。

朵拉走进保尔的房间，跟她一起进来的还有几个人。一个高个子的坦波夫人关上了门。朵拉看了看扎尔基胸前的勋章，问保尔：

“你的这位同志是党员吗？他在哪儿工作？”

保尔不明白是怎么回事，把扎尔基的情况简略地介绍了一下。

“那就让他留下吧。刚才从莫斯科来了几位同志，要给咱们讲一讲党内最近的情况。我们决定在你屋里开个会，算是个内部会议吧。”朵拉解释说。

聚集在这房间里的人，除了保尔和扎尔基外，几乎全是老布尔什维克。莫斯科市监委委员巴尔塔绍夫身材不高但挺结实，五十上下年纪，过去是乌拉尔地区的翻砂工人，他先发言，声音不大：

“是的，有事实为证，我们早有预感的事果然发生了，出现了新的反对派。至于他们的领袖人物，除了季诺维也夫和加米涅夫，还有一个就是托洛茨基。他们相互勾结，狼狈为奸。如今这帮形形色色的反对派拼凑起来的大杂烩就要开始行动了。”

来自坦波夫的检察员插嘴道：

“早在第十四次代表大会上，我就对同志们说过：‘请你们记住我的话，季诺维也夫、加米涅夫迟早要同托洛茨基结亲。’因为当季诺维也夫带领一群列宁格勒代表一个劲跟大会唱反调时，托洛茨基在旁边一声不吭，只是看热闹，心里大概在寻思：你们这帮狗崽子，因为‘十月革命的教训’一直跟我过不去，要把我置于死地，如今自己滑进了同一个泥坑。有人不同意我的看法，说季诺维也夫和加米涅夫跟托洛茨基主义斗争了那么多年，在每个转折关头都谴责托洛茨基主义是党内异己派别，他们绝不会背叛布尔什维主义，绝不会听命于他们与之进行过长期无情斗争的人。”

“可结果怎么样呢？昨日的敌人、思想上的对头成为今日的朋友，因为他们都在猖狂地反对布尔什维克党中央，为此目的不惜联合任何人，不惜牺牲自己的全部原则，不惜放弃过去的立场。这些原则和立场如今被他们视若草芥。同托洛茨基结盟会给他们昔日的布尔什维克称号蒙上耻辱，可他们哪里还顾得上这些呢？这个无原则的联盟与1912年的8月联盟有很多相似之处。不论是现在还是那个时候，挥舞指挥棒的都是托洛茨基。季诺维也夫和加米涅夫这次的表演，其卑鄙无耻程度绝不亚于他们在十月武装起义前夕表现出来的胆怯与畏缩。这号人，”这个坦波夫人瞥了一眼女同胞朵拉，才克制住没有把脏话骂出口，“呸，差点说出粗话来！说实在的，这种不成体统的事我还真没见过。”他结束了自己的发言。

“种种迹象表明，这个联合起来的反对派最近就会向党发动进攻。这些层出不穷的小集团专干一件事，就是制造混乱，破坏党的团结统一。真不知道什么时候才能把他们彻底解决掉。我们实在太纵容他们了。依我看，应该把这些职业捣乱分子和反对派全部清除出党。为了跟这些反党分子做斗争，我们浪费了多少时间和精力啊。”朵拉措辞激烈地说。

梅伊兹然老人默默地听完大家的发言，接着说：

“朋友们，我们不能再耽搁，必须赶紧准备回去。疗养院多住或少住两天无关紧要，在这样的紧急关头，我们每个人都必须坚守在自己的岗位上。我明天就动身。”

在保尔房间集会之后三天，疗养员都提前离去。保尔也提前出了院。

他在共青团中央委员会没有等候多久，就被派往一个工业区，担任地区共青团团委书记。才过了一个星期，城里的团员积极分子已经听到他第一次的演说了。

深秋，保尔和另外两个工作人员乘着地区党委会的汽车，到离城比较远的一个区里去。汽车跌进路旁的壕沟里，翻倒了。

三个人都受了伤，保尔的右膝盖被压坏了。几天之后，他被送进哈尔科夫外科医院。医生们对他进行会诊，检查了他那条肿胀的右腿，看了X光片，决定立刻动手术。

保尔表示同意。

“那么就明天上午动手术吧。”主持会诊的胖教授做了决定，接着就起身走了。其他医生也跟着他走了出去。

一间小小的单人病房，光线明亮，一尘不染，散发着保尔早已淡忘的那种医院特有的气味。他向四周看了看。一只铺着雪白台布的床头柜，一张白色小方凳，这便是全部家具。

护士送来了晚饭。

保尔谢绝了。他半躺在床上写信。伤腿疼得厉害，影响他的思考，也影响他的胃口。

写完第四封信的时候，病室的门被轻轻地推开了。保尔看见一个穿白大褂、戴白帽的年轻女医生走到他床前。

在薄暮中，保尔依稀看出她两道眉毛描得很细，一对大眼睛似乎是黑色的。她一手拿着纸夹，另一手拿着纸和铅笔。

“我是您的责任医生，”她说：“今天我值班。现在我向您询问病情，您呢，不管愿不愿意，得把全部情况都告诉我。”

女医生亲切地笑了笑。她的笑容减轻了“审问”给人带来的不快。

保尔讲了整整一个小时，不仅谈了自己的情况，而且连祖宗三代都提到了。

手术室里有好几个戴着口罩的人。

镀镍的手术器械闪着银光，一张狭长的手术台下面放着一个大盆。当保尔躺到手术台上的时候，医生已经洗了手。手术前的准备工作正在他身后急速进行。保尔回头看了一下。一个女护士正在安放手术刀和小镊子。责任医生巴扎诺娃开始给他解下腿上的绷带。

“柯察金同志，别朝那边看，这会刺激神经。”她轻声地嘱咐他。

“大夫，您说的是谁的神经？”保尔开玩笑地问。

几分钟后，厚实的面罩完全蒙住了他的脸。教授说：

“别紧张，我们马上给你施行氯仿麻醉。你用鼻子做深呼吸，一二三地数下去。”

面罩下面传出的声音低沉而平静：

“好的。不过我得事先道个歉，也许我会不自觉地说出难听的话来。”

教授忍不住笑了。

最初的几滴麻醉药水散发出难闻的、令人窒息的气味。

保尔深深地吸了一口气，开始数数，尽量想数得清楚些。就这样，他开始了他人生悲剧的第一幕。

阿尔焦姆几乎把信封撕成了两半。不知道为什么他在打开信的时候非常激动，眼睛刚接触到最初的几行，就飞快地一口气读下去：

亲爱的阿尔焦姆：

咱俩很少通信。一年至多只有一两次吧！不过次数多少有什么关系呢？你来信说，为了斩断老根，你们全家已经从谢佩托夫卡搬到了卡扎京的工厂。我明白你的意思——你说的老根就是斯捷莎跟她的家庭那种小私有者的落后心理，以及诸如此类的一切。要改造斯捷莎这种类型的人是不容易的，我担心你未必能成功。你说“岁数一大，学习很困难”，其实你学得很不错。你那样固执，一口拒绝脱产当市苏维埃主席，这是错误的。你不是为建立苏维埃政权战斗过吗？那就应当掌握政权。从明天起，就接受并担负起市苏维埃的工作吧！

现在谈谈我自己的情况。我的情形有点不妙。我开始经常住院，开过两次刀，流了不少血，失去了不少精力，而且还没有人能答复我：这种情况究竟要拖到什么时候才算个头。

我已经脱离了工作，给自己找到了一份新职业——当“病号”。我忍受了种种痛苦，结果却是右膝已成残废，身上添了好几条刀口的缝线，最近医生还有一个新的发现：七年前我脊椎骨受过暗伤，据说我可能要为此付出极其高昂的代价。我准备忍受一切，只要能够让我归队。

对于我而言，生活中没有比掉队更可怕的事情了。我甚至连想都不敢想它。因此我忍受住了一切痛苦，可是到目前为止，病情非但毫无起色，而且还越来越糟。第一次手术后，我刚能走动就立刻恢复了工作，不料很快又被送回医院。现在我刚收到进耶夫帕托利亚的麦纳克疗养院的入院证。我明天就动身。阿尔焦姆，别担忧，我不会那么轻而易举地送掉性命的。我的生命力足够抵得上三个人的。哥哥，咱们还要好好工作呢！你要注意身体，别一下子扛三百多斤。否则，以后党要付出极大的代价来替你修理。光阴给我们经验，学习给我们知识，可是这一切并不是为了让我们到医院里去做客。握你的手。

保尔

就在阿尔焦姆紧皱着两道浓眉、读着弟弟来信的时候，保尔正在医院里和巴扎诺娃医生道别。她一面握住他的手，一面问他：

“您明天就动身去克里米亚吗？那么，今天您打算在哪儿过呢？”

“朵拉同志马上就来，今天白天和晚上我住在她家里，明天早上她送我去火车站。”

巴扎诺娃认识朵拉，因为她常常来看保尔。

“柯察金同志，咱们约过在您动身之前和我父亲见次面，您没忘记吧？我已经把您的病情详细地告诉了他，我想让他给您检查一下。今天晚上就可以。”

保尔立刻同意了。

当晚巴扎诺娃就带着保尔来到她父亲宽敞的诊所。

著名的外科医生当着女儿的面给保尔做了一次详细的检查。巴扎诺娃还把医院里的X光片和全部化验单带了来。保尔不禁注意到，当巴扎诺娃的父亲用拉丁语说了很长的一句话之后，她的脸色突然变得煞白。保尔注视着老教授那谢顶的大脑袋，竭力想从他那深邃的目光中看出些什么，可是老教授是深不可测的。

保尔穿好衣服后，老教授十分客气地和他道了别。因为他急着赶去参加一个会议，委托他女儿把检查结果告诉保尔。

巴扎诺娃的房间布置得很优雅。保尔靠在长沙发上，等着她开口。但是她不知道怎样启齿，不知道说些什么才好，她感到很为难。父亲告诉她，保尔体内的致命炎症正在发作，凭目前的医学水平还无力救治。他反对再施行外科手术。他说：“这个年轻人正面临着完全瘫痪的悲剧，我们却没有办法阻止。”

作为他的医生和朋友，巴扎诺娃觉得不宜如实说出这一切。她只透露了一部分病情，而且措辞相当谨慎。

“柯察金同志，我相信耶夫帕托利亚的泥疗法会使您的身体出现转机。到了秋天，您就可以恢复工作。”

但是当她说这些话的时候，她忘记了有一双敏锐的眼睛一直在注视着她。

“从您的话里，或者更确切地说，从您避免说出的话里，我明白了我的病情的全部严重性。您该记得，我请求过您永远对我讲真话。什么事情都不必瞒着我，我听了不会晕倒，也不会自杀。可是我非常想知道我的未来会怎么样。”保尔说。

巴扎诺娃说了句笑话，把话题引开了。

那天晚上，保尔始终没有了解到他真实的病情。临别时，巴扎诺娃轻轻地说：

“柯察金同志，别忘了我是您的朋友。很难说您将来的生活中会发生什么事情。如果您需要我的帮助或是我的建议，请给我写信。我愿意尽一切可能帮助您。”

她从窗口看着那穿着皮外套的高大身影，吃力地拄着手杖，缓缓地从门口走向一辆出租的轻便四轮马车。

又是耶夫帕托利亚。又是南方那酷热的天气。人们戴着绣金的小圆帽，皮肤晒得黑黝黝的，大着嗓门说话。旅客们乘上汽车，十多分钟就可以到达麦纳克疗养院。这是一座用灰色的石灰石砌成的两层楼房。

值班医生把新来的人带到各个房间。

“同志，您的疗养证是哪个单位的？”他在11号房间门口停了下来，问保尔。

“乌克兰共产党中央委员会。”

“那就请您住这儿吧，跟埃勃涅同志一个房间。他是德国人，要求给他找一个俄罗斯同伴。”医生解释道，然后上前敲门。

从房间里传出一句发音很不准确的俄语：

“请进。”保尔走进房间，放下手提箱，转过身来，看见床上躺着一个满头金发的德国人，长着一双漂亮而又富有生气的蓝眼睛。他朝保尔友好地笑了笑。

“顾特莫根，盖诺森[1]。我想说：‘你好。’”他改用俄语说，并向保尔伸出一只手指细长的苍白的手。

几分钟以后，保尔已经坐到德国人床边，两个人开始用一种“国际”语言热烈地交谈起来。此时词语只起辅助作用，一切难懂的词句全靠猜想、手势、表情来帮忙，总之用上了无师自通的世界语中的一切办法。保尔已经知道，埃勃涅是个德国工人。

在1923年的汉堡起义中，埃勃涅大腿上中了一枪。这次他旧伤复发，又卧倒在床。尽管伤口剧痛，他仍然精神抖擞，因而立刻赢得了保尔的尊敬。

同这样一位出色的病友住在一起，保尔不禁喜出望外。这样的人绝不会因为自己的病痛从早到晚唠唠叨叨、唉声叹气。相反，同他在一起，你会连自己的病痛也忘却的。

“可惜我对德语一窍不通。”保尔想。

在花园的一角，放着几把摇椅、一张竹桌和两辆病人坐的轮椅。五个病人在每天治疗之后就到这儿来度过一整天。病友们称他们为“共产国际执委会”。

德国人埃勃涅斜靠在轮椅上，另一张轮椅上坐着禁止步行的保尔。其余三个人，一个是身材笨重的爱沙尼亚人瓦伊曼，他是克里木共和国贸易人民委员部的工作人员；另一个是长着一双褐色眼睛、像十八岁少女一样年轻的拉脱维亚人玛尔塔·劳琳；还有列杰尼奥夫，一个身材魁梧、两鬓灰白的西伯利亚人。的确，这里有五个民族——德国人、爱沙尼亚人、拉脱维亚人、俄罗斯人和乌克兰人。玛尔塔和瓦伊曼懂德语，所以埃勃涅请他们做翻译。保尔和埃勃涅由于同住一间房而成了朋友；玛尔塔、瓦伊曼和埃勃涅因语言

1 德语音译，“早上好，同志。”

相通而亲近起来；使保尔和列杰尼奥夫成为朋友的则是国际象棋。

在列杰尼奥夫入院之前，保尔是疗养院里的象棋“冠军”。经过一番激烈的争夺之后，保尔才从瓦伊曼那儿夺得了冠军头衔。失败使瓦伊曼这个平时漫不经心的爱沙尼亚人失去了心理上的平衡，他很久都不肯饶恕击败他的保尔。不久，疗养院里来了一个身材高大的老头，他虽然已经五十多岁，看起来却要年轻得多。他邀请保尔下一盘。保尔没有想到他是个厉害对手，平静地以后翼弃卒开棋，列杰尼奥夫以推进中卒相应，不吃弃卒。保尔作为“冠军”，必须和每一个新来的棋手对局。通常旁边都挤满了围观的人。走到第九步的时候，保尔已经发觉对方那些沉着推进的卒子正在步步紧逼。他明白他遇到了一个危险的敌手，他后悔开局时不该那么掉以轻心。

经过三个小时的激战，保尔尽管竭尽全力，还是不得不承认失败。他比所有观棋的人更早看出自己败局已定。他看了对手一眼。列杰尼奥夫慈祥和蔼地朝他笑笑。显然，他也看出保尔必败无疑。

但是正在紧张观战、毫不掩饰地盼望保尔吃败战的瓦伊曼却还没有看出来。

“我永远要坚持到最后一卒。”保尔说。

只有列杰尼奥夫一个人听得懂这句话，他赞许地点了点头。

五天之内，保尔和列杰尼奥夫一共下了十盘棋，结果是七负二胜一和。

瓦伊曼扬扬得意地说：

“哎呀，谢谢你，列杰尼奥夫同志！你终于把他打得落花流水了！他活该如此！他击败了我们所有的老棋手，可是自己终究还是栽在了一个老将手里。哈哈哈！”

“怎么样，失败的滋味不好受吧？”他转而挖苦这位曾经战胜过他的败将。

保尔失掉了“冠军”的称号。不过，在失去了这份棋坛荣誉的同时，他结交了一个好朋友。列杰尼奥夫后来成为他的一个挚友和最敬爱的人。保尔棋赛的失败并非偶然。他对象棋战略仅仅略懂皮毛而已，一个普通的棋手自然要输给一个精通棋艺的行家。

保尔和列杰尼奥夫之间有一个共同值得纪念的日子：保尔出生和列杰尼奥夫入党恰好在同一年。他们是布尔什维克老战士和布尔什维克青年近卫军的典型代表。一个具有丰富的生活经验和政治经验，从事过多年地下工作，蹲过沙皇的监狱，以后又一直担任国家重要的行政工作；另一个拥有烈火般的青春，虽然只有短短八年的战斗历程，但这八年却抵得上好多人的一生。而且这一老一少都有一颗火热的心，同时又都疾病缠身。

每到晚上，埃勃涅和保尔的房间便成了俱乐部。所有政治新闻都是从这里传播出去的。晚上，11 号病房里热闹非凡。瓦伊曼动不动就想讲个黄色笑话，他对这类东西有特殊的嗜好。但是他马上就会遭到玛尔塔和保尔的夹攻。玛尔塔善于用巧妙而辛辣的嘲讽堵住他的嘴；如果还不奏效，保尔就出面干预。

“瓦伊曼，你最好先征求一下大伙的意见，也许你的‘俏皮话’根本不合我们的口味……”

“我真不明白，像你这样的人怎么会……”保尔用不平静的语气开始说道。

瓦伊曼噘起厚嘴唇，一双小眼睛含着嘲笑的目光在大家脸上扫了一下，说：

“看来得在政治教育委员会下面设立道德督察处，并且推举柯察金当督察长。对玛尔塔我倒可以理解，女同志嘛，当然会反对的。可是柯察金竟想把自己装扮成天真无邪的小孩子，好像是个共青团里的乖宝宝……再说，我可不喜欢鸡蛋来教训母鸡。”

在这场关于共产主义伦理的激烈争论之后，黄色笑话问题被提到原则高度来讨论。玛尔塔把各种不同观点翻译给埃勃涅听。

“我赞同保尔的看法，说黄色笑话不太好。”埃勃涅用不大正确的俄语说。

瓦伊曼只好退却了。虽然他竭力用开玩笑来敷衍搪塞，但从此以后再也没有讲过这类笑话了。

保尔一直以为玛尔塔是个共青团员。她的模样看上去大约只有十九岁。但是有一次他同玛尔塔聊天，结果大吃一惊，原来她已经三十一岁了，1917年就入了党，而且是拉脱维亚共产党一名积极的工作人员。1918年白匪曾判处她死刑，但是后来苏维埃政府设法把她和其他几位同志一起赎换回来。现在她在《真理报》工作，同时还在大学学习，不久就可以毕业。保尔没有留意到他们是如何接近起来的，不过这个常来看望埃勃涅的矮小的拉脱维亚女子已经成为他们“五人小组”中不可或缺的一员。

老地下工作者埃格利特也是拉脱维亚人，经常调皮地逗她说：

“玛尔塔，你那可怜的奥佐尔在莫斯科可怎么过呀？这么下去可不行啊！”

每天早晨起床铃响之前一分钟，疗养院里总能听到一只公鸡在大声啼叫。埃勃涅学鸡叫的本领真叫绝了。院里的工作人员四处寻找这只不知从哪里跑进来的公鸡，却怎么也找不到。这使埃勃涅非常得意。

到了月底，保尔的病情恶化。医师们禁止他下床。这使埃勃涅很难过，因为他非常喜欢这个年轻的布尔什维克。他从不愁眉苦脸，乐观向上，精力旺盛，却又这么年轻就丧失了健康。当玛尔塔告诉埃勃涅，医师们预料保尔的未来一定十分悲惨的时候，埃勃涅听了非常焦急。

一直到保尔离开疗养院，医生们始终都不允许他下床走动。

保尔竭力对周围的人隐瞒自己的痛苦，只有玛尔塔从他异常苍白的脸色中猜出几分。出院前的一星期。保尔收到乌克兰共青团中央委员会的一封信，通知他假期延长两个月。信里又说，根据疗养院的诊断结论，以他目前的健康状况，想恢复工作是完全不可能的。中央委员会还随信汇来一笔钱。

保尔经受住了这初次的打击，好比他当年跟朱赫来学拳击，经受住第一拳一样。那时他虽然倒下了，但是立刻就站了起来。

他意外地收到一封母亲寄来的信。老人家说，她有一位十五年没有见面的老朋友，名叫阿莉比娜·丘查姆，住在离耶夫帕托利亚不远的一个港口。她很希望儿子能去看看阿莉比娜。这封偶然的来信，对保尔今后的生活产生了很大的影响。

一星期后，疗养院的病友们都到码头热情地欢送保尔。临别的时候，埃勃涅像对亲弟弟一样，亲热地拥抱和亲吻保尔。玛尔塔没有在场，保尔没能和她告别就走了。

第二天早晨，一辆四轮马车载着保尔离开码头，驶到一座带着小花园的小房子跟前。保尔叫陪送他的人进去问问，丘查姆一家是否住在这儿。

丘查姆家一共有五口人：母亲阿莉比娜·丘查姆是一个上了年纪的胖妇人，两只黑眼睛流露出抑郁的神情，衰老的脸上还残留着昔日的美貌；两个女儿名叫廖莉亚和达雅，还有廖莉亚的小男孩，和那个胖得像头猪似的糟老头子丘查姆。

老头子在合作社工作；小女儿达雅在外面做些粗活；大女儿廖莉亚过去是个打字员，前不久和既是流氓又是醉鬼的丈夫离了婚，现在失业在家。她成天忙着照料小男孩，并帮着母亲做做家务。

除了两个女儿之外，还有一个儿子名叫乔治，不过他现在在列宁格勒。

丘查姆一家热情地接待保尔。只有老头子用不友好的、戒备的目光打量了客人一番。

保尔耐心地向阿莉比娜老太太讲述了他所知道的柯察金家的全部情况，同时也顺便问了她和她家的情况。

廖莉亚二十二岁。她留着褐色的短发，宽脸庞，是个心地单纯的女子。她和保尔一见如故，很乐意地把家里的全部秘密都告诉了他。保尔从她那里了解到老头子专横暴虐，控制着全家，扼杀任何主动精神，不给人丝毫自由。他心胸狭隘，目光短浅，喜欢吹毛求疵，使整个家庭始终笼罩在惊恐不安中。因此儿女们都极端厌恶他，妻子更是恨透了他，二十五年来一直在反对他的专制。女儿们永远站在母亲这边。家里争吵不断，生活很不愉快。他们每天都在为了大大小小的事情怄气，没完没了。

乔治是家里的第二个混世魔王。据廖莉亚说，他是一个典型的花花公子，傲慢自负，好吹牛，只知道吃好菜、喝好酒、穿漂亮衣服。他念完中学后，仗着是母亲的宠儿，就立刻向母亲要钱到首都去。

“我去上大学。叫廖莉亚把戒指卖了，你也卖些东西。反正我得有钱花，至于你们上哪儿去弄钱，我才不管呢。”

乔治摸透了母亲的脾气，知道她对他有求必应，因此老是厚颜无耻地利用她这个弱点。他对两姐妹态度傲慢，总是居高临下，认为她们比他低一等。母亲把从老头子那里抠来的钱和达雅的工钱全寄给儿子。可是他的入学考试成绩却一塌糊涂，未被录取，目前舒舒服服地住在舅舅家里，还不断地拍来一封封电报吓唬母亲，逼她寄钱。

直到晚上，保尔才见到小女儿达雅。母亲在门廊里低声告诉她，来客人了。她腼腆地同保尔握手问好，面对这位陌生的年轻男人，她的脸羞得红到了耳朵根。保尔没有立刻放开她那粗壮的起茧的手。

达雅已满十八周岁。她算不上漂亮，但是那一对淡褐色的大眼睛、有点像上画的细眉毛、端正的鼻子和线条分明的鲜艳嘴唇，使她显得富有魅力。她那件带条纹的工装衫紧紧地裹着年轻的富有弹性的胸脯。

姐妹俩分住在两个狭小的房间里。达雅的小房间里摆着一张小铁床和一个衣柜，上面放着各种小摆设和一面小镜子。墙上挂着三十几张照片和风景画。窗台上摆着两盆花，深红的天竺葵和粉红的马兰花。薄纱窗帘用淡蓝的带子束在一旁。

“达雅从来不让男人进她的房间，可您瞧，她竟然为您破了例。”廖莉亚开妹妹的玩笑。

第二天晚上，全家在两个老年人住的房间里喝茶。只有达雅留在自己的房间里听大家谈话。丘查姆老头聚精会神地搅着茶杯里的糖，不时从眼镜上方恶狠狠地打量着坐在他对面的客人。

“还是个乳臭未干的毛孩子，脑袋却已经开过花，准是个十足的无赖。来我家已经两天了，白吃我的，白喝我的，倒像我欠着他似的。不知他要在这儿搞什么名堂，全是阿莉比娜干的好事。得给他们点厉害瞧瞧，让他早点滚蛋。这帮党员在合作社里就叫我恶心，什么事都插一手，好像主任不是我，倒是他们。这下可好，家里又来了一个，鬼知道打哪儿钻出来的。”他恼怒地琢磨着。为了给客人找点不痛快，他幸灾乐祸地问：

“今天的报纸看了吧？你们的领导人正在对咬呢。这么说来，别看他们是高层的政治家，暗地里捅起刀子来却一点都不比咱平头百姓差。真热闹。先是季诺维也夫和加米涅夫合伙整托洛茨基，后来这两个人降了职，他们几个又一起联合起来对付那个格鲁吉亚人，哦，就是斯大林。

“嘿嘿！还是有句老话说得好：大老爷打架，小百姓遭殃。”

保尔推开没有喝完的茶杯，两眼喷射出愤怒的火光，盯住老头子。

“你说的大老爷指的是谁？”他一字一顿地问。

“随便说说而已。我是个非党人士，这些事跟我不搭界。年轻时我也曾当过傻瓜。1905年因为多嘴还蹲了三个月班房。后来我看清楚了——人得替自己多想想，犯不着替别人瞎操心。谁也不会让你白吃白喝的。眼下我是这么个看法：我给你干活，你就拿钱来，谁给的好处多，我就拥护谁。什么社会主义啊，对不起，这些废话还是说给傻瓜听吧。还有什么自由啊，你给白痴自由，他稀里糊涂，根本弄不清是怎么回事。我对现政府不满，是因为我看不惯眼下时兴的那套家庭规矩，还有别的一些说道，结果搞得道德沦丧、荒淫无度。想结婚就结婚，想离婚就离婚，太自由了。”

老头子呛了一下，咳嗽起来，缓过气之后，他指着廖莉亚说：

“她就是个例子，一点也不征求别人意见就和那个流氓结了婚，回头，问也不问别人，又和他离了婚。这下倒好，我还得养活她和一个野孩子。真是太不成体统了！”

廖莉亚难堪地涨红了脸。她赶紧避开了保尔的目光，双眼噙满了泪水。

“那么，您认为她应当和那个寄生虫一块儿生活下去吗？”保尔紧盯着老头子问道，眼睛里喷射出愤怒的火星。

“应当看清楚再嫁人。”

这时母亲插嘴了。她好不容易才压住怒气，断断续续地说：

“老头子哎，你听我说，为什么当着外人的面谈起这种事情呢？不谈这些，可以聊点别的嘛。”

老头子猛地朝她转过身来：

“我知道我该说什么！从什么时候起，你们倒教训起我来了？眼下这世道，无论说起什么事都叫人生气。

“比方说昨天吧，我听到帕韦尔·安德列耶维奇的高谈阔论，好像没听错，他在开导他那几个女儿。练嘴皮子你是把好手，我甘拜下风，可漂亮话填不饱肚子。你号召她们去过新生活？这几个傻瓜，听了什么都往脑子里灌。可瞧瞧吧，这新生活连饭碗都没给廖莉亚一个。外面失业的人多如牛毛。年轻人，得先把他们喂饱，然后再来给他们洗脑筋。你告诉她们不能再这样生活下去。好哇，那你就把她们带走，养着去。眼下她们在我这儿，就得按我的意思办。”

阿莉比娜预感到风暴即将降临，她竭力想缓和气氛，说：

“廖莉亚已经够不幸的啦，老头子，你怎么能再埋怨她？以后她总会找到工作的，再说……”

老头子胖乎乎的脖颈上青筋直暴，他根本不想压制住自己的火气。

“你干吗老拿以后来糊弄我？到处都听到以后、以后。从前神父一个劲许愿，说死了以后上天堂，如今又来了另一帮神父。我打心眼里瞧不起你们那个以后。到那时候，世界上都没我这个人了，以后还管什么用？凭什么叫我受苦受难，让别人过好日子？还是让每个人多为自己操点心吧。我看就没有一个人为我出过力，让我过上好日子。我倒要替别人创造什么幸福生活。带着你们的空头支票见他妈的鬼去吧！想当年每个人替自己干，为自己攒下钱，要啥有啥。如今一帮人开始搞什么共产主义，倒搞得全完蛋了。”丘查姆抓起茶杯，恶狠狠地喝了一口茶。

保尔坐在丘查姆近旁，这个胖墩墩、汗津津的大肉墩使他产生了一种生理上的厌恶感。这老头是旧时代苦役犯世界的缩影，在那个世界里，人与人都是仇敌。兽性的利己主义经常赤裸裸地暴露出来。保尔把已经到了嘴边的激烈言辞又咽了回去。他只剩下一个愿望——给这个可恶的老家伙来个当头棒喝，把他赶回他刚刚爬出来的那个老窝里去。于是他松开咬紧的牙关，胸口顶住桌子边沿，说：

“丘查姆，你很坦率，请允许我也直言相告。我们的国家不必征求您这一类人的意见，问你们是不是愿意建设社会主义。我们有一支伟大而坚强的建设大军。连国际帝国主义也无法阻挡他们史无前例的进军，而国际帝国主义的力量总比你们要强大一些吧。世界上没有任何力量能够阻止这场变革。至于像你们这样的人，不管是否愿意，都只能被强制去为建设新社会而工作。”

丘查姆怀着难以掩饰的仇恨心情，望了望保尔。

“要是他们不服从呢？你知道，强制会引起反抗。”

保尔把一只手紧紧压在杯子上。

“那我们就把他们……”保尔抓住杯子，猛一使劲，只听咔嚓一声，薄薄的玻璃碎了，没有喝完的茶水流进了盘子里。

“年轻人，拿茶杯的手放轻点。买一只杯子要八十六戈比呢。”丘查姆发火了。

保尔慢慢把身子仰靠到椅背上，对廖莉亚说：

“请你明天帮我买十只杯子，不过要厚实些，带棱的。”

那天晚上，保尔久久地思考着丘查姆家的事情。偶然的机缘把他带到这里，现在他不由自主地卷入了这场家庭的悲剧。他在想，怎样才能帮助她们母女摆脱家庭的束缚。他自己的生活进程正突然停顿下来，面临着一系列悬而未决的问题，他现在比过去任何时候都难以采取果断的行动。

出路只有一条，那就是拆散这个家庭——让母亲和两个女儿永远离开老头子。但这件事并非那么简单。他没有能力组织这个家庭革命，因为再过几天他就要离去，而且也许将永远不会和他们再见面。那么，就一切听其自然，不必在这个低矮狭小的屋子里扬起灰尘吗？可是老头子那副可憎的模样使他无法平静。他设想了好几个方案，不过似乎都行不通。他的床搭在厨房里。他在床上辗转反侧，隔壁房间里的达雅也是心神不宁，无法入睡。她回想起昨天晚上，她、廖莉亚和保尔在她的小房间里一直谈到深夜。以往庆祝五一节和十月革命节时，她只是远远地看到过那些站在主席台上的人，如今其中一个就近在眼前，这在她还是平生头一回。这个人仿佛来自另外一个世界。父亲立下的规矩，使他们一家人离群索居，蜷缩在自家的小天地里，与社会生活完全脱节。

她在码头上缝粮食口袋，下班以后必须马上跑回家，一小时以后，又得赶到父亲工作的合作社打扫房间，擦洗地板，一直忙到半夜。只有星期天她才有几个小时空闲，可以待在自己房间里，偶尔同小姐妹们去看场电影。

她的生活宛如一条灰淡的带子。母亲只疼爱儿子。他长得酷似母亲。这是一种盲目的偏爱。乔治长成了一条大懒虫，只知道吃最好的、穿最好的。母亲一点也不把两个女儿放在心上。达雅和廖莉亚怎么也弄不明白母亲为什么这般重男轻女，不过姐妹俩都是一肚子委屈。最苦的是达雅，因为在这个家里，不单是乔治一个人认定她只配做吃力不讨好的粗活重活。渐渐地，干粗活脏活成了她的一项专利。凡是别人不愿意干的活，她都得干。只要她稍微流露出一点不满情绪，乔治马上厚颜无耻地眯缝起右眼——这是他从加里·皮尔那里学来的表示轻蔑的表情——咂着嘴嘲笑她："嗬，连这种人也知道争辩了，真没想到。"

眼下突然来了这么一个小伙子，带来一股清新而强劲的风。她向他承认，这两年来她几乎没有看过一张报，对共青团只有模模糊糊的认识，而且多半还是从父亲那儿听来的，而父亲是从来不会放过臭骂那些女共青团员的机会的，他称她们为"放荡姑娘"。达雅向保尔诉说这些情况时，她是多么难堪啊。

达雅知道，父亲对保尔来他们家极为不满，而因为父亲的蛮横无理取闹，母亲已经气得发作过一次心脏病。

"兴许他明天就走了。今天跟父亲有过这样一场谈话之后，他是不会再留下的。他一走，家里又会恢复老样子。我真傻，老想着他干什么呢？一个人偶然来了，又走了，再过一天，他就把我们这些人都忘光了。”达雅怀着一股莫名的忧伤，不停地思前想后，不知为什么，竟难过得一头扎进枕头里，痛哭起来。

第二天是星期天，当保尔从城里回来的时候，看见只有达雅一个人在家，其他人都上亲戚家串门去了。保尔走进她的房间，他感到很累，就坐到椅子上。

“你为什么不到外面逛逛，散散心呢？”他问她。

“我哪里也不想去。”她低声回答。

他想起了昨夜设计的几个方案，决定先试探一下。

为了使他们的谈话能在别人回来之前结束，他开门见山地说：

“达雅，听我说。咱俩互相称呼‘你’吧，何必再那么客套呢？我马上就要走的。咱俩这次见面，不巧正是我自己也陷入困境的时候，要不然，事情会有转机的。要是在一年前，我可以带你们一齐离开这儿。像你和廖莉亚这样的工人，肯定找得到工作！你们应当和老头子一刀两断，这种人你是劝不了的。可是目前我不能这么做。我连我自己的将来都无法把握，所以说，我现在是束手无策。那么，如今该怎么办呢？首先我要争取恢复工作。关于我的病情，鬼知道那些医生说了些什么，同志们竟要我无限期地治疗下去。我们一定要把这种情况扭转过来……我给我母亲写信商量一下，看看怎么来结束这件麻烦事。无论如何，我决不会扔下你们不管。不过，达雅，有一点很重要，你们的生活，特别是你的生活，必须彻底改变。你有这样做的愿望和力量吗？”

她抬起低垂着的头，小声回答：

“愿望我倒是有，可不知道有没有力量。”

她回答得很不坚决，保尔理解她的犹豫。

“达雅，亲爱的，没关系！只要有愿望，我们就能把事情办好。现在请你告诉我，你很留恋这个家吗？”

达雅没想到他会这么问，过了一会儿才回答。

“我很可怜我母亲，”她终于说，“父亲欺负了她一辈子，如今乔治又紧缠着她，我真替她难过……虽然她并不像爱乔治那样爱我……”

这一天他们说了许多话，在家里人快要回来之前，保尔开玩笑地说：

“真奇怪，老头子怎么还没找个人，把你嫁出去？”

达雅惊慌地摇摇手，说：

“我不嫁人。廖莉亚的遭遇，我看够了。我决不结婚！”

保尔笑了。

“这么说，发誓一辈子不结婚了？要是有一个小伙子追求你，盯着你不放，而且确实是一个挺不错的小伙子——那时候你怎么办呢？”

“即使那样，也不嫁人！他们在窗户下面转来转去的时候，全是挺好的。”

保尔伸出一只手，放到达雅肩上，和解地说：

“好吧。不结婚也可以过得不错。不过，你这样对待所有的年轻小伙子，未免太狠心了点。幸亏你还没有怀疑我在向你求婚，不然的话，我可真有点下不来台了。”保尔见姑娘满脸羞涩，便友爱地用他冰冷的手在她的手上抚摸了一下。

“像你这样的人，不会找我们做妻子的。我们对你来说有什么用呢？”她轻轻地说。

几天以后，火车载着保尔前往哈尔科夫。达雅、廖莉亚和她们的母亲以及姨母萝莎都到车站送行。临别的时候，阿莉比娜要他亲口保证，决不会忘记她的女儿们，还要设法帮助她们跳出火坑。他们像亲骨肉一样地分了手；达雅的眼里泪水盈盈。保尔在很远的地方还能从车窗里看见廖莉亚挥动着的白手帕和达雅那件条纹短衫。

到了哈尔科夫后，保尔不愿意去麻烦朵拉，就住在自己的朋友彼佳·诺维科夫那里。休息了一会儿，他就乘车前往中央委员会。他见到了阿基姆。等到只剩下他们两个人的时候，保尔要求马上分配他工作，可是阿基姆坚决地摇摇头，说：

“保尔，这不行！我们这儿有乌克兰共产党中央医务委员会的决定，上面写着：‘鉴于病情严重，应送神经病理学院治疗，不予恢复工作。’”

“阿基姆，他们爱怎么写就怎么写吧。我请求你给我工作的机会！到处住医院，没什么用的。”

阿基姆拒绝道：

“我们不能违反决定。保夫鲁沙，你要明白，这也是为了你好。”

但是保尔再三坚决要求，弄得阿基姆也顶不住，最后只好同意给他找份工作。

第二天，保尔就到中央委员会书记处机要科上班了。他原本以为，只要重新开始工作，他失去的精力就能恢复。可是，从第一天起他就发觉自己想错了。他常常一连八个钟头坐在办公室里，饭也不吃，因为他没有力气走下三楼，到隔壁的食堂去吃饭。不是手麻了，就是腿木了。有时甚至整个身子动弹不得，还伴有发烧。到了该上班的时候，他会突然浑身无力，起不了床。等到发作过了以后，他无可奈何地看到，已经迟到整整一个小时了。他终于因为经常迟到而受到了警告。保尔明白：他一生中最可怕的事情开始了——他要掉队了。

阿基姆又帮过他两次忙，把他调到别的部门工作。但是不可避免的事情还是发生了：一个多月后，他又卧床不起了。这时他想起临别时巴扎诺娃说的话，就给她写了封信。她当天就赶来了，他从她那里了解到了一个最重要的情况——他不一定非得住院不可。

“这就是说，我的身体好得不得了，已经根本用不着医治了。”他本来想说句玩笑话，但结果并不成功。

他刚觉得体力稍微恢复了点，又马上来到中央委员会。可是这回阿基姆的态度很坚决。他坚持要保尔去住院。保尔却用低沉的声音回答说：

“我哪儿也不去。住院没什么用处，这是我从权威方面得到的消息。我只有一条路可走，那就是退休，领残废抚恤金。可是我决不走这条路。你们不能阻止我工作。我才二十四岁，不能靠着一张残废证度过余生，明知无用还走遍各个医院，到处寻医问药。你们应该给我一个工作，一个适合我的身体条件的工作。我可以在家做事，或者在机关里搭个铺……只有一点，别叫我当个只管登记发文编号的文书。我所需要的是能够使我内心充实、感到自己并没有离开大家的工作。”

他越说越激动，声音越来越洪亮。

阿基姆明白，这个直到不久前还生龙活虎的年轻人，此刻内心激荡着怎样的情感。他了解保尔的悲剧。他懂得，像保尔这样把自己短暂的生命献给党的人，一旦脱离斗争，退隐到遥远的后方，实在是太可怕的事情。因此他决心尽可能地帮助他。他说：

“好的，保尔，不要着急。明天我们书记处开会，我把你的问题提出来。我向你保证，一定竭尽全力帮你解决。”

保尔费力地站起来，把手伸给阿基姆。

“阿基姆，难道你真的认为生活能把我逼进死角，把我压成一张薄饼吗？只要我的心脏还在跳动，”他突然使劲抓住阿基姆的手紧压着他的胸脯，于是阿基姆清楚地感觉到他那低沉而又迅速的心跳，“只要它还在跳动，就别想叫我离开党。只有死，才能让我离开战斗行列。老大哥，请你千万记住这一点。”

阿基姆沉默不语。他知道这绝不是漂亮话，而是一个身负重伤的战士的呐喊。他明白，像保尔这样的人不可能说出另外的话，表达出另外的情感。

两天之后，阿基姆通知保尔，中央机关报的编辑部里有个重要工作让他去做，不过必须先考核一下，他是否适合在文艺战线工作。在编辑委员会，保尔受到亲切的接待。副总编辑是一位女同志，她是个老地下党员，现在是乌克兰共产党中央监察委员会主席团成员，她问了保尔几个问题：

“同志，您受过什么教育？”

“读过小学三年级。”

“有没有上过党的政治学校？”

“没有。”

“哦，没关系，没有进过党的政治学校，也能锻炼成一名优秀的新闻工作者。阿基姆同志跟我们谈过您的情况。我们可以给您一个工作，不必到这里来，就在家里做，并且尽力给您提供一些方便。但是，做这项工作需要广博的知识，特别是文学和语言方面的知识。”

这番话使保尔预感到，他一定要失败了。半个小时的谈话显露出他知识上的不足；而在他写的一篇文章里，这位副总编用红铅笔画出三十多处修辞方面的毛病和不少拼写错误。

“柯察金同志，您很有才气。如果经过进一步刻苦自修，您将来可以成为一名文学工作者。但是，您现在写的文章还不够通顺。从您的这篇文章可以看出，您还没有掌握俄语。这没有什么可奇怪的，因为您一直没有时间学习。不过非常抱歉，我们不能聘用您。可是我要再说一遍：您很有才气。您的这篇文章，只要在文字上好好地修改一下，用不着改动内容，就会是一篇佳作了。可惜，我们需要的是善于修改别人文章的人。”

保尔拄着手杖，站了起来。他右眼的眉毛在抽动，他说：

“不错，我同意您的看法。我怎么能成为一名文学工作者呢？我曾经是一个好锅炉工，后来又是一个不错的电工。我很会骑马，也会鼓动共青团员，可是在你们这条战线上，我却是一名不合格的战士。”

他和她告别之后走出了房间。

在走廊的转弯处，他差点摔倒。一个拿着公文包的女同志扶住了他。

“同志，您怎么了？您的脸色这么难看！”

过了几秒钟，保尔才清醒过来。他轻轻地推开那位女同志，拄着手杖走了。

从那天起，保尔的情形越来越糟。恢复工作是不必谈了。他越来越经常地躺在床上。中央委员会解除了他的工作，并且请社会保险总局给他发抚恤金。在收到抚恤金的同时，他还领到了残废证。中央委员会又另外给他一笔钱，同时给了他可以去任何他想去的地方的证件。这时他收到玛尔塔的一封来信，邀请他到她那儿小住和休养一阵。即使没有接到她的邀请，保尔也打算到莫斯科去。他还怀着一线希望，想到苏联共产党中央委员会碰碰运气，看看能不能找到一份用不着走路的工作。但是到了莫斯科，大家也还是劝他先治病，并且答应把他送进一所好医院。他婉言谢绝了。

不知不觉，保尔已经在玛尔塔和她的朋友娜佳·佩捷尔松的寓所里住了十九天。他整天一个人待在屋子里，因为娜佳和玛尔塔两人一早就出去，晚上才回来。

保尔如饥似渴地读着书，玛尔塔有许多藏书。到了晚上，玛尔塔的许多女友，有时也有男朋友来看望她们。

他时常收到由黑海港口寄来的信。丘查姆家的母女三人请他前去。生活的绳扣拉得越来越紧。她们企盼着他的帮助。

一天早晨，保尔离开了鹅舍胡同那所安静的寓所。列车载着他奔向南方，奔向大海，躲开潮湿多雨的秋天，奔向克里木南部那温暖的海岸。他望着窗外，电线杆疾驰而过。他紧锁双眉，黑色的眼睛里蕴藏着顽强的意志。

第八章

卧床执笔

海浪拍打着保尔脚下的乱石堆。从遥远的土耳其吹来的干燥的海风吹拂着他的脸。曲曲弯弯的弧形港湾伸进海滨，钢筋水泥筑成的防波堤阻挡着海浪。连亘的山脉在海滨突然中断。城郊那些白色的小房子分散在山坡上，一直延伸到很远的山顶。

古老的郊区公园里静悄悄的。长期无人打扫的小径上布满了杂草。枯黄的枫树叶随着秋风，缓缓地飘落在小径上。

一个上了年纪的波斯马车夫把保尔从城里拉到了这里。当他扶着这个奇特的乘客下车时，忍不住问道：

“你到这儿来干什么？这儿没有姑娘，也没有戏院，只有豺狼……我真弄不懂，你来这儿干什么？还是坐我的车回去吧，同志先生！”

保尔付了车钱，老车夫也就走了。

公园里空无一人。保尔在海边找了一条长凳坐下来，把脸朝着那已经不太热的太阳光。

他坐马车来到这里，来到这个僻静的地方，是为了回顾生活历程及思考一下今后怎么办。已经到了应该进行总结、做出抉择的时候了。

保尔第二次来访，使丘查姆家的矛盾冲突激化到了极点。那老头子听说他来了，大发雷霆，在家里大闹了一场。领着家人反抗这个老暴君的自然是保尔了。老头子没有料到，老婆和女儿们会对他进行这么强烈的反击。从保尔到达的第一天起，这一家人就分为两个敌对的阵营，相互仇视。通往老头子住房的过道已经被钉死了。一间小厢房租给了保尔。房钱预先付给老头子。他似乎很快就满不在乎了，因为两个女儿同他断绝了关系，就不会再向他要生活费了。

为了照顾面子，母亲依旧和老头子住在一起。老头子从来不到年轻人住的这边来，他不愿意碰到那个可恨的入侵者。但是在院子里，他却像火车头似的喘着粗气，表示他是这里的主人。

老头子在到合作社工作之前，会两门手艺——鞋匠和木工活。他把板棚改成了作坊，抽空捞点零花钱。为了跟房客捣乱，他很快就把工作台移到保尔的窗户底下，拼命敲着钉子，心里乐开了花。他十分清楚，这样可以妨碍保尔读书。他常常低声地自言自语地说：

"走着瞧，我早晚要把你轰出去……"

在遥远的地平线上，轮船喷出的黑烟像乌云一样在舒展。成群的海鸥嘶鸣着扑向海面。

保尔双手抱着头，陷入了沉思。他的一生，从童年到现在，一幕幕地在眼前闪过。他这二十四年，过得好还是不好呢？他一年又一年地回忆着，像一个铁面无私的法官似的细细审查自己的生活。最后他非常满意地认为，他这一生过得还不错。当然也犯过不少错误，有时由于糊涂，有时由于年轻，然而多半则是由于无知。最主要的是在如火如荼的战斗岁月里，他没有睡大觉；在争夺政权的激烈斗争中，他找到了自己的岗位；在鲜红的革命旗帜上，也有他的几滴鲜血。

我们的旗帜在全世界飘扬，

如熊熊烈火放射出耀眼的光芒，

那是我们的热血在燃烧……

他低声朗诵着他喜爱的一首歌曲中的歌词，难为情地笑了。“老弟，你那点英雄浪漫主义，还没有完全扔掉呢。连普普通通、简简单单的东西，你都爱给它们抹上一层绚丽的色彩。可要说到辩证唯物主义的钢铁逻辑，老弟，那你可就知之甚少。同志，生病嘛，再过五十年也不晚，眼下正是学习的大好时机。现在必须想方设法活下去，他妈的，我怎么这么早就动弹不了了呢？”他痛苦万分地想着，五年来头一回恶狠狠地骂开了娘。

他如何能料到飞来这么一场横祸？老天爷给了他一副结实的身板，经受得起任何磨难。他回想起小时候跑得像风一样快，爬起树来像猴子一样灵活，四肢有力、肌肉发达的身子可以轻而易举从一棵树枝跳到另一棵树枝上。但是动乱的岁月要求人们付出超越常人的毅力和坚韧。他毫无保留、毫不吝啬地把全部精力奉献给了斗争，而斗争也以不灭的火焰照亮了他整个生活之路。他献出了他拥有的一切。在二十四岁的风华正茂之时，在胜利的浪潮把他推上创造性幸福生活的顶峰之时，他却被击中了。他不甘心立刻倒下，而是像一名刚强的战士，咬紧牙关，紧跟在胜利前进的无产阶级钢铁大军的后面。在尚未耗尽全部精力之前，他没有离开过战斗的队伍。现在他身体垮了，再也无法坚守在前线。剩下的唯一出路是进后方医院。他还记得，在华沙城下的鏖战中，一个战士被子弹射中，从马上摔下来，跌倒在地。战友们匆忙包扎好他的伤口，把他交给卫生员，又继续策马疾驰，追赶敌人去了。骑兵连并没有因为失去一个战士而停止前进。在为伟大事业进行斗争时，就是这样做的，而且也应该这样做。当然，也有例外。他就见到过失去双腿的机枪手，坐在载着机枪的大车上坚持战斗。他们是让敌人闻风丧胆的勇士，他们的机枪喷射出死亡和毁灭。这些同志意志如钢、目光如电，成为团队的骄傲。不过，这样的战士并不多见。

现在，他的身体垮了，永远失去了归队的希望，他应该如何处置他自己呢？他已经逼得巴扎诺娃吐露了真情，等待他的必将是更加可怕的未来。那么怎么办才好呢？这道未解的难题摆在他面前，犹如一个恐怖的黑洞。

既然他已经失去了最宝贵的东西——战斗的能力，那么活着还有什么用呢？在今天，在凄凉的明天，他将用什么来证明自己生命的价值呢？用什么来充实生命呢？光是吃喝和呼吸吗？只做一个毫无作用的旁观者，眼看着同志们在战斗中冲锋陷阵吗？成为队伍的累赘吗？他想起了基辅无产阶级的领袖博什·叶夫格妮亚·波格丹诺娃。这位久经考验的女地下工作者得了肺结核，丧失了继续工作的能力，不久前自杀身亡。她在简短的遗书中解释了自己这样做的理由："我不能接受生活的施舍。既然成了党的累赘，就没有必要继续活下去了。"他是否也应该毁灭掉这个背叛了他的肉体呢？朝心口开一枪——一切烦恼就都结束了！以往既然能够生活得不错，那么今天也应当能适时地结束生命。谁能责备一个不愿意做垂死挣扎的战士呢？

他的手在口袋里摸到了光滑的勃朗宁手枪，手指头习惯性地攥住了枪柄。他慢慢地掏出了手枪。

"谁能想到你会有怎么一天呢？"

枪口轻蔑地望着他的眼睛。他把手枪放到膝盖上，恶狠狠地骂起来：

"老兄，这不过是虚假的英勇行为！任何一个笨蛋都会随时冲着自己开一枪。这是摆脱困境的最怯懦也是最容易的办法。活得艰难，就自杀。对于胆小鬼来说，没有比这更好的出路了。可你试过去战胜这种生活吗？你是否已经尽了一切努力来冲破这个铁环呢？

难道你已经忘记了在诺沃格勒—沃沦斯基城下，是如何一天发起十七次冲锋，克服千难万险，最终攻克了那座城市的吗？把手枪藏起来，永远不要对任何人提起这件事。纵然生活到了实在难以忍受的地步，也要能够活下去。要竭尽全力，让生命变得有益于人民。”

他站起来，朝大路走去。一个驾着四轮马车从这儿经过的山里人把他拉进了城。到了城里，他在一个十字路口买了份当地的报纸。报上登着本市党组织在杰米扬·别德内依俱乐部开会的通知。那天，他直到深夜才返回住处。他还在积极分子会议上发了言。保尔没有想到这竟是他最后一次在大会上发表演说。

达雅还没有睡。她很担心，保尔出去了这么久还没回来。他怎么了？他去了哪里？她看出在保尔一向活泼生动的眼神里，今天蕴含着一种严酷和冷峻。他很少谈到他自己，但是她感觉到他正在承受着某种不幸。

母亲房里的钟敲了两下，院子里传来开栅栏门的声音。她立刻披上一件短外衣，跑去开门。廖莉亚正在自己的小房间里熟睡，喃喃地说着梦话。

达雅看见保尔回来了，十分高兴，等他一走进过道，就轻轻地对他说：

“我正在为你担心呢。”

“达雅，亲爱的，我是到死也不会出什么事的。怎么，廖莉亚睡了吗？你知道，我一点也不想睡。我想把今天发生的事情跟你谈一谈。到你房里去吧，要不我们会把廖莉亚吵醒的。”保尔也低声回答。

达雅犹豫了一下。怎么能在深更半夜跟他谈话呢？要是母亲知道了，她会怎么想？但这话又不便对他说，恐怕他会生气的。而且，他究竟要对她说些什么呢？她一边想，一边已经把保尔带往自己的房间。

“达雅，是这么回事。”他们面对面地坐在黑乎乎的房间里，互相靠得那么近，她甚至能感觉得到他的呼吸。他压低嗓门说：“生活发生了如此大的变化，连我自己也觉得有点奇怪。这些日子我的心情很糟。我不知道该怎样在这个世上生活下去。有生以来，我的生活从未像这几天这样充满了黑暗。可是今天，我召开了一次个人‘政治局会议’，通过了一项极其重要的决议。我把这些告诉你，你可不要吃惊。”

他向她讲述了最近几个月来的经历及他在市郊公园里的大部分想法。

“情况就是这样。现在谈谈最主要的吧。你们家的麻烦事才刚刚开始。你应当从这里冲出去，远离这个窝，去呼吸新鲜空气，开始过一种全新的生活。我既然卷入了这场斗争，咱们就得把它进行到底。无论是你还是我，目前的个人生活都毫无乐趣可言。我决心放一把火，让它燃烧起来。你明白我的意思吗？你愿意做我的女友、我的妻子吗？”

达雅一直非常激动地听着他说。听到最后这句话，由于完全出乎她的意料，她不禁战栗了一下。

“达雅，我并不要求你今天就答复我。你好好考虑一下吧。你当然不明白，这个人怎么一点也不献殷勤，就直接提出这种要求。可是花言巧语有什么用呢？我把手伸给你，小姑娘，你瞧，它在这儿。要是这次你相信了，你是不会受骗的。我有许多你所需要的东西，反过来也一样。我已经决定：我们的结合有一个目标，就是让你成长为一个真正的人，成为我们的同志，我一定要帮助你做到这一点，否则我就一钱不值。在达到目标之前，我们不应当破坏我们的结合。一旦你成熟了，你就可以不受任何束缚，完全自由。谁知道呢，也许有一天我会变成一个完全的废人。你记住，在那种情况下，我决不会拖累你。”

他停顿了片刻，然后又非常温和而亲切地说：

“现在，请你接受我的友谊和爱情。”

他紧握着她的手指不放，内心是那样的平静，仿佛她已经同意了似的。

“你永远不会抛弃我吧？”

“达雅，口说无凭。你只要相信，像我这样的人决不会背叛朋友……但愿朋友也别背叛我。”他伤感地结束了他的话。

“今天我什么也不能对你说，这一切太出乎意料了。”她回答道。

他站起来说：

“达雅，睡吧，天快亮了。”

他回到自己的房间，衣服也没脱就躺了下去，头刚挨着枕头便睡着了。

在他房间靠着窗户的桌子上，堆放着从党委图书馆借来的几大摞书、一叠报纸和几本写得满满的笔记本。还有从房东家借来的一张床和两把椅子。通往达雅房间的那扇门上挂着一幅很大的中国地图，上面插着许多小红旗和小黑旗。当地党委同意保尔借阅党委资料室的书刊，此外还指定本城最大的港口图书馆主任当他的读书指导。不久他就从那里借来了大批书籍。廖莉亚看见他从早到晚读书、记笔记，只在吃饭的时候才中断一会儿，感到很惊讶。每天晚上，保尔和姐妹俩都在廖莉亚的房里度过。他把他读到的东西讲给她们听。

后半夜，老头子走进院子的时候，总能看见这位不速之客的护窗板里透出一线灯光。他踮起脚，悄悄地走到窗前，从窗缝里朝里张望，看到保尔正在那里伏案苦读。

“大家都在睡觉，可是这位却整夜点着灯。他在家里晃来晃去，好像他才是这儿的主人。两个丫头片子也敢跟我顶嘴了。”老头子想想真不是滋味，走开了。

八年来，保尔第一次什么工作也不做，有这么多的空闲时间。他像一个初入校门的学生，如饥似渴地读书。每天一读就是十八个小时。倘若不是达雅仿佛不经意地说了这样几句话，他的健康会受到什么样的损害是很难说的：

“我把衣柜的门挪开了，通你房间的门已经可以打开。如果你想跟我谈什么事情，可以直接进来，用不着穿过廖莉亚的房间。”达雅说。

保尔的脸上露出了喜悦的光彩。达雅高兴地嫣然一笑——他们的结合成功了。

从此，老头子半夜里再也看不到厢房的窗子里透出灯光，母亲却开始发现达雅眼睛里流露出掩饰不住的欢乐。她的一双眼睛被爱情之火烧得闪闪发亮，眼睛下面隐约现出两块暗晕——这是不眠之夜留下的痕迹。小屋里经常可以听到吉他的琴声和达雅的歌声。

但是，获得了欢乐的达雅也常常觉得苦恼，那就是，他们的爱情仿佛是偷来的。只要有一点响动，她就吓得哆嗦，总以为是母亲的脚步声。她总在担心，万一有人问她为什么一到晚上就把房门用钩子扣上，那她该怎么回答呢？保尔看出了她的心思，便温柔地安慰她说：

“你怕什么呢？只要认真想想，你我就是这里的主人。睡吧，别担心。谁也无权干涉我们的生活。”

达雅把脸贴着他的胸脯，搂着爱人，安心地睡着了。他一动也不动地躺在那儿，久久地听着她的呼吸，唯恐惊醒她的好梦；对这个把一生托付给他的少女，保尔内心萦绕着无限的柔情蜜意。

达雅的眼睛近来变得那么明亮，廖莉亚第一个知道了原因。从此，姐妹俩就疏远了。不久母亲也知道了，更确切地说，是猜到了。她警觉起来。她没有料到保尔会这样。有一次，她对廖莉亚说：

“达尤莎跟他不般配。这样下去会有什么结果呢？”

她忧心忡忡，却又鼓不起勇气找保尔谈一谈。

青年们开始出现在保尔身边。小房间有时挤得满满的。蜂群般的嗡嗡声不时传到老头子耳朵里。他们常常齐声合唱：

我们的大海无限荒凉，
日日夜夜不停地喧嚷……

或者唱保尔喜爱的歌：

泪水洒遍茫茫大地……

这是工人党员积极分子小组在聚会，保尔写信给党委，要求做一点宣传工作，党委就把这个小组交给了他。保尔就这样度过了一些日子。

保尔双手重新把住了舵轮。生活经过几次重大波折，又朝着新的目标前进。他渴望通过学习、通过文学，重返战斗行列。

但是，生活给他设置了一个又一个障碍。每次遇到障碍，他都十分不安，担心这对他实现目标不知道会产生多大影响。

突然，那个考大学不成功的乔治·丘查姆带着老婆从莫斯科回来了。他住在那个在沙皇时代当过律师的岳父家里，三天两头到家里来刮他母亲的钱。

乔治的到来，进一步恶化了家庭内部关系。他毫不犹豫地站在父亲一边，而且还和那个反对苏维埃政权的岳父一家狼狈为奸，搞阴谋诡计，竭力要把保尔赶走，叫达雅和他断绝关系。

乔治回来两个星期后，廖莉亚在附近的一个区里找到了工作。她带着母亲和儿子去了那儿，保尔和达雅也搬到离得很远的一个沿海小城去了。

一年半过去了。国家开始进行大规模的建设。社会主义即将迈入现实生活，正由理想变成人类智慧和双手创造的宏伟建筑。这座规模空前、雄伟壮观的大厦正在奠定它那钢筋混凝土的地基。

“钢、铁、煤”这三个富有魅力的字眼，越来越频繁地出现在这个正在进行伟大建设的国家的报纸上。

党通过领袖之口告诫全国人民：“要么我们跑步赶过这段距离，赶上技术发达的资本主义国家，用最短的时间建立起自己强大的工业，使我们在技术方面从此不再依赖于资本主义世界；要么我们就被踩死。因为没有钢、铁、煤，不要说建成社会主义，就是保住正在进行社会主义建设的国家，也是难以办到的。”于是全国掀起了为钢铁而战的空前热潮，人们迸发出举世罕见的建设激情。“速度”一词也成为强有力的号召，敦促人们加快行动。

在久远的古代，在扎波罗什营地，为抵抗贵族波兰及当时还强盛的土耳其的入侵，一支支哥萨克分队曾在此驰骋纵横，杀得敌人闻风丧胆；如今，在昔日的古战场上，在霍尔季扎岛近旁，另有一支部队在安营扎寨。这是布尔什维克的建设大军，他们决定拦腰截断古老的第聂伯河，驯服它那狂暴不羁的原始力量，以此来转动钢铁涡轮机，让这条像生活一样源远流长的河流为社会主义工作。人类向大自然发起了进攻，在汹涌的第聂伯河的急流处，给它桀骜不驯的力量套上钢筋水泥的笼头。

在三万名向第聂伯河开战的大军中，在这支大军的指挥员中，有昔日的基辅码头搬运工、如今的建筑工段段长伊格纳特·潘克拉托夫。大军兵分两路，从左右两岸向河流夹攻。从战斗打响的第一天起，两岸之间就展开了热火朝天的社会主义竞赛，这是工人生活中的新生事物。

身材高大的潘克拉托夫轻快地在跳板上、脚手架上跑来跑去。他一会儿在搅拌机旁跟弟兄们说两句俏皮话，一会儿消失在土沟里，一会儿又突然出现在卸水泥和钢材的站台上。一大清早，他那微微弯曲的身躯就出现在棘手的工段上，直到深夜他才把疲惫不堪的巨大躯体放倒在行军床上。

有一次，他眺望着晨雾笼罩的河面，眼望着沿河两岸一望无际的建筑材料，不禁回想起森林中小小的博雅尔卡。当时似乎是一项大工程，现在看来只能算作一件儿童玩具了。

“瞧，咱们发展得多快呀，伊格纳特老弟。第聂伯河这匹烈马让咱们给套住了。老爷子们再也不用在这急流险滩上受苦啦。给你一百万度电，没说的！咱们的生活从这儿才真正开始，伊格纳特。”一股暖流从他胸中涌起，仿佛猛地喝下了一杯烈性酒似的。“博雅尔卡那帮弟兄们在哪儿呢？要是把保尔，还有扎尔基两口子都叫来，那该有多好！嘿，我们准能给左岸的人一点厉害瞧瞧。”想到博雅尔卡，他不由得怀念起朋友们。

那些跟他一起在冰天雪地里大战博雅尔卡的人，还有那些与他共同创建共青团组织的人，如今分散在祖国各地，从热火朝天的新建筑工地到辽阔国土的偏僻角落，都在重建新生活。他们那批最早的共青团员大约有一万五千人。有时在茫茫人海中相遇，真如亲兄弟般亲热。如今，他们那个小小的共青团已经成长为巨人。过去只有一个团员的地方，现在可以编成整整一个营。

“眼前这批小鬼，跟我们当年一模一样。前不久还光着脚丫子在桌子底下钻来钻去呢。当年我们上前线时，他们还要妈妈用衣襟替他们擦鼻涕呢。一转眼的工夫，他们都长大了，在工地上还拼命想让你当乌龟落到他们后面去。对不起，这个想法可行不通。咱们还得走着瞧。”潘克拉托夫深深地吸了一口河边的清新空气。二十岁的共青团员安德留沙·小托卡列夫在左岸第七工段当支部书记，今天晚上潘克拉托夫一定要把这个工段“挂到自己拖轮后面的钩子上”。想到这里，他感到十分满足。

至于刚才他回想到的那位朋友和战友保夫鲁沙·柯察金，现在已被抛弃到偏僻遥远的滨海小城，正在为重返战斗队伍进行着艰苦顽强的斗争，饱尝失败的悲哀和胜利的喜悦。

阿尔焦姆难得接到弟弟的来信，但是，每当他在市苏维埃自己的办公桌上看见那灰色的信封，看见那有棱有角的熟悉字体，他都会失去往日的平静，反复地阅读着来信。这时候，他正一面撕开信封，一面满怀深情地想：

“啊，保夫鲁沙，保夫鲁沙！咱俩要是能住在一起就好了。那样你就能帮我出出主意，对我会很有用的。”

保尔在信上说：

亲爱的阿尔焦姆：

我想谈谈我自己的情况。我觉得，除你之外，我不会给任何人写这样的信。你了解我，理解我写的每一个字。我在为健康而斗争的战场上，继续遭受生活的挤压。

我受到一次又一次的打击。一次打击过后，我刚站起来，另一次打击，比上一次更无情的打击又来了。最可怕的是我无力反击。先是左臂不听使唤了。这已经是够痛苦的了，谁知紧接着两条腿也不能活动了。我原本就只能在室内勉强走动，现在甚至从床沿挪到桌子跟前也异常困难。可是，恐怕这还不算最糟的。明天会怎么样？谁也无法预料。

我再也不能走出家门了，只能从窗口看到大海的一角。一个人既有背叛了他的、不受支配的肉体，又有一颗布尔什维克的心、布尔什维克的意志，迫切地向往劳动，向往加入你们这支全线进攻的大军，向往投身到排山倒海、滚滚向前的钢铁洪流中去。一个人兼有这两者，还有比这更可怕的悲剧吗？

但是，我依然相信自己能够归队，相信在冲锋陷阵的队伍中也会闪亮着我的一把刺刀。我不能不相信，我也没有权利不相信。十年来，党团组织教给我反抗的艺术。领袖说“没有布尔什维克攻克不了的堡垒”这句话对我也适用。

阿尔焦姆，你会说我信里有许多像熔化的钢铁一样滚烫的话语。其实，我们的生活原本就不是靠蛤蟆的冷冰冰的血点燃的。我要你和我一样相信，保尔还会回到你们身边的，哥哥，咱们还要一起好好干呢。不可能不是这样，否则，当罪恶的旧世界已经在我们的马蹄下声嘶力竭地呻吟，国内战争的火红战旗为什么还能使我们热血沸腾呢？如果面对坎坷的、有时甚至是残忍的生活我们屈膝下跪，承认失败，那我们工人的坚强意志何在呢？

阿尔焦姆，即便在朋友们当中，当他们听到我这些话时，我也看到有人流露出惊讶的神情。谁知道呢，或许有人会想：他是让理想蒙住了双眼，看不到现实。他们不理解我的希望寄托在什么地方。

下面简单谈谈其他方面的情况。既成的事实是我的生活被局限在一块小小的军事基地上。这就是我的学习——读书，读书，再读书。阿尔焦姆，我已经读了很多书，收获颇丰。可以开列出一份战果清单，本国的和外国的各种著作我都读。我读完了主要的古典文学作品，修完了共产主义函授大学一年级的课程，而且通过了考试。每天晚上，我负责一个青年党员小组的学习。通过这些同志，我和党组织的实际工作建立了联系。另外，还有我亲爱的达雅，她的成长和进步，当然，还有她的爱情及她对我的温柔体贴。我们生活得很和谐。我们的经济情况非常简单——靠我的三十二个卢布抚恤金和达雅的工资过日子。她正沿着我走过的道路走向党组织。她曾经做过家庭女工，现在是食堂洗碗工（这个小城里没有工厂）。

前几天，达雅自豪地把她第一次当选为妇女部代表的证件给我看。在她心目中，这不仅仅是一张普通的硬纸片。从她身上我看到一个新人正在诞生，我将尽我所能地帮助她成长。总有一天，她会进入一个大工厂，在工人的集体中达到完全成熟。我们住在这里的时候，她只能沿着这样一条唯一可行的道路往前走。

达雅的母亲来过两次。她不自觉地在拉女儿的后腿，想把她拉回到充斥着卑微琐事的生活中去，让她再次陷入狭隘而闭塞的圈子。我努力劝说老太太，告诉她不应该把自己往日生活的阴影投在女儿前进的道路上。但是，这一切努力都是白费劲。我觉得，达雅的母亲总有一天会成为她走向新生活的障碍，因此跟这个老太太的斗争恐怕在所难免。

握手。

你的保尔

老马采斯塔的第五疗养院是一座石砌的三层楼房，坐落在悬崖上开辟出来的平场上。四周林木环抱，一条蜿蜒曲折的小径通往山下。房间里所有的窗户全敞开着，阵阵微风送来山下矿泉的硫黄气味。保尔独自待在房间里。明天要来一批新疗养员，那时他就会有同伴了。窗外传来一阵脚步声，有几个人在谈话。其中一个人的声音很熟悉，可是他在什么地方听到过这浑厚的男低音呢？保尔苦苦思索，终于从记忆深处找出了一个还没有忘却的名字：英诺肯季·帕夫洛维奇·列杰尼奥夫，一定是他，不会是别人。保尔蛮有把握地喊了他一声。不一会儿，列杰尼奥夫已经坐在他的身旁，高兴地握住他的手了。

“呵，你还活着呀？怎么样，有什么高兴的事说给我听听？你这是怎么啦，一本正经地当起病号来了？这我可不赞成。你应该向我学习。大夫早就说过我非退休不可，可我好像故意让他们为难似的，一直坚持到现在。”列杰尼奥夫温厚地笑了起来。

保尔觉察到在他的笑谈中隐含着同情和忧虑。

他们兴奋地谈了两个小时。列杰尼奥夫讲了许多莫斯科的新闻。从他那里，保尔第一次听到了党关于农业集体化和农村改造的重要决议，他如饥似渴地听着他所说的每一句话。

“我还以为你在你的家乡乌克兰的什么地方工作呢。没想到你这么不幸。不过，没关系，我原来的情况还不如你，我已经完全卧床不起了，现在你看，我不是挺精神吗？你记住，现在绝不能无精打采地过日子。这样不行！有时候我也有过不该有的念头：是不是该歇一阵了，稍微喘口气也好。毕竟上了年纪，一天连着干十一二个小时，确实累得不行。好吧，那就想想，哪些工作可以分出去一部分，有时候甚至都要落实了，但每次结果都一个样：坐下来办‘移交’就得花很长时间，晚上十二点之前别想回家。机器转得越快，它的小齿轮转得也越快。现在我们前进的速度一天胜过一天，结果我们这些老头子也只得像年轻人一样生活了。”

列杰尼奥夫用手摸摸高高的额头，像慈父一般亲切地说：

“好，现在讲讲你的情况吧。”

列杰尼奥夫仔细听保尔叙述他前段时间的生活，保尔注意到，列杰尼奥夫一直目光炯炯，赞许地看着他。

在凉台一角，在浓密的树荫下，坐着几位疗养员。切尔诺科佐夫紧紧皱着两道浓眉，坐在小桌旁边看《真理报》。他穿着俄罗斯斜领黑衬衫，戴一顶半旧的鸭舌帽，瘦削的脸庞晒得黑黑的，胡子好久没有刮了，两只蓝眼睛深深凹陷进去——所有这一切都表明他是个老矿工。十二年前，他就放下了铁镐，参加边疆区的领导工作，可是看他现在的样子，仍然像刚从矿井里上来的一样。这从他的举止言谈及讲话的用词上，都可以看出来。

切尔诺科佐夫是边疆区党委委员和政府委员。他腿上生了坏疽病，这种痛苦的病不断消耗着他的体力。他恨透了这条病腿，就因为这条病腿，他躺在床上已经快半年了。

坐在他对面，一边抽着烟卷一边沉思的是亚历山德拉·阿列克谢耶夫娜·日吉廖娃。她今年三十七岁，入党已有十九年了。在彼得堡做地下工作的时候，大家都管她叫“金工姑娘小舒拉”。差不多还是个小女孩时，她就尝到了流放西伯利亚的滋味。

坐在桌旁的第三个人是潘科夫。他低着像古希腊罗马雕像一样美丽的头，正在读一本德文杂志，不时用手扶一扶鼻梁上的玳瑁大眼镜。这个年方三十的大力士竟要费很大劲才能抬起那条不听使唤的腿，真叫人看着不敢相信。米哈伊尔·瓦西里耶维奇·潘科夫是编辑、作家，在教育人民委员部工作，他熟悉欧洲，精通好几门外语。他学识渊博，就连一向稳重的切尔诺科佐夫对他也很尊重。

“他就是你的同房病友吗？”日吉廖娃朝坐在轮椅上的保尔那边抬了抬头，低声问切尔诺科佐夫。

切尔诺科佐夫放下报纸，脸色立刻变得开朗起来。

“是呀，他就是保尔·柯察金。亚历山德拉，您一定得跟他认识一下。是病魔把他缠住了，要不然把这个小伙子派到工作难以开展的地方去，肯定是把好手。他是第一代共青团员。总之，要是咱们大家都扶他一把，他将来还可以工作的。我是下定决心要帮他的。”

潘科夫倾听着他们的交谈。

“他得的什么病？”日吉廖娃又小声地问。

“1920年受伤留下的病根。脊椎骨出了毛病。我问过这儿的大夫，你知道吗？他们都担心暗伤会叫他全身瘫痪。你看有多严重！”

“我马上把他推到这边来。”日吉廖娃说。

他们的友谊就这样开始了。保尔没有想到，日吉廖娃和切尔诺科佐夫以后都成了他的挚友，在后来病重的那几年里，他们成为他最有力的支柱。

生活照常进行。达雅做工，保尔读书。但是他刚要开展一个小组的工作，新的不幸又偷偷袭来——他的两条腿完全瘫痪了。现在只有右手还能活动。他做了许多努力，但是都没有效果。他知道他从此再也走不了路了，这时候他把嘴唇都咬出了血。达雅感到了绝望，由于没有能力帮助他更觉痛苦，可是她勇敢地掩饰着她的绝望和痛苦。

保尔内疚地微笑着说：

“达雅，亲爱的，我俩只好离婚了。当初咱们约定的时候可没有说，这么倒霉了还要一块儿过下去呀。亲爱的，今天我得认真考虑一下这个问题。”

她不让他继续说下去。她情不自禁地放声大哭，把保尔的头紧紧地搂在胸前。

阿尔焦姆得知弟弟又遭遇新的不幸，就写了封信给他母亲。老太太立刻抛下一切，赶到保尔这儿来。现在他们三个人住在一起，老人家跟儿媳妇相处得很和睦。

保尔继续学习。

在一个阴雨连绵的冬日的晚上，达雅带回了第一个胜利的喜讯——她当选为市苏维埃的委员了。从那天起，保尔就开始很少见到她了。下班后，达雅常常从她工作的那个疗养院食堂，直接去市苏维埃或妇女部，直到深夜才回家。她满脸倦容，但是脑子里却装满了新鲜事。吸收她为预备党员的日子越来越近了，她怀着十分激动的心情盼着这一天的到来。可是，新的不幸又袭来了。保尔的病情持续恶化。先是右眼火烧火燎地疼起来，随即左眼也感染发炎了。他平生头一次懂得了什么叫作失明——周围的一切都蒙上了一层黑纱。

现在，一个难以克服的可怕的障碍已经悄无声息地挡在路上，阻止他继续前进。母亲和妻子悲观失望到了极点，但是他本人却异乎寻常地冷静，暗自决定：

"应当再等一等。如果确实再也不可能向前迈进一步了，如果为了恢复工作所做的一切努力都被失明一笔勾销了，如果归队的希望永远成了泡影——那么就只有自杀了。"

他给朋友们写了许多信。大家纷纷回信鼓励他坚强起来，继续奋斗。

就在保尔万分艰难的日子里，一天晚上，达雅无比兴奋地笑着告诉他：

"保夫鲁沙，我现在是预备党员了。"

保尔一面听着她叙述党支部接受她这位新同志入党的经过，一面回想起自己入党时的情形。他紧紧地握住她的手说：

"呵，柯察金娜同志，这么说，咱们俩可以组成一个党小组了。"

第二天，他写信给区委书记，请他有空来一趟。傍晚，一辆溅满泥浆的小汽车在门口停了下来，区委书记沃利梅尔走进屋里。他是个拉脱维亚人，已年过半百，一脸络腮胡子。他握住保尔的手，问：

"哦，日子过得怎么样？你怎么表现得这么差劲？起来吧，我们马上派你下地干活去。"说完，他大笑起来。

区委书记在保尔家里待了两个小时，把晚上还要开会的事都忘了。他一面听着保尔激动的叙述，一面在屋里踱来踱去，最后他说：

“领导学习小组的事你就别提了。你需要的是休息，再把眼病的事弄弄清楚。不见得就没办法治了吧。要不要去一趟莫斯科，啊？你考虑一下……”

保尔打断了他的话：

“我需要的是人，沃利梅尔同志，是活生生的人。我不能一个人孤单单地活着。我现在比任何时候都需要同活人接触。给我派几个年轻人来吧，最好是那些小青年。他们在农村里总想搞得‘左’一点，嫌集体农庄不过瘾，要搞公社。这些共青团小伙子，你稍不注意，他们就会冲到前面去，搞冒进。我过去就是这样，我了解这一点。”

沃利梅尔停下脚步问：

“你从哪儿知道的？这些情况也是今天才从区里报上来。”

保尔微笑着说：

“你大概还记得我妻子吧？昨天你们刚吸收她入党。是她告诉我的。”

“啊，柯察金娜，就是那个洗碗女工？她是你妻子？哈哈，我还不知道呢！”他稍稍考虑了一下，用手拍了一下自己的前额，接着说：“有了，我们可以给你派个人来，就是列夫·别尔谢涅夫。这个同志再合适不过了。你们两个连性格脾气也差不多，有点像两只高频变压器。你知道，我以前当过电工，所以喜欢用这样的词语，打这样的比方。对了，列夫还可以帮你装个无线电收音机，他是个无线电专家。你知道，我经常在他家戴着耳机听到半夜两点钟。连我老伴都起了疑心，问：‘你这老东西，半夜三更的，跑到哪儿闲逛去了？’”

保尔笑着问他：

“别尔谢涅夫是个什么样的人呢？”

沃利梅尔来回走累了，坐到椅子上说：

“别尔谢涅夫是咱们区的公证人，不过，他当公证人就像我跳芭蕾舞一样不内行。不久以前，他是个担任要职的大干部。1912年参加革命，十月革命时期入了党。国内战争时期他是军级干部，在骑兵第二集团军革命军事法庭工作；在高加索跟热洛巴[1]一起消灭过‘白虱子’。他到过察里津，去过南方战线，在远东领导过一个共和国的最高军事法庭。他这人什么苦头都吃过，后来肺结核使他躺倒了，所以才从远东调到这儿来。在高加索，他当过省法院院长、边疆区法院副院长。后来他的肺病更加严重，有了生命危险，这才硬把他调到我们这个区。这就是咱们这个不同寻常的公证人的来历。公证人的职务挺清闲，所以他还活着。来到这里后，先是悄悄让他领导一个支部，接着又把他拉进区委会，然后让他管理一所政治学校，又请他参加监察委员会。他是所有处理疑难棘手问题的重要委员会的常任委员。除此之外，他还喜欢打猎，又是个无线电迷。别看他只有半只肺，可一点也不像个病人。他的精气神足着呢。他即使是死，恐怕也会死在从区委赶到法院的路上。”

保尔打断了他的话，提出了一个尖锐的问题：

“你们为什么要给他那么多工作呢？他在这儿比以前更忙了。”

沃利梅尔眯缝着眼睛，瞟了保尔一眼，说：

“要是让你领导一个小组，再派给你一些别的工作，别尔谢涅夫也会说：‘你们为什么要给他那么多工作呢？’可是他对他自己呢，却又会说：‘宁可轰轰烈烈干一年，也胜过在病床上苟且偷安混五年。’看来，只有等社会主义建成之后，才能真正做到爱惜人这件事了。”

1 热洛巴（1887—1938），红军高级将领，国内战争时期的英雄，后被清洗。

“说得好。我也赞成干一年，反对混五年。不过，我们常常会任意挥霍精力，这等于犯罪。现在我才明白，这样做与其说是英勇，还不如说是任性和不负责任。直到现在我才开始懂得，我没有权利这样糟蹋自己的身体。原来这根本不是什么英雄行为。要是我不那么热衷于斯巴达式的蛮干，也许还可以再多坚持几年。一句话，‘左倾’幼稚病是造成我目前状况的一个主要危险。”

“也就说得好听罢了，真要站得起来，早就什么都不顾了。”沃利梅尔心里这样想，但是没有说出来。

第二天晚上，别尔谢涅夫来看保尔，两人一直谈到半夜才分手。别尔谢涅夫离开新朋友的时候，心情就像刚刚遇到了失散多年的亲兄弟一样。

次日早晨，有几个人爬上屋顶，架起了天线。别尔谢涅夫在房里一面安装收音机，一面讲述自己最有意思的经历。保尔看不见他，不过根据达雅的描述，知道他长着淡黄色的头发、淡蓝色的眼睛，身材匀称，动作敏捷，也就是说，跟保尔刚跟他见面时想象的模样完全一样。

黄昏时分，三只小灯亮了，别尔谢涅夫郑重地把耳机递给保尔。太空中传来一片嘈杂声。港口的莫尔斯电报机像小鸟一样叽叽喳喳地叫着，轮船上的无线电台正在某个地方（显然是在近海）发报。突然，可变电感器线圈从杂乱的噪声中收到了一个沉着而自信的声音：

“注意，注意，这里是莫斯科广播电台……”

小小的收音机，通过天线能收听到世界上六十个电台的播音。疾病切断了保尔同生活的联系，但现在生活穿过耳机的膜片冲了进来，让保尔触摸到了生活强劲有力的脉搏。疲劳的别尔谢涅夫看见保尔两眼闪现出喜悦的光芒，不禁笑了。

家里的人都睡了。达雅在睡梦中发出不安的嘟哝声。她每天很晚才回家，又冷又累，保尔很少见到她。她越是一心扑在工作上，晚上的闲暇时间就越少，这让保尔想起了别尔谢涅夫曾经说过的话：

“如果一个布尔什维克的妻子也是党员，他们彼此见面的时间就很少。这有两大好处：既不会相互厌烦，更没有时间吵架！”

他能够表示反对吗？他早就应该预料到会有这么一天。过去，曾经有段时间，达雅把她的每个晚上都给了他。那时候对他有更多的温存体贴。可是那时候她仅仅是朋友和妻子，而现在她是他培养出来的学生和党内的同志。

他明白，她政治上成长得越快，她能陪伴他的时间就越少。他认为这是理所当然的。

他负责起一个学习小组的工作。

每天晚上，家里又热闹起来了。跟年轻人共同度过几个小时，使保尔变得朝气蓬勃。

其余的时间，他用来听广播。母亲要喂他吃饭，总得费好大劲才能让他摘下耳机。

无线电广播把失明所夺走的东西又还给了他，他又可以学习了。于是他凭着一股永无止境的强烈欲望如饥似渴地学习，忘却了不断侵袭全身的发热和剧痛，忘却了双目火烧火燎的肿痛，忘却了生活对他的残酷无情。

马格尼托戈尔斯克钢铁企业建筑工地上的青年们从保尔那一代共青团员手中接过共产国际的旗帜，建立了功勋。当保尔从电波中听到这一消息时，感到无比幸福。

他的想象中出现了暴风雨——犹如狼群般猖獗的暴风雪和乌拉尔的天寒地冻。狂风怒吼，鹅毛大雪扑面而来，就在这样的夜晚，由第二代共青团员组成的突击队，在明亮的弧光灯下，在高大的建筑物顶上安装玻璃，从冰雪严寒中抢救那个闻名于世的联合企业刚建成的第一批车间。基辅第一代共青团员顶风冒雪铺设的用以运输木材的铁路同它相比就显得微不足道了。国家强大了，人民也成长了。

在第聂伯河上，汹涌的洪水冲垮钢闸，淹没了机器和人。与这场天灾进行斗争的依然是共青团员们。他们废寝忘食，苦战两昼夜，终于把河水赶回了闸门。在这场大规模的抢险斗争中，新一代的共青团员冲在最前面。在英雄模范人物的名单中，保尔高兴地听到了一个十分熟悉的名字——伊格纳特·潘克拉托夫。

第九章

著作长存

保尔和达雅来到莫斯科，借住在一个机关的档案库里。这个单位的领导帮助保尔住进了一家专科医院。

直到现在保尔才体会到，当一个人拥有健康和青春活力的时候，坚强是比较简单和容易办到的事；只有在生活如同铁环般把你紧紧箍住的时候，坚强才是光荣的业绩。

从保尔住进档案库的那个晚上算起，已经一年半过去了。这十八个月里他所遭受的痛苦是难以用语言表达的。

在医院里，阿韦尔巴赫教授坦率地告诉保尔，恢复视力已不可能。如果将来有一天炎症能够消失，可以试着给他做个瞳孔手术。他建议先进行外科治疗，消除炎症。

他们征求保尔的意见，保尔表示，凡是医生认为必要做的，他都同意。

当保尔躺在手术台上，手术刀割开颈部，切除一侧的副甲状腺时，死神的黑翅膀曾经碰过他三次。但是保尔的生命力十分顽强。每次，经过几个小时提心吊胆的等待之后，达雅总是发现丈夫尽管脸色如同死人般惨白，可是毕竟还活着，而且跟往常一样镇定和蔼。

“别担心，小姑娘。要我进棺材可没那么容易。我还要活下去，而且要大干一场，有意跟那些医学权威的结论捣捣乱。他们对我病情的诊断完全正确，但是硬说我百分之百地丧失了劳动能力，那就大错特错了。咱们还是走着瞧吧。”

保尔坚定地选择了一条道路，决心通过这条道路重返新生活建设者的行列。

冬天过去了，春天叩开了紧闭的窗户。失血过多的保尔挺过了最后一次手术，他觉得再也无法在医院里待下去了。十几个月来，每天看到的是周围各种病人的痛苦，听到的是垂死病人的呻吟和哀号，这比忍受自身的病痛更为艰难。

当医生提议再做一次手术时，他冷冷地拒绝了。

“不用了。我已经做够了。我已经把我的一部分鲜血献给了科学，剩下的留给我自己派点别的用场吧。”

当天保尔就写信给党中央委员会，请求帮助他在莫斯科定居下来，因为他的妻子就在这儿工作，而且他本人再继续到处求医也毫无意义。这是他头一次向党请求帮助。莫斯科苏维埃对他的信做了批复，拨给他一间房子。于是，他怀着永远不再回来的唯一愿望告别了医院。

那间简陋的房子坐落在克鲁泡特金大街一条僻静的胡同里，保尔觉得，这已经是至高享受了。半夜醒来时，他还常常不敢相信自己已经远离医院了。

达雅已经转为正式党员。她顽强地工作着。不管个人生活遭遇了多大的不幸，她并没有落在其他突击手后面。群众非常信任这个沉默寡言的女工，她被选为工厂委员会的委员。保尔由于妻子成了布尔什维克而感到自豪，这大大减轻了他的痛苦。

巴扎诺娃医生出差到莫斯科，前来看望保尔。他们谈了很久。保尔激动地告诉她，自己已经选定了一条道路，力争在不久的将来重返战士的行列。

她看见保尔两鬓已经长出银色的发丝，不由得低声说：

“我看得出，您经受了很多磨难。但是您仍然没有丧失您那永不熄灭的热情。还有什么比这更可贵的呢？您做了五年的准备，现在决定动笔了，这很好。可是您怎么工作呢？”

保尔笑了笑，安慰她说：

“明天他们会给我送来一块格子板，是用硬纸板刻出来的。没有这东西我写不成字。上一行和下一行常常串起来。我琢磨了很久才想出这个办法，那就是在硬纸板上刻出一条条长格子，使我的铅笔不会写到格子外面去。当你看不见你所写的字的时候，写字是很困难的，但并非不可能。我坚信这一点。我曾经试了很久，但是怎么也写不好。现在我开始慢慢地写，每个字母都写得很小心，结果相当不错。”

保尔开始写作了。

他打算写一部描述英勇的科托夫斯基骑兵师的中篇小说。书名自然而然就跃入了脑海——《暴风雨所诞生的》。

从这天起，他就全身心地投入到这本书的创作上面。慢慢地，一行接一行，写成了许多页。他忘却了一切，沉浸在书中的人物形象当中，也初次体验到了创作的痛苦。那些鲜明难忘的场景清晰地重现出来，但是他却无法将它们转化为文字，写出的字句是那样苍白无力、缺乏激情。

凡是他写好的东西，都必须逐字逐句背下来。否则，线索一断，写作就受到了阻碍。母亲忐忑不安地注视着儿子的工作。

在创作过程中，他经常必须凭着记忆整页甚至整章地背诵，弄得他母亲有时候觉得儿子好像发疯了。在他写作的时候，她不敢走到他跟前。只有在替他把滑落到地板上的稿纸一张张捡起来的时候，才胆怯地说：

"保夫鲁沙，你还是干点别的事情吧。哪儿见过像你这样，写起来没个完的……"

看见她这样忧心忡忡，保尔不由得笑了起来，并且向母亲保证，他还没有到完全"发疯"的地步。

构思中的小说，已经写完了三章。保尔把手稿寄到敖德萨，请科托夫斯基师的一些老同志提意见。他很快就得到了赞许的回答，谁知手稿竟在寄回来的途中被邮局丢失了。六个月的心血白费了。这对他是一个沉重的打击。他非常后悔没有复制一份，就把唯一的底稿寄出去。他把自己的损失告诉了列杰尼奥夫。

"你做事怎么这么不小心呢？别生气了，现在骂人也不管用啦。重新开始吧。"

"可是，列杰尼奥夫同志！我六个月的心血就这样白白地给糟蹋啦。这是我每天紧张地工作八小时换来的啊！这些该死的寄生虫！"

列杰尼奥夫竭力劝慰他。

一切只得重新开始。列杰尼奥夫给他弄到一些纸，帮助他把写好的稿子打印出来。一个半月之后，第一章又重新写成了。

跟保尔同住一套房的是姓阿列克谢耶夫一家。大儿子亚历山大是本市一个区的团委书记。亚历山大有一个十八岁的妹妹，叫加莉亚，刚从技工学校毕业。这是个乐观开朗的姑娘。保尔让母亲跟她商量，看她是否愿意帮忙，做他的"秘书"。加莉亚非常高兴地答应了。她满脸笑容地走过来，听说保尔正在写一部小说，连忙表示："柯察金同志，我很乐意帮助您。这跟替我爸爸写枯燥乏味的住宅卫生条例完全不同。"

从这天起，文学创作就以加倍的速度向前推进了。一个月内，保尔写了那么多，连他本人也感到很吃惊。加莉亚满怀同情，积极帮助他工作。她的铅笔在纸上沙沙地响着。遇到特别喜欢的段落，她总要念上好几遍，并为他的成功感到由衷的高兴。在这幢楼房里，她几乎是唯一一个相信保尔这项工作的人。其他人都觉得这是徒劳无益的，认为这只是他闲得无聊，在借此消磨时光而已。

列杰尼奥夫因公出了趟差，回到莫斯科后，读了小说的前几章，就说：

“朋友，干下去！胜利一定属于我们！保尔同志，你会迎来胜利的喜报的。我坚信你重新归队的理想，不久就可以实现了。孩子，千万别丧失希望。”

老头子看见保尔精力充沛，便非常满意地走了。

加莉亚经常来。随着她的铅笔在纸上沙沙地响，那些追忆难忘往事的字句在不断地增加。每当保尔沉思默想、沉湎于回忆的时候，加莉亚就发现他的睫毛在微微颤动，眼神现出那么丰富多彩的变化，从中可以看出他的思想活动。要说他已经双目失明，那真是令人难以置信，因为他那对清澈明亮、毫无斑痕的瞳孔是多么富有生气啊。

每天写作一结束，加莉亚就把当天所记录的内容念给他听。当他凝神细听的时候，总是皱着眉头。

“柯察金同志，您为什么皱眉头呢？您瞧，您写得多好啊！”

“不，加莉亚，写得不好。”

然后他亲自动手重写他认为写得不好的地方。有时他实在忍受不了格子板的狭窄框框的束缚，就扔开不写了。这时候，他尤其痛恨让他丧失了视力的生活，他把铅笔一支支地折断，嘴唇咬出血来。

工作越接近末尾，那些被禁锢的感情就越频繁地力图挣脱他坚强意志的束缚。这些被禁锢的感情就是除他之外每个人都有权宣泄的内心的忧伤及种种或热烈或温柔的人类普通情感。只要他屈服于这些感情中的任何一种，他的事业必将以悲剧而告终。

达雅常常深夜才从工厂回家，跟保尔的母亲低声交谈几句，就上床睡觉了。

最后一章终于写成了。加莉亚花了几天的工夫，把整部小说念给他听。

明天就把手稿寄往列宁格勒，寄给州委员会文化宣传部。如果他们给书稿开出“许可证”，他们就会把它送交出版社，那样的话……

他的心怦怦地跳起来了。那样的话……新的生活就要开始了，这是他用多年紧张而顽强的劳动争取到的啊。

这本书的命运决定着保尔的命运。如果书稿被彻底否定，那么他的生命也就到了尽头；如果它的缺点只是局部的，可以通过进一步修改来克服的话，他会立刻发起新的进攻。

母亲把沉甸甸的包裹送往邮局。紧张期待的日子开始了。保尔一生从未像这些天那样焦躁难耐地等待着来信。他从早班信等到晚班信，可是列宁格勒方面一直没有消息传来。

出版社的沉默逐渐转化成一种威胁。失败的预感与日俱增。保尔清醒地意识到，如果书稿遭到无条件的拒绝，那就意味着他的毁灭。那样他就无法再活下去了。活下去也没有意义了。

此时此刻，郊区海滨公园的那一幕又浮现在他的脑海里。他一遍又一遍地问自己：

“为了挣脱铁环，争取归队，为了让生命变得有价值，你是否已经竭尽全力了呢？”

他每次的回答都是：

“是的，我似乎已经竭尽全力了！”

很多天过去了，直到等待已经变得难以忍受的时候，跟他同样激动的母亲突然跑进房间大喊：

“列宁格勒来信了！！！”

这是州委会打来的电报。电报纸上只有简单的几个字：

小说备受赞赏。即将出版。祝贺成功。

他的心猛烈地跳动着。日思夜盼的梦想终于变成了现实！铁环已经被彻底砸碎，现在他拿起新的武器，重返战斗队伍，开始了新的生活。

三
个
圈

经典就读三个圈　导读解读样样全

《钢铁是怎样炼成的》
独家中考学习手册

目录 Contents

导读

明确阅读方法　提高识记能力

高尔基说："书籍是人类进步的阶梯。"由此可知，读书对一个人的重要性。尤其是现在，随着大语文时代的到来，在阅读能力方面对学生的要求也越来越高。新课标的每一本教材都给学生推荐了相关的名著，有必读的内容，还有选读的内容。并提出了相关要求——整个初中阶段学生阅读量要达到400万字。

面对这么多的名著，学生怎样才能快速高效地完成阅读，并顺利完成针对中考的题目要求，是一个有待解决的问题。在这种情况下，方法就显得尤为重要。

我们看报纸时通常有一个深刻的体会，那就是你不会把所有的内容都看完，但是你知道报纸上主要都讲哪些内容。原因是你浏览了报纸上的标题。所以标题很重要，它是文章最简单的概括。同样的道理，阅读名著如果有目录也有助于我们快速了解内容。所以推荐大家选有目录的版本来读。

台湾大作家李敖在四十多岁的时候，就有人在香港的报纸上说："李敖可能是五十岁以上的中国人之中，读书最多而又最有文采的人。"李敖自认为此言"不虚"。李敖曾说："自己之所以读书多，而且收效好，一是用在读书上的时间多，二是读书得法。”他自己有一套独特的读书法，自称为“大卸八块读书法”。当然，读书的方法有很多，适合自己的才是最好的。

英国文学家、思想家、诗人塞缪尔·泰勒·柯勒律治曾把看书分为四种类型：

第一种是海绵型，读书的时候他可以把看到的内容全部吸收，然后又几乎原样吐出来，当然有点荒腔走板，可是基本上能够消化吸收。第二种是沙漏型，过去用沙漏计算时间，沙子倒转过来会全部漏光，换句话说，他看了和没看一样，一无所获，只消磨了时间。第三种是滤袋型，精华的部分全部漏走了，剩下的都是糟粕。第四种是大宝石型，他读书不但自己能够得到好处，还能把这个好处传播出去，使别人也受益。这种读者很少，很难得。

由此我们应该明白，读书的目的是要能对书中内容有所理解和记忆，如果只是单纯为了读书而读书，只是走马观花地追求数量，那么到最后也只能属于沙漏型的那一类读书人。

然而，对现在的很多学生而言，不用说把所有的名著都拿来看一遍，仅仅是新课标中所推荐的必读及选读的优秀文学作品，像《水浒传》（九上）、《钢铁是怎样炼成的》（八下）、《朝花夕拾》（七上）、《西游记》（七上）、《海底两万里》（七下）、《骆驼祥子》（七下）等，另外还有一些选读的部分，像《繁星·春水》《格列佛游记》《安徒生童话》《名人传》等，阅读和识记就已困难重重。且新课标考纲要求必读的作品并且考纲要求考生能够达到以下四种能力：

1. 了解课文和推荐名著涉及的重要作家作品和文化常识；
2. 了解推荐名著的基本内容；
3. 欣赏推荐名著的人物形象和艺术特色；
4. 阐述个人阅读体验，发表对作品的看法。

根据最近两年考题来看，名著考题分值可以达到10分左右。而且常考的名著以课标推荐的必读书目为主，这些作品故事性较强，容易理解，读后容易发人深思，可引起学生的阅读兴趣。从考试题型来看主要分为选择、填空、简答和分析几种。从知识点来分主要分为五个考点：

1. 文学常识积累

考查对作家、作品以及主要人物和相关故事情节的了解、识记。以选择和填空为主。

2. 情节概述

要求简要概述所选文段的情节或主要内容，或概述所选文段以外的相关情节或主要内容。主要以填空题或简答题的形式出现。

3. 分析、评价人物形象

要求：① 结合选段中具体的人物描写和情节描写，概括分析人物的性格特点，或对人物进行评价等。② 结合选段外的内容，概括分析人物的性格特点，或对人物进行评价等。以简答题形式出现。

4. 赏析艺术特色

要求分析写作手法及赏析语言特点等，题型以简答题为主。

5. 谈感悟体验

要求我们根据选段情节并结合作品内容来探究作品的主题思想，体会作者的思想感情，或者根据对作品内容的理解，结合选段情节，谈自己的阅读体会和看法等。以简答题为主。

所谓“知己知彼”方能“百战百胜”。从必读名著的数量和所考查的知识点两方面的内容来看，透露给我们一个重要的信息，就是面对中考的学生如何针对考点高效率地把这些名著消化掉，在考试中拿到高分才是最重要的。那什么样的读书方法是有效的，才有助于我们去提高识记能力呢?

博闻强记不一定是记忆力好，而是读书方法好。俗话说，“好记性不如烂笔头”。读书的时候一定不能偷懒，不能舒舒服服躺在那儿看书，看完这本书以后纸上还干干净净、整整齐齐的。看到好的句子或段落随时应该做记号，之后做摘抄加以记忆；看到不懂的词语随时画出来，然后去查阅；看过一个精彩的片段，有感想就应该随时在旁边把自己的感悟写出来；看到一个有血有肉的人物就应该去总结这个人物的性格特征；还有最重要的一点就是要学会去结合名著内容分析名著考试题型，以便轻车熟路地应付考试。总之，当你读的名著已布满了密密麻麻的笔记，你的识记能力自然就大大提高了。

因此，学会摘抄和做笔记，对中学生而言，是非常良好的阅读习惯。能让同学们在收获知识的同时，提高语言表达能力和文学素养。

这本《钢铁是怎样炼成的》中考学习手册，重点解读如何通过“摘抄和做笔记”的阅读方法来快速提高对名著的识记能力。特别针对中学生考试阅读难题，总结近几年中考题型及新课标对名著阅读的相关要求，帮助同学们战胜名著阅读难关，提高解题能力，在中考中披荆斩棘，取得胜利。

中考真题解析

解读中考核心及知识点

考点一　文学常识积累

一、题型分析

这类题主要考查对作家、作品以及主要人物和相关故事情节的了解、识记，也是各个省份考查最普遍的一种形式。一般以选择和填空为主。

二、答题思路和方法

要求填写作家、作品、人物名称，属于纯记忆性题目，牢固掌握作品的基本常识及内容即能解答。

三、真题解读

（2014 安徽）

“人最宝贵的东西是生命。生命对于我们只有一次”出自苏联作家尼古拉·阿列克谢耶维奇·奥斯特洛夫斯基的长篇小说《_________》，小说的主人公是______。（2 分）

【答案】

钢铁是怎样炼成的　　保尔·柯察金

考点二　情节概述

一、题型分析

此类题要求简要概述所选文段的情节或主要内容，或概述所选文段以外的相关情节或主要内容。

二、答题思路和方法

解答此类题，一定要熟悉名著中的重要故事情节，特别是关系到人物命运和生死转折的情节。同时也应注意这类题的答案一般不会出现在选段内，命题者的目的是考查我们对整部名著重要情节内容的了解，而不只是对某选段内容的理解。在平时复习时，可以利用归纳法，将名著中同一人物的主要事迹及其相关的主要情节归纳概括，便于记忆。

三、真题解读

（2019安徽）

阿基姆明白，这个直到不久前还生龙活虎的年轻人，此刻内心激荡着怎样的情感。他了解保尔的悲剧……

“阿基姆，难道你真的以为生活能把我逼进死角，把我压成一张薄饼吗？只要我的心脏还在跳动，”他突然使劲抓住阿基姆的手紧压着他的胸脯，“只要它还在跳动，就别想叫我离开党。只有死，才能让我离开战斗行列。老兄，请你千万记住这一点。”

阿基姆沉默不语。他知道这绝不是漂亮话，而是一个身负重伤的战士的呐喊。他明白，像保尔这样的人不可能说出另外的话，表达出另外的情感。

请结合原著回答：① 文段中“悲剧”指什么？② “呐喊”表达了保尔怎样的心声？（6分）

【答案】

① 保尔渴望继续投身革命工作，但又知道自己病情严重，已经无法治愈。② 忠于党，忠于革命，要为共产主义事业奋斗到生命的最后一刻。（共6分。每小题3分。意思对即可）

考点三　分析、评价人物形象

一、题型分析

此类题主要考查：

① 结合选段中具体的人物描写和情节描写，概括分析人物的性格特点，或对人物进行评价等。

② 结合选段外的内容，概括分析人物的性格特点，或对人物进行评价等。

二、答题思路和方法

结合选段中具体的人物描写和情节描写，概括分析人物的性格特点。回答这类题，首先要对名著中主要人物的性格特点有一个总体的把握；其次要理解选段的具体内容，通过对人物的肖像、行为、语言、心理和细节等方面的描写认真揣摩人物的内心世界，把握他们的性格。特别要注意的是，答题时一定要结合选段的具体内容来分析，否则答案就是不完整的。

【答题思路】

性格特点 + 体现相关性格特点的选段内容。

三、真题解读

（2018 湖北荆门）

“好姑娘，你别担心，我可不会这么容易就进棺材的。我还要活下去，哪怕有意跟那些医学权威的预言捣捣蛋也好嘛。他们对我病情的诊断完全正确，但是写个证明，说我百分之百失去了劳动能力，那就大错特错了。我们走着瞧吧！”

“一个有希望的民族不能没有英雄”。《钢铁是怎样炼成的》的最大成功之处就在于塑造了主人公这一无产阶级英雄形象。请谈谈主人公身上吸引你的英雄品质有哪些，并结合相关情节简要分析。（至少答出两点）（4 分）

【答案】

1. 崇高的信仰（理想）受朱赫来影响走上革命的道路，坚信共产主义。

2. 为理想而献身——因救朱赫来而入狱，面对敌人的严刑拷打，坚贞不屈。为了革命英勇作战，头部受伤，右眼失明。受重伤失去健康后，离开战场投入国家建设中，忘我地工作。

3. 顽强奋斗（永不言败）并且乐观豁达的精神品质——在投身革命事业过程中四次死里逃生：第一次是在

与波兰白军战斗中，保尔腿受伤并得了伤寒；第二次是保尔在骑兵部队的战斗中头部受伤；第三次是繁重紧张的工作击倒了他，他不得不离开岗位回家养病；第四次是在修筑铁路时，患了伤寒和大叶性肺炎。保尔身受伤病的折磨也不放弃革命的信念，重新回到战斗行列，坚持革命工作。克服难以想象的困难，在病榻上写出伟大的作品——《暴风雨所诞生的》。

考点四　赏析艺术特色

一、题型分析

此类题要求分析写作手法及赏析语言特点等，题型以简答题为主。

二、答题思路和方法

其实这类考点就是文学作品阅读中的“欣赏作品的表现手法”。名著阅读中的语言特色赏析题与文学作品中的语言特色赏析题的答题要求也是相同的。常见的表达方式为：记叙、描写、说明、议论、抒情。常见的表现手法有：象征、对比、衬托、借景抒情、借物喻人、寓理于事、运用典故、欲扬先抑、寓情于事等。人物描写方法一般有肖像描写、语言描写、动作描写、神态描写和心理描写等，选文中很明显有肖像描写和语言描写，不管运用什么描写，其作用无非都是刻画人物性格，展现人物的精神面貌，暗示人物的命运等。

在熟悉每部名著艺术特色的基础上，根据题目的要求，可参照以下答题模式进行解答：

【答题思路】

作品的语言特色+符合语言特色要求的语句（可概括，可引用）+点评。

三、真题解读

（2017四川泸州）

保尔顿时惊喜得屏住了呼吸，他的内心斗争了片刻，但还是胆大包天地跳进房间，抓住枪套，从里面拔出那只崭新乌亮的手枪，又匆忙回到花园。他警惕地看看四周，把手枪塞进口袋，又穿过花园，爬上了樱桃树。保尔像猴子一样灵活，飞快地爬上棚顶，又回头张望一下，只见勤务兵正若无其事地与马夫聊天，花园里静悄悄的……

这段文字选自小说《___》，主要用了_____描写来刻画主人公保尔。

【答案】

钢铁是怎样炼成的　　动作

【解析】

《钢铁是怎样炼成的》是苏联作家尼古拉·阿列克谢耶维奇·奥斯特洛夫斯基所著的一部长篇小说。这段文字中出现了“跳”“抓”“拔”“看看”“塞”“穿”“爬”“张望”等动词，明显是运用了动作描写的方法来刻画人物的。

考点五　谈感悟体验

一、题型分析

这类题要求我们根据选段情节并结合作品内容来探究作品的主题思想，体会作者的思想感情，或根据对作品内容的理解，结合选段情节，谈自己的阅读体会和看法等。

二、答题思路和方法

解答谈体验看法类的题目时，首先要了解作品的主要内容，围绕作品的主题，联系自己的生活体验，简要地回答。具体方法有如下几种：

①借助情节和内容的分析理解，梳理出作者的写作思路及写作目的，从而概括出主题思想。

②联系写作背景、作家的思想观点及创作意图挖掘主题。

③通过分析人物形象及人物之间的关系来把握主题。解答时，要严格按照题目要求作答。题目的设问角度一般比较小，从题目设问的角度去回答，才不会答偏。

三、真题解读

（2018 湖南郴州）

“老弟，这是冒牌的英雄主义！干掉自己，任何一个笨蛋，任何时候都可以做到。这是摆脱困境最怯懦最容易的一种办法。生活不下去，就一死了之。你有没有试试去战胜这种生活呢？为了挣脱这个铁环，你已经竭尽全力了吗？你是不是已经忘了，在沃伦斯基新城附近，一天发起十七次冲锋，不是终于排除万难攻克了那座城市吗？把手枪收起来吧，这件事永远也不要告诉任何人。即使生活到了难以忍受的地步，也要善于生活，并使生活有益而充实。”

请结合小说中主人公面对“全身瘫痪”“双目失明”的巨大痛苦时的表现，说说真正的“英雄主义”是怎样的。（4分）

【答案】

这个全身瘫痪、双目失明并且没有丝毫写作经验的人，开始了他充满英雄主义的事业——文学创作。保尔忍受着肉体和精神上的巨大痛苦，先是用硬纸板做成框子写，后来是自己口述，请人代录。在母亲和妻子的帮助下，他用生命写成的小说《钢铁是怎样炼成的》终于在1934年出版了！保尔拿起新的武器，开始了新的生活。真正的“英雄主义”是为了党和人民的事业，敢于战胜任何艰难困苦的精神。

阅读方法指导

如何摘抄和做笔记

一、选好版本，快速通读故事（选择有标题和阶段总结的版本）

大家做阅读理解题都知道，阅读中有一种题型就是：标题的作用。而且如果你经常浏览一些报纸杂志之类的，就会有一种深刻的体会——上面的内容太多，根本就不可能把所有的文章都看一遍。

这个时候先看什么？就是标题。标题的一个重要作用就是概括文章的主要内容，所以，看过标题就基本知道这篇文章讲的主要内容。如果你对这个内容很感兴趣，就可以再去看看文章的细节。

目前市面上《钢铁是怎样炼成的》很多版本没有标题内容，只有少部分是有的，选择目录有标题的版本也有助于我们快速了解内容：

以第一章为例来分析：

首先根据标题快速阅读，其次填写阶段总结读书卡。

第一章　少年失学…………………………003

看到这个标题就知道，这一章讲的内容是保尔去学校读书，然后中途离开学校，没有完成学业。那么问题就出现了：

1. 保尔去的什么学校？
2. 保尔为什么会失学？
3. 保尔失学后去哪儿了？在那里待得怎么样？

这时候只要快速到书中去找答案就可以，其他内容基本浏览一下就可以。

思路点拨：带着问题去读，能迅速找到重点，快速通读故事。

在沙皇统治时期，乌克兰人民生活在水深火热之中。舍佩托夫卡是乌克兰的一个小镇，小镇上有个教会学校，保尔·柯察金就在那里读书。

保尔去的什么学校？

这里就直接告诉我们保尔是在一个教会学校上学。

在这个学校个别老师的眼中，保尔·柯察金绝对不是个好学生，胖神父瓦西里尤其讨厌他。

有一天，保尔去神父瓦西里家补考，同去的还有其他五个考试不及格的学生。就是在这一天，保尔彻底得罪了神父瓦西里。

当时，谢廖沙出了个馊主意：往神父家的为过复活节准备的发面里撒一把烟末，教训一下这个平时对他们太凶狠的家伙，这个主意获得了大家的一致赞成。趁神父不注意的时候，他们就偷偷地这样干了。

（馊主意在后面再次出现，与后文对应。）

…………

在这以前，保尔的神学成绩一直不错，他把《新约》《旧约》和所有的祈祷词都背诵得滚瓜烂熟（形容读书或背书流利纯熟）。以前，神父对他相当满意，《圣经》这门课总是给他打满分。然而这件事以后，保尔恨透了这个神父。神父也因为保尔曾经让自己难堪，而处处为难他，经常为了点鸡毛蒜皮的小事就把他赶出教室。一连几个星期，神父天天罚他站墙角，对他的功课也不闻不问。保尔对他的仇恨越积越深，因此在神父家里，保尔立刻就同意了谢廖沙的馊主意。没想到就因为这个，保尔被学校开除了。

保尔为什么会失学？

这里就直接讲到保尔失学的原因，是因为谢廖沙的馊主意。结合前面的段落可知，就是往神父家的为过复活节准备的发面里撒一把烟末。

为保尔又被学校开除了的事情，母亲可真是愁坏了，既然不能上学了，总得找个工作。可是，哪里有适合保尔的工作呢？后来车站食堂正好走了一个人，缺个人手，于是母亲就带着保尔去了。

保尔失学后去了哪里？

在这里我们看到，保尔失学后去了车站食堂当童工。

“你问我今天怎么了？我从到这儿干活那天起，心里就一直憋得慌。你看看这里的情形！咱们像骆驼一样干活，可得到的回报呢，是谁高兴都可以赏你几个嘴巴子，连一个帮你说话的人都没有。老板雇咱们替他干活，可随便哪一个只要有劲，都有权揍你。即使你有分身法，也不能一下子把每个人都伺候得很满意。只要有一个不满意，你就得挨揍。不管你怎么拼命干，该做的统统做好，让谁也挑不出毛病，忙得团团转，可总有伺候不到的时候，结果又得挨耳光……”

在那里待得怎么样？

保尔的话充满了抱怨，很显然在这里他生活得并不愉快。后面讲到他跟克利姆卡的谈话后就离开了食堂。

阶段总结读书卡

章节	第一章：少年失学
内容概括	保尔出生于俄国一个普通工人家庭，从小聪明调皮。由于与同伴们在神父家制造了一场恶作剧，年仅十岁的保尔被赶出了学校，开启车站食堂艰辛的打工生活。备受压榨，在一次加班中搞砸了事情，工作丢失。
主要人物	保尔、谢廖沙、神父
主要情节	1. 谢廖沙出了个馊主意：往神父家的为过复活节准备的发面里撒一把烟末，保尔被赶出学校。2. 向神父提问，使神父尊严受到挑战。3. 在食堂加班，忘关水龙头，闯了祸。
精彩片段（积累）	“你问我今天怎么了？我从到这儿干活那天起，心里就一直憋得慌。你看看这里的情形！咱们像骆驼一样干活，可得到的回报呢，是谁高兴都可以赏你几个嘴巴子，连一个帮你说话的人都没有。老板雇咱们替他干活，可随便哪一个只要有劲，都有权揍你。即使你有分身法，也不能一下子把每个人都伺候得很满意。只要有一个不满意，你就得挨揍。不管你怎么拼命干，该做的统统做好，让谁也挑不出毛病，忙得团团转，可总有伺候不到的时候，结果又得挨耳光……”
感悟	相对于保尔不幸的童年，我们更应该珍惜自己现在的幸福时光。保尔虽然调皮捣蛋，但心疼操劳的母亲；他虽然脾气暴躁，但吃苦耐劳。他疾恶如仇，十分同情那些生活在社会底层、饱受摧残的工人。同时他喜爱读书，喜欢动脑子想问题，这一切都是他日后成为优秀布尔什维克战士的基础。

1. 通读故事后填写总结，能再次理顺故事内容。增强记忆，同时找出优秀语段，写出感悟加深读作品主题的理解。

2. 根据上面的章节目录学生在阅读时可以分四个阶段来总结名著内容：

第一部：一至六章

第一部：七至九章

第二部：一至六章

第二部：七至九章

第一阶段总结读书卡

章节	第一部：一至六章
内容概括	
主要人物	
主要情节	
精彩片段（积累）	
感悟	

第二阶段总结读书卡

章节	第一部：七至九章
内容概括	
主要人物	
主要情节	
精彩片段（积累）	
感悟	

第三阶段总结读书卡

章节	第二部：一至六章
内容概括	
主要人物	
主要情节	
精彩片段（积累）	
感悟	

第四阶段总结读书卡

章节	第二部：七至九章
内容概括	
主要人物	
主要情节	
精彩片段（积累）	
感悟	

参考答案见第522~525页

二、通读过程中做好摘抄和笔记

这一步其实跟第一步带着问题快速阅读故事是同步进行的。在阅读过程中遇到好的词句（一般指好的词语和一些优美的句子或段落，比如环境描写、人物描写、修辞、抒情议论和侧面描写等）就应该眼疾手快，迅速用笔画起来，然后在旁边做批注。完了之后将段落或句子做摘抄。

经典片段1示例展示

其保尔和瓦西里神父早就结了仇。有一天，他和米什卡·列夫丘科夫打架，老师罚他“不准回家吃饭”。为了不让他独自在空荡荡的教室里淘气，便把他带到高年级的教室。保尔在后面的凳子上坐了下来。

那个高年级的教师瘦瘦的，穿着黑色的上衣，正在讲解地球和天体。保尔惊奇地张大嘴巴，听着他讲地球已经存在好几百万年了，星星跟地球也很相像。他觉得非常惊讶，真想站起来跟老师说：“《圣经》上可不是这么说的。”可是他生怕挨罚，没敢问。

保尔是信教的。他母亲是个教徒，常给他讲《圣经》上的道理。他坚信世界是上帝创造的，而且并非几百万年以前，而是不久以前的事。

保尔的《圣经》课，神父总是给他打满分。

祈祷文、《新约》和《旧约》他都背得滚瓜烂熟：上帝在哪一天创造了哪种东西他都记得一清二楚。保尔决定问问瓦西里神父。到了下一次上《圣经》课的时候，神父刚坐到椅子上，保尔就举起了手。一得到允许，他便站起来问：

通过对保尔动作和语言的描写来刻画他天真，对世界充满好奇的性格特征。
针对题型——人物形象分析。
思路：通过人物描写来概括。

“神父，为什么高年级的老师说，地球已经存在了好几百万年，并不像《圣经》上说的五千年……”突然他被瓦西里神父的尖叫声打断了话头：

“混账东西，你胡说些什么？原来你是这么学《圣经》的！”

保尔还没来得及分辩，神父已经揪住他的两只耳朵，把他的头往墙上撞。一分钟后，给撞得鼻青脸肿和吓得半死的他，已经被神父推到走廊上去了。

通过对神父语言和动作的描写，深刻体现他的粗暴和残忍。

需要摘抄积累的内容：

神父已经揪住他的两只耳朵，把他的头往墙上撞。一分钟后，给撞得鼻青脸肿和吓得半死的他，已经被神父推到走廊上去了。

经典片段2示例展示

午夜，最后一辆电车早已拖着它那破旧的车身回车库了。柔和的月光照在窗台上，也照到床上，宛如铺了一条淡蓝色的被单。房间里照不到月光的地方变得半明半暗。在墙角边的一张小桌子上，台灯射出一片亮光。

丽达低着头，在一本厚厚的笔记本上写着日记。细细的铅笔尖迅速地滑动着。

环境描写，渲染一种冷清，阴暗的氛围。想到常见的表现手法：象征、对比、衬托、借景抒情、借物喻人、寓理于事、运用典故、欲扬先抑、寓情于事等。这里是用环境描写来衬托。
针对题型——赏析艺术特色。

需要摘抄积累的内容：

柔和的月光照在窗台上，也照到床上，宛如铺了一条淡蓝色的被单。房间里照不到月光的地方变得半明半暗。

经典片段3示例展示

他看得着了迷，没有细听机器的响声。等他的目光从窗户上收回的时候，已经漏过了一段电文。他急忙托起纸条念道：

"1月21日晚六时五十分……"

他迅速抄下这段电文，然后放下纸条，用手托着头，继续往下听：

"在高尔克村逝世……"

他慢慢地记下来。一生中他不知收听过多少喜讯和噩耗，他总是最先得知别人的痛苦和幸福。他早已不再留意那些简略而又不完整的句子的具体含义。他只是耳朵听着，双手机械地记着，根本不理会它的内容。

不过是某某人死了，必须把这消息通知某某人而已。老报务员已经忘了这封电文的开头几个字是："同文发往各站，同文发往各站，同文发

这一段写老头子之前对电报信息的态度和表现——记下来，并不注意它的内容。

往各站！”机器继续嗒嗒地响着，他边听边译：

“弗……拉……基……米……尔……伊……里……奇……”他平静地坐着，已经有点累了。一个叫作弗拉基米尔·伊里奇的人在某个地方死了。他现在把这个噩耗抄下来，有人收到后会悲伤地痛哭。不过这跟他毫不相干，他只是个旁观者而已。机器嗒嗒地打出几点，之后是一划，又是几点，又是一划。老报务员从那熟悉的嗒嗒声中已经知道这个词的第一个字母是“Л”，于是把它写在电报纸上。接着又写上第二个字母“Е”，然后又工整地写上“Н”，那两竖之间的短横还特意多描了一次。随后接上个“И”，最后一个字母一听就知道是“Н”。

收报机接着打出一个停顿符号，他用十分之一秒的时间瞥了一眼刚刚抄录下来的五个字母，拼在一起是：

“ЛЕНИН”（列宁）。

机器还在啪嗒啪嗒地响着。老报务员刚才不经意间瞥见的那个名字十分熟悉，他不禁回想了一下。他又看了一遍最后那个单词：“列宁”。什么？列宁？他把电报纸拿远一些，看了一遍电报的全文。他盯着电报纸，愣了好一会儿，工作了三十二年的老报务员头一次不相信自己亲手抄录的电文。

他把电文连看三遍，看来看去还是那句话——

这两段将老头子听到列宁信息前后的表现进行对比，表现出他对电报内容难以置信。侧面表现出列宁在他心中神圣的地位和他对列宁的尊敬、爱戴和拥护。同时，老头子代表着千千万万的普通工人，也表达出列宁在整个国家人民心中的地位之高。针对题型——赏析艺术特色。

弗拉基米尔·伊里奇·列宁逝世。

老报务员从座位上跳起来，抓住卷曲的纸带，呆呆地看着它。他无论如何也不能相信的消息还是被这两米长的电报纸带证实了！他脸色变得煞白，转过身来，冲着两个女同事惊恐地喊道：

"列宁逝世了！"

这个惊人的噩耗溜出报务室敞开的房门，宛如迅疾的狂风传遍车站，又冲进暴风雪中，沿着铁路线和道岔口盘旋飞舞，然后随着刺骨的寒风，钻进机车库那扇半开的大铁门。

这一段写老头子意识到电报信息是列宁逝世的消息时的一反常态——从座位上跳起来，抓住卷曲的纸带，呆呆地看着它。

这段文字写得非常传神生动，运用了拟人和比喻的修辞，将噩耗比作人，再通过赋予它人的动作——"溜出""冲""盘旋"，生动形象地表达出列宁逝世的消息难以掩盖，人们还没反应过来，就已经传播开了，同时传播的速度非常快。又将噩耗比作冷风，强调带给人们的悲凉氛围。针对题型——赏析艺术特色（选段的语言特点）。

思路：修辞、人物描写、通俗白话、辞藻华丽等

需要摘抄积累的内容：

这个惊人的噩耗溜出报务室敞开的房门，宛如迅疾的狂风传遍车站，又冲进暴风雪中，沿着铁路线和道岔口盘旋飞舞，然后随着刺骨的寒风，钻进机车库那扇半开的大铁门。

经典片段4示例展示

又过了几天，其间每一次的会面、每一次的交谈，都使他们的关系更加疏远，更加不愉快。冬妮亚庸俗的个人主义越来越让保尔觉得难以容忍。

他们两个都清楚，感情的最后破裂已不可避免。

这一天，他们一起来到秋叶满地的库佩切斯基公园，准备做最后一次交谈。他们斜倚在陡坡上的栏杆旁边，第聂伯河灰暗的水流在栏杆下面闪烁。一艘拖轮慢腾腾地从巨大的桥孔里钻出来，逆流而上。它的轮翼无力地拍打着水面，后面还拽着两艘大肚子驳船。落日给特鲁哈诺夫岛涂上一层金黄色，将各家的窗玻璃照得像火一样红。

这段环境描写，烘托出一片凄凉暗淡的氛围，也暗示着保尔和冬妮亚的爱情即将终结。

冬妮亚看着金黄色的夕阳，满腹忧伤地说：

“难道我们的友情真的会像这落日的余晖一样暗淡消失吗？”

他目不转睛地看着她，紧紧地皱着眉头，低声回答说：

“冬妮亚，这件事我们已经谈过了。当然，你知道我曾经深爱过你，而且即便是现在，我对你的爱还可以恢复，不过你必须跟我们在一起。我已经不是从前的那个保夫鲁沙了。那时候我可以为了你的眼睛从悬崖上跳下去，现在回想起来，感到十分惭愧。如果是现在，那我说什么也不会去跳。可以拿生命冒险，但不应该是为了姑娘的眼睛，而应该是为了别的事情，为了伟大的事业。如果你认为我首先应该属于你，然后才属于党，那么，我不会成为你的好丈夫。我首先是属于党的，其次才是属于你和其他亲人的。”

这段话说得慷慨激昂，谈谈读后的感悟。

通过对保尔慷慨激昂语言的描写，表现出保尔经历过磨难后的成熟和理智，他不再像之前那么单纯，喜欢一个人可以为了她一句话就从悬崖上跳下去。现在，在他的心中有着更崇高的事业，那就是伟大的党，他将要为党效犬马之劳。任何人都不能凌驾于党之上。他与冬妮亚的分手固然可惜，但“道不同不相为谋”。我们每个人一生当中都会面临各种各样的抉择，那时我们要像保尔一样理智地取舍。

冬妮亚悲伤地注视着碧蓝的河水，两眼噙

满泪水。

保尔望着她那熟悉的侧影和她那浓密的栗色头发，不禁对他曾经那么疼爱又那么亲近过的姑娘产生了一股怜悯之情。

他温柔地把手放在她的肩上，对她说：

“摆脱一切束缚，到我们的队伍中来吧。让我们一起为消灭统治阶级而奋斗。我们这儿有许多优秀的姑娘，她们和我们一起肩负着残酷斗争的千斤重担，和我们一道忍受着种种艰难困苦。她们的文化水平也许没你那么高，但是为什么，为什么你不愿意和我们在一起呢？你说，丘扎宁曾经想用暴力占有你，但是丘扎宁是红军中的堕落分子，不是一个战士。你又说，我的朋友们对你不友好，但是你为什么要打扮得像去参加资产阶级的舞会呢？是虚荣心害了你，你说你不愿意穿上肮脏的军便服。你既然有勇气爱一个工人，却不能爱工人阶级的理想。跟你分手，我感到遗憾，但愿你能给我留下美好的记忆。”

他不再说了。

针对题型——谈感悟体验。

思路：了解作品的主要内容，围绕作品的主题，联系自己的生活体验，简要地回答。

《钢铁是怎样炼成的》
文学常识拓展

作者简介
尼古拉·阿列克谢耶维奇·奥斯特洛夫斯基

苏联无产阶级作家，1904 年 9 月 29 日，奥斯特洛夫斯基出生于乌克兰一个工人家庭，由于家境贫寒，只读过三年书。他做过食堂杂工，当过发电厂助理司炉。在劳动之余，他贪婪地阅读文学作品。十月革命胜利后，他积极投身于保卫苏维埃政权的斗争。1920 年 8 月，他在战斗中负伤，转业到地方工作。不久，在一次与洪水搏斗中，得了伤寒和风湿症。1927 年，他全身瘫痪；1928 年，他双目失明。但是，他最终战胜了难以计数的困难，从事了革命文学创作。

奥斯特洛夫斯基花了整整五年时间，写成了长篇小说《钢铁是怎样炼成的》。这本书影响了千百万革命青年，激励他们为共产主义事业奉献。奥斯特洛夫斯基还写过很多政论文，并着手写了另一部长篇巨著《暴风雨所诞生的》，原计划写三卷，但只写完第一卷，病魔就夺去了他的生命。他于 1936 年 12 月 22 日逝世，年仅 32 岁。

创作背景

1927年初，22岁的奥斯特洛夫斯基因瘫痪卧病在床，后又双目失明。奥斯特洛夫斯基在与病魔作斗争的同时决意通过文学作品来展现自己所处时代的面貌和个人的生活体验，他创作了一篇关于科托夫骑兵旅成长壮大以及英勇征战的中篇小说。他把小说写好让妻子寄给德萨科托夫骑兵旅的战友们，征求他们的意见。战友们热情地评价了这部小说，可手稿在回寄途中被邮局丢失。但这并没有挫败他，在参加斯维尔德洛夫共产主义函授大学学习的同时，他开始构思《钢铁是怎样炼成的》。这部书是他强忍病痛，在病榻上历时五年完成的。故事取材于他的亲身经历。

主题思想

通过对保尔·柯察金成长经历的叙述，生动地描述了以保尔为代表的一批进步青年历经艰辛的生活、残酷的战争以及战后建设的一系列磨炼，终于被锻造成无产阶级革命英雄的曲折过程，逼真地再现了苏联国内革命战争前后的社会特点和时代气氛，热情歌颂了为祖国而战的苏联年青一代的精神风貌。

阿尔焦姆
玛丽亚
工友
哥哥
母亲
朋友
少年保尔
启蒙
朱赫来
初恋
冬妮亚
导师
重逢
维克多
告密
真爱
青年保尔
敌人
战友
战友
战友
彼得留拉
瓦莉亚
扎尔基

《钢铁是怎样炼成的》人物关系图谱

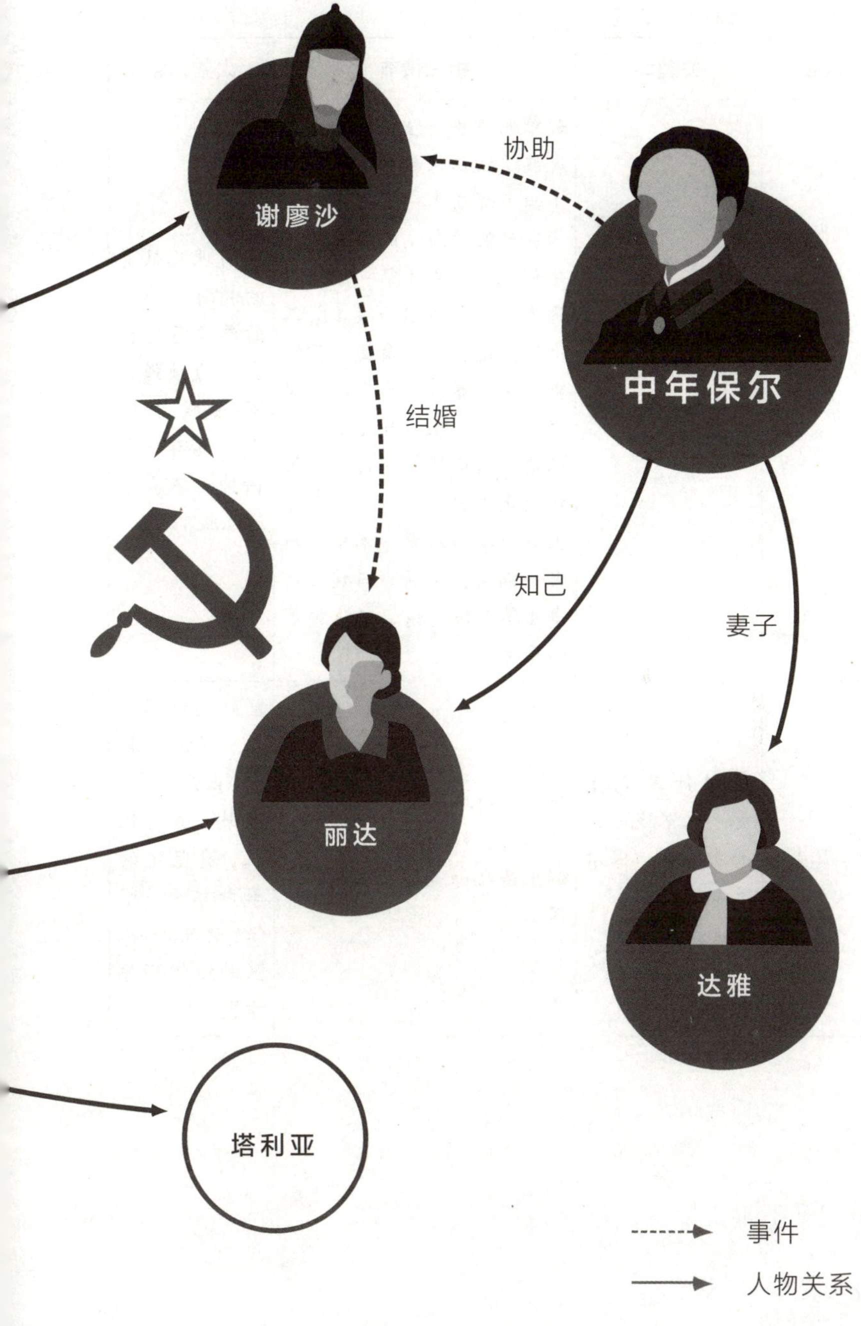

【人物分析表】

人物	关键词	相关情节	人物形象
保尔·柯察金	童工、饱受折磨和侮辱、入狱、《牛虻》、共青团员	苦难的童年（童工）→枪支风波（结识朱赫来）→初恋（与冬妮亚）→营救朱赫来→在与波兰白军的战斗中，受伤得了伤寒（第一次死里逃生）→为祖国而战（第二次死里逃生）→肃反工作繁重，回家养病（第三次死里逃生）→制止暴乱（第二段恋情，与丽达）→筑路（第四次死里逃生）→疗养→保卫苏维埃→入党→革命的烈火→病重→车祸→与病魔抗争（第三段恋情，与达雅）→重生	有为理想献身的精神、坚定的革命意志；生命力顽强，不屈服于权威，具有抗争精神，不向命运屈服
朱赫来	布尔什维克党员、红军战士、枪支风波、保尔革命的引路人、制止暴乱	教保尔打拳→营救犹太人→被捕→被救→战斗中受伤→制止暴乱→筑路过程中教育保尔	坚强的红军战士，勇敢、机智、正义，无私奉献，关爱他人，有坚定的革命信念；坚强、刚毅，有很强的组织领导才能

续表

人物	关键词	相关情节	人物形象
冬妮亚	保尔初恋；林务官的女儿	与保尔交流读书心得、做朋友→收留出狱的保尔（与他相恋）→与保尔参加同志聚会→与修铁路的保尔重逢	善解人意、大方、热情、勇敢，有强烈的小资产阶级情调，贪图安逸的生活
丽达	保尔第二个恋人；布尔什维克党员	与保尔等革命战友相处→与保尔重逢→参加革命并引导保尔进行思想学习	热情、爽朗、率直，有坚定的革命意志
达雅	保尔的妻子	与保尔结为终身伴侣→不离不弃照顾生病的保尔→加入妇女工会，走上革命道路	温柔体贴、勤劳、积极向上、勤学上进
谢廖沙·勃鲁扎克	保尔童年时期的朋友	在战斗中表现勇敢，脱颖而出，成为共青团的领导干部。后来被一颗流弹击中而牺牲。	他献身于革命事业。自从有了理想，谢廖沙变成了一个有灵魂的人，学会了承担！谢廖沙不但成了一名布尔什维克，还成了一名为共和国的建立而不断努力的革命战士，更成了一名为伟大的理想而不断奋斗的年轻人。

【情节梳理表】

主要情节	人物形象
苦难的童年：保尔·柯察金早年丧父，全凭母亲替人洗衣做饭维持生计。因痛恨神父平时瞧不起他是穷人的孩子，时常不公平地对待他，就往神父家的复活节面团中撒烟末而被学校开除。12岁时，母亲把他送到车站食堂当杂役，在那儿他受尽了凌辱。后来哥哥阿尔焦姆给他找了份发电厂的工作	保尔：富有自尊心，力求上进，勤劳
战场上的表现：保尔在战场上不仅是一位勇敢的战士，还是一名优秀的宣传员，喜欢读《牛虻》《斯巴达克斯》等作品，经常给战友朗读、讲故事	保尔：喜爱读书，不怕牺牲
工地上的磨炼：为尽快修好铁路，保尔带着病疯狂地工作，忍受着泥泞、风雪、冻土等恶劣天气的折磨和武装匪徒的威胁，伤寒夺走许多战友的生命，保尔也染上了肺炎及伤寒，被送回家乡治疗。这个过程中，遇上了冬妮亚和她的丈夫，两人不欢而散	保尔：顽强的毅力、钢铁般的意志和永不屈服的精神，全身心地投入工作中
四次死里逃生：① 与波兰白军战斗，腿受伤得了伤寒；② 在骑兵部队战斗，炸弹在保尔身边爆炸，头部受重伤；③ 繁复的肃反工作使本来患有伤寒的保尔病情加重，离岗回家养病；④ 铁路快修完时，保尔得了肠伤寒和肺炎，失去了工作的能力，党发给他残疾证，他凭借顽强的毅力战胜了自杀的念头	保尔：不畏艰难，顽强拼搏
投身创作：忍受着巨大的痛苦，保尔开始文学创作。先自己写，后口述请人代笔，前三章完成后寄给老同志时，手稿丢失。此时保尔已经全身瘫痪、双目失明，最终用生命完成了小说《暴风雨所诞生的》	保尔：生命力顽强，具有抗争精神，不向命运屈服

续表

主要情节	人物形象
三段恋情： （1）保尔与冬妮亚：保尔钓鱼时偶遇冬妮亚，互生好感，但为了崇高的革命理想，他与初恋情人冬妮亚产生了感情上的裂痕，最终，他不得不牺牲爱情 （2）保尔与丽达：因为两人的不同追求而产生了感情上的裂痕，最终，他不得不牺牲爱情 （3）保尔与达雅：保尔在疗养时认识了达雅，并与她真诚地结为终身伴侣，在达雅的帮助下，保尔一次又一次地战胜自我，获得新生	冬妮亚：善良、大方、热情，身上有强烈的小资产阶级情调，贪图安逸的生活 丽达：漂亮、勇敢、机智，打扮简单而干练，心地善良而坚定；酷爱工作，爱憎分明，是一个优秀的共产党员 达雅：勤奋，能吃苦，不怕困难，勇于挑战

写作手法

运用大量的环境描写以及正面与侧面描写相结合的写作手法带给读者身临其境的感受，准确且详细地述说了当时的时代背景。

1. 正面描写与侧面描写相结合：这部作品以正面描写为主，辅之以侧面描写来加以衬托。例如在保尔筑路时，通过描写他的靴子被磨破了，他的衣服穿得不能够保暖，因此得了伤寒病，来侧面突出保尔工作环境的艰苦。

2. 环境描写：采用大量的环境描写，其语言简洁优美，富有表现力，使读者在阅读的过程中仿佛身临其境，深刻地了解了当时的环境。例如：

这一天，他们一起来到秋叶满地的库佩切斯基公园，准备做最后一次交谈。他们斜倚在陡坡上的栏杆旁边，第聂伯河灰暗的水流在栏杆下面闪烁。一艘拖轮慢腾腾地从巨大的桥孔里钻出来，逆流而上。它的轮翼无力地拍打着水面，后面还拽着两艘大肚子驳船。落日给特鲁哈诺夫岛涂上一层金黄色，将各家的窗玻璃照得像火一样红。

冬妮亚看着金黄色的夕阳，满腹忧伤地说：

“难道我们的友情真的会像这落日的余晖一样暗淡消失吗？”

这段环境描写，烘托出一片凄凉暗淡的氛围，也暗示着保尔和冬妮亚的爱情即将终结。

3. 运用内心独白，表达方式多样。例如：

但是，他想到明天就要离开这里回到大城市去，那里有他的朋友和志趣相投的人们，不禁感到由衷的高兴。那座城市的雄伟景象、蓬勃的生气、川流不息的人群、电车的轰鸣声、汽车的喇叭声都让他心驰神往。然而最具吸引力的还是那些巨大的石头厂房、煤烟熏黑的车间、机器以及滑轮发出的轻微的沙沙声。他向往那巨轮飞速旋转、空气中散发着机油气味的地方，向往那早已习惯的一切。以内心独白的形式写保尔从死神魔爪中逃出来后就迫不及待地想赶到城市里参加工作。体现他忘我地忠于事业的可贵品质。

4. 穿插日记和书信：内容以丽达日记的形式来叙述故事，避免了流水账式的情形出现。另一方面避免单一角度叙述不丰满的情况。

谢占龙

（参考答案）

第一阶段总结读书卡

章节	第一部：一至六章
内容概括——少年保尔的生活和反抗	由于在神父家的恶作剧，12岁的保尔被赶出学校，开始艰辛的打工生活。后来因为偷德国中尉的枪惹了风波，又因为营救朱赫来被捕。侥幸逃脱后踏上革命旅程。
主要人物	保尔、朱赫来、冬妮亚、阿尔焦姆、谢廖沙
主要情节	受朱赫来的影响，人生观念发生转变
精彩片段（积累）	“哦，小弟弟，我小时候也和你差不多。”朱赫来说：“我生来就有一股反抗的劲头，可是不知道浑身的力气往哪儿使。我家里很穷。有时候，看到那些吃得好、穿得好的小少爷，我就气不打一处来。我时常狠狠地揍他们，可是除了换来父亲一顿痛打以外没有别的好处。单枪匹马地干，改变不了现状。保尔，你完全可以成为一名为工人阶级事业而战的优秀战士。你具备了一切条件，只是年纪还轻，而且对阶级斗争的认识少了点。小弟弟，我告诉你一条正确的道路，因为我知道你会有出息。我讨厌那些苟且偷生的家伙。现在全世界都燃起了熊熊烈火。奴隶们起来造反了，他们要推翻旧世界。但是，干这种事，需要的是勇敢的阶级弟兄，而不是娇生惯养的公子哥儿；需要的是能够坚决斗争的钢铁战士，而不是那种遇到打仗就像蟑螂见到阳光马上往墙缝里钻的软骨头。”
感悟	在这里我们感受到了保尔的勇敢机灵和勇气，还有他跟冬妮亚的纯洁的爱情。我们也应该和保尔一样，在紧要关头保持机敏，做一个聪明的孩子。年级尚小的我们应该妥善处理和异性之间的关系，让纯洁的友谊帮助我们成长。

第二阶段总结读书卡

章节	第一部：七至九章
内容概括——战士保尔投身革命并在战场上奋勇杀敌	保尔侥幸逃脱后参加革命，他成了骑兵旅中的一名光荣战士。在战场上奋勇杀敌，历经重重危险，从一个顽皮的少年成长为一名坚强勇敢的战士。
主要人物	保尔、谢廖沙、阿尔焦姆
主要情节	由于师长阵亡，保尔非常激愤，他杀入敌军要为师长报仇，不幸被炸弹炸伤，昏死过去。
精彩片段（积累）	书中的故事和牛虻的死，感动了所有人。一个战士说："一个人如果知道为什么而死，情况就大不相同。这样的人会有一股力量。要是你感到真理是在你这一边，就会死得从容不迫。英雄的行为就是这样产生的。我认识一个小伙子，他名叫坡莱卡。事情是这样的：当他在敖德萨被白匪包围的时候，他一冒火，就独自一人向整整一个排的匪兵直扑过去。没等白军的刺刀碰到他，他就拉响了手榴弹。手榴弹在他脚底下爆炸了。他自己固然被炸得粉身碎骨，可他周围的白军也成堆地陪着他倒下了。从外表看，这个人一点儿也不出众，也没有人把他的事写成书，但这是值得写一写的。在我们的伙伴当中，了不起的人可多着呢。"
感悟	好的榜样总能激励着人们前进，谢廖沙和保尔这对志同道合的朋友，在革命的道路上勇往直前的精神值得我们学习。尤其是保尔，他要到战争最前线去，同敌人展开激烈的战斗。保尔身上不怕苦，不怕累，不服输的精神更值得我们学习。

第三阶段总结读书卡

章节	第二部：一至六章
内容概括——建设者保尔的忘我工作	昏迷13天的保尔苏醒后就急着到前线去，在肃反工作期间，由于他对国家经济政策的误解，差点犯了重大错误。由于将丽达的哥哥错当作是她的情人，导致保尔断了对丽达的爱情念头。为了抢修铁路吃尽苦头，被病魔缠身。经过一番人生思索后继续参加工作并光荣入党。
主要人物	保尔、丽达、朱赫来
主要情节	面对恶劣的环境修筑铁路。既有恶劣的自然环境，又有敌人的阻挠。
精彩片段（积累）	人最宝贵的是生命。生命每个人只有一次。人的一生应当这样度过： 当回首往事的时候，他不会因为虚度年华而悔恨，也不会因为碌碌无为而羞愧。在临终的时候，他能够说："我把整个生命和全部精力都献给了世界上最壮丽的事业——为人类的解放而斗争。"必须抓紧时间充分生活，因为一场莫名其妙的疾病或一次意外的悲惨事故都可能使生命突然中止。
感悟	经历病魔摧残的保尔一点也没有放弃工作的念头，他抢修铁路吃尽苦头，依然那么坚强和勇敢。而且敢于同不良现象作斗争，敢于正视自己的缺点，下决心改掉抽烟和骂人的坏毛病。同时我们也要明白"身体是革命的本钱"，无论做什么事情都要有一个健康的体魄，学习亦是如此。

第四阶段总结读书卡

章节	第二部：七至九章
内容概括——保尔与疾病顽强斗争	保尔认识了达雅并最终和达雅走到了一起。保尔的身体越来越差，身体瘫痪了，双目失明，他开始了小说创作，最后终于获得成功，小说出版了。
主要人物	保尔、达雅
主要情节	从医生那里知道自己的病情后，保尔作了一番思想上的斗争，他明白了人生的意义，要坚强地活下去。
精彩片段（积累）	为什么不试着去战胜这种困苦呢？你竭尽全力去挣脱了吗？你忘了曾经在一天里连续发起十七次冲锋，终于攻克一座城市了吗？把枪收起来吧，永远不要对任何人提起这件事，永远也不要再有这样怯懦的想法了。就算是到了生活已经无法忍受的时候，也要坚持生活下去，竭尽全力，使生命变得更有意义！
感悟	生活的道路上，总会有无数的磨难，真正的朋友总会在你最需要的时候伸出援助之手。生活中我们要有自己的目标，并且为了目标要不懈地奋斗。最终会有所收获。

欢迎您从《钢铁是怎样炼成的》走进
读客三个圈经典文库

亲爱的读者，感谢您选择读客三个圈经典文库。

我们的封面统一使用“三个圈”的设计，读者可以凭借封面上形式各异的“三个圈”找到我们，走进经典的世界。

你想成为什么样的人?

对你来说什么是重要的?

这个世界应该是什么样子?

我们在生命中遇到的这些问题，或许可以在浩如烟海的文学经典中找到答案。

跟随读客三个圈经典文库，认识世界、塑造自我，成为更好的人!

《漫长的告别》

《西西弗神话》

《人间失格》

《人类群星闪耀时》

《鼠疫》

《小王子三部曲》

《局外人》

《月亮与六便士》

《基督山伯爵》

《罗生门》

如果你喜欢《钢铁是怎样炼成的》
你可能也会喜欢“拥有强大意志力”书单

《人类群星闪耀时》
文库编号：092

《老人与海》
文库编号：094

《日瓦戈医生》
文库编号：109

《钢铁是怎样炼成的》
文库编号：158

《名人传》
文库编号：152

读客

激发个人成长

多年以来，千千万万有经验的读者，都会定期查看熊猫君家的最新书目，挑选满足自己成长需求的新书。

读客图书以“激发个人成长”为使命，在以下三个方面为您精选优质图书：

1. 精神成长

熊猫君家精彩绝伦的小说文库和人文类图书，帮助你成为永远充满梦想、勇气和爱的人！

2. 知识结构成长

熊猫君家的历史类、社科类图书，帮助你了解从宇宙诞生、文明演变直至今日世界之形成的方方面面。

3. 工作技能成长

熊猫君家的经管类、家教类图书，指引你更好地工作、更有效率地生活，减少人生中的烦恼。

每一本读客图书都轻松好读，精彩绝伦，充满无穷阅读乐趣！